UN AMOUR INFINI

SCOTT SPENCER

UN AMOUR INFINI

TRADUIT DE L'AMÉRICAIN
PAR DANIEL MAUROC

FRANCE LOISIRS
123, boulevard de Grenelle
75015 Paris

Édition du Club France Loisirs, Paris,

Titre original : Endless Love.

ISBN original : 0-394-50605-7 (Éditeur : Alfred A. Knopf.)

ISBN 2-7242-1232-0
(ISBN 2-02-005956-8, éd. du Seuil).

Pour Coco Dupuy.

Je n'ai pas plus écrit que je n'ai lu ce livre qui est
Ce que je suis, à demi caché qu'il est
Ce moi de celui et de tous ceux qui dans un baiser
Découvrent l'encre informe et paresseuse d'un abîme

Comment croire que ces brèves années pourraient suffire
À vous prouver la réalité de cet amour infini ?

DELMORE SCHWARTZ

Première partie

1

À l'âge de dix-sept ans, j'ai déserté les sentiers d'une existence normale. Obéissant aux plus pressantes exigences de mon cœur, j'ai ruiné, en l'espace d'un instant, tout ce que j'aimais — ce que j'aimais si profondément. Face à mon amour brisé, devant le corps insaisissable de cet amour qui, pris de peur, avait fui et devant mon propre corps retranché du monde, les gens ont eu peine à croire qu'une si jeune vie puisse souffrir à ce point, d'une façon aussi irrévocable. Les années ont passé. Mais cette nuit du 12 août 1967, aujourd'hui encore, déchire ma vie.

C'était une nuit dense, une nuit brûlante de Chicago. Il n'y avait pas de nuages, pas d'étoiles, pas de lune. Les pelouses étaient noires, les arbres plus noirs encore ; les phares des voitures me faisaient penser à ces lampes de sûreté que portent les mineurs dans le boyau étouffant où ils se glissent. Et c'est par cette nuit d'août, épaisse et bien ordinaire, que j'ai mis le feu à une maison où vivaient les êtres que j'adorais plus que quiconque au monde, une maison qui m'était plus chère encore que celle de mes parents.

Avant d'y mettre le feu, je m'étais caché sur la grande véranda de bois en demi-cercle, pour les épier à travers la fenêtre. Je souffrais. Souffrance fiévreuse et plaintive d'un garçon dont on n'avait pas compris la longue et merveilleuse aventure. Mes nerfs fragiles étaient à vif. À travers le tissage des rideaux, j'observais les Butterfield. Les larmes d'un désir impuissant et véritable gonflaient mes yeux. Je pouvais la voir (et l'aimer), cette famille idéale dont la soirée s'écoulait ainsi, interminablement, en ignorant ma présence.

C'était un samedi soir et ils étaient ensemble. Ann et Hugh, son mari, étaient assis sur le parquet nu en bois de pin couleur citrouille, face à la cheminée vide. (Comme je les admirais de ne pas recouvrir ces beaux parquets de bois !) Ann et Hugh, assis l'un près de l'autre, feuilletaient un livre d'art, dont ils tournaient les pages avec une lenteur et un soin extraordinaires. Ce soir-là, ils semblaient en extase l'un devant l'autre. Il y avait des jours où ils paraissaient vivre une éternelle lune de miel, pleine d'exaltation, d'hésitations, jamais en repos. L'habitude prenait rarement le dessus. Jamais je n'avais vu de couple dont les moments d'intimité dégageaient une telle impression de triomphe et d'apaisement.

Keith Butterfield, le fils aîné, avait mon âge. Je devais à l'intérêt passager qu'il m'avait manifesté d'avoir été admis au sein de la famille Butterfield. Keith était également assis par terre, non loin de ses parents, captivé par les entrailles d'une stéréo qu'il était en train de se fabriquer. Ses gestes, à lui aussi, paraissaient plus lents que d'habitude, je me demandais si je ne voyais pas tout ça à travers les dernières fumées d'un rêve. Keith donnait de lui l'image exacte de ce qu'il était : le plus brillant élève de l'école, la Hyde Park High School. Il n'arrêtait pas d'apprendre, c'était plus fort que lui. S'il allait voir un film soviétique, même en se concentrant sur les sous-titres, il vous glanait au passage une vingtaine ou une trentaine de mots russes. Il lui était impossible de toucher à une montre-bracelet sans avoir envie de la démonter ; il ne pouvait jeter un coup d'œil au moindre menu sans le graver dans sa mémoire. Pâle, avec des lunettes rondes et les cheveux en désordre, des blue-jeans, un maillot de corps noir, des sandales de beatnik, il tripotait les pièces comme s'il s'agissait de soigner plutôt que de construire l'appareil. Il avait ramassé un petit tournevis et regardait la lampe, au-dessus de lui, à travers le manche de plastique jaune. Sur quoi il fit la moue — il lui arrivait d'avoir l'air plus âgé que ses parents —, se leva et monta à l'étage.

Sammy, douze ans, le plus jeune des deux fils, était allongé sur le divan, quasiment nu, à l'exception d'un short kaki. Blond, bronzé, les yeux bleus, il était d'une beauté si conventionnelle qu'elle en était presque comique — le genre de photos que les filles glissent dans un coin de leur miroir. Il sortait quelque peu du moule. Dans une famille qui cultivait le sens de la singularité, de l'individualité, son génie se caractérisait déjà, semblait-il, par un profond conformisme. Athlète, danseur, vendeur de journaux, briseur de cœurs, Sammy était le moins réservé, le moins secret des Butterfield ; nous étions tous certains, même à l'âge qu'il avait, qu'un beau jour il finirait par être élu président des États-Unis.

Et puis il y avait Jade. Recroquevillée dans un fauteuil, vêtue d'un chemisier trop large et démodé, d'un short peu flatteur qui lui descendait presque jusqu'aux genoux. Elle avait l'air chaste, endormi, l'air désabusé d'une fille de seize ans qui reste chez elle avec sa famille un samedi soir. J'osais à peine la regarder ; j'aurais pu m'élancer à travers cette fenêtre pour la récupérer, tout simplement. Cela faisait dix-sept jours que j'avais été banni de cette maison, et j'essayais de ne pas me demander ce qui avait pu changer en mon absence. Jade avait les yeux rivés sur le mur ; son visage était de cire, sans expression ; le tic nerveux du genou avait disparu — guéri par mon départ ? — ; elle se tenait immobile. Un petit bloc à dessin était coincé entre sa hanche droite et le fauteuil. Elle serrait dans la main un de ces gros stylos à bille à trois cartouches, noire, bleue et rouge.

Mon état d'esprit, ce soir-là, se résume à une conviction encore vivante en moi : je n'ai mis le feu à la maison des Butterfield que dans le seul but de les forcer à sortir, afin de nous retrouver face à face. L'ennui, avec ce genre d'excuses, est qu'il suffit de se les répéter une ou deux fois, et il vous est ensuite de plus en plus difficile d'y croire, inévitablement. Comme lorsque les enfants s'avisent de jouer avec un mot, qu'ils le répètent inlassablement et qu'il perd toute signification. Pied. Pied. Mon alibi est devenu un peu mince (si diaphane que j'y discerne d'autres mobiles au travers), mais je puis affirmer que j'étais bien convaincu, en craquant cette allumette, qu'il était plus indiqué, pour tirer les Butterfield de leur cercle fermé, de mettre le feu à leur véranda que de commencer à crier sur le trottoir ou de jeter une pierre contre leur fenêtre — ou tout autre signal aussi désespéré et dégradant. Je les imaginais déjà : reniflant la fumée dégagée par le tas de vieux journaux, échangeant quelques regards, puis se précipitant au-dehors pour aller constater les dégâts.

Ma stratégie était la suivante : m'assurer que le feu avait bien pris, sauter de la véranda et descendre la rue en courant. Arrivé à bonne distance, m'arrêter pour reprendre mon souffle. Puis revenir sur mes pas tranquillement, en espérant me trouver là au moment où ils sortiraient. Après quoi, je ne suis plus très sûr de mon plan. Foncer et les aider à éteindre ce petit feu ? Ou bien rester là, paralysé, comme si j'étais surpris de les voir, avec l'espoir que Jade ou Ann m'apercevrait et m'inviterait à entrer. Le tout était de les empêcher de passer une journée de plus sans moi.

Je ne me souviens pas d'avoir échafaudé ce plan. Éperdu d'amour, épuisé, j'y avais pensé comme ça, simplement. Et, un instant plus tard, j'avais craqué mon allumette. J'avais attendu un peu (j'avais envie de sauter de la véranda et de détaler comme un beau diable, mes jambes en tremblaient), pour m'assurer que le feu avait bien pris. La flamme soulevait les coins de ce tas de journaux, page par page, le pénétrait sans s'étendre. J'aurais pu l'éteindre en l'écrasant du pied. J'avais bien failli le faire, non par prudence, mais sous l'effet de la panique. Je me rappelle avoir songé : « Ça ne marchera jamais. »

Après avoir traversé une certaine épaisseur de journaux, la flamme avait pourtant fini par gagner le cœur du tas — comme si elle avait trouvé le point idéal pour s'élancer. Ce feu n'était pourtant pas encore très impressionnant. Il n'aurait été suffisant ni pour cuire une truite, ni même, dans l'état nitreux où je l'avais laissé en m'enfuyant, pour faire rôtir une guimauve sur cette faible flamme. Mais il avait pris ; peu de risques qu'il s'évanouisse à la moindre brise, il ne semblait pas devoir s'éteindre. Il était là, réel, vivant. J'avais sauté de la véranda dans les hautes herbes folles qui marquaient la pelouse des Butterfield. Je m'étais retourné un moment pour regarder cette maison gothique, excentrique, cette bâtisse de la Nouvelle-Angleterre en plein cœur de Chicago, puis la fenêtre doucement éclairée du living-room, où aucun visage curieux n'avait encore apparu, et la pile de journaux, presque diaphane derrière un premier écran de fumée, coiffée d'une crête flamboyante. Et je m'étais enfui.

La maison des Butterfield donnait sur Blackstone, dans le quartier de Hyde Park. J'avais couru vers le nord, en direction de la 57e Rue, les genoux vissés. Je n'avais rencontré personne, pour autant que je me le rappelle. Et personne n'était passé assez près de chez les Butterfield pour remarquer ces journaux qui se consumaient lentement. Hyde Park n'était pas encore ce quartier barricadé derrière ses portes qu'il est devenu par peur de la violence. Il arrivait encore qu'on se rencontre dans la rue ; et bien que l'université de Chicago ait déjà sa propre police privée et des autobus spéciaux pour le transport des étudiants, le voisinage était ouvert, vivant, même la nuit. (Jade et moi, avant que ses parents n'aient donné leur aval à notre amour et à toutes ses impitoyables exigences, nous nous promenions souvent dans ces rues à deux, trois, et même quatre heures du matin ; nous nous appuyions contre les voitures en stationnement pour nous embrasser ; nous nous étreignions et nous couchions même l'un sur l'autre sur les marches obscures des perrons, et ne nous étions jamais sentis en danger — nous avions seulement peur d'être dérangés.) Mais ce long pâté de maisons, cette nuit où il aurait suffi d'un seul passant attentif pour tout changer, était désert et n'était plus qu'à moi.

J'abordai la seconde étape de mon plan en atteignant la 57e Rue. J'arpentai lentement le coin de la rue, une minute peut-être, ou moins, si j'en juge par ma tendance à la précipitation en cas d'incertitude. Je repartis vers le sud, vers leur maison, d'un pas de soldat de plomb, tout en songeant à la rapide et plausible explication que je pourrais leur fournir, si Jade ou un autre membre de la famille s'étonnait de ma présence sur les lieux. Mon cœur battait une folle et solitaire chamade, quoique je ne puisse vraiment dire que je regrettais déjà d'avoir frotté cette allumette. Je n'avais pas vu Jade, je ne lui avais pas parlé depuis dix-sept jours (je les avais soupçonnés, sans raison — lorsque Hugh Butterfield m'avait annoncé, en me chassant de chez eux, que Jade et lui avaient décidé de m'exiler pour un mois — de comploter une séparation quasi définitive). Cet exil, ce brutal rejet du centre même de mon existence, accaparaient en moi toute pensée, tout sentiment. Craintes et doutes pouvaient bien bourdonner dans ma tête, ils demeuraient aussi impuissants que des mouches devant ma détermination. J'avais peur de m'être livré à une assez étrange opération en brûlant cet amas de vieux journaux sur la véranda des Butterfield. Il serait absurde de qualifier de *regret* cette nervosité, le fait que je sois ainsi surpris de ma propre réaction. Ma préoccupation principale était que la manœuvre réussisse.

J'étais devant la maison. À quinze mètres de la véranda. Je pouvais constater que le feu ne s'était pas éteint. Il ne s'était pas étendu non plus. Un brouillard de fumée continuait de monter de ces journaux, il n'avait encore alerté aucun des Butterfield. J'avais envie de monter en catimini souffler sur la flamme ou fouiller un peu le tas pour qu'il brûle plus aisément. Je ne voulais pas tenter le sort en y allant trop fort. Tout mon scénario reposant sur un prétendu hasard, je voulais laisser ici une petite place aux fantaisies et aux détours du destin : il pourrait m'être difficile de feindre la stupéfaction, le moment venu, si je combinais trop soigneusement les choses. Je dépassai donc la maison, en direction du sud cette fois, vers le coin de la 59e Rue.

Il y avait des gens, dans la 59e Rue, mais personne de connaissance. Une femme plus âgée (pour moi, elle n'avait pas dépassé la trentaine), assez séduisante, promenait un grand chien roux, tout excité. Elle portait des lunettes de soleil, un chapeau de paille souple, et fumait une cigarette au bout d'un long fume-cigarette noir et argent. Je crois bien l'avoir dévisagée, juste pour me distraire de mes pensées. Elle avait penché la tête, m'avait souri et m'avait dit bonjour. Sa voix m'avait saisi. J'éprouvai un brusque effondrement des entrailles, comme au lit, parfois, quand on a la sensation de tomber. J'esquissai un mouvement sec de la tête, comme un militaire britannique (mon masque du mois, déniché au magasin des accessoires du répertoire psychologique), en songeant : « Je suis en train de bousiller mon horaire. » Il aurait fallu que la vie soit un film pour que mon plan se réalise véritablement comme prévu — je voulais repasser devant la maison des Butterfield au moment même où ils sortiraient. C'était une question de secondes, je le sentais, et je me dirigeai rapidement vers la maison, au trot d'abord, puis au pas de course.

Était-ce mon mirifique plan ou avais-je obscurément deviné que mon feu avait échappé à tout contrôle ? Était-ce l'odeur de la fumée ou cette partie de moi-même qui avait, dès le départ, compris les conséquences de mon geste ? Avait-elle fini par percer cette cuirasse de passion et d'obstination pour lancer son cri d'alarme ? Je courais, mon cœur ne battait plus de la sombre fièvre de l'amoureux, il frappait dans ma poitrine comme un chien en furie contre une palissade.

Je ne comprends rien à la manière dont les feux se comportent ; je ne connais pas les explications scientifiques de leurs ruses et de leurs appétits. La flamme peut jouer frénétiquement de la langue comme un chat, alors qu'elle est à la recherche du combustible, et du meilleur morceau. Naissante, elle est dominée par les éléments. Adolescent, le feu est hardi et astucieux comme une troupe révolutionnaire, il vous enlève par ici quelques faciles victoires, étend par là son pouvoir, consolide, attaque, jubile de triomphe. En pleine maturité, le monde solide vaincu, et tout le reste à sa merci, des colonnes doriques aux éventaires de revues, il devient messianique — il règne sur son domaine avec une autorité cruelle et totalitaire, et semble penser que toute la création lui appartient. Celui que j'avais allumé n'avait pas, quand je me retrouvai devant chez Jade, atteint une incontrôlable maturité, mais il progressait vers une adolescence qui ne craignait ni Dieu ni diable. La flamme centrale, de son quartier général de journaux, avait envoyé des escouades de petites flammes à l'attaque de la maison elle-même. Les mèches s'éparpillaient le long du mur et s'agitaient comme des banderoles orange. Un cercle de feu avait gagné le plancher de la véranda, avait d'abord paru, un court moment, danser autour de la pile de journaux, puis, tout émoustillé d'être en vie, ivre de la folie dont il était né, s'était lancé dans une douzaine de directions à la fois.

J'avais reculé. Je sentais déjà la chaleur sur mon visage, transperçant la passive couche d'air estival. J'avais si bien reculé que j'avais glissé du trottoir et m'étais cogné à la voiture de Hugh, une Bentley qu'il soignait et chérissait depuis dix ans au-delà de toute mesure. Je me frottai le dos — tel l'abruti qui ne s'occupe que des bleus sur son échine tandis que tous ceux qu'il aime sont là, assis, dans une maison qui brûle. Les flammes qui pointaient de ce côté, et celles qui couvraient la maison, étaient plutôt faibles ; elles n'en étaient pas moins nombreuses et avaient pris assez d'assurance pour ne plus cesser de se multiplier. Et soudain, comme si elles étaient réglées par le bouton d'un fourneau à gaz, en un clin d'œil — sans exception — elles triplèrent de volume et d'intensité. Je poussai un cri et me précipitai.

La véranda était à moitié envahie par les flammes — des éclats de toutes parts, un éphémère jardin de flammes. Je rabattis violemment le grillage et essayai d'ouvrir la grosse porte de bois, qui n'était habituellement pas fermée (moins une marque de confiance qu'une mesure pratique pour faciliter un passage incessant). Ce soir-là, cependant, la porte était fermée. Je frappai des deux poings et hurlai non pas « Au feu ! », mais « Ouvrez-moi ! Ouvrez-moi, bon sang ! Ouvrez-moi ! »

Sammy ouvrit. Il allait sortir, d'ailleurs ; ils avaient tous fini par sentir la fumée. « David », dit-il, en levant ses deux mains, comme pour m'arrêter.

Je le tirai au-dehors et me précipitai à l'intérieur. La petite entrée encombrée sentait la fumée, je tournai à droite, d'un mouvement qui m'était familier, pour entrer dans le living. Hugh, près de la fenêtre, reculait en se protégeant les yeux de la main. « On brûle », dis-je. (Hugh devait témoigner plus tard que j'avais dit ça d'un ton « détaché ». C'est inouï, mais je ne m'en souviens pas.)

Il faisait plus chaud dans le salon qu'au plus fort de l'été. Ce n'était pas tellement, semblait-il, la fumée qui l'envahissait que l'air de la pièce qui se transformait en fumée. Le feu, mû par son instinct tactique, avait entouré le chambranle de la plus grande fenêtre et cherchait pour se faufiler le passage le plus aisé. Il tournoyait autour de la carcasse pulpeuse, à moitié pourrie, de plus en plus furieux. Il dansait, dansait comme un groupe de guerriers qui s'échauffent pour la bataille, jusqu'à ce que la vitre éclate sous l'effet de la chaleur. Un long bras orange s'engouffra et enflamma les rideaux.

C'est ici, à cet instant, quand la vitre explosa et que les rideaux prirent feu, que les événements s'enchaînèrent irrémédiablement. Nous étions, je suppose, semblables à tous ceux qui affrontent un incendie : on essaie de vaincre sa terreur en se disant que ce n'est pas si terrible, pas si sérieux. Seul Hugh, qui avait fait la guerre et connu les camps de prisonniers, savait d'expérience qu'une existence ordinaire peut être entièrement bouleversée. Quant à nous, nous avions beau respirer la fumée et la chaleur, les poumons brûlés, les yeux humides, et entendre craquer le bois, nous nous accrochions à l'espoir que le désastre allait soudain suspendre sa course, se retourner et disparaître.

Je m'efforçai de rester calme en m'approchant de Jade et l'entourai de mon bras comme un être conscient de ses responsabilités devant le danger — tout ce que je voulais, vraiment, c'était la toucher.

— Comment vas-tu ? dis-je, mes lèvres près de son oreille.

Ses cheveux sentaient le produit dont elle s'était servi pour sa mise en plis ; son cou était nu, vulnérable.

— Ça va bien, dit-elle, de sa voix basse et fragile.

Elle ne me regardait pas.

« Sauf que je suis... défoncée. Complètement, complètement défoncée.

Elle se protégeait les yeux de la fumée et toussait.

« Et que j'ai peur.

Elle avait peut-être dit quelque chose d'autre, mais je savais maintenant que ce n'était pas de l'herbe qu'ils avaient fumée ; Ann correspondait depuis deux mois avec un cousin de Californie ; elle tentait de l'embobiner pour qu'il lui envoie un peu de LSD du laboratoire auquel il avait accès, et ils venaient d'en avaler. Avec tout le sérieux et le cérémonial d'usage, ils venaient d'ingérer dans un carré de buvard chimiquement traité l'esprit de la « nouvelle conscience », exactement comme ils ingéraient régulièrement celui du Christ dans une hostie épiscopalienne. Épouvanté, je comprenais soudain la lenteur avec laquelle ils avaient tourné les pages de ce livre d'art et les traits figés de Jade, immobile dans son fauteuil...

Ann était près de Hugh, au fond de la pièce. Il essayait d'arracher les rideaux, elle s'accrochait à sa chemise : « Ce n'est pas une bonne idée, Hugh. » Sammy était revenu. Il avait trébuché et était tombé sur les genoux ; il voulait se redresser, mais l'effort était trop grand. (Savait-il que c'est au sol qu'on est le plus à l'abri, dans un incendie ? C'était bien le genre de chose qu'il aurait pu savoir.) À quatre pattes, il levait la tête pour regarder ses parents : « Vous devriez voir ça. Toute la maison est en flammes. » Ann avait réussi à arracher Hugh à ses rideaux — pour ce qui en restait : ils n'étaient plus qu'une langue de feu crachant d'autres flammes. Les murs brûlaient, et, un moment plus tard, ce fut le plafond.

— Je vais appeler, dit Ann, quand le plafond se mit à brûler.

Elle avait dit ça de la voix excédée du citoyen requis de faire appel à la force publique. Sans faire le moindre mouvement vers le téléphone, qui se trouvait pourtant dans la cuisine encore épargnée. Nous étions là dans l'endroit le plus dangereux de la maison, enchaînés, cloués sur place par la stupeur, et moi avec.

On aurait dit que cette maison ne demandait qu'à brûler, comme un cœur qui ne demande qu'à succomber à l'amour. « Comment vas-tu ? » avais-je dit à Jade, et il avait suffi d'un instant pour que tout un mur soit couvert de flammes. Librement, joyeusement, cette maison cédait à l'incendie, s'abandonnait pour l'éternité avec la sauvage passion de celui qui attend l'objet de ses rêves depuis des années. Si l'un d'entre nous en était encore à se demander s'il s'agissait d'un incident domestique ou d'une urgence majeure, il était devenu évident que toutes les conjectures étaient dépassées et qu'il était temps de tout faire pour s'en tirer vivant.

Sammy s'était relevé.

— On ne peut pas sortir par le devant. La véranda brûle, c'est dingue.

Ann secouait la tête. La douleur succédait à l'ennui — une certaine lassitude aussi, au point que je n'étais pas sûr qu'elle voulait vraiment se sauver. Elle était attirée par le feu, comme celui qui, du haut d'un balcon, éprouve un étrange désir de sauter.

Hugh se pétrissait les tempes comme pour apaiser ses pensées.

— Que tout le monde reste ensemble, dit-il. Tenons-nous la main. (Il le répéta à deux ou trois reprises.) On sort par la porte de derrière. Et on reste ensemble.

Je pris la main de Jade. On aurait cru de la glace fondante. Elle n'arrêtait pas de me regarder, tout en me serrant la main de toutes ses forces.

— Par terre, dis-je. On va ramper.

À ma grande surprise, ils m'écoutaient. J'avais compris : tout perdu que je puisse me sentir, j'étais celui qui avait le mieux gardé ses esprits.

— J'ai peur, j'ai vraiment peur, dit Jade.

— Le tout est de garder sa tête, dis-je.

— Oh mon Dieu, dit Hugh. On n'aurait pas dû. Tout ça m'échappe.

Les jointures de ses doigts étaient enfoncées dans ses orbites.

Sammy était par terre, à parler avec quelqu'un qui, s'imaginait-il, était près de lui ; il avait l'air d'être en pleine possession de lui-même en s'adressant à ce fantôme.

— O.K., ça va, dit Hugh. Je sens que ça va mieux.

Jade pressa ma main contre sa poitrine.

— Mon cœur bat toujours ? me demanda-t-elle dans un chuchotement.

— C'est incroyable, dit Ann. Nous n'avons qu'à filer, et nous n'arrivons pas à...

Elle eut un petit rire bref.

— Où est Keith ? criai-je.

— Il est en haut ! dit Jade.

Nous étions à terre ; la pièce était à moitié envahie de fumée, plus qu'à moitié, même. Je pouvais à peine voir l'escalier ; mon seul espoir, en courant vers lui, était que j'y verrais peut-être mieux au premier étage. Mille autres choses devaient m'être passées par l'esprit, la seule dont je me souvienne était aussi l'espoir que quelqu'un — Jade — m'attraperait par la jambe et m'empêcherait de monter chercher Keith.

J'escaladai les marches deux à deux, la fumée était de plus en plus épaisse. Je sentais la chaleur, de plus en plus intense, sans voir les flammes — elles brûlaient à l'intérieur des murs, dans notre direction. J'avais appelé Keith, dans la mesure où je pouvais ouvrir la bouche. J'étais à quatre pattes, la chaleur montait, je la touchais, si tangible que je m'attendais à ce qu'elle me soulève. J'avais envie de vomir, je toussai et crachai au sol. J'étais parvenu au premier étage. La chambre où Jade et moi avions couché ensemble pendant six mois était à un bout du couloir. À l'autre bout, celle d'Ann et de Hugh, aussi encombrée que vaste, tout le monde pouvait y entrer. Au centre, à gauche, la salle de bains, et, de l'autre côté, la petite chambre de Sammy. La porte était fermée. Elle prit brusquement feu pendant que je la regardais.

L'escalier qui conduisait au second était juste à côté. J'aperçus, à travers les couches de fumée rougies par les flammes comme un brouillard coloré par les phares d'une voiture, une silhouette qui bougeait. Je l'avais appelée. Je ne savais si Keith pouvait m'entendre ; les battements de mon sang et les craquements du feu m'empêchaient de m'entendre moi-même. J'avais rampé le long du couloir en m'efforçant de ne pas penser à la mort — mes pensées n'étaient guère héroïques, mais je n'avais pas reculé, je ne m'étais pas enfui. La silhouette avait disparu. Je ne savais si elle était dissimulée par l'afflux de la fumée ou si Keith avait fait demi-tour. Je me demandais s'il se rendait compte que la maison était en feu, s'il savait que le danger était réel, et non pas une illusion. Il devait être défoncé, aucun Butterfield n'était moins capable que Keith de reprendre le contrôle de soi-même : Keith le somnambule, Keith le mystique, Keith le super. Si l'intelligence, chez certains, témoigne à la fois de la force et de la curiosité, le génie de Keith, lui, procédait de son extrême vulnérabilité : tout l'impressionnait, le marquait. Je me serais dit, en toute autre occasion, que les Butterfield, en prenant du LSD en famille, ne faisaient que donner une preuve supplémentaire de leur extraordinaire libération, de leur volonté d'être de leur temps, de partager les risques de la vie. Je les jugeais on ne peut plus sévèrement en les revoyant tituber stupidement, à l'étage au-dessous, pendant que je cherchais Keith à travers cette fumée qui s'obscurcissait. J'avais oublié que c'était moi qui avais allumé cet incendie.

Je m'étais dirigé tant bien que mal vers l'escalier du second lorsque Keith réapparut. La chemise ramenée sur le visage, il toussait et pleurait. Je l'avais appelé à nouveau, il s'était approché en trébuchant, comme si on le poussait. Mon visage était si brûlant que je l'avais giflé dans un geste de panique, en m'imaginant que ma peau avait pris feu.

— Je t'en prie, gémissait Keith. Je n'y vois rien, je ne sais que faire.

Je me précipitai vers lui. Il s'était caché les yeux de son bras, les genoux pliés. Il avait tendu vers moi son autre bras — sans savoir qui j'étais, peut-être. Je lui avais saisi la main et avais essayé de le contraindre à s'allonger ; il s'était raidi, comme électrifié par mon contact.

J'avais hurlé son nom aussi fort que possible en le tirant à nouveau. Il s'était dégagé et avait reculé, tel un esprit qui se prépare à s'évanouir dans l'éther.

Je m'étais relevé avec peine et lui avais tendu la main. Il semblait avoir eu, en me regardant, un éclair de conscience.

— Prends ma main, bon sang, criai-je. Prends ma main !

Keith m'avait regardé en reculant d'un pas. J'avais une peur folle qu'il ne s'enflamme brusquement, comme la porte de Sammy, et ne se transforme en nova humaine. Je me penchai vers lui, l'attrapai par les épaules ; son corps, je le sentais, se vidait de toute énergie. Ses genoux avaient flanché, il s'était écroulé dans mes bras. Un poids mort. Je n'étais pas de taille. J'avais reculé à mon tour en vacillant, et il me suivait ; son front m'avait heurté, sa poitrine osseuse s'était effondrée sur la mienne, nous nous étions vite retrouvés sur le sol fumant, Keith au-dessus de moi.

Mon cœur battait follement, à un rythme incroyable, comme s'il s'attendait à s'arrêter pour l'éternité.

J'avais entendu quelqu'un qui montait pesamment l'escalier. Tournant la tête, j'aperçus Hugh qui courait vers nous. Il rugissait le nom de Keith. Avec une sauvagerie presque aussi effrayante que celle du feu ; ses yeux, même masqués par la fumée, brillaient d'une lueur inhumaine. J'avais beau savoir qu'il n'était revenu que pour sauver Keith, j'avais peur, en le voyant foncer, qu'il ne soit là pour moi — non pour me sauver, bien sûr, mais pour m'écraser le crâne entre ses deux mains puissantes et habiles. Il avait levé les bras, dans un geste de fou, avait respiré profondément, à travers ses dents serrées, et avait rabattu ses mains sur le dos de Keith pour le soulever aussi facilement qu'un sac de plumes.

Ce fut ma dernière image. Keith tentait faiblement de s'accrocher à moi, dans un ultime et dérisoire réflexe, tandis que son père le soulevait. Il tirait sur ma chemise, et j'ai perdu conscience. Le monde s'effaçait. Hugh me regardait, j'avais senti sa main sur mon poignet. Ce ne devait être que lorsqu'il témoigna contre moi que je l'avais appris : il m'avait transporté au-dehors, inerte, sur son épaule (en soutenant d'un bras un Keith qui trébuchait et sanglotait). Les pompiers, entre-temps, étaient arrivés, dans un concert de sirènes, sous les feux croisés des phares à travers les arbres. Hugh, à son éternel regret, m'avait sauvé la vie.

J'avais avoué, pendant que j'étais à l'hôpital de Jackson Park, que c'était moi qui avais mis le feu à la maison. (Les Butterfield étaient soignés dans le même hôpital, mais je partageais ma chambre avec des inconnus.) Je l'avais dit aux premières personnes que j'avais vues, le lendemain matin, ce qui signifie que dans l'ambulance, la salle des urgences, et tout le reste de la nuit, pendant que je reprenais et reperdais alternativement mes esprits, je n'avais rien révélé de ce fait essentiel. À mon réveil, j'avais trouvé mes parents à mon chevet, dans des fauteuils pliants — Rose avait les jambes croisées, elle pianotait sur son sac de cuir verni, Arthur baissait sa grosse tête, de minuscules perles de sueur luisaient sur sa peau, entre ses cheveux clairsemés —, je m'étais raclé la gorge et leur avais dit : « C'est moi qui ai mis le feu. »

Ils s'étaient levés, s'étaient regardés, Rose s'était penchée, ses petites lèvres charnues avaient esquissé une moue, elle avait secoué la tête. « Tais-toi », m'avait-elle dit, en jetant un coup d'œil de conspiratrice apeurée sur mes deux compagnons endormis.

Mais je n'avais pas envie de subir passivement les affres d'une enquête et ce fut le début de tout un enchaînement, de l'aveu au châtiment en passant par les plaidoyers, qui allait me marquer pour des années.

Mon père est ce qu'on appelle un « avocat de gauche ». Rose et lui, en 1967, avaient quitté le parti communiste depuis quinze ans, mais il était toujours de gauche : il refusait de défendre les riches contre les pauvres et ne réclamait pas des honoraires exorbitants. Ses longues heures de travail l'avaient prématurément vieilli. Il restait souvent à son cabinet jusqu'à minuit, il était même arrivé, une fois — Rose aimait raconter cette histoire —, que l'ampoule de la lampe, sur son bureau, ait grillé. Il était demeuré là, dans le noir, sur son vieux fauteuil grinçant, à rédiger sur un grand bloc de papier jaune un acte particulièrement inspiré, relatif à un accident qu'il voulait tirer au clair. Il craignait, s'il se levait pour allumer le plafonnier, de perdre le fil. Le lendemain, il avait vérifié ses notes. Cela aurait pu n'être qu'une plaisanterie, elles auraient pu être illisibles ou absurdes, mais ces trois pages d'idées transcrites à l'aveuglette étaient parfaitement claires et d'un intérêt fondamental en l'occurrence. Ce n'était pas non plus par froide passion du travail qu'Arthur se consacrait totalement à chacun de ses dossiers : il n'aspirait, en toute sincérité, qu'à défendre les faibles contre les forts. Ce qui l'intéressait plus que l'argent, plus que la gloire, plus que son propre réconfort matériel. Sa rage de sauver les gens, parfois, se retournait contre lui devant les tribunaux. Il se mettait souvent en colère, sa voix s'éraillait comme celle d'un adolescent quand il sentait qu'une affaire lui échappait.

Il voulait se charger de la mienne, exactement comme un chirurgien impatient de pratiquer sur un être aimé une opération vitale. Mais c'était hors de question : j'avais besoin, avec cette accusation d'incendie volontaire et de manœuvres criminelles qui m'accablait comme une hideuse robe de cérémonie, d'un défenseur plus crédible que mon propre père. Arthur avait rendu assez de services pour que deux de ses amis, lorsqu'il devint évident que je devais assumer pleinement toutes les conséquences de mon acte, se proposent pour m'assister sans réclamer d'honoraires. Ted Bowen, que je connaissais depuis toujours, et Martin Samuelson, que mes parents considéraient comme un modèle de courage et d'intelligence, un *extraordinaire* dialecticien, un homme qui pouvait vous citer Engels avec lyrisme, un homme qu'ils révéraient plus que tout au monde, depuis qu'ils l'avaient connu au Parti, et dont ils avaient accueilli la généreuse proposition avec autant de gratitude que de stupéfaction.

Voici, brièvement, comment les choses s'étaient passées. J'avais été arrêté pendant mon séjour à l'hôpital et placé, sans être entendu, dans un centre de détention pour jeunes délinquants de l'ouest de la ville. Mon statut général avait fait l'objet de pas mal de chicaneries entre la police, les bureaux du procureur et mes avocats : allais-je être jugé comme un adulte ou traité comme un délinquant mineur ? J'avais dix-sept ans, et Martin Samuelson — ses efforts s'arrêtèrent là, il se lassa vite de mon cas, et plus spécialement de moi — avait réussi à me faire classer dans cette dernière catégorie, de sorte que mon destin devait être scellé non devant un jury, mais dans le cabinet du juge. Entre-temps, j'étais sorti du centre de détention et avais été soumis à une incroyable série de tests psychologiques — on aurait dit un mélange de tests d'aptitudes scolaires et de questions embarrassantes, déconcertantes, qu'un ringard désaxé peut poser à un enfant sous un préau d'école. J'avais interprété des taches d'encre, aligné des colonnes de nombres à trois chiffres, identifié des portraits de Washington, de Lincoln et de Kennedy, et répondu par « Vrai » ou « Faux » à des colles comme : « Est-ce que je vais plus souvent aux toilettes que les autres ? » J'avais été examiné deux fois, la première par un psychologue désigné par le tribunal. Ted Bowen s'était débrouillé pour obtenir une contre-expertise par un spécialiste privé, le Dr. White, charmant vieil homme affligé d'une conjonctivite. (Le Dr. White était le premier spécialiste que je rencontrais qui ne soit pas un ami politique et personnel de mes parents : le Parti avait son contingent de médecins et de dentistes, mais peu de psychiatres.)

J'avais été confié, dans l'intervalle, à la garde de mes parents. Je devais entrer à la fac en automne. J'avais été admis, quelques mois plus tôt, à l'université de Californie, mais Jade étant toujours au lycée et, devant rester à Chicago, j'avais préféré l'université Roosevelt, qui n'était guère l'endroit idéal pour étudier l'astronomie, mais qui avait l'avantage d'être dans le sud de la ville. Cela n'avait plus d'importance ; je n'allais nulle part. La police, les psychologues, mes avocats et mes parents m'avaient dit que je ne devais, sous aucun prétexte, ne serait-ce qu'essayer d'entrer en contact avec Jade ou un membre quelconque de la famille Butterfield. Cette consigne, au début, je n'avais pas eu trop de peine à la suivre. Je n'arrivais même pas à imaginer ce qu'aurait donné notre rencontre, après ce qui s'était passé. Je ne me faisais aucune illusion sur leur compassion ou leur aptitude à voir, derrière mon geste, l'esprit innocent, malade d'amour, qui l'avait commis. Je ne pouvais m'empêcher d'espérer que Jade se manifesterait. Elle ne l'avait pas fait. Cela n'aurait guère été compliqué pour elle.

Je m'étais efforcé, un jour, de passer devant la maison où j'avais vécu de si délirante façon et à laquelle j'avais mis le feu en manquant provoquer la mort de cinq personnes. La police avait tendu une corde de l'une à l'autre des balustrades de fer qui entouraient la véranda : au milieu, une pancarte imprimée invitait les gens à ne pas s'approcher. La maison, étonnamment, tenait toujours debout ; rien ne semblait avoir changé, à part les fenêtres cassées — si ce n'est que le marron et le blanc avaient tourné à une sorte de noir épais et crépi. La véranda même avait disparu, le grenier en forme de chapeau de magicien s'était à moitié effondré, mais la structure était intacte. J'en avais d'abord été soulagé, comme si cela devait aider à combler le vide immense qui s'était fait en moi depuis cette nuit d'août. C'était plus un souhait qu'une sensation véritable, comparable à l'illusion d'apercevoir l'être aimé au coin de la rue que suscite le désir éperdu de le retrouver. Que cette maison tienne toujours debout m'était mille fois plus pénible, en réalité — elle n'avait échappé à une destruction totale que pour mieux m'accuser.

J'appartenais désormais, je le savais, à un vaste réseau d'êtres condamnés : l'amour avait pris un mauvais tournant, et j'avais échoué dans les ronces. Je ne valais pas mieux que les auteurs de coups de téléphone anonymes, les chiens de meute, les dingues, les coupeurs d'oreille, les suicidés cabotins et provocateurs, les clients des détectives privés, les rois médiévaux capables de vous déployer une armée de dix mille âmes pour conquérir les faveurs d'une vierge distante — et qui, devant les champs ravagés, les corps entassés sous le soleil, battaient leur coulpe et s'exclamaient : « Je n'ai obéi qu'à l'amour. » Je regardais fixement la maison, après cette première impression de soulagement, et pleurais, sans en être très conscient. Je n'avais guère arrêté de pleurer depuis le lendemain de cet incendie ; tout esprit sain en aurait fait autant, j'imagine.

La question de savoir si mon esprit était encore *sain*, naturellement, était capitale pour moi. La psychiatrie, pour mes avocats comme pour mes parents, avait beau n'être qu'une espèce de coûteuse astrologie, leur dévouement les conduisait à discuter de mon cas comme si je n'étais qu'une victime des divagations de mon inconscient.

Toutefois, par remords ou par rancœur, ma mère voulait fonder ma défense sur l'étrangeté de cette famille Butterfield, qui méritait bien de telles horreurs. Les Butterfield, selon sa théorie, ne pouvaient pas davantage m'accuser de ce qui était arrivé ce soir-là que l'hôte qui vous a soûlé ne peut vous accuser de lui avoir brisé, en tombant, une porcelaine de prix. Ce *milieu* des Butterfield, aux yeux de Rose, avait provoqué ma chute. Et le fait que Jade prenait de l'Enovid [1] le confirmait. En outre, après mes premières nuits passées chez elle, elle avait de longues insomnies, ainsi que ses parents l'avaient dit, lors d'une révoltante réunion de famille. Ces derniers avaient résolu le problème en nous procurant un lit à deux places, relique de l'armée du Salut passée à l'insecticide et parfumée au Chanel nº 5, un lit monté sur des roulettes qui glissait d'un mur à l'autre quand nous faisions l'amour. Rose aurait donné n'importe quoi pour prouver que les Butterfield s'étaient « drogués » la nuit du drame ; pourtant, je ne lui en avais pas soufflé mot.

Ma mère était prête à citer contre les Butterfield la moitié du quartier. J'avais essayé de l'en dissuader en me moquant d'elle, mais je crois que je savais déjà, à l'époque, que Hugh et Ann étaient antipathiques à des centaines de personnes. Ann me l'avait dit. Elle avait une fois, dans un vague effort pour mettre dans son existence tumultueuse un peu d'ordre religieux, assisté à un office de l'église unitarienne de Hyde Park. Elle ne connaissait nullement les fidèles ; elle n'en avait pas moins senti le poids de leurs regards, lorsqu'elle était entrée, et les avait entendus chuchoter à son sujet. « Distinctement, disait-elle. Je les ai entendus distinctement. Je ne suis pas du genre à fabriquer des histoires comme ça. Je n'en tirerais aucun bénéfice. Je les ai entendus. » Je lui avais dit qu'elle se trompait, qu'elle traduisait ainsi son hostilité à l'unitarianisme, à toutes ces religions insensées (j'étais l'extrémiste officiel de la maison, je pouvais me le permettre). Ann avait probablement raison ; elle ne les connaissait pas, mais ils la connaissaient, et ils la jugeaient. Ces gens étaient les parents des gosses qui traînaient chez les Butterfield, qui dormaient sur leur divan ou dans le jardin de derrière après s'être enfuis du domicile familial, ou qui avaient appris là à fumer et à parler de *coïtus interruptus*. Ou des voisins, peut-être, qui avaient vu cette charmante maison violemment éclairée toute la nuit, en plein été, par des lumières qui ne s'estompaient qu'avec l'aube — je ne peux voir une lumière électrique se fondre dans les premières lueurs du jour sans avoir l'impression de sortir de chez les Butterfield après une nuit d'amour. Et quand Mme Une Telle était venue quêter et avait découvert Ann étendue et en train d'écouter de la musique rituelle tibétaine, avec une grosse bougie carrée qui brûlait en plein jour — oh bon Dieu ! comme on en avait jasé. On jasait de tout. Le fait que Hugh et Ann avaient fréquenté des écoles chics et étaient « de bonne famille », comme on dit, m'avait plus profondément impressionné, moi, fils de vieux communistes, que quiconque. Je pensais que leur

1. Pilule contraceptive américaine.

prestige social, leur mince silhouette, leur solide charpente, leurs dents saines, leurs cheveux propres, leurs intonations aristocratiques les protégeaient davantage de tous ces ragots minables. Leur « éducation » — pourtant ils n'étaient pas riches — les avait en réalité désignés à une attention plus malveillante que d'ordinaire.

Que les idées de Rose aient été prises au sérieux donne la mesure, j'imagine, du désarroi moral de ceux qui étaient « de mon côté ». Mes parents et mes avocats, je ne sais pourquoi, semblaient entretenir l'espoir qu'on reconnaîtrait mon innocence. Non seulement je me refusais à accuser les Butterfield d'être ces êtres immondes, cette lie sans foi ni loi que décrivait ma mère (« d'immatures et impulsifs imbéciles —, leurs enfants eux-mêmes sont immatures »), mais je n'avais aucun désir d'être reconnu innocent. Je ne voudrais pas paraître plus finaud et plus sûr de moi que je ne l'étais (un mois de larmes et de sueurs froides ; le bord du drap portait la marque de mes dents, et mon tiroir était plein de lettres impossibles), mais je *voulais* être puni. Je savais que l'incendie avait été accidentel, mais pas tant que ça ; je souhaitais qu'une instance étrangère intervienne et se charge de me châtier. De voir ainsi mon sort dépendre de la police et des tribunaux, me disais-je, atténuerait un peu la haine que me portaient les Butterfield. D'autres se chargeant de me punir, de décréter que je ne valais rien, que j'étais indigne de vivre parmi les gens décents, Jade et les siens pourraient se laisser aller à prendre mon parti, à être de mon côté, à cesser, au fond d'eux-mêmes, de se venger.

Non, je refusais de dire que les Butterfield avaient pris de l'acide ce soir-là, de raconter des histoires sur leur vie désordonnée. Ted Bowen, qui ressemblait beaucoup à mon père, avec ses robustes dents couleur ambre, son haleine sentant le peppermint et l'unique sourcil qui lui barrait le front d'une tempe à l'autre, avait voulu me rencontrer en privé. Il m'avait emmené dans une cafétéria de la 53e Rue, fréquentée par les ouvriers, et, dans un long discours à la fois solennel et affectueux, m'avait informé des conséquences que pourrait avoir pour moi un verdict de culpabilité. Il m'avait décrit la prison pour mineurs et les humiliations que je subirais. « Ces gars sont le fond du panier, David. Le socialisme le plus élémentaire nous apprend ce que ça peut faire d'un être humain. Ils n'ont rien, ils ne croient à rien, ils vous tueraient pour une moitié de cigarette. » Il se penchait avec un de ces regards qui semblait dire Je-ne-te-dirais-pas-ça-si-je-ne-te-croyais-pas-capable-d'encaisser : « Je ne sais pas si tu sais ce que c'est que l'homosexualité... » Sa voix s'enrayait, ses yeux étaient à la fois si tristes et si sérieux que j'en avais souri, par pure nervosité.

Il me paraissait normal (ce n'est pas une fuite, pas de la lâcheté) de dire, quand je songeais à la façon dont j'avais mis le feu à ces journaux sur la véranda des Butterfield, que j'avais perdu l'esprit. Et la cause de ce moment de folie ? Mon amour pour Jade, évidemment — un amour contrarié et rendu furieux par les Butterfield, qui m'avaient chassé de chez eux. L'amour, l'amour contrarié m'avait fait perdre mes sens. Ce geste n'était pas criminel, ce n'était pas un geste de vengeance aveugle, inspiré par la haine.

Depuis que j'avais appris à aimer Jade, que j'avais été amené à participer à la vie de cette maison, et jusqu'à cette période où j'attendais d'être jugé, il n'y avait rien, dans mon existence, qui n'ait vibré de sens, qui n'ait recelé d'étranges significations cachées, avec un avant-goût de ce que, faute de mieux, j'appellerai l'Infini. Si l'amour implique que l'on ne fasse soudain plus qu'un avec ce qu'il y a en soi de plus désordonné, de plus outrageusement vivant, cette conscience aiguë ne s'était pas relâchée à la longue, comme chez tant d'autres, semblait-il.

Mon cerveau, s'il avait pu proférer un son, aurait fait éclater une rangée de verres de cristal. Je voyais des coïncidences partout ; des implications qui pointaient et dansaient comme des molécules surchauffées. Tout était terriblement complexe ; tout était terriblement simple. Rien qui passe inaperçu, qui ne soit chargé d'un drame quelconque. Délicieuse agonie qui n'avait pas disparu lorsque Hugh m'avait dit qu'il vaudrait mieux que je m'éloigne de Jade pendant un mois, et qui ne s'était pas davantage apaisée après l'incendie et ces semaines que j'avais vécues dans les limbes sans savoir ce qu'on allait faire de moi et, surtout, sans pouvoir la revoir. Mais la décision du juge Rogers avait échappé à la perpétuelle inquiétude d'une conscience exacerbée. Je ne me rendais pas compte que le jugement était proche et que toute l'affaire, brusquement (« Je crois qu'on a eu de la chance », disait Rose), allait être réglée entre mon avocat, Ted Bowen, le procureur et le juge Rogers.

Pas de prison. Pas de maison de redressement. Aucune institution d'État, pourvu que mes parents soient prêts à payer un établissement privé. On m'avait déclaré psychologiquement irresponsable et placé pour un an dans un hôpital psychiatrique, jusqu'à mon dix-huitième anniversaire, après quoi on reverrait mon dossier. Ce n'était même pas une véritable condamnation ; j'étais en liberté provisoire chez les dingues.

L'aversion de mes parents pour la psychiatrie était si profonde et si raisonnée qu'on aurait pu aussi bien parler de m'envoyer au séminaire. (« Considérons que nous avons eu beaucoup, beaucoup de chance », murmurait ma mère à travers ses larmes, mais je savais qu'elle se le dirait bientôt — si elle ne se le disait déjà —, pour terrible que soit la prison, elle aurait été, pour moi, quelque chose que j'aurais pu avoir de commun avec un Staline, avec un Eugène Dennis, avec les Combattants de la liberté espagnols, et des milliers d'autres héros révolutionnaires, alors qu'un séjour dans une institution psychiatrique me ravalait au rang d'un petit futé tirant sans cesse sur sa cigarette, un Oscar Levant, par exemple, un petit rigolo de luxe imbu de lui-même.) J'étais soulagé, cependant, par la décision du juge. J'estimais, en gros, avoir été traité équitablement. J'aurais pu imaginer une totale indulgence, j'en rêvais souvent — « David n'avait aucune mauvaise intention », disait le juge, et l'affaire en restait là — mais cette perspective m'effrayait. Je préférais, tout bien pesé, une mince punition ; je me félicitais de ce que serait un hôpital privé, avec de pimpantes pelouses vertes et les brebis galeuses d'un milieu libéral et privilégié. Le juge avait précisé qu'on en reparlerait dans un an. Avec un peu de chance, et une ou deux oreilles compatissantes prêtes à croire à ma sincérité, à apprécier la grandeur et la constance de mes sentiments, je pourrais sortir dans quelques mois pour reprendre le fil de mon existence au point exact où je l'avais cassé.

Le juge avait prononcé son verdict après qu'un fonctionnaire spécialisé dans la surveillance des libérations sous condition eut interrogé tous ceux qui pouvaient renseigner le tribunal sur ma personnalité véritable. (« Ça ressemble aux coups montés du FBI », disait Arthur. « Le FBI », approuvait Rose, en me regardant tristement, comme pour essayer de me rappeler qui j'étais *en réalité*.)

Le fonctionnaire avait interrogé les psychologues qui m'avaient examiné. Il m'avait parlé. (C'était un jeune homme d'origine japonaise qui voulait prendre l'air amical. « Et pourquoi pensez-vous, *vous*, que vous avez mis le feu à leur maison, Dave ? » disait-il d'une voix confidentielle, comme si c'était la première fois qu'on me posait si directement la question. J'avais balbutié une ébauche de réponse avant de me plonger la tête dans les mains et de pleurer — par habitude, depuis des semaines, dans mon dénuement, je sanglotais, mais aussi, c'était étrange mais indéniable, par ennui. Car cet incendie, en dépit de l'horreur et des ravages, était devenu *partie intégrante* de ma vie, de mon destin passionné, et je trouvais atrocement injuste que plus rien d'*autre*, pour le moment, n'ait d'importance.)

Le délégué à la liberté surveillée avait vu mes professeurs de l'école de Hyde Park, qui lui avaient dit que j'étais un bon élève. Il avait parlé à mes quelques amis et à leurs parents. J'ignore ce qu'il en avait appris — que j'aimais l'astronomie, le jazz, le base-ball, que je lisais des livres, préparais des gâteaux et me complaisais à couper le son de la télé et à lui substituer des dialogues cochons, absurdes, avec tout un éventail de voix. Il m'avait demandé de lui donner les noms des petites amies que j'avais eues, et avait vu leurs parents. Je doute fort que Linda Goldman lui ait raconté qu'elle m'avait débarrassé de mon pucelage dans le sous-sol lambrissé de la maison familiale — un des rares sous-sols du quartier à être ainsi aménagé. Les Goldman étaient dans les affaires ; leur sous-sol était réservé au plaisir : un bar, deux divans, une table de ping-pong et une table de poker octogonale, recouverte d'un tissu tropical feutré, avec des niches tout autour pour les jetons. Non, je ne crois pas que Linda lui ait soufflé mot de nos ébats de cet après-midi-là ; je ne suis même pas sûr qu'elle s'en soit souvenue. Tout ce qui aurait pu distinguer ma visite de toutes les autres qu'elle accueillait avec une soif non moins tendre d'autodestruction, c'était la voix de son père dans les conduits du chauffage : « J'aurais juré qu'il restait une cuisse de poulet dans le frigo. Je l'aurais *juré.* » Quant à mes autres amis, y compris mes petites amies, ils appartenaient à un monde choisi par mes parents. Bien que mon père, en particulier, ne tienne pas à ce que je sois « un gosse de rouges », un fils de communistes ne fréquentant exclusivement que d'autres enfants de communistes, les pressions, la nervosité de mes parents m'avaient imposé, par défaut, une vaste majorité d'amis du même milieu. Et aucun d'eux, bien sûr, n'avait dit quoi que ce soit qui aurait pu m'être défavorable : les parents, amis de Rose et d'Arthur depuis des dizaines d'années, étaient probablement des experts en matière de témoignages, leurs enfants, ayant hérité par osmose de la prudence verbale qu'engendre la persécution politique, avaient probablement répondu à toutes les questions sur un ton calme et sincère, sans commettre la moindre bévue.

Le juge Rogers m'avait donné une semaine pour dire adieu à mon heureuse adolescence et me préparer à entrer à l'hôpital Rockville, à environ cent soixante kilomètres de Wyon, dans l'Illinois. Il m'était toujours interdit, naturellement, de prendre contact avec les Butterfield — ou même de tenter d'obtenir de leurs nouvelles. Hugh s'était montré mon pire adversaire. Il avait harcelé le tribunal à mon sujet ; les seuls éléments qui pouvaient conduire Rogers à être moins indulgent venaient de lui. Ce qui m'avait blessé sans me surprendre. J'en avais éprouvé ce terrible écœurement qui vous saisit quand vous devez reconnaître le bon droit d'un agresseur. Je comprenais, je *souscrivais* même, dans ma confusion, mon isolement, ma passion maladive, à ses griefs et au droit qu'il avait de vouloir que je sois puni avec la plus extrême sévérité — mais je voulais croire qu'il était le seul, qu'Ann, et Jade surtout, ne l'imitaient pas. Quant à tenter, dans un geste désespéré, d'entrer en contact avec eux — je n'aurais pas même su comment m'y prendre. J'ignorais même où ils vivaient. Étaient-ils à l'hôtel ? S'étaient-ils séparés pour être hébergés dans deux ou trois maisons amies ? Étaient-ils partis chez les parents de Hugh, à la Nouvelle-Orléans, ou chez la mère d'Ann, dans le Massachusetts ?

J'avais écrit une centaine de lettres que je n'avais pas osé envoyer. J'avais écrit à Keith, à Sammy, à Hugh. J'avais écrit plus d'une douzaine de lettres à Ann, et plus de soixante-quinze à Jade. Autant d'excuses, d'explications, de raisonnements, d'autodénonciations capables de dépasser leurs plus amers ressentiments. Des lettres d'amour — dont une barbouillée, en guise de signature, du sang de mon doigt coupé. Autant de supplications, de souvenirs, de serments empreints de la délirante ardeur de l'exilé. J'écrivais à l'aube, dans la salle de bains, au milieu de mes nuits de désolation, j'écrivais, j'écrivais. J'écrivais des poèmes, que je copiais ou composais. J'expliquais au monde entier que ce que Jade et moi avions trouvé l'un dans l'autre était plus réel que tout autre monde, plus réel que le temps, plus réel que la mort, plus réel qu'elle et moi.

Un vendredi, la veille du jour où mes parents devaient me conduire en voiture à Wyon, j'avais reçu une lettre. Elle était habilement camouflée dans une enveloppe de la Student Peace Union, dont j'étais membre et qui représentait, aux yeux de mes parents, mon côté le plus positif. Elle était adressée, de façon administrative et familière à la fois, à D. Axelrod, et était arrivée avec un numéro de la *Saturday Review*, à laquelle des amis de mes parents m'avaient abonné pour mon dix-septième anniversaire. Ma mère m'avait tendu le magazine et l'enveloppe — un peu sèchement, pensais-je, pour ce qu'elle devait contenir. Une convocation à une réunion à laquelle je ne pourrais pas aller ? J'avais déchiré l'enveloppe devant mes parents et en avais tiré, rédigée dans un style si parfaitement impersonnel qu'on avait peine à croire qu'elle avait été conçue par une main humaine, moins encore par cette jeune main tremblante, une lettre de Jade : « David, oh David, je souhaite que tout aille bien. »

Je ne devais plus avoir de ses nouvelles pendant mon séjour à Rockville.

2

L'hôpital Rockville avait été construit par un certain James Marshall Nelson. Il en avait conçu les lignes sobres, modernes (le modernisme des années vingt, celui du Bauhaus), pour lui donner une allure aussi tape-à-l'œil que fonctionnelle : des escaliers en colimaçon du haut desquels il était presque impossible de se jeter ; des parquets de noyer sombre fleurant l'aisance de bon ton et le lustre de l'efficacité. On prétend qu'il l'avait construit pour lui-même, car il sentait venir la folie et voulait se retrouver chez lui. Nelson, héritier d'une banque agricole, avait fait la Première Guerre mondiale, était resté en Europe après ladite Grande Guerre, et y avait apparemment rencontré Sigmund Freud. Celui-ci ne l'avait pas analysé, mais notre jeune héritier, quand il était rentré au pays, s'était présenté comme un de ses disciples et s'était consacré, âme et fortune, à la création de ce qui devait s'appeler la Wyon Mental Hygiene Foundation.

Nelson, après la construction du bâtiment, avait engagé des sommes considérables pour recruter un certain nombre de psychiatres. Je me suis souvent demandé quelle sorte de spécialistes se seraient volontairement installés à Wyon, Illinois. Les paysans et hommes d'affaires des environs auraient préféré se pendre aux chevrons d'une étable plutôt que de mettre les pieds dans ce genre d'hôpital. Il n'était guère fréquenté que par les ivrognes du coin qui préféraient se dessoûler là plutôt que de se faire tarabuster chez eux ou en prison. Et l'institution avait vite acquis une sorte de célébrité folklorique : les mères menaçaient leurs garnements de les y envoyer, les maris conseillaient aux épouses difficiles d'y faire un séjour, et il courait sur Rockville un tas d'histoires de fantômes, d'orgies, de généraux allemands en fuite, de viols et de métamorphoses.

Les établissements bancaires de Nelson avaient fait faillite, en 1929, avec un tas d'autres, les meilleurs et les pires. La Fondation fut rapidement sans le sou. Les derniers employés abandonnèrent une cinquantaine de lits, dont quarante-neuf étaient vides. Le seul malade qui restait n'était autre que James Marshall Nelson. Il demeura seul à Rockville, où il quitta sa chambre pour l'austère petit appartement du médecin-chef. Il se soigna tout seul, prenant d'abondantes notes sur les progrès de son auto-analyse — ces notes, revues par sa cousine Marie Nelson Abish, furent publiées dans les années cinquante sous le titre : *le Pèlerinage intérieur*. Ces notes semblaient être le produit d'un esprit médiocre, didactique, impersonnel : la cousine, soucieuse de respectabilité et prise de panique, avait peut-être gommé leur côté tragique et chaleureux.

Nelson, cependant, était vengé. Rockville était resté vide pendant des années, puis avait été acheté, peu après la parution du *Pèlerinage intérieur*, par un groupe de psychiatres qui, en opposition avec les caciques de leur corporation (et doués, je suppose, d'un solide sens des affaires), avaient voulu s'installer dans leur propre établissement. Rockville, bien que les contrées agricoles et les nouvelles banlieues avoisinantes ne lui aient guère envoyé de clients, fut bientôt connu dans tout le Middle West comme une des institutions les plus progressistes, les plus humaines du genre — où les parents pouvaient expédier un enfant difficile, déroutant, non seulement sans éprouver le moindre sentiment de culpabilité, mais avec quelque espoir. L'endroit idéal pour guérir ; le personnel, jusqu'aux infirmières et aux hommes de peine, était ouvert à toutes les différences humaines, leur conviction tacite étant que ce qu'on tient aujourd'hui pour déviation peut fort bien faire de vous, demain, un authentique génie. Il était inévitable qu'un traitement aussi doux soit réservé aux privilégiés. L'hôpital essayait de consacrer une part de son budget à l'admission, de temps en temps, d'un patient appartenant aux classes défavorisées. Déchirante épreuve de conscience : les dirigeants de Rockville étaient sincèrement persuadés qu'un être jeune en détresse ne pouvait trouver nulle part ailleurs des soins comparables, et il n'était pas facile de choisir parmi des centaines de candidats sans le sou. Et ceux qu'on refusait ? C'était quasiment les condamner à une thérapeutique inappropriée, sinon aux mauvais traitements ; c'était leur fermer les portes de l'Arche.

Je ne vois pas comment j'aurais pu entrer à Rockville sans l'argent de mon grand-père. Rose et Arthur, même avec leurs économies et ce qu'ils avaient mis de côté pour mes études, n'auraient pas pu payer le montant de la pension, une somme de 25 000 dollars par an. (Je le suppose, car je n'ai jamais su exactement quelle était leur situation financière. De tous les sujets vulgaires, indignes dont on m'avait appris à ne pas discuter, l'argent était le plus tabou. Mes parents ne me répondaient pas quand je leur demandais combien avaient pu coûter mes jouets, mes chaussures, ou même la viande qui était dans mon assiette. Si j'avais voulu voir leur livret d'épargne de la Hyde Park Bank, ils auraient eu la même réaction — pour employer une image grossière et adéquate — que si je les avais priés de ne pas tirer sur la chaîne pour que je puisse examiner leurs selles.) Mais le père d'Arthur, Jack Axelrod, avait de l'argent. Arthur avait beau avoir rompu avec lui lorsqu'il s'était inscrit au parti communiste, pendant ses études de droit, Jack n'en était pas moins resté, à distance et de façon sporadique, mon grand-père — dont la tendresse frustrée empruntait de faux accents de tribalisme juif : « Tu es mon seul petit-fils. Les autres n'ont eu que des filles. » Retiré des affaires, il menait une vie oisive et solitaire dans un de ces villages de Floride où les gens prennent leur retraite. Il avait orné ses murs de photos encadrées de l'oncle Harris, de l'oncle Seymour et de la tante Hannah ; il avait mis la mienne là où logiquement aurait dû pendre celle d'Arthur.

Hostile et respectueux à la fois de ces principes étrangers dans lesquels on m'élevait, il ne savait jamais que m'envoyer pour mon anniversaire ou pour Hanoukkah. Il m'adressait ainsi, deux fois par an, 25 dollars en argent liquide, comme si les gens de notre espèce ne savaient pas ce que c'était qu'une banque. J'avais conservé cet argent sur un compte spécial. Un jour, dans le courant d'un treizième été assez tourmenté, je l'avais brusquement encaissé et converti en un billet d'avion pour la Floride, où j'étais parti en plein milieu de la journée, mon maillot de bain sous mon jean, sans un mot à mes parents. Jack m'avait gardé, secrètement, pendant quarante-huit heures. Il m'avait présenté à ses partenaires, avec lesquels il jouait aux cartes. « Pas vraiment des *amis* », me disait-il dans un clin d'œil complice. Il m'avait regardé nager dans sa piscine et m'avait laissé boire au dîner mon demi-verre de bière d'importation. Je lui avais dit, je ne sais pourquoi, que je voulais rester. Je ne le croyais pas capable de comprendre. J'aurais trahi mes parents, s'il avait compris, car il était leur ennemi. Pas d'abus ou de négligences à leur reprocher. La vérité — pour moi — était tout simplement que je voulais vivre avec lui parce que mes parents m'ennuyaient ; j'en avais assez de leurs douces remontrances, de leurs soupirs, de leurs visages composés, fermés. De voir comment on pouvait facilement les tromper, les calmer, leur mentir sans effort, de constater qu'ils ne me confiaient jamais rien d'essentiel. Des gens dont la grande duperie est que, pour eux, rien n'est mal, rien n'est étrange, rien n'est inexplicable ou extraordinaire. J'aurais pu leur dire que je rêvais chaque nuit de voyager en soucoupe volante, que je me réveillais chaque matin avec une petite pierre rouge dans ma main crispée, ils auraient répondu : « Ne t'inquiète pas, ça arrive très souvent, à ton âge. » La vie avec mon grand-père paraissait tellement plus excitante, avec ses souvenirs d'Europe, son passé de rapace qui lui avait permis de multiplier par deux le moindre dollar avant d'y ajouter un zéro, ses effrayantes et désopilantes histoires, l'employé qu'il avait chassé parce qu'il le regardait « drôlement », et l'autre qui avait empoigné les seins d'une cliente ; il était tellement plus excitant de vivre avec cet homme au ventre mou et au doigt de granit sous un éternel soleil, la mousse parfumée de la bière d'importation sur mes lèvres et les indolents murmures de l'Atlantique tout proches dans mes oreilles.

J'écrivais souvent à Jack, de Rockville, des lettres sans importance, pour lui donner des nouvelles, qui commençaient par « Cher Zadie » et finissaient par « Ton petit-fils affectueux ». Je rédigeais ces lettres dans un esprit de stratégie fallacieux, complètement fabriqué. De croire ainsi que je me devais d'entretenir mes liens d'affection avec Jack pour qu'il continue de m'aider financièrement ajoutait un peu de sel à de monotones et stagnantes journées. C'était totalement absurde, bien sûr, mais j'avais besoin de croire qu'il me fallait manœuvrer habilement, dans mon cas, qu'il me serait bénéfique de garder le sens des nuances. Tel un paranoïaque solitaire avec sa collection de manies et de rituels, je m'étais construit un bathyscaphe où je pouvais m'isoler pour quelque astucieux et redoutable projet, dans l'océan désespérément sombre de mon existence. Ce qui impliquait non seulement que je continue de dorer la pilule à Jack Axelrod, mais que je renifle la nourriture et que je refuse aspirine et vitamines, quoique je n'aie eu absolument aucune raison de craindre que les médecins ou les infirmières me fassent avaler des tranquillisants — les drogues, l'isolement, les électrochocs, toutes ces formes médicales de la coercition étaient virtuellement inconnues à Rockville, et ce genre de traitement, de toute manière, n'aurait pas été appliqué à l'un des membres les plus dociles de notre « communauté thérapeutique ». Cette vigilance conférait à la routine un peu de relief ; je me considérais comme un soldat, un prisonnier de guerre, et mes je-ne-demande-qu'à-vous-faire-plaisir relevaient de la grande diplomatie — une diplomatie de paix non entre moi et le reste du monde, mais entre cette partie de moi-même qui commençait à s'adapter à la vie dans une institution psychiatrique et l'autre, encore empêtrée de honte.

Je me demandais si la direction ouvrait et lisait mes lettres à Jack Axelrod, si elle passait également au crible les brèves réponses méticuleusement dactylographiées qu'il m'adressait parfois. Pour ce qui était des messages de révolte plus passionnés que j'aurais voulu lui envoyer, j'imagine que j'aurais pu les glisser à mes parents lors de leurs visites bi-hebdomadaires ; ils les auraient postés, lancés au vent sauvage et tumultueux du monde extérieur. Je ne vois d'ailleurs pas ce que j'aurais pu dire à mon grand-père qui aurait pu éveiller les soupçons (je savais qu'on doutait de la sincérité du patient). Bien que nos situations respectives aient eu, à mes yeux, quelque chose de commun, lui parmi tous ces étrangers dans la suave société policée d'un jardin communal, moi en train d'apprendre à jouer de la guitare et à chanter *Michel ramène le bateau* en compagnie de congénères que je n'aurais jamais fréquentés ni regardés deux fois en d'autres circonstances. Mais Rose et Arthur n'auraient pas été mes complices si j'avais recherché avec Jack des contacts plus intimes, plus risqués ; mes rapports avec lui les gênaient : ils étaient restés chez eux le week-end où il avait pris l'avion pour me rendre visite.

Je n'avais naturellement pas osé mettre sous enveloppe les lettres que je brûlais vraiment d'envoyer : mes lettres à Jade. Je n'aurais pas pris ce risque, même si j'avais su où les adresser — ces pages et ces pages de frénétiques gribouillages étaient au centre de la vie secrète que je menais à Rockville ; je n'y avais jamais fait consciemment la moindre allusion, même auprès du Dr. Clark, le psychiatre qui s'occupait de moi, que j'*aimais bien* pourtant, et avec lequel je bavardais cinq heures par semaine. Je priais le ciel pour que Jade puisse savoir que je lui écrivais ces lettres impossibles. Je croyais, j'en avais besoin, à toutes sortes de miraculeux phénomènes mentaux, à la communication télépathique la plus précise, à la faculté, inhérente à une pensée aussi riche que magnétique, que j'avais de lui envoyer des signes vibrants, indiscutables — une constellation en forme de cœur, un vent qui lui aurait parlé, une chenille qui l'aurait trouvée seule sur une étendue d'herbes folles, aurait grimpé le long de son bras, se serait arrêtée au coude, aurait tourné vers elle ses gros yeux durs et lui aurait insufflé le flot incessant de mes obsessions. Si quelqu'un m'avait dit que mon séjour à Rockville allait durer deux ans, cinq ans, ou même dix ans, j'aurais peut-être trouvé assez d'habileté et de courage pour communiquer avec Jade. Dès le moment où je m'étais installé dans ma chambre, où je m'étais mis à ranger mes chaussettes roulées en boule et mes maillots de corps bien pliés (la commode de sapin dégageait un doux parfum qui me rappelait la maison des Butterfield), je n'attendais plus que ma libération, mes retrouvailles avec Jade. Et il ne s'agissait pas de mois, ma libération pouvait survenir n'importe quand, n'importe quel jour.

Je ne voulais rien faire qui puisse attirer le soupçon. J'estimais, comme Rose, que je relevais davantage de la prison que de l'asile de dingues, et j'étais bougrement content d'être enfermé ici. Mon psychiatre m'avait dit que rien n'effraye plus les gens, quand ils pensent à la prison, rien ne les terrifie plus que le risque d'un viol anal — plus horrible pour eux que d'être séparés des êtres chers, que de perdre un temps précieux, que de voir leur carrière ruinée, etc. Je ne sais où il voulait en venir, s'il considérait ça comme un vestige de notre passé de babouins ou s'il voulait insinuer que cette phobie n'était que le masque carnavalesque d'un désir latent. Je frémissais à l'idée d'être offert à tout un pavillon de maniaques. Baiser quelqu'un par-derrière a quelque chose d'incroyablement cruel. C'est outrager le corps. Comme de faire des grimaces à un aveugle. Quoi qu'on dise, je le sais, on est suspect, quand on parle de ces choses. Vous dites que vous aimez être baisé par-derrière, c'est déjà bizarre ; vous osez préciser que cette idée vous répugne, c'est encore plus bizarre. Je ne pouvais m'empêcher d'y penser, avant que mon affaire soit réglée, il n'était pas certain que je m'en tirerais en plaidant l'irresponsabilité, je pouvais finir à Joliet [1]. Je n'avais jamais connu ce genre de rapport sexuel, de quelque côté que ce soit — même la vieille farce de collégien, soûler une fille et lui mettre la main au panier, je trouvais ça mal, insensé. Quoiqu'un grand nombre de filles soûles ne demandaient que ça !

Un jour, comme nous faisions l'amour, Jade et moi, dans sa chambre, à l'époque où nous venions d'hériter de ce lit à deux places, nous baisions tellement qu'elle était aussi mouillée qu'une rivière ; elle ne me sentait presque plus, je ne la sentais presque plus moi-même. Nous voulions continuer, pour des raisons qui n'étaient pas tellement physiques ; elle s'était retournée sur le dos et soulevée sur ses genoux.

1. Prison de Chicago *(NdÉ)*.

Je croyais qu'elle me demandait de la pénétrer par-derrière, cette position donnant l'illusion de l'étroitesse et de la nouveauté à la fois, nous l'avions souvent essayée. Son dos était trempé de sueur, les draps étaient comme de la neige fondue. Moi aussi j'étais en sueur, je haletais, j'avais mal partout, je ne voulais pas m'arrêter, aucun de nous deux ne le voulait. La friction de nos corps, le besoin que nous en avions, à ce stade, n'avaient plus rien à voir avec le plaisir, en vérité. C'était plutôt une tentative de nous *effacer* réciproquement, d'exploser hors de nos corps, de rejoindre la matière pure. La petite chambre était éclairée par la douce lumière de l'après-midi, Jade avait écarté ses jambes et m'avait offert sa croupe, j'avais contemplé cette moitié de vagin, avec ces poils foncés détrempés qui bouclaient et tirebouchonnaient. Je ne comprendrai jamais l'effet que ce spectacle avait eu sur moi. Il avait été si puissant, si écrasant, que j'avais pensé — et ne cesserai de penser — que j'étais né pour regarder ce corps, pour contempler ce visage, ce cou, cette poitrine, ce sexe, et que j'en avais éprouvé un sentiment de chaleur, d'espace, qu'aucun mot ne saurait approcher. J'imagine, après tout ce baisage, cette inondation, que je ne bandais plus qu'aux trois quarts. La vue de ce dos m'avait totalement ragaillardi, j'avais immédiatement plongé. Elle m'avait arrêté et m'avait dit quelque chose de déconcertant, comme « Mets-le dans l'autre », quelque chose d'inattendu mais que j'avais parfaitement compris. Je n'avais pas voulu refuser, mais j'avais tout de suite éprouvé une certaine nervosité. Nous n'avions jamais fait ça, je ne voulais cependant pas la frustrer dans sa soif de nouveauté. J'avais maladroitement visé l'autre orifice, de ma verge violacée, incertaine et aveugle. Jade, comme la première fois que nous avions fait l'amour, avait dû la guider, sauf qu'elle m'entraînait, cette fois, sur un chemin que mon cœur et mon esprit se refusaient de suivre. J'avais reculé. « Je ne peux pas, avais-je dit, ça te ferait mal, obligatoirement. — Tu crois ? avait-elle dit. Tout le monde le fait, pas seulement les homos. » Elle venait de lire un ouvrage sur les Mohicans du... de quel pays, le Pérou ? Ils étaient connus comme sodomites, les conquistadors espagnols et les Incas eux-mêmes allaient jusqu'à les punir de mort pour leur apprendre à baiser de façon plus productive, mais les Mohicans tenaient ferme à leurs habitudes. (Je ne me rappelle pas si c'était au lit qu'elle m'avait donné cette leçon d'anthropologie, ou plus tard.) Jade m'avait ramené sur elle, en me collant la verge contre son trou du cul. Elle serrait l'oreiller de sa main libre et respirait en soufflant consciencieusement, comme pour mieux s'ouvrir à moi, ce qui n'avait servi à rien, son anus était aussi bouché qu'un nombril. Il me rejetait obstinément, je le sentais bien. « Tu vois ? » lui avais-je dit. Jade était prisonnière de sa logique ; elle s'était mis un doigt dans le vagin pour le mouiller et l'avait promené autour de l'orifice. « Essaye encore, m'avait-elle dit. Ou pourquoi est-ce que tu ne commencerais pas par l'endroit, pour te lubrifier, toi aussi ? » Quelle astuce ! Je me sentais pris d'une espèce de terreur sexuelle. D'où venait cet entêtement ? Quelle était l'origine de cette obstination, de cette brusque soif de sensations nouvelles ? La nostalgie d'un passage oublié, qu'elle voulait rouvrir ? Y avait-il, au fond de nos contacts physiques, un désespoir, une honte qu'elle voulait exorciser ? « Je ne veux pas », avais-je répété, le nœud collé au centre plissé de son cul, qui passait du violet au mauve. Il s'ouvrait légèrement. J'avais dû le pénétrer sans trop m'en apercevoir. Il frémissait comme un chiot, comme un petit cœur terrorisé ; j'avais pu, en un éclair, voir l'intérieur, un rouge translucide, aussi éclatant que la braise. « Pourquoi pas ? » avait-elle insisté. Sa voix était sourde. Tout son poids portait sur le front. « Je ne sais pas, pas d'attaque, quelque chose comme ça. » J'étais assez épuisé pour être prudent. Elle avait roulé sur le dos, soudain. Une petite plume grise, rabougrie, échappée de l'oreiller, était collée par la sueur entre ses petits seins, elle l'avait attrapée par la tige et la roulait entre ses doigts. « Je pensais que ça te plairait, avait-elle dit. — Non, ça ne me plairait pas », avais-je répondu. Mon estomac palpitait comme un cœur. Je m'étais étendu près de Jade, ma jambe sur ses cuisses, et l'avais prise dans mes bras. « Je ne suis pas encore prêt, avais-je dit. Il ne faut pas. Ça te ferait mal. Ça ne serait pas bien. — Mais si, avait-elle dit. Puisque c'est toi et moi, et qu'on s'aime. Aucun des deux ne l'a jamais fait, c'est pour ça que je le voulais. Ce serait notre secret. » Nous nous étions tus un moment, tous les deux. On entendait les bruits habituels de la maison. Sammy et son équipe étaient en bas, ils jouaient au poker, s'engueulaient à propos de chaque carte. (J'ose à peine penser à ce qu'ils auraient fait s'ils avaient joué pour de l'argent.) Keith était au second, il écoutait un disque de Joan Baez, si fort qu'on aurait dit une vieille pocharde. « Pas de chansons d'amour / Tu réveillerais ma mère. » Les paroles nous enrobaient, dans ce silence un peu embarrassé ; j'avais éclaté de rire, Jade avait suivi. Ce n'est qu'après, après mon départ de Rockville, que j'en avais saisi tout le sel, lorsque Ann avait avoué à quel point nous l'obsédions, Jade et moi, et comment la chaleur de nos ébats avait rallumé ses ardeurs assoupies.

Le Dr. Clark me l'avait déconseillé, mais j'avais épinglé sur le mur un calendrier et barrais les journées d'un X — à minuit une, exactement, quand je ne dormais pas. J'étais constamment terrorisé par le temps. Il passait trop vite, la vie brûlait ; ou il s'écoulait trop lentement, le jour de ma libération était toujours aussi éloigné.

Chaque journée était une victoire et une humiliation. Mais une partie de moi-même refusait toute notion de temps ; quelque chose en moi restait étranger à cette nervosité, à ces accrochages quotidiens. Ce que j'avais de meilleur et de plus secret, sans doute, je ne voulais pas le sacrifier à cette guerre que j'étais en train de perdre. De même qu'aucune nation sensée n'envoie ses meilleurs tacticiens et ses plus vibrants poètes aux avant-postes quand la bataille fait rage. Toute une moitié de moi, pendant mon séjour à Rockville, était demeurée à l'abri dans son bunker d'éternité tapissé de plomb.

Cette carapace d'éternité sur la moitié de mon cœur devait contribuer à ma détérioration. Car je ne m'étais virtuellement pas fait d'amis, à Rockville, et j'étais plus isolé que je n'aurais dû l'être, plus séquestré que je ne l'aurais voulu : ma solitude, la plupart du temps, était écrasante. Ma volonté de préserver une partie de moi-même des réalités collectives, dans cette communauté composée d'êtres sensibles, ne pouvait qu'être constamment remarquée. On m'évitait, on m'attaquait, on me frôlait, on m'ignorait, ou pire, bien pire, on me courtisait, on me talonnait, on me séduisait, on me défiait, on me roulait. Mon propre médecin se croisait les bras et secouait la tête quand il m'écoutait, et — il m'est pénible de l'avouer — il se contentait d'un « ho-hum, David » quand je me lançais dans une description soigneuse et prudente de mes sentiments. « Quelle est ta couleur préférée ? » m'avait-il demandé, un jour. « Le bleu », avais-je répondu, en pensant à Jade, à sa chemise Oxford, à l'encre de sa dernière lettre. Le Dr. Clark s'était penché vers moi, son visage étroit proche du mien — une veine de la grosseur d'un doigt d'enfant battait sur son grand front d'ivoire, on aurait dit la membrane reliant des frères siamois : son cœur et son cerveau. « Le bleu ? » avait-il dit. J'avais évité son regard pour hocher la tête à mon tour. « Je ne te crois pas. » Il s'était claqué les genoux et levé. Il avait mis les mains sur mes épaules, j'avais reculé. « Je ne crois pas que ce soit le bleu. Même pour ça, tu ne me dis pas la vérité. Tu ne sais pas dire la vérité, David ? »

Bien sûr que je savais. La vérité était que je ne pouvais pas. Je n'étais pas là pour les mêmes raisons que les autres. Je n'étais pas une victime du LSD, ni un boulimique ; je ne m'imaginais pas que la pelouse pleurait, la nuit, parce que j'avais marché dessus. On avait beau m'inciter à fouiller mes sentiments, à exprimer tout ce que je ressentais pour recouvrer toute ma personnalité, ce n'était pas pour cette découverte de mon véritable moi qu'on m'avait placé à Rockville. J'étais là par décision de justice, pour changer. Et je voulais changer. Mais il y avait des choses que je ne pouvais pas dire — si je voulais que Clark confirme que je pouvais partir. Je ne pouvais pas dire que j'écrivais à Jade, en secret. Je ne pouvais pas dire qu' « aller mieux », pour moi, ne signifiait qu'une chose : retrouver Jade, Ann, Hugh, Sammy, Keith — Jade surtout, la retrouver pour la serrer à nouveau contre moi, lui faire comprendre, comme je le comprenais moi-même, que *rien* n'avait changé. J'étais disposé à parler de tout le reste, sans jamais avouer que cette partie de moi-même qui devait changer, par décision de justice, était aussi vivace et irrationnelle que jamais.

Que mon amour pour Jade ait été, à mes yeux, une suprême et inaccessible vérité m'avait protégé du désespoir qui étreignait un grand nombre de patients ; il expliquait aussi que j'aie déjà passé une bonne année à Rockville et n'aie guère de chances immédiates d'être libéré. Ted Bowen (qui m'assistait gratuitement, refusant l'argent que mes pauvres parents tentaient de lui glisser et négligeant de déposer les chèques qu'ils lui envoyaient à son bureau d'Oak Street) avait présenté nombre de requêtes au juge Rogers, pour tenter de lui faire commuer ma prétendue libération sous condition, mais il était clair (Rose et Arthur essayaient de me le cacher) qu'il n'était pas sérieusement question que je quitte Rockville.

Rose et Arthur m'avaient rendu leur visite dominicale, quelques jours après le premier anniversaire de mon internement. On était à la mi-septembre. Les premières taches grises apparaissaient dans le ciel, la tendre pelouse qui servait de terrain de golf, toujours verte, n'en avait plus pour longtemps. J'avais encore, pour les saisons, une sensibilité d'étudiant — les premières fraîcheurs évoquaient d'alléchantes perspectives pleines de cahiers vierges, de bonnes intentions, de nouveaux professeurs, de retrouvailles avec les amis. La panique, le désespoir que j'éprouvais à ne pas avoir été libéré étaient d'autant plus cruels qu'on était en septembre. Le monde changeait, moi pas.

Rose et Arthur paraissaient toujours mal à l'aise, un peu pitoyables, quand ils venaient à Rockville. Ils ne croyaient pas aux traitements psychiatriques. Ils auraient préféré qu'on envoie les jeunes névrosés dans les forêts domaniales, pour les entretenir un peu, ou dans un atelier de montage, pour niveler leurs personnalités perturbées. Cette institution de luxe, avec sa clientèle privilégiée, semblait être inventée pour attirer leur mépris. Ils éprouvaient cette sorte de tendre inquiétude que ressentent la plupart des parents dont l'enfant est examiné par un psychiatre : ils étaient sûrs que je lui disais sur eux d'horribles choses. Ils craignaient que je lui parle de leur adhésion au parti communiste (ce que j'avais fait) et que je les dépeigne comme des gens indifférents, cruels (ce que je n'avais pas fait). Ils s'avançaient dans les couloirs de Rockville à pas anormalement feutrés, des pas de voleurs, comme moi quand je revenais de chez Jade, à six heures du matin. Ils portaient des vêtements sombres, leurs voix se réduisaient à un chuchotement dès que quelqu'un apparaissait. Le Dr. Clark les évitait, ce qui les effrayait et les soulageait à la fois. Ils avaient lu son livre, *Adolescence et Agonie*, qui les avait troublés. C'était un ouvrage plein de bavardages et d'aphorismes, dont le succès était mitigé. Il n'y en avait aucun exemplaire à Rockville ; je l'ai lu plus tard, et j'ai eu du mal à reconnaître l'homme austère et sceptique qui s'était occupé de moi. Le ton en était légèrement anarchisant ; il suggérait, par exemple, que les parents lâchent complètement les rênes à leurs enfants un jour par semaine. (« Il écrit des livres ? leur avais-je dit, lors d'une de leurs visites. Bon, ça ne doit pas être pour le fric. Il gagne une fortune, ici. » Tout à fait le genre de remarque mesquine que mes parents voulaient entendre. Rose m'avait gentiment pincé le bras : « Bien dit. »)

Rose et Arthur, ce jour-là, étaient encore plus mal à l'aise que d'habitude. J'avais d'abord pensé qu'ils partageaient mon désespoir de me voir à Rockville depuis plus d'un an, mais quelque chose dans leur voix étouffée, leurs gestes compassés, leur regard distant, coupable, m'avait fait soupçonner que leur tristesse devait avoir des raisons plus spécifiques. Ils avaient l'air totalement malheureux. Et j'avais compris, en un éclair, derrière cette indifférence et cette froideur, que leur tristesse n'avait rien à voir avec moi, que c'était entre eux, c'était ça, il n'y avait plus rien entre eux. Rose y avait brièvement fait allusion, une fois qu'elle était venue toute seule ; elle avait insinué que cette histoire de grippe qui retenait mon père au lit n'était pas tout à fait vraie ; et Arthur, quand il était venu sans Rose, m'avait laissé entendre que nous pourrions parler avec plus de liberté, plus de profit sans elle. (Nous ne l'avions pas fait ; il m'avait emmené en ville, m'avait payé le restaurant, avant de me reconduire par une route déserte qu'il avait « découverte » et de me laisser prendre le volant — je voulais l'effrayer en fonçant vers le soleil couchant, mais il restait là, renversé contre le dossier, souriant : c'était si étrange.) L'amour aiguise notre conscience du monde environnant, le ressentiment nous donne une perception des choses à la fois plus précise et plus dégagée. J'étais assis dans le fauteuil de bureau style bateau de ma petite chambre et regardais Rose et Arthur, assis sur le bord de mon lit étroit. Arthur triturait la couverture, Rose cherchait du Sen-Sen dans son sac. Mon absence, je le comprenais, les avait privés de leur dernier alibi pour continuer de vivre ensemble.

— J'ai une idée, disait Arthur. Pourquoi n'irions-nous pas jusqu'à cette vieille ferme que nous avons vue en chemin ?

Il avait regardé Rose, puis s'était tourné vers moi.

« Elle est bien entretenue, rien de changé depuis dix-huit cent vingt et quelque. Tout le mobilier est d'époque, tout. Ça pourrait être intéressant.

— Oui, ça pourrait être amusant, avait dit Rose.

En fronçant les sourcils, comme pour nous avertir ; la vieille ferme lui plairait peut-être, elle ne la dériderait pas.

— On est obligés d'aller quelque part ? avais-je dit. C'est mortel. Une demi-journée de voiture pour venir, et dès que vous êtes là, on remonte et on repart.

— On n'est pas obligés, avait répondu Arthur. C'est une belle journée. On peut se promener dans les parages.

— Je pensais que tu *aimerais* sortir, voir un peu le monde extérieur pour une heure ou deux, avait dit Rose.

— Ça m'est égal. Il y a un gars ici qui a un assez bon télescope chez lui ; ses parents le lui apportent la semaine prochaine. La visibilité est assez bonne, la nuit, et tout le monde sait que j'ai tout le temps, la nuit surtout. Les nuits sont longues et belles, nous dînons à cinq heures et demie, ce qui nous laisse encore plus de temps. Vous n'avez pas idée du temps qu'on a.

— Je n'aime pas te voir comme ça, avait dit Rose.

— Comme quoi ?

Elle avait secoué la tête.

« Comme quoi ? avais-je insisté.

— Tu n'es pas le seul au monde à être malade de cette situation.

— Laissez tomber, tous les deux, avait dit Arthur.

Sa psychologie, soudain, me semblait plus évidente et plus maladroite que jamais : la façon dont il aimait jouer les arbitres entre Rose et moi, comme pour nous empêcher de nous tuer. Il nous avait empêchés de nous battre, ma mère et moi, un nombre incalculable de fois, c'est vrai. Mais il ne nous avait pas rapprochés ; la distance qu'il nous permettait de garder entre nous contrebalançait les armistices.

« Je crois que nous devrions prendre un peu d'air frais. C'est bientôt l'hiver.

Il avait serré les lèvres et avalé sa salive ; il n'avait pas voulu faire allusion à une autre saison d'attente.

— Bien sûr, on ne pourrait pas rester assis. À bavarder, tout simplement, avais-je dit. C'est ce qui m'étonnait tellement chez...

Je m'étais interrompu pour jouir de leur angoisse devant le tabou que j'allais violer.

« ... les Butterfield. Une famille où on peut se parler.

— Voilà du nouveau, avait dit Rose.

— Absolument pas nouveau. On se rappelle ce qu'on se rappelle. Je me rappelle très bien, moi. J'ai plus d'une occasion de parler du passé et de m'en souvenir, après tout. Les techniciens m'y aident, tu sais. Les Butterfield se montraient réciproquement de l'intérêt, on pouvait parler de *tout*. On ne vous demandait pas de ne pas parler de certaines choses, et quand vous disiez quelque chose qui n'était peut-être pas très gentil, on ne vous disait pas : « Ce n'est pas gentil de dire ça. » On en perdait toute notion du temps, je parlais, ou c'était Ann, ou un des garçons... ou n'importe qui. Tout le monde parlait, tout le monde écoutait, ça vous donnait des idées, des pensées, des sensations qu'on n'avait nulle part ailleurs. Car ailleurs, personne ne s'intéressait à vous ou ne vous écoutait.

— Oh ! ils s'intéressaient tellement à toi ! avait dit Rose.

— Inutile de discuter de ça, avait dit Arthur.

— Une bande de fous qui ne s'intéressaient qu'à leur nombril, voilà ce que c'était, avait dit Rose, rougissante, en se penchant vers moi. Ils se fichaient pas mal de toi.

— J'ai eu l'impression de renaître quand ils m'ont permis de rester, avais-je dit.

— Bon, peut-être, c'était une erreur.

Rose s'était interrompue.

« Tu t'en aperçois.

— O.K., avait dit Arthur. Ça suffit.

Il avait levé les mains.

— Je préfère être ici que d'être ce que je serais devenu si...

Rose avait hoché la tête.

— Si quoi ?

— Si je ne les avais pas connus. Je serais devenu ce que *vous* vouliez que je sois.

— On fait un beau spectacle, avait dit Arthur.

J'avais frappé la table, violemment, de mes deux paumes ouvertes. J'avais renversé le fauteuil en me levant. Je l'avais relevé, avec une certaine envie de le balancer — sur mes parents, par la fenêtre, contre le mur. Mes parents se taisaient. Ils me regardaient avec ce mélange de gêne, de dégoût et d'envie qu'on éprouve quand les gens libèrent leurs plus bas, leurs plus déraisonnables sentiments. J'avais laissé retomber le fauteuil et m'étais avancé vers eux. Sans la moindre intention de leur faire grand-mal, bien sûr, quoique avec une fugitive intention de les prendre par les épaules et de les secouer.

« David, avait dit mon père, sur un ton exagérément neutre.

Rose s'était arc-boutée sur ses petits pieds et renversée, on aurait dit un ivrogne qui essaie de se redresser et rate son coup.

— Je ne vous ai jamais rien demandé, avais-je dit.

— David, avait répété Arthur, en retrouvant une certaine chaleur naturelle.

— Ça fait plus d'un an que je suis ici, vous n'avez rien fait pour m'aider.

Je m'étais détourné, d'un mouvement précipité.

— Je crois qu'on devrait partir pendant qu'il fait encore beau, avait dit Rose.

— Bon. Partez. Je veux que vous partiez, avais-je dit.

— Allons, ne recommence pas, avait dit Rose.

— On n'a pas envie de rentrer, avait dit Arthur.

— Alors, allez voir quelqu'un d'autre. Vous n'aurez pas fait tout ce chemin pour rien.

Ils avaient échangé un regard. J'avais cru, un instant, qu'ils allaient échanger des commentaires sur moi, en ma présence. Ce n'était pas leur genre, évidemment. Je ne les avais presque jamais vus exprimer des opinions divergentes ou trahir leur gêne. Appliquant à notre petite famille les principes du centralisme, ils m'épargnaient leurs propres incertitudes — tel le capitaine d'un navire en péril détournant l'attention des passagers par des annonces de routine et une distribution de petits pains au beurre.

— Bon, avait dit Rose, avec ce qui voulait passer pour un soupir plein de philosophie, tu as fini d'essayer de nous perturber ? Je te l'ai déjà dit, tu n'es pas le seul à regretter.

— Ça m'est égal, avais-je dit. Du fond du cœur, ça m'est égal.

— Toute cette histoire est aussi pénible pour nous que pour toi, voilà ce que ta mère veut dire.

Il avait secoué la tête et baissé les yeux : ce n'était pas exactement ce qu'il avait voulu dire, lui.

— Faites donc quelque chose pour moi.

— La vie est devenue si triste pour nous, avait dit Rose.

— Pour *moi*, faites quelque chose.

— Inutile, au point où nous en sommes, de discuter de la vie privée de chacun, avait dit Rose. Je refuse de t'écouter tant que tu crois être la seule personne au monde à avoir des ennuis.

— Il le sait bien, avait dit Arthur.

— Faites quelque chose pour moi, avais-je répété.

J'avais envie de me coucher par terre et de le chantonner, de la façon dont une des infirmières m'avait appris à chantonner « Coca-Cola Coca-Cola », jusqu'à ce que je sois incapable de penser, que mon esprit ne soit plus qu'un vague murmure.

« Faites quelque chose pour moi.

— On le voudrait bien, avait dit Arthur. Et tu le sais.

— Je voudrais un nouvel avocat. Qui est-ce qui s'occupe de mon affaire ? Qui est-ce qui s'occupe de me tirer de là ?

— Tout est entre les mains du juge, avait dit Arthur. On n'y peut pas grand-chose.

— Qui est-ce qui s'en occupe ?

— Ted, avait dit Rose. Tu le sais bien.

— Bowen ? Ce n'est qu'un putain de fumiste de trou du cul. Un perdant, toute sa vie ! Voilà le genre d'avocat que vous m'avez trouvé ? Un communiste qui n'a pas plus de poids qu'un caniche à la fourrière.

— Tu n'as pas le droit de parler de Ted comme ça, avait dit Rose. Il s'est toujours montré on ne peut plus loyal. Il est temps que tu saches où sont tes vrais amis.

— Je sais, avais-je dit. Ted Bowen m'a vu grandir. Bon, ça m'est égal. Je ne veux plus qu'il s'occupe de moi. Je n'ai pas le droit de le virer, peut-être ? J'ai dix-huit ans. Et si c'est votre loyauté, à vous, qui vous empêche de le lui dire, merde, c'est moi qui lui dirai.

— Ce serait une grave erreur, avait dit Arthur. Ted est un avocat des plus compétents.

— Tu es bien *obligé* de dire ça.

— Absolument pas — obligé de rien du tout.

— Mais si. Tu es bien obligé, vous êtes de la même école.

Je les avais regardés. Ils se taisaient. Pas un soupir, pas un haussement d'épaules, ils ne remuaient pas le petit doigt. Leurs yeux étaient rivés à un point dans le vide, à un mètre de ma joue gauche, comme les gens à qui on hurle, dans un rêve.

— C'est odieux, avait fini par dire Rose.

— C'est une question d'argent ?

— Tu sais bien que non, avait dit Arthur.

— Si c'est la question, j'en trouverai. Grand-père m'en donnera. Ça lui coûtera moins cher de me payer un bon avocat que de m'entretenir ici. Je veux le meilleur. Je veux quelqu'un d'habile et de combatif, quelqu'un qui a un peu de poids, bon sang, quelqu'un qui ne se laisse pas marcher sur les pieds et ridiculiser. J'ai besoin de quelqu'un qui sache tirer les ficelles, faire pression, marchander. Ce n'est pas le cas de Ted.

— Son palmarès est excellent, David, avait dit Arthur.

— Mais il ne fait rien pour moi.

— Tu t'imagines que tu pourrais en trouver un autre qui nous serait aussi dévoué ? avait dit Rose. Un homme qui se battait pour les droits des gens avant même que tu sois né ?

— Je ne veux plus en entendre parler, avais-je dit, en me frappant la poitrine dans un grand geste d'innocence et d'exaspération combinées ; un petit îlot de transpiration s'était formé dans le creux de mon torse, enfermé dans son cratère par la palpitation de mon cœur et la contraction de mon ventre. Je veux un nouvel avocat. Je m'en chercherais bien un, mais comment ? Si vous ne le faites pas pour moi... Il faut que vous m'aidiez. Dites à Bowen qu'il est viré. Ça ne le regarde plus. La prochaine fois que quelqu'un devra intervenir, il faudra que ce soit un autre genre d'avocat — pas un petit miteux avec des taches de soupe sur sa cravate. Je veux le meilleur. Je veux sortir d'ici. C'est absolument injuste. Vous feriez mieux de me trouver un nouvel avocat, même si c'est quelqu'un que vous ne pouvez pas sentir.

3

Ils avaient fini par me trouver un nouvel avocat, du genre qu'ils ne pouvaient pas sentir, installé dans les bureaux de la Wrigley, avec une photo du maire sur le mur. Il avait quand même fallu près de deux ans pour que le tribunal m'autorise à rentrer chez moi.

4

Ils m'avaient ramené à la maison vers la mi-août, par une journée que les caprices du temps rendaient encore plus absurde. J'étais assis sur la banquette arrière, ma valise de cuir jaune sur les genoux, comme un permissionnaire dans un train bondé. Le seul ami que j'avais eu à Rockville, un garçon nommé Warren Hawkes, qui avait déjà fréquenté trois institutions, m'avait assuré que la meilleure façon de traverser cette épreuve était de rester aussi immobile que possible, et je m'évertuais à contrôler le flot de mes pensées, comme si je m'étais empoigné le cerveau. C'était Arthur qui conduisait ; il retirait son pied de l'accélérateur chaque fois qu'il me regardait dans le rétroviseur, et la Ford ralentissait. Je me rappelle une ou deux réflexions de Rose : « C'est la dernière fois qu'on fait le voyage », et « je me demande si tu sais qu'on assiste à un renouveau d'antisémitisme, ces derniers temps ». La route était étroite, un raccourci qu'ils venaient de découvrir. Des champs de blé presque mûr l'enserraient : on aurait dit des foules qui se pressaient pour un défilé. Le tonnerre grondait au loin, des éclairs métalliques avaient jailli à l'ouest, puis au nord — en silence d'abord, puis dans un immense grésillement. Les champs de blé s'embrasaient. L'air était devenu lourd, oppressant, rougeâtre. Nous n'étions pas à une demi-heure de Rockville qu'il s'était mis à pleuvoir, si fort que le pare-brise semblait éclaboussé de peinture d'argent.

Le mauvais temps m'avait enfermé dans mon silence. Il gâchait définitivement une journée que Rose et Arthur avaient avec impatience attendue. Je n'étais pas à la hauteur, je le sentais. Ce n'était vraiment pas ma faute. Mais je n'osais pas faire le premier geste.

J'étais sûr, si je me laissais aller un peu, que je finirais par être lamentable et que je leur ferais peur. Je risquais de crier, de pleurer, ou de me recroqueviller sur la banquette en bredouillant « J'ai peur ». Mieux valait demeurer aussi immobile que mes sens écorchés le permettaient, c'était plus sage. Arthur et Rose avaient vite sombré, à leur tour, dans ce brouillard de silence. La route était interminable, la pluie nous forçait à ralentir. Nous étions secoués, régulièrement, par des coups de tonnerre si proches qu'on avait l'impression que nos os venaient d'éclater. La tempête nous suivait, elle nous collait au train, dramatique, déchaînée, dans ce défilé de petites villes, d'églises, de rues commerçantes, de baraques en planches groupées à la diable. Je m'étais assoupi, à un moment, et réveillé dans un sursaut accompagné par un long roulement de tonnerre. Ma valise avait dégringolé de mes genoux, elle se balançait sur le renflement de la colonne de direction. Je contemplais mon pantalon ; elle y avait laissé un impeccable rectangle de sueur. « Tu es réveillé », m'avait dit Arthur en me regardant dans le rétroviseur. La voiture ralentissait. Un vrombissement de métal au-dessous de nous, nous étions sur un pont. Nous étions à Chicago, nous traversions la rivière, assoupie, étrangement belle, qui coulait comme de la bougie fondue.

Nous étions montés, mes parents et moi, dans le sombre appartement d'Ellis Avenue. Le quartier n'était plus sûr. À intervalles réguliers, Rose et Arthur parlaient de déménager. L'idée de fuir cette déchéance, aussitôt, leur paraissait réactionnaire. Ils vivaient dans cet appartement depuis leur mariage. L'immeuble était en pierre de taille, d'un blanc de vieille tombe. Il y avait, à une rue de distance, un laboratoire où avaient été menés certains des premiers travaux sur la bombe atomique, et, en face de chez nous, une des bibliothèques de l'université de Chicago. Mais, à la limite ouest du campus, il n'y avait plus autour de nous que des terrains vagues jadis construits et le triste spectacle de quelques familles démunies qui y avaient survécu. Les professeurs qui habitaient la maison étaient partis, et j'avais remarqué, en arrivant (après un détour qui nous avait éloignés le plus possible de l'ancienne rue des Butterfield), que les nouveaux occupants du rez-de-chaussée avaient collé des bandes de papier jaune sur leurs fenêtres, et que le verre ovale, pourtant très épais, qui s'encastrait dans la porte de l'immeuble était tout craquelé, comme s'il avait été atteint par un pavé ou une balle de revolver.

J'avais suivi mes parents dans les escaliers, ma valise à la main. Dans une cuisine du rez-de-chaussée, quelqu'un préparait un carry. En approchant du premier, j'avais entendu Percy Sledge chanter *Quand un homme aime une femme*. Arthur ouvrait la marche, il agrippait la rampe de bois noirci d'une main, jouait avec ses clefs de l'autre. Rose avançait avec une étonnante prudence ; elle levait exagérément le pied, je traînais derrière, en essayant de me calmer, ce qui m'avait permis d'apercevoir une minuscule petite feuille adhérant à la semelle de son soulier à talon haut. Les couloirs étaient caramel clair ; nos ombres enflaient et se tordaient tandis que nous grimpions au second. J'essayais de me réconforter en me répétant « Je suis rentré, je suis rentré », mais cette voix intérieure demeurait sceptique, hésitante ; je n'en étais que plus nerveux.

Si mes parents eux-mêmes donnaient, à l'occasion, des signes évidents qu'ils avaient changé, qu'ils étaient las de cette longue et difficile vie conjugale, leur appartement n'en trahissait rien. Dès que nous étions entrés, mon pouls avait ralenti, son rythme réduit de moitié. La tension émotionnelle de ce long voyage faisait brusquement place à l'indifférence. Rien n'avait changé. Les mêmes odeurs — de cire, de vieux livres, de café et de talc « Soir de Paris » —, les mêmes sifflements de l'air conditionné. Les mêmes tableaux sur les murs : une reproduction d'Utrillo, un *Guernica* et cinq lithographies de mains au travail — par un artiste local, Irving Segal — sur des râteaux, sur des tours, serrant des cordes à nœuds. Les bibelots n'avaient pas bougé : le morceau de quartz dans la bibliothèque près de *Scottsboro Boy*, le crapaud en pierre à chaux du Mexique tapi près des *Lettres de Lincoln Steffens*. La table à thé de merisier était toujours à soixante-dix centimètres du sofa marron, surmontée, comme toujours, du vase de terre bleu plein de massettes.

J'avais posé ma valise sur le tapis vert pâle et m'étais assis sur le sofa.

— Bon, avais-je dit. Je vois que le vieux matou est toujours là.

Vieille plaisanterie familiale : le petit garçon qui a fichu le camp, mais qui revient avant que quiconque ait remarqué son absence.

— Tu veux voir ta chambre ? m'avait demandé Rose.

Elle avait veillé à ce que tout y soit en ordre, pendant que j'étais à Rockville. « Ta chambre t'attend », me disait-elle quelquefois, en guise d'adieu. Quand ils avaient fait repeindre l'appartement, elle avait tenu à ce que la pièce retrouve le même ton bleu pâle. Après le départ des peintres, elle avait pris des photos de tout l'appartement, dont trois de ma chambre, pour me les apporter à Rockville. Je ne lui en avais jamais parlé — son geste m'avait paru incongru, trop explicite — mais ces photos en couleurs avaient survécu à l'implacable usure de tout ce que je possédais et étaient là, à mes pieds, dans cette valise jaune.

— Tant que j'y suis, avais-je répondu.

Rien de changé. La toile de fond du rêve qui me poursuivait. Comme si l'air lui-même était demeuré le même, dans la petite pièce carrée, pour que je puisse le respirer à nouveau, à tout prix. La pièce n'avait pas simplement été préservée — elle avait été embaumée. Le couvre-lit de velours cuivre. Les deux photos, arrachées à des livres, toujours sur le mur. Celle de *l'Encyclopédie du base-ball* représentait Ty Cobb, le gant ouvert ; l'autre, découpée au rasoir dans un livre sur *les Gangs de New York*, le célèbre bandit juif Monk Eastman. Tous les parquets étaient peints, cirés ; la lumière électrique s'y reflétait tristement. Rien ne manquait : la carpette tissée de rouge et de vert, la commode blanche, la boule de verre du plafond, la table de bois clair à trois pieds, la chope couleur prune, pleine de stylos et de crayons. La bibliothèque était intacte, remplie de livres d'adolescent sur les animaux préhistoriques et l'astronomie ; les romans de John R. Tunis y côtoyaient les livres de prix que mes parents m'avaient donnés pour mes vacances, et que je n'avais pas lus — j'en avais tourné toutes les pages pour qu'on croit qu'ils m'avaient intéressé.

— Mon Dieu ! avais-je fait.

Ce n'était guère plus qu'un chuchotement, mais le silence était tel, nous étions si mal à l'aise tous les deux, que j'avais eu l'impression de hurler.

— Tu la retrouves ? (Elle avait eu un petit rire nerveux.) Nous avons voulu qu'elle reste exactement comme tu te la rappelais.

— Oui, avais-je dit, en lui saisissant la main pour la lui serrer, dans un geste impulsif.

C'était la première fois que nous nous touchions depuis Rockville ; je sentais qu'elle ne voulait pas que je la lâche.

Arthur avait ouvert l'étroite penderie et fait rouler les porte-manteaux métalliques, encore vides. Un geste d'aubergiste !

— La place ne manque pas.

J'avais aimablement regardé la penderie, en hochant la tête. Certains de mes vieux vêtements étaient collés contre la cloison.

Rose contemplait la pièce, à son tour, comme si elle regrettait soudain de l'avoir ainsi conservée, figée dans le temps. Mais comment y changer quoi que ce soit ? Quelle en aurait été la signification ? Et quel effet cela aurait-il eu, sur eux ?

— Elle te plaît, comme ça ? avait-elle dit, doucement.

— Oui. Exactement comme elle était. Je me sens vraiment chez moi.

— Mais tu *es* chez toi, avait dit Arthur, d'une voix enrouée.

Un énorme silence planait, au moment le moins opportun. Je m'étais assis sur le bord du lit, j'avais attendu ce que j'espérais être un intervalle décent pour ajouter :

— Je crois que j'aimerais m'étendre un peu.

Mes parents avaient échangé un bref regard, pas assez subtil pour passer inaperçu, comme ces vieux illusionnistes qui n'arrivent pas à masquer la savante banalité de leurs trucs. Ils regrettaient de n'avoir pas prévu pour mon retour un accueil plus élaboré. À qui auraient-ils pu s'adresser ? La famille était si réduite.

— Tu n'as pas faim ? avait dit Arthur.

— Manger, pas la moindre envie.

— Un verre, alors.

Il avait regardé sa montre. Deux heures. Indécent de penser à l'alcool. Mais c'était un samedi, et un événement.

— Non. Je me soûle trop facilement.

— On a d'autres choses que la gnôle, avait dit Rose en se croisant les bras, avec le sourire.

— Je vais me reposer, c'est tout.

— Bon, avait-elle dit. O.K.

D'une voix incertaine, mais le sourire restait décidé.

— Bon, avait dit Arthur, en étendant les mains avant de les claquer, comme quelqu'un qui a fait le bon choix. Repose-toi.

— Est-ce qu'on doit te réveiller, pour le dîner ? m'avait demandé Rose, avant qu'ils ne partent.

— Aucun problème. Je ne vais sûrement pas dormir.

— Je la laisse ouverte, ou je la ferme ? avait dit Arthur, en touchant la porte.

J'avais fait semblant de réfléchir.

— Tu la fermes.

La porte s'était refermée avec un léger déclic ; j'étais enfin seul. J'avais écouté s'éloigner le bruit de leurs pas, m'étais levé, avais traversé la pièce. J'avais ouvert le tiroir de ma vieille table. Il était bourré de lettres. Je les avais prises et les avais feuilletées, assez vite d'abord, puis avec une déception grandissante, très lentement. Toutes ces lettres m'étaient adressées, mais je ne voyais pas celles que je cherchais — il n'y avait que des vœux pour mes anniversaires, vieux de plusieurs années, des cartes de Noël, des lettres d'un correspondant sud-coréen à qui j'avais écrit jusqu'à ce que mes parents me disent d'arrêter, des lettres de mon grand-père.

J'avais demandé à mes parents, depuis longtemps, s'ils avaient gardé les lettres de Jade. Elles avaient été présentées au tribunal et versées à mon dossier, comme preuves. Elles m'avaient évité la prison, en contribuant à établir les extraordinaires pressions émotionnelles que je subissais. Qu'étaient-elles devenues ?

J'avais à nouveau feuilleté le paquet, avec la souplesse du pouce et du poignet acquise au maniement des cartes. Il aurait été trop facile, trop réconfortant pour moi de les trouver tout de suite. Elles devaient être ailleurs. J'avais ouvert ma commode. Premier tiroir : trois paires de chaussettes neuves, marque Esquire, et deux slips Fruit of the Loom, dans leur étui en plastique. Deuxième tiroir : une vieille chemise blanche retour de la blanchisserie, bien pliée et entourée d'une bande de gros papier turquoise. Troisième tiroir : vide. *L'important est d'éviter de tirer des conclusions trop hâtives. Ne pas penser trop vite.* Tranquillement, quoique ayant du mal à contrôler mes mains, j'avais refermé les trois tiroirs et étais allé à la fenêtre.

Je m'étais assis sur le rebord, en repoussant le rideau marron, et avais scruté la rue comme un voleur, un espion. La pluie avait cessé. Un petit garçon noir se promenait, un peigne d'acier à quatre dents enfoncé à l'arrière de son casque de cheveux. Fait étrange : j'avais oublié qu'il existait des Noirs. Tout le personnel était blanc, à Rockville ; un seul patient noir, pendant tout mon séjour, une jeune fille nommée Sonia Frazier, dont le père enseignait la logique à la Northwestern University. Ses innombrables tentatives de suicide lui avaient laissé des cicatrices en forme de ramilles qui lui remontaient du poignet jusqu'au-dessus du coude. Ceux qui avaient raté leur suicide étaient généralement assez mal considérés par les autres patients — ils n'étaient pas sérieux —, mais Sonia s'en était sortie en ne parlant de rien à personne. Elle jouait de la guitare, quelquefois, et un jour, contre toute attente, elle s'était mise pendant une heure à chanter des chansons du folklore anglais. Presque tout Rockville avait fini par se rassembler dans la salle commune pour écouter cette voix tendre et prenante. J'admirais sa réserve. Peut-être voulait-elle être seule, elle aussi, pour pouvoir savourer ses souvenirs secrets, ses décisions fatales. Je lui faisais un petit signe de tête, quand nous nous croisions, comme si nous étions des alliés dans une guerre spirituelle, également secrète. Il lui arrivait de me faire signe, de son côté. Ses parents, au bout de deux mois, l'avaient retirée de Rockville. J'étais devant la grande porte, j'allais rentrer, quand ils étaient partis, tous les trois, chargés chacun de deux grosses valises écossaises, l'air à la fois résolu et effrayé. Je m'étais approché d'elle, lui avais touché l'épaule, et lui avais dit : « Je trouve que vous êtes formidable. »

Je m'étais donc assis à la fenêtre, dans un état d'angoisse qui ne se dissipait pas. Je n'y voyais plus rien, à force de fixer l'avenue, en bas. Il m'aurait été impossible de descendre, d'y mettre le pied. Deux hommes passaient — une allure de professeurs —, l'un d'eux balançait à bout de bras un parapluie noir, fermé, l'autre retenait du doigt un imperméable qu'il avait rejeté sur son épaule, comme une vedette de la télé. L'existence de ces gens. L'image qu'ils avaient d'eux-mêmes. C'était renversant, j'en avais le mal de mer rien que d'y penser. Comment me trouver une place parmi eux, comment apprendre à m'y résoudre ? Je n'avais rien à leur dire ; tout ce qui m'intéressait ne concernait que moi. Soudain j'avais eu envie de les défier, de descendre et de demander au premier venu — quoi ? N'importe quoi. Mon chemin. Pour le musée des Sciences et de l'Industrie. Quel pauvre choix, même pour rire. C'était dans ce musée que nous avions, Jade et moi, passé notre premier après-midi de relative intimité, dans ce palais du progrès avec son hall immense, où de véritables avions de chasse de la Première Guerre mondiale étaient suspendus au plafond par des câbles d'acier. Nous nous étions promenés en nous tenant la main — en nous touchant des doigts, plutôt — parmi des mines de charbon miniatures, dans un petit trolley tout cahotant, avant de nous parler, à environ deux cents mètres de distance l'un de l'autre, en chuchotant chacun derrière une plaque de plexiglas scientifiquement traitée. Nos murmures étaient empreints d'une chaleur et d'une dévotion extraordinaires : on aurait dit que nous chuchotions au lit, mais nous ne le savions pas encore. Puis nous nous étions baladés dans les méandres d'un gigantesque cœur humain, en compagnie d'une vingtaine d'enfants en tee-shirt de Camp Wigwam. Nous avancions lentement dans les ventricules en écoutant le lancinant battement d'un haut-parleur invisible et en caressant les fausses veines. Jade, habituée chez elle à d'incessants et minutieux bavardages médicaux, m'avait ressorti une des extravagantes théories de son père sur la robustesse du cœur. Moi, la bouche si sèche que je n'osais articuler un mot, je m'extasiais intérieurement de ce pèlerinage au sanctuaire symbolique de l'amour ; l'ivresse d'une conviction absolue s'emparait de moi : j'avais toujours su, dès le départ, que j'aimais Jade, que jamais je ne renoncerais à cet amour, que je n'essayerais jamais, que je ne le voudrais jamais.

J'étais assis là, le front pressé contre la vitre, contre cette plaque de verre qui supportait tout mon poids. Je m'étais relevé, dans un sursaut — je me voyais passer au travers et dégringoler. J'avais regardé la rue une dernière fois et baissé le store.

L'obscurité était presque totale, j'étais resté dans le noir. Bientôt, je le savais, je mettrais l'appartement sens dessus dessous pour trouver ces lettres, bientôt mais pas tout de suite. Il fallait que je sois seul. Et le temps s'écoulait si lentement — inutile de s'impatienter. Pour le moment je ne pouvais que rester là, debout, dans cette chambre étouffante, ridicule, avec ces larmes — est-ce que je pleurais depuis longtemps ? — qui me coulaient sur le visage. J'espérais que mes parents n'entreraient pas à l'improviste, qu'ils ne me trouveraient pas dans cet état. Mais pas question de m'arrêter. Je n'en avais pas la force, je n'avais pas assez de cynisme pour faire semblant de me moquer de cette grande douleur de l'âme. Je m'étais assis sur le lit en cherchant à tâtons mon oreiller. Je l'avais arraché de dessous les couvertures et l'avais pressé contre mon visage. Ma bouche s'était ouverte toute grande, douloureusement liberée, et je m'étais mis à sangloter dans ce tendre monticule de plumes.

Rose était bibliothécaire d'une école secondaire du sud-ouest de la ville. C'était l'été, elle était en vacances. À elle de veiller sur moi pendant ces premières journées tristes. J'allais bien être obligé de mettre un peu d'ordre dans ma vie. Ma sortie de Rockville n'était qu'une autre sorte de libération sous condition. Je devais voir un psychiatre deux fois par semaine, demeurer en rapport avec un délégué du tribunal et m'inscrire à la fac ou dénicher un emploi à plein temps. Il m'était interdit de quitter Chicago sans autorisation ; je ne devais sous aucun prétexte essayer de joindre aucun des membres de la famille Butterfield. En attendant, je flânais dans l'appartement, je me levais tard, je regardais la télé, je mangeais avec l'aveugle et cosmique appétit d'un énorme parasite. Rose souffrait de cette nonchalance. Elle croyait à la volonté avec autant de conviction que Galilée aux lois de la gravité. Le spectacle de ce grand dadais en pyjama couleur chocolat hypnotisé par la rediffusion d'un feuilleton était à ses yeux comme une pomme qui ne serait tombée d'un arbre que pour flotter dans les airs.

Le temps était horrible. La température avait dépassé les trente-cinq degrés, le ciel ressemblait à un pansement ensanglanté. L'air conditionné était constamment branché, une eau grisâtre et froide dégoulinait des appareils dans les récipients que nous avions glissés dessous. Tout était humide, douceâtre ; l'encre des journaux vous poissait les mains.

Je n'arrivais pas à quitter l'appartement. Je dormais tant que je pouvais. Quand je me réveillais, je m'efforçais de me rendormir, de repousser toute conscience avec la rage d'un affamé qui se jette sur les dernières miettes. Puis, quand je ne pouvais plus supporter mon lit ou ma chambre, je me dirigeais en chancelant vers le living, allumais la télé et m'étendais sur le divan en picorant une grappe de raisin muscat ou en dévorant une boîte de biscuits salés. Rose voulait que je sorte. Elle me proposait de déjeuner dans un restaurant voisin ; elle étudiait avec moi le programme des cinémas, me questionnait sur ce qui pouvait m'intéresser. Elle prétendait avoir pris des rendez-vous pour moi — avec ses amis Millicent Bell, qui travaillait à la Roosevelt University, ou Harold Stern, qui me proposait un boulot au syndicat des Travailleurs de la confection. Je n'avais pas envie de quitter la maison, je le lui avais dit. Jamais le moindre coup de téléphone pour annuler un de ces prétendus rendez-vous ; elle tentait de réveiller mon sens de l'ordre, j'imagine, de me convaincre que ces gens étaient bien vivants, qu'ils m'attendaient pour m'aider à vivre vraiment. Elle me proposait de m'emmener faire des achats. Quand je refusais, elle allait dans ma chambre, sortait mes vêtements. Elle les ramenait dans le living, les jetait par terre, m'obligeait à les passer, un à un, et à me faire admettre qu'aucun, pratiquement, ne m'allait plus — j'avais grandi, à Rockville, je n'étais plus si maigre. Le troisième jour, j'avais admis que ces vêtements ne m'allaient plus — en l'assurant que j'étais d'accord pour qu'elle m'en achète d'autres, bientôt — ; elle les avait ramassés pour les mettre à la cave.

— Tu pourrais les donner, tu sais, lui avais-je crié au moment où elle était à la porte.

— La charité, c'est bon pour les classes dominantes, m'avait-elle répondu.

— Pas le partage ! avais-je hurlé, exacerbé par la honte et le dépit.

J'écoutais ses talons claquer dans l'escalier. J'étais seul dans l'appartement, pour la première fois depuis mon retour. Je n'avais trouvé, dans ma chambre, aucune des lettres que j'avais reçues de Jade ou que je lui avais écrites. J'allais enfin pouvoir chercher. J'avais couru à la bibliothèque et avais poussé les portes coulissantes du bas : des nappes bien pliées, des serviettes mexicaines de grosse toile sépia et bordeaux ; quelques vieux numéros du *National Guardian*, un échiquier, et ses pièces dans une boîte à cigares ; des douzaines de petites boîtes pleines de fragiles bougies pour les anniversaires ; des boîtes pleines de carnets de chèques ; des boîtes de crayons pas encore taillés ; un nécessaire à couture de voyage, dans un gros papier luisant décoré d'un éléphant jouant de la trompe ; des enveloppes ; des carnets de notes à spirale, vierges. Exactement le genre de bric-à-brac qui, en d'autres temps, m'aurait réjoui — le trésor secret de mes parents était parfaitement innocent. Autant forcer le fermoir d'un journal intime pour n'y lire que des recettes de cuisine et des descriptions de paysages, ou surprendre quelqu'un à murmurer dans son sommeil : « Il ne faut pas que j'oublie l'anniversaire d'Ezra. »

J'avais refermé, allumé la télé, et m'étais abattu sur le sofa, encore furieux de cette occasion ratée. Rose était remontée. Je voyais bien qu'elle avait perdu sa belle énergie, elle n'avait plus envie de redescendre, mais il lui restait un bon paquet à se mettre sur le bras, mieux valait en finir. Elle avait ramassé les derniers vêtements et était repartie en évitant mon regard.

Je m'étais précipité dans la chambre des parents. Elle était habituellement assez sombre, même quand il y avait du soleil ; on aurait dit une cabine de sous-marin, ce jour-là. J'avais allumé la lampe masquée par un plafonnier carré, convexe, de verre dépoli. Jamais le moindre signe d'une activité quelconque, dans cette chambre. Ils s'habillaient et se déshabillaient dans la salle de bains, au bout du couloir. Pas de table, pas de téléphone. Contre le mur, un vieux fauteuil, un seul, et qui n'avait, que je sache, jamais supporté le moindre poids. De la moquette, le lit au milieu, entre l'armoire et la commode. Deux lithographies d'Irv Segal, des mains au travail, mais pas de miroir. Le lit était fait de façon si impeccable qu'on avait l'impression qu'il fallait un scalpel pour rabattre les couvertures, le soir. Pris entre la hâte et le remords, j'avais fébrilement fouillé la commode de bois clair, laqué. Quelle monotone simplicité ! Premier tiroir : des chaussettes, des caleçons, des maillots de corps, des mouchoirs et une bouteille de déodorant, évidemment trop personnelle, aux yeux d'Arthur, pour qu'il la range dans l'armoire à pharmacie commune. Deuxième tiroir : des chemises. Troisième tiroir : des bas nylon, dont un était encore attaché à une jarretelle, des soutiens-gorge, des culottes, un nécessaire à raser de dame. Quatrième tiroir : un boîtier de montre vide, un cadre dont le verre était brisé, et des piles d'enveloppes bulle. Un moment d'émotion : j'avais cru trouver mes lettres. Les enveloppes ne contenaient que des chèques encaissés, de vieilles déclarations d'impôts, des photos de moi bébé ou enfant, d'anciens baux, des papiers de voiture, des contrats d'assurance, un accord pour un prêt de la Hyde Park Bank, une enveloppe où on pouvait lire « Arthur—Testament »...

— Et puis quoi, encore ?

J'étais assis par terre, les enveloppes sur les genoux. J'avais gardé le silence, en attendant, avec une immense terreur, que l'inspiration me fournisse quelque brillant alibi. Je n'avais jamais eu un grand souci de la vérité, surtout quand il s'agissait de mon intérêt personnel. Mais ma prudence s'était relâchée depuis que j'avais avoué avoir déclenché cet incendie chez les Butterfield : rares étaient les occasions où les dégâts risquaient, à mes yeux, d'être plus graves.

— Je cherche mes lettres. Mes lettres à Jade.

J'avais regardé ma mère, prêt à affronter sa colère — la seule mesure judiciaire qu'elle avait approuvée était l'interdiction d'avoir le moindre contact avec les Butterfield. Elle allait crier, me gifler, menacer de me renvoyer à Rockville peut-être. J'étais prêt. Prêt aux larmes, à la crise, à la douleur, et même à la compassion. Peu m'importait, au fond.

Rose ne m'avait pas entendu, ou n'avait pas enregistré. Elle avait peut-être oublié les lettres, ou peut-être, à sa connaissance, les avait-on détruites depuis longtemps. Elle hésitait, devant la porte de sa chambre. Elle clignait lentement des yeux, sous ses lunettes, les bras croisés sur la poitrine dans cette attitude de maîtresse d'école qui lui était devenue une seconde nature.

— C'est bien une idée de ton père, avait-elle dit.

— Une idée de papa ?

J'avais martelé les mots, comme pour prouver mon innocence.

— Une idée de papa ? avait-elle répété, tête penchée, essayant de me singer.

Attitude qui, pour autant que je puisse en juger, lui était étrangère.

Je m'étais levé, les enveloppes à la main.

— Je ne vois vraiment pas...

— Tu voulais vérifier son testament ?

Elle souriait, le menton pointé vers les documents.

« Je suppose que ça t'intéresserait de savoir si tu es toujours dedans. Et l'assurance ? Tu aurais pu me le demander, tu sais. Je te l'aurais dit. Ton père a dû te faire promettre de ne pas m'en parler. Le brave petit garçon l'a bouclée. Alors ? Tu as bien regardé ?

Elle s'était avancée avec précaution et m'avait arraché les enveloppes, j'avais résisté un instant, sans trop savoir pourquoi. Elle me les avait arrachées avec une surprenante vigueur.

« Le voilà, avait-elle dit, en tirant l'enveloppe marquée « Arthur — Testament », avant de laisser tomber les autres, qui s'éparpillèrent au sol. Tu n'y trouveras rien sur sa nouvelle famille. Ni dans l'assurance. Ce sera pour plus tard.

— Sa nouvelle famille ?

— Pas de mensonges, je t'en prie. Ton père m'a dit qu'il avait eu une gentille petite conversation avec toi, à ce sujet. Et que tu étais si heureux pour lui. Il a enfin rencontré le véritable amour. Vous faites équipe. « Je suis heureux pour toi, papa. » Voilà ce que tu lui as dit. Il a ce qu'il a toujours voulu. Une idiote toute à sa dévotion et deux petits morveux qui n'hésitent pas à l'appeler papa.

— Ses enfants à *lui ?*

— Tu sais bien que non. Pourquoi est-ce que tu te mets de son côté, contre moi ? Je sais bien que tu l'aimes plus que moi, mais tu ne comprends donc pas qu'il n'aura plus de temps pour toi quand il nous aura quittés pour vivre avec eux ? Il n'aura plus de temps. Il t'oubliera, exactement comme il m'a oubliée. Tu n'as aucune idée de la vie, hein ? Tiens — elle m'avait tendu le testament —, tu n'y trouveras rien. Ni dans toutes ces foutaises !

Et elle avait flanqué un coup de pied dans les enveloppes entassées sur le tapis.

Les heures suivantes, le lendemain, Rose n'avait plus mentionné l'*autre* famille d'Arthur. J'attendais qu'elle l'évoque à nouveau — pour s'excuser, clarifier les choses, me faire partager un peu plus sa peine. Plus aucune trace, sur son petit visage tendu, de cette crise de rage, dans sa chambre. Elle me rappelait ces clients de cabaret qu'on attire sur la scène, qu'on hypnotise, qui gloussent comme des poules, qui aboient comme des chiens et s'en retournent à leur table sans se souvenir de rien. J'étais surpris, choqué, que ses confidences se soient ainsi perdues comme une aiguille dans une botte de foin, mais j'avoue que je lui en étais reconnaissant. Que serait-elle devenue, sans cette réserve qu'elle s'imposait ? Elle m'inquiétait. Tout ce qu'elle lançait à présent, quand elle me trouvait affalé devant la télé, se réduisait à quelques commentaires sur la bêtise des programmes. Mais elle pouvait tout aussi bien m'enserrer le bras de ses petits doigts osseux et s'exclamer : « Tu n'as jamais eu aucun respect pour ce à quoi je crois. Tu as raconté nos secrets de famille à des étrangers. Tu as pris de la drogue. Tu as donné ton cœur à d'autres. »

Cette conspiration du silence entre Rose et moi devait avoir d'autres raisons que la simple prudence, car je n'avais aucune envie de parler de son « autre famille » à mon père. Je n'arrivais pas à croire, d'une certaine façon, à l'existence de ce foyer secret, et je gardais pour moi les divagations de Rose, dans son intérêt. Si Arthur avait une maîtresse et n'attendait que le meilleur moment de changer de vie, c'était à lui de me l'apprendre. Je n'étais pas si désireux de partager les secrets de son cœur déchiré. Il ne m'avait jamais avoué, bien sûr, que la flamme de l'amour ne s'était pas éteinte en lui, qu'elle était là, recroquevillée ; que l'ardeur du corps s'était concentrée sur l'estomac, que cette torpeur lui avait voûté le dos, blanchi les cheveux, épaissi la voix, enflé les articulations ; qu'elle avait fait de lui un cynique, un désabusé, quelqu'un qui ricane au cinéma, emboîte le pas et traîne la patte. Pourtant, je m'en étais toujours douté. Dès que j'avais moi-même éprouvé mon premier émoi sentimental, j'avais compris son dénuement. J'avais alors huit ou neuf ans, Johnnie Ray chantait à la radio : « Si ta bien-aimée / T'envoie un mot d'adieu / Faut pas hésiter / Pleure mon coco / Tu t'sentiras mieux. » Il avait posé son journal pour écouter et m'avait souri. La chanson était banale, « commerciale » ; je savais néanmoins qu'elle avait un sens pour mon père, qu'elle l'avait pris au dépourvu, empoigné, secoué. Plus d'une fois, plus de mille fois, j'avais souhaité qu'il cède aux déraisonnables tentations d'un être assoiffé d'amour, qu'il se lance dans une folle aventure, qu'il courtise la serveuse dont il admirait la démarche avec nostalgie, qu'il écrive à Ava Gardner, dont il revoyait les films trois, quatre, cinq fois même, qu'il connaisse enfin un bonheur simple avec des pique-niques et des étreintes passionnées. Un jour, vers le milieu de ma liaison avec Jade, j'étais dans ma chambre à rêvasser et à remplir d'inutiles formulaires d'inscription à l'université, il était entré par hasard. J'avais levé la tête de ma table et aperçu la silhouette qui se reflétait dans la fenêtre obscurcie. « Salut », avais-je dit. « Heureux ? » m'avait-il demandé. La question ne semblait pas receler de piège ; j'avais acquiescé. Arthur avait secoué la tête — mon père, oui, mon père avait secoué la tête :

« Je t'envie. » Je m'étais dit, comme je devais me le répéter plus tard : Trop tard, je n'y pouvais plus rien, à quoi bon, dans ce cas, me faire du souci ?

Le samedi, juste huit jours après mon retour, il y avait eu une petite réception en mon honneur. Visiblement, c'est Rose qui en avait eu l'idée. Toute la semaine, elle avait insisté pour que je me mette en rapport avec les gens qui m'avaient vu grandir, qui m'avaient écrit à Rockville pour mon anniversaire, qui m'avaient envoyé des cadeaux et qui étaient heureux, soulagés, que je sois revenu. Rose était une amie loyale, elle avait des principes, elle leur devait bien ça : leur permettre de m'entrevoir. En outre, elle était assez fin stratège, au plan conjugal, pour sentir qu'une journée passée avec la famille et les vieux amis pourrait avoir un effet modérateur sur son mari, étouffer les élans de son cœur sous le poids des souvenirs communs. Quand j'étais sorti de ma chambre, ce jour-là — je me sentais enfin plus sûr de moi, j'avais envie de me promener tout seul, de m'acheter un livre, mais ce regain de confiance demeurait fragile, tel un œuf brisé qu'on retient dans sa main —, Rose était déjà partie au supermarché et Arthur, en pantalon jaune et en maillot de corps, traînait le balai de l'aspirateur dans le salon et pestait contre le tapis. « On a invité toute la bande, avait-il crié pour dominer les rugissements de l'engin. On va s'amuser, hein ? » En fronçant comiquement les sourcils, pour souligner une ironie qu'il refusait d'expliciter.

Ah ! ces compagnons de mélancolie ! Olga et Leo Greenbladt, Millicent Bell, Tom et Natalie Foster, Harold Stern, James Brunswick, flanqué de son épouse — je ne sais plus laquelle —, Connie Faust, Irene et Alberto Nicolosi. Je les avais toujours connus, mieux et de façon plus suivie que mes propres camarades d'école ou les autres membres dispersés de ma famille. Ces mêmes amis, à l'occasion de mon mariage, se seraient assis en souriant sur leurs chaises pliantes pour la cérémonie civile ; si j'étais mort brusquement, leurs yeux fatigués et hagards auraient regardé mes cendres disparaître dans le vent. J'assistais, autrefois pour moi, pour eux c'était déjà La Fin — à leurs incompréhensibles discussions lors des réunions mensuelles, où je jouais les domestiques en me promenant dans la pièce enfumée, revêtu de mon pyjama vert d'eau, avec un plateau de fromage et de saucisson. Sur quoi on m'expédiait dans ma chambre avec une bouteille de Canada Dry et un petit plat émeraude rempli de bretzels miniatures. C'étaient ces visages réjouis qui s'étaient penchés sur moi, pour mes anniversaires, au-dessus des bougies ; c'étaient ces souliers aux talons éculés et ces genoux massifs qui s'alignaient autour de la table de la salle à manger et entre lesquels je me glissais, au milieu d'une panique de bon ton, pour repêcher un chou de Bruxelles ; c'étaient ces voix, dans des effluves de tabac à pipe aromatisé, qui s'élevaient de la banquette arrière de notre vieille voiture lors des expéditions à la campagne ; c'étaient ces mains qui se tendaient vers la note de restaurant ; c'étaient ces noms qui s'étalaient sur les amphigouriques cartons célébrant un diplôme de fin d'études. C'étaient eux, les amis de mes parents, qui se délassaient les jambes et savouraient un espresso après un samedi après-midi mouvementé, où ils avaient apporté leur appui aux grévistes noirs. Eux encore qui étaient venus me voir avant qu'on m'expédie à Rockville, pour me serrer la main, à l'écraser, et me contempler, comme pour ne pas oublier mon visage, en me transmettant les prétendues amitiés d'une progéniture dont je ne m'étais jamais soucié. (Mon père, pour éviter d'affronter la triste réalité de sa vie, me dissuadait de fréquenter leurs enfants : « Fréquente les gens qui ont les pieds sur terre. Laisse tomber ces gosses de Rouges. » Je n'avais guère besoin de ces exhortations. Ces garçons et ces filles n'étaient pas plus mon genre que je n'étais le leur : sérieux, respectueux, ils n'avaient pas l'habitude de perdre leur temps, mes mesquines plaisanteries les gênaient.)

Après un long et pesant petit déjeuner, en guise de protestation contre ce mauvais tour qu'on me jouait en m'infligeant à l'improviste cette réception, je m'étais retiré dans ma chambre. Je m'y étais enfermé — ces douze mètres carrés commençaient à en dire plus long sur ma condition physique qu'une paire de godasses ou une vieille chemise — pour somnoler, lire un peu et décider de ce que j'allais porter. La réception était à trois heures (personne ne pouvait s'attendre à un véritable repas), le moment approchait, je devais sérieusement songer à m'habiller. Rose avait jeté presque tous mes vieux vêtements, à l'exception du costume bleu de mon diplôme de fin d'études secondaires, qui avait échappé à sa furie. J'avais mis une chemise blanche, une cravate noire, étroite, et mon vieux costume. Pas de miroir dans ma chambre — le seul de la maison était celui de l'armoire à pharmacie : il fallait sauter en l'air pour voir si vos pantalons vous allaient — ; je m'étais contenté d'un coup d'œil sur mon fantôme, dans la vitre de la fenêtre. Le costume était trop petit ; cet accoutrement — il me collait aux cuisses, les épaules et la poitrine étaient trop étroites, les revers planaient bêtement sur mes chaussures — me remplissait d'un sentiment de gêne assez écrasant. Ce costume étriqué m'emprisonnait dans la réalité d'un temps révolu.

Je m'étais étendu sur le lit, tout habillé, les yeux rivés au plafond, taquinant mon étroite cravate. Elle était démodée, mais je doutais que mes parents ou aucun de leurs amis le remarquent. Ils affichaient tous du dédain pour la mode et ses produits. (Ce n'était que récemment, par exemple, qu'Arthur l'avait appris : le « plateau-télé » n'est pas ce qu'il vous arrive d'avaler pendant que vous regardez l'écran.) Je m'étais assoupi. Les premiers invités étaient arrivés durant ma sieste ; j'aurais pu dormir toute la journée si ma mère ne m'avait pas réveillé.

— David ? avait-elle murmuré, derrière la porte.

— Je suis prêt, avais-je répondu. Ils sont là ?

— Je peux entrer ?

Elle était entrée sans attendre la réponse, contrairement à l'étiquette familiale. Elle portait une robe vert pâle à col évasé, avec des souliers vert et blanc. Elle avait à la main un verre de whisky à l'eau, enserré dans une triple épaisseur de serviettes en papier.

« Tu as mis ton costume ?

Elle avait refermé la porte.

— Tu as le sens de l'observation.

— Il fait beaucoup trop chaud, David. C'est un costume de laine. Regarde comme tu transpires. Tu ne vas pas retirer ce vieux truc et te passer un bon petit gant de toilette pour te rafraîchir ?

— Non, je veux le garder, avais-je répliqué, sur ce ton vif et décidé qui avait fait ma popularité en famille.

La sonnette avait retenti. Depuis le living-room, des voix familières me parvenaient. Des rires. Un bref hululement, le cri d'un hibou *mezzo soprano*. Puis une voix d'homme — celle de Harold Stern : « Non. Ne riez pas encore. Ce n'est pas le plus drôle. » Suivie de rires redoublés. Une voix de femme émergea : « On s'en moque que ce ne soit pas le plus drôle. C'est maintenant qu'on a envie de rire, pas vrai ? »

— O.K., avait dit Rose, en lançant vers la porte un regard apeuré. Parfait. Tu ne vas pas filer à la salle de bains te mettre un peu d'eau sur la figure ?

Tout s'était si bien passé, sans le moindre incident, qu'il n'en restait plus le moindre souvenir. Personne n'avait eu la moindre réflexion insolite, pas le moindre mot inattendu ; personne ne s'était soûlé ni empiffré ; aucune cendre de cigarette n'était tombée sur le tapis. On m'avait laissé boire, mais je n'étais pas parvenu à m'enivrer. On m'avait entraîné vers le sofa et assis près de Millicent Bell, qui devait faciliter mon inscription à la Roosevelt University. Incité également à bavarder avec Harold Stern, qui devait me procurer un emploi à l'Union des Travailleurs de la confection. Je n'avais rien fait pour mériter ces bonnes grâces. Elles m'étaient dues parce que j'étais le fils unique de Rose et d'Arthur, tout simplement, et parce que je m'étais toujours montré si réservé, si prévenant envers chacun avec mon plateau de viandes fumées, les soirs de réunion, au bon vieux temps.

Le jour s'attardait, derrière les fenêtres. Cette réception en mon honneur n'en finissait pas. Quant à ce qu'ils auraient pu me demander ou ne pas me demander au sujet de cette longue absence, les amis si courtois de mes parents n'en avaient aucune idée. Sur le plan personnel, nul n'avait osé plus qu'un chaleureux « Content de te revoir » qui aurait tout aussi bien pu saluer mon retour d'un stage de deux ans à l'université de Léningrad pour y étudier la génétique socialiste. Même ceux qui m'avaient écrit et m'avaient envoyé des cadeaux pendant que j'étais à Rockville évitaient d'évoquer les véritables raisons de ma longue absence. Avaient-ils peur de ce que leurs yeux pourraient trahir, s'ils faisaient allusion à ce sujet — leur émotion, leur mépris peut-être ? Ou respectaient-ils ainsi l'ardent désir de ma mère, que tout, absolument tout, soit exactement *comme d'habitude ?* L'histoire lui devait cet après-midi sans histoires ; les enfants de ses amis eux-mêmes étaient bien décidés à éviter tout ce qui aurait pu jeter une ombre au tableau. Meredith Tarnovsky, seize ans, à présent assez belle, avec le charme innocent, animal, d'un être dont l'instinct sexuel s'avère encore timide en société, rentrait d'un séjour de deux semaines à Cuba, où elle avait coupé de la canne à sucre et assisté à des conférences. Elle revenait constamment à la charge pour me parler de Castro, que j'aimais assez d'ailleurs, quoique avec moins de passion qu'elle. Ses yeux noirs brillaient, sa peau satinée fleurait les sels de bain, les petits poils soyeux, sur ses bras, étaient devenus blond platine, sous le soleil de La Havane. J'avalais verre de gin sur verre de gin, en me demandant si toute cette réception n'avait pas été organisée pour me faire renoncer à mon long célibat et m'amener à entraîner Meredith dans ma chambre. « Tu étais à Cuba, lui avais-je dit, et moi j'étais dans un petit cabanon de luxe. On suit chacun son chemin, hein ? » Elle avait baissé les yeux et secoué la tête. Pour souligner quoi ? L'ironie ou la tristesse de la situation ? Ou que nous n'étions pas censés parler de ces choses ? Autre « camarade », Joe Greenbladt, ex-nabot qu'on appelait jadis le Petit Joey Greenbladt et qui maintenant, à vingt-deux ans, me dominait de toute sa hauteur. Il portait une chemise rouge, des pantalons de velours bleu pâle et des bottes de cow-boy. Je l'avais trop peu fréquenté quand il était gosse pour m'associer à ses tourmenteurs, mais il m'évitait et me jetait des regards sombres, teintés d'une certaine ironie, comme si sa présence en ces lieux mettait fin à une vieille querelle. Il jouissait apparemment d'une grande popularité dans ce cercle. Meredith était peut-être allée à Cuba ; Joe, lui (Josef pour l'état civil), avait lu *le Capital* de bout en bout et parlait de la « question noire » quand il évoquait le mouvement pour les droits civiques, et de la « jeunesse d'aujourd'hui » quand il s'agissait de ses propres amis. Ses parents, Leo et Olga, s'étaient souvenus de mon anniversaire, pendant mon séjour à Rockville, et m'avaient régulièrement envoyé un livre ou une revue. L'année précédente, ils avaient rapporté d'Union soviétique un petit magnétophone qu'ils avaient donné pour moi à mes parents. Avec un message enregistré. « Allôooo, David, ici Olga. — Et Leo. — David, enchaînait Olga, nous venons de rentrer d'Union soviétique. Expériences merveilleuses, trop nombreuses pour en parler. Il faisait très froid, mais notre hôtel était parfaitement chauffé. Et les gens, David, les *gens*... — Très heureux, avait ajouté Leo. Joyeux, pleins de dignité. » Je les avais écoutés les larmes aux yeux, anéanti par la bêtise et la tendresse du message. J'avais posé la main sur l'appareil, sans m'en rendre compte, et bloqué la bobine. Les voix s'étaient ralenties, affaiblies, on aurait dit qu'ils venaient d'avoir une crise cardiaque — ce présage m'avait frappé comme un éclair par une journée torride.

Vers sept heures, la pluie s'était mise à tomber. Le ciel était vert cru, électrique ; l'eau martelait les carreaux, tambourinait sur les parois de l'appareil à air conditionné. Les invités serraient les rangs, telle une meute perdue dans la nature, échafaudaient des plans pour le retour, partager les voitures, déposer l'un ou l'autre au passage. La pluie les terrorisait, ou bien, plutôt, elle leur fournissait la bonne excuse pour s'éclipser. Tom et Natalie Foster avaient été les derniers à partir, un quart d'heure après le début de l'averse — ils n'avaient traîné que pour raconter des potins sur les Tarnovsky, les pauvres petits parents de Meredith, qui s'habillaient de façon si vulgaire. Propriétaires d'un cinéma au nord de la ville, ils programmaient un film porno, de temps en temps, pour payer leurs factures. « On leur avait bien dit que ça finirait comme ça », avait conclu Tom Foster, l'air faussement inquiet et peiné.

Quand ils avaient fini par décamper, Arthur avait refermé la porte et s'était appuyé contre elle.

— Premiers arrivés, derniers partis.

Rose avait ri bruyamment.

— Quels drôles de personnages.

Sur quoi elle avait poussé un « Hmmmmn, » comme surprise et déconcertée par sa remarque.

Je m'étais assis sur le sofa pour manger un biscuit à l'abricot surmonté d'un bout de jambon et boire un gin tonic. Je me sentais vaseux, mais pas assez fatigué pour dormir.

« Alors, ça t'a plu ? m'avait demandé Rose, en se mettant à ramasser les verres et à vider les cendriers.

Arthur, à la fenêtre, contemplait la pluie. Je n'étais pas sûr qu'il prenait volontairement une attitude aussi théâtrale.

— Pas si réjouissant pour toi, hein ? avait-il dit.

— C'était très bien.

— Tout le monde était si heureux de te revoir, avait dit Rose.

Mon père s'était propulsé à travers la pièce pour s'effondrer dans ce que nous continuions d'appeler le « fauteuil d'Arthur ». Il avait poussé un soupir visqueux et calé ses petits pieds sur le vieux tapis turc couleur sang.

— Ça aurait pu être mille fois pire, avait-il commenté.

— Non, c'était très bien, avais-je protesté, d'un ton un peu plus convaincu.

— Tu sais, avait dit Rose, de sa voix style « secret de famille », ton père et moi avons fait les magasins pour te trouver un cadeau qui marque le coup.

Elle était assise tout près de moi, sur le sofa.

« Ça t'intéresserait de savoir ce que c'est ?

— Vous n'avez pas à me faire de cadeau. Vous avez déjà dépensé pour moi une sacrée fortune.

— Pour aujourd'hui ? avait interrogé Arthur.

— Non. Pour le nouvel avocat. Pour Rockville.

— Bon, l'argent doit bien servir à *quelque chose*, pas vrai, Arthur ? avait dit Rose.

— Pas nécessairement, mais je vois ce que tu veux dire.

— Ça ne t'intéresse pas de savoir ce qu'on t'a acheté ?

Rose insistait.

— Si, bien sûr.

— Une petite voiture.

— Une petite voiture ?

J'avais alors montré l'écart entre mon pouce et mon index.

— Non, pas si petite, avait souri Arthur.

J'étais bien son fils, il adorait ce genre de plaisanterie, aux dépens de ma mère surtout.

— Si ça ne t'intéresse pas..., avait dit Rose.

— Ça m'intéresse. Ce serait formidable. Mais je n'ai même plus de permis.

— Qu'est-ce que ça fait ? Tu t'y remettras et tu le repasseras. Tu conduisais merveilleusement.

— Oui, à te rendre dingue.

— Ou à me pousser à boire, avait interrompu Arthur.

— Une voiture, tu es content ? avait dit Rose.

— Oui. Mais je ne veux pas que vous me la payiez. Je ne veux pas de cadeaux.

— C'est la voiture de Millicent Bell, tu sais, avait dit ma mère. Une conduite intérieure verte, une Plymouth. Dès qu'on lui livrera sa nouvelle voiture, nous irons chercher la tienne.

— Emballé, on n'a plus qu'à attendre, comme qui dirait, avait ironisé Arthur.

— La belle affaire, avait dit Rose, avec un sourire stoïque et incongru. Mais qu'est-ce que tu en penses ? On te trouve quelque chose d'autre en attendant, un autre petit cadeau de circonstance ? Qu'est-ce que tu en penses ?

— Une souris blanche ?

— Quoi ? s'était écriée Rose.

— Rien. Non, ce serait formidable.

— Qu'est-ce que tu aimerais ? avait interrogé Arthur.

— Je ne sais pas. Je n'ai besoin de rien.

— Des vêtements ? avait dit Rose. Pour la fac, ou ce que tu veux.

— Parfait.

— Ce n'est pas un cadeau, avait dit Arthur. On lui en paiera, de toute façon. Qu'est-ce que tu dirais de quelque chose de spécial, David ? Un peu hors des sentiers battus ?

Je me demandais s'ils ne me tendaient pas la perche.

— Comme quoi ?

— Vas-y, avait dit Arthur.

— Eh bien (je m'étais renversé un peu en arrière, me préparant au pire), il y a *une chose* que j'aimerais.

— Quoi ? avait dit Rose.

— Et ça ne vous coûterait pas un sou. Quelque chose qui m'appartient. Je l'ai cherché partout, je n'arrive pas à remettre la main dessus.

Mes parents avaient échangé un regard ; ils me voyaient venir, semblait-il.

« J'aimerais que vous me *les* rendiez. Voilà. C'est plus important pour moi qu'une vieille Plymouth, je vous assure.

— De quoi est-ce que tu parles ? avait dit Rose.

— D'un paquet de lettres. Les lettres de Jade. Celles que vous avez montrées au juge.

Ma voix était soudain nerveuse, embarrassée et surexcitée — pas du genre qui en impose.

« Avec quelques-unes des lettres que je lui ai écrites, je crois. J'aimerais les récupérer, toutes.

J'avais pris mon temps pour respirer profondément, avant d'ajouter :

« Elles sont à moi.

Elle l'étaient, en vérité, totalement, irrévocablement, et d'avoir à les réclamer me déchirait au plus sensible de mon être.

Rose et Arthur m'avaient expliqué, le plus simplement, le plus calmement possible, qu'ils ne les avaient plus, et j'avais fait semblant de les croire, afin de ne pas me ridiculiser, en me disant, pour ne pas perdre tout espoir, qu'ils mentaient.

Un peu plus tard, dans la cuisine, nous étions attablés devant un repas léger. Rose et Arthur, aussi épuisés que tendus, bâillaient fréquemment. Personne n'avait faim, plus question de lettres, le sujet était redevenu tabou, nous n'avions plus rien à nous dire.

Rose s'était levée la première. J'étais allé dans le living. J'avais branché la télé, dans le salon, Arthur avait suivi, pour s'installer sur le sofa, à distance respectueuse.

— Tu as parlé à qui tu sais pour un boulot ?

J'avais hoché la tête. Les White Sox en étaient à six contre six au quinzième tour.

« Ça ne presse pas, tu sais. Tu n'es pas obligé. J'espère que tu comprends.

— Si, il le faut. Ils me l'ont dit. Il faut que j'aie l'air de me réadapter.

— Tu te réadapteras. Ça ne se fait pas du premier coup. Je t'ai raconté comment ça s'était passé pour moi, quand je suis revenu de l'armée.

J'avais hoché la tête, ce qui ne l'avait pas empêché de poursuivre :

« J'étais content de rentrer, bien sûr. La guerre était finie, j'étais vivant. Il y avait des gens que je voulais voir, des endroits que je voulais visiter. C'était la fête, partout. Pas pour moi. Tout le monde pensait qu'on se payait une nouvelle petite lune de miel, ta mère et moi. La vérité, c'est que je ne pouvais pas quitter la maison. Bougrement effrayant. J'étais coincé, comme si j'étais paralysé.

— Je sais, je sais.

J'avais cessé de regarder la télé, sans toutefois le regarder franchement, pour ajouter :

« Mais il y a une sacrée différence entre la guerre et ce bordel d'asile, surtout quand on vous y a envoyé pour avoir fichu le feu à la baraque de votre petite amie. Plus personne ne veut me voir.

Arthur avait secoué la tête.

— Contrôle-toi. Ce n'est pas avec ce genre d'attitude que tu peux espérer grand-chose.

— Parfait. Je n'espère rien.

— Tu ne comprends donc pas ? Le passé est le passé. Tout le monde est disposé à l'oublier. Prends ces gens, aujourd'hui. Je sais qu'ils ne t'intéressent pas beaucoup, mais qu'importe. Ils étaient tous heureux de te revoir. Presque comme si tu n'étais jamais parti.

— D'accord. J'ai remarqué.

— C'est ton tour maintenant, David. Il est temps que tu le comprennes. Le passé est le passé.

— Je ne sais pas ce que c'est que le passé. Ça n'existe pas, le passé.

— Tu veux savoir ce que c'est ? C'est ce qui est révolu. C'est ce qui ne peut pas se reproduire.

— L'avenir non plus. Ni le présent.

— Je vais te montrer ce que c'est que le passé.

Il avait claqué des mains, avait attendu un moment, avait répété son geste — un bruit morne, creux.

« La première fois, c'est le passé, avait-il dit avec un sourire contraint, mais triomphant.

Nous aurions eu des centaines de conversations de ce genre si nous avions vécu le genre de vie qu'Arthur souhaitait pour nous.

— Et la seconde fois ? Ce n'est pas aussi du passé ? Et tout de suite, ce que je suis en train de dire, ce n'est pas déjà du passé ?

Rose était entrée, le *National Guardian* de la semaine à la main. Elle avait sa robe bleu clair et ses pantoufles d'été ; elle fumait sa Newport de la soirée. « Je vais me coucher », avait-elle dit. Phrase rituelle, destinée à vexer Arthur, à lui faire sentir qu'il ne comptait pas, à bien montrer qu'ils ne couchaient plus ensemble. Pendant un temps, Rose avait cru qu'elle pouvait à la fois sauver leur mariage et son intimité en se montrant simplement (et c'était vraiment *simple*) de plus en plus distante. Maintenant qu'on ne recherchait plus sa tendresse, elle n'avait plus aucun intérêt à la rationner. Il était devenu clair que son pouvoir, à cet égard, n'était pas si réel. Tout dépendait du désir d'Arthur, de sa vulnérabilité, quelles que soient les nuances, quelle que soit la forme du rejet. Elle avait fini par comprendre qu'il avait été jusqu'à lui choisir son arme. Une lame que lui seul pouvait fourbir.

Il avait regardé sa montre.

— O.K. Bonsoir.

Puis, s'adressant à moi :

« On ferait mieux d'éteindre la télé, pour que ta mère puisse dormir.

Je m'étais aussitôt penché vers le poste pour l'éteindre.

— Je vais faire la vaisselle.

— Il y a tellement d'assiettes, avait dit Arthur. Garde-les pour demain matin.

— Je ne vois rien de mal à les laver ce soir, avait dit Rose. Il est temps qu'on se secoue un peu, là-dedans.

— Tout à fait d'accord.

— On n'est pas obligés de s'y mettre tout de suite, avait dit Arthur.

— Qu'est-ce que ça peut te faire ? s'était exclamée Rose. Tu ne lèves pas le petit doigt. Tu restes assis comme un rabbin, en attendant que les gens te servent.

Arthur avait émis un soupir, comme une sorte de rire supérieur qui lui aurait échappé, et secoué la tête, comme s'il commençait à perdre patience.

J'étais parti dans la cuisine. Nous avions utilisé des fourchettes en plastique et des assiettes en carton, mais presque toute la vaisselle de la maison était sale. D'habitude, on aurait tout mis dans la machine, mais la température avait monté, après la pluie ; pas question de brancher simultanément l'air conditionné et le lave-vaisselle. J'étais soulagé d'être seul et content d'avoir trouvé cette astuce pour ne pas être obligé de m'enfermer dans ma chambre.

J'avais fait couler l'eau chaude, bruyamment, en fixant la fenêtre, par-dessus l'évier. (Elle donnait sur une colonne d'aération, ma mère trouvait ça déprimant. Elle avait collé sur la vitre une vue de Leningrad découpée dans un numéro de *Life*.) J'avais saupoudré de lessive vert émeraude une grosse éponge fauve, pris une assiette à gâteau ornée de fleurs, l'avais récurée, puis passée sous l'eau chaude. J'avais les mains mouillées, mes yeux s'embuaient, ma tête s'était affaissée, je pleurais. Quand je pleurais, jusque-là, c'était que je pensais à Jade, que je me demandais où elle était, si je la reverrais jamais, ou que je pensais à tout ce temps perdu, ou que je mesurais toute l'absurdité, la bizarrerie de la situation, que je me sentais vidé, impuissant, ou que je me rappelais les heures heureuses — mon bonheur. Mais là, devant l'évier, dans ce nuage de vapeur, je ne pensais qu'à ces lettres, dont je voyais encore l'encre, les passages tendres. Elles étaient tout ce que je possédais de tangible. La seule preuve palpable que mon cœur avait eu des ailes. J'avais connu un autre monde. Impossible de lui donner un nom. Enchantement, félicité, mots stupides qui ne suffiraient pas. Aucun mot ne suffisait. Je ne pouvais dire que ceci, que je l'avais connu, qu'il avait été mien, qu'il l'était toujours. Le seul monde réel, plus réel que le nôtre. Je pleurais sans retenue, mais je n'étais pas seul ; j'essayais de ne pas faire trop de bruit. Je me sentais couler, je me sentais fondre, littéralement. J'avais essayé de m'échauffer contre Arthur et Rose qui m'avaient privé de ces lettres, qui les avaient détruites, dans un geste de panique, ou les avaient cachées, ou n'importe quoi. Ma colère, ma haine même, étaient dérisoires, elles n'avaient plus de sens. J'avais essayé de m'apitoyer sur ma propre impuissance, mon inaptitude à m'adapter, à me ressaisir. La vérité est que je n'avais aucune volonté, aucune intention de me ressaisir. Je ne voulais que ce que j'avais déjà. Cette exultation, cet amour. Mon seul et véritable foyer. Partout ailleurs, je n'étais qu'en visite. Tout s'était passé trop vite, c'était certain. Il aurait mieux valu, ç'aurait été plus facile du moins, que Jade et moi ne nous découvrions, et ne découvrions ce que cela signifiait, d'être ensemble, que plus tard, après des années d'expériences et de désillusions, et non pas d'un seul coup, dans un immense et déconcertant saut de l'enfance à la maturité. Difficile et effrayant, d'accepter l'idée que l'événement le plus important de ma vie, celui qui *était* déjà ma vie, s'était produit alors que je n'avais pas encore dix-sept ans. Où était Jade ? Je pensais à ces lettres, au fond d'une poubelle, dans un tas d'ordures, en train de brûler. Mes mains, sous le robinet d'eau chaude, étaient paralysées, elles devenaient rouges.

— Tu veux que je t'aide ?

C'était Arthur. Je n'avais pas osé me retourner. J'essayais de retenir mes larmes, l'effort me faisait trembler.

« Je vais prendre un torchon. Tu les nettoies, je les essuie.

Il était près de moi. Sa chemise était ouverte, ses longs poils noirs, sur la poitrine, étaient luisants de sueur. Il m'avait jeté un bref regard, avant d'essuyer le seul plat déjà nettoyé, sur l'évier.

Je m'efforçais désespérément de composer une phrase : je vois que je ne suis pas très rapide. C'était tout ce que j'avais trouvé. Mais ça ne sortait pas. Ces larmes m'étaient familières, je ne pouvais pas les contrôler pour autant. Elles avaient leur existence propre. J'avais lavé un autre plat et l'avais tendu à mon père, qui l'avait essuyé.

— David.

J'avais hoché la tête, il s'était tu. Nous avions gardé le silence, un, deux, trois plats, toute la vaisselle avait défilé, avant que je m'attaque aux verres. Je commençais à me ressaisir ; mon souffle était plus régulier. J'avais regardé mon père. Ses yeux étaient vitreux, ses lèvres tellement serrées qu'elles en étaient devenues ivoire, transparentes. Mon Dieu, m'étais-je dit, brusquement gêné, il se fait du souci pour moi, il voudrait bien que je le débarrasse de cette corvée.

— Je suis épuisé, avais-je dit.

Pauvre excuse, mais elle était vraie.

Il avait secoué la tête, sans cesser de fixer le verre brûlant qu'il avait dans les mains. Il l'avait si bien frotté, l'extérieur, le dedans, qu'il s'était craquelé.

— Dis quelque chose, David, m'avait-il demandé, d'une voix incertaine.

Je savais comment décourager les curiosités, les bonnes intentions même, avec l'aisance du tricheur qui s'accommode des plus mauvaises donnes. C'était instinctif, élémentaire, je ne pouvais faire autrement parfois. Et j'en étais conscient.

— De quoi veux-tu qu'on parle ?

— De n'importe quoi. De ce que tu as sur le cœur.

J'avais haussé les épaules. J'allais me remettre à hurler, je ne savais comment m'en empêcher — trouver la volonté de m'en empêcher. J'avais déposé l'éponge et un verre plein d'eau savonneuse sur l'évier et m'étais pris le visage dans les mains. Je sentais les larmes couler entre mes doigts, huileuses et brûlantes.

« Je voudrais pouvoir t'aider.

— Je suis très fatigué, c'est tout, avais-je répondu, sans être trop sûr d'être clair.

Je sanglotais, les larmes noyaient les mots.

— C'est cette réception ? Tu ne te sentais pas à l'aise avec tous ces gens ?

J'avais secoué la tête.

« Dis-moi. Parle-moi. Ouvre-toi à moi.

Il s'était penché pour fermer le robinet.

— Je suis amoureux, avais-je sangloté, derrière mes mains.

Il m'avait touché l'épaule.

— Je sais, David. Je sais.

Sur quoi — je ne sais comment l'expliquer — j'avais entendu ces mots qu'il n'avait pas prononcés, je l'avais entendu dire :

« Moi aussi.

Sur ce, ma mère était entrée dans la cuisine. J'attendais qu'elle dise quelque chose, à son tour, mais elle se sentait exclue, désemparée. Je m'étais retourné pour la regarder, de mes yeux rouges, affreux. Elle avait reculé et avait porté la main à sa tête, en me dévisageant, la bouche ouverte, à la fois honteuse et embarrassée. Je m'étais, à nouveau, tourné vers la fenêtre. La détresse qui m'envahissait était de plus en plus profonde, féroce, immense. J'avais une peur horrible, soudain, de ne plus pouvoir la supporter. Je m'étais frotté le front ; j'avais serré les dents ; et puis soudain, c'était horrible, sans le moindre avertissement — une *seconde* peut-être, une seconde de sueur et d'angoisse —, mes entrailles s'étaient contractées et j'avais rendu tout le gin de la journée. Le vomi s'était écrasé sur les bords de l'évier et dissous dans les bulles de savon.

— Oh ! mon Dieu ! s'était exclamée Rose, faussement dégoûtée.

Mon père m'avait saisi l'épaule pour m'empêcher de m'effondrer.

— Colle-toi la langue contre les dents du bas, m'avait-il dit, d'un ton pressant.

Un grincement, derrière moi. C'était ma mère qui tirait une des chaises près de la table.

— Assieds-toi, avait-elle dit, de ce ton morne et autoritaire qu'adoptent certains quand ils veulent vous rassurer, et qui ne m'a jamais rassuré.

— Ça va bien, avais-je fait d'une voix rauque.

— Non, ça ne va pas, avait dit Rose.

— S'il dit que ça va (Arthur me serrait le coude), c'est que ça va.

J'avais fait couler l'eau et bu au robinet, avant de me rincer la bouche, sans honte, et de recracher dans l'évier. Je m'étais rafraîchi les poignets, et, avec mes mains en coupe, m'étais maladroitement aspergé le visage.

— Tu es malade, David ? avait dit Rose.

Je m'appuyais à l'évier, regardais fixement cete eau sombre et puante.

— Pourquoi avez-vous jeté mes lettres ?

J'attendais une réponse. En vain. Leur silence m'avait quelque peu encouragé — je ne voulais pas me contenter d'une réponse facile — ; ma question, mon accusation semblaient les tourmenter.

« Pourquoi ? avais-je insisté d'une voix plus ferme. Pourquoi, je vous le demande. C'est tout. Pourquoi ?

Je m'étais redressé. Je me sentais mieux. Arthur regardait Rose, comme s'il exigeait que ce soit elle qui me réponde. Je suivais son regard sur ce visage fermé ; nous étions deux à la dévisager, maintenant.

— C'était la meilleure solution, avait-elle dit, calmement, avec une nuance de nervosité et d'hésitation dans la voix.

— La meilleure pour qui ?

— Nous ne voulions pas les garder.

— C'était la meilleure solution pour vous. Vous les avez jetées, mes lettres, parce que c'était la meilleure solution pour vous : vous en débarrasser ?

— Pourquoi est-ce que tu les veux ?

Elle avait empoigné le dossier de la chaise qu'elle avait avancée pour moi.

Je suis comme cette chaise entre ses mains, me disais-je. Je regardais ses doigts devenus tout blancs à force de la serrer.

« Pourquoi répéter toujours les mêmes erreurs, te, te... *complaire* dans ce qui a failli ruiner ton existence ?

— Me complaire ? avais-je lancé, d'une voix plus forte et plus aiguë.

— Je n'ai pas envie de jouer sur les mots. Tu sais très bien ce que je veux dire.

— Je me moque de ce que tu veux dire. Je veux que tu comprennes, *toi*, ce que *moi* je veux dire. Ces lettres sont à moi. Je n'avais plus que ça. Je veux que vous sachiez que je ne cesserai pas d'y penser, de penser à ce que vous avez fait. Rien ne l'effacera. Ce qui vient de se passer, dans cette cuisine, ne s'effacera jamais.

Je ne la quittais pas des yeux ; l'espace qui nous séparait avait la couleur de mon regard. J'avais cru, un moment, qu'elle allait pleurer, mais elle serrait les dents en essayant de penser à ce qu'elle allait me répondre.

— Ne me parle pas sur ce ton, avait-elle fini par dire.

— Nous nous efforçons de faire pour le mieux, avait dit Arthur.

— Oh ! arrêtez, arrêtez, pour l'amour de Dieu. Vous mentez tellement, tous les deux.

Ma propre voix m'était devenue étrangère, les mots se raccrochaient mal à mes émotions. Mon impulsion première aurait été de les bousculer au sol, de leur donner des coups de pied, de les faire souffrir, physiquement — je savais que je ne pouvais leur infliger aucune peine intérieure qui égale la mienne. Et je savais aussi que je ne leur ferais rien, que je ne les toucherais même pas.

— On t'a défendu de la voir, de toute façon, avait dit Rose. Essaie seulement, ça risque de te coûter ta liberté conditionnelle.

— Pas de relire un tas de vieilles lettres.

— On est inquiets pour toi, avait dit Arthur. C'est pourquoi tes lettres ne sont plus là.

Il n'y avait rien à ajouter. Je ne voulais pas discuter avec eux. Ç'aurait peut-être été une bonne chose pour moi que de déverser toute ma colère, mais ce genre de décrassage psychologique ne m'intéressait pas. J'étais en colère, mais cette colère, étrangement, m'ennuyait. Elle relevait d'une partie de mon univers qui m'était assez indifférent — elle m'éloignait de ces lettres. Mais si je ne pouvais plus replonger au cœur de la vie que j'avais vécue, la seule à laquelle je croyais, mieux valait me réfugier dans le rêve. J'en avais peut-être dit davantage. La discussion s'était peut-être prolongée quelques minutes, je ne m'en souciais plus et ne me souviens plus de rien. J'étais ailleurs, parti. Mon cœur battait la chamade. Il battait très vite, mais je le suivais, et il m'entraînait, très loin. Je regardais Arthur et Rose, mais c'était Jade que je voyais. Elle se promenait dans l'énorme cœur du musée des Sciences et de l'Industrie, touchait les veines de ses petites mains, tournait la tête d'un côté, de l'autre, bouche entrouverte, elle trébuchait, sans s'en apercevoir. Nous rentrions chez elle. Je lui prenais la main, elle caressait la mienne de son pouce, elle savait que j'avais besoin d'être rassuré pour ne pas perdre courage, pour ne pas me laisser aller. Arrivés devant chez elle, elle me disait qu'elle espérait bien que tout le monde était là. Je lui demandais pourquoi, elle me répondait qu'elle voulait qu'ils soient tous là pour me voir. J'étais si étonné que je lui demandais à nouveau pourquoi. Gentiment, elle feignait de ne pas entendre. Nous montions les marches de la grande véranda de bois qui ceinturait la façade de la maison, comme un anneau de Saturne brisé. Des bicyclettes y étaient adossées. Un canapé d'osier, jaune, avec des coussins blancs. Un tabouret, un tue-mouches, un livre ouvert. Sur une petite table de chêne, un verre de café glacé, où les cubes de glace s'entassaient comme de petites briques. Des minuscules mouches se débattaient à la surface, avec des ailes de la taille d'une virgule ; elles luttaient pour survivre. Jade s'en apercevait — nous regardions ce verre en même temps, ça nous arrivait constamment —, elle disait quelque chose, du genre « Oh ! pauvres petites choses », ou « pauvres petites bêtes » — ils aimaient ce mot, *bêtes*, dans la famille — elle jetait le café par-dessus la balustrade, le vidait sur la pelouse à l'abandon. À cet instant, Ann sortait. C'était son verre. Elle était rentrée se chercher une cigarette...

Je m'étais réveillé au milieu de la nuit. J'avais rêvé de Jade. Je le savais, quand je rêvais d'elle. Une impression de roue qui tournait, à l'intérieur. J'essayais de rattraper les images avant qu'elles ne sombrent dans l'inconscient, mais autant dépouiller une eau dormante des rayons de lune qui la caressent. Pourtant, ce n'était pas le rêve qui m'avait réveillé. C'étaient quelques mots que mon père avait prononcés dans la cuisine. « C'est pourquoi tes lettres ne sont plus là. » Je l'entendais encore, je revoyais son visage, son air implorant, comme s'il me demandait de comprendre, d'interpréter, d'être patient, de lui laisser sa chance : je lui en serais reconnaissant. J'avais rejeté le drap et m'étais levé. J'ignorais pourquoi, impossible de rester couché, avec ce que je venais d'apprendre. Une obsession : « C'est pourquoi tes lettres ne sont plus là. »

Mais où ? Il n'y avait qu'un seul endroit : son bureau.

J'avais peur — de me décourager, de me trahir. Je m'étais habillé en me demandant comment arriver au bureau de mon père. Je n'avais pas d'argent. Je n'étais pas sûr des autobus. Le métro aérien roulait vingt-quatre heures sur vingt-quatre, mais il me faisait peur. J'étais à la fenêtre. La vitre était plus fraîche ; la pluie devait avoir chassé la chaleur. Deux heures du matin, personne dans la rue. La lune était presque pleine, enveloppant d'une lueur de chrome les filets de nuages.

Je m'étais glissé hors de ma chambre, dans le couloir obscur. J'entendais les ronflements profonds et sonores de mon père. Rose devait dormir, elle aussi ; elle lui aurait tisonné les côtes pour le réduire au silence, si elle était restée éveillée. J'avais remonté le couloir, en me retenant aux murs, étais passé devant leur chambre, vers l'entrée. Arthur avait pris l'habitude de laisser sa serviette et ses clefs près de la porte. Distraction récente. Je ne savais si elle était due aux premiers effets de l'âge ou aux égarements de l'amour. Mais, en tâtonnant dans le noir, je n'avais rencontré que la surface lisse et légèrement huileuse du bois de la petite table sur laquelle il rangeait ses affaires. On était dimanche ; il n'en avait pas besoin.

Je demeurais planté là. L'obscurité se dissipait progressivement ; je distinguais quelques ombres. Les poutres recouvertes de plâtre du plafond, les reproductions sur le mur, le trou grisâtre de la cuisine. J'avais retiré mes chaussures. Mon cœur culbutait comme un tonneau dévalant un escalier. J'étais retourné vers la chambre de mes parents, avec des contorsions d'assassin.

J'étais entré ainsi une centaine de fois, avant que Rose et Arthur aient perdu le contrôle de la situation et ne puissent plus m'empêcher de passer mes nuits chez les Butterfield. Je savais exactement où poser mes pieds. Je connaissais les endroits exacts qui gémissaient sous mon poids, je savais comment ouvrir une porte, assez vite pour que les gonds ne grincent pas. Mais je n'avais plus cette agilité furtive et silencieuse : la porte de la chambre, bien qu'entrouverte, avait légèrement craqué quand je l'avais poussée, et sa poignée avait touché le mur avec un petit bruit creux. Je ne m'en étais pas moins retrouvé, en quelques secondes, dans la chambre de mes parents, faiblement éclairée par la lune, au pied d'un lit interminable, sans avoir troublé leur sommeil.

Mon père ne portait pas de pyjama. La couverture était rabattue, dévoilant sa poitrine délicate et velue, et la marque de naissance (le « bout de chocolat » de mon enfance) en haut de la cage thoracique. Sa grosse tête s'enfonçait au milieu de l'oreiller, son menton pointait un peu. Les ronflements étaient réguliers, aussi bruyants que ceux des grosses bêtes innocentes et abruties des vieux dessins animés. On aurait cru le bruit que j'imitais pour signifier que je m'ennuyais. Rose, près de lui, avait sa chemise de nuit. Ses poings à demi fermés frôlaient les épaules d'Arthur. Son souffle était calme, ample, silencieux ; ses poumons se remplissaient d'oxygène, alimentaient son sang dans un silence de jardin botanique. La lumière de la lune, découpée par les douze lamelles des stores vénitiens, tremblotait sur le mur du fond. Et j'étais là, devant ces formes inertes, le cœur empli d'une terreur de parricide.

Mes parents étaient des modèles d'ordre et de « bonnes habitudes ». Les journaux qu'ils ne voulaient pas garder étaient immédiatement jetés. Les verres dans lesquels ils buvaient leur jus de fruit de midi étaient tout de suite rincés et posés sur l'égouttoir de plastique bleu. Les lampes ne restaient jamais allumées dans une pièce vide, les chaussures de la journée ne montraient jamais que le bout de l'empeigne, sous les franges de la couverture. Je cherchais des yeux un porte-monnaie, pour l'argent du trajet, et les clefs du bureau de mon père. Rien que des surfaces lisses — pas de petite monnaie, pas de trousseaux de clefs, aucun vêtement abandonné (même soigneusement plié).

Lentement, lentement, j'avais traversé la pièce. Mon ombre s'était inscrite dans le carré de lune, sur le mur, avant de s'abattre comme un sabre sur les visages endormis de mes parents. J'avais ouvert l'armoire. Une odeur de naphtaline, des bosses sombres. J'avais plongé, froissé les vêtements, dans un cliquetis de portemanteaux métalliques. Je tâtais aveuglément un costume, ou une robe, dans la housse de plastique bruissante du teinturier, une chemise de soie, d'une mélancolique fraîcheur, la robe de chambre de nylon de ma mère. Le costume de mon père, enfin, incolore, d'un tissu indéfinissable, impossible de s'y tromper. J'avais enfoncé ma main dans les poches — elles étaient vides.

Le ronflement de mon père s'était interrompu. Je m'étais retourné vers le lit. Rose s'était détachée et avait levé à demi le bras au-dessus de sa tête, raclant le chevet de ses jointures, avant de laisser retomber sur l'oreiller son poing informe. Le corps d'Arthur semblait glisser à son tour, comme pour suivre son imperceptible migration, mais ce mouvement nocturne vers une chaleur familière et régulière n'était qu'esquissé. Il demeurait à plat sur le dos, ses ronflements avaient repris, de plus en plus profonds, comme pour exprimer ce qu'il y avait en lui de plus résigné.

Ô mon père, ô ma mère. Être là, dans votre chambre. Aussi conscient que vous l'étiez quand vous me regardiez dormir. Vous regarder bouger au cœur de votre sommeil, pouvoir déposer sur vos joues presque blanches d'invisibles baisers, ou m'agenouiller près de vous et pleurer la douleur de vous avoir perdus. J'avais tendu la main comme pour vous toucher, vous raccrocher au sommeil. Le geste vous avait complètement effacés, je m'en émerveillais comme je m'émerveillais, quand j'étais gosse, que l'ongle du pouce puisse couvrir la lune. Comme une chambre envahie de lumière, je me sentais envahi d'émotion.

Je m'étais retourné une fois de plus pour fouiller dans la pénombre du placard. Ça n'avait pas duré très longtemps (j'avais trouvé le portefeuille et les clefs d'Arthur dans sa veste de sport, sur le huitième portemanteau), mais je n'aurais nullement été surpris que les premiers rayons de l'aube, dans l'intervalle, aient envahi la pièce. Muni du lourd anneau de métal terni que j'avais passé à mon pouce et d'un billet de vingt dollars tout neuf, je m'étais éclipsé, avec si peu de bruit que je n'étais plus conscient de mes propres mouvements que par intermittence.

La porte s'était refermée avec un petit déclic étouffé, définitif.

J'étais à nouveau dans l'entrée. J'avais allumé pour chercher dans l'annuaire le numéro des taxis. J'avais pris celui du plus gros encadré, l'avais appelé et m'étais glissé dans la cuisine pour boire au goulot le reste d'une bouteille de gin.

Quelques minutes plus tard, j'étais assis sur les marches du perron, à respirer l'air libre de la nuit. C'était ma première véritable sortie, tout seul, mais l'importance de l'événement, sur le moment, ne m'avait guère frappé. Il était trois heures du matin, les noctambules devaient être ailleurs. La rue était déserte. Les premiers phares que j'avais aperçus sur Ellis Avenue étaient ceux de mon taxi, une vieille guimbarde jaune au toit encadré de petits carreaux noirs.

« Salut », avais-je fait, en ouvrant la porte arrière. Je savais bien, pourtant, qu'on n'interpelle pas les chauffeurs comme ça, je n'étais pas si stupide. Je l'avais attendu dans une espèce de transe, pour m'aider à tenir le coup. J'avais besoin d'établir immédiatement le contact. Le chauffeur était assez jeune. Il portait une chemise écossaise dont il avait roulé les manches, ses cheveux étaient ramenés en catogan. Un gros transistor, près de lui, accompagnait les cornements et les croassements électroniques de la radio de bord. Le chauffeur m'avait répondu d'un signe de tête, la main sur le drapeau du compteur, prêt à le rabaisser dès que mon dos toucherait la garniture de sa voiture. « On descend dans le bas de la ville », lui avais-je dit, sans monter. J'avais peur. Une promenade dans le quartier, au clair de lune, aurait été plus indiquée, pour cette première sortie, qu'une virée en taxi, par cette nuit torride, avec de l'argent et des clefs volés.

Je m'étais installé sur la banquette arrière, avais donné l'adresse au chauffeur et m'étais mis à trembler. J'essayais de monter un scénario, de m'imaginer avec un imper sur les épaules, une cigarette au coin des lèvres — de jouer les aventuriers, les solitaires. Ces images à bon marché ne tenaient pas, et ne suffisaient pas à me soutenir. Je n'avais même pas le courage de regarder par les vitres ; mes entrailles chaviraient chaque fois que le taxi prenait un virage. Je me tassais, les jambes croisées, vissées, les coudes dans les côtes, les mains serrées sur mes bras. Il m'avait fallu un certain temps pour me rendre compte que ce faible gémissement que j'entendais venait de moi.

Nous nous étions bientôt, trop vite, retrouvés devant le bureau de mon père. Sous le métro aérien. Je contemplais la rue déserte, par la vitre arrière. Les lampadaires éclairaient le vide. Les rideaux de fer des magasins étaient baissés.

— Quatre cinquante, avait dit le chauffeur, sans se tourner.

— Je n'ai qu'un billet de vingt, avais-je dit, en le tirant de la poche de mon pantalon.

Il avait marmonné quelque chose, ouvert une boîte à cigares, près de son transistor, et effeuillé une liasse de billets. Il y avait également, près de la boîte à cigares, une matraque garnie de clous à demi enfoncés. Il comptait la monnaie.

— Dites, vous ne pourriez pas attendre ? Je n'en ai pas pour très longtemps.

— Le compteur est arrêté, avait-il dit.

Je me demandais ce que cela voulait dire ; je n'y comprenais rien.

— J'en ai pour une dizaine de minutes. Je retourne directement à Hyde Park. Ce sera dur de trouver un taxi. Vous ne pourriez pas attendre, s'il vous plaît ? Tenez. Gardez le billet. O.K. ? De cette façon, vous êtes sûr de me revoir.

Je lui avais tendu le billet, puis avais posé la main sur la poignée de la portière, sans l'ouvrir. Je voulais être sûr qu'il m'attendrait.

« O.K. ?

Il avait planté le billet sur son tableau de bord, avant de couper le moteur et les phares.

J'avais déjà visité le bureau de mon père, des dizaines de fois. Quand j'étais gamin, je me figurais que j'étais son associé. Je plongeais dès que le téléphone sonnait, je bourrais de stylos la pochette de ma chemise, grimpais à l'échelle coulissante de la bibliothèque. Le petit bâtiment blanchâtre était plein de bureaux : des entreprises marginales, importateurs de bibelots, réparateurs de bijoux, la rédaction d'un journal serbo-croate, un chiropracteur, un tailleur émigré de Hong Kong. J'espérais que la grande porte n'était pas verrouillée. Elle l'était. Il y avait sept clefs sur le trousseau de mon père ; la première avait été la bonne. (L'exultation démesurée, presque religieuse, que j'en éprouvais témoignait de mon état d'esprit.) J'étais entré, éclairé par une lumière fluorescente et tremblotante. Je guettais les moindres bruits de pas — ils avaient peut-être un gardien de nuit. J'étais resté là, figé, bien plus longtemps que nécessaire. Quelque chose en moi refusait de me porter, de monter cet escalier jusqu'au bureau de mon père. C'était la première fois depuis trois ans qu'aucun de mes anges gardiens ne savait où j'étais, exactement ; ma solitude était enfin complète, j'en étais terrorisé. Le seul lien que j'avais avec le monde extérieur était ce taxi qui m'attendait — à moins qu'il ne soit parti ? Je n'osais pas aller vérifier, l'idée de ce chauffeur filant avec mon argent et m'abandonnant sur place était encore plus effrayante, plus immédiate, et j'avais couru vers cet escalier raide et crasseux pour en escalader les marches, trois par trois.

Le premier étage était dans l'obscurité, une obscurité épaisse, implacable. J'avais avancé en chancelant, avais renversé un seau oublié dans le couloir. Je m'étais mis à courir en me couvrant les oreilles de mes mains et en murmurant un « Chhhut ». Sur quoi j'avais attendu que l'obscurité se dissipe. Je regardais fixement devant moi en clignant des yeux, comme pour obliger la pénombre à s'effacer sous l'intensité de mon regard. Je commençais à distinguer quelques ombres. Les vitres des portes. La troisième porte était celle de mon père, je m'étais dirigé vers elle. Je n'étais pas tout de suite tombé sur la bonne clef. J'avais essayé tout le trousseau, à trois reprises, avant que la porte s'ouvre.

J'avais allumé le plafonnier et examiné le petit bureau. Je savais que je devais me dépêcher, mais c'était tout. Je ne savais par où commencer. J'avais refermé la porte. J'étais allé derrière le bureau et avais fait un effort pour m'asseoir dans le fauteuil tournant : mon corps était paralysé de terreur, pas facile de le plier. J'avais fouillé les tiroirs. Soulevé des rames de papier blanc, des blocs de papier jaune, rayé, des contrats vierges, des formulaires, des paquets, des calepins, des boîtes de crayons, des rouleaux de ficelle, des enveloppes, des dossiers. À un moment, au milieu de mes recherches, j'avais décroché le téléphone — au cas où il sonnerait, j'imaginais l'effet que ça me ferait. Je n'avais pas fouillé très soigneusement. J'étais trop effrayé, mais je m'étais vite dit que les lettres n'étaient pas là. Je m'étais levé pour inspecter les classeurs. Ils étaient fermés, mais la petite clef plate était sur le trousseau. Les dossiers étaient bourrés. J'avais regardé au nom d'Axelrod, de Butterfield, de David, de Jade. Rien, j'avais même regardé à Lettres. Tout était si impersonnel, innocent, je m'étais senti brusquement envahi d'une affreuse tristesse en songeant à mon père, à ces dossiers, à son travail, à tous ces petits détails dérisoires et attendrissants.

L'alphabet ne remplissait que les deux premiers tiroirs de métal gris. J'avais ouvert le troisième. De vieilles agrafeuses, des annuaires, une torche électrique, une écharpe... Mais il y avait, dans le fond, une boîte métallique de la taille d'un petit pain, avec une serrure. Je l'avais prise, je savais, si mes lettres existaient toujours, qu'elles étaient dedans. La serrure exigeait une clef de même dimension que celle des classeurs, et il n'y en avait qu'une dans le trousseau. Elle ne convenait pas. Je ne me rappelle plus très bien la suite. Je n'étais plus capable d'aucun geste concerté. J'étais allé à la bibliothèque, y avais déplacé quelques livres, au hasard, en me disant que la clef était peut-être cachée derrière. J'avais soulevé des cendriers, m'étais mis à genoux, avais regardé sous les deux fauteuils verts. Je marchais de long en large, rageusement, en m'assenant de grands coups sur les cuisses et en me parlant tout seul, comme un détenu dans un quartier de haute sécurité. Je m'étais ressaisi suffisamment, cependant, pour me rasseoir au bureau et fouiller à nouveau dans les tiroirs, et j'avais fini par y dénicher la clef, dans un petit compartiment intérieur du tiroir du milieu, entre deux crayons bien taillés et un rouleau de bonbons à la menthe. Je l'avais empoignée, avais refermé le tiroir, m'étais effondré sur le bureau et avais fondu en larmes.

Pas le temps de m'attarder. Je m'étais relevé en pleurant et, trop exténué pour me reprendre à espérer, avais ouvert la petite boîte.

Nos lettres étaient là, Jade, toutes, pliées dans une enveloppe jaune. Ton écriture et la mienne, elles étaient là, avec nos mots.

J'étais ressorti, le taxi m'attendait. Le chauffeur somnolait sur son volant, le menton contre la poitrine. Je l'avais contemplé un moment, il devait rêver à quelqu'un. La nuit était fraîche, je sentais sur ma peau une caresse inconnue, celle du vent. Le ciel était couleur ardoise, troué par quelques étoiles bleuâtres. La lune, presque pleine, se balançait sur le toit d'un immeuble voisin, comme une espèce de dôme lumineux et froid. Je la regardais, comme je l'avais fait si souvent, cette lune si chère aux prisonniers, mais je ne la regardais plus comme un prisonnier, même plus comme un rêveur, mais comme un homme libre, un pèlerin, un navigateur qui repère sa route.

5

Abandonné à mes propres ressources, j'ignore ce que je serais devenu. On exigeait tant de choses de moi : il fallait que je m'inscrive dans une école, que je voie un psychiatre deux fois par semaine, que je reste en rapport avec le représentant du tribunal et que je me procure un travail à mi-temps. Tout était si impératif, si urgent, j'en étais écrasé, anéanti.

Avec l'appui de Millicent Bell, l'amie de ma mère, j'avais été admis à la Roosevelt University, où l'on avait même tenu compte de certaines de mes notes de Rockville. La Roosevelt University est dans le bas de la ville. C'est un établissement assez important dont la population étudiante est composée de travailleurs à mi-temps, de gens mariés et d'un tas d'autres qui ont passé la quarantaine. Pas de campus ni d'endroit où se réunir et bavarder. Il était difficile de se faire des amis parmi ses condisciples — ou, dans mon cas, facile de ne pas s'en faire. Je suivais des cours d'astronomie, quoique la Roosevelt ne soit guère réputée pour ça. Ainsi que des cours de maths et de physique, avec d'assez bons résultats, mais aucun de mes professeurs n'avait l'air de me reconnaître, d'un jour à l'autre. Les gardiens du planétarium, où je me pointais deux ou trois fois par semaine pour en contempler le dôme semé de petits éclats de lumière et de feu, ne se souvenaient jamais de moi, ils ne me rendaient jamais mes saluts.

Mon psychiatre était un certain Dr. Ecrest, pour qui j'avais les sentiments qu'on peut éprouver pour quelqu'un qu'on aimerait mieux ne pas voir. Le préposé à la liberté conditionnelle qui surveillait mes progrès était un certain Eddie Watanabe, d'origine japonaise. Il avait des cheveux jusqu'aux épaules et portait des blue-jeans, un colifichet autour du cou, un de ces symboles de la paix qu'on vend au coin des rues, de la largeur d'un pamplemousse, qui se balançait au bout d'une lanière de cuir vert. Il était convaincu que sa présence, dans ce rôle, signifiait une victoire pour « notre camp ». J'aurais aimé lui dire ce que je pensais exactement de son couplet à la mode des Beatles, de ses cheveux fraîchement frictionnés, aussi soyeux qu'un nuage nocturne, de ses fausses protestations selon lesquelles « faut pas s'jouer d'entourloupes », et de cette façon exubérante et humiliante qu'il avait de me pincer le biceps dès que je lui racontais quelque chose qu'il pouvait qualifier de « super ». Mais Eddie, comme tant d'autres avant lui, avait beaucoup de droits sur moi — jusqu'à quel point, j'espérais bien ne pas avoir à le vérifier.

Harold Stern, l'ami de mes parents, m'avait procuré un emploi dans son syndicat, celui des Travailleurs de la confection. Il aimait taquiner les amis de mes parents en se vantant d'être, seul, véritablement en contact avec la classe ouvrière (et par conséquent avec la réalité), il m'avait toujours paru aussi retors qu'arrogant, mais il ne m'avait pas fait faux bond et m'avait déniché un poste qui n'était qu'à deux rues de l'université. J'étais chargé de me balader avec une pancarte devant un magasin de Wabash Avenue, chez Sidney Nagle. Ce magasin vendait une marque de pantalons bon marché pour hommes, les Redman Pants. Il s'agissait d'informer les clients que ses employés étaient en grève, et de les inviter à le boycotter. Ce qui aurait été plus efficace, dans l'optique romantique que j'avais de la lutte syndicale, si cette clientèle avait été fortunée. Mais ceux qui pénétraient dans le magasin (en nous ignorant, ma pancarte et moi) paraissaient être d'une origine beaucoup plus humble que celle de mes parents et de leurs amis. M. et Mme Nagle, qui le tenaient avec l'aide d'un unique employé, n'étaient qu'un vieux couple au bout du rouleau et au bord du désespoir. Ils me regardaient avec douleur et indignation, dès qu'ils m'apercevaient, et j'avais la pénible impression, pour peu que je puisse voir leurs avant-bras nus, que je risquais d'y découvrir des chiffres bleuâtres, à demi effacés.

Il ne s'était guère écoulé plus d'une semaine depuis ma furtive visite au bureau de mon père, quand j'avais pris ce boulot. Le fait que j'avais renoué avec le monde extérieur et que je me conduisais comme un être normal avait quelque peu réduit la tension, à la maison. Néanmoins, mes parents ne se dominaient pas toujours suffisamment pour cacher leur propre désarroi. Je faisais sonner mon réveil avec une certaine avance, pour être sûr de ne pas être en retard. Rose et Arthur, pour me faciliter les choses, avaient également avancé toutes les autres pendules de l'appartement, y compris celle de leur chambre et la montre-bracelet de mon père. S'il avaient jamais eu, un jour, le sentiment d'être en avance d'une génération sur le reste de la population, et s'ils avaient, avec leur foi politique, perdu cette certitude, ils avaient désormais une avance d'une bonne dizaine de minutes sur l'histoire.

Il m'aurait été difficile de trouver un boulot plus ingrat. Des milliers de visages, chaque jour, qui défilaient. La foule ondulait parfois devant moi comme un nuage de sable sur une grand-route. Les visages, à d'autres moments, étaient clairs, écrasants, comme on en voit sur de vieilles gravures sur cuivre, avec des détails précis, surprenants. Le genre de boulot idéal pour m'apitoyer jusqu'à l'obsession sur ma propre vie, pour penser à Jade, la regretter, accuser jusqu'aux plus lointaines étoiles de nous tenir séparés. J'essayais de me distraire : un jour, je comptais les Noirs : le lendemain, les gens au-dessous de vingt ans ; le suivant, je relevais les malformations physiques. Je pariais sur le nombre de femmes qui passeraient, en une heure, avec un sac blanc, le nombre de couples qui se tiendraient la main, le nombre de poivrots. Je m'évertuais à me souvenir de tels textes que je pouvais encore réciter. Je sommais mentalement mes amis, les Romains, mes compatriotes, de prêter l'oreille, et proclamais que j'avais vu sombrer dans la folie les esprits les plus brillants de ma génération. Le soleil baignait la voie du métro aérien, au-dessus de Wabash Avenue, ses tendres barreaux de lumière retombaient sur l'asphalte comme les degrés d'une échelle de métal. Merveilleux spectacle, me disais-je. Mais beaucoup trop irrationnel, trop fortuit. Il y manquait quelque chose pour que ce soit vraiment beau, quelque chose qui aurait dû être dans mon œil. Pour qu'il soit beau pour les autres.

Tous ceux que je connaissais étaient ailleurs. De temps en temps, je sentais un petit déclic ; j'étais sûr que ce visage qui s'avançait était celui d'un camarade d'école, d'un interné de Rockville, de quelqu'un qui avait habité Ellis Avenue, ou même du marchand à qui j'avais acheté un disque de Stevie Wonder. Ça ne se vérifiait jamais. J'avais beau avoir cessé de camoufler mon propre visage, être reconnaissable, pour n'importe qui, personne ne s'arrêtait au passage. Les seuls regards curieux se concentraient sur ma pancarte.

Je m'attendais à de fantasmatiques et régulières apparitions de Jade. Je ne sais ce qui m'en avait convaincu — une chanson, probablement, ou un film —, les cœurs assoiffés d'amour se fabriquent des mirages. Quelqu'un vêtu d'une jupe grise et d'un corsage bleu, par exemple... un mètre soixante-deux, de petits seins... des boucles d'oreilles turquoise... les yeux baissés, tournés vers la droite... des cheveux biscuit, tout bouclés. J'enregistrais toutes les ressemblances, et davantage. Des voix qu'on aurait pu prendre pour la sienne. Une fois même, une fille s'était déguisée en Jade pour je ne sais quel carnaval. Elle portait les pantalons kaki de Jade, avec leur grosse ceinture élastique, et son tee-shirt vert et rouge ; les yeux rivés sur son pied droit, elle tenait à la main une cigarette qui aurait pu être une Chesterfield. Ses cheveux étaient beaucoup plus courts que ceux de Jade, mais cette différence même accentuait une similitude encore plus révélatrice : la tache marron sur la nuque, juste au-dessus de l'épaule, c'était Jade, Jade tout craché. Aucune tentation de me précipiter, pourtant ; pas un instant je ne confondais ces impostures avec la réalité. Je ne comprenais pas ceux qui prétendaient retrouver le visage aimé à tous les coins de rue. Ces illusions, comme preuves de leur passion, semblaient être plutôt d'absurdes manifestations de narcissisme. Comment ne pas se rendre compte ? Comment s'y tromper ? Les pigeons reconnaissent leur compagnes sans la moindre hésitation, les pingouins et les mésanges ne souffrent d'aucune illusion d'optique, d'aucune sorte d'illusion. Ils savent, et je savais.

La bibliothèque publique de Chicago n'était qu'à deux pâtés de maisons du magasin. J'y passais le plus clair du temps qui m'était alloué pour déjeuner. J'étais d'autant plus frugal que je ne savais que faire de mon argent. J'aimais cette idée de ne pas dépenser plus de cinquante *cents* pour mes repas et de pouvoir lire gratuitement.

J'avais découvert, un jour, que la bibliothèque avait les annuaires téléphoniques de quasiment toutes les villes des États-Unis. J'avais pris un air aussi détaché que possible pour consulter celui de La Nouvelle-Orléans, et voir si Hugh ou d'autres Butterfield n'y figuraient pas. Hugh y était né. Il y avait peut-être reconstitué son foyer, dans quelque demeure ancestrale et vermoulue. Je repérai bien quelques Butterfield, mais pas de Hugh. Un Carlton, un E. Roy, un Horace, une Trussie, et un Zachariah. Étaient-ils des parents ? Le père était-il toujours en vie ? Avait-il toujours son entrepôt de café ? Buvait-il toujours du matin au soir ? Écoutait-il toujours du Mozart, ses yeux bleus embués de larmes ? Mes yeux ne pouvaient se détacher de cette liste, sur la page ; mon cœur battait violemment, mais au ralenti, comme pour résister à la montée de l'adrénaline : il avait suffi d'un poignée de faux Butterfield pour que je me sente plus près des vrais que jamais, depuis trois ans. Je voyais ce Carlton, cet E. Roy et les autres en train de lire le *Times Picayune* sous les ombres mouvantes d'un ventilateur, boire leur épais café noir dans des tasses de verre, vêtus de blanc et empestant le bourbon. Je me répétais leurs prénoms en essayant de me rappeller si Hugh m'avait jamais dit celui de son père.

Bon. Où avaient-ils bien pu aller s'installer, après avoir quitté Chicago ? S'ils n'étaient pas à La Nouvelle-Orléans... Il avait été question de San Francisco. Douteux, me disais-je, mais qui sait ? Un cousin d'Ann dirigeait une clinique psychiatrique à Berkeley : il leur avait procuré le LSD qu'ils avaient pris le soir de l'incendie. J'avais sorti l'annuaire de San Francisco pour y chercher mes Butterfield. À nouveau le nom, mais pas de Hugh, ni d'Ann, ni de Keith, ni de Sam ou de Jade. Je m'étais interrompu pour essayer de me rappeler le nom du cousin : leur correspondance m'avait intéressé dans la mesure où j'aurais tâté au moins d'une dose de LSD si celui-ci était arrivé avant que les Butterfield m'aient chassé. Ramsey (le nom de jeune fille d'Ann). Gordon Ramsey. Il y avait un G. Ramsey, vétérinaire, Polk Street. Était-ce lui ? Gordon avait-il abandonné la psychopharmacologie pour vacciner les animaux ?

J'avançais lentement, un peu au hasard, en feignant d'ignorer l'importance que prenaient pour moi ces recherches. Tous les jours de la semaine, sans en manquer un seul, je parcourais les annuaires téléphoniques de la bibliothèque. J'avais déniché des Butterfield à Seattle, à Portland, à Denver et à Dallas. Je m'étais acheté un petit carnet à spirale pour y noter les adresses et les numéros de téléphone qui pouvaient concorder. Un H. Butterfield à Denver, un Keith Butterfield à Boston, un autre à Milwaukee, une Ann F. Butterfield à Saint Louis (le F. était inexplicable, mais ça ne m'avait pas empêché de relever le numéro), une Jane Butterfield à Washington, DC, prénom qui m'avait fait un choc, etc., aux quatre coins du pays.

Je n'osais pas, chez mes parents, appeler en dehors de la ville, et ne pouvais recevoir de correspondance privée. J'utilisais les cabines téléphoniques de l'université. Un jour j'avais fait la monnaie d'un billet de vingt dollars, en pièces de vingt-cinq *cents*, et passé une heure à appeler de parfaits étrangers. « Hugh ? » m'exclamais-je, avant de me rendre immédiatement compte, rien qu'à son chevrotant « Allô, oui » que le H. Butterfield de Denver n'était pas le mien. Quant à la Jane Butterfield de Washington : « Excusez-moi, je croyais appeler Jade Butterfield, pas Jane. — Qui c'est ? » avait demandé une voix d'enfant.

J'avais quitté l'appartement de mes parents, fin septembre, pour un deux pièces meublé au coin de la 55ᵉ Rue et de Kimbark Avenue. Logement lugubre, mais dans mes prix. J'étais heureux d'être chez moi, bien que je me sente affreusement seul. Je ne m'étais fait aucun ami, à l'école — pas même de vagues connaissances —, et le tailleur en retraite qui montait la garde avec moi devant le magasin de Sidney Nagle ne m'aimait ni ne m'appréciait. J'avais obtenu ce boulot grâce à mes relations ; il était généralement réservé aux vieux syndicalistes, pour augmenter leurs revenus. Ivan Medoff ressemblait à Jimmy

Cagney, un Cagney juif qui aurait travaillé en usine pendant trente-neuf ans. Le seul geste aimable qu'il avait eu avait été de me dire, une fois : « J'ai dit à ma femme que je travaillais avec un jeune ; elle m'a suggéré de vous inviter à dîner, un de ces jours. » Il n'était pas allé plus loin. De mon côté, je n'avais pas insisté, tout en attendant qu'il propose une date. J'aurais volontiers accepté.

Ma solitude était incolore et complète. Je ne ratais pas un cours et m'étais vite forcé à poser des questions aux professeurs, rien que pour m'entendre parler à quelqu'un. Je me rendais avec impatience à mes rendez-vous chez le Dr. Ecrest. Il m'avait invité à participer à des séances de thérapie de groupe qui auraient lieu le mercredi soir. J'avais presque dit oui, en songeant que je pourrais m'y faire des amis. Mes parents venaient régulièrement dîner chez moi. Je préparais le repas sur mon réchaud à deux feux et le servais dans le plat turquoise craquelé et les assiettes blanches que m'avait fournis le propriétaire. Je trouvais plus de prétextes que je n'aurais pensé pour leur rendre visite, à pied : prendre un pull-over, leur emprunter des cuillers, chercher le vieux dictionnaire qu'ils m'avaient offert avant que je déménage. J'arrivais souvent à l'heure du dîner. Ils paraissaient accaparés par leur travail, et pas plus malheureux que deux vieilles poupées dans un grenier. Pourtant ils traversaient, je le savais, une période assez sombre et difficile. J'étais un beau salaud d'y être insensible, mais c'était ce qu'ils voulaient, après tout.

Vers la fin octobre, on m'avait installé le téléphone. Je serai bientôt dans l'annuaire de Chicago, m'étais-je dit. La preuve manifeste que j'étais sorti de l'hôpital et que j'habitais en ville. Officiel. Jade l'apprendrait peut-être par ce biais.

Le téléphone, on le sait bien, n'est qu'un triste amalgame de plastique et de cuivre, quand il ne sonne pas. Mes parents avaient mon numéro ; ils appelaient souvent, mais c'était tout. Personne d'autre. Ah si, une fois mon ange gardien, Eddie Watanabe, pour reculer d'une semaine notre rendez-vous. À part ça, l'appareil restait aussi muet que ce lugubre mobilier, le vieux sofa et les chaises que le propriétaire m'avait laissés.

J'étais constamment tenté de vérifier les noms que j'avais relevés. Non sans un fiévreux sentiment de culpabilité, comme pour une drogue à laquelle je n'aurais pu m'empêcher de revenir, ou comme si je m'adonnais à la pornographie. Chaque fois que je composais un numéro, je me disais que ce serait le dernier. Sur quoi je m'en permettais un autre, un seul. Combien de temps cela aurait-il duré si j'étais resté bredouille ? Mais, au bout d'une dizaine de jours, je finis par trouver Ann, à New York.

Les Butterfield n'étaient pas nombreux dans l'annuaire de Manhattan. Parmi eux, un K. Butterfield qui aurait pu être Keith, que j'avais appelé d'une cabine, deux ou trois semaines plus tôt. J'avais également cherché les Ramsey, qui étaient assez nombreux. Ann était inscrite sous le nom de A. Ramsey, 100 Est 22e Rue. Je m'étais dit, en notant le numéro, qu'il était un des plus prometteurs de ma liste. Je ne sais pourquoi j'avais attendu si longtemps pour l'appeler. Comme s'il m'avait fallu cultiver ma frustration pour mériter ma récompense.

Peut-être n'était-ce que pure angoisse. Je l'avais appelée dans la soirée. Elle avait répondu au second appel de la sonnerie. C'était bien Ann, j'en étais sûr, rien qu'à son « Allô ». J'avais raccroché dès que j'avais entendu sa voix, comme un pleutre qui souffle sur une bougie. J'étais resté assis à guetter l'appareil, dans l'espoir qu'il sonnerait à son tour, que ce serait Ann. Puis j'avais arpenté les deux pièces de l'appartement en essayant de comprendre comment il m'avait suffi de composer le numéro de code de New York, suivi de sept chiffres, pour que ma vie soit à nouveau bouleversée. J'avais saisi ma veste et m'étais précipité au-dehors. Je marchais sans but et voulus m'arrêter pour avaler un verre dans un bar de la 53e Rue — j'avais oublié que je n'avais que vingt ans et qu'on ne pouvait me servir. J'étais reparti vers le sud de la ville. Dorchester. Près de l'endroit où les Butterfield avaient vécu. Perdant alors tout courage, j'étais rentré au pas de course, en nage.

J'avais rappelé Ann, encore tout essoufflé, sans m'être débarrassé de ma veste. Elle n'avait pas fait « Allô », cette fois.

— Qui est-ce ?

— Allô, Ann.

D'une voix timide, insignifiante.

Elle avait gardé le silence un moment.

— *Qui* est-ce ?

Je m'étais raclé la gorge. Pas de chaise à ma portée. Je m'étais accroupi au sol.

— David Axelrod.

Elle se taisait. On ne savait jamais si ces longs silences marquaient l'étonnement ou n'étaient qu'une astuce, un moyen de réduire ce que vous veniez de lui dire à une sorte d'écho intérieur. Un frisson m'avait saisi, à ce souvenir : *je la connaissais*.

— Salut, David.

Elle avait dû froncer les sourcils en penchant la tête sur le côté.

— Je te dérange ?

— Où es-tu ?

— Chez moi. À Chicago. Sur la 55e.

— Ils t'ont donc laissé sortir ?

— Oui. En août.

J'avais attendu qu'elle dise quelque chose, avant d'ajouter : « Qu'est-ce que tu en dis ?

— De quoi ? Que tu sois sorti ?
— Oui.
— Je ne sais pas.
— Liberté conditionnelle.
— Oh ? Je croyais que c'était l'hôpital, ta conditionnelle.

Nous nous taisions à nouveau ; j'écoutais le doux bruissement électrique de la ligne.

— Bon, dis-moi, avais-je bredouillé, ça va ?
— David, tout ça est trop inattendu.

Elle avait raccroché.

J'étais abasourdi. J'avais rappelé encore. Elle avait décroché sans un mot.

— Je suis désolé.

J'avais fondu en larmes. Je ne voulais m'excuser que du coup de téléphone, mais je me rendais compte, en pleurant, que c'était de *tout* que je m'excusais, en réalité. Je voulais être pardonné.

— David, il m'est impossible, à *moi*, de te haïr.

J'essayais de retenir mes larmes, pour réfléchir à ce qu'elle me disait. Impossible de me contrôler. J'avais pris une longue inspiration, brisée par un sanglot, puis m'étais couvert les yeux, tout simplement, pour pleurer. Je m'étais détourné. Lorsque j'avais recollé l'écouteur contre mon oreille, Ann avait raccroché.

Une lettre d'Ann, dix jours plus tard. Si épaisse que le facteur n'avait pu la glisser dans ma boîte. Il m'avait laissé un avis, j'étais allé à la poste, après mes cours. Une partie de la lettre était dactylographiée, l'autre manuscrite — à l'aide de quatre stylos différents. Je l'avais relue jusqu'à l'aube. Les pages étaient attachées par un énorme trombone, tout brillant. Elles étaient précédées de cette note, sur un bout de papier déchiré : « Je m'aperçois, si je ne te l'envoie pas immédiatement, que je risque de mettre un an à écrire cette lettre. Ne sais qu'en penser — impulsive, inconséquente, à toi de voir. A. »

> David, je suis si étonnée que tu m'aies trouvée ! Je vis ici, sur la 22e Est, dans un appartement trop cher et trop étroit, sous ce qu'on appelle si délicatement mon « nom de jeune fille », et je me croyais — jusqu'à ce que j'entende ta voix et raccroche brusquement, terrorisée — je me croyais relativement à l'abri de tout rappel intempestif du passé. Pas seulement de toi — tu n'étais pas un problème, puisque tu étais bouclé — mais à l'abri, en général, tout simplement.

Je suis seule, pour l'instant. Tous les Butterfield se sont dispersés — je ne t'en dirai pas plus, quoique je suppose, si tu m'as trouvée, que tu as dû en effrayer un ou deux autres. J'étais sans doute la plus difficile à dénicher, Hugh, Keith et Sammy n'ayant pas changé de nom. Ce n'était pas le besoin d'être plus indépendante (je souhaiterais l'être un peu *moins* aujourd'hui), ni le poids du nom, mais il me *fallait* quelque chose d'inconsidéré, quelque chose qui distingue cette séparation finale, définitive, de toutes les autres crises et ruptures qui l'avaient précédée. Je voulais que Hugh sache que j'avais épuisé mes ressources de pardon, comme l'humanité qui épuise les ressources de la terre. J'avais perdu toute mon indulgence, j'avais atteint le fond, la partie la plus sèche et la plus fragile, la plus vulnérable et, je suppose, la plus mesquine de mon être. Je voulais qu'il le sache. Je ne regrette pas de l'avoir blessé. Hugh lui-même avait abondamment démontré qu'il ne me permettait pas d'intervenir, en quelque façon que ce soit, dans ses incessants tâtonnements, la recherche de son moi véritable, élémentaire — ce qui, dans son cas, l'amenait à se balader le cœur en bandoulière, comme un gosse avec un cerf-volant. Il m'arrive de penser que mon insistance à divorcer et à répudier son nom ne visait qu'à lui rendre un peu de dignité, à redonner un but à ses terribles errements, et, paradoxalement, à lui laisser une dernière chance de recouvrer son bon sens. Mais il ne lui en restait pas beaucoup. Il n'avait pas réagi à ma décision de redevenir une Ramsey ; ça m'avait tant irritée que j'avais essayé de convaincre les enfants de changer de nom, eux aussi. Quelle plaisanterie. La réponse de Sammy était parfaite : « Et puis quoi ? Demander un nouveau permis de conduire ? »
Je n'aurais pas dû être si coupante, au téléphone. Je me sentais compromise, rien qu'à entendre ta voix. Ils ne m'auraient jamais pardonné de me montrer aimable — mais qui est-ce que j'essaie de tromper ? Ils me pardonneraient encore moins de t'écrire. Je me suis toujours sentie étrangement consciente de moi-même en te parlant : tu entends ce que les autres ignorent ou déforment. C'est pourquoi j'aime te parler.
Et toi ! De retour à Chicago. Je ne pourrais jamais y retourner. Chicago est comme une maison pleine de gosses, une pelouse que personne ne tond. Hugh y est retourné. Il voyage sans cesse maintenant, on dirait un camelot, qui n'a rien à vendre, bien sûr. Absolument rien. Il n'exerce plus et ne travaille que lorsque sa petite amie et lui sont à court d'argent. Il lave les assiettes, charge les camions. N'importe quoi. Mais il était allé à Chicago avec un but ; toi. Il avait appris que ton affaire allait être jugée. Je suppose que tu le sais : quand tous ces ennuis sont arrivés, Hugh et le procureur étaient devenus assez amis. Ils le sont restés. On lui avait dit qu'il y avait de bonnes chances que tu sortes de l'hôpital. Il a fait de son mieux pour qu'on rouvre le dossier. Il

m'en a parlé la dernière fois qu'il m'a téléphoné, et j'aimerais ajouter, à ce sujet, qu'il était très amer. Il savait qu'il avait perdu, que tu allais sortir. Est-ce que je ne t'avais pas prévenu que tu t'en faisais un redoutable ennemi ? Il était présomptueux de ta part de prendre sa lenteur pour de l'indulgence. Comment as-tu pu ? Tu peux te moquer de l'astrologie, Hugh est un Taureau, classique. Et un assez bon devin. La seule raison pour laquelle je ne me suis pas carrément évanouie quand tu m'as appelée, c'est que Hugh m'avait prédit, il y a des *mois*, que tu finirais par me trouver et par me contacter. C'est bizarre : je t'attendais.

J'ai beau être assez démunie, je vis seule, avec les moyens de m'offrir quelques fantaisies. (J'ai tout pour être catholique ; personne n'a plus que moi le sens du plaisir et de l'abondance.) Il m'a fallu un certain temps pour comprendre que je serais toujours pauvre — à moins, naturellement, que le proverbial vieillard avec un trou de vingt-quatre carats à la place du cœur se jette à mes pieds. Hugh et moi avions commencé à vivre ensemble sans argent, mais la situation ne nous a jamais paru dramatique. Nous étions riches, à notre façon. Nous étions convaincus, avec notre éducation protestante, que la société tout entière — sinon le cosmos — savait ce qu'elle faisait en ne nous imposant pas de fardeau. Il nous suffisait d'un classique tour de passe-passe sémantique pour nous en consoler : nous n'étions pas pauvres, nous étions « fauchés ». Ce qui, dans notre cas, était aussi absurde que le « on vit sur la branche » des gens ruinés.

J'ai appris à me priver de bien des luxes, à me refuser, à la naissance de chaque enfant, une nouvelle série de faiblesses. Il y en avait une, cependant, dont je n'arrivais pas à me débarrasser. Je l'entretenais comme on protège une espèce en danger de disparition. C'était mon amour pour le chocolat fin. Il avait survécu à mon goût des beaux livres, des magazines de luxe auxquels je m'abonnais, des sacs en crocodile, des cigarettes anglaises ; le chocolat avait survécu à l'or et à la turquoise comme au plaisir plus modeste des films en exclusivité ou des chemises chez le blanchisseur chinois. Non seulement ma passion pour le chocolat fin avait survécu à tous les autres plaisirs, mais elle les avait éclipsés. Aucune odeur de livre neuf, aucune caresse de lin irlandais ne m'émouvaient autant que le fondant, la lente coulée noire d'un bon morceau de chocolat suisse sous ma langue.

Tout le monde, dans ta famille, prétendait tout partager (vous étiez de sacrés « égalitariens » !). Ça t'avait passablement choqué d'apprendre que je cachais mon chocolat. Je savourais mes sucreries en secret ; il s'en gâtait ou en fondait autant. J'en frémissais quand je passais devant une de mes cachettes. Il m'arrivait, pendant que je parlais avec Hugh ou un des enfants, la main sur la boîte à couture d'érable où j'avais fourré, sous les bouts de feutre et les bobines vides, pour cinq dollars de demi-amer autrichien, de sentir le rouge envahir mon visage, et mon cœur battre la chamade. Mon Dieu ! me disais-je, j'y renonce. Je suis découverte, je suis perdue ! Comme un amant qu'on rencontre dans la rue, quand il est avec sa femme et que l'on est soi-même avec ses enfants. C'était aussi effrayant, aussi émoustillant. Les secrets offrent le réconfort de l'intimité, et des virtualités. Ils sont l'*x* de votre équation, le miséricordieux inconnu. Ces trésors de bonbons, ces réserves intactes remplaçaient tout ce à quoi je croyais pouvoir encore prétendre. Même avant que tu t'installes chez nous, la chasse au chocolat était devenue un sport familial. Si je me réveillais tard, je trouvais la maison sens dessus dessous. C'était devenu un rituel, et comme il en va de tous les jeux tribaux, personne, dans cette grande maison croulante et pleine de courants d'air, ne s'en était tout à fait libéré. Hugh lui-même s'y était mis. Mais personne n'avait ton pareil pour dénicher mes planques. De tous les gens qui traînaient dans le coin — la famille, les copains des gosses, la femme de ménage que nous avions engagée pour un mois quand j'avais eu ce que Hugh appelait ma dépression nerveuse, que j'appelais plus simplement ma crise de lucidité ; le tas de paumés et de ratés qui échouaient là d'autant plus volontiers qu'ils prenaient notre largeur d'esprit et notre curiosité naturelle pour de la faiblesse — de toute cette cohorte avec ou sans nom, scrupules ou remords, tu étais le seul à déterrer régulièrement mes trésors. Tu ne faisais pas ta cour à Jade depuis plus d'une semaine que tu m'avais déjà ridiculisée. Je veux dire, David, que tu redécouvrais pour *moi* des chocolats que j'avais oubliés. La plaque au fond d'une boîte de Kleenex, les bonbons de la bibliothèque, derrière la vieille *Britannica* que personne ne consultait plus : son style était trop recherché pour que les gosses piochent dedans pour leurs devoirs. Tu avais trouvé le chocolat que j'avais caché dans la cave derrière une pelle rouillée, enveloppé dans des chiffons pour le protéger des souris, et tu avais repéré, sans effort apparent, la brique descellée dans la cheminée. Le seul endroit à l'abri, à partir du moment où tu t'étais laissé prendre au jeu, était ma chambre, sous mon linge, dans le tiroir où il m'arrivait de fourrer quelque chose, tu étais — bon, quoi exactement, David ? — trop délicat, trop plein d'égards — ou n'était-ce que tactique ? — pour regarder. Je dois admettre que je préférais que ce soit toi. J'étais certaine, au moins, de récupérer l'essentiel. Tu te plaisais à me rendre mon bien. Comme un chien avec un bâton : on le lance ! on le cache ! Je te connais !

J'ai eu le temps d'y réfléchir, tu étais sans préjugés. Aucun dépit, aucune rancœur. Tu pouvais mieux me comprendre, à certains égards, que ma famille. Les autres étaient trop angoissés pour s'aviser que j'avais plus de chaleur, plus de dons, une réserve secrète de féminité, de tendresse maternelle, de dévouement. Ils ne voyaient les choses qu'à travers le brouillard de leurs exigences. J'ai toujours pensé que tu me comprenais particulièrement, d'instinct ; quoique ce que nous appelons la compréhension ne soit le plus souvent qu'un jugement déguisé. Avec toi, je pouvais parler sans redouter que le moindre de mes propos ne soit aussitôt passé au crible, analysé. Je pouvais plaisanter et tourner autour du pot. Me contenter d'*allusions*, quel soulagement ! Les autres étaient toujours si explicites, bon Dieu !

Tu étais le seul à être sensible au fait que j'avais publié quelque chose. Le jour où tu avais découvert que le *New Yorker* avait imprimé deux de mes nouvelles, autrefois, tu étais allé à la bibliothèque de l'université pour les lire, et tu étais revenu, le soir, avec des photocopies encore fraîches, humides, le texte en blanc sur fond noir. À *qui* faisais-tu la cour, j'aimerais bien le savoir. Ces nouvelles étaient vieilles de plus de dix-huit ans, mais elles tremblaient dans tes mains ; elles étaient neuves, vivaces, comme si elles venaient de sortir des presses. Tu nous regardais, elles et moi, comme si j'étais toujours celle qui les avait écrites. Tu voulais qu'on parle de tout. On aurait dit que tu interviewais Rebecca West. Tu me demandais ce qui m'avait inspirée, pourquoi j'avais choisi ce mot plutôt qu'un autre.

J'étais la première personne de ta connaissance ayant publié quoi que ce soit. Ton enthousiasme était assez naïf, je le savais. Il n'en était pas moins précieux. J'en avais profité. J'avais préparé du café, nous avions bu du Tia Maria dans des verres à jus de fruit que Sammy avait fauchés à la cafétéria. Qui étais-tu vraiment ? Ce soir-là, je veux dire. Le petit ami de ma fille. Un nouveau familier de la maison. Tu promettais tellement. Tes grands yeux, leur intensité, cet art souverain que tu avais de masquer la flatterie sous de petits bégaiements. La famille, y compris Hugh, puis Jade, était montée se coucher, nous étions restés, toi et moi, dans la seule pièce éclairée de la maison, la cuisine. Il était près de onze heures, mais nous étions loin d'avoir épuisé notre sujet de conversation. C'était si merveilleux de parler de ces textes. Et toi, je le vois bien maintenant, très habilement, tu posais tes jalons, tu marquais ton territoire, spatial et temporel. Tu avais, en une nuit, créé un précédent crucial — on ne s'attendrait plus à ce que tu partes à une heure normale, décente. J'espérais, je m'en souviens, trouver Hugh endormi lorsque je monterais. J'avais senti, un peu plus tôt dans la soirée, qu'il voulait « m'avoir », comme il disait, et je n'étais pas d'humeur. Absolument pas. Je me demandais si Jade était couchée, si elle ne me maudissait pas d'accaparer ainsi son nouveau chevalier servant. Mais, bon sang, je me sentais trop *bien*, à parler et à boire ainsi avec toi, pour me soucier des autres. Si ce bon vieux Hugh me voulait tellement, il n'avait qu'à descendre me chercher. Si Jade était encore jalouse comme une collégienne, elle n'avait qu'à me le dire. Si toi, sous cette carapace de charme, tu préférais être ailleurs — chez toi ou avec Jade —, il te suffisait de te lever et de disparaître. J'étais tellement heureuse.

Tu t'imagines que nous t'avons embobiné, accaparé. Tu n'es pas le seul, je suppose. Ils pensent tous que nous n'avons eu que ce que nous méritions. C'est nous qui t'avions attiré sur ces rivages où tu t'es perdu. Cet incendie que tu as allumé n'était, aux yeux de certains, que les flammes de l'enfer que nous avions si amplement mérité. On n'a rien pu prouver (pouvait-on rien prouver ?), mais ta condamnation elle-même — thérapie plutôt que punition — semblait nous condamner, nous aussi, comme si de partager notre foyer t'avait fait perdre tes esprits. Je vois les événements tout autrement.

Il y avait je ne sais quoi en toi qui suffisait à exacerber toutes les tensions étouffées, toutes les rancœurs, tous les affrontements, tous les malentendus, malgré lesquels nous avions réussi à préserver, entre nous, une précaire harmonie. Je saisis encore partiellement ce qui est arrivé. Notre maison était ouverte en permanence à toutes sortes de jeunes voyous et de jeunes paumés, de petits génies mal décrassés, de beaux forts en thème et de chanteurs de folksongs. Tous les gosses qui défilaient nous marquaient, c'est certain, mais aucun ne jouait les Prométhée devant ce public ; personne ne nous avait amenés à remettre en question le complexe réseau de pactes qui sauvegardaient notre unité — l'unité de *toutes* les familles, tant qu'elles ne sont pas soumises à un unique et dictatorial pouvoir.

Je crois que c'est l'influence que tu as eue sur nous, plus que tout autre facteur, qui a poussé Jade à affronter Hugh et à lui dire : « Pourquoi ne fais-tu pas *quelque chose ?* Pourquoi ne joues-tu pas ton rôle de père ? Dis non, et tire-moi de là. » Je sais, tu veux croire que la décision de te mettre en quarantaine pour un mois venait essentiellement de Hugh, avec, peut-être, un peu de jalousie de la part de Keith, et ma perverse nostalgie du bon vieux temps par-dessus le marché. C'était Jade, en réalité, qui l'avait voulu. Elle sentait que tout s'écroulait autour de nous : Hugh et moi étions trop aveuglés, trop obsédés par ce que nous nommions fièrement notre « Nouvelle Liberté Sexuelle », pour décider quoi que ce soit. Nos existences ne tenaient qu'à un fil, elles étaient si précaires, si fiévreuses que c'était déjà un drôle de rodéo que de nous accrocher ; nous avions l'impression d'être courageux, tout à fait en avance sur nos contemporains — nous n'avions aucun véritable ami de notre âge.

Nous nous sentions si instables, si novices dans nos nouvelles façons de vivre que nous ne nous estimions pas assez adultes pour imposer des règles de conduite à Jade, à toi ou à qui que ce soit. Nous pouvions, au mieux, nous en tenir au « Ne juge pas si tu ne veux pas être jugé ». Il a fallu que Jade entre un jour dans notre chambre avec une poignée de Thorazine que je venais de me procurer (parfaites pour court-circuiter un mauvais *trip*) pour que nous éprouvions le besoin d'agir. « Qu'est-ce que je dois faire ? » m'avait demandé Hugh, avec cet air impuissant qu'il interprétait comme de l'ouverture d'esprit. J'avais arraché la Thorazine des mains de Jade — les cachets risquaient de fondre dans ses paumes humides, filtrer à travers la peau et la secouer encore plus. Hugh, avant la fin de la soirée, s'en était mêlé ; il avait fini par jouer au papa tel que Jade le souhaitait et démontré son autorité en te bannissant de notre maison pour un mois complet et en interdisant à Jade de te voir pendant toute cette période.

Il était trop tard. Jade n'allait pas se contenter, elle, de battre en retraite et de jouer les filles obéissantes. Elle avait autre chose en tête que de recouvrer tant bien que mal son équilibre. La petite fille qui voulait être dorlotée par ses parents et avoir une vie plus normale se disait qu'elle n'avait pas l'âge de prendre un amant, et sûrement pas de l'amener chez elle. Elle ne pouvait plus, quand tu étais dans son lit, jouer les petites filles ; elle ne pouvait plus, avec, sur elle, les traces de l'amour que tu lui faisais tous les soirs, dormir de l'innocent sommeil rose dont elle rêvait. Mais ce n'était pas seulement elle-même qu'elle voulait protéger en t'exilant pendant un mois : c'était nous tous, Hugh et moi surtout.

Tous ceux qui traversaient notre vie étaient porteurs d'un message. Ils représentaient un défi, ils nous apprenaient quelque chose. C'était peut-être parce que nous nous étions rencontrés à l'université, Hugh et moi. Nous n'étions que des étudiants attardés, prenant des notes sur la vie que nous découvrions par éclairs, à travers les autres. C'était l'avantage de la porte ouverte ; les paumés eux-mêmes ne venaient pas les mains vides. Hugh et moi, et les gosses, dans une moindre mesure, nous nous complaisions dans cet antique et chatoyant tourbillon ; les laissés-pour-compte, les curieux, les passants étaient à nos yeux autant de ménestrels errant dans une vaste foire médiévale. Nous étions influençables, des gogos, en vérité — totalement convaincus que les adolescents et même les gosses de l'âge de Sammy étaient les pionniers d'une nouvelle conscience et que nous avions de la chance, Hugh et moi, d'être à leur école. Mais aucun d'eux n'avait eu sur nous autant d'influence que toi. Elle nous avait pris par surprise. Tu nous avais pris par surprise, d'autant plus facilement que, comparé à des personnages comme Alex Ahern et Hector le Dingue, et ce Billy Sandburg qui se battait du bongo sur le ventre et roulait tellement des yeux qu'on ne lui voyait plus dans les orbites qu'un blanc filandreux, comparé à ces têtes brûlées et ces chiffes molles, tu étais relativement normal. Il m'avait fallu des semaines pour m'intéresser à toi, quand j'y pense.

Tu savais qu'il y avait pas mal de concurrence. Faire la cour à Jade ne suffisait pas. Tu devais te rendre intéressant, *indispensable* au reste de la famille. Tu pouvais, bien sûr, aller assez loin dans la séduction avec chacun de nous et éclipser les autres figurants. Pour ce qui était du charme pur — personne n'aurait pu y mettre autant d'*ardeur*, personne n'avait autant de détermination ou ne se souciait à ce point de nous impressionner. Avec Keith — tant qu'il pouvait te supporter —, c'était la botanique et la musique folk, les exercices de karaté avec Sammy, les romanciers juifs avec moi, avec Hugh une espèce d'obséquiosité qui, malheureusement pour toi et pour tes calculs, ne s'était jamais tout à fait dégagée du complexe de supériorité qui l'inspirait. Et, pour nous tous, c'étaient les contes lettons que tu inventais pour nous amuser, et les dogmes marxistes dont tu te servais pour nous impressionner, nous prouver ton érudition, et nous démontrer que si ta vie ne semblait pas répondre à des principes plus élevés que celui de ton propre plaisir, tu étais, en réalité, guidé par d'énormes considérations historiques. Tu étais, sous toutes ces apparences, un je-ne-sais-trop-quoi, un révolutionnaire. Tu ne doutais pas que nous serions emballés par tes idéaux, par leur logique, par ce qu'ils recelaient de transcendantal. Nous moquer des libéraux, pour nous du moins, comme nous promener dans Hyde Park complètement défoncés, était une manière d'être à la fois dans ce monde et au-dessus, d'échapper à toute comparaison, à tout jugement.

Mais oublions la Lettonie et la révolution russe, oublions *Gimpel the Fool* et tes mercis répétés à Hugh pour avoir contribué à la victoire de 1945. Ce qui te rendait le plus vivant, à nos yeux, était finalement ce qui n'exigeait de toi aucun effort. Ton amour pour Jade. Hugh s'était aperçu le premier, il faut que tu le saches, non pas de l'amour qui, pour moi, était inévitable entre deux êtres qui passent leur temps à se *vouloir* réciproquement, mais de cette aura étrange, commune et unique, que vous dégagiez et que Hugh avait vue *des mois* avant que nous te bannissions de notre foyer.

Une chose était de laisser notre fille exprimer son amour (un amour qu'elle avait tant de mal à exprimer au sein de la famille), une autre de la laisser s'enfermer dans des rapports aussi intenses, à tous égards, que les rapports amoureux de la « maturité ». Qu'ils soient sexuels, O.K., qu'elle découvre sa personnalité en dehors des structures familiales, O.K., mais je dois dire que nous pensions, Hugh et moi, qu'elle commencerait par une sorte de jeu, quelque chose de plus adolescent, quelque chose, en d'autres termes, de plus incertain, de moins constant, une liaison qui correspondrait mieux au mélange de femme et d'enfant qu'elle était à l'époque. C'était comme si nous avions permis à cette gosse de jouer avec une petite panoplie de chimiste pour nous apercevoir brusquement que nous avions là un génie méconnu, qui résolvait d'antiques problèmes d'alchimie, associait des molécules incompatibles et inondait la cave de fumées fluorescentes. Nous n'avions aucune idée de ce qui nous attendait ; nous avions totalement sous-estimé son incroyable puissance émotionnelle. Nous avions trop l'habitude de la voir dans notre cadre. Un peu renfermée, bâillant souvent, rangée, évasive, conservatrice, sans grand rapport avec son corps, si ce n'est qu'elle s'inquiétait un peu abstraitement de son poids et déplorait la petitesse de ses seins.

Hugh en devenait fou ; il en était anéanti, *torturé*, de songer à sa précieuse fille nue dans un lit avec un garçon. Sans ton intervention, je suis persuadée que les tendances incestueuses se seraient estompées. Mais de voir Jade s'ouvrir à la sexualité alors qu'elle n'en était qu'au passage de l'enfance à la féminité exacerbait en lui un pénible et profond conflit. Il voulait que tu t'en *ailles* parce qu'il voulait uniquement s'en *débarrasser*. On lui avait toujours dit qu'il devait protéger sa fille, et qu'il pouvait même se montrer un peu possessif. Mais ce pauvre Hugh était trop conscient de l'ambiguïté de ses propres sentiments : plus sujet à la passion pure que les autres membres de la famille, il ne pouvait méconnaître la part de jalousie pure qui entrait dans son attitude envers toi.

Vous représentiez par ailleurs, pour ce pauvre Hugh, ce que vous représentiez pour presque tout le monde. Vous lui rappeliez, autrement dit, ses rêves les plus romantiques, les plus refoulés, les plus déraisonnables. Tout ce qu'il avait trahi, perdu, raffiné, contrôlé, toute cette sauvagerie revenait à la surface. J'étais différente : votre amour me faisait regretter ce que je n'avais jamais été, les risques que je n'avais pas pris, et une vie désormais plus ou moins remisée. Hugh, lui, se reconnaissait en vous deux. Des visages, des moments, la charge émotionnelle des promesses brisées, tout cela lui revenait. Avec moi, ce n'était que de la jalousie ; Hugh connaissait toutes les extases et tous les chagrins de la *mémoire*.

Hugh était la victime idéale, pour un bonimenteur de ton espèce. Je le voyais chanceler, j'en profitais. Je l'encourageais à croire que nous pouvions renverser la vapeur, sans risques, rajeunir au lieu de vieillir, plonger dans la liberté, loin, loin, au lieu de nous laisser paralyser. La maison, l'équilibre précaire de notre budget, les vêtements soigneusement raccommodés et entretenus qui pendaient dans nos placards, les œufs durs, les cuillers ternies, les reproductions de Klee dans les cadres que nous leur avions fabriqués — rien de tout cela, lui disais-je, ne définissait les véritables limites de l'existence. *Tout était possible*. Le reste, comme on dit, est de l'histoire. J'avais pris un amant, il avait pris une douzaine de maîtresses. Je fumais un joint, il se payait une livre d'herbe. Je faisais allusion à mes contradictions intérieures, il m'inondait de confessions. Je versais une larme, il sanglotait. Lorsque j'avais commencé à me demander si nous n'étions pas un tantinet trop tolérants et n'abandonnions pas un peu trop nos responsabilités, il avait paniqué, avait voulu se rabattre sur les vieilles commandes qui lui glissaient sous les doigts, ou ne répondaient plus à leur pression. Et nos réunions familiales ? et ses chemises à repasser ? Il avait l'impression, disait-il, de piloter un avion dont la queue était touchée — il dégringolait, perdait brusquement sa direction, sous les sifflements aigus du destin. Qui sait quelle autre forme le destin aurait pris, sans toi ? Une dépression nerveuse ? Un *trip* qui aurait mal tourné ? (Ha ! ha ! je te vois frémir d'aise, tu t'imagines pouvoir t'en tirer à bon compte. Il ne s'agit pas ici de culpabilité, mais de mégalomanie. Comment peux-tu oser imaginer que tu étais le seul responsable ?) Quoique tu aies fini par devenir le parfait instrument de notre ruine. C'était, partiellement du moins, sous ton influence que nous avions dépassé les limites de la vie conjugale, et c'est toi, enfin, qui nous as poussés plus loin que nous n'aurions souhaité. C'était fou : nous voulions nous prouver que nos vies n'étaient pas prisonnières de ces murs, de ces placards, de ces cadres. Et toi, d'un seul geste, tu as tout réduit en cendres.

A.

6

Cette lettre, comme toutes les lettres importantes, avait tout changé : mon destin, ma place dans la vie, ma propre confiance en moi. Mes professeurs me reconnaissaient dans les couloirs, mes camarades me parlaient — ils me demandaient les notes que j'avais prises pour le cours du mardi, m'offraient le café, le déjeuner, m'invitaient, non sans une nuance de timidité, à me joindre à quatre ou cinq autres étudiants pour préparer avec eux la prochaine interrogation, comme si c'était *moi* qui leur faisais une fleur, à *eux*. Et même quand j'étais de garde devant la boutique, certains passants me regardaient comme si j'existais vraiment, quelques-uns s'arrêtaient pour m'assurer qu'ils n'achèteraient jamais des pantalons non estampillés par le syndicat. Un vieil homme était sorti de chez Sidney Nagle, un jour, avec un carton gris dans un sac blanc et rouge, m'avait touché le bras de sa main décharnée et m'avait dit : « Désolé. Je viens d'acheter une paire de Redman. Mon gendre m'a donné toute une liste. Ils ne sont pas pour moi. Pour moi, jamais. Le gendre n'a jamais entendu parler du syndicat. Désolé. » Il restait là, planté, jusqu'à ce que je comprenne ce qu'il attendait ; je lui avais serré la main, en souriant. C'était moi qui pardonnais !

Quant à ceux qui étaient censés me surveiller, je n'avais pas la moindre intention de les informer que j'avais renoué avec Ann, pas plus que je ne les avais informés, le soir où j'avais récupéré mes lettres et celles de Jade. Mes parents n'étaient pas du genre inquisiteur ; ils savaient qu'il n'y avait rien à gagner à s'aventurer inopinément dans les méandres de mon existence. Eddie Watanabe m'assurait que mes progrès étaient ce qui, à ses yeux, justifiait son métier. Il se plaisait à énumérer la liste de mes derniers succès, en la ponctuant d'impitoyables petites pressions sur mon biceps. Tu as un boulot. Pincement. Un boulot pour le syndicat. Pincement. Tu es à la fac. Pincement. Tu t'intéresses à l'astronomie. Pincement. Tu as une piaule à toi. Pincement. Tu t'es fait des amis. Pincement. Parfait. Dis-moi, tu t'es déniché une fille ? Silence. Sourire, suivi de pincements de plus en plus durs. Quant à mes nouveaux amis, la peur de retomber dans l'isolement m'incitait souvent à des débordements de confiance, autant de découvertes de soi qu'on rejette sur les autres comme un filet. Mais ils ignoraient tout d'Ann, de Jade, de l'incendie, de mes trois ans à Rockville. Mes rapports avec eux étaient enveloppés d'un voile de mystère. Tous ces mensonges, cette autobiographie à la manque, avaient beau être fastidieux, je me disais que nos liens étaient encore trop fragiles pour supporter de brusques révélations. J'étais, en ce qui les concernait, demeuré sans rien faire pendant trois ans, après mes études secondaires, ce qui était parfait et admissible, à l'époque. Quoiqu'ils aient pu se demander pourquoi quelqu'un qui venait de passer trois années à se défoncer et à bourlinguer en auto-stop (ou tout ce qu'ils pouvaient imaginer) n'était pas plus détendu et n'avait pas plus d'histoires palpitantes à leur raconter.

Le plus apte à détecter ma véritable évolution intérieure était le Dr. Ecrest. J'avais bien senti, un moment, qu'il m'avait deviné. Le Dr. Clark avait eu la main d'autant plus heureuse, en m'envoyant à lui, que leurs méthodes étaient diamétralement opposées. Clark se fiait aux rêves, aux divagations. Il prenait des notes sans vous regarder, dans une pièce aux stores baissés, les rideaux tirés aux trois quarts. Ecrest était grand, le front ridé ; on aurait dit un ancien joueur de base-ball, ou le garçon de restaurant qui vous avertit que le poisson, aujourd'hui, n'est pas si frais que ça. Ses cheveux noirs, fins et bouclés, étaient plus secs que ceux d'une poupée ; il manquait de les embraser chaque fois qu'il allumait une Kent. Il était assez gros ; sa voix était exagérément forte, comme ces adolescents dont la voix semble trop caverneuse pour leur corps. Il travaillait en pleine lumière. Pas de divan où j'aurais pu m'étendre et faire semblant de me parler tout seul, dans son bureau. Nous restions assis face à face, jusqu'au bout, dans des fauteuils bon marché. Je me disais souvent que le Dr. Ecrest aurait eu l'air aussi à l'aise s'il m'avait tiré les cartes ou fait les lignes de la main. On aurait pu remplacer ses stores poussiéreux par des rideaux à fleurs, décrocher ses diplômes et ses certificats, lui passer une robe orange pâle de bohémienne, bien étalée pour qu'on puisse admirer les broderies. Il était devin, au même titre que ceux qui finissent par scruter les boules de cristal ou vous tâter les bosses du crâne : il avait cette compréhension animale du silence et ce puissant mais étrangement impassible don de sympathie qui lui permettait de pénétrer vos pensées. Il aurait pu vivre sous une tente de foire ou pianoter, de ses longs doigts, sur une table couverte d'un tapis de feutre dans une boutique désaffectée. Mais il avait eu assez d'argent et d'énergie pour se payer des études de médecine.

Je n'ai jamais très bien su si Ecrest était conscient de ses « pouvoirs ». Il relevait au passage le bien-fondé de ses étranges intuitions, mais je ne sais dans quelle mesure il y était habitué. Il m'avait légèrement touché l'épaule, un jour, en me raccompagnant à sa porte, et m'avait dit : « Essayez de ne pas trop manger de saletés. Mangez des choses saines, d'accord ? » Je l'avais regardé ; il avait paru rougir en fixant le sol. Une autre fois, je n'avais été ni à la fac ni au travail ; ce jour-là il m'avait demandé : « Alors, qu'est-ce que vous avez *fait*, toute la journée ? — Pourquoi ? » avais-je répliqué. Il avait secoué la tête. « Je ne sais pas », m'avait-il répondu, sur un ton très doux. Le lendemain du jour où je m'étais introduit dans le bureau de mon père pour relire les lettres de Jade, le Dr. Ecrest m'avait demandé si j'étais jamais allé voir mon père à son bureau. Je l'avais regardé, l'air coupable, éberlué. Il m'avait précisé qu'il pensait que je pourrais peut-être travailler pour Arthur, en attendant de trouver mieux.

Je vivais, en compilant ma liste de Butterfield et de Ramsey, dans la terreur qu'Ecrest le devine — j'étais si certain qu'il savait tout de ma dérisoire vie privée que j'avais failli lâcher le morceau une douzaine de fois. Ce n'est qu'après avoir contacté Ann et reçu sa lettre, l'enjeu étant incommensurablement plus grand, que j'avais élevé une solide barrière mentale entre lui et cette partie de moi qui ne vivait que pour ces retrouvailles. Je me faisais l'impression d'un jeune héros de saga médiévale, jouant au plus fin avec un sorcier : nous parlions de Rose, d'Arthur, de l'époque où, enfant, j'avais prétendu être sourd. Nos inconscients respectifs ne cessaient de jouer au chat et à la souris. Était-il dupe de mes silences ? Je ne l'ai jamais su vraiment.

Le lendemain du jour où la lettre d'Ann m'était parvenue, il avait brusquement repris la vieille rengaine du Dr. Clark sur l'abstinence sexuelle. « Je vous parle d'homme à homme, disait-il, pas de médecin à patient. Allez-vous continuer de vous priver ainsi longtemps ? Vous ne pouvez vivre sans chaleur humaine. — Sans chaleur ? lui avais-je demandé, en le conjurant mentalement de la boucler. — Oui. Sans expression sexuelle. Vous ne vous masturbez même pas, David. » Nous nous étions tus une minute au moins. Les pensées les plus tarabiscotées se bousculaient en moi, à l'affût les unes derrière les autres comme autant de guérilleros. J'avais fini par trouver une réponse : « Si vous vouliez que nous parlions d'homme à homme, docteur, et non plus de médecin à patient, cette visite aurait dû être gratuite. »

Le bureau de mon père était près de la fac. Nous déjeunions ensemble une ou deux fois par semaine. J'étais gêné de le voir plus souvent que Rose, qui s'était toujours sentie exclue de ces rapports amicaux. Le fait (sinon la vérité) était qu'elle n'avait guère envie de me voir. Elle avait toujours eu horreur des mères qui dorlotent trop leurs enfants. Maintenant que cela ne posait plus de problème, mieux valait que j'assume tout seul mon existence, mon « rôle », comme elle disait.

Je m'arrangeais, autant que possible, pour aller chercher Arthur à son bureau. Le souvenir de la nuit où je m'y étais introduit en fraude pour retrouver mes lettres m'obsédait. Arthur, avant de partir déjeuner, s'absentait fréquemment pour une courte visite aux toilettes ; je pouvais tenter le destin et vérifier mes réflexes en relisant une ou deux lettres pendant son absence. (Je n'avais pas eu le courage de les voler, mais j'avais fini par les emprunter une journée pour en photocopier un bon nombre.) J'attendais, avec une confuse patience, qu'Arthur me raconte à quel point sa vie à la maison était devenue pénible. Il n'y avait fait que des allusions — des haussements d'épaules, des soupirs. Il appelait Rose « ta mère », comme si elle n'était rien de plus. Le Dr. Ecrest m'avait conseillé de ne pas me mêler des malheurs conjugaux de mes parents. Aucune recommandation, de toutes celles que m'avaient dispensées les psychiatres, ne pouvait m'être plus facile à suivre ni mieux correspondre à mes instincts. Je me contentais de rendre à mon père ses baisers, à l'arrivée et au départ, et de savourer ses affectueuses angoisses : pur amour de père, aussi naturel que délirant. J'étais son fils, c'était tout ce qu'il attendait de moi. Je ne lui montrais guère combien je l'adorais. Nous ne parlions que de moi, au déjeuner, mais un jour, vers la fin novembre, dès que j'étais entré dans son bureau, il m'avait annoncé qu'il avait décidé de quitter Rose. Il était assis derrière son bureau, les mains croisées. On aurait dit le Président prononçant une petite allocution à la télé dans le « bureau ovale ». Les cheveux soigneusement peignés, il portait une nouvelle veste de sport, marron, avec de larges revers ; un de ces hommes d'un certain âge qui s'avisent de « changer de style ». Sauf que c'était toujours Arthur ; aucun geste de sa part ne pouvait se dégager entièrement d'une certaine bizarrerie : il avait l'allure d'un aveugle bon enfant habillé par quelqu'un qui ne le connaissait pas très bien.

— Hier soir (dans sa voix se mêlaient les accents d'un présentateur de bulletin d'informations et ceux de l'éloge funèbre), après vingt-sept ans de mariage — de nombreuses années de bonheur, David, la plupart —, nous avons décidé, ta mère et moi, que mieux valait nous séparer.

J'avais hoché la tête. Je ne savais que dire. Mon père me regardait ; j'aurais voulu agiter la main devant mon visage, comme pour chasser un essaim de mouches. Le grand rideau poussiéreux, derrière Arthur, avait des éclats jaune citron. Le téléphone s'était mis à sonner. Il n'avait pas décroché.

« Sortons, avait-il dit en regardant le téléphone qui s'était tu.

Nous étions allés au grill-bar de Wabash Avenue. Ce sous-sol, dans un quartier d'employés, d'artisans et d'hommes d'affaires, était le restaurant le plus populaire. L'entrée ressemblait à celle d'une station de métro désaffectée. On descendait des marches de fer rivetées pour pousser une porte dont la peinture verte s'écaillait. À l'intérieur, une caverne, un monde souterrain de travailleurs épuisés. Les boissons coûtaient de vingt-cinq à trente-cinq *cents*, la salle du bar pouvait contenir deux cents personnes. L'odeur de la bière se mêlait à celle des saucisses, la fumée des cigarettes à la buée des fourneaux. Presque tous les clients étaient en tenue de travail : chemises de flanelle dont les manches étaient relevées jusqu'au coude, maillots de corps bariolés, blousons portant un prénom cousu sur le côté droit, chaussures montantes aux bouts ferrés et autour desquelles s'enroulaient les lacets. Mon père était le seul homme en costume de ville, et j'étais, de loin, le plus jeune.

Nous avions fait la queue à la cafétéria. Des pommes de terre vapeur, une épaisse et délicieuse saucisse qu'on appelait une thüringer, des petits pois et un gâteau de riz. J'avais repéré une petite table libre, Arthur était allé chercher un pichet de bière au bar. J'avais débarrassé le plateau de plastique marron, mes mains tremblaient.

— Tu sais, m'avait dit Arthur au début du repas, je n'ai jamais pu retenir le nom de cet endroit. J'y mange tous les jours, pourtant. Après la prohibition, ou l'appelait le Step Down ; on l'a vendu et on lui a donné un autre nom, je ne m'en souviens absolument plus. Tu as remarqué qu'il n'y a pas d'enseigne ? Certains des habitués y étaient déjà avant même que j'en entende parler — eux-mêmes n'en ont pas la moindre idée.

« Tu veux savoir quelque chose ? C'est ici que j'ai amené Rose, le jour où je l'ai rencontrée.

J'avais enfourné sur ma fourchette quelques petits pois, sans les porter à ma bouche. Le souvenir que mon père venait d'évoquer ne collait pas à l'image que j'avais de cette rencontre, mais je ne me souvenais plus de ce qu'ils m'avaient raconté. Un défilé du 1er Mai ? Un pique-nique ?

« Je ne te l'ai jamais dit, ta mère avait déjà été mariée, quand elle était très jeune. À un type assez riche, un certain Carl Courtney, le genre William Powell, orgueilleux comme un paon. Ils s'étaient mariés à Philadelphie. Rose travaillait cinquante heures par semaine ; elle se crevait pour entretenir sa folle de mère. Courtney travaillait dans les deux heures par semaine et recevait du pognon de la sienne, la vieille Virginia Courtney, une drôle de réactionnaire qui était propriétaire d'une station de radio. Le mariage n'a pas duré longtemps et ne lui a pas laissé grand souvenir. Mais je suppose que ta mère l'aimait justement parce que c'était une espèce de paumé. Elle avait marché. Au bout d'un an, Courtney avait trouvé un emploi — par l'intermédiaire de sa mère — au *Tribune*, ici, à Chicago. Rose était venue avec lui. Elle était déjà communiste, Courtney n'était qu'un play-boy, un isolationniste, mais elle avait tenu bon, elle se disait qu'elle pourrait peut-être le changer, jusqu'à ce qu'il commence à sortir.

Il regardait son assiette, il se rendait compte qu'il était là pour manger. Il s'était coupé un bout de thüringer, mais avait reposé sa fourchette et avalé une grande gorgée de bière.

— Il sortait avec d'autres femmes ?

— Tu parles ! Des secrétaires, des mannequins, des dingues qui n'avaient aucune idée de la vie. Il lui arrivait de ne rentrer que pour se changer.

— Mon Dieu !

J'avais du chagrin pour Rose, comme si je l'avais toujours su. Est-ce que je l'avais toujours su ? Mes parents en avaient-ils parlé pendant qu'ils me croyaient endormi ? Je me revoyais, brusquement, étendu sur la banquette arrière d'une de nos vieilles voitures, la nuit, en route pour ces longues vacances agitées que nous prenions. Mes parents chuchotaient, ils étaient nerveux, ma mère... pleurait ? et mon père faisait de grands gestes que je voyais dans le pare-brise obscurci, et... Le souvenir était estompé par l'effort même que je faisais pour me rappeler.

« Aucun de mes psychiatres ne savait que maman avait déjà été mariée ?

Cette question me déconcertait. Quelle différence ? Lorsque Jade m'avait dit qu'elle avait parlé avec Hugh et qu'ils avaient décidé de m'éloigner pendant un mois, la première chose que je lui avais demandée avait été *quand* ils avaient eu cette conversation.

— Non. Nous ne leur avons rien dit.

— C'était un secret, pourquoi ?

— Rose ne voulait pas qu'on le sache. Elle en avait honte.

— Alors, pourquoi est-ce que tu me l'as dit ?

Arthur avait haussé les épaules.

— Tu le regrettes ?

— Non.
— C'est d'être revenu ici.
— On y est déjà venus tant de fois.
— C'est d'y être revenu aujourd'hui. Désolé si je t'ai dit quelque chose que tu aurais préféré ne pas savoir. Notre union est brisée, voilà pourquoi je parle de choses dont je ne devrais peut-être pas parler.

Nous nous étions tus un moment. J'avais terminé ma bière et m'en étais versé un autre verre. Celui d'Arthur était plein, je l'avais rempli, à ras bord. Mon plat était froid.

« J'étais son avocat, pour le divorce. C'est pour ça que nous étions venus ici. Pour en parler. Je ne la connaissais même pas, mais une de ses copines de Philadelphie avait un frère ici, au Parti. Rose était allée le voir. Elle avait besoin d'un avocat, il me l'avait envoyée. C'était Meyer Goldman, à propos.
— Je l'aime beaucoup.
— Tu ne l'as jamais rencontré.
— Tu m'as parlé de lui. C'est lui qui fumait de l'herbe, hein ? Il jouait du saxophone. Il connaissait Mezz Mezzrow. Il portait des chaussures bicolores et remontait ses pantalons si haut qu'il avait l'air d'être tout en jambes.
— Rouquin, avec des cheveux bouclés et la bouche pleine de dents pourries. Pauvre Meyer. Même après son expulsion du Parti, il n'a pas cessé d'avoir des ennuis. Il venait toujours me voir. Pour que j'écrive une lettre à son propriétaire. Que j'appelle le syndicat des musiciens et que je crie à l'antisémitisme. Il y avait toujours quelque chose. Je me disais que ça ne s'arrêterait jamais. Je n'étais même pas censé lui adresser la parole, tu comprends. Quand quelqu'un était expulsé du Parti, on n'était pas censé lui adresser la parole. Je m'en foutais, mais tous ces trucs qu'il me racontait. Et il me le rappelait, à chaque fois : « Sans moi, tu n'aurais pas connu Rose. »

Mon père avait porté la main à son front, soudain, comme si une pierre l'avait frappé. Il avait fermé les yeux et secoué la tête.

« J'étais si amoureux, à l'époque.

J'avais envie de tendre la main, de le toucher, de même qu'il voulait me serrer dans ses bras quand il voyait que j'avais de la peine. Je m'étais retenu. Je ne voulais pas chasser ses remords. Ils me rappelaient trop les miens. Mais je ne me sentais plus aussi près de lui que j'aurais dû.
— Alors tu l'as aidée à divorcer ?
— J'ai tout fait, je ne m'y connaissais pourtant pas plus que toi. Ce n'était pas ma spécialité. Je l'ai fait déménager. Je lui ai trouvé un logement chez une femme très gentille. Elle était sculpteur, une personne très généreuse, très ouverte.
— Libby Schuster ?

— Je t'ai parlé de Libby Schuster ?

— Vaguement. Je m'en souviens.

Il avait bougé la main, comme s'il avait été touché par un objet invisible. Ses yeux étaient humides.

— Tu ne l'as jamais vue. Elle est morte peu après ta naissance. Meyer aussi. Meyer est mort en 1960, en Californie. Meyer Goldman. Libby était âgée, Meyer était jeune, cinquante, cinquante-deux ans, peut-être. Bien inutile. Quel dommage.

Nous étions demeurés silencieux devant ces ombres qui défilaient dans la tête de mon père, avec des tracts, des saxophones.

Je m'étais enhardi.

— Quand est-ce que tu pars… ?

Le mot de maison aurait été trop candide, le nom de Rose trop cruel.

— Ce soir.

— Maman le sait ?

— Elle le sait.

— Pour ce soir, je veux dire ?

— Oui. Et elle sait tout depuis très longtemps. On attendait.

— À cause de moi ?

— On voulait d'abord que tu t'installes. Que tu te sentes plus fort. Nous ne voulions pas que tu te dises, dans cet hôpital, que tu n'avais plus un foyer normal.

— Ça dure depuis si longtemps ?

Il avait hoché la tête.

Je lui avais dit, à mon tour, ce que j'avais toujours su :

« Tu aimes une autre femme ?

Il était resté immobile un moment, avant de répondre, d'une voix d'homme qui prononce un serment :

— De toute mon âme.

— Qui est-ce ? Quelqu'un que je connais ?

— Tu ne l'as jamais rencontrée. Elle s'appelle Barbara Sherwood. Elle est sténographe près d'un tribunal. C'est un très bon métier, tu sais, très difficile. Elle a déjà été mariée. Son mari est mort il y a cinq ans. Elle habite dans notre quartier. Deux enfants. Et elle est noire.

J'avais croisé les mains.

— Tu vas habiter avec elle ?

— Chez elle, en attendant. Barbara, pour l'instant, est à l'hôpital. Je m'occuperai des enfants. Quand elle sortira, on avisera.

Il avait vidé le pichet de bière dans nos deux verres. Son assiette était encore presque pleine ; il avait coupé sa saucisse et tout étalé.

— Je ne te reproche rien, tu sais, lui avais-je dit. Je ne crois pas que ce soit un drame ni rien. Je veux seulement te dire que je ne te reproche rien.

— Je l'espérais bien. De toi, surtout.

— Attention. Ne dis pas ça. J'adore maman. Ça n'y paraît peut-être pas. Nous nous aimons à notre façon, mais je l'aimerai toujours.

— Je le sais. Ce n'est pas ce que j'ai voulu dire. Tu es bien placé pour savoir ce que c'est que d'être tellement amoureux qu'on oublie tout le reste. Tout le monde va penser que je me conduis comme un salaud, ou comme un idiot. En quittant Rose. Après tant d'années. Un homme de mon âge a moins d'avenir que de passé, tu sais, et il ne lui reste plus grand-chose quand il le perd, ce passé. On me prendra pour un irresponsable. Les gens ont une image de nous. De Rose et de moi. Tu comprends ?

— Non.

— Mais si. Personne n'est au courant, bien sûr. Quand ils apprendront, ils prendront le parti de Rose. Je serai le méchant. Ils sont davantage ses amis que les miens, ils l'ont toujours été. Nos vieux camarades. Ils m'écœurent, par bien des côtés, depuis que je suis revenu de la guerre.

— Depuis ma naissance ?

— Ils ne comprendront pas. Toi, si, tu me comprends. Je suppose que ce n'est pas le genre de choses qu'un père doit dire à son fils, quel que soit l'âge de ce fils.

Il regardait par-dessus ma tête, comme s'il s'adressait à un immense jury dont je n'étais qu'un des membres.

« Tu m'as réconforté. De te voir si amoureux me rappelait...

— Quoi ?

— Ce que j'avais ressenti pour Rose, ce qu'elle n'avait jamais ressenti pour moi, jusqu'à ce que nous en soyons au même point. Mais tu me rappelais ce qu'on ressent. Un tas de gens n'ont jamais connu ça, pas une seule fois. Tu le sais, hein ? Toi, si...

— Avec Jade.

— Et tu me le rappelais. Je ne m'étais jamais senti si fort, si important, que lorsque cet amour était *tout* pour moi. Tu n'avais plus les pieds sur terre. Je me rappelais que je ne les avais pas eus, moi non plus, pendant quelques mois. Quand nous étions ensemble, Rose et moi, vingt-quatre heures sur vingt-quatre, après que je l'eus aidée à divorcer. Avant que je m'aperçoive combien elle avait aimé ce Courtney, et que je comprenne qu'il lui faudrait un moment pour oublier. Je savais que ça lui passerait, mais que ça lui prendrait du temps. Elle rêvait de lui, pas de moi, pourtant elle m'aurait donné la préférence, à cent contre un. Je le comprenais, mais je ne rêvais plus. Il me fallait faire preuve de trop d'intelligence ; quelques décisions raisonnables, et on ne peut plus faire de folies.

— Tu voulais faire des folies ? Je ne m'en serais pas douté.

— Moi non plus. J'avais oublié. C'est toi qui me l'avais rappelé. Et puis Barbara m'a montré qu'il me restait une chance. On aurait dit que j'avais vingt ans de moins. Non que mes cheveux aient brusquement épaissi, ou que je n'aie plus besoin de lunettes, ou que la mort ait tellement reculé. Mais j'ai retrouvé mon appétit de vivre, à chaque minute de la journée. Je voudrais que tu rencontres Barbara. Tu verras ce que je veux dire. Je n'aurais jamais cru que ça m'arriverait. Je n'aurais jamais cru que je serais capable de croire à tout ça, une seconde fois. C'est arrivé. Et je n'ai aucune raison de me sentir gêné.

— Je sais.

Mon cœur battait très fort.

— Je sais que tu le sais. Tu le vis toi-même, à chaque minute de ta vie, et tu ne t'en laisseras pas détourner. C'est pour ça que tu es sorti, la nuit qui a suivi cette fameuse réception, pour aller à mon bureau. Et c'est pour ça que tu te débrouilles, chaque fois que tu viens me prendre, pour jeter un coup d'œil à tes lettres, et c'est pour ça que je me débrouille pour te laisser faire.

Barbara Sherwood était dans l'hôpital où j'avais été conduit, après l'incendie. Sa chambre était contiguë à celle où j'avais avoué — proclamé — que c'était moi qui avais mis le feu à la grande et chère baraque. Mon père et moi longions les ternes couloirs, éclairés d'une lumière trouble, au-dessus de nos têtes, qui nous donnait l'impression de tout voir dans un halo, comme quand on n'a pas dormi depuis des jours. Les infirmières saluaient Arthur au passage ; elles avaient l'air de le connaître. Nous avancions. Un brancard vide, aux courroies tachées de sang, une table de métal, couverte de plateaux, cette odeur âcre des médicaments que certains trouvent rassurante, mais qui, pour moi, était celle du désespoir absolu, les téléphones qui sonnaient. On demande le Dr. Abrams, le Dr. Abrams au 404 s'il vous plaît. Un petit groupe de visiteurs, trop nerveux et trop distraits pour s'écarter, qui esquissaient des petits pas de danse compliqués, à gauche quand nous passions à gauche, à droite quand nous nous rabattions à droite, pour finir par froncer les sourcils quand Arthur les avait frôlés et par s'immobiliser contre le mur grisâtre, un mur que je n'aurais pas voulu toucher tant il paraissait visqueux, mais ce n'était que la lumière. Mon père apportait le journal du soir et cinq livres de poche, des Ian Fleming, serrés par un cordonnet jaune. Les mains dans les poches, je ne cessais de compter et de recompter mes huit pièces de dix *cents* et ma pièce de vingt-cinq.

Barbara Sherwood avait le visage le plus félin que j'aie jamais vu à un être humain. Ses cheveux noirs étaient coupés court et rabattus sur un large front. Elle avait ces pommettes saillantes que les adolescentes se dessinent sur leurs carnets quand elles rêvent d'avoir l'air exotique. Ses sourcils étaient soigneusement dessinés, elle s'était maquillée, alors qu'elle souffrait probablement, ce qui rendait ses yeux encore plus grands et plus fendus que nature. J'ignorais qu'elle avait perdu pas mal de poids, depuis des mois ; sa minceur semblait élégante, à la mode. La tête du lit était relevée, Barbara était pratiquement assise. La chemise de nuit de l'hôpital était un peu trop grande ; on aurait dit une gosse qui portait la chemise de son père. Elle n'était pas si jeune pourtant. Les années étaient là, sous ces cheveux noirs et cette peau lisse, comme si le temps sublimé, repoussé, prenait une invisible revanche.

— Bon, le voilà, avait fait Arthur en me conduisant vers le lit.

On nous avait apporté deux chaises : le rideau séparant le lit de Barbara de celui de sa voisine de chambre était tiré ; on avait tout préparé.

Je voulais prendre l'initiative. Je lui avais tendu la main.

— Bonjour, heureux de vous connaître, avais-je dit d'une voix claire et vibrante, celle du petit garçon auquel on a appris à se conduire poliment en public.

Elle avait mis sa main dans la mienne ; ses doigts étaient froids, plus froids encore quand je les avais serrés.

Arthur restait là, les mains croisées sur son ventre rond et dur, avec l'air de béatitude qu'on voit aux personnages des cartes de tarot. Il respirait lentement, avec des petits soupirs musicaux, comme s'il avait la tête pleine de chœurs.

— C'est bon, avait dit Barbara.

Je ne savais si c'était la nervosité qui lui avait fait oublier la suite de la phrase ou si c'était sa façon de parler. C'est bon ? C'est bon ? Vraiment ! Une immédiate réaction d'ironie ; j'étais déjà prêt à ces petits jugements instinctifs sur la maîtresse de mon père.

— On vous soigne bien ? avais-je demandé, du ton du monsieur très influent qui n'est pas de la ville.

Avec un coup d'œil derrière moi pour m'assurer de la présence de mon valet, les bras chargés d'un gigantesque bouquet de fleurs, des tiges immenses.

— C'est le paradis ici. Pas comme l'autre.

— Elle était à All Saints, l'année dernière, avait expliqué Arthur.

— Quel endroit ! De quoi vous donner la chair de poule. Ces sœurs qui se faufilaient partout, avec leurs longues robes noires, et tous ces prêtres au visage poupin qui arpentaient les couloirs avec des rubans mauves autour du cou en se demandant à qui ils allaient bien pouvoir administrer les derniers sacrements.

Elle souriait ; il lui manquait une dent, presque sur le devant. Elle avait vu que je l'avais remarqué.

« Je suis tombée, avait-elle dit, en se touchant la bouche à l'évocation de ce souvenir.

Nous avions bavardé quelques instants, avec la prudence incertaine de personnes qui ne se connaissent pas et ne veulent pas se blesser. Mon père, me dit Barbara, lui avait parlé de moi. Il lui avait tout raconté. C'est ce que les gens vous disent, dans ce genre de situation, mais elle avait semblé rougir, c'était peut-être vrai. J'étais arrivé à lui parler de mes cours, de mon boulot pour le syndicat, de la proposition de Harold Stern de laisser tomber ma pancarte et de travailler à mi-temps comme enquêteur pour le service culturel du même syndicat. Elle m'avait félicité, encouragé. Tous ces détails étaient si ennuyeux, à en mourir.

Elle avait jeté à Arthur un regard malicieux, celui de l'incorrigible petite gaffeuse des romans victoriens. Mais pas plus de détente que de tension, pas la moindre trace ; Arthur était assis, imperturbable. Il savait ce qu'elle allait dire ; c'était probablement prévu.

— Bien. Est-ce qu'Arthur vous a parlé de ... *nous ?*

— Oui.

Je m'étais raclé la gorge.

Elle avait hoché la tête, en me regardant.

— Alors ? Qu'est-ce que vous en pensez ?

— Vous n'avez pas besoin de ma permission.

J'avais senti la main de mon père m'effleurer l'épaule.

— Nous aimerions pourtant savoir ce que vous en pensez.

Elle avait croisé les mains sur sa jambe à demi repliée. Ses doigts sans bagues étaient très noirs ; sa plaque d'identité de plastique était trop large pour son poignet.

— Un tas de choses contradictoires, avais-je dit. J'ai un peu peur pour ma mère.

Je m'étais interrompu. Arthur, sur sa chaise, avait changé de position ; Barbara avait eu un hochement de tête approbateur.

« Et je crois que j'ai un peu peur pour mon père aussi.

Elle avait eu un geste évoquant cet hôpital et cette chambre.

— Je ne sais pas pourquoi. Il a changé. Il est devenu différent. Il le sera de plus en plus. Ça n'est pas très logique. C'est ce que je ressens, tout simplement.

— Je ne changerai pas, avait dit mon père.

— Mais si. Tu le veux. Et tu le dois. Tu ne seras plus si malheureux. Ça te changera forcément. Tu te retrouveras ; ta véritable image, la plus combative, ce n'est peut-être pas à moi de le dire, mais je sais, absolument, je sais exactement ce que c'est.

Je me sentais bien pompeux, bien ridicule, mais pas un mot de ce discours chevrotant ne sortait trop vite, trop facilement. Cette oraison du fils sur les frasques romantiques de son père avait beau être incongrue, tout ce que je disais était parfaitement sincère, et les mots s'accrochaient dans ma gorge.

— Je suis heureuse que vous réagissiez comme ça, avait dit Barbara. Je le savais d'avance. Votre père m'avait suffisamment parlé de vous. J'étais si nerveuse, vous savez, ce soir, en vous attendant. J'ai moi-même deux enfants, et je sais que les enfants sont impitoyables, des républicains de choc, quand il s'agit de leurs parents. Pas vrai ?

— C'est tellement vrai, avait approuvé Arthur.

— Mes propres enfants me posent des questions assez dures. D'autant plus dures pour moi que je n'ai jamais voulu leur mentir. Ils voulaient savoir comment Arthur pouvait venir habiter avec nous quand il avait une femme qui vivait à moins d'un kilomètre de la maison. Ils se demandaient ce que c'était que cette mère qui laissait entrer dans sa chambre un homme avec lequel son union n'avait pas été bénie. Leur père était très religieux, vous comprenez. Je ne suis pas croyante, mais je ne m'en suis jamais mêlée. C'est leur façon de vivre avec leur père ; c'est à leur papa, qui est mort quand ils étaient tout petits, qu'ils s'adressent quand ils prient le bon Dieu. Oh ! vous savez ce que c'est, la vie, dans une ville comme celle-ci. Ils voulaient savoir comment je pouvais vivre avec un Blanc.

— Un Juif, avait ajouté Arthur. Ce qui n'arrangeait rien.

— Rien n'y faisait. Ils commençaient à me traiter comme si j'étais une mauvaise femme. Ils ne faisaient plus leurs devoirs, n'apprenaient plus leurs leçons, ne me regardaient plus quand je leur parlais. On ne sait pas ce que c'est que d'être puni tant qu'on n'a pas subi ça de la part d'un enfant. Je ne savais que faire. C'était devenu si insupportable que j'envisageais de tout arrêter avec Arthur et de reprendre ma vie comme elle était avant que je le rencontre, quand j'étais si seule, si effrayée. C'est alors que votre papa s'en est mêlé. Je ne pensais pas que ce serait possible, il a tout changé. Il a pris mes enfants à part, mon petit Wayne, qui a seize ans, et Della, qui vient d'avoir treize ans la semaine dernière. Il leur a dit combien il aimait leur mère, de tout son cœur, avec tout le respect, toute la noblesse qu'un homme peut avoir. Il leur a dit que, plus que tout au monde, il voulait me protéger, et les protéger, eux aussi. Il leur a ouvert les bras, et mes enfants lui ont ouvert les bras, tout était réglé. J'ai retrouvé une famille. Vous êtes trop vieux, David, vous êtes un homme, je ne vais pas vous dire que je vais vous protéger, vous n'en avez pas besoin. Mais je veux vous dire ce que votre père a dit à mes enfants, j'aime votre papa. Je veux vous dire que l'homme qui est votre père, qui vous a donné le jour, a trouvé une femme qui est au paradis quand elle est dans ses bras.

Elle s'était tue. Il y avait des visiteurs de l'autre côté du rideau ; j'entendais des voix hargneuses et tristes. Ils parlaient de leur médecin, à la cantonade. Et je m'étais rendu compte, non sans effroi, que j'étais sur le point d'éclater en sanglots. Comme un étang recouvert d'une couche de glace dont on a mal apprécié l'épaisseur, la carapace cédait — et j'étais paralysé. Je contemplais le rideau et j'écoutais ces voix. « Et puis quoi ? Un second, et un troisième, on n'en finira pas ? » disait une voix d'homme.

On frappa un léger coup sur la porte ouverte. C'était la sœur de Barbara, Rita, et ses enfants, Wayne et Della. Rita paraissait âgée. Elle avait les cheveux blancs, mal soignés, et était infirme. Maigre comme elle était, elle se servait d'une grande canne noire assez épaisse pour convenir à un géant. Son imperméable était ouvert, la doublure était déchirée. Elle avait l'air embarrassée, ennuyée.

— Je suis désolée. Ils n'ont pas voulu écouter. Je leur avais dit qu'ils ne pouvaient pas te voir ce soir, mais...

— Salut, mam', avait dit Wayne.

Impossible d'avoir des cheveux plus courts. Il avait d'énormes lunettes à monture marron et une chemise blanche au col boutonné. Le genre de visage qu'on voit sur les affiches vous invitant à aider une fondation universitaire noire. Della semblait être ailleurs, au-delà de ce monde. Elle était coiffée à l'afro et portait un tee-shirt rouge, des blue-jeans et des baskets déchirés. On aurait dit que quelqu'un, à la dernière minute, lui avait frotté les lèvres pour lui enlever son rouge à lèvres.

— On l'a juré sur la Bible, avait-elle dit. Nous avons promis à Dieu de venir te voir tous les soirs, maman.

Elle s'était approchée du lit, avait collé sa tête contre l'épaule de Barbara. Tout en me regardant et en souriant.

Mon père avait fait les présentations. Rita s'était contentée de me prendre le bout des doigts. Wayne était froid, expéditif. Della, lorsque je lui avais tendu la main, avait rabattu ses bras dans le dos en disant : « Non ! » Ce n'était qu'un caprice d'enfant, une plaisanterie, mais je m'étais senti tout drôle.

Barbara n'avait droit qu'à une demi-heure de visites, qui était presque écoulée. J'estimais que ses enfants voudraient être seuls avec elle un instant. La famille était réunie, j'étais désormais de trop. J'avais pris congé. Barbara avait essayé de me retenir. Arthur dit qu'il allait partir, lui aussi, mais l'infirmière étant venue nous annoncer la fin de la visite, il préféra rester encore quelques minutes auprès de Barbara, avec les enfants, pour les raccompagner ensuite. J'avais prétexté un rendez-vous, salué tout le monde d'un geste maladroit et remonté le couloir, très vite, vers ce que j'espérais être la sortie. Mes mains tremblaient. Je me disais que ce n'était que la nouveauté de la situation. Mais j'avais pris conscience, devant la cage de l'ascenseur, en réfléchissant aux événements, de ce dont je m'étais souvenu depuis une demi-heure : c'était dans cet hôpital, au même étage peut-être, trois ans et demi plus tôt, que s'étaient retrouvés les Butterfield, au grand complet, à la suite du choc qu'ils avaient éprouvé, de l'effrayante vision de flammes et de fumée que je leur avais infligée.

Quelques semaines plus tard, c'était Thanksgiving. Mes parents avaient l'habitude d'inviter à dîner le même petit groupe d'amis. J'étais convaincu qu'ils avaient annulé le dîner, cette année, mais le jour approchait, et je craignais de plus en plus que ma mère n'ait rien changé, malgré le bouleversement de sa vie. Le jour même, vers deux heures de l'après-midi, j'avais interrompu la longue lettre que je destinais à Ann, et j'avais appelé Rose.

— Allô ?

Sa voix était douce, une voix de jeune fille.

— Salut. C'est moi. Quoi de neuf ?

Je l'avais vue quelques jours auparavant. Elle ne me téléphonait jamais et me répondait toujours d'un ton indifférent.

— Comment ça, quoi de neuf ? Je prépare le dîner.

— Tu les as invités ?

— Bien sûr que je les ai invités. Pourquoi ? Tu as d'autres projets ?

— Non. Tu ne m'appelles jamais. Je me demandais ce que tu ferais, cette année.

— Et tu as pris d'autres dispositions.

— Non. Je te dis que non. À quelle heure est-ce que je dois venir ?

Elle s'était tue, puis, d'une voix un peu incertaine, m'avait dit :

— Oh ! quatre heures. Tu as oublié ?

J'avais pris une douche, m'étais lavé les cheveux et rasé. Elle aimait que je sois impeccable, et je n'avais pas envie d'entendre ses récriminations.

Ma lettre à Ann s'étalait sur la table de la cuisine, des fragments griffonnés sur des feuilles de bloc, des bouts de sac en papier, du papier pelure qui absorbait l'encre ; les mots en étaient comme estompés, adoucis : des lumières dans le brouillard. Je venais de recevoir sa seconde lettre — en réponse, plus ou moins, à celle dans laquelle je la suppliais de me donner l'adresse de Jade :

> Hugh est venu, hier. Dans son nouvel uniforme — des jeans, une chemise de travail bleue avec un cœur rouge brodé dessus, des

bottes marron, pointues : Houp-là-Hugh ! Il empestait un parfum dingue, à la fraise, qui appartenait à sa nouvelle petite amie, Ingrid, m'a-t-il spontanément avoué. Je lui avais élégamment décoché un gentil petit crochet du gauche : « Tu mets son parfum ? — Non, m'a-t-il répondu. Il se colle à moi. » Il venait de passer quelque temps avec Keith. Ils ont toujours cette obsession, un nouveau dossier contre toi. Pas de nouvelles preuves, naturellement, mais de nouveaux arguments, une logique plus serrée. Ils n'arrêtent pas d'en parler, avec l'air vide et rêveur que prenaient les gosses de la rue quand ils voulaient acheter quelques grammes d'herbe, alors qu'ils n'avaient pas le sou, ni aucune idée de l'endroit où ils pourraient se la procurer.

J'avais remonté les sept interminables pâtés de maisons jusqu'à Ellis Avenue. J'allais sonner à la porte d'entrée pour que ma mère presse le bouton, mais j'*avais* les clefs. Il me suffisait de traverser ce hall trop familier pour perdre toute velléité d'indépendance. J'avais dans la bouche un drôle de goût, qui me ramenait au cœur mort de mon enfance. J'avais grimpé les trois étages, étais entré, non sans avoir doucement frappé à la porte.

L'appartement était envahi par les odeurs de cuisine. Celle, épaisse, nostalgique, éternelle, de la dinde aux patates douces m'avait saisi comme une pathétique plaisanterie : un tapis-brosse devant une maison bombardée. J'avais refermé la porte derrière moi, à l'affût des voix. J'espérais bien ne pas être le premier. J'avais emprunté le long et étroit corridor jusqu'au living-room.

Rose était sur le sofa ; elle lisait le *National Guardian*, en écoutant la radio. Elle avait des lunettes rondes, à monture brillante, des pantalons verts et un chemisier gris, et restait là, ses petites jambes croisées. La pièce, comme d'habitude, était pleine d'ombres, il n'y avait qu'une seule lumière, la lampe derrière l'épaule de ma mère.

— Salut. On dirait que je suis en avance.

— Tu avais tellement envie de venir.

Elle n'avait pas levé la tête, mais j'étais sûr qu'elle ne lisait pas. La *Troisième Symphonie* de Beethoven grésillait par intermittence sur la modulation de fréquence.

J'avais ouvert la fermeture Éclair de mon blouson de l'armée et jeté celui-ci sur une chaise.

— Pends-le, s'il te plaît.

— Dans une seconde. Qui est-ce qui doit venir ?

— J'ai décidé de n'inviter personne, avait dit Rose en repliant son journal.

— Comment ça ?

Je m'étais assis près d'elle, sur le sofa.

— Je ne pense pas que les gens aient tellement envie de se pointer chez moi ce soir. Et je ne suis pas exactement d'humeur à me crever pour qu'ils puissent tous bâfrer.

— Je croyais que tu avais invité tout le monde.

— Peut-être que tu préférerais dîner avec ta nouvelle famille ? Ils feront salle comble, j'en suis sûre. Si tu es invité, je veux dire.

— Je veux rester ici.

— Tu l'es, invité ?

J'avais secoué la tête. Les yeux de ma mère avaient trahi un obscur et douloureux plaisir. Il était clair que mon père ne m'avait pas invité à dîner parce qu'il savait que ma mère avait besoin de moi, plus que lui. Je rageais de l'effort auquel je devais me contraindre pour ne pas le souligner.

— Bon, ne te tracasse pas, avait-elle commenté, d'un ton faussement consolateur. Ton père est très occupé. Il n'a plus beaucoup de temps pour toi, tu ne peux pas lui en vouloir.

— Ce sera épatant de dîner ensemble, rien que tous les deux.

Rose avait hoché la tête, et son regard s'était perdu dans la douce et confuse pénombre du salon.

— J'en ai assez d'inviter toujours les mêmes gens, tous les ans. Toujours la même équipe de paumés. J'en ai assez de ces vieux... je ne sais trop quoi. Personne n'a jamais compris pourquoi j'ai épousé Arthur, je ne vais pas encore m'abaisser à fournir un tas d'explications. Je ne veux pas voir leurs grimaces quand on sortira la dinde et qu'Arthur ne sera pas là pour la découper. Et si j'ai du mal à déboucher une bouteille ? C'était le boulot d'Arthur.

— Je pourrais le faire.

— Non. Ça n'est pas la question.

J'avais lentement traversé l'appartement, en allumant les lumières. Ma mère voulait manger dans la cuisine, mais j'avais dressé la table de la salle à manger, avec une nappe et de belles assiettes. J'avais allumé des bougies et disposé au centre la fougère qui pendait à la fenêtre la plus ensoleillée. Rose avait crié que la dinde était prête ; je l'avais aidée à retirer du four l'énorme volatile — qui aurait aisément pu nourrir une douzaine d'affamés. Les légumes cuisaient encore dans une énorme cocotte émaillée : les petits pois et les oignons mijotaient, sautaient et dansaient dans leur jus sombre. Nous avions une corbeille pleine de petits pains tout chauds, au raisin, et de la purée de patates douces recouverte d'une croûte colorée. Près du fourneau, cinq bouteilles de côtes-du-rhône, dont une avec un tire-bouchon enfoncé dedans, qui n'attendait qu'une main pour tirer dessus.

— Mon Dieu, maman, tu en as fait tellement.

— Je sais ce qu'il faut. Mange tout ce que tu veux et ne t'occupe pas du reste.

Il nous avait fallu un bon moment pour tout mettre sur la table. Les bougies brûlaient beaucoup trop vite. La dinde attendait, la farce aux marrons mitonnait à l'intérieur ; pour le reste, nous nous étions servis, en attendant de voir qui prendrait la responsabilité du découpage. Jouer ainsi le rôle du père absent me paralysait trop pour toucher à ce grand couteau luisant. « Tu ne veux pas de viande ? » avait fini par s'écrier Rose. Je m'étais décollé de mon siège pour me mettre à découper. C'était la première fois de ma vie. Pour les petits poulets que je me préparais de temps en temps — ou que j'achetais tout cuits au supermarché —, pas de problèmes, je les découpais et les dépeçais dans la solitude de mon logis. Mon hésitation confinait au désespoir quand je songeais au gâchis que j'allais faire. Mais le couteau était merveilleusement tranchant, et il y avait assez de blanc pour que j'évite de m'attaquer aux os.

— Très bien, avait dit Rose.

Je lui avais servi deux morceaux, avant de me servir moi-même. Sur quoi j'avais débouché la bouteille, et nous n'avions plus songé qu'à manger.

Rose, vers la fin du repas, avait posé sa fourchette et son couteau. Le bruit avait souligné l'intensité de notre silence.

« Je n'aurais pas cru en avoir préparé tellement.

— Aucune importance. Tu garderas les restes.

— Il n'y a plus de petites dindes. C'est l'ennui. Ils les engraissent pour les réceptions. Autant de perdu...

— On préparera des sandwichs. Pour moi, c'est épatant. Plus besoin de cuisiner pour un moment.

— Si seulement je n'avais pas ces problèmes d'argent. Toute ma vie...

Elle s'était interrompue pour me dévisager d'un œil sévère et fier.

« Parlons franchement, David.

J'avais hoché la tête, étreint par une angoisse aussi ample que vague, aussi essentielle soudain, semblait-il, à mon équilibre émotionnel que la pesanteur à celui de l'univers.

« Ton père a dû te raconter que j'avais été mariée, avant de l'épouser. À sa façon. La pauvre, misérable, naïve petite Rose épousant le riche play-boy qui la sort de la poisse et profite d'elle. J'espère que tu connais assez bien ton père pour comprendre que son... bon, je ne sais pas — son ego ! — son *ego* lui fait croire — ou *prétendre*, du moins —, que c'est comme ça que les choses se sont passées entre Carl Courtney et moi. Il a besoin d'avoir cette image de moi. La fille sans défense. Triste. Et un peu stupide, peut-être ? Peut-être. Mais les choses, en réalité, se sont passées différemment. J'estime que j'en suis bon *juge*.

« Carl était riche, un enfant gâté. Il n'avait peut-être pas un brin d'honnêteté — mais il m'adorait. Il adorait le sol où je posais mes pieds. Certains disaient que c'était le plus bel homme de Philadelphie. Tu sais depuis combien de temps nous nous connaissions quand nous avons pris la voiture pour aller nous marier dans le comté de Bucks ? Vingt-cinq jours. Je parie que ton père ne t'a pas raconté ça. Et je parie qu'il ne t'a pas dit que Carl était fou de moi. Et que je l'aimais.

« Carl, en réalité, était un poète, mais il était trop riche et a fini par passer pour un excentrique. Il avait essayé de travailler pour un journal ; pas sérieusement. Rien n'était sérieux pour lui. C'était l'ennui. Pas ce que ton père voudrait croire, question adultère. L'adultère, c'est nous qui l'avions inventé pour obtenir le divorce. Carl était trop gentleman pour discuter. Il fallait que je le quitte.

— Papa t'a aidée, pour le divorce ?

— Il s'est débrouillé pour que je ne touche pas un sou de Carl. Pas d'arrangement. Pas de pension alimentaire. Rien. Les Courtney auraient été trop *heureux* de me payer pour que je lâche la famille. Ils auraient casqué en rigolant, comme on dit. Je ne voulais pas d'argent. Mais Arthur ! Arthur n'avait aucun droit de se mêler de ça. Le frère de Carl, Dennis : sa femme était une droguée ; la famille lui a offert une pension annuelle, à vie, pour qu'elle le quitte.

— Papa voulait t'avoir toute à lui. Il ne voulait pas que l'argent d'un autre soit entre vous. Et vous étiez communistes, après tout. D'où venait l'argent des Courtney ?

— Ce n'est pas la question.

— Peut-être que papa craignait que tu ne l'épouses pas, si tu avais cette pension.

— Non. Ce n'est pas la *question*.

— Quelle est la question, alors ?

— Personne n'avait compris que *j'aimais* Carl. Il était superbe. Je n'avais jamais vu un homme d'une telle beauté. Jamais ! Je n'aurais jamais pu ressentir pour Arthur ce que je ressentais pour Carl. Ce n'était pas seulement le physique, quoiqu'il serait ridicule de prétendre que ça n'avait pas d'importance. Personne ne saura jamais combien je me sentais *belle* quand j'étais avec Carl. Tout le monde était amoureux de moi quand j'étais avec lui.

J'étais horrifié. Je soupçonnais Rose de vouloir insinuer qu'elle n'avait jamais vraiment aimé mon père, que son corps épais, ardent, ne l'avait jamais attirée. Chose que je ne voulais pas entendre. À Rockville, il y avait un garçon, un certain Paul Schulte, à qui sa mère avait confié qu'elle n'avait jamais connu l'orgasme. « L'engin de ton père est anormalement mince », lui avait-elle dit. Il en était obsédé. Il menaçait souvent de se castrer lui-même et d'expédier sa verge à sa mère pour qu'elle voie bien qu'elle n'était pas plus formidable que celle de son père, et il l'aurait fait, j'en suis sûr. Il était encore à Rockville quand j'en étais parti. Il était injuste, bien sûr, d'imputer à sa mère la responsabilité morale de cette manie, pour cette seule remarque, mais l'exemple de Paul me rappelait que ce n'est pas pour rien que les fils ne cherchent pas trop à comprendre pour quelles raisons précises leurs mères peuvent être malheureuses. Je pouvais admettre les allusions, accepter mes propres spéculations, mais j'avais peur, si Rose allait jusqu'à me déclarer que mon père avait été un piètre amant, d'en être profondément blessé, au plus vulnérable de moi-même, avec des réactions que je ne saurais contrôler.

Je m'étais sagement levé pour couper de la dinde lorsque le téléphone avait sonné.

Rose, généralement, se précipitait tout de suite ; quand elle avait l'appareil sous la main, elle sautait dessus, la plupart du temps, dès qu'il sonnait. La troisième, la quatrième, la cinquième sonnerie avaient retenti, elle n'avait pas bougé. J'avais reposé le couteau et étais allé répondre, à la cuisine. Ce qu'elle souhaitait, me semblait-il.

C'était Alberto Nicolosi, un de ses plus vieux amis. Les Nicolosi étaient toujours invités, pour Thanksgiving, avec les Rinzler, les Stern et les Davis.

— Allô, c'est David ?

— Oui. C'est Alberto ?

— Salut, David. Je n'ai pas l'habitude d'entendre ta voix, au téléphone. Excuse-moi.

— O.K. Ça va ?

— Très bien. Ta mère est là ?

— Oui.

— Ah bon. Et les autres ? Ils sont là ?

— Pas cette année. Il n'y a que nous deux.

— Je m'en doutais. Rose nous prépare chaque année un dîner pour Thanksgiving, tu le sais. Nous venons de finir le nôtre, pas trop traditionnel, hélas ! et nous pensons à ta mère...

— Oui ?

— Dis-moi : tu crois que ça vaudrait le coup si nous passions ? Nous avons un gâteau. Nous pourrions l'apporter, Rose pourrait faire du café...

— Je crois que ce serait merveilleux, Alberto.

— Tu es sûr ? Nous pensions aller à l'opéra. Mon frère est avec nous. Mais c'est si drôle de ne pas voir Rose, aujourd'hui.

— Venez directement. Je vais dire à ma mère que vous êtes en route.

Rose était en train de débarrasser la table. Elle avait remis sur la carcasse de la dinde le morceau de blanc que je venais de couper et vidé dans le mien ce qui restait de vin dans son verre.

« C'était Alberto. Irene et lui veulent venir.

— Mais on a fini de dîner.

— Eux aussi. Ils apportent un gâteau, on pourra manger le dessert ensemble.

Rose se taisait.

« Le frère d'Al est avec eux. Ils l'amènent.

Elle s'était rapidement dirigée vers la cuisine, chargée d'une pile d'assiettes.

— Ils viennent tout de suite ? m'avait-elle demandé en revenant.

— Oui.

— Bon, je crois que je ferais mieux de me passer un peu d'eau sur la figure.

La main contre la joue.

— Tu es parfaite comme ça.

— Oh ! je sais de quoi j'ai l'air. Bon. Voilà qu'Irene et Al viennent s'empiffrer ici. C'est une cuisinière épouvantable, je suis sûre qu'ils crèvent de faim. J'espère que tu seras gentil avec eux, David. Ton père adore se moquer d'eux. Ils t'ont vu grandir. Ils t'adorent. Montre-leur un peu de respect.

— Mais je les trouve merveilleux.

— Oui, je sais. Rappelle-toi que ce sont des êtres humains, ils ont autant de sentiments que toi. Ce sont mes deux plus vieux amis, David. Ils me sont très chers.

Les Nicolosi étaient arrivés pendant que Rose était dans la salle de bains. Alberto portait un manteau en tweed à chevrons et un chapska sur la tête. Ses cheveux étaient longs et argentés, ses yeux sombres, d'un bleu tirant sur le mauve. Il sentait le tabac à pipe et l'eau de Cologne. Irene était très droite, mince, un peu fragile. Elle avait une cape noire. Son rouge à lèvres était rouge vif ; ses cheveux blancs étaient rejetés en arrière, en deux grosses vagues. Arthur nous avait dit, un jour, que les cheveux d'Irene étaient si dociles qu'elle pouvait probablement les faire tenir debout et aboyer comme des chiens. Le jeune frère d'Alberto avait l'air froid, obséquieux. Il nous avait serré la main en hochant la tête et en souriant timidement. Alberto expliquait qu'il ne parlait pas l'anglais.

J'avais pris leurs manteaux, lorsque Rose était sortie de la salle de bains.

— Bon, voyez qui est venu ! s'était-elle écriée d'une voix enjouée, insolite.

Elle leur avait tendu les deux mains, comme une hôtesse de salon de thé.

« Vous voulez voir la surprise qu'on vous a réservée ?

« Et vous devez être le frère d'Alberto, avait-elle ajouté, avant de s'approcher.

— Il s'appelle Carlo, avait dit Alberto. Je suis désolé : il ne parle pas anglais.

— Ooooh, avait dit Rose, en fronçant les sourcils et en renversant la tête, comme si elle venait d'apprendre une triste nouvelle. Oh ! bon. Il pourra au moins manger du gâteau et boire mon bon café.

Si seulement elle pouvait être tranquille et se calmer, me disais-je, et cesser de rebuter les gens. J'avais accroché les manteaux dans la penderie. Quand je l'avais refermée et m'étais retourné, Alberto serrait Rose dans ses bras. Très fort. Il avait l'air de la bercer. Elle se soulevait sur la pointe des pieds et lui tapotait gentiment le dos, comme pour le réconforter.

7

Au début de l'année suivante, j'avais repris contact avec deux autres Butterfield. Keith d'abord, dont j'avais trouvé le nom dans l'annuaire du Vermont, à Bellows Falls. J'avais déjà essayé ce numéro à plusieurs reprises, sans succès. Je l'avais conservé sur ma liste et l'avais même marqué d'un « à vérifier ». Le Vermont me paraissant une fort plausible retraite pour Keith — le Vermont ou l'Oregon, quelque part où l'on pouvait se promener en canoë, ramer à rebours, sans se soucier de la compétition, un endroit sain, isolé, favorisant la solitude et les traditions familiales. Et un soir, un soir de folle agitation, j'avais rappelé. Une voix sur laquelle on ne pouvait se méprendre m'avait répondu, à la huitième sonnerie.

— Allô, Keith ?

Je voulais en entendre davantage, pour être sûr.

— Allô ? Qui est-ce ?

Keith avait une parfaite voix de ténor ; il aurait pu faire carrière comme interprète de folksongs, de chants de montagnards américains au dix-neuvième siècle. Mais il était trop maladroit pour jouer du banjo et mille fois trop timide pour chanter, même lorsqu'il était seul.

— C'est moi.

Un chien aboyait derrière lui. Keith avait recouvert le récepteur de sa main, « Tais-toi, Ambroise », avant de répéter, d'une voix plus coupante :

— *Qui* est-ce ?

— C'est moi. C'est David Axelrod.

— C'est bien ce que je pensais.

Sur quoi j'avais dit quelque chose de stupide : « Ne raccroche pas. » Ce qui, évidemment, l'avait incité à le faire. J'avais rappelé sur-le-champ, mais il avait laissé sonner. Je lui avais écrit, cette même nuit, une courte lettre pour m'excuser et lui demander si je pourrais un jour — pas nécessairement tout de suite — venir le voir et lui parler. Il m'avait renvoyé ma lettre déchirée en petits morceaux. Néanmoins, j'avais cru m'apercevoir, en examinant mon enveloppe, qu'il l'avait ouverte. Il avait remis le tout dans une autre enveloppe en ajoutant une note de son cru : « Je sais que tu es libéré sous condition et que tu n'es pas autorisé à nous ennuyer, moi ni aucun autre membre de la famille. J'aime autant t'informer que si tu me relances encore, j'appellerai la police, ici et à Chicago. »

En mars, j'avais appris où se trouvait Sammy Butterfield. Je n'avais aucun indice. Je supposais qu'il devait fréquenter quelque respectable école préparatoire, avant d'aller à Harvard, pour y étudier le droit. Une étape dans sa carrière qui le mènerait au Congrès. Je prenais toujours au sérieux les ambitions qu'il manifestait quand il avait douze ans. Aussi, dès que je m'étais mis en chasse, j'avais appelé la Choate, puis Exeter, et quelques autres écoles de renom. Ça ne m'avait conduit nulle part. Je n'étais simplement pas assez familiarisé avec ce genre d'institutions pour en essayer beaucoup d'autres. Il s'était avéré que Sammy était dans le nord de l'État de New York, à la Beaumont School. J'avais lu un article sur lui, un soir, dans l'autobus qui me ramenait du travail. C'était une dépêche de l'UPI. Je l'avais retrouvée, deux jours plus tard, à la bibliothèque, dans un tas de journaux, de New York à Los Angeles.

L'ÉTUDIANT REFUSE LA DONATION
D'UN VIEIL AMI D'AGNEW

Beaumont, New York. — Roman Domenitz, important homme d'affaires du Maryland et vieil ami du vice-président Agnew, était venu à la Beaumont School offrir un demi-million de dollars à cette école de l'État de New York, dont le recrutement est très sévère. M. Domenitz, président des fonderies Rodom, faisait cette donation à la mémoire de son fils Laurence, mort de leucémie l'an dernier alors qu'il achevait ses études à la Beaumont.

Samuel Butterfield, président de l'association des élèves de première année, devait recevoir le chèque de M. Domenitz au cours d'une cérémonie marquant le dixième anniversaire de la prestigieuse école. Et M. Butterfield, sur un podium où avait pris place le vice-président Agnew, de déclarer : « Nous n'avons pas besoin de l'argent de Domenitz », et, en déchirant le chèque, de reprendre les accusations récemment portées contre le donateur par des organisations comme la National Urban League, le Congress on Racial Equality et le NAACP.

La cérémonie avait lieu dans la salle Bigelow, sur le vaste campus de la Beaumont. Parmi les invités, des familles d'étudiants, des anciens élèves tels que le général Meryle Woods et Roger V. Addison, fondateur de l'Addison International. Le public protesta lorsque Butterfield déchira le chèque d'un demi-million de dollars ; les autorités de l'école et la police se virent contraints de suspendre la séance et d'évacuer la salle. « Nous risquions un bel incident », déclara Dana Mason, le directeur de la Beaumont.

Nous n'avons pu joindre Samuel Butterfield. Son père, le Dr. Hugh Butterfield, de Camden, New Jersey, a commenté le geste de son fils en ces termes : « Sammy n'agit jamais que par conviction. »

La Beaumont, jusqu'ici, n'a pas été touchée par la vague de révolte étudiante qui déferle sur les écoles et les universités américaines depuis plusieurs années. Le vice-président Agnew, dans l'allocution d'ouverture, avait célébré « son esprit studieux, sportif et civique ». Le vice-président, en d'autres occasions, avait qualifié la contestation étudiante de « chahut le plus interminable de l'histoire américaine ».

L'article était accompagné d'une photo de Sammy, semblable à celles qu'on trouve dans les albums annuels de toutes les écoles. Ses cheveux clairs étaient coupés à la Lancelot, le visage avait l'opacité de ceux qui ne révèlent à l'objectif que leurs traits physiques. Visage de vedette de cinéma, avec ses yeux bleus, ses sourcils soyeux, son nez abrupt, son sourire poli, presque absent, dépourvu de morgue. Si sa vanité était peut-être latente, il ne la cultivait pas encore. J'avais suivi l'affaire, mais aucun journal ne précisait si Sammy avait été chassé de l'école. J'avais appelé Ann pour lui dire qu'on était au courant de l'incident à Chicago — « si c'est imprimé ici, ça veut dire que l'information a été diffusée partout, jusqu'en Chine, probablement » — et pour lui demander si on l'avait viré.

« Je vois où tu veux en venir. » Sa voix était rêveuse, un peu incertaine. Il avait neigé partout, hormis en Floride, mais on aurait dit la voix de quelqu'un qui était étendu au soleil. « Je n'aime pas que tu m'appelles comme ça, David. C'est trop inattendu, insolite. Ce n'est pas chic. Tu t'es préparé, pas moi. Si tu ne peux pas faire autrement, essaie au moins de ne pas me soutirer des détails sur mes gosses que je ne veux pas te donner. »

J'avais écrit à Sammy aux bons soins de la Beaumont, pour le féliciter d'avoir déchiré le chèque du copain d'Agnew. Au début, quand les Butterfield ne me connaissaient pas très bien, il m'arrivait souvent d'exploiter le passé politique de mes parents. Comme si j'avais absorbé assez de marxisme, par une sorte d'osmose, pour leur en apprendre pas mal, à tous, en matière d'idéologie de gauche. Je lui avais écrit, cette fois : « Tu viens de montrer un réel courage alors que je n'ai rien fait, sur le plan politique, depuis que j'ai quitté l'école. Encore s'était-il agi alors d'une manifestation silencieuse devant une installation militaire d'Evanston, en compagnie de cinq cents personnes. Je ne risquais pas la moindre égratignure (ni le moindre reproche). » Il n'avait pas répondu, pas un signe. Il ne m'avait pas non plus renvoyé ma lettre, déchirée en huit morceaux. Je savais que je me montais le coup, mais j'avais voulu l'interpréter comme une espèce d'encouragement. Une semaine plus tard, je lui avais expédié une lettre pour Jade, que je le priais de faire suivre.

LETTRE D'ANN

Cher David,
Mon pauvre. Je commence par te raccrocher au nez, et te voilà obligé de te traîner jusqu'à la poste pour y chercher mes lettres, trop grandes pour ta boîte. Je me suis toujours, en ce qui te concerne, félicitée de mon indécision. Tu l'as toujours appréciée, semble-t-il, alors que les autres s'arrachaient les cheveux.
Sous cette apparence capricieuse, tu me prenais pour la Yankee parfaite, aussi sûre de ses émotions que de ses ancêtres. Je me demande si tu n'as pas changé, à cet égard. J'espère que non. Je suis certainement la *seule*. Mais tu vas sans doute te lasser du plaisir que tu as pu prendre à cette étrange musique de mes sentiments, maintenant que te voilà l'objet de ma fantaisie.
La musique de mes sentiments ? Seigneur, tu es bien le seul, des deux côtés de la tombe, avec qui j'*ose* employer cette expression. Mais tu t'accommodes de tout, et tu ne ferais rien qui risquerait de compromettre notre petite correspondance. J'ai fini par comprendre pourquoi certaines femmes — ou ne s'agit-il que de jeunes filles ? — répondent à toutes ces suppliques accompagnées d'un numéro de boîte postale que publie la presse marginale, et se mettent à écrire à de parfaits inconnus purgeant leur peine dans un établissement pénitentiaire. Les oiseaux en cage, avec la vie que nous menons, émeuvent les femmes.
Revu Hugh — à propos de ce qui peut émouvoir les femmes. Son actuelle petite amie, Ingrid Ochester, a dans les vingt-sept ans, quoiqu'elle paraisse aussi âgée que lui. Dieu sait par quoi elle a pu passer. Elle a l'air de ne *rien* faire, de ne se soucier que de l'émail sur ses pots et ses vases, et de savoir si son fils de huit ans

ne s'est pas perdu au cours de ses constantes navettes entre le père, un représentant de la Pepsi en Arabie Saoudite, et elle. Ingrid est le genre de femme que je n'aurais aucune chance de rencontrer. Aussi vague qu'assurée, elle a l'air de tomber du ciel, de sortir du vide. Pleine de souvenirs de villes comme Camden, New Jersey ; ses parents prenaient leurs vacances à Easton, Maryland. Ils vendaient des canapés.

Hugh et moi venions de mondes très différents ; nous avions du moins un agréable point commun. Il était originaire de La Nouvelle-Orléans, moi de New York. Mais nos deux familles avaient eu des revers de fortune. De *graves* revers. Elles nous poursuivaient et nous hantaient de la même façon. Ingrid et Hugh ? Qu'avaient-ils en commun ? Je n'arrive même pas à me rappeler comment ils se sont connus. Une histoire de cousin, de pneu à plat... Mais Ingrid est éprise de lui, c'est évident. Les gosses le voient bien. Et Hugh s'en délecte comme un chat qui en est à son cinquième canari.

C'est tellement absurde. Il s'étonne encore qu'une femme tombe amoureuse de lui. Son ego est si faible, et si insatiable, que le moindre flirt est l'événement du siècle. Chaque fois qu'il se sent l'objet des attentions d'une dame, le voilà qui plonge, avec toute l'impétuosité et toute la vigueur de son âme. Pour un homme aussi séduisant que lui, il a été plaqué par un nombre incroyable de femmes. Il s'accroche avec une telle fièvre que la jeune dame, qui ne demande qu'à *profiter* de la vie — bon Dieu, comme n'importe quel jeune homme —, se hâte généralement de battre en retraite. Tu sais presque aussi bien que moi combien Hugh peut être sérieux. Combien il aime se concentrer, se souvenir avec exactitude, mesurer douloureusement ses émotions. Le genre silencieux, qui rumine : il est capable de se lever au beau milieu du dîner, de s'approcher, de vous enlacer et de vous étreindre solennellement, de toutes ses forces, pendant que vous avez la bouche pleine et que vous essayez d'arrêter de mastiquer. Bon, la plupart des femmes ne peuvent pas *supporter* ce genre de truc.

Il arrive un moment, quand il vous fait la cour, où on se rend compte qu'il ne cherche pas à vous *embobiner,* que c'est comme ça qu'il *est.* Et toutes ces célébrations — notre dixième paëlla, le cinquième anniversaire de la signature des papiers, pour la maison, le cinquième anniversaire de notre emménagement. Ça n'arrête pas, ce n'est pas une plaisanterie, ça n'en finit plus. Dix-sept ans de mariage, je suis en train de lire, je pose mon livre, Hugh est en face de moi, à l'autre bout de la pièce, il me contemple de ses grands yeux bleus, il essaie de me scruter. « Tu veux me parler ? » Mais non ; il veut « communiquer ». Ses écrasants silences, inspirés de *l'Autocrate au petit déjeuner,* ajoutés pendant toute une vie à d'assourdissants bavardages, éveillaient en moi de profonds échos. J'avais beau les prendre avec de plus en plus d'ironie, me rebeller de plus en plus, je ne m'en lassais jamais vraiment. Je croyais toujours que *sa façon* était supérieure, et qu'il avait des choses essentielles à m'apprendre. Je croyais qu'il me faisait la cour. La vérité, même à Cambridge, était qu'il était terriblement timide. Il m'avait écrit, après la publication d'une nouvelle de moi dans une petite revue littéraire locale, *Douleurs de l'enfantement.* La revue était imprimée en bleu sur papier jaune. Mon texte était si pompeux, si prétentieux — les sornettes habituelles sur une jeune femme, plus ou moins moi, étouffée par son narcissisme et sa préciosité —, que je m'étais terrée pendant une bonne semaine. Hugh l'avait trouvé charmant et s'était débrouillé pour dénicher mon adresse. Il m'avait envoyé une lettre cérémonieuse pour m'inviter à boire avec lui un daiquiri : mon héroïne en avalait des douzaines. L'idée de rencontrer cet inconnu bienveillant et courtois était trop séduisante pour que j'y résiste. J'étais venue à la Parker House en robe noire, avec un collier de perles de verre couleur lilas. Hugh était en costume croisé beige clair, muni d'un exemplaire de *Douleurs de l'enfantement,* et il s'exprimait d'une voix traînante. (Il se disait que je serais séduite par le cliché « Gentleman du Sud ».) Il m'avait dit toute son admiration, m'avait posé des questions sur mes anémiques effets de style à bon marché et, de façon générale, m'avait littéralement interviewée, comme tu l'as fait toi-même, bien des années plus tard, quand tu es venu chez nous avec ces photocopies de mes nouvelles du *New Yorker.* Sauf que j'étais très jeune, la fille décorative qui boit un verre au bar d'un grand hôtel avec un inconnu. Il avait suffi d'une demi-heure de conversation (j'en étais à la moitié de mon deuxième daiquiri — une boisson affreuse, en vérité). J'espérais qu'il pousserait la flatterie jusqu'à suggérer que nous prenions une chambre.

Si j'avais su ce que je devais découvrir par la suite, ça n'aurait pas été très compliqué. Je n'aurais eu qu'à lui répondre : « Oh ! Hugh, je me sens si bien avec vous. » Il aurait couru à la réception, ému au point que sa pomme d'Adam en aurait sauté comme une pendule à coucou. Je n'avais aucune idée de l'abîme de timidité et de sensibilité qui était le sien : il a toujours eu besoin, pour ce qui est de la chair, d'y être encouragé. La permission accordée, il peut être le roi des chauds lapins ; jusque-là il est si renfermé, ou d'une galanterie si incolore qu'il est presque inconcevable qu'il ait une libido. N'eût été son extraordinaire beauté, il serait resté bien malheureux : disponible, c'était tout ; incapable de foncer. Comment m'en serais-je doutée ? Il m'a fallu des semaines de réflexion et de dépit avant de comprendre que je devais prendre l'initiative, si je voulais l'avoir. D'où le fameux dîner au début duquel je m'étais écriée, en allumant les bougies : « Toi qui entres ici, abandonne tout espoir de repartir. »

Mon Dieu, je dois être un peu plus seule que je ne le pensais. Parler de Hugh comme ça. Ce sera bientôt le premier anniversaire de notre divorce. C'est sans doute pour ça. Nous avons vendu la maison, vendu les cinq misérables hectares dans le Mississippi que le père de Hugh nous avait donnés pour notre mariage. Nous nous sommes retrouvés comme deux paumés devant un tribunal de Chicago, mentant effrontément au juge pour que notre histoire soit moins compliquée, moins invraisemblable. La petite amie de Hugh attendait dehors, dans sa fourgonnette garée en double file. J'ai sauté dans un taxi pour déguerpir au plus vite.

La maison disparue, le divorce était inévitable. Les papiers les plus précieux se déchirent et se perdent si vous ne savez où les ranger. Cette grande maison avait une espèce de magnétisme qui suffisait à préserver l'unité de la famille, et son équilibre plus ou moins instable. Elle était notre patrie, notre station spatiale. Bon, tu te rappelles ce côté magique qu'elle avait ! Ç'avait été une telle chance de la dénicher, c'était terrible de la perdre ainsi, à un moment de notre existence où nous avions plus que jamais besoin de murs, de la texture familière des boiseries, des petits grincements rassurants de la cave, de ce paisible mélange de ciel et de branches devant les fenêtres de la façade. Cette maison était une stèle, une réserve de mémoire. Elle nous protégeait, veillait sur nos vies et nos espoirs. Autant chasser une tribu de la terre de ses ancêtres : le rituel quotidien n'était plus, sans elle, qu'un tas de cosses vides. Nos querelles, sans ces portes qu'on pouvait claquer derrière soi, devenaient interminables, de plus en plus graves et haineuses. Ah ! ces chamailleries dans les hôtels, avec les femmes de chambre qui nous écoutaient de la pièce voisine. Ces chuchotements, tard dans la nuit, chez mon frère, dans le Maine. Même quand il était à Boston et que nous étions seuls pour quelques jours, nous marchions sur la pointe des pieds en bougonnant, lavions les tasses dès que nous avions bu. Nous étions des réfugiés sans cause à défendre, des réfugiés qui n'avaient plus en commun que leurs reproches mutuels.

Et c'est ce qui nous lie, vois-tu, toi et moi. Le reproche. Je suppose que c'est la raison pour laquelle tu n'as pas hésité à me relancer et qu'il me paraît si naturel, inévitable, de te répondre. Comme des espèces de jumeaux spirituels. C'était toi — toi seul — qui avais allumé cet incendie, mais qui sait ce que nous aurions pu sauver si nous n'avions pas reçu ce paquet de mon cousin de Californie. Il contenait assez de LSD pour une dizaine de défonces, dix trips de deux cent cinquante microgrammes... Bon, pour autant que je m'en souvienne, *moi,* nous étions excités, nous nous sentions tous privilégiés. Nous étions curieux — non, plus que ça : nous brûlions d'essayer. Mais nous avions peur de l'acheter au hasard, dans la rue, à un cinglé, un gosse détraqué qui pouvait aussi bien nous vendre de la strychnine ou un calmant pour chevaux. Avec l'article d'origine, en direct du labo (drôle de bénédiction), nous étions parés. C'était mon cousin, ma lettre, le paquet m'était adressé, à moi. Nous en avions discuté, nous nous étions tous dit qu'il valait mieux — moins risqué, moins égoïste — le prendre en famille. Nous nous attendions tous à une expérience miraculeuse, qui nous métamorphoserait ; cette idée de nous défoncer ensemble, me disais-je, montrait bien notre volonté persistante de demeurer unis.

Nous étions, hélas ! aussi perdus que des lapins sur une autoroute dès qu'il faut agir avec adresse et célérité. Nous en étions vaguement conscients, au bord du précipice : la famille disparaissait — chacun pour soi, c'était la panique, la terreur, une horrible solitude. Aucun d'entre nous n'était capable d'y réfléchir, mais nous nous sentions tous punis, j'en suis sûre, à un degré ou à un autre, pour avoir ainsi abusé de l'alchimie du cerveau. Cet incendie n'était qu'un avant-goût de l'enfer auquel nous nous étions condamnés. Je me suis souvent demandé, non sans amertume, comment nous avions pu être paralysés à ce point, incapables de sortir en ordre de la baraque. Bon sang, j'en reviens toujours à ce vague sentiment que nous le *méritions,* et que nous méritions le pire.

À propos de reproches. J'aimerais me défendre contre un des *tiens*. Je te cite : « Tu as prétendu, lorsque j'ai commencé à passer mes nuits chez vous, que Jade ne dormait pas assez, et ta solution a été de nous procurer un lit à deux places, un lit de l'armée du Salut que nous avons dû vaporiser avec un insecticide et noyer de Chanel n° 5. »

Ma suggestion ? Le Chanel n° 5 peut-être — le Chanel, indubitablement, m'appartenait. Le lit était une idée de Jade — et de toi, ajouterai-je. Trouves-tu plausible que ce soit *moi* qui aie pensé à vous procurer un lit à deux places ? M'as-tu jamais entendue vous le proposer ? Ou interprètes-tu mon silence comme une forme d'insistance ? Tu n'as rien compris. Je me rendais compte que vous ne dormiez guère, tous les deux. C'était la rançon, semblait-il, de cette étrange énergie que vous donnait votre amour. Je ne parlais de sommeil que parce que je voyais bien de quoi il retournait. Vous ne supportiez pas d'être séparés. C'était l'*isolement,* dans le sommeil, qui vous horrifiait. Vous ne vouliez pas dormir. Ces longues promenades nocturnes. Nous pensions que c'était pour mieux dormir. Je comprends la véritable raison, maintenant, de ces balades de trois ou quatre kilomètres. C'était pour vous revigorer. Avant de rentrer, vous vous arrêtiez probablement au Medici pour un espresso.

Jade avait toujours dormi comme un loir. Il n'était pas rare, le week-end, qu'elle dorme jusqu'à quatre heures de l'après-midi. Elle dormait à l'école, dans l'autobus, quand nous sortions en voiture. Elle somnolait au cinéma, comme les vieux. Nous avions remarqué, naturellement, cette forme de narcolepsie, de fuite. Elle avait grandi trop vite ; trop de choses, dans la vie, la rebutaient ; elle cherchait à se libérer de nous. Une fois, elle avait neuf ou dix ans, je l'avais trouvée endormie dans la baignoire. Je l'avais secouée, non seulement parce que j'avais peur qu'elle finisse par se noyer, mais aussi parce que cela faisait une heure que j'attendais qu'elle sorte. Elle m'avait regardée avec son air de défi — qui était déjà assez effrayant — pour me dire : « J'ai besoin de sommeil. » Son sommeil, elle le défendait comme un bien précieux. Si elle avait pu le cacher comme je cachais mes chocolats, on aurait retrouvé ses rêves et ses trésors inconscients dans tous les recoins. Dans une maison où on partageait tout, où on parlait de tout, et où on avait beaucoup plus de besoins qu'on ne pouvait en satisfaire, Jade se barricadait dans un univers où on ne pouvait l'approcher, la critiquer, la comprendre.

Nous nous étions habitués depuis des années à cette maladie du sommeil. Il nous avait fallu, avec toi, nous habituer à ses insomnies. Dès les premiers symptômes — une certaine lueur glacée dans le regard, sans parler de son propre aveu qu'elle ne dormait pas plus de vingt heures par semaine —, Hugh avait eu recours à l'homéopathie en lui donnant des doses infinitésimales de stimulants. Des herbes, pour commencer, mélangées au thé, puis, contre tous ses principes, un peu de dexédrine écrasée. Il se disait que le corps de Jade devait réagir à une crise intérieure, qu'il avait besoin de rester sur le qui-vive. Le principe de l'homéopathie est de traiter le mal par le mal. Hugh avait tenté de lutter contre le besoin qu'avait le corps de Jade de s'exprimer en recréant artificiellement les mêmes symptômes. Il espérait ainsi que la batterie se déchargerait. Sur quoi il était passé à la phase numéro deux, une sorte de psychanalyse de bonne femme — son dada, pour je ne sais quelle raison bizarre.

Hugh estimait que vos ébats amoureux la laissaient dans un état de perpétuelle excitation, autrement dit de perpétuelle insatisfaction. Ce qui n'expliquait guère *ton* insomnie, mais ce n'était pas celle-ci qui nous inquiétait outre mesure. Cette perpétuelle frustration sexuelle n'était peut-être que pure imagination, une virginité de compromis aux yeux de Hugh. Il n'en essayait pas moins de détacher délicatement Jade de sa « vie nocturne », comme il l'appelait. Elle avait voulu lui épargner la pénible découverte qu'il avait outrepassé les limites de ses forces morales, qu'il n'était pas un Freud anglo-saxon, prêt à affronter toutes les vérités, quels que soient leur caractère et leurs conséquences. Elle se contentait de camoufler au mieux, en ce qui concernait votre vie sexuelle. Elle se rendait compte, je suppose, que Hugh ne demandait qu'à y croire : tu la laissais tous les soirs insatisfaite, haletante, mais, vrai ou faux, c'était plus qu'elle n'en pouvait dire. Sa loyauté envers toi, envers le monde que vous vous étiez forgé, était trop vibrante. Elle réagissait avec une sorte de patriotisme dès qu'on touchait à ce terrain réservé : l'amour d'abord, à tort ou à raison ! Elle esquivait donc les questions les plus subtiles et, quand l'attaque venait de front, se mettait à hurler : « Tu veux me dépouiller de ce qui n'est qu'à moi ! Te l'approprier ! » Elle avait ce génie d'utiliser le langage même de son père pour le combattre. Elle endossait le même uniforme et lui tendait des embuscades, alors que je me battais à découvert, comme les troupes coloniales anglaises, en tenue de campagne rouge.

Les insomnies continuaient. Les nuits où tu étais absent n'étaient pas plus paisibles. Jade allait se coucher tôt ; elle ne demandait, visiblement, qu'à dormir. Mais il fallait qu'elle t'appelle au téléphone, au moins une fois, et au bout d'une heure ou deux de sommeil, la plupart du temps, qu'elle se relève et se remette à son bureau pour t'écrire une lettre, ou dessiner ton portrait, ou t'écrire un poème ; quand ce n'était pas essayer de rattraper son retard dans son travail. Hugh était convaincu que sa mémoire immédiate s'effilochait, que Jade s'étiolait à vue d'œil. Il allait jusqu'à se demander s'il ne devait pas lui faire avaler de légères doses de barbituriques. Il était moins porté vers les drogues sur le plan médical que sur le plan social.

Bon, telle était l'*atmosphère* lorsque Jade était venue nous demander un véritable lit, un lit à deux places, le lit qu'une dame partage avec un amant. Étrange que tu m'aies jeté cette petite concession à la figure plutôt que de me reprocher (ce qui était plus grave) de t'avoir laissé pénétrer dans la chambre de notre fille. Tu approuves, semble-t-il, notre respect de l'autonomie sexuelle des jeunes, mais pour ce qui est du mobilier, tu fronces les sourcils. Et tes puritains de parents ? Qu'avaient-ils en tête en te faisant t'installer chez nous ? Hugh et moi, du moins, savions où était notre fille — nous pouvions même l'entendre, dans sa chambre, en tendant l'oreille. La vérité est que personne n'avait le cœur de vous séparer. Vous étiez tout l'un pour l'autre, avec une passion qui nous paralysait. Nous ne pensions pas que faire l'amour soit un péché ou un crime. Tout ce que nous aurions pu objecter était que vous n'étiez pas encore assez adultes pour les plaisirs de la chair. Mais comment oser le dire, alors que votre amour nous rendait quasiment fous de jalousie ? Vous incarniez brusquement tous ces rêves romantiques que nous avions presque oubliés ; ç'aurait été nous renier que de nous dresser contre vous.

Et c'est pourquoi, *oui,* j'ai été d'accord pour le lit. Je croyais en vous, vos gestes, votre monde. Ce n'est que lorsque le lit est arrivé dans ce camion de l'armée du Salut et a été installé dans la petite chambre de Jade que j'ai compris qu'elle avait triché sur toute la ligne. Le double lit ne changeait rien à ses insomnies. Rien n'aurait pu vous faire dormir. L'amour, ou son illusion romantique, est comme un truc psychédélique. Un tapis volant, une corde magique. *Bizarre* à ce point, et qui l'a connu — et, bien sûr, l'a *reconnu* — ne sera plus jamais le même. Vous étiez deux bêtes épuisées régnant là-haut sur votre domaine : un lit d'occasion. Il y avait des jours, David, où je pense que rien que ça, rien que de vous voir, tous les deux, insouciants de l'avenir, rien que de voir ce que vous étiez l'un pour l'autre, et de savoir que l'amour est une altération de la conscience, était plus que je n'en pouvais honnêtement supporter. Et, d'une certaine façon, c'est *ça* qui a ruiné ma vie.

Ann

8

Le calendrier débute au mois de janvier, la vie débute au printemps. Le premier jour du printemps, pour moi, avait été celui où je m'étais engouffré dans une agence de voyages au coin de Jackson et de State Avenue pour acheter un billet d'avion pour New York. Un jour grisâtre et froid, avec de la neige fondue, mais le vent était lourd des plus extravagantes promesses, qu'il ruminait lentement. J'avais pris le billet sous un faux nom, avec une date de départ non fixée. Je me sentais en forme, courageux, menacé. De contrevenir ainsi à mon statut excitait mon imagination, libérait en moi des torrents d'effrayantes et criminelles fantaisies. Je me demandais si mon nom n'était pas signalé partout, en permanence, si la femme au doux visage qui me vendait ce billet n'était pas en train de regarder une photo bélino de moi, collée derrière le rebord de son comptoir de Formica. J'avais fourré le billet dans la poche de ma veste et j'étais vite ressorti, tête baissée.

J'avais caché le billet et m'étais mis à rêver. Je me voyais plus brave que je ne devais l'être. Je songeais aux mille pépins qui pouvaient se présenter, comme si l'échec était fatal. Je voyais mon tuteur, Eddie Watanabe, découvrant inopinément, à l'école, que j'avais disparu. Je me voyais arrêté pour avoir traversé en dehors des feux au coin de la 42e Rue et de Broadway, en cavale à New York. Je voyais Ann me claquer la porte au nez et appeler la police. Autant de variantes auxquelles je n'avais pas tort de penser, mais qui m'obsédaient. Mon imagination apocalyptique était comme un autre moi, pervers, distinct, qui ne cessait de me tourmenter. Et je voulais m'arrêter de penser, comme il le faut quand on plonge de haut, qu'on saute sur ses skis le long d'une pente escarpée inondée de soleil, ou qu'on tente le diable à un de ces jeux que l'amour s'invente.

Je me préparais. J'avais fait ma valise. Acheté le *New York Times* et le *Village Voice*. J'avais feuilleté des albums de photos de la ville. Je fouillais le ciel dès que j'entendais passer un jet au-dessus de ma tête.

Je retirais méthodiquement mon argent de mon petit compte d'épargne, comme si j'étais surveillé par le FBI. J'avais dit au Dr. Ecrest : « Vous savez quoi ? J'ai envie d'aller à New York. » Il m'avait demandé pourquoi. Je m'étais hâté de hausser les épaules, furieux d'avoir risqué de me trahir pour rien. Je l'aimais bien, vraiment. Il m'avait été difficile de lui cacher mes dizaines d'appels téléphoniques, les lettres que j'avais écrites, et celles, interminables et riches, d'Ann. C'était un supplice, souvent, que de penser, surtout quand je me sentais coincé, dégoûté de moi-même, à tout ce temps perdu, pour lui comme pour moi. Je ne croyais pas beaucoup à la psychiatrie, mais j'avais eu la chance, pendant des années, de pouvoir bavarder avec des sommités, aux tarifs élevés, et j'en avais si peu profité, résolu que j'étais à garder mes secrets.

Le syndicat m'avait déchargé de ma mission devant le magasin et casé à son siège régional, où je travaillais pour un certain Guy Parker. Il était un peu plus âgé que moi et avait réussi à se faire engager pour tourner un film de trente minutes « dépeignant les luttes du syndicat, depuis les bagnes de jadis jusqu'au défi de l'avenir ». Il se donnait avec une totale passion à son travail sur des bouts de films et des photos qu'il trouvait pêle-mêle dans les archives. Devant une photo de femmes qui allaient se tuer en sautant, dans l'incendie de la Triangle Factory, il tapotait d'un long doigt d'ivoire son grand front légèrement empourpré et soupirait : « Elles ont toutes une famille, ces filles. Des parents, un mari, un petit ami, des gosses peut-être, tu sais. Toutes. Leur vie. Et par la fenêtre. Quand on y pense. » Le moindre incident, pour lui, devait tourner au drame. Les négociations l'ennuyaient, les projets d'immeubles coopératifs le faisaient piaffer d'impatience : il lui fallait des grèves, des boycottages, des incendies, la troupe, le tocsin. L'histoire syndicale, vue par lui, n'était qu'une vaste hystérie collective ; j'avais trouvé un titre pour son film : *Oh mon Dieu ! les patrons s'amènent !*

Travailler pour lui valait cependant infiniment mieux que de déambuler devant un magasin. Il était entendu que mes recherches, tôt ou tard, me conduiraient à New York, où le siège national avait un véritable « trésor » de photos et de documents, et où vivaient encore de vieux pionniers et héros du syndicalisme comme Alma Hillman et Jacob Potofsky.

Guy ne savait rien de mon passé et s'en souciait fort peu. Il appréciait le sérieux avec lequel je l'écoutais, et m'invitait souvent à dîner ou à prendre un verre. Mais le destin est aussi insistant que capricieux ; Guy ne cessait d'évoquer ce voyage à New York, il y faisait allusion un jour, le retardait le suivant, à tel point que j'étais presque convaincu que toute l'affaire n'était qu'un piège et que je ne réagissais plus à ce genre de promesses. Je ne m'étais pas moins servi de ce prétexte pour mettre à l'épreuve les réactions des autres, au cas où je prendrais l'avion de ma propre initiative. J'avais confié au passage à Eddie Watanabe que « mon travail » m'obligerait peut-être à passer une semaine ou deux à New York. Sa réponse avait été si rapide que je m'étais demandé s'il ne s'y attendait pas.

— Pas moyen, David. Absolument pas question.

— Pourquoi ? Même si j'avais une note écrite de mon patron spécifiant que c'est indispensable ?

— Pas question, pas moyen.

Je l'avais revu quinze jours plus tard. C'était le soir, on ne se serait pas cru au printemps. Il tombait une petite pluie glacée, le ciel était bleu sombre, un bleu de porcelaine, qu'un éclair pouvait faire voler en mille éclats. Nous devions nous rencontrer au bar du centre commercial près de chez moi, non au bureau d'Eddie. Il était déjà assis dans un box quand j'étais arrivé. Vêtu d'un duffel-coat en laine légère, avec d'étroites et longues attaches de bois, il sortait de chez le coiffeur. Les cheveux coupés comme ceux d'un homme d'affaires, ses oreilles dorées, presque translucides, en paraissaient d'autant plus fragiles, larvaires. Il exhalait une odeur de peppermint et de voiture neuve. Il m'avait tendu la main.

— Tu n'es pas en retard, ne t'inquiète pas. C'est moi qui suis en avance.

Il avait claqué des doigts pour appeler la serveuse, comme un balourd qui joue les durs devant sa donzelle. La serveuse était venue et avait tiré son bloc, en évitant ostensiblement de nous regarder. Eddie avait commandé un café, et moi une *root beer* [1].

— Comment se fait-il qu'on se rencontre ici ? avais-je demandé.

Ce bar était un des hauts lieux du quartier depuis des années ; Jade et moi y avions avalé une centaine de hamburgers, certains dans le box même où nous étions assis.

— Je n'aime pas rencontrer les gens dans mon bureau. J'y suis assis toute la journée, ça me déprime. Et j'ai l'impression que l'endroit te paralyse. Je voudrais te voir confiant, détendu, et peut-être, ce n'est pas sûr, tu me comprends, mais peut-être que ça t'avancerait un peu plus, si tu étais honnête avec moi, dans un endroit plus agréable.

Peu de choses au monde m'étaient plus désagréables que d'écouter parler Eddie Watanabe.

La serveuse nous avait apporté nos commandes. Eddie avait mis un comprimé de saccharine dans son café, avant d'en remuer le fond, comme pour chasser le dépôt dans un bol de soupe.

— Tu rêves toujours de ton voyage à New York ?

J'avais oublié, dans la confusion du moment, que je lui en avais

1. Boisson non alcoolisée à base végétale, ressemblant à la bière *(NdT)*.

parlé lors de la rencontre précédente. Je me croyais découvert, je paniquais. Puis je m'étais rappelé notre conversation et avais haussé les épaules.

« Qu'est-ce que ça veut dire ? Ça veut dire oui, ça veut dire non, ou ça veut dire que tu ne veux pas me répondre ?

— Ça veut dire que j'y ai pensé, oui. À quoi bon ?

— Tu y es. À quoi bon ? C'est exactement la question que tu dois te poser. Je commençais à m'inquiéter, si ça ne t'ennuie pas que je te dise la vérité. Tu es un type intelligent, tu sais.

— Quel est le rapport ?

— Oh ! un tas de rapports. C'est une de mes théories : depuis que je suis dans le métier, le système ne marche pas pour les types dont l'intelligence est supérieure à la moyenne. Ils sont brisés ou ils trouvent un moyen de lui échapper. Mais notre système, tel qu'il existe, je veux dire, pour le moment, est impuissant devant une intelligence supérieure à la moyenne. C'est pourquoi les gars comme toi, David, représentent pour moi une espèce de défi personnel, sur le plan professionnel. Un type dans ton genre, un type intelligent, m'en apprend dix fois plus sur le système pénal que le paumé qui se fait poisser en essayant de dévaliser l'épicerie de M. Goldberg.

— Oh ! est-ce que ça n'a pas un petit parfum d'antisémitisme ?

— Des salades. Je ne suis anti-rien. Je suis anti-anti, tu le sais bien. Mon Dieu, David, tu n'apprécies pas ta chance. Et surtout celle d'avoir un tuteur qui a pris largement ta défense, ces derniers temps.

— Qu'est-ce que ça veut dire ?

— O.K., avait-il fait, avec un soupir assez théâtral. Je ne voulais pas, mais je peux aussi bien te le dire.

C'était son préambule habituel quand il se disposait à évoquer les contraintes auxquelles j'étais soumis.

— Je t'en prie.

— Très bien. Le père est venu, cette semaine.

— Le père ? Quel père ?

— Butterfield.

— Hugh est venu ?

— Exactement.

— Tu l'as vu ?

— Absolument pas. Il ne m'intéresse pas. C'est de toi que je m'occupe, pas de lui. De *toi.*

— Comment sais-tu qu'il est venu si tu ne l'as pas vu ? Il t'a téléphoné ?

— O.K. Je vais te le dire. Je n'en avais pas tout à fait l'intention, mais puisque tu me le demandes. Butterfield est copain avec Kevin DeSoto. Tu sais, le procureur chargé de ton dossier. DeSoto est un fana de cette drôle de médecine dans laquelle Butterfield se spécialise. Butterfield se pointe…

— D'où venait-il ?

— Je l'ignore. De nulle part. Quelle différence ? Il se pointe au bureau de DeSoto et lui dit qu'il a du nouveau contre toi.

— Du nouveau ? L'affaire est jugée. On ne peut pas rouvrir le dossier.

— Butterfield veut faire révoquer ta probation.

— Qu'est-ce qu'il raconte ? Pour quelle raison ?

— Qui sait ? DeSoto ne veut rien dire. Pas grand-chose probablement, d'accord ?

J'avais secoué la tête.

« Mais Butterfield est remonté, furieux qu'on ne t'ait pas bouclé dans un donjon, au pain sec et à l'eau. DeSoto l'assure que tu es sous étroite surveillance. Il appelle mon patron pour lui en parler. Sur quoi mon patron rencontre Butterfield, qui pense que tu es à nouveau en rapport avec sa famille.

« Ça le turlupine drôlement, à ce qu'on m'a dit. Comme si c'était hier que tu avais mis le feu à sa baraque. Mon patron lui répond qu'il ne prendra aucune sanction contre toi. Butterfield en devient dingue. Il dit qu'on ne t'a pas puni. Que l'hôpital où on t'avait envoyé n'était qu'un hôtel de luxe. Que tu faisais ce que tu voulais. Et puis tu sais quoi ?

J'avais secoué la tête, mais je savais.

« Il dit que tu as écrit une lettre à son fils.

— C'est un total mensonge, avais-je rétorqué, d'un ton véhément.

— C'est bien ce que j'ai pensé. Je l'ai dit quand mon patron m'a demandé mon avis. Un mensonge. Je lui ai dit que Butterfield sous-estimait ton intelligence. Vu la façon dont il y allait, le type avait un peu perdu la boule. Il était là, dans le bureau du patron, à lui faire gaspiller un temps précieux, à se frapper la poitrine et à clamer qu'il s'était juré que tant qu'il vivrait, tu ne reverrais plus sa fille ni aucun autre membre de la famille. « C'est notre boulot, M. Butterfield, pas le vôtre », lui a dit le patron. Et Butterfield s'est mis à crier qu'on ne le faisait pas et qu'il fallait bien qu'il s'en occupe.

Eddie terminait son café et haussait les épaules.

« Fichtre (il secouait la tête). Cet homme te hait. Rien que d'y penser, je suis inquiet.

— Et pourquoi ça ?

— Je ne sais pas. Ça m'inquiète. Pas toi ? Ça ne t'inquiète pas ?

J'avais hoché la tête.

— Bon, j'aimerais être aussi cool. Mais ça me fout la trouille.

Le lendemain, un samedi, je m'étais réveillé en larmes. Ce qui me réveillait, d'habitude, c'était de rêver que je revoyais Jade. Elle m'apercevait, se retournait et prenait la fuite. Je courais après elle, parfois dans tout Hyde Park, parfois à travers la forêt. Elle courait plus vite que moi et disparaissait vite, sans que je ralentisse.

J'avais rêvé que j'étais à Rockville, dans ma chambre, et que je pleurais. Il faisait beau et chaud. J'étais assis devant mon petit bureau d'enfant, la tête dans les mains, à sangloter. On frappait à la porte, je me réveillais, ma chambre donnait sur l'arrière. Le soleil n'y entrait jamais. J'étais seul dans le noir. Et je m'entendais sangloter. On aurait dit les aboiements d'un chien solitaire perdu dans la campagne à un kilomètre de là.

J'avais versé ces larmes, comme paralysé, dans un désordre banal qui n'était dû qu'à ma seule négligence. Le matelas bosselé, les draps sales, l'oreiller de mousse avec sa fermeture Éclair froide que je n'avais pas pris la peine de recouvrir d'une taie, voilà à quoi se réduisait désormais ma catastrophique passion.

Ma vie, depuis que j'avais allumé cet incendie, n'était qu'un immense effort pour préserver mon amour. Je m'accrochais à ce qui, pour moi, était mon unique bien, et sans quoi j'avais peur de n'être plus rien. Mais je sentais déjà combien ma volonté cédait. Et qu'une partie de moi commençait à se lasser. Cet amour m'étouffait ; il m'empêchait de penser, comme une fièvre qui persiste. Pire que la mort d'un être cher, dans la mesure où la douleur était mêlée d'espoir. Je ne pouvais même pas l'ensevelir dans ma mémoire.

Je ne pouvais m'arrêter de penser à Jade. Ses orteils tendus quand je m'agenouillais devant elle avec le petit coupe-ongles de nickel terni, la envie brune à l'intérieur de la cuisse, les deux cercles de poils couleur platine autour du nombril. « Aie confiance en moi », m'avait-elle dit le jour où nous avions fait l'amour et où elle n'avait pas voulu que je jouisse. Elle était au-dessus, les mains sur mes épaules. Elle bougeait de plus en plus lentement, comme si le temps lui-même ralentissait, et je ruais contre le matelas, comme si on m'électrocutait. Et la façon dont elle prononçait mon nom, comme un secret, pas si bas, mais j'étais le seul à l'entendre, parfois, dans une pièce pleine de monde, ces mille choses inexplicables — toutes ces images que je croyais préserver, pour que nous les retrouvions intactes, me revenaient à l'improviste. J'étais devenu leur chose, elles me dominaient, impitoyablement.

Deuxième partie

9

Six jours plus tard, j'avais cessé de fignoler mon plan et embarqué sur un avion des American Airlines pour New York, à dix heures du matin. Je n'en avais informé ni mes parents, ni mes employeurs, ni l'école, ni le docteur, ni Eddie Watanabe. J'étais lancé. Envolée toute prudence ! Je reconnaissais par là, je suppose, que plus rien ne pouvait masquer le caractère obsessionnel de ce voyage. Je m'étais promené dans cet imposant aéroport, j'avais acheté des magazines, fait cirer mes chaussures, sans jeter derrière moi le moindre regard de panique. J'étais monté le premier, choisissant le fauteuil le plus près de l'avant et des premières classes. J'avais lu quelque part que plus on était près du pilote, plus on avait de chances de s'en tirer, en cas d'accident. Je n'avais plus si peur d'être arrêté au départ. Mais cette visite à Ann était encore si étrange, si terrifiante à mes yeux, que je me demandais si le destin n'allait pas finir par s'en mêler, harponner au passage ce grand oiseau d'argent et le précipiter sur quelque plaine désertique de l'Ohio.

L'appareil s'était vite rempli. J'étais assez ivre d'héroïsme pour m'imaginer que je n'étais pas le seul passager à suivre les imprudents appels du cœur. Cette femme entre deux âges, avec ses lunettes vertes, opaques, qui commandait un cocktail avant le décollage, ce soldat chargé d'un innocent bouquet de marguerites, cet homme mal rasé, dans les trente ans, avec son sac de plastique plein de vêtements : qui pouvait dire quelles rencontres cruciales dépendaient de ce vol ? Je ne me sentais seul avec mon interminable amour, quelquefois, que par vanité et par découragement. Mais je réalisais maintenant que j'avais suivi les appels de mon cœur, pris mes risques. Je n'étais pas seul. Si cet amour sans fin n'était qu'un rêve, nous le partagions tous, plus encore que ce rêve de ne jamais mourir, ou celui de voyager dans le temps. Et si quelque chose me distinguait des autres, ce n'était pas mon impulsivité, mais mon entêtement, mon insistance à pousser ce rêve au-delà des limites convenues, raisonnables, à proclamer qu'il n'était pas un caprice de l'esprit, mais une réalité, au moins aussi vraie que cette autre illusion, plus fragile et plus triste, que nous appelons la vie normale. Les impératifs de l'éternel amour, après tout, ne changeaient pas, depuis des milliers d'années, alors que la vie ordinaire avait mille fois changé, et de mille façons. Quel était donc, des deux, le plus réel ? Prêt à tout sacrifier à mon amour, j'étais relié à toute l'histoire de l'humanité, depuis les esclaves gémissants qu'on vendait aux enchères jusqu'aux musiciens grattant de la guitare sous des balcons illuminés par la lune, et, qu'elle me rejette ou pas, à Jade. Que je me détourne de cet amour, que je l'oublie pour n'obéir qu'à ce qu'on attendait de moi. Qui retrouverais-je ? Des journalistes, Rose, et un commissaire de police.

Je regardai les techniciens vérifier une pièce sous l'aile, pendant quelques minutes, avant d'échanger un signe de tête et de s'éloigner. L'un d'eux, au passage, avait tapoté l'aile, comme si cet avion n'était qu'un gros animal domestique. Le geste était d'une telle tendresse instinctive que j'aurais voulu connaître l'homme. J'avais tourné la tête. Quelqu'un venait de s'asseoir près de moi, j'avais remarqué, quand je l'avais salué, que c'était un type de mon âge et qu'il arborait un large sourire.

— Je pensais bien que c'était toi. David Axelrod, hein ?

J'avais eu la tentation, normale en l'occurrence — j'aime à le croire —, de le nier, mais la force de l'habitude avait joué, j'avais acquiescé.

« Tu ne me reconnais pas ? avait-il ajouté, en touchant sa moustache brune, comme pour la retirer. Hyde Park High School. Stu.

Stu Neihardt, bien sûr. Un grand front, aussi lisse que le dessous de son bras. Des cheveux brun foncé, bouclés, des yeux pétillants derrière les verres épais. Un de ces condisciples auxquels on ne pense jamais. Aucune réalité, jusqu'aujourd'hui, en dehors des contraintes de l'école : assis au bord de la piscine étincelante de chlore, inscrivant une phrase au tableau, frappant de son plateau la table de la cantine le jour de la manifestation contre les exercices paramilitaires.

« Je n'arrive pas à y *croire !* s'écriait-il en me saisissant le coude et en le secouant.

— Le monde est petit, et c'est un petit avion.

— Tu vas à New York ?

— New York ? Mais c'est à Denver que je vais !

J'avais esquissé un mouvement pour me lever.

Il avait souri, largement. Il réagissait vite et adorait la plaisanterie.

— Tu n'as pas changé, Axelrod.

Les sous-entendus réprobateurs de l'expression sont évidents, même lorsque les gens veulent être aimables. Je me demandais, bien au-delà de l'implicite remarque que je n'avais guère de plomb dans la cervelle, s'il ne m'indiquait pas par là qu'il était au courant de ce que j'avais fait, et qu'il savait où j'avais été depuis que nous nous étions vus pour la dernière fois. La terminale était surpeuplée, divisée en deux douzaines de cliques au moins. Je ne me souvenais pas de son groupe, et ceux qui me considéraient comme un ami ne le connaissaient pas. Avec un peu de chance, il n'avait entendu dire qu'une seule chose à mon sujet : je devais m'inscrire à l'université de Californie. Je ne me souvenais plus de l'école qu'il avait choisie ; le nom de Bates College m'était venu à l'esprit, je ne sais trop pourquoi.

— Alors, avait-il dit, en accrochant sa ceinture de sécurité et en écrasant sa cigarette, qu'est-ce que tu deviens ?

— Je travaille pour un syndicat. Des recherches historiques pour les Travailleurs de la confection.

Il avait hoché la tête.

— Toujours le même !

Il avait pris un air approbateur, quoique peu enthousiaste. Il avait inséré une nouvelle cigarette entre ses grandes lèvres sèches, avant de s'apercevoir que le « Défense de fumer » était allumé, sur le panneau au-dessus de nos sièges, et l'avait aussitôt retirée pour la remettre soigneusement dans le paquet.

« Il fallait toujours que tu te battes pour une cause ou une autre. Déjà, à l'époque.

— À l'époque ? Tu as quel âge, Stu ? Soixante ans ?

J'avais eu une espèce de rire.

« Il ne s'agit pas de causes.

Je m'étais retourné pour regarder par la vitre. Nous commencions à rouler en direction de la piste. « Je ne rêve pas ? » me demandais-je.

Les hôtesses étaient venues nous montrer comment nous servir des masques à oxygène, nous signaler les issues de secours et nous préparer à un paisible voyage. L'appareil avait pris de la vitesse, de petites sonneries étouffées avaient retenti, une autre hôtesse était venue vérifier, à la hâte, que tous les fauteuils étaient relevés.

— Elle ne porte pas de gaine, m'avait chuchoté Stu, après son passage. Et cette petite garce, là-bas, avec son masque, ne porte pas de soutien-gorge. J'ai pris une cinquantaine d'avions, cette année, c'est la première fois que je vois ça — pas de gaine, pas de soutien-gorge. Elles doivent baiser avec les pilotes, dans le cockpit ; elles n'ont pas le temps de se rhabiller.

— Les femmes ne portent plus de gaine ni de soutien-gorge.

Nous avions décollé. Les réacteurs rugissaient, les vitres tremblaient ; le monde, au-dessous de nous, était devenu dérisoire.

— Qu'est-ce que tu vas faire à New York ? avait fait Stu, au bout d'un moment.

— Une petite virée.

— Tu n'es pas à l'université ? À Columbia ?

— Non. À Berkeley.

Je l'avais regardé. Était-il innocent, ou voulait-il m'amener à des confidences ?

« Mais je n'y vais pas.

— Sans blague ?

— Sans blague. Et toi ? Tu es à Bates College, ou quoi ?

— Bates, c'est où, ça ?

— Oh ! je croyais que c'était là que tu t'étais inscrit.

— Non. Downstate.

C'était le surnom que donnaient les gens de Chicago à l'université de l'Illinois, à Urbana. Elle n'était qu'à une demi-heure de voiture de mon école — certains des membres du personnel de Rockville y suivaient des cours. Mes parents m'y avaient conduit, pendant une de nos promenades, pour un récital d'Oscar Peterson, dans une salle qui tenait du gymnase et de la station spatiale. Nous étions entourés d'étudiants de mon âge, bien sûr. Assez calmes, pour l'époque. Urbana comptait plus de pulls tricotés main et de pantalons écossais que la plupart des villes universitaires, vers la fin des années soixante. Je m'étais efforcé de savourer le concert, mais mon sentiment de solitude tournait à la haine. Rose fronçait les sourcils et secouait la tête. Je m'étais brusquement aperçu que j'étais pris d'une telle rage que les muscles de mon visage me faisaient mal. Nous étions partis pendant l'entracte, empruntant la sortie comme une minorité vaincue quittant un congrès. Le trajet du retour avait été épouvantable. J'accusais mes parents d'avoir cherché à m'humilier en m'imposant le spectacle de deux mille étudiants en liberté. Arthur s'excusait en hurlant, non sans admettre qu'il avait toujours trouvé que c'était une mauvaise idée, tandis que Rose donnait libre cours à sa douleur, m'accusant de compliquer les choses, accusant Arthur de fuir hypocritement ses responsabilités, et nous accusant tous deux de nous entendre contre elle à la moindre occasion : « On me traite toujours comme une étrangère. Vous tenez à ce que je me considère comme moins que rien. » Je l'entendais encore, assis près de Stu, dans ce jet, et si clairement que j'en avais frémi. La scène s'était passée pendant l'été. L'école de Rose était fermée. Je savais qu'elle se sentait horriblement seule.

— Comment se fait-il que tu voyages tant ? avais-je demandé, en renvoyant la balle à Stu, pour chasser ce cauchemar.

— Mon boulot. Pour l'été. Je travaille pour un certain Dr. Schaeffer. Entendu parler de lui ? C'est le meilleur dentiste de Chicago.

— Non.

— Il est connu, pourtant. On l'a vu à la télé, il y a eu des trucs sur lui dans les journaux. Il est fantastique.

Stu avait tiré un grand attaché-case de sous son fauteuil.

« Il se fait fabriquer ses couronnes et ses bridges par un spécialiste formidable, à New York. Juste au-dessus d'une galerie d'art, le meilleur spécialiste du monde.

Il avait ouvert son attaché-case sur une bonne douzaine d'empreintes en plâtre des dentitions de la clientèle du Dr. Schaeffer.

« Je les dépose, ils font le reste. Ils me rendent les commandes de la semaine dernière. Chacune dans sa petite boîte, un écrin de feutre rouge, comme quand on achète un diamant.

Je ne savais que dire, le silence s'était installé entre nous. Les nuages défilaient, mêlés de vapeur, comme si nous foncions à travers un incendie. Stu m'avait frappé le genou en indiquant d'un signe de tête le devant de l'appareil. Une hôtesse poussait un chariot chargé de tasses en plastique, de glaçons, de boissons non alcoolisées et de bouteilles d'alcool miniatures.

« Elle te plaît ? m'avait-il demandé, avec un sourire amical.

J'aurais voulu le connaître davantage pour pouvoir lui dire de la boucler. Je m'étais contenté de hausser les épaules, au risque, je suppose, de lui donner l'impression qu'elle m'était indifférente.

« Eh ! dis donc, ajoutait-il, qu'est-ce qui est arrivé à cette nana avec qui tu sortais ? Bougrement chouette, malgré sa poitrine plate.

J'avais remarqué que sa mâchoire scrupuleusement rasée se tendait légèrement. Cela me frappa, et j'en ressentis un malaise. Il savait parfaitement où j'avais été, ces dernières années. Il était au courant de l'incendie, du procès. Il voulait me faire maronner. Peut-être était-il trop timide, trop gêné pour moi, du pétrin où je m'étais mis, pour me l'avouer, tout simplement. Ou peut-être réglait-il ainsi je ne sais quelle vieille querelle d'adolescent, quelque affront oublié. On ne l'avait jamais traité comme quelqu'un de très intéressant ou de très important. J'étais peut-être l'objet d'une misérable vengeance.

— Je ne sais absolument pas où elle est, pour l'instant, avais-je répondu.

— Jade, avait-il précisé.

— Et alors ?

— Elle s'appelait comme ça, hein ? Jade Butterfield. Une drôle de famille. Son père était une espèce de rebouteux.

— Non. Il était médecin. Il avait son diplôme. Mais il pratiquait une médecine spéciale.

Stu haussait les épaules, comme si je coupais les cheveux en quatre.

— Je connaissais son frère, Keith. Une cervelle. Qu'est-ce qu'il fait, maintenant ?

— Je ne sais pas.

— Bizarre, aussi. Pas d'amis, mais il venait vous trouver, un jour, et vous disait : « Tu m'intéresses. On pourrait bavarder, après les cours ? » Il m'avait fait le coup, à moi, tu t'imagines ? Et j'avais été assez bête pour marcher.

Il secouait la tête en souriant.

— Qu'est-ce qu'il t'avait raconté ?

J'étais pris par la logique et le mouvement même de cette conversation : comme quand on est accosté, après la classe, par un petit Noir qui vous cherche et vous comprend de travers, si bien qu'on se met à l'insulter et qu'on n'a plus qu'à se bagarrer.

— Oh ! je ne sais pas. Des trucs psychologiques, des salades. Tu le connaissais mieux que moi. Le plus bizarre, c'est que je m'étais dit qu'il avait dû m'étudier, derrière mon dos, alors que tout ce que je savais, c'était qu'il ne levait jamais la main, mais qu'il avait toujours la bonne réponse, quand on lui posait une question. Où est-ce que tu m'as dit qu'il était, maintenant ?

— Je t'ai dit que je ne savais pas.

— C'est toujours comme ça, avait-il dit, d'un ton satisfait.

Il m'avait regardé en levant ses larges sourcils, comme pour m'inviter à partager sa philosophie.

— Toujours comme ça ?

— Toutes ces grandes passions de collège. Je croyais que j'avais raté ça ; le plus beau, tu vois, c'est que je n'ai rien raté. C'était si formidable, toi et Jade, pas vrai ? Et puis — pouf — tu ne sais même plus où elle habite. J'ai pas raison ?

— Le fait que je ne sache pas où elle vit ?

— Non, David. Toute l'histoire. Tu connaissais Kenny Fox ?

— Vaguement.

— Bon, je le vois de temps en temps. Tu te rappelles, lui et Arlene Kirsch ? Ils sont restés ensemble deux ans, elle s'était fait avorter, le grand jeu. Qu'est-ce qu'il fait quand je lui parle d'Arlene ? Il sourit. Il s'en souvient *à peine*. Elle est à la fac en Floride. Ils ne s'écrivent même pas.

— Tu as l'air d'en être content.

— Non, mais c'est intéressant. Je me prends pour un trou du cul parce que je n'ai pas connu ça. Je ne savais jamais avec qui passer le réveillon du Nouvel An. Tout le monde se faisait sauter. J'en étais réduit à la veuve Poignée et ses cinq petites maigrichonnes.

— Rien de très extraordinaire.

— Hé, avait-il fait, d'une voix plus mordante.

Ses intentions agressives étaient de plus en plus évidentes ; la couche de glace se fendait, révélant les eaux noires et saumâtres.

« Je le *sais* bien. Pas besoin que tu me le dises, bon Dieu. Je te parlais de l'impression que ça fait, pour un gars comme moi. Se sentir tellement en dehors. Et s'apercevoir aujourd'hui que toutes ces salades ne voulaient pas dire grand-chose, après tout. Il suffit que j'essaie d'être franc, tu ne comprends plus. Je n'arrive pas à y croire.

L'hôtesse s'approchait de nous pour nous demander ce que nous voulions boire. J'avais commandé un jus d'orange. « Deux, ma choute », avait dit Stu. Et d'ajouter, tandis qu'elle nous les versait : « Qu'est-ce que vous avez d'autre, aujourd'hui, hein ? » L'hôtesse, qui avait au moins cinq ans de plus que nous, s'était mise à énoncer la liste des autres jus de fruits et boissons non alcoolisées. Il l'avait interrompue : « Non, ça va, je plaisantais. »

Il avait avalé son jus d'orange d'un coup et s'était enfoncé dans son fauteuil.

— Je vous vois encore, tous les deux, vous promener dans les couloirs de l'école. Vous vous teniez par la main, un beau couple. Seigneur, j'en étais malade. Où est-ce qu'on était, je veux dire ? À l'école, ou dans les bois, merde ? Tu saisis ? Kenny et Arlene, *idem* — en pire ! Un jour, je sors du cours de trigonométrie, et ce fumier de Kenny me fourre son doigt sous le nez en me disant : « Respire bien, mon vieux. Il vient de baiser Arlene. »

Il avait eu un de ces petits rires amers du vieux répertoire.

« Quatre ans de torture. Tu sais que les seuls nichons que j'aie jamais vus, pendant tout ce temps, c'étaient ceux de Jade ? Et par accident, encore. Pendant l'exposition scientifique. On regardait la maquette de Marsha Bercovitch, tous les deux, une histoire de pression d'eau, et Jade — je ne la connaissais même pas, sauf que je savais que c'était ta nana — se penche pour regarder de plus près, et je vois sa blouse qui bâille. « Plonge, Stuie, que je me dis, tu vas peut-être être servi. » Je jette un coup d'œil, et je les vois, pour ce qu'il y en avait. Deux œufs au plat qui tremblotent sur une assiette. Et le rose, tu sais, ce qui est autour du téton, bon Dieu je ne sais plus comment t'appelles ça, tu sais — une pièce d'un sou, pas plus gros, tout tendu et ridé. Bon Dieu. Et voilà pour toutes les expériences sexuelles du célèbre Stu Neihardt, en quatre ans de boîte. Tu vois que si...

Je ne sais ce qu'il allait ajouter à sa petite histoire. Je m'étais demandé si je ne devais pas lui décocher un direct dans la mâchoire, mais c'était trop risqué, dans ma situation. Le but même de mon voyage à New York, si je l'avais laissé continuer, en aurait été compromis. J'aurais eu d'autant plus de mal à retrouver la meilleure partie de moi-même. Je m'étais donc penché vers lui, et, avec toute la célérité qu'on peut mettre à attraper une mouche, lui avais pincé la lèvre inférieure entre mon pouce et mon index. Il avait tenté de rejeter la tête en arrière, je l'avais coincée. « Pourquoi est-ce que tu me racontes ça ? » avais-je chuchoté. Je lui avais tordu la lèvre, comme une clé qu'on remonte dans le dos d'un jouet mécanique — 90 degrés, 120 degrés, 180 degrés, à fond.

Il hurlait, il m'avait saisi la main, l'avait secouée, ce qui n'avait fait qu'ajouter à sa douleur. Il avait voulu reculer pour me frapper ; le moindre mouvement resserrait mon emprise. Mon pouce glissait un peu dans la salive, les bruits de Stu commençaient à attirer l'attention. Je l'avais lâché, non sans m'interroger sur ses réactions. Il s'était contenté de se renfoncer dans son fauteuil en se frottant la bouche et en marmonnant. Il n'avait pas plus à gagner à se bagarrer avec moi qu'il n'en avait eu à me chercher. Il avait peur de moi.

— Tu es fou ? s'était-il écrié.

— Peut-être bien.

Les seules personnes qui avaient paru remarquer l'escarmouche étaient trois vieilles dames élégamment vêtues, de l'autre côté de l'allée. Elles avaient détourné les yeux quand je les avais regardées, à l'unisson, comme le font parfois les jeunes sœurs ou les copines. Je m'étais essuyé les doigts à mon pantalon, à plusieurs reprises, de façon un peu maniaque, en m'efforçant de ne plus voir que l'Antarctique de nuages qui défilait sous l'aile orange et argent de l'appareil. Mon cœur battait la chamade ; la violence était encore en moi, comme la pointe d'une écharde mal arrachée. Je ne savais toujours pas si les propos de Stu n'étaient dus qu'à sa grossièreté ou s'ils prouvaient qu'il était au courant de mon histoire et relevaient de la méchanceté. Le plus pénible pour moi était cette brusque découverte de ce que j'avais réussi jusque-là à me masquer et dont je ne pouvais plus nier l'éclatante évidence : cet incident n'était qu'un détail dans cette guerre que j'avais déclarée au monde entier depuis que Hugh Butterfield m'avait enjoint, en 1967, de ne plus voir sa fille pendant tout un mois.

Je m'étais embarqué dans une autre aventure désespérée. Quelle raison avais-je de ne pas croire qu'elle me conduirait à de nouveaux désastres ? J'avais violé mes engagements, fui mes parents, trompé le docteur ; j'allais probablement perdre mon boulot. Tout ceci par amour, un amour fou ? Le chemin que je suivais n'était-il bordé que par la catastrophe ou le néant ? Ou n'y avait-il plus de chemin, plus que vide et désolation autour de moi, depuis le début ? Il faut être bien vicieux pour se considérer comme un saint, mais j'étais plus désemparé que jamais, dans ce fauteuil, à trois mille mètres au-dessus de je ne sais quoi — je ne doutais pas de ma raison, de mes entreprises, mais de la nature même, ineffable, essentielle, de mon être : fondamentalement mauvaise, je commençais à le penser. Il ne s'agissait pas de remords, ni vraiment de honte. Je me sentais à la fois prisonnier et dégoûté de moi-même.

Nous étions arrivés avec du retard, je ne sais pas pourquoi. Le vent, peut-être. Stu était toujours assis près de moi quand nous avions atterri. Soit qu'il n'ait rien compris à mon attitude, soit par simple ennui, il s'était remis à me parler. Je lui en étais reconnaissant. Sa conversation, de plus en plus, tournait autour de ses fantasmes sexuels, presque pornographiques — le nombre de filles avec qui il avait couché à l'université, la dentiste qu'il avait fait jouir en lui soufflant sur le clitoris avec cet appareil à air comprimé qu'utilisent les praticiens pour vous sécher la bouche, les bars ou les instituts de massage où il s'obstinait à essayer de panser les plaies de son adolescence. On aurait dit un mélange de mythomane et d'homme mûr, détraqué par trop de nuits solitaires. Mais j'étais forcé de l'écouter, en vertu d'un accord tacite.

Nous attendions nos bagages. Stu était toujours là. Il était passé à une nouvelle étape ; il m'avait invité à l'accompagner pour goûter des plaisirs vénaux d'un certain bordel new-yorkais. « Je n'y suis jamais allé, mais un ami m'assure que c'est la meilleure occase de New York. Trente dollars tout compris, pas de pourboire. Les filles se fâchent si tu veux leur donner un supplément. On dit que c'est vraiment très bien. »

Nos valises étaient arrivées en même temps sur le tapis roulant, son grand sac bleu près de ma petite valise crème, que j'avais jadis héritée d'Arthur. J'étais nerveux, désorienté. Pourquoi fallait-il, parmi tous les bagages contenus dans le ventre de cet avion, que les nôtres se suivent ainsi ? Ils glissaient vers nous. Stu avait saisi le sien d'un geste avide, j'avais repris le mien avec plus de délicatesse. La poignée s'était détachée, la veille, quand j'avais voulu entasser le plus de vêtements possible ; elle n'était plus retenue que par un peu de ficelle.

— Quelle antiquaille, avait ironisé Stu.

— Pas encore.

J'étais pris d'une espèce de désespoir. Je ne regrettais pas de l'avoir un peu tarabusté, une heure plus tôt, mais la brutalité du geste m'effrayait encore. J'ignorais si Stu était vraiment au courant des trois années que j'avais passées à Rockville. Le contrôle de la conversation m'avait échappé, je ne m'étais pas suffisamment dominé. Il avait peut-être l'habitude de parler de moi. Il y avait des chances qu'un solitaire et un rancunier dans son genre colporte des ragots sur tous ceux qui traversaient son existence. Restait à déterminer si notre rencontre n'était due qu'à ma poisse habituelle. Je ne pensais pas qu'il appellerait les autorités pour me signaler, mais mon inquiétude n'en était pas moins renforcée par sa présence. Il pouvait témoigner contre moi.

Nous étions sortis lentement, comme si nous avions peur de nous quitter.

— Où est-ce que tu vas ? m'avait demandé Stu.

Je n'avais d'autre plan que de dénicher un hôtel pas trop cher, dans un quartier central.

— Chez des amis.

— Ouais ? Qui ça ?

— Un type que je connais.

— Quelqu'un de Chicago ?

— Non.

— Comment s'appelle-t-il ?

Je m'étais arrêté. Nous étions dans le grand hall de La Guardia. Le monde extérieur, au-delà des portes vitrées, avait la couleur bleuâtre du gaz qui brûle. Une file de taxis et quelques autocars attendaient.

— Pourquoi toutes ces questions ?

— Au cas où je voudrais te joindre, avait-il dit avec un haussement d'épaules paternaliste. Écoute. Je descends au Taft. C'est très central.

J'avais secoué la tête.

— Mon copain s'appelle Ben Ecrest.

— Quel est son numéro ?

— Je ne me rappelle pas. Mais il est dans l'annuaire. Il habite dans le Village.

— Le quartier est puant. Écoute. Tu veux qu'on prenne un taxi ? On en aura pour dans les trois dollars chacun. Ça vaut le coup.

— Non, merci.

J'attendais qu'il fasse quelque chose. Il ne bougeait pas.

« Ben vient me chercher.

— Ouais ? O.K. Il pourrait peut-être me déposer à Manhattan, non ? Je pourrais prendre le métro jusqu'à mon hôtel. Autant de gagné pour la rigolade.

— Si ça ne t'ennuie pas d'attendre.

— Qu'est-ce que tu veux dire ?

— Il arrivera un peu tard. Vers deux heures.

— Bon, c'est foutu. J'ai rendez-vous à deux heures, sur la 57e. Pourquoi est-ce qu'il vient si tard ?

— Il travaille.

— Bon, pourquoi est-ce que tu ne lui téléphones pas pour lui dire que tu arrives, et pour lui éviter le déplacement ?

Ma nervosité tournait à une immense lassitude. Quoi que je dise, semblait-il, Stu avait la parade. Affolant. Mais je m'habituais à mes mensonges, à cet ami imaginaire. J'aurais pu continuer à esquiver les questions de Stu pendant des heures.

— Il travaille, pas moyen de le joindre.

— Il n'a pas de bureau ?

— Non.

— Qu'est-ce qu'il fait ?

— Il est flic.

— Flic ? Un flic de New York ?

— Exactement. Bizarre, n'est-ce pas ?

— Bizarre ? T'es dingue ? Plus que bizarre. Et c'est un ami à toi ?

— C'est un type épatant. Pas du tout ce que tu crois. Il fume de l'herbe. Et il est socialiste.

— Le seul flic hippie de toute la ville, tu le connais, on peut te faire confiance !

Je me surpassais. Mon copain imaginaire était assez étonnant pour que Stu oublie les empreintes en plâtre dans leurs boîtiers fantaisie. Il avait envie d'attendre avec moi, je le voyais. Il tournait autour du pot comme un amateur honteux tourne autour d'un cinéma porno, s'approche de la caisse, recule. Il regardait au-dehors, par les portes vitrées. La longue file devant l'autocar avait presque disparu. Le chauffeur montait.

« Je vais prendre le car, avait-il fini par dire.

Il m'avait saisi le bras.

« L'hôtel Taft. Rappelle-toi. Tu te souviens de mon nom de famille ?

— Neihardt.

Ça lui avait fait plaisir. Il avait même l'air vaguement touché.

— Passe-moi un coup de fil, avait-il ajouté en s'éloignant. On sortira ensemble.

J'avais attendu quelques minutes avant de partir. J'avais trouvé un annuaire et cherché le numéro et l'adresse d'Ann. Je les connaissais par cœur pourtant, et je les avais également notés au dos de ma carte de la bibliothèque, dans ma poche. Mais de voir ce nom imprimé m'avait rassuré. J'étais sorti un peu plus confiant, plus résolu. J'avais pris un taxi en demandant au chauffeur de me déposer devant les magasins Macy's. C'était ma première visite à New York. Je n'avais aucune idée de l'endroit où je pourrais trouver un hôtel. Les seuls que je connaissais étaient les hôtels de luxe dont on citait les noms ; je me rendais quand même compte qu'ils étaient bien au-dessus de mes moyens. Macy's était dans le centre ; il devait y avoir plein d'hôtels dans les environs. Le chauffeur filait entre les voitures comme s'il était un habitué de la moto. Nous nous arrêtions pratiquement pare-chocs contre pare-chocs, passions d'une file à l'autre et arrivions à griller tout le monde, sur cette autoroute bondée. « Vous voulez qu'on prenne le tunnel ? » m'avait crié le chauffeur, en se retournant. Je ne savais pas très bien de quoi il voulait parler, mais j'avais une sainte et stupide horreur d'être pris pour un péquenot, je lui avais dit oui. Nous avions fini, à un moment, par être coincés dans un embouteillage. À notre droite, un de ces cimetières, à perte de vue, devant lesquels l'étranger se sent un peu choqué — comme si tous ces morts assombrissaient le décor. À notre gauche, un gros autocar argenté, les flancs couverts de boue, dont le moteur grondait.

J'étais descendu à l'hôtel McAlpin, après quelques fatigantes et typiques déconvenues. Dans le hall, bon nombre de gens, l'air encore plus perdus que moi — des hommes en pantalons verts, avec des cordonnets autour du cou, une Orientale dont la coiffure devait avoir plus de cinquante centimètres de haut, deux adolescents timides avec des sacs à dos crasseux qui mâchaient des Snickers et essayaient de ne pas se faire remarquer — copain-copine plutôt que des amoureux. La dernière vague des fugueurs. Ils restaient là à marcher de long en large non pour fuir les éléments (il faisait très beau), mais le poids de l'éternité qui, dehors, devait les écraser. Des scientologues, dans une grande salle adjacente, soumettaient à leurs tests psychologiques les passants qu'ils venaient d'embobiner : des lécheurs de vitrines, des badauds, des hommes d'affaires peu pressés de réintégrer leurs bureaux, assis sur des chaises pliantes, répondaient à toutes sortes de questions sur leur vie privée, sous l'œil de quelques scientologues au visage triste qui les surveillaient en arpentant la salle, comme pendant un examen.

Ma chambre était quelconque, parfaite pour un suicide. J'avais allumé la télé et défait ma valise. Le téléphone avait sonné. Je m'étais précipité, plein d'espoirs aussi vagues que fous. C'était la réception. Une voix de femme s'était excusée : une erreur. J'avais raccroché, mon désarroi tournait à la paranoïa. J'avais pris une douche. Tandis que j'étais sous le puissant jet d'eau chaude, à la pensée que j'étais enfin dans la même ville qu'Ann Butterfield, mon cœur s'était mis à battre si violemment que j'avais dû m'appuyer au carrelage mouillé pour ne pas tomber. « Qu'est-ce que je vais lui dire ? » J'étais dans un tel état de confusion qu'il m'avait fallu un bon moment avant de reconnaître le son de ma voix.

Je n'avais jamais eu l'intention de perdre tant d'heures, mais je n'y pouvais rien. Assis dans cette chambre d'hôtel à regarder fixement le téléphone, j'étais plus près d'Ann et de Jade que je ne l'avais jamais été depuis près de quatre ans, et j'avais peur que la réaction d'Ann ne rompe le charme. Sur quoi je m'étais dit, tout à coup, qu'il serait on ne peut plus maladroit de lui téléphoner, que je n'avais qu'à me présenter à sa porte, tout simplement. Elle habitait sur la 22e Rue.

L'hôtel était situé sur la 34e. Je descendis l'avenue des Amériques. Ce n'était pas le New York des films, ni celui que j'avais imaginé. De petites boutiques, dont certaines étaient définitivement fermées, d'autres aux vitres couvertes de suie offrant de la vieille camelote ; des cafétérias cachères, des quincailleries, des bistrots fréquentés par des vieillards, des entrepôts de linge en gros. Les rues étaient pleines de taxis et de camions extraordinairement bruyants ; une journée ensoleillée, une chaleur lourde, brumeuse ; soudain l'odeur de carton et d'essence avait été éclipsée par celle de l'eucalyptus et des œillets, le long d'une enfilade de fleuristes, sur trois pâtés de maisons.

Je m'étais trompé en tournant au coin de la 22e Rue et avais continué un moment vers l'ouest, le long de petites fabriques de sacs et de vêtements pour dames, et de minuscules restaurants dont les noms espagnols brillaient en lettres de néon vertes et rouges. J'avais demandé mon chemin à des chauffeurs de camion, qui m'avaient renvoyé dans l'autre direction. Ma chemise était trempée de sueur, et pas seulement à cause de la chaleur. J'avais traversé la 5e Avenue — pas celle des boutiques de mode, celle des fabricants de jouets — et avais redescendu la 22e Rue, bordée çà et là de jeunes arbres et d'immenses et majestueux bâtiments abritant, quand ils n'étaient pas vides, un tas d'ateliers. Pas d'usines comme à Chicago, pas de saucisses, pas d'acier. On ne fabriquait ici que des boîtes de carton ondulé, des drapeaux, des bannières et des imperméables pour demoiselles. Avec, de temps en temps, un immeuble dont les fenêtres étaient garnies de géraniums et d'impressionnants grillages destinés à protéger des cambrioleurs leurs fragiles panneaux. Un minable petit marchand de sandwichs et, un peu en dessous du niveau de la rue, un restaurant indien. Vide, à l'exception des employés qui lisaient le journal ou sirotaient leur thé autour d'une table, sur le devant. Park Avenue maintenant (Park Avenue qui ne laissait pas de me déconcerter), devant une caisse d'épargne du genre qu'on décrivait dans les vieilles complaintes révolutionnaires — des briques grandes comme des matelas, l'éclat des lustres à travers les hautes fenêtres en ogive. Les numéros se succédaient rapidement, me rapprochaient d'Ann. À ma droite, enfin, un dais vert foncé, sur toute la largeur du trottoir ; son numéro se détachait, en chiffres blancs. Je m'étais contrôlé de mon mieux tout le long du chemin, mon cœur s'était remis à battre la chamade, un mélange de peur et de nostalgie que je n'avais plus éprouvé depuis le jour où j'attendais, dans l'antichambre du juge Rogers, de connaître le châtiment qu'il me réservait.

Devant chez Ann, un homme entre deux âges, aux cheveux longs, grisonnants, avec d'épaisses lunettes cerclées de métal. Il arrosait le trottoir. Il avait écarté le jet du tuyau, juste assez pour me laisser passer sans m'asperger. J'étais malade d'angoisse ; l'impression que tout risquait de s'écrouler, que le danger était partout. Les lourdes portes du hall étaient recouvertes d'épais motifs en fer forgé, de style arts déco, qui m'avaient alors paru ridiculement tarabiscotés. Les enfants et les vieillards qui habitaient là les ouvraient et les refermaient depuis des décennies, bien sûr. J'avais néanmoins recouru à toute ma force pour les pousser. On aurait dit que je n'avais plus de muscles dans les bras ; rien que du thé dans les veines. Le hall était assez petit, frais, enchâssé de marbre vert. Une centaine de boutons près d'une porte vitrée, fermée. Je cherchais celui d'Ann, de colonne en colonne, lorsque la porte, brusquement, s'était ouverte. Une superbe jeune femme. Visage d'Égyptienne pâle. Deux chiens assez gros s'agitaient à ses côtés, une espèce de terrier et un berger allemand. Le berger allemand me reniflait passionnément les cuisses. « Judy ! » avait chuchoté la femme en tirant sur la laisse de la chienne. « Pas de mal ? » avait-elle ajouté, s'adressant à moi.

J'avais secoué la tête, mais je devais être assez ému, car je m'étais passé la main sur la nuque, que j'étreignais machinalement.

Elle avait claqué des doigts, les chiens s'étaient assis. Ils haletaient, follement.

— Vous êtes sûr ? On aurait dit...

— On aurait dit quoi ?

Elle avait levé la main, en coupe, comme pour esquisser un mouvement de natation. Puis l'avait rabaissée avec une sorte de sifflement finissant par un bruit sourd.

« Tout va bien, avais-je insisté, en détournant mon regard.

Mes yeux étaient tombés sur « Ramsey — 7 G ».

— Vous êtes sûr ? Je ne voudrais pas vous retrouver raide sur le dos quand je reviendrai du parc.

Oh ! mon Dieu, qu'elle est belle ! me disais-je. Qu'est-ce qui m'arrive ? Elle portait des pantalons beiges et un chemisier bleu dont les manches étaient relevées jusqu'aux coudes. Ses bras étaient minces et fermes — de longs muscles, des veines et des tendons qui saillaient : il fallait être à moitié fou pour ne pas avoir envie de voir ces bras se refermer sur vous.

— Est-ce qu'il y a une cabine téléphonique ?

Il était évident que je ne pouvais me contenter de sonner ; il fallait que je la prévienne, que je lui laisse la possibilité de m'éconduire.

— Oui. Juste au coin.

Elle avait regardé ses chiens, qui s'étaient relevés, en remuant la queue. J'avais poussé la lourde porte d'entrée, tant bien que mal. Nous étions ressortis. Le concierge arrosait toujours le trottoir. Il balayait du jet de son tuyau une écorce de cacahuète, jusque dans le caniveau. Les chiens s'étaient rapidement mis à lécher le trottoir mouillé.

« Bonjour, Rolf, avait fait ma compagne.

Rolf l'avait saluée de la tête.

— Bonjour, mademoiselle Lafarge.

Elle m'avait conduit jusqu'au coin de la rue, s'était arrêtée devant une vieille cabine.

— Judy, Steve, assis.

Elle avait tiré de sa poche une pièce de dix *cents*.

« Tenez, m'avait-elle dit, en me la fourrant dans la main. Vous voulez que je reste là pendant que vous téléphonez ?

— Non. Tout va bien. Merci.

Elle avait traversé Park Avenue, avec ses chiens. Je l'avais regardée s'éloigner, en répétant son nom. J'aurais voulu la connaître davantage. La solitude, le désarroi m'avaient conduit à une vague et languide amitié avec une amie de Warren Hawkes, mon compagnon de Rockville ; mais cette demoiselle Lafarge réveillait ma sensualité plus qu'aucune des femmes que j'avais pu rencontrer ou remarquer depuis que j'avais été séparé de Jade. Sa présence continuait de m'irradier, un rayon de soleil au cœur de la forêt, et je savais qu'elle en était consciente. La vie était redevenue un rêve. Cet après-midi avait un goût d'éternité. Tout reprenait des significations contradictoires, mon imagination était libérée, le monde m'était redevenu lumineux et transparent — comme lorsque je m'endormais dans les bras de Jade et me réveillais sur un oreiller couvert de ses cheveux. J'avais inséré ma pièce de dix *cents* dans l'appareil, dont le bourdonnement s'était interrompu avec le premier chiffre du numéro d'Ann. Je tremblais encore, j'étais encore tout étourdi, en sueur, mais ce n'était plus de peur ni de confusion ; je réintégrais un autre monde, le seul auquel je croyais, la seule réalité que je voulais reconnaître, passant ainsi d'une pesanteur à l'autre, par paliers, en composant ce numéro. Peu importait que je m'écroule ou tombe raide mort ; j'étais dans un nouveau champ magnétique, un champ émotionnel aux dimensions de la physique, un champ musical, infiniment plus vaste et plus puissant, enfin, que tout ce que j'avais pu connaître.

J'avais machinalement composé les autres chiffres. Je n'avais pas entendu la sonnerie, mais c'était sa voix. « Allô ? » Sur le ton, comme toujours, d'une question quelque peu intime, et embarrassante.

— C'est moi, avais-je fait.

Il ne m'était pas venu à l'idée qu'elle pouvait ne pas reconnaître ma voix.

« Je suis à une dizaine de mètres de chez toi. Je peux monter ? Ou est-ce que tu préfères sortir prendre un café ?

Elle se taisait. J'entendais de la musique classique, dans le fond, et la sirène d'une voiture de police, fonçant vers le nord, dont le bégayant faisceau de lumière rouge balayait le verre de la cabine téléphonique.

— Est-ce que c'est bien la personne à laquelle je pense ? avait-elle fini par dire.

Sa voix était détachée. Je savais qu'elle m'avait reconnu. Sa froideur me décevait et me rassurait à la fois. Visiblement, elle n'allait pas pleurer de joie, mais elle ne me traiterait pas non plus comme un bizarre insecte à carapace découvert sous une pierre.

— Je peux monter ? Je viens d'arriver. Je suis à l'hôtel. J'aimerais te voir. On peut bavarder.

— J'ai eu tellement de *visites,* ces temps derniers. Keith a dû camper sur le sofa.

— Il est là ?

— Non, il est reparti ce matin.

— Je peux monter, Ann ?

Elle s'était tue un moment.

— Si tu veux.

Elle avait attendu ma réponse quelques secondes, avant de raccrocher.

J'étais rentré dans l'immeuble, avais appuyé sur le bouton, Ann m'avait ouvert. Un petit ascenseur aux panneaux de bois m'avait conduit au sixième étage. J'aurais dû ne plus penser qu'à ce qui allait se passer, à ce que j'allais lui dire, mais l'avenir tout entier me tournait le dos. Interdit de lui jeter le moindre regard d'interrogation ! L'ascenseur s'était arrêté avec une petite secousse, je m'étais avancé dans un vaste couloir — plafond blanc, murs rosâtres, délavés, parquet noir, bien ciré. L'appartement d'Ann était tout au bout. Sa porte blanche venait d'être repeinte, le bouton de plomb, rond, aussi gros qu'une balle de croquet, était curieusement ouvragé. J'avais frappé. Le muscle de ma jambe était comme noué, il aurait dû me faire mal, je l'avais à peine remarqué ; un engourdissement qui me remontait dans le corps comme une bulle le long d'une seringue. J'avais frappé à nouveau, les pas d'Ann s'étaient rapprochés.

Elle portait une robe vert pâle qui tombait jusqu'au sol, avec une bordure plus sombre et des manches évasées, style médiéval. Ses cheveux noirs étaient ramenés en arrière. Elle me regardait derrière ses grandes lunettes légèrement teintées. Elle était parfumée, les ongles vernis de ses orteils sortaient de ses sandales dorées. Elle tenait un exemplaire d'*Ariel,* de Sylvia Plath, son autre main collée à la hanche. Un calme absolu.

— Je n'aime pas beaucoup les surprises, tu sais, avait-elle dit. Et tu n'arrêtes pas de me surprendre.

Elle ne m'avait pas invité à entrer, mais s'était écartée quand je m'étais avancé. Le corridor était long et étroit. Les murs étaient couverts de dessins et de gravures, avec une affiche des chemins de fer hollandais, celle qui pendait jadis entre la chambre des parents et celle de Sammy, au premier étage. Incroyable qu'elle ait survécu à l'incendie.

— Tu l'as toujours.

J'avais esquissé un geste — on y voyait un type qui ressemblait à Peter Lorre ouvrant la portière d'un compartiment vert olive.

— Non. Ce n'est pas la même. Je l'ai trouvée chez un antiquaire de la 2e Avenue. Pour cent cinquante dollars. J'ai crevé de faim pendant un mois, mais je la voulais.

Le couloir s'éclairait à mesure que j'avançais. La lumière, dans le living, était presque aveuglante. Le mur de la façade n'était que fenêtres et croisées, le mur de droite était tout en vitres, lui aussi. Les stores de bambou étaient relevés. Ann avait suspendu çà et là de petits prismes de verre retenus par des fils et dont les éclats rouges et verts tournoyaient dans le soleil. Le parquet de bois était nu. Une table basse au plateau de verre était flanquée d'un sofa et de trois fauteuils de metteur en scène. De l'autre côté de la pièce, un petit bureau jaune, du genre qu'on trouve dans les chambres de collège. Une machine à écrire portative, rouge, et du papier, dans une boîte ouverte. Des rayonnages, presque vides. Difficile de voir où était la cuisine, s'il y en avait une. Derrière la double porte, peut-être.

— Où est-ce que je m'assois ? avais-je demandé.

— Si tant est que tu doives t'asseoir.

— Comme tu dis.

— Pourquoi est-ce que tu ne jetterais pas un coup d'œil par les fenêtres, d'abord ? J'aime montrer la vue à mes invités.

Une série de pics ardoisés, le toit d'une église. L'ardoise semblait liquide sous le soleil. Derrière l'église, un immeuble de pierre blanche, des ateliers, avec de grandes baies, des coquilles et des armoiries sculptées au-dessous, à chaque étage. Un stroboscope lançait des éclairs, au dernier. Ann était près de moi. Elle avait toujours aimé montrer les choses aux gens, pour essayer de les voir elle-même d'un œil neuf. Des traînées de duvet miroitaient sur ses joues. Je me sentais de plus en plus écrasé, paralysé.

Ann avait traversé la pièce pour s'asseoir sur le sofa, puis s'était étendue, le menton sur la paume.

— C'est gentil ici. Ton nouveau chez toi.

— Trois cents dix dollars huit *cents* par mois. Avec une cuisine de bateau et une petite chambre à coucher. C'est fou. Je suis toujours fauchée. Un de mes amis, dans les quartiers ouest, a six énormes pièces, pour moins que ce que je paie. Je suis trop craintive pour vivre par là. C'est ridicule, j'ai été élevée comme ça, j'aurais peur d'y vivre. Maman mettait son point d'honneur à dire aux gens qu'elle n'était pas allée à l'ouest de la 5e Avenue depuis vingt ans, tu sais ? « J'étais allée à Carnegie Hall, écouter ce violoniste juif, quelle *aventure !* »

Elle avait eu un petit rire.

« Oh ! si seulement nous avions pu nous payer toutes ces excentricités. Mais nous n'avions pas de fric, c'était stupide. Aussi ridicule que des chimpanzés en smoking...

— Ann...

— ... devant des pianos miniatures.

— Ann, ça ne te fait rien que je m'assoie ?

Elle m'avait désigné un des fauteuils.

— Il est tout neuf.

— Dis-moi si tu veux que je parte.

Elle avait secoué la tête.

— Toujours le même. Il faut toujours que tu donnes aux gens la permission de dire ce qu'ils pensent ?

Je m'étais assis. Le fauteuil semblait céder un peu sous mon poids, sa fragilité me donnait l'impression d'être aussi maladroit que gigantesque, dangereux.

« S'il y a quelque chose de merveilleux chez toi, quand il n'y aurait que ça, je veux dire, c'est que je peux te dire n'importe quoi, David, sans jamais en éprouver le moindre remords.

— C'est vrai. Ça a toujours été comme ça.

Nous nous taisions. J'aurais voulu la regarder droit dans les yeux. Je savais qu'elle trouverait ça plus gênant qu'ingénu. (« Les gens veulent entrer dans votre intimité comme pour vous aider à dominer vos remords de je ne sais quelle faute. ») J'avais fixé mon regard sur un bout de tapisserie, une rangée de pyramides bleues et roses, dans un cadre de bois rugueux, au-dessus d'elle.

— Ça te rappelle quelque chose ?

J'avais hoché la tête.

« Nous l'avions à la maison. Tu ne l'as peut-être pas connu. C'est une partie d'un quilt — tout ce qu'il en reste — que grand-mère m'avait donné. Un souvenir sentimental. Je me suis battue pour le garder, depuis deux ans, comme on se bat pour le Graal. Contre Keith. Je t'ai dit qu'il vient de partir, non ? Hier.

— Il est toujours l'historien de la famille ? avais-je fait, d'une voix un peu fêlée.

— Bien sûr. Il apporte son magnétophone portatif et essaie de m'interviewer. Je me sens parfaitement idiote devant ce micro. L'immortalité à coup sûr, sans retouches. À quoi bon ?

Mes joues étaient devenues brûlantes. Chacun de ses mots nous rapprochait, je me voyais déjà tomber à genoux et lui embrasser la main : le chevalier de retour près de sa reine.

Elle s'était retournée pour tapoter le verre qui recouvrait le bout d'étoffe.

« Ne regrette pas *trop* qu'il ait brûlé. On l'avait mis au rencart, comme presque tout ce que nous possédions. La seule chose, c'était qu'il était sur mon lit quand Hugh est revenu de la guerre. La nuit de son retour. De Baltimore, où il avait récupéré. Je n'avais même pas été le voir. Je ne savais pas où nous en étions, où nous étions *censés* en être. Quand il est revenu, j'ai tout de suite *compris.* On n'a même pas défait le lit. C'est la nuit qui a décidé de notre destin à tous, la nuit où Keith a été conçu.

— Et c'est pour ça qu'il le veut ? Le quilt ?

— Évidemment. Comme preuve. Comme talisman. Son idée est que si je n'avais pas été enceinte, Hugh et moi ne nous serions jamais mariés. Ce qui, selon Keith, ajoute trois autres rôles au mien : celui du fils, celui du père et celui du mari. À prouver, je suppose, que le fardeau soit à diviser en *trois*.

J'avais éclaté de rire, un rire qui ressemblait à un éternuement.

— Merveilleux.

— Ça fait cent fois que je la ressors, celle-là. C'est ça qui te fait rire ?

— Ann.

Je ne trouvais rien à ajouter ; j'avais l'esprit embué. Elle avait gardé le silence. Puis :

— Qu'est-ce qui t'amène à New York, David ?

— Toi.

Qu'est-ce que j'attendais ? Qu'elle me tende la main ? Pour m'avouer qu'elle ne demandait que ça ? Elle avait hoché la tête, comme si ça ne concernait que moi. Ses gestes ambigus avaient toujours été, à mes yeux, des signes tant d'élégance que d'habileté. Le poids des sentiments inexprimés était devenu si écrasant que j'aurais voulu qu'elle s'oublie davantage, qu'elle ne soit plus que l'Ann dont j'avais besoin. Je l'avais regardée, je sombrais — et c'était comme si j'appelais un chat à la rescousse.

— Comment ça ? avait-elle fini par dire.

— Je voulais te voir, te parler.

— Ah ! Alors c'est *toi,* ce n'est pas *moi.*

— Je n'essaie pas de me leurrer. Je n'ai pas pris l'avion en me disant que ça te serait facile, de me revoir. Je suis là depuis une heure de l'après-midi, je n'avais pas le courage de t'appeler.

— Parce que ce n'est pas de moi que tu es amoureux, tu es conscient de la différence qu'il y a entre *toi* et *moi*. Si tu étais amoureux de moi, et que tu ressentais quelque chose, tu ne douterais pas que j'aie la même réaction.

J'avais baissé la tête. Baissé les yeux pour réfléchir. Et je n'avais plus bougé.

« Tu es venu pour que je te parle des autres ?

L'heure n'était plus aux politesses.

— En partie.

— Et encore ?

— Pour être avec toi. Tu me manquais, depuis longtemps, depuis tes lettres, surtout.

J'avais relevé la tête. Son visage s'était adouci. Elle avait porté la main à ses lunettes, comme pour les retirer, se montrer sans masque, mais l'avait aussitôt laissée retomber sur sa jambe et avait poussé un soupir.

— Je suis mesquine, je le sens. Je prends mes précautions. Pour pouvoir me rappeler tout ce que je t'ai dit de méchant, toutes mes railleries, au cas où quelqu'un apprendrait que tu es venu et me poserait des questions ; et pour qu'il me donne raison. Absolument aucune envie de dire que ta visite m'a fait plaisir.

— C'est vrai ? Qu'est-ce que tu ressens ?

— Voyons un peu. Tu sais où trouver Sammy. Tu devrais y aller, David. C'est un chêne. La personne la plus solide que je connaisse, littéralement. Il peut passer pour un impulsif, depuis cette histoire de chèque déchiré, j'imagine... Pas du tout. Sammy n'agit toujours qu'en position de force — de force tranquille. Il a tellement de chance ; très peu de gens sont aussi *à l'aise* sur cette terre que lui. Comparés à lui, nous ne sommes que des paumés. Nous biaisons, nous nous accrochons. Il m'arrive de penser que ce monde n'a été créé que pour lui, et cinq mille autres peut-être, assez intelligents pour s'y épanouir.

— Et Beaumont, comment c'est ?

Je ne sais pourquoi je lui avais demandé ça — par nervosité, probablement. Je m'étais penché en avant, les mains jointes, ballantes, entre les genoux.

— Une petite ville universitaire. Une rivière dégueulasse, une usine en brique rouge, des toits en pente, des péquenots, des vergers. Et Keith. Tu sais où il est. Je ne t'apprends rien, rien de nouveau. À Bellows Falls. Il travaille dans une fabrique de meubles, il gagne beaucoup d'argent, et il s'abîme les doigts. Il fait des fauteuils, des fauteuils à bascule. Amusant, pour quelqu'un comme Keith. Il n'a jamais eu l'esprit très créateur. Il avait voulu construire quelque chose, quand il était gosse, Hugh — ce cher Hugh, toujours prêt à vous aider — lui avait arraché le marteau des mains, pour lui montrer la meilleure façon de s'y prendre, bien sûr. Ce devait être une façon symbolique de le castrer, je ne me souviens pas d'avoir vu Keith construire quoi que ce soit, depuis.

Il se fabriquait une stéréo le soir où j'avais regardé par la fenêtre, le soir où j'étais sur la véranda... Le soir où j'avais mis le feu. J'avais détourné mon regard, ne sachant si elle s'en souvenait, si elle ne se moquait pas de moi, délibérément.

« Des trucs électroniques, de temps en temps. Mais pas de volières, pas de pièges à lapin, rien qui vous oblige à manier la scie et le marteau. C'est un fana, maintenant. Il s'est fabriqué presque tout son mobilier. Il vit dans une vieille ferme en ruine, mais superbe, vraiment. Il voulait en faire le nouveau QG de la famille ; personne ne l'a suivi, jusqu'à présent. Il a quelques poulets qui se baladent dans le fond, à caqueter et à se plaindre, et, merveille des merveilles, une dame à plein temps, une fille de la ville. Genre Ingrid Ochester, tu vois, la fille. Passive, facile, un peu triste, mais heureuse, et têtue comme une mule. Je ne devrais pas dire ça. On pourrait croire que je lui en veux, à la fille de Keith, je veux dire, ce n'est absolument pas le cas. Elle est très bien pour lui, un peu terne, mais lui aussi, il n'a pas changé. Il a bien de la chance d'avoir quelqu'un qui s'occupe de lui.

« Jade se porte bien, elle est à l'école, elle étudie l'éthologie, aux dernières nouvelles, je veux dire. Elle change souvent d'idée, menace constamment de tout laisser tomber, et comme ni Hugh ni moi n'élevons la moindre objection, décide à chaque fois de continuer.

— Quelle école ?

— *Et,* avait-elle poursuivi en levant un doigt pour m'intimer le silence, Hugh, Hugh est toujours par monts et par vaux, à mener la vie de bohème, complètement *dépassé.* Mais ça ne va pas durer. En septembre ils vont aller vivre dans l'Utah, avec un certain Whitney St. Martin — le nom qu'il se donne, du moins. Je suis sûr que c'est un faux nom. Il a probablement un long et gênant casier judiciaire, ce Whitney. Une expérience communautaire, sur une cinquantaine d'hectares déserts. Hugh en sera le médecin. L'endroit s'appelle Autonomy House. Je te l'ai déjà dit ? Autonomy House. Uniquement pour les gens qui ont un métier ; pas de drogues, pas d'alcool. Des professeurs, des avocats, des médecins, des architectes, des écrivains, des écrivains je suppose. Je crois que Hugh m'a dit qu'il y aurait des écrivains. Peut-être qu'il incluait cette pauvre Ingrid dans cette catégorie, quoique ça suffise largement, comme métier, d'être la maîtresse d'un médecin.

« Ils vont tous s'installer sous des espèces de dômes à la Buckminster Fuller, et vivre la vie d'une communauté idéale. D'après Hugh, ce ne sera pas un laboratoire d'idées, mais... d'*action.* D'action ! J'aurais plutôt envie de me lancer dans le terrorisme. Non seulement la naïveté, mais il faut encore que Hugh paie de sa poche. Voilà pour notre M. Whitney St. Martin. Chacun de ces professionnels si soigneusement choisis et sélectionnés doit payer trente-cinq mille dollars le privilège de vivre cette utopie bourgeoise. Hugh est censé se faire payer par ses clients des honoraires symboliques. Et un tas de frais, en plus des trente-cinq mille dollars, qui ne sont qu'un droit d'inscription. Les aspects financiers sont terriblement compliqués. Je me suis promis de ne pas chercher à en apprendre davantage, le peu que j'en sais me soulève l'estomac.

« Tu vois ? Tout le monde se débrouille assez bien. Notre indépendance est — je ne sais comment dire : plus ou moins mal assurée. Je vais bientôt ressembler à Keith ; *incroyable* comme nous pouvons nous passer les uns des autres.

— À quelle école va Jade ?

— David !

— O.K. Désolé. Je sais que je ne dois pas demander.

— Exactement.
— Je ne peux pas m'en *empêcher.*
— Bonne excuse.
— Ce n'est pas ça.
— Aucune importance. Mais ne me demande rien. Pas d'allusions, pas de pressions. N'essaie pas de me sonder, de m'amener à me couper, ou de jouer sur mes sentiments confus à ton égard. Il... il est très probable que ce que je pourrais te dire sur Jade ne te réjouirait pas beaucoup. Il faut que tu le comprennes, non ?

Un coup de poing en pleine figure. L'humiliation s'ajoutait à la blessure. Mon impuissance ne cessait de m'étonner ; je ne m'habituais pas à cette constante fragilité émotionnelle, avec ce qu'elle comportait de terreur. J'étais sur le point de fondre en larmes. J'étais là, près d'Ann, et c'était à peine si je pouvais l'écouter. Ce brusque et mesquin mystère dont elle s'entourait me causait une telle peine ! Comment avais-je pu penser que je pouvais réagir avec quelque logique devant ce genre d'évidence ?

10

Il était entendu qu'on ne devait pas parler de ma vie. Elle n'était, après tout, que solitude, une solitude des moins séduisantes, alors que celle d'Ann était toute d'efforts et de lutte.

J'avais toujours éprouvé la plus vive curiosité pour tous les détails de son existence. Sa première expérience sexuelle (un jeune portier de l'immeuble de ses parents). Ce qu'elle avait fait de l'argent que lui avait rapporté sa première nouvelle dans le *New Yorker.* Pourquoi elle était si nerveuse quand elle faisait ses achats dans certains grands magasins. Les rêves vaporeux qu'elle avait quand elle était défoncée et qu'elle écoutait du Vivaldi, dont certains lui avaient inspiré des haïkus qu'elle notait sur des fiches, lesquelles finissaient au panier, non sans que j'aie eu l'occasion de les lire. Je ne m'étais jamais senti exclu, ou pris à la légère. Au milieu de tous ces gens, dans une maison toujours pleine de visiteurs, c'était à moi qu'elle se confiait (avec délicatesse, avec art, avec timidité). C'était à mes réactions qu'elle était attentive, à ma sensibilité qu'elle se fiait pour mieux se comprendre. Immense privilège. J'étais certain qu'elle me disait des choses que personne d'autre ne savait. C'était moins la nature profonde de ses pensées qu'elle me livrait que leur *musique.* Hugh, et d'autres, pouvaient connaître ses secrets plus en détail, j'avais le privilège de pouvoir apprécier le ton exact sur lequel elle se parlait.

Tout en elle, tout ce qu'elle me disait (ou ne me disait pas) était rien moins que vital à mes yeux. Et je ne l'étudiais pas parce que j'étais amoureux de sa fille. Je ne m'efforçais pas de la comprendre pour essayer de prévoir comment pourrait évoluer sa fille. Je ne crois pas que j'aie jamais pensé vraiment qu'elle lui ressemblerait, pas plus que j'aie jamais cru que je ressemblerais à Arthur ou à Rose. Ann était unique, irremplaçable, ironique, sûre d'elle, altière, vulnérable, et chacun de ses mots, chacun de ses gestes, pour moi du moins, étaient si ouvertement calculés que leur signification était aveuglante.

Nous avions parlé de son existence solitaire à New York, jusqu'à une heure avancée. Sa famille, avant d'être ruinée, s'occupait d'une institution charitable, les United States Foundling Homes, une combinaison d'orphelinat et d'école pour enfants méritants qu'on se serait davantage attendu à trouver dans un roman de Dickens que sous le soleil des États-Unis. Le père avait précipité la faillite des Foundling Homes en s'attribuant un salaire qui frisait le détournement de fonds, mais ç'avait été la chance d'Ann qui, depuis la mort récente de M. Ramsey, vivait sur cet argent. Elle touchait 850 dollars par mois, et parlait de somme dérisoire, de vêtements d'occasion, de morceaux de sucre ramassés dans les cafés, de pessimisme justifié — affirmant qu'il ne lui restait jamais rien à la fin du mois, alors que ces 850 dollars me paraissaient amplement suffisants. « Tous les mois c'est pareil : le dernier jour, depuis que je suis ici, je ne mange pas. » Nous avions parlé des prix, des achats chez Saks, sur la 5e Avenue, puis d'une promenade dans le « Lower East Side juif », pour voir si l'on pouvait y trouver les mêmes choses, de la stratosphère de Carnegie Hall, où elle s'isolait, et des cotisations à payer à la Croix Bleue. (J'avais ouvert là une parenthèse pour préciser que l'amie de mon père avait passé des semaines à l'hôpital. J'aimais mieux ne pas penser à la note. Ann n'avait pas manifesté le moindre signe d'intérêt.) Elle parlait du prix du papier machine, des rubans, des photocopies, des timbres. Je lui avais dit que j'étais heureux qu'elle se soit remise à écrire.

— Moi aussi. J'ai failli en vendre deux au *New Yorker*. Ils m'ont envoyé une lettre très gentille. Pleine d'encouragements, etc. Ce qui m'aurait encouragée, en effet, s'ils n'avaient pas sauté sur ce que je leur avais envoyé il y a vingt-cinq ans. Parfaitement vrai, ce qu'on dit d'un succès trop précoce : une *farce*.

— Ça me rassure, en ce qui me concerne.

— Une « petite revue littéraire », fermez les guillemets, a publié une de mes nouvelles, il y a un mois. Pas un sou. De quoi faire le paon, mais ils ne m'ont même pas remboursé les timbres.

— Quand même, c'est formidable d'être publié. Quelle revue ? Tu l'as ? Fais voir.

— Non. Je ne veux pas. La revue n'est pas très connue. Je ne sais pas pourquoi je leur ai donné ce texte. Il est très mauvais, par-dessus le marché. Entièrement raté. Désormais, quand le *New Yorker* me renverra un texte, je le réécrirai, ou je le jetterai au panier. Les nouvelles qu'ils publient sont conformes à ce que je voudrais écrire.

— J'aimerais bien la lire.

— Pas question de te la montrer. Je ne sais même pas si j'ai gardé le numéro. Ils ne vous en envoient qu'un *seul* exemplaire.

— Tu ne peux pas me dire de quoi ça parle ?

— O.K. Tu as fini par me poser la bonne question. Elle s'intitule *Meyer,* et j'y parle de toi.

J'avais failli éclater d'un rire nerveux, que j'avais su retenir. Je pensais sans doute qu'elle se moquait de moi, mais Ann ne mentait que par omission. J'avais porté la main à la bouche, malade d'orgueil, électrisé par l'espoir.

Il était tard. Elle m'avait demandé si je ne voulais pas dîner au restaurant.

« J'ai un rendez-vous à neuf heures et demie. Mais pas pour dîner. Je ne cuisine jamais pour les hommes.

— Je t'invite, si le restaurant est dans mes prix.

Ann était allée se préparer. L'appartement ne comptait que deux pièces, la chambre était séparée du living par un long couloir, je me sentais abandonné. Je marchais de long en large. J'avais essayé d'emprisonner dans l'un des prismes qui pendaient devant les fenêtres les rayons rouges et inertes du soleil couchant. J'avais regardé les livres, sur les rayons, remarqué le petit combiné stéréo et les deux douzaines de disques : Vivaldi, Bach, Joni Mitchell, les Beatles, le *Requiem* de Fauré. Quelques numéros du *Village Voice* et une édition de poche de *la Promenade au phare* sur la table basse, devant le sofa. J'essayais de comprendre : qui était-elle quand elle avait choisi ce petit tapis chinois à fleurs ? Comment en était-elle venue à faire l'achat de ces deux fauteuils de metteur en scène, qui ne ressemblaient absolument pas à ce qu'on trouvait chez les Butterfield ? Où s'asseyait-elle quand elle lisait mes lettres ? Et Jade, où s'asseyait-elle ? Les présences humaines laissaient-elles une sorte de poussière ? Le son des voix, de la voix de Jade, pendillait-il comme des fils de toile d'araignée aux quatre coins du plafond ? Des mèches de ses cheveux ne s'étaient-elles pas recroquevillées sous ce coussin ? Pourrais-je flairer son odeur, si j'étais un chien de chasse ou un loup-garou, l'aspirer par tous les sens, même si elle n'avait pas traversé cette pièce depuis des mois ?

J'étais passé devant la petite cuisine. Un récepteur téléphonique crème était accroché au mur, flanqué d'un carnet de cuir bleu. Je l'avais contemplé un moment, sans trop savoir pourquoi, avant de comprendre que c'était un carnet d'adresses et que j'y trouverais certainement celle de Jade, comme le numéro d'une combinaison de coffre, je n'aurais qu'à la retenir. J'avais étendu le bras lorsque j'avais cru entendre des pas. Je m'étais retourné — personne, aucun bruit de pas dans le bourdonnement lointain de la ville.

— Je te rejoins dans une minute ! m'avait crié Ann depuis sa chambre.

Étrange courtoisie (engendrée par l'angoisse de la solitude ?).

— Prends ton temps.

Je m'étais assis dans un de ces fauteuils branlants, les jambes croisées. Prêt quand tu le seras — C.B. [1] ! Le bon mot préféré de mon père. Sauf qu'on n'appelait pas ça des bons mots, dans le cercle de mes parents, mais des « histoires ». Ça faisait plus sérieux. Une histoire de cameraman de troisième ordre, en l'occurrence, dans une super-production de Cecil B. De Mille, le « Prêt quand tu le seras » s'accompagnait d'un éclat de rire si forcé, si éloquent, tandis qu'Arthur fronçait ses gros sourcils embroussaillés sur un regard sombre et perçant, non sans rejeter, la plupart du temps, dans la quinte de toux qui s'ensuivait, les vapeurs d'une bonne demi-douzaine de Pall Mall. Oh ! le brave clown !

Ann avait passé une autre robe longue, pêche et mauve, à col montant, sans manches, avec une fermeture Éclair dans le dos. Un tissu satiné dont le dessin évoquait les cristaux qu'on examine au microscope électronique. Ses cheveux retombaient sur ses épaules, sans la moindre ondulation, séparés par une raie au milieu. Du bleu foncé sur les yeux, du rouge à lèvres, des petites boucles d'oreilles en or, évoquant le soleil souriant des gravures médiévales. Elle avait un air à la fois superbe et étrange, joyeux et gêné.

— Mon *nouveau moi* [2], avait-elle dit, en esquissant une révérence.

— Je ne suis pas habillé comme il faut, m'étais-je excusé.

Je portais des baskets, un pantalon de velours côtelé noir et une chemise vert pâle dont j'avais dû rouler les manches, à cause d'une tache au poignet.

— Non, ne t'inquiète pas. Je me suis habillée pour plus tard, pas pour dîner.

Elle m'avait emmené dans un bar, la Pete's Tavern, qu'avait fréquenté O'Henry. Pendant le trajet, assez court, elle m'avait montré d'autres curiosités littéraires — la maison où vivait un des rédacteurs du *New Yorker,* une petite baraque habitée jadis par un romancier dont je n'avais jamais entendu parler, et l'ancienne demeure de Washington Irving.

Chez Pete's, nous nous étions installés dans un box. Un homme d'une trentaine d'années, cheveux bruns, avait salué Ann, de la table voisine. Elle lui avait rendu son salut, distraitement. Le serveur était un jeune

1. *Ready when you are — C.B. :* jeu de mots intraduisible sur les initiales de la Rank *(NdT).*
2. En français dans le texte *(NdT).*

Italien qui portait des pantalons étroits, à la mode, une chemise collante, des souliers pointus et un vieux tablier. Il avait dit bonjour à Ann et lui avait demandé, non sans une certaine touche d'ironie, me semblait-il :

— Vous avez soif, ou quoi ?

— Oh ! toujours, Carlo, toujours. Servez-moi un verre de scotch, le moins cher, avec une carafe d'eau, la plus fraîche.

Le serveur m'interrogeait du regard.

— La même chose.

Après avoir vidé nos verres, nous en avions commandé deux autres, puis, pour le dîner, du poulet rôti et une bouteille de vin blanc. Ann parlait d'une dégustation à laquelle on l'avait invitée, quelques semaines auparavant ; les prix étaient incroyables, les gens étaient hystériques et les distingués amateurs s'écrasaient pour goûter gratuitement aux grands crus.

— On aurait dit des fidèles au bord du désespoir et se bousculant pour se faire bénir.

Elle avait levé son verre, j'avais levé le mien. Nous avions trinqué ; un *ping* exquis, qui m'avait bouleversé.

— Je suis nerveuse, ce soir.

J'avais hoché la tête, pensant qu'elle voulait parler de nos retrouvailles. Elle avait repris :

« Ce type que je dois voir, après le dîner. J'ai le triste pressentiment d'une autre impasse. C'est un peu gênant, mais il est absurde de le cacher. Il est bougrement *dur*, je veux dire, pour une femme qui n'est plus jeune, mais qui se sent jeune, de vivre une vie décente, satisfaisante. Rares sont les jeunes hommes qui s'intéressent à une femme de mon âge. Je sais que je ne parais nullement plus jeune que je ne le suis. Mais ce qui m'intéresse, moi, ce dont je suis capable, m'éloigne des hommes plus mûrs. Un fiasco total. Et je suppose que, bon, je ne sais comment dire, que j'ai cherché, oui, c'est le mot qui convient, un peu trop, peut-être. Le monsieur de ce soir est professeur à l'université de New York, il a trois jours de plus que moi. Sa femme l'a quitté il y a un an, ce qui l'a beaucoup éprouvé. Il travaille *tellement*. Mais il n'est guère qu'une espèce d'emploi à mi-temps, pour moi.

Elle buvait vite, je la suivais ; une deuxième bouteille était apparue sur notre table.

— Tu as une petite amie ?

— Non. Il y a une fille que je vois un peu, rien de sérieux. Elle me tient compagnie.

— Tu ne couches pas avec elle ?

J'avais secoué la tête.

« Ni avec personne ?

— Personne. Je ne pense qu'à Jade. Me retrouver avec qui que ce soit d'autre serait une espèce de renoncement.

— C'est un peu simplet.

— Tant pis.

— Et sans espoir.

— Non, pas du tout. Et quand ça le serait... Je n'ai pas le choix. Mes sentiments n'ont pas changé.

— J'ai écrit une nouvelle — essayé d'écrire, plutôt — sur la première fois où vous avez couché ensemble, tous les deux. Beaucoup trop compromettante pour la soumettre à une revue *quelconque*. J'ai bien failli te l'envoyer, il y a quelques mois. Je n'ai personne d'autre à qui je pourrais la montrer.

— Et Jade ?

— Oh ! non. Elle ne me le pardonnerait pas. Hugh, peut-être. Mais il a horreur de lire ce que j'écris. Il dit que ça le déprime.

Elle avait appelé le garçon.

« Carlo ? Quelle heure est-il ?

Il était huit heures et demie.

« Nous avons encore un peu de temps. Tu aimerais que je te raconte l'histoire ?

J'avais acquiescé d'un signe de tête. Elle avait souri.

« Tu n'as pas la tête à ça. Mais je vais en profiter, et te la raconter quand même. Et je t'interdis de m'interrompre.

— Promis.

— D'accord. (Elle avait rempli nos deux verres.) C'était un samedi. Début juin 1966. Hugh et moi étions sortis — ce qui était rare, comme tu t'en souviens. Nous n'avions pas d'amis et nous étions toujours trop fauchés pour nous payer les trucs ordinaires, comme le restaurant et le spectacle. Nous adorions la musique, mais les seuls concerts où nous allions étaient ceux de Grant Park, qui étaient gratuits. On s'asseyait sur une vieille couverture de l'armée, sous quelques vagues étoiles, pour écouter le Chicago Symphony Orchestra racler tout ce qu'il savait à un kilomètre de là, dans le kiosque. Mais cette nuit-là, votre nuit, nous étions, Hugh et moi, invités à une réception à Woodlawn, chez un architecte qui était un client de Hugh, un des plus huppés. Ça devait rouler, comme on disait. On était à la page, grâce à toi. On savait tirer sur le joint. Nous nous étions défoncés, mais nous tenions le coup — bien qu'ils soient tous plus jeunes que nous. Tout le monde était toujours plus jeune que nous.

« Il pleuvait, quand nous étions rentrés, une adorable petite pluie. Nous vous avions trouvés dans le salon, en train d'écouter la radio. Vous étiez en jeans, tous les deux, avec des chemises en Oxford bleu — vous aviez la manie de vous habiller de manière identique, à l'époque. Vous étiez assis par terre, le feu était allumé dans la cheminée. Jade était enveloppée de lueurs orange et bleues. Je me rappelle que je m'étais dit : elle réfléchit la lumière, David l'absorbe. Je me sentais encore dans les vaps, l'euphorie de l'herbe, c'était merveilleux, vous étiez incroyablement beaux, tous les deux. Je restais plantée là, dans le salon, à sourire, à secouer mes cheveux mouillés, pour que vous voyiez bien, sans doute, que j'étais défoncée.

« Hugh est arrivé, l'air absorbé comme un moine en pleine crise spirituelle. Il portait son costume gris, celui dont les manches étaient un peu trop courtes. Dieu, qu'il était beau, tu ne crois pas ? Dommage qu'il n'ait pas été assez riche pour s'habiller correctement. Tu pouvais penser ce que tu voulais, il était superbe — avec ses cheveux couleur tartine de sarrasin au miel et ses beaux yeux bleu-noir dans le soleil. Mais pas joli garçon, et certainement pas élégant. Ses traits étaient irréguliers, mais agréablement. On voyait tout de suite qu'il était un de ces rares hommes qui savent distinguer le bien du mal. Mon guerrier. Bon, tu les as lues, les histoires que j'écrivais sur lui quand j'étais à la fac. L'aimer, le trahir même, c'était vivre avec son temps, comme jamais auparavant — ou depuis. Il ne parlait pas de ses exploits et se plaignait rarement de ce qu'il avait enduré dans son camp de prisonniers. Ce soir-là, le soir de la party à Woodlawn — l'herbe, peut-être, ou ces cinquante personnes, toutes plus jeunes que nous, il n'arrêtait pas de parler de sa guerre, comme les vieux dans les hospices. Du dénuement, de la peur, des blessures, plus que de son héroïsme. Comme s'il voulait qu'on organise un bal de charité en son honneur.

« Le voilà donc qui s'amène, encore pas mal défoncé. Jade se retourne et lui lance un « Salut papy » beaucoup plus nuancé que celui qu'une fille de quinze ans peut se permettre.

— Et puis il s'est mis à nous engueuler pour avoir fait du feu.

— Exactement. Il était furieux. Vous savez que lui seul avait le droit de s'en occuper, vous prétendiez être étonnés. « C'est moi qui m'occupe de la cheminée », disait-il. En se frappant la poitrine — ses gestes étaient tellement rudimentaires. Le vrai mâle. Aucun effort pour déguiser ses vraies raisons. Qu'on était en juin et que ce n'était plus l'époque ; que nous n'avions presque plus de bois ; que vous aviez oublié la plaque. Il revenait d'une soirée interminable, déchaînée. Il avait toujours eu le goût des faits brutaux, déplaisants, tu le sais bien — les petites excuses embarrassantes étaient ses petits chocolats à lui. Et il restait là, immobile, les yeux injectés de sang, à vous engueuler : « J'ai horreur qu'on allume le feu dans *ma* cheminée. C'est la seule chose dans cette putain de maison dont je suis le *seul* à avoir l'entière responsabilité. »

— Jade lui avait dit qu'il faisait froid.

— Et il vous avait répondu que vous n'aviez qu'à mettre des gants, ou des pulls, ou aller ailleurs.

— C'était moi qu'il regardait en disant ça. C'était *moi* qui devais aller ailleurs. Chez moi.

— Oh ! je suis heureuse que tu t'en sois aperçu, David. Je me suis toujours demandé si tu remarquais ce genre de choses.

— Bien sûr que si.

— J'en suis ravie. Je n'avais pas l'impression.

— Je lui avais dit que je partirais quand le feu serait éteint.

— Oui, tu tournais tout à ton avantage, et tu insistais. La passe d'armes s'était un peu prolongée. Vous étiez aussi maladroits l'un que l'autre — tu étais beaucoup moins agile que tu te l'imaginais, tu sais — ; il m'avait prise par l'épaule, à un moment, le genre de contact physique brusque que cherchent les hommes quand ils pensent que leur petite amie risque de s'ennuyer. Il t'avait conseillé de faire vite, et nous étions montés, lui et moi. Mon Dieu, que je l'aimais, cette maison, la nuit, quand les fenêtres étaient noires et que les enfants étaient endormis.

« J'avais allumé ma lampe de chevet, Hugh m'avait demandé si j'avais l'intention de veiller. J'étais en train de lire *The Wapshot Scandal*, de Cheever ; je voulais bouquiner et réfléchir un peu. Tant de gens, j'en avais eu la tête farcie, j'avais besoin de me retrouver. Hugh s'était glissé dans cet énorme lit, il avait gardé son caleçon, signe qu'il était vexé que je veuille lire. Sa façon de me signifier son désintérêt. Je lui avais demandé ce qui n'allait pas, en touchant l'élastique de son caleçon, sous la couverture. Il avait reculé d'un centimètre. « Rien. » Comme cette pauvre petite voix blessée me faisait mal. Il s'était retourné, les bras croisés sur sa grande poitrine. Il n'avait presque pas de poils aux aisselles ; sa poitrine et son ventre étaient aussi doux que ceux de Sammy. « Je me sens seul, avec toi », avait-il ajouté. « Je suis une solitaire, c'est contagieux », lui avais-je répondu. Je ne pensais qu'une chose : Oh ! je t'en prie, dors, dors, que je sois tranquille un quart d'heure.

« Il s'était mis à parler des gens, à cette party, mais il bâillait, et je m'étais détendue. Je savais que ça ne tarderait pas. J'avais entendu la porte d'entrée s'ouvrir, se refermer, je m'étais dit que c'était toi qui partais. Et puis j'avais entendu Jade qui montait, elle allait à la salle de bains, au bout du couloir, je m'étais dit qu'elle allait se coucher.

« J'avais terriblement envie de l'arrêter au passage. Je me voyais ouvrir et refermer cette porte, nous étions toutes les deux, en train de pouffer de rire comme des enfants que nous étions partiellement restées. Nous redescendions dans le living, sur la pointe des pieds, certaines de ne pas nous être trahies par le bruit. Je retirais mes souliers et ma blouse pendant que Jade remontait. J'étais formidable, je n'oublierai jamais cette nuit, pas un instant. J'étais si lucide.

« Je m'étais endormie pendant quelques minutes, mon livre sur le ventre, avec la lumière. Et puis, soudain, je m'étais redressée, comme si une ombre m'avait frôlée. J'entendais des bruits, en bas. J'avais éteint pour écouter. Le parquet grinçait. Des petits bruits plus précis que la simple respiration de la maison. Je me demandais ce que ça pouvait bien être. Est-ce que je m'étais vraiment imaginé qu'un voleur avait pu s'introduire dans la baraque ? Qu'aurait-il pris ? Les revues ? La radio ? Mes chocolats ?

— Arrête, Ann, avais-je fini par dire. Tu deviens trop...

— Précise ?

— Non. Bizarre. Et tu me fais mal.

— Pas de raison. Tu t'en souviens parfaitement. Je te raconte ce dont je me souviens. Je me rappelle que j'étais couchée et que j'entendais des bruits, en bas, dans une maison où je ne vis plus.

Ses yeux étaient brillants, perçants, mais elle ne semblait pas s'en servir. Comme ces lampes allumées que les gens laissent dans des maisons désertes, pour tromper les cambrioleurs.

« Je m'étais glissée hors du lit et avais enfilé ma robe de chambre, ma robe de chambre bleue, une robe de chambre d'hiver, molletonnée, je n'avais que celle-là. Il y avait un vieux couteau indien à manche de noyer dans un tiroir de la commode de Hugh — un de ses nombreux souvenirs d'enfance, il y en avait tant. J'avais pensé le prendre, au cas où j'aurais besoin de me défendre. Quelle rigolade. Je ne faisais aucun bruit, moins qu'un nuage ; je flottais, traversais la chambre, le couloir, le palier. Je planais, comme avec de l'acide plutôt que de l'herbe. Je voyais tout. Des yeux de chat. Les plis du papier peint, les éraflures sur la lampe, tout.

« Y compris vous, tous les deux.

— Ann, je t'en prie.

Elle s'emparait de mes souvenirs, les démontait, les renversait, les grossissait. Ils n'étaient plus les miens.

— Oh ! cesse d'être si délicat, bon sang. Rien de blessant pour toi. Tu sais bien que je ne pourrais le raconter à personne d'autre. Ça te gêne ? Tu exploses comme une bombe au milieu de ma vie, et c'est *toi* que ça gêne ? Je ne suis pas allée très loin, tu sais. J'étais beaucoup trop surprise, effrayée. Je n'étais descendue que jusqu'au milieu de l'escalier, s'il n'y avait pas eu ce feu dans la cheminée, je ne vous aurais peut-être même pas vus en train de faire l'amour. J'avais vu Jade, les mains sur tes épaules, et ses genoux, comme ils pointaient...

J'avais baissé la tête, mon bras avait renversé le verre. Ann l'avait redressé avant de poursuivre :

« Mais ce qui m'a frappée le plus, c'étaient vos vêtements. Pas éparpillés partout. Ils étaient gentiment pliés. Ce qui voulait dire que vous saviez exactement ce que vous vouliez, que vous n'aviez pas à jouer les distraits. Oh ! ça m'avait tellement secouée, tu n'as pas idée. Vraiment.

« J'étais remontée me coucher. Tu ne t'es jamais douté que je vous avais vus, n'est-ce pas ?

J'avais relevé la tête. Mes yeux me brûlaient. J'avais cherché sa main.

— Excuse-moi.

— T'excuser ? De quoi ?

J'avais secoué la tête.

— De tout. D'être resté chez vous, ce soir-là, d'avoir fait trop de bruit, de t'avoir permis de nous voir. Je ne sais pas.

— Bon, alors écoute-moi. Tu m'imagines remontant me coucher avec Hugh, après vous avoir vus en bas, Jade et toi. Je tremblais, j'avais le crâne en ébullition. Je m'étais blottie contre lui. Dieu que je regrettais qu'il ne se soit pas complètement déshabillé, j'aurais donné cher pour sentir cette nudité. Je ne voulais pas rester seule. Je devais rayonner de désir. Hugh, soudain, avait bougé. Ses ronflements s'étaient arrêtés, il s'était tourné vers moi, ses yeux s'étaient lentement ouverts. J'avais touché son visage, il était doux, si doux, il m'avait embrassée, j'avais retenu mon souffle pendant qu'il m'embrassait, j'entendais le parquet qui grinçait, en bas. Hugh m'avait mis la main entre les jambes, ce qui l'avait complètement réveillé, bien sûr. J'étais prête. Pour lui. Depuis dix-huit ans que nous faisions l'amour, nous nous comprenions au moindre signe, comme les équilibristes — sauf que la corde était assez basse et que nous n'étions pas des acrobates. Je lui avais dit que j'allais revenir tout de suite, il avait souri, ça voulait dire que j'allais mettre mon diaphragme. J'étais partie dans la salle de bains, je vous écoutais, j'essayais de m'en empêcher, j'étais un peu sonnée, et au bord des larmes.

« La salle de bains était glaciale. J'étais nue, je frissonnais, les tablettes de verre que Hugh avait fixées au mur débordaient d'intimité familiale — les déodorants, les talcs pour les pieds, les shampoings, les sels, les brosses, les peignes, les dentifrices, une grenouille de plastique, cet appareil pour les muscles de la main avec lequel Sammy aimait jouer quand il paressait dans l'eau. Tout ça était merveilleux, superbe ; je contemplais ces tablettes, la bouche ouverte, comme un avare contemple son or. La première fois que je m'extasiais ainsi sur ma famille ; je n'étais pas dans mon état normal. Le diaphragme était toujours sur la deuxième tablette, près des shampoings, il était là. Dans sa pochette de plastique marron. Je l'avais ouverte, mon cœur avait cessé de battre. Plus de diaphragme.

« Je n'avais cependant pas hésité plus d'un instant. J'avais entendu Jade monter dans la salle de bains. C'était elle qui avait dû le prendre. Avant que tu arrives et que nos rapports se tendent un peu, nous avions l'habitude de parler de nos corps, Jade et moi, comme ils se ressemblaient, elle avait dû penser que mon diaphragme lui collerait parfaitement. Et toi, espèce de petit gauchiste juif, de petit camé à la manque, de *rock and roller,* tu n'avais même pas la présence d'esprit ou l'astuce de te munir d'un préservatif. Bon sang, David, même Sammy en avait toujours un sur lui, et il n'avait que onze ans. Mais j'étais fière de toi, même si tu étais trop bête. Vous étiez trop conscients pour qu'elle risque de se retrouver en cloque. Tant mieux ! m'étais-je dit, comme une brave cheftaine. Un ennui pourtant. Il y avait un monde, celui de l'âge et de l'usure, entre nos deux carcasses. Ce diaphragme devait lui faire bougrement mal, sans aucune efficacité. C'était obscène, ridicule, je veux dire, et pathétique, surtout. J'avais refermé la pochette, dans un geste de colère : de quel droit tenait-elle pour acquis que je ne m'en servirais pas ! Je m'étais passé les mains à l'eau froide, les avais séchées, je n'en tremblais que davantage. J'étais retournée me coucher en me demandant ce que j'allais dire à Hugh.

« Il aurait voulu savoir pourquoi, si je lui avais dit que je n'avais pas mon diaphragme. Il y avait toutes les chances pour qu'il se précipite dans le salon en beuglant, pour y mettre bon ordre. Ce qui aurait peut-être mieux valu. J'y pense souvent, tu sais. Si je l'avais mis au courant, depuis le début je veux dire, les choses se seraient passées différemment. Il t'aurait peut-être foutu dehors. Il aurait peut-être réagi plus intelligemment quand tu as commencé à t'installer. Il n'aurait pas attendu qu'il soit trop tard pour reprendre le contrôle de la situation, se souvenir qu'il était le père de Jade, et te chasser de la maison. Après, c'était déjà trop tard, mais cette nuit-là, si je lui avais dit, qui sait ce qui aurait pu changer ? Je ne pensais qu'à cette extraordinaire image, vous deux, écrasés l'un contre l'autre, dans cette lueur falote. Je voulais garder ce souvenir, pour moi toute seule. Je ne voulais pas voir Hugh se précipiter dans l'escalier. Je voulais qu'il me fasse l'amour.

« Ce qu'il avait fait. Nous avions fait l'amour. Je risquais d'être enceinte, comme Jade. Quelle nuit de dangers ! Avec ces âmes en quête de corps qui devaient planer sur cette vieille maison !

— Ah ! si elle avait pu se retrouver enceinte, cette nuit-là !

Aussi surpris par le son de ma voix que par ce que j'avais dit, j'avais éclaté en sanglots et m'étais couvert les yeux. Les murs dansaient, ce n'était pas l'abandon de l'ivresse, ils *bougeaient* lentement, dans l'espace et le temps, comme le font les choses, mais il n'y a que les fous pour s'en apercevoir.

— Je te comprends. Mais c'est ton affaire. Je continue. Cette histoire avait tout changé, cette nuit-là, tout ce que je pensais de l'amour avec Hugh. L'amour, pour moi, n'était jamais complet, tu sais. Je ne jouissais jamais, jamais, j'en étais loin, presque toujours. Sauf quand je me masturbais, jamais avec Hugh. Et je lui en voulais, bien sûr — pas seulement à lui, à tous les hommes, aux garçons avec qui j'avais couché avant lui, et quand il était allé se battre pour la démocratie, à tous, et à moi aussi je m'en voulais, mais c'était à lui, Hugh, surtout, que j'en voulais. Trop petit, trop rapide, trop pressé, trop doux, trop égoïste. Quelle différence ? Je n'essayais même plus de jouir. Mais j'étais en feu, cette nuit-là. Je vous revoyais, tous les deux, en bas. Seigneur, c'était presque de la pornographie, j'étais sous lui, et je savais que vous étiez là, tous les deux, sous nous. Je savais que j'allais jouir, je ne pourrais plus jamais en vouloir à Hugh, il était parfait. Rien de changé, pour lui ; je ne sais même pas s'il était bien réveillé, mais il était parfait. Aucune précipitation. Je savais que j'allais jouir. Mes jambes étaient en flanelle, et en pierre. Je jouais les voyeurs, véritablement, pour la première fois de ma vie.

Elle s'était soudain brusquement interrompue. Elle avait bu le peu de vin qui restait dans son verre, avant de prendre le mien, qui était vide. Elle semblait épuisée. Une légère pellicule de sueur donnait un aspect poreux à son masque de poudre. Elle avait l'air — malgré la finesse de ses traits, malgré son maintien, malgré la persistante délicatesse des gestes — d'une femme d'âge mûr, seule dans la chaude obscurité d'un bar, à court d'argent, abandonnée, bavarde, qui se laisse aller sous l'œil familier des serveurs et des barmen.

« C'est simple, avait-elle dit, en se penchant sur le coude et en jetant sa serviette sur la table. Toute vérité est une confession. Et pas de vérité sans confession.

Le garçon devait nous regarder, guetter le moment où Ann se calmerait. Il enlevait les assiettes et vérifiait s'il ne restait rien dans les bouteilles.

— Café, dessert ?

C'était à moi qu'il s'adressait.

— Quelle heure est-il, Carlo ? lui avait demandé Ann.

Le garçon avait les bras chargés, mais il avait retourné son poignet pour permettre à Ann de regarder sa montre.

— Oh ! dix heures moins dix. Je lui ai posé un lapin.

Elle paraissait inquiète, un peu effrayée même.

« Tant mieux ! Je n'en avais plus posé à personne depuis l'âge de seize ans !

Nous étions retournés chez elle, pour le cas où son ami l'aurait attendue. Sous le dais de l'immeuble, elle m'avait confié : « S'il est là, je tombe raide. » De joie, de surprise, ou de déception, je me le demandais. Quant à moi, j'étais écrasé de fatigue, et par une vieille et épuisante jalousie : l'adolescent qu'elle avait évoqué toute la soirée était toujours en moi, il n'*était* pas moi, de moins en moins. C'était le moi dont j'étais le plus fier qui avait fait l'amour à Jade, la nuit en question, mais il n'était qu'une sorte de jeune frère dont j'étais condamné à compter les exploits et les ravissements avec une sorte de rancunière et impuissante admiration.

— Bon, il n'est pas dans le hall, avait dit Ann.

Elle avançait en vacillant très légèrement. De temps en temps, elle me touchait le bras, comme pour assurer son équilibre, avec une timidité qu'on ne pouvait manquer de remarquer. Pas de portier en vue. Ann avait ouvert la porte de l'immeuble et s'était retournée. Prudence qui était devenue, chez elle, une seconde nature, et me gênait. Elle m'avait toujours paru si assurée.

Je me sentais un peu éméché, moi aussi. Dans l'ascenseur — nous étions assez loin l'un de l'autre —, je lui avais dit :

— Tu te rappelles, quand on a commencé à fumer de l'herbe, tu ne buvais pas, on se moquait des gens qui buvaient.

— Parce que nous étions des puritains.

— Des puritains ?

— Tandis qu'aujourd'hui nous sommes prêts à n'importe quoi pour tuer la soirée. Je ne sais vraiment pas *pourquoi* je remonte chez moi, tu sais. Aucune chance que mon ami m'attende. Ce n'est pas le genre. Ce serait plutôt *ton* genre.

L'ascenseur s'était arrêté ; les portes semblaient hésiter avant de s'ouvrir.

« Nous devrions être quelque part à écouter de la musique.

Le couloir était désert et silencieux. J'étais un peu déçu que son ami ne l'attende pas devant la porte — j'aurais bien aimé le voir. Mais j'étais soulagé, surtout. On n'allait pas me renvoyer sur-le-champ à mon hôtel.

« Je devrais l'appeler, avait dit Ann, sur le pas de la porte.

Nous étions retournés dans le salon, je m'étais assis sur le sofa pendant qu'Ann consultait son carnet d'adresses. Ce carnet, le fait de savoir que le numéro de Jade était dedans, j'en étais malade, mais j'étais si nerveux, depuis si longtemps, de tant de façons, que je ne m'en inquiétais plus guère. « Un coup », disait Ann en écartant le récepteur de son oreille, un centimètre à peine, pour que je puisse entendre le lointain ronronnement. « Deux coups. Trois coups. Et... » Elle avait raccroché. « C'est tout. » Elle avait sorti d'un buffet une bouteille de tequila et deux de ces épais et étroits verres à orangeade qu'on voit encore dans les dîners un peu vieux jeu. « Le plus pur de tous les alcools », avait-elle dit en posant sur la table les verres et la bouteille. Elle s'était assise dans un des deux fauteuils de metteur en scène. « Et le plus psychédélique. Le whisky vous fait rêver, la tequila vous donne des visions. Du hash liquide. » Elle en avait versé une modeste et révérencieuse quantité dans chacun des verres, avait pris le sien et laissé le mien devant moi.

Nous avions bu une bonne quantité de tequila. Elle revissait la capsule chaque fois qu'elle nous en versait, en serrant bien, comme si elle allait garder la bouteille pendant des mois. Je ne savais s'il fallait voir là un simple geste de prudence, ou le dérisoire petit jeu auquel on peut se livrer quand on a un faible pour l'alcool. Nous avions également fumé un joint — de l'herbe que Keith faisait pousser dans le Vermont, avec des graines de Colombie extra, spécialement pour Ann — et je suppose que nous aurions continué par un peu de LSD, ou de mescaline, si elle en avait eu sous la main. Il était onze heures. Plus l'atmosphère était intime, plus elle paraissait mystérieuse et solennelle à la fois.

— Tu t'intéresses toujours à l'astronomie ?

— Plus guère. Mes études, c'est tout. J'ai un peu étudié l'astronomie quand j'étais à l'hôpital, mais je ne pouvais pas aller très loin, tout seul. C'est compliqué.

— Oh ! je sais.

— J'y songe encore quelquefois, à devenir astronome. Mais je ne pense pas beaucoup à l'avenir.

— Ça plaisait tellement à Jade. Elle croyait vraiment que tu découvrirais une étoile et que tu lui donnerais son nom. Je n'y ai pas cru une minute. J'étais persuadée que tu ne l'emmenais au Planétarium que pour la tripoter sans être obligé de lui payer le cinéma.

J'avais l'impression qu'on m'avait touché, au bras. Ce n'étaient que les nerfs, qui tressautaient à la surface de la peau. Je l'avais regardée à nouveau. Ses yeux étaient embrumés, son visage s'était réchauffé, empourpré.

Le silence était presque intolérable.

Ann nous avait versé deux autres verres. Elle avait souri.

« Je savais que tu prendrais ce fauteuil.

— Comment ça ?

Elle sirotait son verre.

— Parce que tu savais que je m'assiérais sur le sofa, tu ne te sens pas très tranquille près de moi.

— Tranquille ?

Elle avait hoché la tête. Elle serrait les lèvres, son visage s'était rétréci, les rides étaient plus profondes aux commissures des lèvres.

— Assieds-toi près de moi. Je le veux.

Je n'avais rien dit, je n'avais pas bougé.

« Je pense souvent à toi. Tout le temps. Mes souvenirs de toi, les *idées* que j'ai de toi, j'y pense toujours, tu es mon vice secret. Mes petits chocolats. Hugh avait des vieilles photos, vraiment vieilles, des photos de filles nues qu'il avait ramassées en Europe pendant la guerre. Il les avait gardées — qui sait ? Quelque part dans un tiroir, sous son linge. Elles le fascinaient, même avec une femme et des gosses. Elles étaient son petit domaine sexuel à lui. Quand la journée avait été dure, ou qu'il avait eu une déception de mon côté, il sortait ses photos. Jamais devant moi. En cachette, ça faisait partie du jeu. Il était comme un gosse polisson sous sa couverture, en beaucoup plus triste, plus désespéré. Plus on est vieux, plus tout est triste, sans espoir — pas plus *sérieux*, remarque, mais plus définitif.

Elle avait avalé une autre gorgée de tequila, une longue gorgée ; son verre était presque vide.

« Je déraille. Je ne sais plus ce que je dis.

Elle avait fermé les yeux.

« Je me sens si *bien*.

— Ann...

Je m'étais penché, j'avais élevé la voix pour couvrir le battement de mon cœur et les sombres et frénétiques clapotements de mon sang.

« Il faut me dire si Jade...

Je m'étais interrompu ; j'avais regardé Ann à travers un voile d'angoisse, comme du bout d'un télescope. Elle secouait la tête.

— Assieds-toi près de moi. Je ne veux pas rester là toute seule.

Je m'étais levé. J'avais l'impression de porter les lunettes de quelqu'un d'autre, de ces verres épais qui font des arcs-en-ciel quand le soleil frappe de biais. Mes grandes jambes flageolaient, mon crâne flottait comme un ballon taquinant le plafond. Ann était assise sur ce sofa, comme une parfaite miniature humaine, pelotonnée dans une attitude extraordinairement humaine, dans toute sa simplicité.

Elle avait retrouvé sa taille normale lorsque je m'étais assis près d'elle ; elle paraissait même plus grande.

« Je ne regrette, je ne regretterai jamais, que ce que je n'ai pas fait. C'est tout ce qu'on regrette, au bout du compte. Les chemins qu'on n'a pas pris. Les gens qu'on n'a pas touchés.

Ce n'est pas vrai, me disais-je, mais j'étais à peine conscient de mes réactions. Comme pour un homme qui se noie, mes pensées n'étaient plus que des taches à la surface de l'eau.

« Tu as l'air effrayé.

J'avais hoché la tête, ce qui pouvait dire n'importe quoi.

« J'ai fait l'amour avec un jeune garçon. Plus jeune que toi. Il n'y a pas très longtemps. Il se rongeait les ongles. Il était maigre. Il avait une chemise indienne, blanche, en mousseline, on voyait au travers. Je l'avais séduit. Très habilement, il faut le reconnaître...

Sa voix s'était éraillée. Elle avait jeté un coup d'œil sur les fenêtres obscurcies, comme si elle avait aperçu quelque chose.

« Il était terriblement maigre, et terriblement doux. C'était comme si je faisais l'amour avec un papillon. Trop gentil. À peine s'il était là. Il était parti au milieu de la nuit. Un rêve érotique, sauf pour ces bouts d'ongles en demi-lunes dans le lit, le lendemain matin.

Elle m'avait pris la main. Le geste n'était ni trop lent ni trop rapide. Quelqu'un perdu dans ses pensées qui ramasse un objet familier et le soupèse, le caresse distraitement. Elle m'avait caressé la paume de son pouce.

« Et toi, tu es terriblement doux, gentil, attentionné, quand tu fais l'amour, David ?

Je me taisais, dans l'espoir que quelque chose se produirait, qui effacerait tout. Son parfum m'assaillait, comme si elle venait de le mettre.

— Je ne sais pas.

— Mais si. Ne sois pas timide, c'est absurde. Pas à ce point.

— À quel point ? À quel point en sommes-nous ?

— Nous en sommes au point où je te demande si tu es doux. Et au point où nous disons tout. Le simple fait que tu sois là, David. Depuis tant d'heures nous en sommes au point où nous devons admettre que la seule raison pour laquelle nous sommes là, ensemble, est que nous avons besoin de quelqu'un à qui nous confier, totalement. Et pour le moment, David, tout de suite, c'est ce que je t'avoue.

Elle avait pressé ma main contre sa joue. Les yeux fermés, elle se frottait à ma main. Je m'étais penché et l'avais embrassée, moitié sur le front, moitié sur les cheveux.

— J'ai besoin de ta présence, Ann.

— Je le savais.

Elle avait rouvert les yeux, j'avais retiré ma main.

« Et je crois que cette nuit-là, la nuit où j'étais descendue et où je t'avais vu avec Jade et où j'étais remontée faire l'amour avec Hugh, c'était avec toi que je couchais en réalité, tu ne crois pas ? Tout le monde croyait que nous étions amants, toi et moi, tu sais. Pas à ce moment-là, pas au tout début, mais plus tard. Je me demandais souvent ce que tu pouvais dire à cette pauvre Jade.

— Elle me l'avait demandé une fois. Je lui avais dit que ce n'était pas vrai.

— Bon, j'étais flattée. Que les autres puissent admettre que j'en étais capable. Et qu'un garçon comme toi, tu comprends, visiblement malade d'amour pour une si jolie petite fille, que tu sois censé avoir envie de moi. Tout ce que tu as pu dire à Jade ne l'a pas empêchée de le croire, tu sais. Tes dénégations devaient être assez molles. Je me disais qu'il ne te déplaisait pas qu'on nous soupçonne, j'en étais heureuse.

— Mais Jade savait que je ne pouvais toucher personne d'autre.

— Pas du tout, David. Elle a toujours cru que nous couchions ensemble. Elle se disait parfois que ça n'avait dû arriver que par accident, à d'autres moments elle était convaincue que nous nous retrouvions en cachette à la moindre occasion.

— Non. Elle ne l'a jamais cru. Elle ne m'en a parlé qu'une seule fois.

Innocemment. Je m'en souviens. Il faisait un temps superbe. Nous étions assis dehors. Jade avait des sandales, un short beige, une blouse sans manches, boutonnée dans le dos, avec de gros boutons, juste la couleur de ses cheveux. J'étais un peu nerveux, parce qu'on pouvait tout voir par l'échancrure, à la base des aisselles.

— Tu te souviens de tout, vraiment.

— Non, attends. Écoute la suite. Jade avait posé sa tête sur mon épaule, la brise avait soulevé ses cheveux, ils m'avaient caressé le visage. Nous nous étions mis à imaginer ce que ça donnerait quand nous aurions des enfants, je lui avais dit que je commencerais par être jaloux du bébé qui serait à l'intérieur de son corps, tout entier. Et puis elle m'avait dit — d'un ton très détaché, une idée qui lui était venue comme ça, semblait-il : « Qu'est-ce qu'il y a entre Mamy et toi ? » Je lui avais dit que je t'aimais bien, ou quelque chose de ce genre. Elle avait détaché sa tête de mon épaule, m'avait regardé droit dans les yeux, et avait souri : « Tu l'as baisée ? » Et j'avais répété : « Baisée ? » à voix haute, nous étions si nerveux, tous les deux, que nous avions éclaté de rire. Elle avait insisté : « Alors, tu me réponds ? » Et je lui avais répondu : « Tu perds la boule. Tu ferais mieux de me dire ce que tu as bien pu fumer, que j'en tâte, dès qu'on sera rentrés. » Sur quoi, et ça s'est arrêté là, rien de plus, elle m'avait répété : « Alors, comme ça, tu ne l'as jamais baisée, tu ne l'as jamais vue à poil, ni rien ? » Je ne sais même pas pourquoi je lui avais répondu avec un tel sérieux, mais j'avais secoué la tête et je lui avais dit que non, jamais. Et ça s'était arrêté là.

— Non. Ça ne s'était pas arrêté là. Jade croit toujours que nous avons été amants. La dernière fois que je l'ai vue, avec toute la famille, quand on était tous ensemble, ce que nous appelons encore être ensemble, c'est assez amusant et finalement...

Elle s'était tue et se frottait les yeux.

« Oh ! mon Dieu, avait-elle murmuré avant d'ajouter, en relevant sur moi ses yeux rougis : Désolée. Je m'embrouille. Ce que je voulais dire, c'est que Jade croit toujours que nous avons été amants. Chez Keith, il y a deux mois, elle en a parlé, de la façon la plus crue, la plus sale. À savoir qu'il y avait un lien secret entre nous deux. Que nous étions complices, sur le plan émotionnel. Amants. Quoi qu'elle pense de toi, David, et je ne le sais pas, et je ne veux pas le savoir, mais quand elle disait qu'elle savait ce qu'il y avait entre nous, il y a quelques mois je veux dire, c'était comme si on se retrouvait à Chicago, dans la vieille cuisine. Sauf que nous étions tous un peu plus blessés, un peu plus endurcis, et que personne n'essayait d'arranger les choses. Ils s'y étaient tous mis, ils m'avaient tous fait sentir qu'ils avaient *compris*, à l'époque, que nous étions amants, et qu'ils le *croyaient* toujours. Jade était tellement soulagée qu'elle en pleurait — et tu sais qu'elle n'a pas la larme facile. Elle n'avait pas perdu la boule, tout ce cauchemar n'était pas que le fruit de son imagination et de son inconscient. Ils étaient *tous* d'accord.

Ann m'avait repris la main, gentiment. Son geste n'avait rien de détaché ou d'accidentel, absolument rien d'inconscient. Elle avait décollé mon pouce de la lourde et humide masse de ma main, et avait appuyé dessus, jusqu'à ce que le tendon me fasse mal.

« Ne te méprends pas.

— Aucune intention.

— Tout le monde pense que nous sommes amants, ou que nous l'avons été. Nous devrions peut-être leur donner raison.

Elle attendait que je dise quelque chose.

« J'aimerais faire l'amour avec toi. Te sentir à l'intérieur de moi.

Elle était tout près de moi, j'aurais voulu la prendre dans mes bras, n'eût été que pour son audace. Et de l'entendre dire qu'elle voulait me sentir en elle me donnait envie de lui faire l'amour. Mais j'étais incapable d'envisager des rapports sexuels avec une femme tellement plus âgée que moi. Je n'avais jamais été attiré par les femmes plus âgées. Je n'avais pas été de ces petits garçons de huit ans qui veulent épouser leur mère. Je n'avais jamais eu le béguin pour une maîtresse d'école ni dévoré des yeux la sœur aînée d'un camarade. Les stars de cinéma ne m'intéressaient pas, ni même les filles qui posent nues dans les magazines. Elles étaient trop vieilles, elles n'existaient pas. La photo qui m'avait excité le plus, pendant ma prime adolescence, illustrait un article du *National Geographic* sur les Seychelles. Elle représentait une jeune Négresse à demi nue qui marchait sur une plage — elle devait avoir mon âge, un an de moins peut-être.

— Je ne pourrais jamais coucher avec toi, Ann. Jamais.

Je secouais la tête. J'aurais voulu la prendre dans mes bras, sentir ses bras autour de moi : j'étais terrifié, et je voulais qu'elle me protège.

— Tu ne me comprends pas. Ce n'est pas à cause de ce qu'ils disent. C'est toi. J'ai envie de toi. Je veux passer cette nuit avec toi.

— J'ai envie d'être avec toi. Cette soirée a été une véritable agonie, mais c'est un paradis, puisque je suis là, avec toi, c'est ma vie, la vraie, la seule. Mais pour le reste, impossible. Ne te moque pas de moi, je ne pourrai faire l'amour avec personne tant que je n'aurai pas revu Jade, tant que je ne serai pas avec elle. C'est très dur, mais je ne peux pas faire autrement. Ce serait pire si je couchais avec qui que ce soit d'autre. Ça m'éloignerait de Jade. Ce n'est même pas de la fidélité, tu sais ; c'est de la peur, probablement. Il faut que j'attende.

Ann avait serré les poings, elle les avait posés sur ses genoux. Son visage était rouge, elle ne me regardait plus. Si elle avait voulu me faire du mal, c'était le moment idéal pour me parler des amants de Jade. Je m'attendais au pire, je me disais déjà que ce n'était pas forcément vrai, qu'elle ne me disait ça que par dépit.

— Je devrais t'en vouloir.

— Mais non.

— Si. Je devrais. Je devrais être furieuse. Élémentaire, mon cher Watson.

Elle avait fermé les yeux, étonnée de s'en être tirée si aisément.

« Tout ressentiment se ramène toujours à ça. On vous repousse. On refuse de vous tenir dans ses bras. De vous apaiser. Toutes les guerres, toutes les bagarres — je devrais être en rage. Je suis tellement dégoûtée de moi-même. Et la vie, pour moi, n'a pas encore *commencé*.

— Je ferais mieux de partir.

Mon cœur battait la chamade ; aussi fragile que déchaîné. J'aurais voulu mourir sur-le-champ, et tout se passait en dehors de moi, pourtant.

Ann s'était levée, se dirigeait vers une des fenêtres. Je me demandais si elle n'allait pas faire quelque chose d'épouvantable, mais elle paraissait très calme.

Je m'étais levé à mon tour.

« Je m'en vais.

Le sang me montait à la tête, chargé d'étoiles, zébré d'éclairs multicolores.

« Désolé pour ce soir. J'aimerais t'appeler, demain. C'est ça, je t'appellerai. Mais je comprendrais très bien si tu...

— Il est tard.

Elle contemplait mon image, sur la vitre.

« Et tu ne connais pas la ville.

Elle s'était retournée, les bras croisés sur la poitrine.

« Assieds-toi.

Elle était passée devant moi et avait disparu dans le couloir.

Elle était vite revenue, avec un oreiller, des draps et une couverture bleu pâle.

« Debout.

Elle avait étendu les draps sur le sofa. Elle clignait des yeux, fronçait les sourcils, tirait sauvagement sur les coins des draps. Je restais là, debout, en silence. En une minute, elle avait fini.

« Tu vas dormir là. Tu y seras en bonne compagnie. Nous avons tous dormi sur ce sofa.

Elle avait reculé pour le regarder et se rappeler tous ceux qui s'y étaient couchés.

« J'ai des pyjamas. À Keith. Ils t'iront sûrement. Tu en veux un ?

J'avais secoué la tête.

« Une chose : quand je me lève, tu te lèves. Le matin, j'écris. Alors ce sera les toasts, le café, et au revoir.

— D'accord.

Elle avait approuvé de la tête. Les cernes sous ses yeux étaient d'un bleu lavande, du velours écrasé. Elle me regardait droit dans les yeux, m'invitait à lui rendre ce regard calme, ouvert, dans une sorte de commune compréhension de ce qui s'était passé. Je n'avais pas la force d'affronter quoi que ce fût. Je regardais de tous les côtés, et ne voyais rien lorsque mes yeux rencontraient les siens. La seule partie de moi qu'on pouvait encore qualifier de vivante n'était plus obsédée que par une seule et très simple pensée : dans un moment je serais couché sur un sofa où Jade avait dormi.

Ann était allée dans sa chambre. Je ne savais si elle avait refermé sa porte. J'avais entendu un long bruit de fermeture Éclair, puis presque plus rien. J'avais éteint les lampes, m'étais assis au bord du sofa et déshabillé dans le noir. Les draps étaient frais, je n'en avais jamais eu de plus doux. Quant à la couverture, on aurait dit du cachemire. Je l'avais rabattue sur mes épaules. La bordure de satin avait réveillé un souvenir, une réunion de cellule chez mes parents. J'étais tout gosse, sur le lit où les camarades avaient déposé leurs manteaux. Je caressais une doublure de satin. Je venais d'apprendre le mot, *magnifique,* je me le répétais : « C'est magnifique. » D'autres souvenirs. Aussi rapides qu'inattendus. Images emmagasinées au fil des ans. La vue, de ma fenêtre de Rockville. State Street décorée pour les fêtes de Noël. Sans aucun ordre logique, je n'essayais pas de me rappeler, ni de comprendre. Comme si une partie de mon cerveau était court-circuitée.

Je ne voulais pas penser, mais je ne voulais pas m'endormir trop vite. Je voulais rester éveillé sur ce sofa où Jade avait dormi. Je m'étais roulé sur le ventre en étreignant mon oreiller, qui me descendait des lèvres jusqu'à l'estomac. La couverture avait glissé, mais je n'avais pas froid. La pièce était très chaude. Ann ne m'avait donné cette couverture que parce qu'elle s'était souvenue de ce que j'aimais avoir quelque chose sur moi quand je dormais. Et de ce que Jade était en sueur, les longues nuits d'été, dans cette étuve, avec moi, sous une couverture, au plus pénible du mois de juillet.

Je m'écrasais le sexe contre le sofa, sauvagement. Je m'étais remis sur le dos. La pièce s'éclairait lentement, je me demandais si c'était déjà l'aube. Non. Les fenêtres étaient toujours noires. Je m'étais dressé sur un coude pour regarder dans le couloir, dans la direction de la chambre d'Ann. Je ne pouvais apercevoir la porte, mais je voyais la lumière, une maigre lueur pâle qui s'arrêtait à trois ou quatre mètres de moi.

Comme dans toute demeure étrangère, j'avais perçu une centaine de petits bruits bizarres depuis que j'avais éteint. Les bruits de la rue, les bruits des voisins, je n'y avais pas prêté plus d'attention. Le bruit venait de la chambre d'Ann, maintenant. Elle composait un numéro au téléphone. Lentement d'abord, avec de longues pauses entre les chiffres, puis plus vite et plus fort. Une cavalcade miniature, dans ma direction. J'avais d'abord pensé qu'elle appelait la police. Pour dire que quelqu'un à qui un tribunal avait interdit de chercher à la revoir avait enfreint cette interdiction et était en train de dormir dans son salon.

Je retenais mon souffle. La chambre d'Ann était silencieuse. De plus en plus. Le téléphone sonnait, à l'autre bout de la ligne ; on avait tout de suite répondu. J'avais entendu Ann se retourner dans son lit et murmurer :

— Allô, Jonathan. C'est Ann. Je te réveille ?

Quelques instants de silence, avant qu'elle reprenne :

« Il est tard, je sais. Mais je ne dors pas. Je suis on ne peut plus éveillée... Je t'en prie. Je suis désolée. Je ne t'ai pas appelé pour me disputer avec toi. Je sais qu'il est très tard. Et tu sais que ce n'est pas mon habitude. J'étais inquiète à ton sujet, tu sais... J'ignorais si tu étais passé pendant que j'étais sortie. Ou si tu avais décidé de ne pas venir, en fin de compte... Vraiment ? Oh ! Bon, je suis cont... désolée, Jonathan. Tu n'y es pas du tout. Je vais te montrer comme je suis simple. Tu m'écoutes ? Je veux que tu sautes dans un taxi et que tu viennes me faire l'amour... Oui... Est-ce que j'ai l'*air* d'être saoule ?... Non, je n'ai pas peur, je me sens seule, c'est tout. Mais je ne t'appelle pas parce que je me sens seule. Je t'appelle... Oh ! Jonathan. Tu es tellement organisé. Tout le monde sait l'heure qu'il est, Jonathan. Et nous sommes tous très conscients de ce que tu as des obligations dans la matinée.

Elle avait raccroché. Un moment plus tard, elle avait éteint.

Pour rallumer au bout d'une minute ou deux. Elle avait repris l'appareil et recomposait un numéro, celui de Jonathan probablement. Non, Ann, me disais-je. Je t'en prie, pas ça.

Au quatrième ou au cinquième chiffre, le cadran cliquetait encore, elle avait reposé le récepteur et éteint à nouveau, pour de bon cette fois.

Un moment plus tard, j'avais sombré dans le sommeil. Ma dernière vision avait été celle des fenêtres : les vitres étaient devenues gris-bleu.

11

Je m'étais levé bien avant Ann. Les fenêtres brillaient dans le soleil ; couvertes à l'extérieur d'une poussière qui les protégeait comme une sorte de grillage électrifié. Je m'avançais comme un cambrioleur. Ne devais-je pas partir immédiatement ? La salle de bains était à mi-chemin entre son lit et le salon ; sale, livide, faible comme je l'étais, je ne voulais pas faire le moindre pas dans cette direction. Je m'étais habillé et traîné jusque dans la petite cuisine pour me laver.

J'avais oublié que le carnet d'adresses d'Ann était accroché près du téléphone de la cuisine. Il y avait aussi un petit bloc de papier et un stylo feutre. Je m'étais donné le temps de réfléchir encore à l'inconvenance du geste. J'avais ouvert le robinet d'eau chaude, en tournant le mélangeur pour que le jet de vapeur ne frappe pas l'évier de plein fouet. J'avais pris le carnet de cuir beige, l'avais ouvert à la lettre B. Pas de Butterfield. J'avais tourné les pages jusqu'à la lettre J. Il y était, Jade, ton numéro, avec l'adresse, le premier repère depuis quatre ans. J'avais arraché une feuille du bloc et avais recopié le tout d'une écriture presque illisible, en appuyant la feuille sur le dos de ma main gauche ; on aurait dit qu'on lisait le message dans un miroir brisé. Mais j'avais ce que je voulais, avec ce gribouillis, ces pâtés, cette folle succession de pointes et de creux. Un voleur de bijoux s'emparant d'un sac de diamants pouvait-il ressentir plus d'ivresse que moi ? Un astronaute dansant dans l'éther se sentir plus libre, plus dégagé des contraintes ordinaires de la vie sur la terre ? Tu habitais Stoughton, dans le Vermont, une certaine West Street. Ton nom était flanqué de trois numéros de téléphone, notés à différents moments, trois stylos différents. J'avais tout de suite compris que tu devais souvent t'absenter, mais ma perplexité n'était rien, comparée à la joie d'être enfin près de toi, depuis quatre ans que nous ne nous étions touchés.

Je me demandais si Ann n'attendait pas que je parte pour se lever. J'étais incapable de dire l'heure qu'il était, d'après le soleil, mais j'étais certain qu'il devait être au moins midi. J'avais défait la couverture et les draps, les avais repliés de mon mieux. Puis feuilleté le *New Yorker,* en faisant semblant de chercher un bon club de jazz ou une pièce du tonnerre. Je n'avais, en plus de mon billet de retour pour Chicago, que quatre-vingt-dix dollars. J'en devais au moins vingt à l'hôtel. J'avais déjà tiré de ce voyage beaucoup plus que je n'en espérais, mais l'idée de devoir quitter New York faute d'argent m'était horriblement pénible. Je feuilletais les pages, regardais les dessins, louchais sur les pubs : les fourrures, les bijoux, une marque de scotch qui se vantait d'être la plus chère du monde. Étonnant l'argent que les gens pouvaient avoir ! Comme si je m'en apercevais pour la première fois.

Je m'abandonnais. Mes quelques heures de sommeil agité n'avaient guère eu raison de ma fatigue, j'avais dû m'endormir un instant. Je me souviens que je m'étais demandé ce que ça donnerait si Jade et moi avions beaucoup d'argent. Le dépenserions-nous pour nous tout seuls ? Le distribuerions-nous ? Créerions-nous des bourses pour des êtres prêts à tout sacrifier à leurs plus romantiques, leurs plus déraisonnables passions ? Un monastère pour les amants, par exemple, pas du tout monacal, bien sûr. L'idée, certes, n'était pas très sérieuse, mais elle avait bien des prolongements. J'étais en train de rêver à l'un d'eux lorsque Ann était entrée. Je ne l'avais pas entendue se lever, je ne l'avais pas entendue approcher, je regardais les vitres qui brillaient au soleil. Je m'étais retourné, elle était là, près du sofa, en blue-jeans, avec une chemise de soie rouge.

— Depuis combien de temps est-ce que tu es debout ? m'avait-elle demandé, d'un ton assez agressif.

Sur quoi je m'étais dit que si j'avais eu un brin de bon sens, et le sens des choses, je me serais bougrement dépêché de filer avant qu'elle ne se réveille.

— Quelques minutes.

— À propos d'hier soir...

Je t'en prie, n'insiste pas, m'étais-je dit.

— D'accord, n'en parlons plus, avais-je fait, trop rapidement.

— Écoute, si j'étais la nouvelle petite amie de Hugh, je m'en remettrais aux étoiles. Ingrid a toujours une explication astrologique. Une nouvelle phase de Vénus, et elle est infidèle. Mars rencontre la Lune, et elle lance une agrafeuse à la tête de Hugh.

Elle avait éternué, brusquement, un tout petit éternuement, plus délicat que celui d'un chat.

« Oh ! Seigneur, ma tête. Je n'ai pas dû dormir plus de trois heures.

— Tu ne te sens pas bien ?

— Peu importe comment je me sens.

Elle s'était couvert le visage de ses mains et se frottait les yeux du bout des doigts.

« J'étais une vraie harpie, hier soir, non, une méduse. Je te dois des *excuses*.

— Non. Nous n'avons pas besoin de nous justifier.

— J'étais mesquine. Je voudrais t'expliquer quelque chose. À propos de Jade. Je crois que je voulais te persuader qu'elle ne pense plus à toi, qu'elle ne parle plus jamais de toi. Je ne sais pas pourquoi. Je crois que je voulais que tu te sentes complètement anéanti. La vérité est qu'elle pense toujours à toi. N'interprète pas ça de travers, David, je suis persuadée qu'elle n'aimerait pas que je t'en parle, à *toi,* je veux dire, mais j'estime qu'il est bon que tu le saches. Elle ne t'a pas... oublié. Ce sera peut-être une consolation pour cette nuit.

J'avais essayé de me lever de ce sofa ; mes jambes étaient molles, rebelles. J'aurais voulu l'entourer de mes bras, en camarade, pour lui exprimer ma gratitude, au lieu de quoi je lui avais touché la joue. Sa peau était douce, étonnamment douce, mes ongles étaient mal coupés, bordés de noir. Elle avait presque reculé, avant de se reprendre.

« Je vais te chasser.

— Pour de bon ?
— Pour aujourd'hui, du moins. Il est dix heures. Je vais travailler.
Son regard s'était dirigé vers sa machine à écrire, sur la table.
— Je peux t'appeler, plus tard ?
— Je ne vois pas où ça pourrait nous conduire.
— À dîner ensemble.
— Nous avons dîné ensemble hier soir.
Elle avait secoué la tête.
« O.K. Appelle-moi. À six heures. D'accord. Mais tu ne t'étonneras pas si je t'envoie balader ? Je suis dans un état de demi-stupeur, et je ne sais pas ce que ça donnera quand je repenserai à hier soir, après ma dixième tasse de café.

J'avais retiré mes vêtements sales, dès que j'étais rentré à l'hôtel. Je m'étais brossé les dents et m'étais assis, nu, sur le dessus-de-lit blanc, tout bosselé, les numéros de téléphone de Jade devant moi. J'avais décroché l'appareil et demandé le premier à la standardiste. Je ne voulais pas perdre de temps. J'étais encore pâteux, et au septième ciel : je ne serais jamais plus résolu, moins inquiet. J'avais entendu la standardiste du McAlpin appeler le Vermont, les bruits rauques du cadran m'enivraient.

Le téléphone sonnait. Pris de panique, j'avais failli raccrocher. *Tu es complètement cinglé,* m'étais-je dit. À la troisième sonnerie, quelqu'un avait répondu, une femme, un « Allô » enjoué, aussi rafraîchissant qu'un quartier d'orange.
— Jade Butterfield est là ?
J'avais cru l'entendre répliquer : *C'est moi.* Mon cœur en sautait dans ma poitrine, ma gorge dansait comme celle d'un crapaud.
— Elle n'est pas là. Je peux prendre un message ?
J'avais demandé le deuxième numéro, lequel avait sonné une douzaine de fois avant que je me rende à l'évidence : personne. Puis le troisième, une voix d'homme, jeune, aussi harmonieuse et détachée que celle de la femme m'avait paru amicale.
Un silence — angoisse de l'amoureux ? rappel d'un douloureux souvenir ? Il avait fini par répondre :
— Je ne *crois* pas qu'elle soit là. Vous pouvez attendre ? Je peux vérifier.
— Je vous en prie.
Il semblait vraiment ne pas savoir, ne pas savoir si elle y était ou si elle voudrait prendre la communication.
— De la part de qui ? avait-il interrogé, de sa voix amicale et neutre.

J'avais hésité.

— De la part de Dave.

Dave ? Qui espérais-je tromper ? Ce n'était pas un masque ; c'était un faux nez. J'avais entendu les pas s'éloigner, je le voyais traverser une énorme maison victorienne, interminable, qui n'était pas sans ressembler à celle de Chicago, mais beaucoup plus grande, avec un tas de courants d'air, des matelas par terre, des affiches des Marx Brothers sur les murs, et des cartons de lait, chacun son étiquette, dans un réfrigérateur datant de la guerre de Corée. Ah ! une de ces communautés d'étudiants, où l'on vit à la bonne franquette, sans alibis idéologiques. Une bande de mecs et de nanas formidables qui partagent tout et économisent d'autant sur le loyer.

— Elle n'est pas là, avait fait le beau Sean, ou le beau Philip, le beau champion de kayak de la bande.

« Je m'en doutais, mais on ne sait jamais, avec Jade.

— Oh ! avais-je murmuré d'une voix incroyablement morte, comme si j'avais la gorge cimentée. Elle rentre quand ? Vous savez où je peux la joindre ?

— Elle est *peut-être* au concert. Je ne sais pas. Elle devait y aller, à la ferme, chez Sophie, mais je *crois* que le truc a été annulé.

— Mon Dieu.

C'en était trop : un concert, une ferme, la voix de ce garçon. J'avais fait irruption dans ce monde inconnu, comme un fantôme errant, perdu, qui voletait dans tous les sens et cognait aux volets de la mauvaise fenêtre. Toute cette équipée pour en arriver là !

— Vous voulez laisser un message ?

— Oui.

Je m'étais tu. Il attendait — depuis je ne sais combien de temps. Ce qui témoignait d'un sain respect pour l'incommunicable.

« C'est un de ses amis.

J'en étais revenu au point de départ, comme un rat dans un labyrinthe. J'étais étendu sur le dos, étreignant le récepteur de mes deux mains, les yeux rivés au plafond, dont la peinture était granuleuse comme une peau de volatile.

« Vous avez une idée de l'heure à laquelle elle va rentrer ?

— Non, avait-il dit, doucement.

— Mais elle habite bien ici, n'est-ce pas ? À ce numéro ?

— De la part de *qui ?*

— Dave. Je vous l'ai dit. De la part de Dave.

— Mais vous êtes *qui ?*

Oh ! je connaissais ce genre de longues conversations affectueuses qu'ils devaient avoir, comme à Rockville, alternant entre l'anecdote et la confidence. J'étais convaincu que le nom de David Axelrod lui était familier, à ce beau gardien des portes du paradis.

— Un vieil ami à elle. Un ami de la famille.

Il me semblait risqué et désinvolte à la fois de laisser un message trop explicite. Je ne voulais pas qu'elle trouve mon nom punaisé au tableau d'affichage de la communauté.

« Je rappellerai.

— Je lui dirai que vous avez appelé, Dave.

— Non, c'est inutile.

Je voulais lui demander de ne pas le faire. Un réflexe stratégique dont la subtilité n'avait rien à envier à celle d'un ténor se plongeant un poignard dans le cœur m'avait poussé à ajouter :

« Pas d'importance. Rien de pressé.

— O.K.

— Inutile de dire quoi que ce soit.

— O.K., Dave. Un ami de la famille.

— Non ! C'est inutile. N'en parlez même pas.

J'avais réfléchi un instant, avant d'avoir une idée qui m'avait paru assez brillante.

« Je ne m'appelle même pas Dave.

— O.K. De la part de *qui ?*

J'avais raccroché très posément. J'étais resté là, les mains posées sur l'appareil, comme à Chicago, quand je cochais ma liste de Butterfield en ne me permettant que quelques appels par jour. Un certain sentiment de futilité s'était emparé de moi, vite suivi par un sentiment écrasant d'humiliation. Il avait fallu que je replace le téléphone sur la table de nuit et que je m'enfonce le visage dans la fraîcheur d'un oreiller trop dur pour que je m'avise que ça n'avait pas été un de mes appels ordinaires, à plus ou moins longue distance : j'étais tout près de Jade ; j'avais ses numéros de téléphone, son adresse ; j'étais lancé, j'étais libre, rien ne m'arrêterait.

Après avoir pris une douche, j'avais sonné et commandé un toast à la française (ce que Hugh appelait un « pain perdu »), du jambon, du jus d'orange et du café. De ma fenêtre, la vue était dégagée. Je regardais les promeneurs du samedi, qui, à neuf étages en dessous, défilaient devant l'hôtel comme devant l'objectif d'un appareil photo. Le monde était si beau…

En homme rangé, j'avais pris mon petit déjeuner en lisant le journal. Je savourais tout ce luxe, en dépit de l'émotion qui me torturait. Je mangeais et lisais aussi lentement que je pouvais. J'aurais voulu arrêter le temps. Je ne lui avais demandé qu'une chose, depuis l'incendie, de passer aussi rapidement, aussi sagement que possible, comme une nonne sous la pluie. Mais la vie avait repris un sens.

J'avais remarqué qu'on jouait *la Dernière Bande* dans un petit théâtre à l'est de la ville. C'était la pièce de Beckett que je préférais. Ann l'aimait, elle aussi. Les billets ne coûtaient que quatre dollars, je pouvais me le permettre. J'avais appelé Ann, sur une impulsion.

— Désolé de te déranger. Est-ce que tu aimerais voir une pièce, ce soir ?

— Non, pas possible. Hugh vient de m'appeler.

— Bon.

Je ne suis pas sûr de ce que j'avais voulu dire. Que j'étais content que nous soyons presque tous réunis, peut-être.

— Il est avec sa petite amie. Ils sont allés à Chinatown. Acheter des épices et des huiles. Elle veut le présenter à un rebouteux, un Chinois plus vieux que le siècle, qui va lui confier le secret de certaines herbes à infusion. Elle est tellement plus attentionnée que moi.

— Alors comme ça, tu vas voir Hugh ce soir ?

— Non. Ils retournent dans le New Jersey. Où ils doivent se sentir chez eux.

Elle avait ri. Elle était nerveuse. Elle tâtait le terrain autour d'elle et se tisonnait elle-même pour mesurer l'étendue de sa propre tristesse.

— Et tu ne veux pas voir *la Dernière Bande ?*

— Je ne peux pas.

— Je t'invite.

— Je t'ai dit que *non*.

Il y avait eu un silence.

— Est-ce que je dois te rappeler, vers six heures ?

— Si tu en as vraiment envie.

Pris d'une brusque agitation, j'étais descendu dans la rue.

J'avais remonté la 5e Avenue, à partir de la 34e Rue, en regardant les vitrines opulentes des magasins de gadgets électroniques, appareils photos miniatures, magnétophones à piles et appareils à ondes courtes. Quelque part dans le même secteur, sur l'autre trottoir, à deux pas peut-être, Hugh et Ingrid devaient admirer, avec un sourire incertain, derrière une vitre épaisse, dans un petit étalage en arc de cercle, un petit wagon rouge servant d'écrin à une paire de boucles d'oreilles en diamants et en émeraudes. Relative infortune que d'avoir des goûts et des appétits de riches et de devoir tirer la langue devant un tas de choses qu'ils étaient loin de pouvoir s'offrir ; tandis que je pouvais, dans la même rue, admirer le jeu d'échecs mexicain, sculpté main, que je pouvais parfaitement me payer, si je le voulais, les jumelles autrichiennes, ou le service de huit couverts japonais, avec bol et légumier, au décor bleu et jaune, mes couleurs préférées, et dont le prix était réduit de trente-cinq à neuf dollars.

Il m'aurait été tellement plus facile d'expliquer tout ça si j'avais vécu à une autre époque, si j'avais pu vivre cet amour comme une vraie romance et menacer les cieux du poing, *le ciel,* en vibrant d'intelligence, en étant maître du temps et du destin, *au lieu* de menacer vraiment je ne sais quelles couches d'ozone et d'oxygène, quels monticules de minéraux, quelles poches de gaz.

Je remontais dans la 5e Avenue pour tuer une heure ou deux avant de rappeler Ann. Hugh était avec son amie, il devait songer à tout ce qu'on lui avait appris à désirer quand il était jeune. Qui sait combien de gens se promenaient là, autour de nous ? Ils ne devaient pas être loin du million. New York est la ville d'Amérique où l'on a le plus de chances de rencontrer un visage connu ; la capitale des rencontres inattendues. Il suffit d'y rester assez longtemps pour y retrouver tout le monde.

Je pense à un squelette penché sur un écran de radar ; Hugh et moi étions comme des petits éclairs de lumière qui allaient bientôt se rentrer dedans avec l'impérieux aveuglement des comètes.

Nous ne voyons pas l'avenir. À peine pouvons-nous conserver les images distordues du passé. Nous ne distinguons que ce qui est juste devant nous. Nous ne savons presque rien. La seule façon de le supporter est de ne pas nous en faire. Je m'en fais, et je ne le supporte pas.

Je devrais me contenter d'inspirer et d'expirer, et m'armer de courage. Mais ne pas savoir ce qui va pouvoir vous arriver, vivre dans l'espoir que vous n'aurez pas trop de mal à comprendre est comme foncer à toute vitesse avec un pare-brise sur lequel serait peint le décor de votre propre passé.

Je regardais la vitrine de la librairie Doubleday. Je songeais à offrir un livre à Ann. J'avais l'habitude de lui apporter de la lecture, de lui échanger *Juifs sans argent* [1] contre *le Brave Soldat Schweik*, ou *les Souterrains* [1] contre *la Porte étroite*. Nos différences de goût nous ravissaient. Plaisir que nous pourrions retrouver si je lui apportais un livre. Mais rien ne me semblait convenir, et je ne pouvais me souvenir d'aucun titre récent. Je m'étais retourné, Tiffany's était en face, un peu plus haut. Jade et moi avions vu le film, *Breakfast at Tiffany's*. Nous avions séché un cours pour le voir, au Clark, à Chicago. Nous avions fondu en larmes, dans la salle vide, quand Audrey Hepburn était partie à la recherche de son chat, sous la pluie, aussi prodigues de nos émotions que des pirates saouls dilapidant leurs sacs d'or dans un port.

J'avais voulu aller voir de plus près. Pour pouvoir en parler à Jade. J'avais attendu au coin de la rue, avec une cinquantaine de passants, que le feu passe au vert. Perdu dans la foule, mes vêtements me faisaient un peu honte. À Chicago, où le blond prédominait, mes allures sémitiques pouvaient impressionner, mais ici, à New York, au milieu de ces hommes en costumes sombres, aux yeux de jais, de ces

1. *Jews without Money*, roman de Michael Gold. *The Subterraneans*, roman de Jack Kerouac *(NdÉ)*.

masses de cravates en soie et de bijoux, j'étais écrasé par le style de Manhattan et avais le réflexe classique du péquenot : ces gens-là *existent*, je ne rêve pas ? On était au milieu de la journée, et j'avais l'impression d'être dans un hall d'opéra. Je contemplais aussi discrètement que possible les visages austères, les grands nez qui s'étalaient comme autant de trophées ancestraux, les sourcils broussailleux, les ombres sous les yeux, les bérets bleu clair, les crânes rasés, les gamins à calotte de velours rouge.

Mon regard s'était égaré sur le groupe d'en face, qui attendait le feu vert, comme nous. Hugh était là, au bord du trottoir. Il me regardait. Près de lui, une grande femme avec des tresses rousses, un corsage sans manches et une jupe en jean. Elle avait un fourre-tout à la main et observait le ciel. J'avais suivi son regard : un petit avion crachotait de la fumée et traçait au loin son message : un H, un O, un V...

J'avais le choix entre plusieurs attitudes.

Le feu, de l'autre côté, vers le nord, était toujours au vert. Je m'étais frayé un chemin dans la foule pour traverser la 57e Rue, vers l'odorante tache verte de Central Park. Je savais bien, au fond, que ce n'était pas possible. Mais je me répétais que Hugh n'avait pas dû me voir, que je nous rendais service, à tous les deux, en l'évitant. J'avais baissé la tête et avançais au plus vite. En courant presque.

Hugh avait foncé dans ma direction. Il avait coupé la 5e Avenue de biais, comme une flèche. Ingrid suivait en hurlant, elle devait nous le dire plus tard : « Hugh ! Qu'est-ce que tu fais ? »

Arrive un taxi. Il est pressé, ils le sont toujours. C'est leur métier. Il fonce.

Je me retourne pour voir si Hugh ne me suit pas. Il me suit, bien sûr. J'essaie de m'arrêter, mes jambes refusent de m'obéir. Elles sont plus lâches que moi. J'essaie de ne plus me retourner, de continuer, droit devant moi, au plus vite. Le trottoir est bondé ; on se croirait à Noël.

Le crissement des freins, malgré la foule et les bruits, n'aurait pu être plus strident dans une salle de concert. Je m'étais arrêté pile, m'étais retourné et avais vu Hugh, que le taxi venait de propulser dans les airs.

Il planait encore, à reculons. On aurait dit un acrobate. Le taxi avançait d'un centimètre, reculait d'autant, repartait, stoppait, sautait. Une véritable crise d'épilepsie. Personne ne disait rien, Hugh planait.

Sur le dos, à présent, il glissait comme sur un traîneau, les bras étendus ; sa veste était remontée, elle formait un bourrelet aux épaules. Il se renversait, un mouvement syncopé, sans grâce. Pour la première fois, cela paraissait sérieux, incontrôlé. Il avait pivoté sur son épaule droite, mais la tête ne bougeait pas, et les jambes s'écartaient dans deux directions différentes. On aurait dit qu'il allait se casser. Les voitures freinaient brusquement, l'une après l'autre. Le corps de Hugh avait cessé de glisser en ligne droite, le long de la 57e Rue.

Cela n'avait plus d'importance, sans doute. Le taxi filait à toute vitesse et l'avait frappé de plein fouet. Hugh, probablement, était déjà mort, ou près de mourir. Mais un camion vert, un camion de fleuriste, l'avait heurté à son tour. Écrasé plutôt. Il lui était passé dessus, écrasant le haut de son corps inerte.

Le ciel aurait pu devenir tout rouge, le soleil lui-même hésiter dans sa course immuable : le monde, sur cette grouillante portion de Manhattan, était extraordinairement calme. Les gens se retournaient lentement, tranquillement ; les visages étaient empreints de cette expression perplexe, absente, qu'on leur voit à la sortie d'une pièce d'avant-garde. Alors c'est *ça ?* Expliquez-*moi*. Il faut y regarder à deux fois pour être sûr. L'image de cet homme projeté dans les airs par ce taxi, comme un sac de victuailles, accomplissait en nous un double saut périlleux, nous la revivions. Mais la longue attente avait pris fin. Les synapses fonctionnaient de nouveau. On entendait des cris, des hurlements, les mains se rabattaient sur des yeux horrifiés. Nous n'étions qu'une meute terrorisée et chancelante. On se marchait sur les pieds, les épaules se cognaient. On avait peur de se regarder, chacun espérant que le voisin saurait quoi faire.

Personne ne savait quoi faire. C'est toujours comme ça. Nous avancions vers le point d'impact. J'avais vu Hugh se relever, soudain. Mais non. Quelqu'un devant moi avait laissé tomber un bretzel, un de ces gros bretzels de la taille d'un crâne qu'on vend à New York. J'avais accidentellement marché dessus. Quelqu'un d'autre avait perdu son journal. Les gens perdaient un tas de choses.

— Oh ! mon Dieu ! s'était exclamé quelqu'un. Ne regarde pas. Je t'en prie, mon chou. Ne regarde pas.

J'étais au bord du trottoir, à moitié sur la chaussée. Toute circulation était interrompue. Les voitures klaxonnaient, jusqu'à cinq rues de distance. Devant moi, des douzaines et des douzaines de gens. Nul ne criait : « Je suis médecin ! » Nul ne nous priait de le laisser passer. On se contentait de rester plantés là comme des idiots.

J'avais eu peur de m'évanouir. Je pouvais imaginer ce que ce devait être de se retrouver sous les pieds d'une foule. Je me voyais la gorge transpercée par un talon aiguille.

Hugh avait disparu. Il avait quitté cette carcasse brisée et... se dressait près de moi. Non, mais l'homme qui se penchait sur moi, sans rien sentir, avec ce chapeau de paille, le genre qu'on ne rencontre qu'aux courses, et ce blazer de yachtman, lui ressemblait un peu. Le même regard convaincu dans ses yeux vert océan, cette impassibilité qui vous permet les plus héroïques élucubrations mentales. L'esprit de

Hugh était peut-être là, autour de nous, partout, flottant comme les débris d'une explosion. Nous en absorbions peut-être tous une parcelle. C'est du moins ce qu'on aime à penser quand quelqu'un meurt.

Je m'étais avancé. Je ne rencontrais guère de résistance. Ceux qui étaient les plus proches du cadavre n'avaient aucune envie véritable de défendre leurs positions.

Ingrid Ochester s'approchait, de l'autre côté de la rue. « Il est à moi », répétait-elle, d'une voix très en retard sur sa douleur, d'un ton affirmatif, légèrement embarrassé. Elle semblait s'excuser d'être mêlée à l'incident, comme une nurse dont le marmot a bousillé un étalage, dans un grand magasin. « Il est à moi », ne cessait-elle de répéter. Elle agitait devant elle ses grosses mains, frappant aveuglément les gens qui ne s'écartaient pas. On aurait dit une femme attaquée par un essaim de mouches, dans un jardin. Elle titubait au bord du trottoir. Elle allait marcher sur le corps de Hugh lorsque ses genoux avaient cédé. Elle n'avait fait aucun effort pour se redresser, elle s'était affalée, à quatre pattes. À un mètre cinquante ou deux mètres de Hugh, au bord de la flaque de sang, qu'elle fixait comme si c'était un miroir. J'étais de l'autre côté, à trois ou quatre mètres. Trois inconnus avaient également réussi à se frayer un chemin, nous étions isolés au milieu de ce cercle de badauds, entourés de visages hébétés, comme prisonniers d'une danse rituelle.

« Ne le touchez pas », avait dit quelqu'un à Ingrid. Je m'étais retourné pour voir le flic qui avait pu fendre la foule et prenait les choses en main. Je n'avais vu que des badauds. Lorsque j'avais reporté mon regard sur Ingrid, elle était agenouillée dans la flaque de sang, elle repoussait les cheveux de Hugh, qui lui étaient tombés sur le front. Ses propres nattes rousses se balançaient devant elle, sa jupe était rougie par le sang de Hugh, ses mains étaient rouges de sang, elles aussi, de même que son visage, qu'elle venait de toucher. Elle nous disait quelque chose, à Hugh, à moi, à tous. Je ne sais trop quoi. Je voyais encore Hugh courir à ma poursuite. J'étais Hugh. Le taxi me frappait, à la poitrine, je tombais sur le capot, le taxi avançait, je retombais en arrière. J'étais projeté en l'air, je m'écrasais au sol, sans m'arrêter. J'avais les côtes brisées, une partie de ma tête s'était détachée, quand elle avait frappé le sol, comme un bout de carcasse de vieux pantin. Le pire : ma peau qui s'arrachait, tandis que je glissais ; une douleur des plus familières, des plus stupides et des plus ordinaires à la fois. Comme si je roulais sur des éclats de verre. Pour autant que je puisse en juger, je ne connaissais plus que cette douleur, une douleur qui dominait les derniers instants de ma vie, comme un violent et hideux accord à la fin d'une symphonie.

Le chauffeur du camion qui avait écrasé Hugh était descendu. Un type énorme, tout en muscles, avec un maillot de corps blanc, un pantalon fuseau noir, les cheveux coiffés à la Elvis Presley. Il se tamponnait le front avec un mouchoir pour sécher les petites gouttes de sang qui perlaient de l'égratignure qu'il s'était faite quand sa grosse tête avait heurté le pare-brise. Il était à une bonne trentaine de mètres de Hugh ; il avait parcouru toute cette distance avant de s'arrêter. Il marchait bizarrement, à pas menus ; on aurait dit qu'il portait les chaussures de son petit frère. Il regardait Hugh en secouant la tête. Il lui semblait si inconcevable de se retrouver soudain responsable de la mort d'un homme.

— Regardez ce que vous avez fait, lui disait Ingrid.

— Reculez, reculez, disait quelqu'un.

Hugh bougeait légèrement. Une illusion probablement. Je pleurais, assez fort. Le monde tremblait devant moi comme de la gelée sur une cuiller.

— Oh ! regardez ! répétait Ingrid, d'une voix de mère qui montre à son enfant une nichée de moineaux.

Le chauffeur s'était immobilisé. Il secouait la tête en fixant le corps de Hugh, en se demandant, je suppose, comment ce sac de sang avait pu échouer devant ses roues, exploser dans sa vie et menacer de la ruiner, de lui faire perdre son boulot, de mettre sa famille sur la paille.

— Ne le touchez pas, ne le touchez pas, disait quelqu'un.

Je m'étais à nouveau retourné. Un grand Noir barbu, coiffé d'une casquette de marin, traversait la foule.

« Écartez-vous, bon sang, écartez-vous.

Il avait l'air terriblement compétent, calme, digne de confiance. Peut-être avait-il appris à donner les premiers secours aux blessés dans la marine, ou avait-il été initié aux mystères des traitements miraculeux sur quelque île lointaine. Il avait mis les mains sur mes épaules et m'avait doucement repoussé. Puis il avait pointé le doigt dans la direction d'Ingrid :

« Faut lui laisser un peu d'air pour respirer, poupée.

Elle lui avait souri en secouant la tête :

— Comment le pourrais-je ? avait-elle dit avec un mouvement d'épaule en direction du corps.

Je pouvais constater maintenant ce qu'il avait enduré. Il était couvert de sang ; un cadavre sur un champ de bataille plutôt qu'une victime d'un accident de la circulation. Ses vêtements flottaient comme des feuilles au milieu d'un torrent. Ses bras étaient repliés au-dessus de sa tête dans une attitude qu'ils n'auraient jamais pu prendre autrement. C'était à la gorge que le sang était le plus sombre. Les roues avaient dû lui broyer le cou, nous risquions, en essayant de le soulever, de le décapiter.

Le grand Noir pataugeait dans le sang comme un professionnel ; il s'était accroupi près du cadavre. Ingrid s'accrochait à son bras, tant pour le retenir que pour se retenir elle-même à quelque chose de vivant.

— Il est mort, avait dit le chauffeur, tout près de moi.

— Il était déjà mort, avais-je dit. Renversé par un taxi.

Le chauffeur hochait la tête.

— Il respire, avait dit le Noir, en relevant la tête avec un sourire radieux.

Il ne m'était pas encore venu à l'esprit qu'il était complètement fou.

« Est-ce que quelqu'un ici a un dollar en argent ? Ou quoi que ce soit en argent, du pur ?

Il avait tendu sa longue main osseuse.

« De l'argent, avait-il dit, d'une voix parfaitement raisonnable.

Ingrid, lentement, s'était redressée. Elle avait les paupières mi-closes, les lèvres écartées : effet combiné du choc et d'une envie de vomir.

« Cet homme est en vie, je peux le sauver.

Ingrid s'était éloignée, en traînant la jambe et en secouant la tête. Elle était tout près de moi lorsqu'elle s'était retournée vers le Noir. Couverte de sueur, le souffle rauque.

— Faites attention, avais-je dit. Ce type est fou.

— Cet homme, avait-elle dit en désignant Hugh, cet homme est mon mari.

Elle avait fermé les yeux. Je lui avais pris le bras.

— La vie est éternelle, disait le Noir. Elle n'a pas de fin. C'est notre ignorance seule qui tue. L'étincelle de la vie est une charge électrique qui peut être constamment ravivée si nous savons agir avec la rapidité de Dieu.

Il était à genoux dans le sang, s'appuyant d'une main sur la hanche de Hugh et fouillant de l'autre dans ses poches.

« Je n'ai pas de pièce d'argent. Je vais utiliser trois pièces de dix *cents*.

Il en avait placé une sur chacun des yeux de Hugh, une troisième au milieu du front. Le haut du visage était indemne, mais le crâne saignait, les cheveux couleur miel s'assombrissaient, à partir du sommet, comme ces fleurs dont l'étamine est entourée d'une tache criarde.

En quinze minutes, tout avait été réglé. Une ambulance était arrivée et avait emmené le corps de Hugh à l'hôpital, où on le déclarerait mort, officiellement. Des photographes de presse étaient venus prendre des clichés. Il y avait aussi deux reporters d'une station de radio et d'une chaîne de télé. Deux flics s'étaient pointés, en scooters. Le chauffeur du taxi — qui n'avait pas osé descendre de son engin — et celui du camion étaient montés dans une voiture de police, sur la banquette arrière. J'ignorais s'ils étaient arrêtés ou si on allait simplement les interroger. Ingrid était dans l'ambulance, avec Hugh. Les passants questionnaient les témoins. Un type en costume avachi marquait à la craie, sur la chaussée de la 57e Rue, l'endroit où l'on avait ramassé le corps. Une minute plus tard, les voitures roulaient à nouveau, sur la flaque de sang. C'était une heure de pointe : pas le temps de nettoyer.

La police avait ses témoins, je ne pouvais rien ajouter de plus précis. La seule personne en cause était le type du taxi, mais tout le monde affirmait que Hugh était dans son tort. Le taxi ne risquait rien, c'était évident.

Un flic nous avait demandé si nous n'avions aucune déclaration à faire, si nous ne voulions pas témoigner. Quelqu'un, une femme, voulait parler du Noir qui avait collé les pièces de dix *cents* sur le visage de Hugh. Le pauvre type avait disparu dès qu'on avait entendu les premières sirènes ; les policiers se s'intéressaient pas à lui. Quelqu'un d'autre se plaignait qu'il ait fallu un temps fou avant qu'arrive un car de police ou une ambulance. Je tremblais. J'ignore si les larmes coulaient, mais mes yeux en étaient suffisamment pleins pour que j'aie du mal à y voir. Je les avais baissés quand le flic avait regardé dans ma direction et m'étais retourné, aussi discrètement que possible, comme si je cherchais un ami ou une pendule.

J'avais traversé la foule et m'étais perdu dans le flot des passants remontant la 57e Rue. Ils n'avaient rien vu et avaient autre chose en tête : ces indifférents avaient trop de soucis pour s'inquiéter des voitures et des gyrophares de la police.

Impossible de s'asseoir. Je ne pouvais m'arrêter pour reprendre mon souffle sans risquer d'être bousculé et piétiné. J'avançais vers les quartiers ouest ; trop de monde pour regarder les vitrines.

Je me demandais si Hugh avait dit quelque chose à Ingrid avant de se lancer à ma poursuite. Quelque chose dans le genre de : « Tiens, est-ce que ce n'est pas David Axelrod ? » Elle ne m'avait pas regardé ; elle ne semblait pas me connaître.

J'avais déjà résolu, j'imagine, de garder le secret sur ma responsabilité dans la mort de Hugh. Sans mettre au point aucun détail. Je n'y avais même pas réfléchi. Mon seul raisonnement se limitait à Ingrid : elle ne me connaissait pas et ne m'avait pas regardé. Même si nous devions un jour nous rencontrer, j'avais toutes les raisons d'espérer qu'elle n'aurait conservé aucune image de moi debout au coin de la rue tandis que Hugh agonisait.

Je redescendais l'avenue des Amériques. J'étais descendu du trottoir et avais levé le bras pour arrêter un taxi. Il était cinq heures trente. Dans une demi-heure, j'appellerais Ann.

12

— Il est trop tôt ? m'étais-je inquiété, dès qu'elle avait décroché.

L'air conditionné ronronnait. J'étais étendu sous mes couvertures, tout habillé.

— Non. Bonne excuse pour m'arrêter de travailler. Qu'est-ce qui ne va pas ? Tu as un ton bizarre.

— Je me suis endormi. Je viens de me lever.

— Bon, tu as l'air crevé. Pourquoi est-ce que tu ne me rappelles pas quand tu seras mieux réveillé ?

— Je suis debout.

— On ne dirait pas, crois-moi. Je vais fumer un joint et écouter une face de mon disque d'Eric Satie. Ce qui te donne une vingtaine de minutes pour prendre un bain froid ou faire quelques exercices. Tu as dormi longtemps ?

— La plus grande partie de l'après-midi.

Mon premier mensonge. Je m'étais assis dans mon lit et laissais errer mon regard autour de moi. Je m'étais engagé dans une misérable et hasardeuse stratégie. Ce mensonge était un boulet, retombé dans un puits sans fond : j'étais au bord et regardais la corde se dérouler.

— Bon. Moi aussi, je me suis reposée. On pourra rester debout assez tard, si tu veux.

— Je serai chez toi dans une heure.

Je ne voulais pas qu'elle puisse proposer un autre endroit. Je voulais qu'elle soit chez elle, au cas où quelqu'un appellerait au sujet de Hugh. La police ? Ingrid ?

Elle ne savait toujours rien lorsque j'étais arrivé. Il était sept heures du soir, il faisait encore jour, seules les ombres s'allongeaient. Ann portait un pantalon rayé et une chemise d'adolescent. Elle avait les cheveux mouillés, rabattus en arrière ; son visage était plus pâle, son rouge à lèvres plus sombre. Elle avait écrit toute la journée, nous en avions parlé.

— Je me sens mieux, avait-elle dit. Je peux reconnaître le son de ma voix. Je m'entends quand j'écris, je veux dire, je me reconnais, d'une façon qui m'enchante et me surprend en même temps.

— Tu ne veux pas me montrer quelque chose de toi ?

Je me balançais sur le sofa.

— Tu as l'air nerveux. À cause de la nuit dernière ?

— Non.

— Nous devrions peut-être quand même en parler. Je n'aurais pas voulu insister, mais tu parais...

— Non.

Réponse bien inutile : le téléphone sonnait.

— Ah ! s'était écriée Ann. La chance, la célébrité, l'amour ?

C'était Ingrid. Elle appelait d'une cabine publique. Elle avait besoin de voir Ann, elle ne pouvait pas en parler au téléphone. Pouvait-elle venir ? Tout de suite ? D'accord, tout de suite.

« Quel mystère. Je suppose qu'elle veut m'étudier, symptôme assez répandu, si je m'en souviens bien, du virus matrimonial. Tu m'entends ! L'ex-épouse, verre de cocktail à la main ! Mais j'ai un grand avantage sur la nouvelle petite amie de Hugh. Avec sa petite voix étouffée et son théâtre : elle veut faire *impression*.

J'avais eu un mouvement pour me lever. Ann s'agitait dans son fauteuil. On aurait dit qu'elle venait de se rappeler que j'étais là. Je me demandais si elle se rendait compte de ma nervosité.

« Où vas-tu ?

— Je reviendrai. Je te rappelle dans une heure ou deux.

— Non. Reste où tu es. On va te trouver un nom, si c'est ce qui t'inquiète. Je ne veux pas gâcher mes petites illusions de supériorité, et tout bousiller en me retrouvant seule avec la petite amie de Hugh un samedi soir. Le samedi soir a une importance mystique pour ma génération, c'est la première chose qu'il lui demandera : si j'étais seule. Laissons-le croire que j'étais avec un jeune homme à la coule. Ça nous fera du bien à tous.

J'avais donc attendu avec elle. La situation était si fausse que le pire accès de folie n'aurait pas paru plus incongru. Ce n'était pas, bien sûr, le premier mensonge que j'avais raconté, au cours de ma brève et furtive existence, mais c'était le plus énorme. Et ce n'était pas un mensonge de politesse, ni une tromperie destinée à protéger ma vie privée. Aucun rapport non plus avec mes soigneuses omissions au cours de mes monologues chez le Dr. Ecrest ou avec les progrès dont je me targuais auprès d'Eddie Watanabe. Ce mensonge estompait, obscurcissait, effaçait tout ce qui restait en moi de vérité. « On vit son mensonge », dit-on. Non, on ne le vit pas, on vit *dedans*, comme dans une cave.

J'avais l'amère certitude, soudain, avec se soulagement qui étouffe plutôt qu'il n'arrête les battements de votre cœur, que personne sans doute ne devinerait le rôle que j'avais joué dans la mort de Hugh. Seule Ingrid aurait pu faire le rapprochement. Je priais le ciel, avec toute la fièvre et la ferveur du joueur — une mélopée saccadée, nerveuse, qui montait en moi comme le chant du muezzin du haut d'une mosquée — qu'elle n'ait pas le moindre soupçon. J'espérais que, parmi tous ses souvenirs de l'après-midi — Hugh courant devant le taxi, le Noir et ses pièces de dix *cents*, le chauffeur de camion se tamponnant le front, les éclats dans le soleil du carnet à spirale de ce policier —, mon visage n'était plus qu'une vague et innocente buée. Ce mensonge, le besoin que j'avais de coller à l'existence de cette famille meurtrie, ma longue quête de Jade : tout dépendait d'Ingrid désormais, comme le succès d'un contrebandier qui a préparé son affaire depuis des mois peut dépendre d'un brouillard plus ou moins épais.

Ann insistait tellement pour que je rencontre Ingrid, elle était si indifférente à ma nervosité que l'idée m'était venue, pendant ces trente minutes d'attente, et trente fois par minute, qu'elle savait tout, que son incessant bavardage, ses silences n'étaient qu'une dispendieuse et bizarre tactique, comparable à ces astuces psychologiques auxquelles ont recours les détectives privés, dans les films, pour forcer les suspects à dévoiler leurs batteries. Elle s'était versé un verre de vin blanc et en avait posé un sur la table, devant moi.

— Sous quel nom va-t-on te présenter ?

— Sous le mien ?

— On va t'en fabriquer un.

Elle avait allumé, derrière elle, un délicat lampadaire en bois à l'abat-jour décoré de fleurs.

« Je sais que je t'ennuie, David, crois-moi, c'est dingue, mais je préfère. J'ai la pénible impression que Hugh m'a présentée à sa petite amie comme une espèce de vieille fille guindée. Je me sers peut-être d'un *faux* témoin (elle avait appuyé sur le *faux*, me semblait-il), mais je crois que j'ai bien le droit de rectifier cette image.

Son verre était déjà vide ; vidé sans qu'elle l'ait porté à ses lèvres.

« Nous t'appellerons Tony. Bonne idée. Ça fait bien élevé et terriblement *prolétarien*. Hugh se posera des questions, j'imagine. Et vraiment, David, tu n'as pas besoin de dire quoi que ce soit. Je ferai les présentations et tu pourras partir. En disant que tu reviendras. Ne lui donne pas l'impression que c'est pour de bon, je veux dire. À charge de revanche, si tu veux. Tu veux bien ?

Elle était allée chercher la carafe de vin dans la cuisine et avait commencé à m'en verser lorsqu'elle s'était aperçue que je n'avais encore rien bu. Le vin avait débordé et avait formé autour du pied une petite mare huileuse.

« Oh ! je suis si *nerveuse*, s'était-elle écriée. Ingrid qui vient me voir. Notre petit complot. Et je m'embrouille *toujours* dans mes mensonges, par-dessus le marché. J'admire les gens qui savent mentir vraiment, je les envie même. Mes histoires seraient bien meilleures si j'avais ce talent. Je me contente de triturer la réalité dans tous les sens, comme ce pauvre homme dans *Madame Bovary*, avec son pied...

La chaleur était oppressante. Une chaleur morte ; les bruits de la circulation et une légère brise acide passaient par les fenêtres ouvertes.

Le duvet qui surplombait les lèvres d'Ann était luisant, sa peau était moite, irritée ; ses cheveux ne séchaient pas. J'étais couvert de sueur, de la tête aux pieds.

La sonnerie d'en bas avait fini par retentir dans le couloir. Le gros de la crise était passé. Mes nerfs épuisés avaient cédé. Je m'étais redressé pour prendre mon verre. J'avais failli demander à Ann de ne pas répondre. Je m'étais tu : le sort en était jeté ; ma vie ne m'appartenait plus.

« Quelle horrible pensée !... avait dit Ann, en se levant.

Elle avait mis la main sur sa bouche et me regardait.

«... Et si elle avait amené Hugh ? Ou s'il l'avait rejointe ?

Elle avait secoué la tête.

« Il ne manquerait plus que ça, hein ?

Elle avait décroché le vieil interphone noir.

« Qui est-ce ?

J'avais siroté un peu de vin blanc.

« C'est elle. Reste où tu es. Je m'assiérai près de toi.

Elle avait secoué la tête à nouveau.

« Je suis sûre que je vais le regretter.

L'ascenseur, quelques minutes plus tard, s'était arrêté. Ann attendait Ingrid, devant la porte ouverte contre laquelle elle s'appuyait, les mains dans le dos, comme une adolescente. Ingrid était pratiquement habillée comme dans l'après-midi : une chemise sans manches avec des boutons nacrés, et sa jupe. Elle avait les jambes nues et portait des sandales rapiécées. Elle avait sur l'épaule un immense sac de cuir frappé d'une lune souriante et bonasse. Ses cheveux n'étaient plus tressés, mais lui pendaient jusqu'au milieu du dos ; ils n'avaient plus l'air si rouges, à la lumière de l'appartement.

— Entrez, entrez, disait Ann, d'une voix qui voulait être enjouée mais qui n'était qu'insistante.

Il y a un passage dans *l'Agent secret*, de Conrad, où un anarchiste explique qu'il s'est attaché au corps une énorme charge d'explosifs et que si un policier essaie de l'emmener, il sautera obligatoirement, échappant ainsi à l'arrestation et aux interrogatoires, non sans tuer avec lui un flic ou deux. Un simple mécanisme et, en cinq ou dix secondes, l'explosion fatale. Mais l'attente, lui demande-t-on, ces interminables secondes — est-ce qu'elle ne va pas vous rendre fou ? Oui, répond l'anarchiste, pensif. Oui. Mais quelle différence cela fait-il ? Tandis qu'Ann et Ingrid pénétraient dans l'appartement et que je restais là à transpirer sur ce sofa, j'avais l'impression que le mécanisme était déclenché, que ma vie allait voler en éclats — non pas dans cinq secondes, mais à un moment donné, dans un avenir plus ou moins distant, et que j'étais condamné à attendre en entendant tictaquer le destin dans mes entrailles. Saurais-je même à quel instant exact l'irrémédiable se serait accompli ? Il ne suffirait pas qu'Ingrid me reconnaisse — je n'avais pas vu Jade depuis des années, après tout, et c'était comme si nous ne nous étions pas quittés. Tout ce dont j'étais responsable ou innocent n'y suffirait pas. Ma vie ne s'arrêterait pas là. Elle ne changerait même pas. C'était le plus effrayant. Je serais toujours le même, avec les mêmes désirs. Sauf que j'aurais de moins en moins de chances de les satisfaire. La même passion, et aucune chance véritable : voilà la folie qui me guettait.

Ann s'était assise près de moi, Ingrid avait pris son fauteuil.

— Voulez-vous un verre de vin ? lui avait demandé Ann, après s'être installée.

Je regardais Ingrid droit dans les yeux. Si elle devait me reconnaître, je voulais que ce soit tout de suite. Elle avait des yeux marron foncé, avec des cernes jaune-bleu. L'air renfermé et artificiel d'un être susceptible, qui doit se préparer à rencontrer les gens, qui soupçonne les autres de chercher à le rouler. Son nez était étroit et droit, les narines étaient rouges. Ses mains, couvertes de taches de rousseur, serrées entre les genoux, tremblaient convulsivement.

« Je vous présente mon ami Tony.

La voix d'Ann était marquée d'une certaine hésitation, un léger voile au centre d'une pierre précieuse. Elle était prête à la danse, à la joute, et la vue d'Ingrid dans ce fauteuil, poussant des soupirs humides et brisés, cherchant ses mots comme autant de souvenirs d'enfance, le spectacle de son adversaire vaincue d'avance, la laissaient confuse et désemparée. Oui, la voix d'Ann hésitait, devenait rauque et se chargeait d'une émotion qui était loin de l'impression qu'elle avait voulu donner. Elle devait déjà se douter, pour l'essentiel, qu'Ingrid était porteuse de mauvaises nouvelles.

— Je crois que je vais partir, avais-je dit.

Ann avait respiré, profondément, pour me signifier que j'avais oublié quelque chose.

« Je reviens dans une demi-heure, avais-je précisé.

J'allais ajouter : « Vous devez avoir un tas de choses à vous dire », ou quelque autre niaiserie de circonstance, mais je savais fort bien que tout ce que j'allais dire ou entendre ne s'effacerait plus de ma mémoire. Je m'étais tourné vers Ingrid, avais hoché la tête et posé la main sur l'épaule d'Ann.

« Je m'en vais.

— Non, avait-elle dit en sautant du sofa. Je t'accompagne. Il faut que je, oh, referme.

Elle m'avait légèrement — et de manière complice, je suppose — touché le coude et m'avait accompagné dans le couloir, jusqu'à la porte. Elle était sortie avec moi et avait appuyé sur le bouton de l'ascenseur.

« Bigre ! Pas *du tout* ce à quoi je m'attendais. Hugh en parle toujours comme de quelqu'un de fascinant, et *voilà* ce qu'il m'envoie. Dis-moi, sincèrement, la vérité, je veux dire : elle ne te *déprime* pas ?

— Elle est nerveuse.

L'ascenseur était là.

« Je t'appelle dans un petit moment.

Les portes s'étaient refermées sur moi. La petite cage s'était ébranlée, dans une secousse, et je m'étais enfoncé, doucement.

J'avais descendu Park Avenue. Je me proposais de faire demi-tour cinq rues plus bas. Ann aurait appris la nouvelle, elle aurait peut-être besoin de moi. Je marchais rapidement, la tête vide, aussi loin que possible de la chaussée. Le bruit des voitures était étourdissant : j'avais eu plus d'une fois la tentation de m'asseoir sur le trottoir et de me boucher les oreilles. Les taxis, surtout, ne se contentaient pas d'être dangereux, ils étaient terrifiants. Je n'arrivais pas à comprendre comment ils pouvaient se faufiler comme ça, se glissant à gauche, à droite, brûlant les feux rouges, jouant du klaxon au lieu de se servir de leurs freins. J'étais devant le Max's Kansas City, un restaurant-bar à quelques pâtés de maisons de chez Ann. J'avais entendu parler de chez Max's, ou lu quelque chose, je ne me rappelais plus quoi. Mick Jagger, Andy Warhol. Quelque chose dans ce goût… J'avais pensé y entrer, boire un verre. Mais j'en avais déjà décidé autrement, dans mon inconscient. J'avais fait demi-tour et remonté l'avenue, au petit trot d'abord, puis au pas de course.

J'avais appuyé sur le petit bouton noir près du nom d'Ann, de toutes mes forces, la main à plat, ce qui avait dû déranger une demi-douzaine d'autres locataires, mais seule la voix d'Ann m'avait répondu, sur l'interphone.

— Allô ?

La voix était parfaitement neutre.

— Je suis en avance. Je suis revenu plus tôt. Je peux monter ?

— Une minute seulement.

La porte s'était ouverte, je l'avais poussée, laissant mon empreinte sur le verre. Un instinct de cambrioleur me soufflait de la nettoyer. Je l'avais frottée de la manche, au passage. J'avais subitement résolu d'avouer à Ann le rôle — petit ou grand — que j'avais eu dans la mort de Hugh. De lui dire la vérité, d'échapper au mensonge, tel un prisonnier qui, tous les jours, se promet d'attraper le gardien par la gorge et de lui voler les clefs de la liberté.

Elle m'attendait devant l'ascenseur, les yeux bouffis. Son visage était labouré de traînées rougeâtres, elle serrait les poings.

— Hugh a été renversé par une voiture, avait-elle dit, dès que les portes de l'ascenseur s'étaient ouvertes.

Je n'avais pas bougé. Une main sur le crâne, l'autre sur les yeux. Si c'était pour me composer une attitude, ma réaction était exagérée. Ann ne m'avait pas dit le pire. Mais je ne simulais rien ; le choc était réel. C'était la première fois que je l'entendais d'une autre bouche. Avec toute la différence qu'il peut y avoir entre sa propre image dans un miroir et une photographie.

Les portes de l'ascenseur se refermaient. Je les avais frappées du poing, elles avaient hésité, avaient vacillé, s'étaient rouvertes. Je m'étais avancé, avais saisi Ann par les coudes.

— Oh ! mon Dieu, Ann.

— Cet après-midi. Il est mort. Tué. Mort dans l'ambulance. Il n'a pas compris ce qui lui arrivait. Pas souffert. Tant d'amour, toute cette comédie, fini, en un instant.

— Oh ! Ann.

— Rentrons. Ingrid vient de partir. Elle est allée à l'hôpital, pour un masque mortuaire. J'avais envie de lui cracher à la figure, mais c'est son droit, je suppose, plus qu'à moi. Un masque mortuaire. Je te demande un peu ! Quel genre de personne peut vouloir d'un masque mortuaire ? Mais il lui appartenait davantage qu'à moi, quand il est mort. Seigneur. David. Viens. Assieds-toi avec moi. Tu m'assisteras.

Elle s'était effacée pour me laisser entrer, avait claqué la porte derrière nous et avait éclaté en sanglots.

« Oh ! merde. Voilà où j'en suis, où j'en suis !

Nous étions debout dans ce couloir étroit. Je l'avais prise dans mes bras.

« Tout fiche le camp. Je ne peux pas le supporter, je ne peux pas. Hugh. Mon Hugh. Renversé par une voiture. Cette pauvre petite chose, David. Merde. Il ne l'a pas cherché. Il s'*intéressait* encore tellement à tout, bon sang. C'est ce qui me fait tellement de peine. Pas pour moi. Il aimait tellement la vie, mon pauvre Hugh. C'est comme la mort d'un enfant. Non, *pire*.

Sa voix était de plus en plus claire, comme si elle gravissait le sommet de la raison. Elle ne s'y était pas sitôt perchée qu'elle se précipitait dans la grandiloquence :

« Je l'aimais tellement, je l'aimais encore, tu sais. Je n'aimerai jamais un autre homme comme je l'ai aimé.

Sur quoi elle s'était réfugiée et enfermée dans la violente douleur que nous avions partagée toute la soirée.

La douleur d'Ann était comparable à celle que j'avais connue : celle de l'amour. Elle s'étendait, remontait à sa source. Ann se tordait les mains, ses sanglots éclataient dans sa gorge avec un bruit de grands arbres qui s'abattent. « Je ne suis pas à la hauteur », ne cessait-elle de répéter, mais si, elle l'était, bien sûr : immense. Je l'avais jusqu'alors admirée, aimée, avec des lacunes qui confinaient à l'aveuglement. J'idéalisais sa réserve, son contrôle, la distance feutrée qu'elle semblait garder entre ses sentiments et ses réactions. Je n'étais plus assez jeune pour confondre caractère et personnalité, mais je m'apercevais, en la voyant ainsi au faîte de sa grandiose tristesse, que je ne la connaissais pas vraiment. Les événements de la nuit précédente — l'aveu qu'elle m'avait vu faire l'amour à Jade, sa maladroite tentative de séduction, dans cette même pièce — n'étaient plus que des anecdotes. Ann m'apparaissait enfin telle qu'elle était : sauvage, désarmée, éternelle.

Nous avions pleuré ensemble, pour elle, pour moi. J'avais pleuré avec elle, et elle avait pleuré avec moi. J'étais trop obnubilé par mon secret pour me laisser aller, pourtant. Je demeurais conscient d'une certaine hiérarchie dans la douleur ; mes larmes ne devaient pas éclipser les siennes, s'imposer. Mais elle s'enfonçait dans son chagrin, mes sanglots ne risquaient pas de l'en tirer. Je m'étais plongé le visage dans mes mains en coupe pour éviter que les larmes ne tombent jusqu'au sol. Je ne sais pourquoi. Ces larmes m'étourdissaient, comme la respiration mesurée des taoïstes, dans leurs cérémonies. Mes sanglots avaient redoublé ; à présent les larmes coulaient jusque dans mes manches. Je m'étais retrouvé tout près d'elle, sur ce sofa. Je la serrais dans mes bras, elle pleurait contre moi. Ma joue reposait sur sa nuque, mes larmes tombaient dans sa chemise, goutte à goutte. Elle me serrait le bras, y enfonçait ses ongles en sanglotant : on aurait dit qu'elle était dans les douleurs de l'enfantement. Elle avait beau m'étreindre, je ne crois pas qu'elle savait qui j'étais vraiment. Elle ne cherchait qu'un contact élémentaire : comme deux loups solitaires qui se pressent l'un contre l'autre dans la tempête, nous nous raccrochions l'un à l'autre, et à la vie.

— Une mort si stupide, si stupide, avait-elle dit. Ils étaient au coin de la 5e Avenue, à attendre le feu vert. Et puis Ingrid dit qu'il a foncé — même pas pour traverser. En diagonale. Un suicide, mais je suis sûre que non. Il était furieux de devoir attendre, avec toute cette foule. Toujours son arrogance terrible, enfantine. C'était un esprit libre. C'était son idée de l'indépendance — tu sais, sauter les barrières, marcher sur l'herbe, cueillir les fleurs dans les parcs, fourrer son grand nez partout, commander ce qui n'est pas sur le menu. C'était son genre de stupidité, faire les choses à sa façon. Tu te rappelles comment il disait toujours : « J'aime faire les choses à *ma* façon et non comme il faudrait que je les fasse ! » Il détestait les traditions, les règles, il détestait les feux rouges. Et voilà ce qui arrive. Bon Dieu. Ce n'est pas une mort, pour un homme. Un homme ne se fait pas renverser en traversant une rue. Et il faut que j'appelle ses enfants et que je leur dise que leur père ne savait pas prendre garde à la circulation. Et sa maîtresse est à l'hôpital en train d'essayer de convaincre quelqu'un de la laisser prendre son masque. Je suis certaine qu'ils ne vont pas lui permettre. Ils attendent que la personne autorisée vienne prendre des dispositions. Ce ne peut être que moi. L'ex-épouse. Ce serait beaucoup plus facile si nous étions encore mariés.

« Et pour commencer, je ne voulais pas de divorce. Je lui avais dit que je le lui accorderais, dans la minute, s'il voulait se remarier, mais pas pour vivre séparément, aucune raison. J'aimerais aller à cet hôpital, en tant qu'épouse, et m'occuper de tout. Je ne sais même pas s'ils m'écouteront. Il faudra peut-être que je fasse venir son frère Robert de La Nouvelle-Orléans. Je ne peux rien demander à Keith, il n'en serait pas capable. À Jade peut-être. Je ne sais même pas où elle est, pour le moment. En train de camper quelque part. Du côté du lac Champlain. Oh ! Seigneur. Ce que je veux vraiment, c'est aller me coucher. Ou me jeter par la fenêtre. Quand je pense à la journée qui m'attend, demain !

Je restais là, presque immobile, respirant profondément, les yeux attentifs derrière l'écran des larmes. Je voulais rester solide, me dresser comme un mur entre Ann et le chaos. C'était à moi de me sentir coupable, j'aurais pu tomber dans tous les excès du dégoût de moi-même, ou de l'apitoiement. Le remords, dans mon cas, aurait été une sorte de complaisance, une manière de me dégager partiellement de la fatalité, de la terrifiante logique de mon existence, un geste de compromis envers l'avenir, surtout, un marchandage, pour le jour où Ann et les autres apprendraient que Hugh était à mes trousses quand il avait été renversé.

Le remords aurait permis toutes les défaillances ; et j'avais d'autres obligations envers Ann. Mon propre remords, ce cri de ma conscience, cet incompréhensible lien que j'avais avec le destin des Butterfield n'auraient été, pour elle, qu'un nouveau choc. Je devais juste lui tenir compagnie et me taire. Rien de ce que je pouvais lui dire ne pouvait éclipser la mort de Hugh ; la vérité, ici, serait incongrue. Mes aveux ne feraient qu'estomper la réalité du drame, la douleur de cette femme qui l'avait tant aimé, qui avait uni son corps au sien pour créer d'autres vies, qui avait vu se réfléchir sa propre vie dans les yeux de Hugh. D'être assis là avec Ann, d'être témoin, après toutes mes plongées dans le monde à part, unique, réservé, de l'amour éternel, témoin de cette longue lévitation sur un terrain plus normal, ne me faisait que mieux ressentir la fuyante et innommable réalité de tout amour. Je l'avais reprise et serrée dans mes bras dès qu'elle s'était remise à sangloter. J'aimais d'autant plus Ann, et la vie, que mon cœur avait recouvré toute sa ferveur mystique.

Un peu plus tard, je m'étais levé pour chercher à boire. Ann avait pris son verre et m'avait souri.

— Tu es un véritable ami, David. C'est bon de t'avoir. J'aimerais pouvoir dire que c'est ce qu'aurait voulu Hugh, mais je ne vois personne d'autre au monde que je pourrais supporter, aujourd'hui. Aucun de mes nouveaux amis. Toi seul. Les enfants. Sammy. Quelle épreuve, pour Sammy. Oh ! mon Dieu, il faut que je les appelle. Il faut que ce soit moi.

— Je peux le faire pour toi.

— Je sais.

Elle avait déposé son verre plein sur la table basse.

— Et ensuite ?

— L'hôpital. Il faut que j'y aille. Pour savoir ce que je dois faire.

— Tout le monde t'aidera.

— Je l'espère.

— Tu peux en être sûre.

— Il faut que je les appelle.

— Tu veux que je m'en aille ?

— Non, pas vraiment, mais je crois que ça vaudrait mieux. Il est préférable que tu ne sois pas là quand je parlerai aux enfants.

J'avais approuvé de la tête.

« Tu devrais rentrer, David. Tu devrais rentrer à Chicago. Tu vas avoir un tas d'ennuis. Tu me l'as dit toi-même.

— Aucune importance.

— C'est ce que tu penses, je le sais, mais ce n'est pas vrai. Chacun doit s'occuper de ses propres affaires, désormais. Il n'y a que comme ça que ça marche. Hugh le disait : « Assez rêvé au paradis ; chacun pour soi. »

— Impossible.

— Tu devrais retourner chez toi.

— Je suis chez moi.

— Non. Soit. Je sais ce que tu ressens. Et je te remercie. Mais c'est inutile. Je vais commencer à m'occuper de tout. Je suis réaliste. J'ai toute la vie devant moi pour penser à ce qui s'est passé. Pour le moment, il faut que je prenne des dispositions pratiques. Il faut que je téléphone, que je sois forte, pour les gosses, même s'ils ne s'y attendent pas. Voilà. Et toi, il faut que tu rentres à Chicago. Il faut que je téléphone et que j'oublie provisoirement que tu étais avec moi, dans le pire des moments…

Sa voix s'était brisée, elle avait baissé les yeux et sanglotait encore.

« Il faut que je téléphone. Et que tu partes. C'est tout.

Je voulais protester. Je ne voulais pas la quitter, jamais, mais je savais que ce ne serait pas bien. Il ne fallait pas que je reste là pendant qu'elle parlait à Keith, à Sammy, à Jade ; ils l'apprendraient, ce serait ajouter un élément de folie et de tromperie à leur tristesse. Ils ne pouvaient pas manquer d'apprendre que j'étais à New York le jour de la mort de Hugh. Difficile d'imaginer qu'ils ne se poseraient pas des questions. Avant qu'ils aient résolu la terrible équation du destin, j'aurais peut-être trouvé le moyen d'avouer la part que j'y avais eue.

J'avais quitté l'appartement d'Ann. Pensait-elle que je retournais à l'hôtel ou que j'allais réserver sur-le-champ une place sur l'avion de Chicago ? Peu importait. Je n'allais nulle part. La nuit était chaude et sans étoiles. Il y avait un restaurant au rez-de-chaussée de son immeuble, les clients entraient et sortaient. J'avais regardé par les vitres ouvertes, brillamment illuminées ; les gens, à l'intérieur, avaient l'air si heureux. Les tables étaient éclairées par des petites lampes aux socles de marbre et aux abat-jour décorés : des scènes du vieux New York, des lunes surmontant des toits d'églises, des carrioles traînées par des chevaux altiers. J'avais envie d'entrer, de boire du vin, de parler à des gens de connaissance. J'aurais voulu me retrouver en compagnie d'amis comme on en trouvait dans les romans de Charles Dickens, des gens à qui je pourrais tout raconter, en détail, et qui verseraient des larmes de commisération, sans me juger ni me pardonner. Cette envie s'était vite évanouie, je m'étais détaché de ces fenêtres en tremblant un peu, le sang me battait dans le crâne comme un cœur géant, tout en os, et des odeurs, des relents venus des plus répugnants coins de mon corps me montaient au palais.

Les bureaux de la Société d'assistance aux enfants se trouvaient de l'autre côté de la rue. Les marches de l'entrée de service faisaient face au perron d'Ann. Je m'étais assis là. Les bureaux étaient fermés pour le week-end, aucune lumière ne filtrait, des barreaux de prison ornaient les fenêtres. La balustrade de métal était écaillée et rouillée ; au-dessous des marches, menant au sous-sol devant une porte de cave bouclée par une chaîne, un tas de bouteilles vides avec des étiquettes : de la vodka et du porto bon marché. Les marches étaient dégoûtantes, couvertes d'os de poulet, de crachats, le genre de détritus que sécrètent les villes, comme les moteurs sécrètent la fumée. La rue était assez tranquille, ces entrées servaient de refuges à un tas d'hommes sans toit, je le savais, je ne m'en étais pas moins assis là. Je n'osais pas aller plus loin. Je voulais être là quand Ann sortirait. Elle irait directement à l'hôpital, elle aurait peut-être besoin de moi.

Je m'étais assis à un endroit d'où je pouvais surveiller la rue, en direction de Park Avenue d'un côté, de Lexington Avenue de l'autre. J'étais resté assis là un temps interminable, la nuit s'était rafraîchie, degré par degré ; on aurait dit une pendule égrenant les minutes. J'attendais peut-être qu'un pauvre bougre vienne me réclamer sa place, mais je ne pensais guère qu'à cet homme qui avait collé des pièces de monnaie sur les yeux de Hugh pour essayer de le ramener à la vie. Il avait de longs doigts dont les bouts étaient étrangement larges. Le résultat d'une certaine maladie, j'avais oublié laquelle. Le bas de son pantalon gris clair était remonté, quand il s'était accroupi pour célébrer ses rites magiques. J'avais vu ses chevilles nues, tout écorchées. Il n'avait pas d'accent ; la psychologie du bateleur l'avait emporté sur l'atavisme racial.

Ann devait avoir donné ses coups de téléphone. La nouvelle se propageait. Les larmes coulaient, on bouclait ses valises. Demain matin ils seraient tous là.

J'allais bientôt revoir Jade.

Impossible, dangereux, d'y penser. De nous retrouver pour des funérailles, de me présenter à elle encore ruisselant du sang de Hugh. La situation était désespérée : elle était pourtant mon seul espoir. Demain : Jade.

Ann sortait de chez elle. Un long châle bleu à franges couvrait ses épaules, elle regardait dans la direction de Park Avenue, derrière moi. J'étais assis les coudes sur les genoux, la tête dans les mains. Elle m'avait contemplé un long moment, avait resserré son châle et levé la main.

Nous nous taisions, dans le taxi qui nous conduisait à l'hôpital. Nous ne nous étions regardés qu'une fois, quand Ann m'avait pris la main et que je m'étais rapproché pour qu'elle puisse appuyer sa tête sur mon épaule.

13

Les Butterfield se présentaient, l'un après l'autre, Keith d'abord, puis le frère aîné de Hugh, Robert, qui était arrivé en avion avec un de ses neuf enfants, le jeune Hugh. Ils s'étaient retrouvés chez Ann ; ils n'avaient pas d'autre point de chute, Ingrid elle-même, ainsi que sa sœur et quelques-uns de leurs amis, les y avaient rejoints.

Je m'étais tenu à l'écart, isolé dans ma chambre d'hôtel. Une chambre dont je me souviens mieux que de moi-même, en ces circonstances. Je la revois, vide, une échelle de soleil se dressant et retombant contre un mur, un pigeon brillant sur la croisée et scrutant la pièce à travers la vitre, une mouche morte collée à l'abat-jour de verre, au plafond, une cordelette usée et sa peluche brunâtre, le raclement des chariots dans le couloir, les voix, des centaines de voix, toutes étrangères. Je parviens mal à me revoir moi-même, dans cette chambre, quand je me concentre : sur le lit, les mains derrière la tête, les jambes croisées, tout habillé. Je me revois devant la fenêtre, scrutant la rue. Je me revois en train de pleurer. Souvenirs obscurs, et quelque peu irréels. Je me souviens juste que j'étais resté là à attendre que quelqu'un m'appelle, et que j'avais pratiquement cessé d'exister.

Je me revois en train d'écrire, une lettre à Jade, je crois. Je n'en ai retrouvé aucune trace. Une image de moi déchirant une feuille à en-tête de l'hôtel et regardant tomber les morceaux dans la corbeille de métal : c'est plus une construction de l'esprit qu'un souvenir. Le patient qu'on a anesthésié se réveille ainsi ; il se rappelle le chariot sur lequel on l'a poussé jusque dans la salle d'opération, l'éclat des lampes, au-dessus de lui, les infirmiers masqués, le crissement des gants de caoutchouc. Mais on ne sait trop si ces images surgissent de l'inconscient ou si on les a fabriquées après coup, en essayant de s'imaginer ce que le monde doit être, sans nous.

Je ne pense jamais à ce que je risque de manquer, après ma mort, ou à ce que j'ai pu manquer, avant ma naissance. Ce sont les moments où j'aurais tout aussi bien pu être mort, et qui constituent le plus clair de ma vie, qui m'effraient. Ceux où j'ai pleinement vécu, si je les mettais bout à bout, ne dépasseraient guère deux années, me semble-t-il...

À quatre heures de l'après-midi, Ann avait appelé.

— Tu dois être des nôtres. Avec nous. Tu en as le droit.

J'étais assis au bord du lit, la main sur les yeux.

— Est-ce que tu...

Je m'étais interrompu.

« Et les autres, qu'en pensent-ils ? J'aimerais tant être avec toi.

— David, je ne sais pas, tous ces mystères me dépassent. Mais tu t'es trouvé là quand j'avais besoin de quelqu'un. De toi. Et le passé compte plus que jamais, aujourd'hui. Tout le monde est d'accord. Je n'étais pas sûre que tu n'étais pas retourné à Chicago. Non, je savais que tu étais là. Je ne sais pas pourquoi, mais c'est bien comme ça, David, vraiment, il faut que tu viennes.

— Je ne demande que ça.

— Bon, alors viens. Maintenant. Tout de suite.

— Tu crois que c'est convenable ?

— Oui. Plus que convenable. C'est... essentiel. Nous sommes en train de boire. Consciemment, pour nous remonter, et j'ai besoin de toi. Si tu t'inquiètes pour Keith, bon, il sait que j'ai besoin de toi. Et Ingrid sait, à propos.

— Elle sait quoi ?

— Tout.

— Qu'est-ce que tu veux dire ?

— Elle sait qui tu es et pourquoi nous lui avons joué la comédie, hier soir. Ça lui est égal, sur la planète où elle est. Tu n'as pas à t'inquiéter de tout ça. Écoute, David, tu n'as pas le choix. Je ne veux pas que tu restes là, tout seul, dans ta chambre d'hôtel, pendant tout ce temps.

Que tu restes là, dans le noir. Tu n'as pas le choix. Viens, tout de suite.

— D'accord. Je viens.

— Je le savais. Oh ! une chose. Si tu passes devant une boutique ouverte, rapporte des bouteilles — du tonic, du soda, n'importe quoi. Il faut qu'on tienne. Sinon, on sera à sec avant lundi matin.

Elle avait raccroché. Je n'avais pas pu reposer le récepteur.

Quand Sam Butterfield m'avait ouvert, j'étais en larmes. Je ne voulais pas pleurer, je m'étais retenu pendant tout le chemin. Un détail stupide m'avait désarçonné : j'avais sonné, personne ne m'avait répondu, sur l'interphone. Comme si ça n'avait aucune importance, puisque ça n'était pas Hugh. La porte de verre s'était ouverte, j'avais éclaté en sanglots. Je n'avais pas appelé l'ascenseur. Il y avait un petit banc, dans le hall, je m'étais assis en me répétant « Arrête, arrête ». Il aurait fallu que je sois un de ces mystiques qui peuvent, par leur seule volonté, empêcher une blessure de saigner, pour reprendre le contrôle de moi-même, dominer mon tumulte naturel et anarchique. L'ascenseur avait surgi, brusquement. Je m'étais relevé, chancelant. J'étais monté au sixième. Je pleurais encore quand j'avais frappé.

— Salut, David. C'est gentil à toi d'être venu.

La voix était grave, beaucoup plus grave que la mienne. Sa grosse pomme d'Adam, de la taille d'un œuf, tremblotait au milieu de son grand cou bronzé : à dix-sept ans, il mesurait déjà plus d'un mètre quatre-vingts. Je n'avais qu'un centimètre de moins, mais il me dominait. Ses cheveux châtain clair étaient partagés par une raie au milieu, ils lui faisaient une petite queue de cheval sur la nuque, à la Thomas Jefferson. Ses yeux bleus me regardaient à travers une bruine rougeâtre. Il m'avait tendu la main, je l'avais prise. J'avais baissé la tête, honteux de pleurer ainsi, incapable de m'arrêter.

— C'est terrible, je suis désolé, avais-je dit.

Ce n'était pas très clair. J'avais envie de me détourner pour reprendre contenance. Leur imposer ainsi mes émotions, ma confusion, je n'étais qu'un porc. On m'avait demandé d'être fort, j'étais indigne de leur confiance.

— Nous t'attendions. Jade n'est pas encore arrivée. Mamy lui a parlé au téléphone, il y a deux heures.

C'était un soulagement que d'apprendre que le moment tant attendu se rapprochait. D'ici là, avec un peu de chance, je serais tout à fait moi. Et c'était un réel soulagement que de l'apprendre de la bouche de Sammy. Il n'avait aucune raison spéciale de m'avertir qu'elle n'était pas encore arrivée, n'était qu'il voulait que je me sente un peu plus à l'aise.

Sammy voulait m'aider, j'avais ravalé ma salive et m'étais redressé.

— Tu m'as bien manqué, Sammy (je le regardais dans les yeux), mais j'aurais mieux aimé ne plus te revoir, de toute ma vie, que de te revoir dans ces circonstances.

J'attendais qu'il me dise quelque chose. Il se contentait de me regarder avec douceur. J'avais soudain compris que je ne lui avais rien dit, en vérité : je m'étais contenté de penser sans même remuer les lèvres.

Keith était assis sur le bras du sofa. Il tenait à la main le petit bout de quilt rose et bleu, dans son cadre. Ses cheveux avaient foncé, ils étaient devenus châtains, épais. Son corps jadis fragile était plus ferme, plus solide. Il pianotait de ses doigts carrés sur le bois nu. Ses sandales creusaient le coussin ; ses pieds étaient crevassés, puissants, les ongles longs.

— C'est à moi. O.K. ? disait-il d'une voix forte, raisonnable.

— Pas maintenant, Keith, disait Ann.

— Mais je le veux. Je suis le seul.

Il regardait fixement le morceau de tissu. Il savait que j'étais là, mais feignait de l'ignorer.

— Salut, David, avait dit Ann. Mer...

Le reste était perdu. Je n'écoutais que Keith.

— Ce n'est pas un truc à pendre au mur, disait-il. Ce n'est pas un tableau. Pas fait pour donner un peu de *couleur* à un appartement. C'est notre drapeau. Le drapeau des Butterfield. Des pyramides, roses et bleues, le plus beau drapeau du monde, pour moi.

— Il me vient de *ma* famille, Keith, disait Ann. De Beatrice Ramsey, et s'il me rappelle quelque chose, c'est d'abord la maison de ma grand-mère, à Hillsboro, dans le New Hampshire.

Keith ne le quittait pas des yeux ; il secouait la tête.

— Pas du tout, tu le sais bien. C'est comme si tu disais...

Il s'était interrompu et m'avait presque regardé, avant d'en revenir à son cadre.

« C'est comme si tu disais... Bon, je suis né sur ce quilt.

— Non, ce n'est pas vrai, s'était écriée Ann.

Ingrid et sa sœur Nancy s'étaient installées dans les fauteuils de metteur en scène, elles parlaient au frère de Hugh, Robert. Ingrid lui avait posé la main sur le poignet et lui chuchotait quelque chose ; son débit était accéléré. Robert, debout, son fils Hugh légèrement en retrait, la dévisageait avec une sorte de froide compassion. L'homme était gigantesque ; le verre de vin qu'il tenait dans sa main massive en paraissait d'autant plus ridicule et fragile, et le plafond avait beau avoir près de trois mètres cinquante de haut, il se penchait un peu : mélange de prudence et de timidité. Il avait l'expression un peu préoccupée de Hugh, son froncement des sourcils, le même léger rétrécissement des yeux, qui avaient toujours l'air de vous demander : « Vous vous sentez bien ? », quelles que soient les circonstances.

— Tu l'avais sur ton lit quand papa est revenu de l'armée pour te voir, à Bryn Mawr. C'est à ce moment-là que tu t'es trouvée enceinte de moi. Et ça a été le point de départ de la famille. D'accord ? Tu comprends ce que j'ai voulu dire, maintenant ?

Il tapotait le verre du doigt et semblait me regarder à la dérobée.

« Tu l'as dit toi-même : tu n'aurais peut-être pas épousé papa si tu n'avais pas été enceinte.

— Tu ne vas pas remettre ça, avait dit Sammy, sans montrer une émotion particulière.

— Keith, tu radotes comme un vieux, avait dit Ann.

Il avait secoué la tête pour bien leur signifier qu'il ne voulait rien entendre.

— Si tu ne t'étais pas trouvée enceinte, papa aurait épousé son autre amie et tu en aurais épousé un autre, ou tu ne te serais peut-être pas mariée du tout.

— Mais je ne suis *pas* mariée, avait fait Ann, avec une sorte de gaieté hésitante.

Elle me regardait en haussant les épaules d'un air complice, en comptant sur mon relatif désintérêt.

— Et si tu ne t'étais pas mariée, aucun de nous ne serait là.

Keith se concentrait de plus en plus sur ce cadre, dont il avait rapproché son visage. Il ne faisait que répéter une antienne que tous les membres de la famille connaissaient par cœur. Il ne pouvait s'en empêcher : prisonnier de l'image qu'il avait de leur commune origine, il n'arrivait pas à comprendre qu'on ne partage pas sa passion de la vérité. Depuis longtemps, il n'avait plus le choix qu'entre renoncer à son obsession ou accepter qu'on se moque gentiment de lui, à l'occasion. Il trouvait plus honorable de céder à ses impulsions, de se montrer d'autant plus fidèle à sa vérité qu'elle était plus malvenue.

Ingrid me regardait, sans lâcher le poignet de Robert Butterfield. Elle avait mis une jupe bleu foncé cette fois, et des sandales à lacets de cuir, enroulés autour de ses jambes. Elle serrait dans sa main un Kleenex en boule et penchait la tête, de gauche à droite, en me dévisageant : elle me reconnaissait, de façon encore inconsciente.

Je n'avais réveillé aucun souvenir en elle lorsque je lui avais été présenté comme le jeune amant d'Ann, mais mon changement d'identité avait déclenché dans son esprit un processus que je pouvais suivre, comme un chat observe les évolutions d'une mite.

« C'est pourquoi je peux dire, d'une certaine manière, que je ne suis pas seulement le fils, mais le père. Tout a commencé avec moi.

— Tu devrais être mort, alors, avait dit Sammy.

Sa voix était naturellement grave ; aucun besoin de la forcer pour souligner quoi que ce soit.

« Tu devrais être dans l'incinérateur, en ce moment même, pour qu'on puisse mettre tes cendres dans l'urne. D'accord ? Mon père à *moi,* mon père est mort, et on n'en a qu'un. Tu es donc mort.

— Est-ce qu'il faut que j'arbitre ? avait dit Ann. Vous me tourmentez tous tellement que je n'ai plus que le droit de me taire.

— J'ai horreur de ce genre de discussion, avait dit Sammy.

— Moi aussi. Mais Keith adore ça, et je n'ai pas envie d'arbitrer.

— Est-ce que je peux le ramener chez moi ? avait demandé Keith, en présentant à Ann le petit bout de tissu dans son cadre.

— Pour ce qui est de moi, d'accord. Puisque tu en as tant envie. Mais il faut que tu t'arranges avec Jade et Sammy.

Robert Butterfield était venu se planter devant moi.

— C'est vous, David ? s'était-il enquis, sur un ton délibérément bienveillant.

J'avais hoché la tête, il m'avait tendu la main.

« Je suis le frère de Hugh, Robert. Ann m'a dit combien vous l'avez aidée. Personne d'autre ne pouvait être là. C'était très important.

Nous nous le disions tous, l'accent du Sud ressortait toujours, chez Hugh, quand il se sentait seul ou qu'il avait une intention. Comme ces superbes champignons après la pluie. Son frère aîné, qui vivait encore à La Nouvelle-Orléans, n'en avait aucune trace. Son visage était rectangulaire, ouvert et timide en même temps, massif et vulnérable. Il m'avait serré la main avec une douceur qui avait failli me faire perdre mon fragile équilibre. Je retrouvais en lui toute la gigantesque franchise de Hugh.

« Je me rends compte des complications que cette triste cérémonie peut comporter, disait Robert. Comme le disait notre père : « Dès qu'on sort du règne végétal, la vie est un sacré foutoir. » David, permettez-moi de vous présenter mon fils Hugh.

Il avait passé un bras tentaculaire autour des épaules de son fils. Celui-ci portait un costume bleu clair avec une cravate ornée de minuscules fleurs. Ses cheveux étaient d'un jaune éclatant, depuis la racine, du front jusque sur la nuque, ses yeux gris-bleu. À quinze ans, il n'avait que quelques centimètres de moins que son père. Il serait bientôt un colosse, lui aussi, à en juger par la taille de ses mains et de ses pieds. Je me demandais si le plus vieux des deux Hugh, le mien, n'avait pas été petit, pour sa famille.

— Heureux de vous rencontrer, avait dit le fils de Robert, avec un demi-sourire contraint et timide.

Il avait l'air très mal à l'aise ; il avait dû étudier ses moindres gestes envers chacun de nous, y compris moi. Je lui avais tendu la main, il l'avait secouée, solennellement. Je regardais ce visage franc, un peu craintif, non sans être conscient (mais ce n'était peut-être que mon imagination) de ce que d'autres yeux étaient fixés sur moi : ceux de Keith, d'Ingrid.

— Hugh est le milieu de la fournée, disait Robert. En tout, nous sommes onze. Six garçons, trois filles, Christine et moi. Les autres arrivent ce soir.

Il avait poussé un petit soupir. Comme si cette idée l'avait ragaillardi, avant qu'il ne se rappelle l'objet du voyage.

Je serrais toujours mes trois bouteilles de soda et mes trois bouteilles de tonic, dans leur sac en papier. Leur poids ne faisait qu'ajouter à ma torpeur. J'avais dû réfléchir un moment lorsque Ann m'avait demandé si je ne les avais pas oubliées.

— Oh ! je les ai là.

— Je me demandais ce que c'*était,* s'était-elle écriée avec une pointe de gaieté qui m'avait fait craindre que tout le monde sursaute.

Elle voulait que je recule d'un ou deux pas, que je la rejoigne, dans son ironie blessée. Elle en avait besoin . Écrasée par le drame, par la douleur générale comme par sa propre douleur, elle avait besoin d'un peu d'air, dans ce petit espace entre émotion et conscience que peut vous ménager une touche d'ironie. Elle attendait que je dise quelques mots. Je me contentais de la regarder, puis de regarder mon sac de papier, que la moiteur de mes mains avait noirci.

« Bon, avait-elle dit. Tu les as apportées. Je vais les mettre dans la cuisine.

— Non, j'y vais, avais-je dit.

— Non, c'est moi, avait dit Keith.

Il s'était aussitôt rapproché pour me prendre le paquet.

« J'aimerais te parler, avait-il ajouté, presque dans un chuchotement.

J'avais acquiescé d'un signe de tête.

— Bon.

— Je vais ranger ces saloperies, et nous irons bavarder dans la chambre de mamy.

— Ann, Ann, disait Ingrid, il faut que tout soit bien clair.

Elle se frottait la joue, tout en tenant la main de sa sœur.

« Que les règles soient claires.

Ann avait croisé les bras en secouant la tête.

— Vous nous avez répété ça tout l'après-midi, Ingrid. En ce qui me concerne, je ne vois pas de problème. Vous avez choisi la chapelle. Nous nous partageons les cendres. Quoi de plus ?

— Un tas de choses. Tout. Tout.

Ingrid regardait sa sœur, une petite femme boulotte, effacée, presque une nonne ; elle fermait les yeux comme pour l'encourager : « Vas-y, dis-le. »

Keith m'avait effleuré le bras du dos de la main.

— Viens. Nous avons à parler.

— Où allez-vous ? avait demandé Sammy.

— On revient tout de suite. Reste ici, avait dit Keith.

Sammy secouait la tête, d'un air dégoûté.

J'avais suivi Keith dans la chambre d'Ann. Il avait refermé la porte derrière nous. Ce geste était un début de scène. Nous n'étions pas là sur un pied d'égalité, pour échanger des impressions. Le claquement sourd du bois déformé par la chaleur résonnait déjà comme un affront, un de ces gestes ambigus, bourrade dans le dos ou pincement de la joue.

Les fenêtres, encadrées de rideaux blancs, donnaient sur un mur de brique rouge. Les vitres étaient immaculées, comme dans une maison que l'on n'a pas encore occupée. Le décor était si clair qu'il en devenait étrangement beau, excitant. Je m'étais retourné. Keith me fixait, les lèvres serrées dans un mince et pâle sourire.

« Alors, comme ça, mamy me dit que tu t'es brusquement pointé, vendredi après-midi. Exact ?

J'avais la très nette impression que Keith cherchait à vérifier la version de sa mère. J'avais légèrement rectifié :

— Tard dans l'après-midi.

— Vers trois heures, m'a dit mamy.

Je m'étais tu un instant.

— Je ne sais pas. Peut-être.

— Et elle était vraiment surprise de te voir ?

— Qu'est-ce que tu crois ?

Keith avait haussé les épaules et ébauché du coin de la bouche un petit sourire nerveux.

— Je ne sais pas. C'est pour ça que je te le demande. Si je savais…

Il s'était interrompu, dominé par un instinct plus fort, qui était de ne rien me dire.

— Oui, elle était surprise.

— Bon, avait dit Keith, en appuyant sur le mot, comme un flic de province à la télé, sur un ton menaçant. C'était la suite logique.

— Je ne vois pas où tu veux en venir, Keith. Dis-le-moi, je te répondrai.

— C'était la suite logique, je suppose, voilà où je veux en venir. Je veux dire que si tu as pris la peine de m'écrire, à *moi* — à *moi,* connaissant mes sentiments, je veux dire — ; je suppose que mamy a dû recevoir un bon nombre de lettres. Un bon nombre. D'accord ?

J'avais l'impression qu'Ann avait dû lui dire le contraire. Une petite note, peut-être ; elle avait probablement précisé qu'elle n'avait jamais répondu.

— J'ai découvert ton adresse dans l'annuaire.

— Je sais. Mais pas mamy. Elle n'est pas dans l'annuaire sous son nom.

— Elle y est sous son nom de jeune fille. Je m'en souvenais.

— Tu t'en souvenais ?

Il semblait ennuyé que je connaisse le nom de jeune fille de sa mère. Mes empreintes sur son passé, une fois de plus.

« D'accord, avait-il ajouté, comme s'il se parlait tout seul. Alors, tu t'en souvenais. Et tu lui as écrit. Et tu lui as dit combien tu regrettais, et combien tu te sentais seul, et que ce n'était pas juste...

— Je n'ai jamais dit que ce n'était pas juste, Keith. Des mots comme *juste* ne peuvent pas me toucher, ne peuvent pas *nous* toucher, tous tant que nous sommes.

Il avait balayé l'argument d'un geste.

— Tu lui as écrit pour lui dire combien tu regrettais, et elle t'a répondu. Qu'est-ce qu'elle te disait, dans ses lettres ? Qu'elle savait que tu regrettais, et que le passé était le passé ?

J'étais coincé, je le sentais. La question n'était pas de savoir si je devais lui mentir pour couvrir Ann, mais si elle lui avait déjà avoué qu'elle m'avait répondu.

— Elle a répondu à mes lettres. Elle ne m'a jamais dit qu'elle était inquiète pour moi, et tu sais très bien qu'elle ne dirait jamais que le passé est le passé.

Keith arborait le sourire amer que l'on peut avoir quand votre triomphe même signifie que vous avez été trahi. J'avais perdu une manche, mais ne m'en souciais guère.

— C'est bien ce que je pensais.

Je n'avais pas répondu ; inutile de l'inciter à s'expliquer plus en détail. J'avais joué, j'avais perdu, mais je savais maintenant : Ann l'avait assuré qu'elle ne m'avait jamais répondu.

— Je ne veux pas me quereller avec toi, Keith. Tout ça ne compte plus, aujourd'hui.

— Le passé, hein ?

Il se sentait mieux. Sa vie était assez dingue. De pouvoir ainsi m'épingler, au moindre mot, le rassurait.

— Non. Il ne s'agit pas d'oublier quoi que ce soit. Je n'y crois pas plus que toi.

— C'est drôle. Il y aurait pourtant un tas de choses que j'aimerais oublier, si j'étais toi.

Nous étions au milieu de la pièce. Entre le lit, recouvert d'un tissu imprimé indien, et une commode de bois peint, flanquée d'une chaise tapissée. J'avais reculé d'un pas, au cas où Keith essaierait de me frapper.

— Ma présence ne t'enchante pas, visiblement. Quelle a été ta réaction lorsque Ann m'a demandé de venir ?

Il s'était avancé. Je me préparais à l'attaque, mais il m'avait déjà dépassé pour s'approcher du lit. Il l'avait longuement contemplé, puis avait posé sa main dessus, avec douceur, comme sur quelque chose de vivant. Il s'était assis au bord et soudain, maladroitement, s'était étendu contre le panneau de bois nu, ses sandales sur le tissu colorié. Les mains le long du corps, il tambourinait, un doigt après l'autre, comme s'il calculait. Il avait tiré un oreiller de dessous la couverture, derrière lui, et l'avait placé sur son ventre.

— Tu es venu voir ma sœur ?

— C'est ta mère qui m'a demandé de venir.

Il se taisait, son visage s'était empourpré, ses yeux étaient devenus lointains. Il avait respiré profondément.

— Elle ne veut pas te voir. Elle te hait. Elle est édifiée. Tu te sers de ma mère. Tu t'en sers pour revoir Jade, mais Jade préférerait être encore coincée dans cette maison en flammes que de te revoir.

— Keith, si...

— Et elle a quelqu'un, tu sais. Elle en a eu des tas. Elle a un appétit terrible. Son amant, c'est une *femme.* Tu savais ça ?

Il attendait. J'avais fini par secouer la tête, sans rien dire.

« Tu ne savais pas ? Bon. Je suis heureux de te l'apprendre. Elle s'appelle Susan Henry, la petite amie de Jade. Elles viennent parfois chez moi, à Bellows Falls.

Il pétrissait l'oreiller, sur son ventre. Jouait de ses orteils longs et flexibles contre le cuir de ses sandales. On aurait dit la pulsion du sang dans un cœur.

— Tu me hais, je le sais, inutile de me le prouver.

— La raison pour laquelle nous n'avons pu joindre Jade est qu'elle est justement avec son amie. Partie faire du camping. Elles adorent ça. Elles aiment faire ça dehors. Elles adorent les bois, tous ces trucs — le camping, le canot, les balades de trente kilomètres.

Il souriait, d'un sourire absent, délibérément irréel.

J'étais debout près de lui. Je l'avais pris par les épaules et, d'un seul mouvement, l'avais soulevé.

— Tu n'étais pas forcé, lui avais-je dit, mon visage collé au sien. Vraiment pas. Tu n'aurais pas dû laisser ta mère m'appeler, si tu me hais à ce point.

Il s'était dégagé et m'avait repoussé de ses doigts noueux et carrés.

— Si je lui ai dit qu'elle pouvait, avait-il dit en découvrant ses petites dents régulières, c'est parce qu'elle en avait besoin. Mamy a besoin de croire à la vie, en dehors de la famille, même quand elle sait qu'il n'y en a pas.

Son visage s'était à nouveau empourpré, il avait fermé les yeux.

J'aurais pu le prendre dans mes bras, à ce moment-là, s'il avait perdu de sa raideur et s'était laissé aller à pleurer...

— Keith...

Ma bouche était sèche, pleine d'un goût âcre.

« Je t'aime bien. Je suppose que tu n'apprécies pas ces propos, mais je t'aime bien, depuis le début, dès que nous nous sommes rencontrés, et quand je pense à toi, ce qui m'arrive souvent, je me dis... Je t'aime bien, c'est tout, je te respecte... Et c'est terrible, pour ton père, pour Hugh.

Je m'étais interrompu ; je tremblais. La coupe débordait.

— C'était moi que tu voulais tuer, n'est-ce pas ? avait-il dit doucement. C'était moi, quand tu as mis le feu. Et je sais pourquoi.

— Ce n'est pas vrai. Tu sais...

— Parce que je t'avais deviné.

Il s'était redressé.

« Je ne veux pas en parler. De ce que tu as fait. Tu as tout détruit. Je ne veux pas... Mon père est *mort.*

— Keith...

— Ne prononce pas mon nom ! s'était-il écrié, d'une voix plus forte. Rien de tout ça ne serait arrivé si je n'étais pas...

Il avait fermé les paupières et lancé son bras en avant pour me frapper. Mon bras s'était détendu pour parer le coup. Il avait fait une nouvelle tentative, m'avait raté, mais m'avait égratigné la joue. Il allait remettre ça lorsque je lui avais saisi le poignet.

« Ne me touche pas. Bas les pattes, espèce de sale con.

Il essayait de se dégager, je m'accrochais.

« Lâche-*moi.*

Il m'avait frappé de son bras libre, je l'avais lâché. Il m'avait bousculé, d'une bourrade sur l'épaule. Il était reparti en me frôlant au passage.

J'avais attendu une minute ou deux, ne sachant que faire. Mais le sort en était jeté : je faisais partie de la famille, pour le meilleur et pour le pire.

Ann était assise près de Sammy, sur le sofa, les jambes repliées ; elle le tenait dans ses bras et reposait sa tête sur son épaule. Ingrid était debout près d'eux. Elle tremblait tellement que les glaçons cliquetaient dans son verre et que l'eau gazeuse moussait. Elle observait Ann, qui s'efforçait de ne pas la regarder ; mais Sammy lui rendait son regard, de ses yeux perçants.

— Bon, bon, disait Robert, en levant ses énormes mains dans un pompeux geste d'apaisement. Ce n'est pas une façon de se conduire.

Pour Hugh, bon Dieu. C'était un homme de paix. Il serait scandalisé de nous entendre nous quereller.

Il avait jeté un coup d'œil sur son fils avant de l'attirer et de le serrer contre lui. Puis il lui avait embrassé les cheveux ; ils avaient tous deux fermé les yeux.

— Il est cinq heures, avait dit Keith, le poignet tendu. Les cendres. Tout doit être terminé.

— Merci, avait dit la sœur d'Ingrid. Merci du renseignement.

Chacun avait choisi son camp, elle voulait assurer Ingrid de son appui.

Robert avait déboutonné sa veste en seersucker vert et blanc, maculée de sueur, découvrant sa massive poitrine. Il avait tiré de sa poche intérieure une feuille de papier avion, soigneusement pliée. Il avait confié son verre à son fils, qui était allé le poser sur la table, visiblement heureux de lui rendre service.

— Qu'est-ce que c'est ? avait demandé Ingrid. Un testament ?

— Non, une lettre de notre cher Hugh. Il nous l'a envoyée, il y a un peu plus d'un an.

Il l'avait dépliée ; elle était dactylographiée, en bleu.

« Je l'ai apportée. C'est rare, une lettre de Hugh.

Il la contemplait en souriant comme s'il souriait à son frère.

— Lis-la-nous, oncle Bob, avait dit Sammy.

— Je préférerais vous la passer.

— Non. Lis-la-nous.

— Mon Dieu. Ça va bientôt être le moment de sortir les vieilles photos, avait dit Ann.

Elle paraissait mécontente.

— J'aimerais pouvoir prendre sa voix, avait dit Robert. C'était sa voix qui donnait un sens si particulier à tout.

Il regardait Sammy.

« Comme la tienne.

— Lis-la, oncle Bob.

— " Cher Bobbo. "

Il s'était arrêté et avait regardé Ingrid.

« C'est le nom qu'on me donne dans la famille.

Il s'était essuyé le front et avait louché sur la feuille, comme s'il avait soudain du mal à la lire.

« " Tu dois maintenant être au courant du divorce, et tu as eu le temps de t'y habituer. Je me sens comme le cousin Derek, quand il avait bousillé la Packard de grand-père et s'était barré à Charlotte pendant un an, tout simplement. Il y a des moments où il faut se faire tout petit. Je me rappelle, il y a huit ans, quand on était allés se taper des écrevisses, toi et moi, dans ce petit bistrot où ils avaient des chaises pliantes, sur la Ponchartrain, tu déblatérais contre Billy Corona qui venait de plaquer Alison, comme quoi il fallait être un beau salaud pour quitter une femme avec qui on était depuis quinze ans, et j'avais secoué la tête et m'étais mis à glousser comme quand on raconte des ragots sous la tonnelle — du genre l'été 38, tu te rappelles, les arbres étaient en fleur, on avait encore tous nos principes. Tu vois ce que je veux dire ? Ces moments de la vie où tout est simple. Et me voilà en train de faire la pige à Billy Corona ; il n'avait que deux enfants, et j'en ai trois. Quoiqu'ils soient assez grands, dirais-je, et aient une meilleure idée de ce qu'ils ont envie de faire de leur vie que leur pauvre vieux père. Et me voilà, bon sang, avec mon short vert olive, comme toujours, les doigts encore tout poisseux de confiture de fraise, qui me traite de pauvre père, républicain bon teint. Bougrement étonnant, hein ? "

La voix de Robert s'était brisée. Il avait retourné la feuille de papier pelure. Son visage se colorait, une rougeur lui montait du cou pour envahir peu à peu le visage, comme du vin dans un verre.

— C'est *tellement* lui, avait dit Ann.

— Moi aussi, j'ai une lettre, avait dit Sammy. J'aurais dû l'apporter.

— J'ai des poèmes, un tas de choses, avait dit Ingrid.

Elle s'était couvert les yeux, de douleur, ou peut-être, en partie, de honte : elle n'avait pas le choix, il lui fallait se situer, même si ça l'humiliait.

J'étais là, debout, le dos au mur, un verre de whisky soda à la main. J'avais mal aux jambes. Ils étaient tous sur le point d'éclater, et j'avais peur d'être le premier, dans cette pièce, à fondre en larmes. Chacun de leurs visages allumait en moi une étincelle qui fusait en sifflant jusqu'au centre même, instable, traumatisé, de ma conscience : ils avaient tous leur douleur, insupportable, singulière, mais qui n'en atteignait pas moins ce qui, en moi, était près d'exploser. Robert continuait de lire la lettre de Hugh :

— " Vous ne comprenez pas, vous autres pères de famille irréprochables, combien les pères prodigues peuvent aimer leurs enfants. "

Je pouvais voir, à la façon dont il hochait la tête, qu'il s'adressait plus particulièrement à Sammy et Keith. Il aurait voulu les regarder droit dans les yeux pour s'assurer qu'ils avaient bien entendu, mais il tenait bon. Il avait continué de lire, je ne sais trop quoi. Sa voix n'était plus qu'un murmure lugubre, inarticulé. Je regardais ce visage ouvert, douloureux, avec une insistance déplacée : j'étais fasciné par l'écrasante réalité de ces grands yeux marron, de ces cheveux gris et secs, de ces joues bien rasées, un peu rebondies, et de cette imposante mâchoire.

Robert veillait sur la paix de cette famille dans le sillage de la mort. Il s'était interposé entre Ann et Ingrid, et était déjà intervenu, sans doute, lors de la première querelle au sujet de ma présence. Il croyait en une alchimie capable de transmuer en douleur toute passion. Toute jalousie, toute rage, toute peur, toute folie se transfiguraient ainsi sur le silencieux autel de la mort. Il n'allait pas briser le rythme de la cérémonie funèbre pour exprimer ses sentiments à mon égard : ces émotions-là étaient le luxe des vivants. Nous n'étions pour l'instant que des survivants dont il importait de ne pas violer le cérémonial par d'intempestives manifestations. On s'occuperait de moi plus tard. Alors je sentirais s'appesantir cette main sur mon épaule et découvrirais sous la laine de ses doux yeux sombres la lame d'acier de son vrai regard. Alors il me jugerait comme Hugh aurait pu le faire. On me remettrait cruellement à ma place, pour m'accuser, me rejeter.

Je regardais Ingrid : elle sanglotait sans retenue, désormais, me regardait à son tour, sous les larmes, de ses yeux indécis. Le souvenir qu'elle avait gardé de moi, à moins de trois mètres de Hugh, se réveillait, j'en étais sûr, cherchait à remonter, comme ces voix que l'on prétend entendre au cours d'une séance de spiritisme : un raclement aux fenêtres de la mémoire, des rideaux qui s'envolent, une table qui tremble, personne pourtant ne se manifeste. Elle penchait la tête, ouvrait ses lèvres charnues, incolores. Il y avait dans son regard une lueur de reproche. J'étais certain qu'une première image était en train de se matérialiser, mais j'avais fini par comprendre qu'elle voulait seulement que je détourne mon regard, que je la laisse à sa douleur dans la fausse intimité de sa propre vision. Et j'avais reporté mon regard sur cette lourde femme aux traits épais, dans une robe grise vague, avec des bas noirs et des souliers noirs, luisants, sa sœur Nancy.

C'est l'instant que Keith, assis à cinq ou six mètres de moi, choisit pour me jeter son verre à la figure. Un grand verre fragile. Je ne sais s'il voulait m'atteindre ou me faire peur, à supposer qu'il ait pensé à quoi que ce soit. Le verre s'était brisé contre le mur, à une trentaine de centimètres, moins peut-être, de ma tête. J'avais d'abord cru que c'étaient des éclats de verre qui m'avaient sauté au visage. Pas de coupures, ce ne devait être que de la glace pilée. Le pied avait rebondi sur mon épaule ; j'avais retrouvé, plus tard, des morceaux de verre dans la poche de ma chemise. Il m'avait fallu un certain temps pour me ressaisir. J'avais entendu le bruit, j'avais même une vague image de Keith, penché en avant, le bras levé. J'avais fini par comprendre que j'étais visé. J'avais senti les éclaboussures sur mes cheveux, mon visage, ma chemise, et, aussi confusément que dans un film projeté sur écran noir, tous les regards fixés sur moi. Robert avait cessé de lire à haute voix, Nancy avait agrippé l'épaule d'Ingrid, elles respiraient bruyamment, toutes les deux. Je m'étais couvert le visage, avais baissé la tête, puis l'avais secouée.

— Oh ! Keith, disait Ann. Keith.

D'une voix éteinte, plus peinée que réprobatrice.

— Qu'il sorte ! Qu'il sorte d'ici ! hurlait Keith.

Je m'étais tourné vers lui, en agitant les mains pour les sécher, toujours à demi courbé, comme pour éviter d'autres coups. Keith était debout, il haletait comme un cheval de course. Il respirait de façon horrible. Sa poitrine s'agitait comme d'énormes ailes, je n'étais sûrement pas le seul à me demander ce que je ferais s'il s'écroulait soudain.

« Impossible de se recueillir, avec lui. Il n'est revenu que pour nous faire encore plus de mal. Seigneur, c'est incroyable. Il ne peut pas rester ici. Qu'il sorte.

Il avait pointé son doigt sur moi et répété :

« Dehors, dehors.

J'avais regardé Ann.

— Je m'en vais.

— Dehors, dehors, répétait Keith. Dehors, dehors, dehors.

— Tais-toi, avait dit Sammy.

Il avait voulu lui attraper le bras, l'avait manqué et n'avait pas insisté.

Ann, la main sur les yeux, secouait la tête. Reste ? Va-t'en ?

— Je pars, avais-je murmuré, tant en moi-même qu'à l'adresse de Keith.

Nul, dans cette pièce, n'osait rencontrer mon regard. Je hochais la tête, j'essayais, stupidement, de prendre un air normal. J'avais vu, dans un brouillard, Keith s'emparer d'un autre verre, sur la table, qui avait volé dans ma direction, lentement, à l'horizontale, dans la lumière de la lampe, tandis que le whisky et la glace coulaient. Le mur blanc s'était couvert d'un voile humide. Je m'étais avancé, avais écrasé sous mon pied un gros morceau de verre ; le parquet meurtri avait gémi. Les mains sur le visage, à nouveau — je croyais avoir vu voler un autre verre, mais Keith, ses mains en avant, comme pour prévenir une attaque, ne bougeait pas.

J'avais fait volte-face, m'étais précipité dans le couloir et étais sorti. Personne, bien sûr, ne m'avait arrêté. J'avais refermé la porte derrière moi, mais la serrure n'avait pas joué, elle était restée ouverte. Je n'avais pas attendu l'ascenseur et avais couru vers l'escalier, au milieu du corridor. J'avais dévalé deux étages avant de m'asseoir. Mes jambes ne répondaient plus. Comme si un écheveau de nerfs avait été coupé. Je m'étais assis sur les marches de marbre, m'étais pincé les cuisses et frappé les genoux un bon moment avant de recouvrer mes sens.

Un taxi venait de s'arrêter devant l'immeuble. Les pneus avaient crissé contre le trottoir, la portière arrière s'était ouverte, Jade était là, devant moi. Elle avait un peu grossi, pas beaucoup. Ses cheveux longs avaient disparu. À la place, une coupe sportive, les cheveux courts et raides, séparés par une raie au milieu. Ils étaient rejetés sur les côtés et maintenus par un bandeau bleu foncé. Elle portait une blouse jaune, dont les deux premiers boutons étaient défaits, un pantalon kaki, avec une ceinture assez haute, échancrée ; elle tenait à la main un sac de voyage noir, en nylon. Trois sillons marquaient son cou, ainsi qu'une petite chaîne d'or. Elle était toute bronzée. Et me dévisageait.

Le taxi avait démarré. Jade s'était avancée d'un pas. Ses lèvres s'étaient écartées, puis refermées, scellées. Je m'étais avancé à mon tour, lentement, la pointe de mes chaussures touchait la pointe des siennes lorsque je m'étais immobilisé.

— Mamy m'a dit que tu étais là.

— Oui. Je suis là.

J'avais mis mes mains sur ses épaules et l'avais attirée contre moi. Je la sentais qui résistait un peu, faiblement, par à-coups. Je l'avais prise dans mes bras et, comme je l'avais dix mille fois imaginé, l'avais serrée. J'avais eu l'impression — fugitive — de la forcer. Je sentais ses seins contre ma poitrine, je respirais son odeur, gravais ses os dans ma chair. Elle avait posé les mains sur mes bras. Sans bouger. Ni me repousser.

Je l'avais étreinte aussi longtemps que je l'osais. Je ne l'avais pas regardée lorsque je l'avais lâchée ; je savais qu'elle ne le voulait pas. J'avais regardé droit devant moi, en n'écoutant que le bruit de sa respiration, puis cette espèce de silencieuse rumination contre laquelle elle luttait pour essayer de trouver quelque chose à dire, le claquement étouffé et saccadé de ses pas, enfin, tandis qu'elle se dirigeait vers la porte de l'immeuble. Je n'avais pas bougé avant qu'elle ait disparu et m'efforçais de ne pas me retourner. Je marchais à toute vitesse, en me triturant les mains et en me parlant tout seul, je courais, je m'arrêtais, me remettais à marcher ; je m'étais enfin assis au coin de la 29e Rue et de Park Avenue, sur le trottoir, le dos contre une boîte aux lettres, à attendre.

14

Vingt-huit heures plus tard, le téléphone avait sonné, dans ma chambre. J'avais décroché aussitôt. C'était la réception.

— Monsieur Axelrod ?

— Oui.

— Vous avez une visite.

L'employé avait eu un silence.

« Elle peut monter ?

— Laissez-moi lui parler, s'il vous plaît.

— Faites vite.

— Allô ? avait dit Jade.

Sa voix était rauque. Évocatrice, comme à l'habitude, de sable, de soleil et de fumée.

— Je voulais te le dire moi-même : monte. Tu as le numéro de ma chambre ?

— Oui. Je l'ai.

— Ou tu veux que je descende ? Ça ne serait pas mieux ?

— Non. Je vais monter.

Elle s'était tue.

« D'accord ?

— Oui. Je t'en prie.

Je l'avais retrouvée à la porte de l'ascenseur ; elle en était sortie en compagnie de deux femmes en jupes de cuir assez courtes, avec des chapeaux de cow-girls. Elle était habillée de gris et portait son sac de voyage en nylon noir. Elle sentait le tabac et l'alcool, dont l'odeur était combattue, comme un rayon de soleil sur une vague, par des effluves d'eau de toilette au lilas : elle devait s'être parfumée peu avant d'arriver au McAlpin.

Pendant un long moment, nous nous étions regardés en silence. J'entendais cette sorte de clapotement aigu que devaient entendre les aviateurs quand les carlingues étaient ouvertes. J'avais perdu mon impétuosité de la veille. Je n'étais plus capable que de la regarder. J'aurais été, il est vrai, incapable de regarder ailleurs.

Elle avait l'air épuisée. Ses yeux étaient immenses, battus, perdus. Ses lèvres sèches. Elle s'était maquillée, les traînées ressortaient à la lumière blafarde, marine, du couloir. Elle avait repoussé ses cheveux courts derrière ses oreilles, dont les larges ourlets saillants étaient tout rouges. Une perle d'or était épinglée à un des lobes.

— Tu as perdu une boucle d'oreille.

Elle avait touché le côté droit.

— Oh.

Elle l'avait touché, à plusieurs reprises.

« Merde.

J'avais haussé les épaules.

— On t'en trouvera d'autres.

J'avais tressailli. Ma remarque était idiote. Pire qu'idiote : arrogante, désespérée. Je n'aurais nullement été surpris qu'elle éclate de rire.

Elle me regardait comme si elle n'avait pas entendu. Mon cœur tambourinait : un gros chien, derrière une porte.

— Surpris ? Que je sois là.

J'avais secoué la tête.

— Il le fallait bien.

Ses yeux s'étaient un peu rétrécis.

— Non. C'est un choix. Je l'ai décidé.

— Bon, tu m'en vois très heureux.

Elle hochait la tête. Me dévisageait. Prenait note des changements qui s'étaient opérés en moi. J'avais l'impression qu'on me touchait, partout. Personne ne m'avait regardé, depuis des années. Les autres regards n'étaient que distraits, incomplets, aveugles : on me voyait enfin, en un clin d'œil, tel que j'étais.

« Tu veux venir dans ma chambre ?

Elle avait acquiescé.

— Une minute seulement. Je vais à la gare routière. Le dernier car pour le Vermont part dans une demi-heure.

J'avais fermé la porte et allumé le plafonnier. La couverture avait gardé de moi une sinueuse empreinte : j'étais calé contre la tête de lit, en train de relire le journal à la lumière de la lampe de chevet, quand le téléphone avait sonné. Des journaux étaient en désordre, il régnait une atmosphère de pagaille et de précipitation.

— J'aurais aimé t'accueillir avec un verre de champagne, en veste de smoking, à revers de soie.

Elle avait l'air de ne pas comprendre. Mais elle comprenait parfaitement. Son regard me signifiait que le contexte seul lui échappait. Elle avait toujours pu combler mes silences, voir ce que je voyais, sans que j'aie besoin de le décrire. C'était son intuition même qui nous avait amenés à cette conviction à laquelle toute autre considération avait cédé : à savoir que nous vivions dans un monde à part, supérieur. Sa feinte confusion me confirmait qu'elle savait fort bien ce que je voulais dire, et qu'elle me comprendrait toujours, sans doute, car elle allait droit à la source, à l'origine des mots, à contre-courant, jusqu'aux bouffées de sang, aux impulsions, aux angoisses inconscientes.

« Tu veux que j'appelle pour qu'on nous monte quelque chose ?

J'avais traversé la chambre pour ramasser le journal, sur le lit.

« Du café, du vin ?

— À condition qu'ils se dépêchent.

Elle examinait la pièce, enregistrait le moindre détail, tout en cherchant un siège.

— Du vin ?

— Oui. Quoique l'ivoire de mes dents soit devenu fragile. Le vin les tache.

Elle me montrait les dents du bas.

Je m'étais assis au bord du lit et avais décroché le téléphone.

— Voudriez-vous me monter deux verres de vin rouge, s'il vous plaît ?

J'avais raccroché.

« On vieillit.

— C'est une chance.

Elle s'était assise avec une sorte de gaucherie délibérée, avait poussé un soupir, tiré sur la fermeture Éclair de son sac de voyage. Elle avait fouillé sans rien trouver.

« Tu n'as pas une aspirine ?

J'avais secoué la tête.

« Merde.

— Qu'est-ce qui ne va pas ?

Une gaffe.

Elle s'était légèrement redressée, écartée.

— Mon père est mort. J'ai été à l'enterrement. Avec ma famille à la *noix*. J'ai mes règles. Et je suis un régime spécial, rien que des protéines, pour perdre cinq ou six kilos.

Elle fronçait les sourcils en hochant la tête, comme pour me demander : ça ne suffit pas ?

Je voulais dire quelque chose, les mots ne venaient pas. J'avais eu l'idée de lui proposer de lui masser les tempes et le bas de la nuque. Le geste aurait été déplacé. Et je n'avais pu m'empêcher, bêtement, de penser à ses règles, de voir le petit bout de cordon du tampon enroulé dans les poils de son pubis, de me revoir en train de le décoller entre les ongles du pouce et de l'index et de l'enrouler autour de mon doigt comme la ficelle d'un yo-yo, avant de tirer sur le coton taché de sang. L'image, pour détaillée et complaisante qu'elle soit, était malvenue : elle avait suffi à me rendre Jade, en trois dimensions ; cette intimité retrouvée, par le biais de la mémoire, l'inévitable excitation que j'en avais vite éprouvée, avaient failli me faire tressauter.

— Je voulais te parler de l'enterrement. Je n'osais pas.

— Ça a été terrible, terrible. *Ennuyeux*, d'une certaine façon. C'est dingue, tu sais. Je n'arrivais pas à croire que c'était papy, là, dans l'urne. C'est fou, ces incinérations. Ou si on veut y aller, qu'on y aille pour de bon. Un feu de joie. Devant *tout le monde*. Comment croire que le type est vraiment mort ? Je reçois un coup de téléphone, merde, je passe des heures avec une bande de pochards hystériques, et je m'assois sur une chaise pliante avec une cinquantaine de personnes pour écouter de l'orgue en regardant une urne. Aucune preuve de quoi que ce soit, je veux dire, tout le monde *m'affirme* qu'il est mort, je n'en suis pas absolument certaine. Ils auraient pu ramener n'importe quelles cendres.

Elle avait haussé les épaules et accroché un doigt à sa chaîne d'or.

— Cinquante personnes...

— Un tas de gens que je ne connaissais pas. Également irréels. La bande à Ingrid. Je l'aime bien, quand même. Sans doute pour les mêmes raisons que papy. Sa franchise. Sa sensualité. Elle a drôlement pleuré. Mamy était très calme. Impatiente que ce soit fini. Ingrid pleurait si fort que beaucoup de gens s'étaient mis à pleurer, eux aussi, tu vois, des gens qui n'auraient pas bronché, autrement. Mamy se penche vers moi et me dit quelque chose comme « Pourquoi est-ce qu'on n'irait pas chercher un seau de glace pour la calmer ? ». Quelle étrange femme, ma pauvre mère. Elle est si seule. Un peu amère, je pense. Oncle Bob parlait de papa, de maturité. C'était assez beau, à vrai dire. Je ne me serais pas attendue à ça de Bob. Il *chantait* presque. Même d'où j'étais, je pouvais voir qu'il avait les larmes aux yeux. Ce qui m'a fait pleurer, mais on peut dire n'importe quoi, on pleure toujours, aux funérailles. Je regardais mamy pendant qu'oncle Bob parlait. Elle me tenait la main et je la regardais. Elle voulait pleurer, merde, je le *voyais*, mais elle ne pouvait pas se laisser aller, bon Dieu. Les larmes, c'était pour Ingrid. Je suppose que c'est ce qu'elle se disait, laissons pleurer Ingrid. Mamy le connaissait trop pour le pleurer, comme qui dirait. C'est comme ça qu'elle se tire de *tout*, pratiquement.

— J'étais avec Ann quand elle a appris.

Je me demandais si Jade l'ignorait.

— Je sais. Elle me l'a dit.

Elle avait tressailli.

— Et elle a beaucoup pleuré. Beaucoup, si tu tiens à le savoir.

Nous nous étions tus. Nous nous sentions étrangers l'un à l'autre, terrifiés chacun en présence de l'autre : chacun face à un fantôme. Étrange expérience du supra-naturel, dans cette petite chambre d'hôtel. Nous devrions sortir, me disais-je, marcher. J'avais peur de suggérer quoi que ce soit, peur même de me racler la gorge.

On avait frappé. Je m'étais aperçu, à cette seconde même, que Jade et moi, nous nous regardions fixement, effrontément. Aucune idée comment nos regards avaient pu s'accrocher de la sorte.

Je m'étais levé.

« C'est le vin, probablement.

— Je dois bientôt m'en aller.

Je voulais faire signe que non. Je m'étais repris.

— C'est bon d'être avec toi.

— Pas déçu ?

Sur un ton un peu minaudier, à force de timidité.

Je m'étais tu, pour souligner que je ne répondais pas par simple politesse.

— Non. Absolument pas déçu.

Le vin était servi dans une lourde carafe. Avec deux verres et un paquet de cacahuètes. J'avais signé la note, en client averti, et donné au garçon un billet d'un dollar. Je ne voulais pas gâcher l'ambiance en fouillant dans mes poches pour y chercher de la petite monnaie. J'avais posé le plateau sur la table, près de Jade.

« Je te sers ?

— Ce vin est si épais. Presque noir.

— Non. C'est la lumière de la pièce.

J'avais versé un peu de vin dans son verre et l'avais soulevé. Il était rouge vif.

« Tu vois ?

Elle avait hoché la tête et pris le verre. Je me demandais si ses doigts n'allaient pas accidentellement toucher les miens. Mais non. J'étais déçu, dans ma sensualité. Je voulais sentir le contact de sa peau, mais nous devions éviter ces gestes avortés. Rien de pire que le flirt pour souligner cet écart entre nous.

Je m'étais versé du vin. J'étais debout devant Jade. J'aurais aimé lui proposer un toast, mais j'en étais bien incapable. Je m'étais assis au bord du lit.

« J'ai essayé de te retrouver.

— Je sais.

— Ta famille te protège. J'avais demandé à Keith et à ta mère. Ils n'ont pas lâché le moindre indice. J'avais envoyé une lettre à Sammy, pour qu'il te la communique.

— Je sais. Je sais, David. Je sais.

— Il te l'a donnée ?

Jade avait hoché la tête.

J'avais attendu un moment avant de la hocher à mon tour.

« Tu ne m'as jamais répondu.

— Il n'y avait rien à répondre. Elle n'était pas de toi, tu ne te rappelles pas ? Tu m'avais envoyé une lettre de quelqu'un d'autre. De Charles Dickens.

— C'était tout ce que je pouvais dire. Je ne sais pas pourquoi. J'avais peur d'utiliser mes propres mots. Il fallait que quelqu'un d'autre parle pour moi.

— Tu n'étais pas comme ça, avant.

— Je n'avais besoin que d'un mot de toi, je t'aurais envoyé des centaines de lettres. Je les ai écrites, sans les envoyer. Je ne savais pas où tu étais, ou si tu le souhaitais.

Elle avait siroté son vin et s'était passé la langue sur les dents du haut, pour les nettoyer. Chacun de ses gestes me la rendait plus réelle ; chacun de ses mouvements me rassurait. Jamais rien ne nous séparerait.

— Il y a un tas de choses que je voudrais te demander. Et te dire. C'est vraiment bizarre. Je reviens de l'enterrement de mon père et je ne pense qu'à te demander comment tu vas. Je ne m'en sors plus. Tout ça n'a aucun sens.

— Comment je vais ? Tu peux très bien me le demander. C'est-à-dire, je peux parfaitement te répondre. Et ce n'est pas très difficile, je vais comme tu veux que j'aille.

— Comment peux-tu savoir ce que je pense, à ton sujet ?

— D'accord. Ce n'est pas ce que j'ai voulu dire. Je vais comme j'allais la dernière fois que nous nous sommes vus.

Son regard me fuyait, elle se frottait les doigts, avec la nervosité des gens qui ont l'habitude de prendre une cigarette et qui y ont renoncé. Elle devait se voir allumer une cigarette, tirer dessus, garder la fumée dans ses poumons trente ou quarante secondes, la rejeter avec un soupir.

— La dernière fois que nous nous sommes vus, c'était à Chicago, chez nous, pendant l'incendie que tu venais d'allumer. C'est cette image de toi que tu veux que je garde ?

— Oui, avais-je répondu, sans hésiter.

Elle avait aussitôt consulté sa montre.

— Il est l'heure. Il ne me reste qu'une douzaine de minutes pour remonter huit rues. J'aurai de la chance si j'y arrive.

J'avais un plan. Je lui proposais de l'accompagner à la gare routière. J'ignorais où elle était exactement, mais l'endroit ne devait pas être très sûr, comme dans la plupart des grandes villes. J'insistais. Elle acceptait. Je traînais un peu, nous rations le car. Mais je m'étais penché et contenté de dire :

— Non. Reste. Tant pis pour le car. Reste. Reste avec moi. Nous ne nous sommes encore rien dit, et je ne sais même pas quand je te reverrai.

Elle s'était levée. C'était comme si son double, qui était en moi, l'avait imitée. Le sang affluait aux cinq extrémités de mon corps. J'avais oublié le verre de vin ; il était tombé, tout droit, avant de se renverser.

Elle avait regardé la tache s'étendre sur le tapis couleur moutarde. Tout en hochant la tête de cet air indécis qui peut aussi bien accompagner la réflexion que signifier un timide acquiescement.

« Je t'en prie, avais-je dit, en essayant de lui imposer ma volonté, de retenir le temps, avec la détermination d'un gosse qui jette des pierres dans l'océan.

Elle avait inspiré. Elle paraissait terriblement fatiguée, apeurée. Une veine battait sur son front ; ses oreilles étaient rouge foncé.

— D'accord, avait-elle dit d'une voix prudente, une voix qui ne faisait que prononcer les mots, comme quand on enregistre un cours de langue. Je vais téléphoner à la gare pour demander à quelle heure part le prochain car.

Je pensais qu'elle allait prendre l'appareil. Elle avait fait trois pas jusqu'au bord du lit et s'était assise près de moi.

Je ne voulais pas la toucher ni la regarder, ni rien faire qui puisse la déconcerter, dans son élan. Je contemplais le fauteuil qu'elle venait de quitter, je la sentais bouger près de moi. Elle me regardait, de biais, se penchait, reposait son front sur mon épaule.

J'avais envie de répondre à son geste par une caresse. Je m'en étais bien gardé. Ce geste avait plus d'une signification. Je pouvais n'être qu'un vieil ami qu'elle revoyait le jour de l'enterrement de son père. Rien de plus. Et ce pouvait être moins encore : l'épuisement, le chagrin, le soulagement qu'on éprouve à se soumettre à la volonté de quelqu'un d'autre. Mais j'étais sûr qu'il y avait plus. Il y avait dans cet abandon je ne sais quoi de délibéré, de particulier. Elle ne se contentait pas de reposer sa tête. Les muscles de son cou, de ses épaules, étaient vivants ; elle s'efforçait de ne pas trop peser. Elle s'abandonnait et se retenait avec une totale précision, choisissait l'endroit, calculait l'effet, ce n'était pas seulement l'arcade sourcilière qui me touchait, mais le corps tout entier. Le geste était voulu, mesuré, risqué, aussi intime que si elle m'avait caressé le visage ou pris la main pour la presser contre sa poitrine. Les minutes s'écoulaient, interminables, tout son être se concentrait dans ce bout d'arcade sourcilière ancré en moi, de même qu'une chanteuse peut, en atteignant sa plus haute note, se réduire tout entière à sa seule bouche.

Je ne pouvais l'entourer de mon bras sans l'inciter à retirer sa tête. Je m'étais donc contenté de poser la main sur sa cuisse, juste au-dessus du genou. À plat, sans refermer ni arquer si peu que ce soit les doigts, pour ne pas sembler vouloir prendre possession de son corps, ni même l'étreindre.

Je suivais le rythme de sa respiration, en m'efforçant d'ignorer le torrent de joie et d'images qui m'envahissait. Mais je ne pouvais m'empêcher de trembler.

Elle avait levé la tête et s'était détachée de moi.

— Pardon, avais-je dit. Je sais que je n'aurais pas dû te toucher.

J'avais retiré ma main, sans cesser de frissonner. Je m'étais levé et dirigé vers la fenêtre. Mon cœur battait la chamade, jusque dans ma nuque, mon estomac, le bout de mon pénis, mes jambes. Je m'étais appuyé à la fenêtre pour regarder au-dehors. Un bout de ciel noir et gris dansait au-dessus de moi. Tout pouvait finir ici, me disais-je, ma vie, toute ma vie, peu importait. Cette pensée me semblait si raisonnable, si logique, dans le chaos où je me trouvais, que j'avais presque parlé à haute voix.

— Tu vas avoir des ennuis pour être venu à New York ?

— Non.

— Tu n'es pas censé nous revoir, aucun de nous. Tu es en liberté surveillée. Je parie que personne n'est au courant.

— Aucune importance. Personne ne s'en apercevra. Une partie de la journée de vendredi, et aujourd'hui. Le week-end ne compte pas.

Son regard trahissait un certain scepticisme, mais elle n'avait pas insisté : elle avait hérité de sa mère cette facile conviction que la meilleure façon d'*aider* les gens est de ne pas trop se soucier de ce qu'ils *font*.

« Tu sais qui j'ai rencontré, dans l'avion ? Stuart Neihardt.

Elle avait haussé les épaules.

— Tu ne t'en souviens pas. Il était dans ma classe, à Hyde Park. Il travaille pour un dentiste, il est venu pour une commande de dents en or.

Elle hochait la tête. Elle devait s'imaginer que je l'invitais à quelque commentaire ironique, auquel elle se refusait. Elle était trop près des gens pour s'en moquer, ou trop loin pour s'en occuper : tout dépendait de son humeur.

« Il se souvient de nous. Il en veut à ceux qui ont été heureux ensemble, c'est vraiment maladif. Il était drôlement seul, il haïssait tous ceux qui ne l'étaient pas. Étrange de l'entendre parler de nous. Je ne pensais jamais à lui. Incroyable qu'il se souvienne de nous.

— Le nom ne me dit rien. De quoi est-ce qu'il a l'air ?

— Aucune importance. Je ne crois pas que tu le connaissais. Il m'a dit des choses ridicules, sur nous deux. Il m'a dit qu'il avait regardé dans ton corsage quand tu te penchais sur je ne sais quoi, dans une exposition scientifique.

— Merci de me le répéter.

— J'étais furieux. Je lui ai attrapé la lèvre et je l'ai tordue.

Elle avait tressailli.

— Mon Dieu, David. Tu es violent, tu es fou à ce point ?

— Mais non.

— Mais si. Tu ne t'en rends pas compte.

— Pas du tout. Ce n'est ni de la violence ni de la folie. Je n'aime pas la violence ; la folie est triste, elle m'ennuie, elle me fait peur. J'ai vécu avec un tas de fous, tu sais. On m'a traité comme si j'en étais un. Il y avait des fois, je veux dire, où je me demandais si je ne l'étais pas, et pendant longtemps j'ai *voulu* l'être. C'était une façon d'exister, de donner un sens à ma présence dans cet endroit. De m'occuper, d'être un peu moins celui que j'étais, de souffrir moins, d'être un peu plus comme quelqu'un d'autre, un inconnu que je pouvais observer. Je n'étais pas fou. Justement. Pas fou du tout, bien que ce soit la meilleure preuve, je sais, de dire que tu ne l'es pas. Et pour sortir, je ne comprends pas pourquoi il m'a fallu si longtemps, je n'ai eu qu'à prétendre que j'avais changé, que je voyais les choses d'un autre œil, pour moi comme — je m'étais interrompu, pour lui permettre de penser à autre chose, si elle le voulait — pour toi. Prétendre que je t'oubliais, c'est tout.

Je m'étais retrouvé assis près d'elle.

« Je ne sais pas pourquoi je les appelle des fous, d'ailleurs. Ils ne sont pas fous. C'est l'habitude, une façon de garder ses distances. Tu vois ce que je veux dire ? Nous avons tous deux personnalités distinctes, notre personnalité réelle, qui est généralement assez étrange, je suppose, et symbolique, et notre personnalité sociale, publique. La plupart se débattent entre les deux, se laissent aller, se reprennent quand il faut. Il arrive qu'on soit un peu lent, on traîne, les gens s'en aperçoivent. Presque toujours, ils savent qu'ils ont affaire à quelqu'un qui pense à des choses qu'on ne peut partager, à un singe qui sait où trouver un étang avec de l'eau fraîche. Votre personnalité sociale est quelquefois si moche, votre personnalité réelle est si vivante, si pleine de beauté, de danger, de secrets, de choses insensées mais qui s'imposent de plus en plus, il vous est de plus en plus difficile de vous en dégager. L'écart entre les deux est tellement profond, ça vous demande tellement d'efforts que ça n'en vaut pas la peine, vraiment. Tout dépend de quel côté du précipice on vous a coincé. Pour certains, c'est le côté public, licite, ils sont O.K., grand bien leur fasse. Pour d'autres, c'est le côté privé, totalement isolé, c'est ce qu'on appelle la folie, et on n'a pas tout à fait tort, mais ça ne signifie rien. Il s'agit plutôt d'une espèce d'inertie, d'un problème de mobilité. On est coincé, on est soi-même et on ne peut pas s'arrêter, comme ces gosses qui s'obstinent à jurer, à montrer du doigt et à raconter ce qu'on ne doit pas raconter, même à l'école, ou devant leurs parents. Ils ne savent pas s'arrêter, être comme on veut qu'ils soient. Et le pire est qu'on les punit pour des choses qu'on a soi-même faites — sauf que nous, nous savions nous arrêter, que nous prétendions n'avoir jamais rien fait de pareil, jamais, et que nous leur bottions le cul aussi dur que les autres quand ils dépassaient les bornes.

— Comme toi et moi. On était comme ça, tous les *deux*.

— Qu'est-ce que tu veux dire ? On était fous ?

— On vivait dans un monde à part. On s'imaginait qu'on était seuls. Nous étions ensemble, c'était tout ce qu'on pouvait faire, rien d'autre n'avait la moindre réalité.

— C'est vrai.

— Mais c'est fou. Tu viens de me le dire.

— Non, pas quand on est deux. Les fous sont seuls, personne ne les comprend. Ce n'est pas notre cas. Nous sommes deux à savoir, et tout prend un sens. Rien n'est fou quand on est deux à y croire, quand on le vit. Et les autres le croient, eux aussi, tu te rappelles. En ce qui nous concerne. Tous ceux qui nous connaissent nous voient ensemble, ils ne nous séparent pas. Nous leur faisons cet effet.

— Non.

— Non quoi ?

— N'en parle pas comme si ça continuait. C'est fini. C'était il y a longtemps.

— Longtemps, oui. Mais ça ne me paraît plus si vieux depuis que je suis avec toi. Et je crois que je pourrais oublier tout le temps écoulé dans l'intervalle.

Elle avait secoué la tête et baissé les yeux ; elle écartait les doigts sur ses cuisses, appuyait sur ses ongles, jouait des jointures.

— Non. Tu ne sais plus à qui tu parles exactement. Tu planes.

— Mais je te connais.

Cette protestation prenait beaucoup plus de poids que je n'aurais pensé, comme si elle avait une force magnétique qui la chargeait de tout un inconnu, de tous les silences, de toutes les ombres, de tout ce qu'on espère et redoute à la fois. L'atmosphère entre nous était devenue aussi tendue que si j'avais fini par avoir le courage de me pencher vers Jade et de l'embrasser. Je n'avais plus le choix, je devais continuer, avancer, comme quand on poursuit un fantôme : il se fond dans la lumière et disparaît en poussière ou prend forme et chair.

— Tu ne me connais pas. Tu te souviens de moi, c'est tout.

— Non. Ce n'est pas se souvenir. On se souvient du passé, de ce qui est fini ; je me souviens de toi, si tu appelles ça se souvenir, comme on se souvient de ce que c'est que de marcher, quand on est cloué au lit. Ce n'est pas seulement un retour sur le passé, je veux dire, on recommence.

— La folie à deux ?

— Pas d'importance.

— Pour toi.

— Pour moi.

Elle avait fermé les yeux et secoué la tête, comme pour chasser une image.

— Je ne comprends plus de quoi nous parlons. Nous ne devrions pas. C'est trop pénible, n'est-ce pas ?

— Pour moi ?

— Exactement — pour toi. Ça doit l'être.

— Non. Et pour toi ?

Elle avait secoué la tête à nouveau.

— Pour moi, c'est différent. Je ne suis pas là, pas de la même façon. Tu t'accroches au passé, je le laisse filer. Il y a des choses qui tombent, elles ne rebondissent pas, elles continuent de tomber, et de tomber, et de tomber.

— Mais à l'intérieur.

— Qu'est-ce que tu veux dire ?

— Elles tombent, mais à l'intérieur de soi, ça peut paraître très loin, c'est tout près. Nous sommes plus imperméables et fermés que des capsules spatiales. Nous ne pouvons rien oublier.

— Oh ! je pense à toi, avait-elle fait, d'une voix qui s'efforçait d'être détachée.

— Et moi, je pense à toi tout le temps. Quand j'étais dans ce putain d'hôpital, chez mes parents, et chez moi, maintenant.

— Où habites-tu ?

— Au coin de la 55e Rue et de Kimbark Avenue. Deux pièces et demie. Premier étage.

— Kimbark. Le quartier me manque. Nous avons de la chance d'être de là-bas, crois-moi. Surtout quand on passe la tête sur la côte est. On vous le fait bougrement payer, par ici, quand on vient du Middle West, mais Hyde Park est un bon point. On est dans le bain.

— Par exemple ?

— Pour la conversation.

Elle haussait les épaules.

« Un tas de trucs. Le café Medici est toujours ouvert ?

— Je pense.

— Bon. On disait qu'il allait fermer, la dernière fois que j'étais à Chicago.

— C'était quand ? Quand étais-tu à Chicago ?

— En hiver. Au pire moment. Pire que le Vermont.

— L'hiver dernier ?

Elle avait fait signe que oui.

— Mais j'étais là !

J'avais presque bondi.

— Je sais. J'étais avec une amie. J'avais pensé t'appeler. Vraiment. J'ai failli appeler tes parents pour avoir ton adresse. J'avais mis ma pièce dans l'appareil, et puis j'ai changé d'idée. La pièce n'est pas retombée quand j'ai raccroché. Mauvais signe. J'ai eu peur.

— Tu aurais dû. C'est trop effroyable de nous revoir dans une occasion pareille. L'enterrement de ton père.

— La boucle est bouclée. Désolée. C'est stupide. Quoi qu'il en soit, je te l'ai dit, j'étais avec une amie. Ça n'aurait pas été très facile.

— Tant pis. Ça en aurait valu la peine, je veux dire. Peu importe dans quelles circonstances je te revois.

— Nous étions en route pour la Californie, Santa Barbara, elle y est née. Nous nous étions arrêtées pour revoir ma ville à moi.

— Susan.

— Quoi ?

— Elle s'appelle Susan. Keith m'en a parlé. Ton amie.

Elle s'était tue, avait haussé les épaules, les lèvres et la mâchoire serrées : elle avait appris à user de ces silencieux avertissements que les gens vous donnent quand ils ne veulent pas qu'on leur pose certaines questions. Elle était lasse de ces réflexions sur Susan, sur le fait qu'elle vivait avec une femme, et qu'elle l'aimait. Ma jalousie s'émoussait :

j'avais trop souffert, je ne ressentais plus rien, je n'avais plus rien à dire.

— Tu es allée voir ta maison ?

Elle avait hoché la tête.

— Oui. C'était dur, mais il le fallait. Une bonne chose, après tout. Elle n'était pas aussi moche que dans mes rêves. Dans mes rêves, elle brûle toujours — rien qu'un peu, une fenêtre, le toit, mais elle brûle toujours. Ça m'a fait du bien de la revoir telle qu'elle est réellement. Et toi, tu l'as revue ?

— Pour moi, c'est le contraire. Elle est restée comme elle était. C'est d'autant plus difficile, presque comme si rien ne s'était passé. Comme quand on ne cesse de revoir un événement, tu sais, et qu'on pense à tout ce qui aurait pu se produire, à tout ce qui aurait pu être différent.

Le silence s'installait lentement entre nous, dans cette chambre où nous étions assis si près l'un de l'autre.

— Je voulais t'écrire, quand tu étais à l'hôpital, avait-elle dit en fuyant mon regard. Savoir comment tu allais, tu sais, et te dire où j'allais. Tout était si compliqué. Et je ne voulais pas te causer d'ennuis. Tout était faussé, pour moi. C'était mal de t'écrire, après ce qui c'était passé, et mal de ne pas t'écrire. Je n'aime pas laisser les choses finir en quenouille, tu le sais, je déteste ça. Mais...

Sa voix s'était brisée, un petit déclic étouffé, son visage s'était empourpré. Elle avait baissé la tête, s'était tassée sur elle-même.

Je lui avais pris la main. Non, j'avais posé ma main sur la sienne, refermé mes doigts, un à un, en travers.

— Parle.

— Je me sens si seule, avait-elle murmuré.

Elle s'était mise à pleurer.

— Tu n'es pas seule. Je suis avec toi. Je suis toujours avec toi.

Elle s'était soudain levée, était allée s'asseoir dans le fauteuil, à l'autre bout de la chambre, et s'essuyait les yeux, du revers de ses mains.

— Je suis en seconde année, à Stoughton, avait-elle repris, en croisant les jambes.

Elle avait rabattu ses cheveux derrière ses oreilles.

« Dans les cinq mois qui viennent, je vais...

Elle s'était interrompue ; sa voix était encore voilée, humide.

« Dans les cinq mois qui viennent, travaux pratiques, toute seule. J'ai deux chiennes de chasse enceintes, dont une est aveugle. Elles vont mettre bas dans quelques jours. Je vais étudier le comportement des portées, comparer les petits de l'aveugle et ceux de l'autre. Je rédigerai ça, et j'aurai terminé.

— Terminé tes études ?

— Ou à peu près.

— Moi, je vais à la Roosevelt.

Elle avait l'air étonné.

« J'y vais rarement. Mais il fallait que je m'inscrive. Que j'en fasse le plus possible pour leur montrer que j'étais rentré dans le droit chemin.

— Le droit chemin ? Ça ne te ressemble pas.

— C'est l'expression qu'emploie mon tuteur. À moins que ce ne soit ma mère. Merci quand même.

— De quoi ?

— De te rappeler que ça ne me ressemble pas, de ne pas oublier.

— Je me souviens de tout. Nous étions charmants.

— Oui, nous l'étions.

— Je sais. C'est une de ces choses qui n'arrivent qu'une fois. Ça me fait mal au cœur, mais c'est vrai. Dommage que nous ayons été trop jeunes pour nous y prendre comme il aurait fallu.

— Il est probable que personne ne s'y prend comme il faudrait. C'est tellement écrasant, je veux dire, tu ne penses pas ? Comme les catastrophes : il n'y a plus de règles.

— Plus de règles ? Vraiment ? C'est ce que nous nous disions, je sais, on vivait dans un monde à part, toutes ces salades. Nous étions jeunes. Nous le sommes encore, mais nous étions très jeunes. Je ne veux plus en parler. Toute cette folie, cette prétention, et à quoi ça nous a conduits. Quand j'y pense. Tout ce que tu racontais, et que je croyais. Je ne me rappelle même pas ce que j'ai pu te raconter et te faire croire, moi *aussi.* Je ne t'accuse pas. Mais ça me fait tout drôle, comme quand on vous raconte ce que vous avez pu dire quand vous étiez saoul.

— Je n'ai pas changé.

— Tu plaisantes, c'est impossible.

— Je pourrais te dire les mêmes choses aujourd'hui, absolument tout. Et je voudrais bien, pour ne rien te cacher. Mais j'ai peur. Pas de me trahir, je sais que tu sais que je t'aime...

— Je n'en sais rien. Comment est-ce que je le saurais ?

— Je t'aime. Je t'aime toujours. Je t'aime.

— Une idée. Tu t'y accroches.

— Non. C'est la réalité. La seule. Elle se suffit à elle-même, rien n'a changé. N'aie pas peur. Je ne te demande rien.

— Ce n'est pas ça. C'est simplement que ça ne peut pas être vrai. Ça fait trop longtemps, trop de choses ont changé.

— Pas moi.

— C'est ce que tu as besoin de croire.

Elle avait croisé les mains sur ses jambes, les avait pressées si fort qu'elles en étaient devenues blanches.

« Tu as besoin de reprendre le fil là où il a été interrompu. Pour te pardonner à toi-même peut-être. En fin de compte.

— Non.
— Tu ne m'aimes pas, David. Je ne suis pas venue te voir.
— Tu ne pouvais pas.
— Je ne t'ai pas écrit.
— Tu ne pouvais pas.
— Mais quand tu es sorti. À Chicago.
— Aucune importance. On n'y peut rien.
— Si.
— Non.
— Quand on aime quelqu'un d'autre. Quand on s'aperçoit qu'on éprouve les mêmes sentiments pour quelqu'un d'autre...
— Je n'aime personne d'autre.
— Quand on essaie.
— Non. Jamais. J'ai rencontré une fille, elle fait de la sculpture. Je la vois de temps en temps. Nous avions des amis communs. Nous n'essayons pas. On ne se touche pas.
Elle avait secoué la tête.
« Je ne pense qu'à toi. Non. À toi et à moi. À ce que je suis quand nous sommes ensemble, la façon dont je me vois, dont je me connais. Je ne vis que quand nous sommes ensemble.
Je m'étais levé. Le sang m'était monté au crâne, comme une vague qui s'écrase sur le rivage. La chambre dansait, s'estompait ; je ne savais pas pourquoi je m'étais levé. Je triturais ma chemise, glissais les doigts entre les boutons, la sueur s'était ramassée au creux de ma poitrine.
« Nous revoilà ensemble.
Ma voix venait d'ailleurs, dans cette pièce, elle était aussi claire que neutre : le timbre, la texture, une monotonie quasi hypnotique.
— Je ferais aussi bien de te le dire.
À quoi s'amusait-elle ?
— Quoi ?
— Je savais qu'il serait trop tard pour le car. J'attendais que tu me demandes de rester. Un petit moment.
Je m'étais avancé. Cette chambre était si petite. J'étais déjà tout près, mais il fallait que je bouge. J'avais reculé, progressé à nouveau, avant de tomber à genoux. La digue avait cédé ; une profonde et apaisante chaleur. Je lui avais pris les mains, sur ses genoux.
— Ça ne te dérange pas ?
Elle me regardait fixement. Elle avait sombré, elle aussi, elle savait que ce silence — la note parfaite ! — pouvait durer éternellement, que je ne l'interromprais pas, ne me poserais pas de question. Je m'accrochais à elle, son pouls était si puissant qu'il lui irradiait toute la main.
— Non, ça ne me dérange pas.

Je ne disais rien. J'avais baissé les yeux avant de les relever sur elle.

— Je t'aime.

Elle s'était penchée, j'avais tiré sur ses mains jusqu'à ce qu'elle se retrouve à genoux devant moi. Nos genoux se touchaient. Nous nous étions étreints, et j'avais été pris, soudain, d'une immense terreur, une terreur totale, comme je n'en avais encore jamais connu. Elle m'avait envahi comme le bruit d'une explosion peut envahir une pièce, avant de disparaître, aussi soudainement. Mon passé s'était détaché de moi, envolé, comme un ballon. Nous nous étions retrouvés étendus sur le vieux tapis couleur moutarde, aussi gourds et perdus que des invalides tombés de leur lit. Plus rien à quoi se raccrocher que cette seule réalité, là, juste devant moi, Jade. La barrière renversée, le cheval était libre, la vie commençait.

— Il faut que tu me tiennes, avait chuchoté Jade. J'ai l'impression que je vais m'évanouir, et que j'ai pris de la dexédrine, en même temps. Je pars dans toutes les directions. Te revoir. Papy. Mon Dieu. Tout est si inattendu. Je ne peux même pas commencer à me l'expliquer, mais si seulement tu pouvais me tenir. J'ai rompu avec mon amie Susan, ce week-end. Ça menaçait depuis un moment, cette balade a été le point final. Je l'ai laissée dans un relais, le Green Mountain Café. J'ai planté ma cuiller dans un horrible bol de farine d'avoine et suis rentrée en auto-stop, près de cent kilomètres. Le message me demandant de rappeler mamy. Et puis la nouvelle, te revoir, cette chambre. Non. Serre-moi. Fort.

Elle m'avait empoigné les cheveux, sur la nuque, comme pour me les arracher.

Je la serrais aussi fort que je pouvais ; je n'avais plus beaucoup de force dans les bras. Elle se pressait contre moi, le dos arqué. La tête sur une tache du tapis. Étonnant que je l'aie remarqué, je remarquais toujours ce genre de détails, avec Jade — les fissures dans les murs, l'odeur des érables humides qui pénétrait, à travers les stores — ils s'incorporaient à nous. Jade aussi les enregistrait. Rien ne pouvait nous distraire. Le ressort jouait, la clef avait joué, la clef humaine, nous étions ouverts à tout. Je caressais la joue de Jade, écrasais mes lèvres contre les siennes.

Elle devait avoir embrassé bien des fois depuis notre séparation. Ses lèvres étaient étranges, plates là où elles bombaient, jadis. Beaucoup plus écartées, non par réflexe immédiat mais sous l'effet de nouvelles habitudes. Je me demandais si mes lèvres ne lui disaient pas, elles aussi, le nombre de fois où j'avais embrassé mon oreiller, le nombre de fois où, perdu dans mon rêve, j'avais goûté la saveur de ma propre peau, sur le dos de ma main. Ma fidélité ne méritait aucun éloge, aucun privilège. Elle ne me donnait aucun avantage moral. Je n'avais éprouvé aucune tentation, je n'en avais pas été capable, c'est tout. Une sorte d'hystérie, peut-être. L'occasion de satisfaire quelque tentation monacale, un instinct érotique purement négatif, l'inévitable polarisation de mes désirs conscients et inépuisés. Vu d'une autre façon, c'était assez risible. Ou le signe d'une obstination caractérielle. Je voulais faire partie du jury de mon propre procès. Je ne me masturbais presque jamais — *jamais*. C'était de la folie, et j'en avais toujours été conscient. Les médecins, en l'occurrence, avaient parfaitement raison. Le Dr. Clark avait parlé à Rose et à Arthur du besoin que j'avais de me défouler sexuellement. Embarrassés, ils l'avaient gardé pour eux. Louable respect de ma vie privée, mais perverti par leur pudibonderie. Le Dr. Ecrest était allé jusqu'à menacer d'interrompre la thérapie si je ne trouvais pas le moyen de libérer mes instincts sexuels. Quelle rigolade ! « Alors, j'ai bien compris : si je ne reviens pas vous voir, on me renvoie à Rockville, d'accord ? Si je ne me branle pas, vous me faites boucler. C'est ça ? » Je gardais mon sperme, comme un prisonnier qui planque des bouts de linge — un morceau de drap, des cols et des poignets de chemise, avec l'idée de se fabriquer un jour une corde de coton pour se laisser glisser le long d'un pan de mur mal surveillé.

Le corps de Jade s'était raidi. Elle s'était redressée, tout un espace s'était ouvert entre nous, brusquement, comme un parachute. Elle avait roulé sur le dos et contemplait le plafond, avec toute l'intensité d'un gosse qui découvre dans un défilé de nuages des images familières.

— Je me sens bousculée.

— Par moi ?

— Non. Pas par toi. Pas seulement. Par tout. S'il y a une chose que j'ai apprise, c'est que je m'oublie facilement. J'accepte tout. Je suis. Je ne devrais pas.

— Je ne sais pas.

— Mais si.

Elle était debout. Je la regardais, en silence. J'avais envie de sourire. Que faisions-nous, sur ce tapis ? Ça n'avait aucun sens. Et c'était notre inertie mentale qui m'avait encouragé. Une certaine dose de torpeur nous était nécessaire, j'en étais persuadé, pour nous permettre de renouer.

Elle fouillait dans son sac de voyage et en tirait une enveloppe écrue, du genre qu'utilisent les banques pour la petite monnaie, quand vous encaissez votre salaire. Je m'étais soulevé sur les coudes avant de me relever à mon tour. Elle avait resserré les doigts sur les bords de l'enveloppe, qui s'était ouverte en coupe. Elle y avait plongé les yeux avant de me la tendre.

« Regarde. Tout ce qui reste.

C'était une partie des cendres de Hugh. Rugueuses comme de l'écorce de cacahuète. Pas tout à fait noires. Des éclats blancs et argentés çà et là.

« Tout le monde en a pris un peu. Comme des morceaux de voile, à un mariage. Nous sommes tous censés les enterrer dans un endroit qu'il aimait. Pour moi, c'est les montagnes Vertes, bien qu'il n'y soit jamais allé. Mais il adorait la montagne, les Alpes surtout. Ingrid va disperser les siennes dans tout le New Jersey et en garder un peu dans une pochette de cuir, dans sa fourgonnette. Keith en ramène à Cambridge. L'oncle Robert en emporte pas mal, dans le Sud. Complètement idiot, n'est-ce pas ?

— Non. C'est parfait.

Elle avait laissé l'enveloppe se refermer, quand mon regard s'en était détaché.

— Tout en même temps. La fin de cette longue liaison. Même revoir ma famille, tu sais, même s'il ne s'était rien passé, ça me fait un coup. Isolément, c'est déjà assez éprouvant. En groupe, un supplice. Vraiment. Ça m'épuise. Pour tout, il faut que je me batte. Tout ce qu'on traîne. Éreintant. La mort ne les arrête pas, tu sais. Ils n'en sont que plus méchants, plus dingues, des poulets qui continuent de courir, la tête coupée. Et toi, maintenant. En un moment pareil, hein ? Au moment où je suis le moins prête. Tout au mauvais moment, toi et moi surtout.

— Je ne veux pas te bousculer. Je ne veux qu'être près de toi, je sais que ce n'est pas si simple. J'ai l'air de ne penser qu'à ce que je veux, mais ce n'est pas ça.

— Je n'ai pas dit que tu me bousculais. Je ne sais même pas si tu peux seulement m'atteindre. Tu comprends ? Je suis épuisée. Je m'endors, par morceaux. Je vais appeler la gare, on me dira qu'il n'y a plus de car avant sept heures du matin. Il va falloir que je dorme. Nous allons nous arranger, l'un de nous deux va dormir dans le fauteuil, ou s'étendre par terre. Mais non. Nous allons nous coucher tous les deux dans le lit, c'est idiot que ça se passe comme ça. Est-ce que ça ne risque pas de tout gâcher, si nous devons redevenir amis ? J'ai eu tort de rester. Nous aurions dû convenir d'une autre fois.

— C'est *moi* qui vais dormir par terre, je le fais souvent.

— Pourquoi ?

— Il y a des soirs où je ne supporte pas le lit.

— Il faut que je dorme.

Elle avait rangé les cendres de Hugh dans son sac de voyage, en y mettant la même précipitation que pour une facture qu'on n'a pas l'intention de payer mais qu'on n'ose pas jeter. C'est ce qu'elle faisait avec les tests ronéotés qu'elle avait ratés : elle savait enregistrer et commenter ; pour remplir les blancs, aucun don. Intelligence analytique, dialectique, aiguë, mais sans spécificité. Elle conservait les textes des épreuves écrites pour étudier ses erreurs, et les fourrait dans une chemise, au fond de son petit bureau. Elle accumulait les dettes, en prenant toutes sortes de bonnes résolutions et en élaborant toutes sortes de projets compliqués. La méthode de lecture rapide d'Evelyn Woods. Des articles découpés au rasoir dans le *Scientific American.* Les *Vingt-Cinq Manières d'améliorer sa mémoire.* Des brindilles et des feuilles ramassées en promenade et entassées dans une boîte à cigares pour les identifier plus tard. Une collection de photos, de vieux tickets, de boîtes d'allumettes et de menus dans un sac en plastique de chez Woolworth's, avec son journal et, sur des bouts de papier, des pense-bête du genre « la bicyclette volée de Sammy, examiner mes seins, balade sous la pluie » — qui n'attendaient que le moment idéal pour s'inscrire sur les grandes pages blanches de sa vie. Elle s'évertuait à construire patiemment un pont entre son univers intérieur et le monde objectif. Pour ressembler un peu plus à Keith, répertorier les raisons logiques, un-deux-trois. Elle aurait pu se cantonner indéfiniment dans un brouillard fertile en sensations et en réactions instinctives, elle tenait aux signes extérieurs. Elle voulait que les gens puissent mesurer exactement toute la richesse et la complexité de son esprit.

À présent, elle était étudiante de seconde année, dans une institution réputée. Elle devait avoir appris un bon nombre de trucs mentaux, épluché et organisé ses idées. Appris à se présenter. À passer inaperçue.

Elle avait bouclé la fermeture Éclair de son sac, l'avait rejeté sur son épaule. J'avais eu un moment de panique, accompagné d'une idée stupide : celle de me précipiter pour me mettre en travers de la porte. Elle m'avait tourné le dos, avait tourné le dos à la porte ; elle était devant la salle de bains.

— Je vais me changer.

— D'accord. Parfait.

J'essayais de prendre un ton détaché, je n'y avais guère réussi.

Elle avait soulevé le sac à deux ou trois reprises comme pour vérifier, d'après le poids, que tout y était.

— Tu veux y aller d'abord ?

— Non. Vas-y.

Elle avait haussé les épaules, comme si je refusais d'écouter un bon conseil.

— D'accord. Mais ça me prendra un moment.

J'étais couché par terre, si raide que ma colonne vertébrale touchait à peine le tapis. En sous-vêtements, sous une mince couverture couleur caramel au beurre (beurre-Butterfield : cet absurde jeu de mots résonnait dans ma tête comme une balle de ping-pong), avec le coussin du fauteuil. J'avais laissé les deux oreillers sur le lit, pour Jade — c'était son luxe. Nous avions besoin de trois oreillers quand nous dormions ensemble, le troisième pour qu'elle puisse l'étreindre pendant ses heures les plus secrètes, les plus essentielles du sommeil, quand elle me tournait le dos et que la vie en elle se refermait comme une huître. Elle le pressait parfois contre ses petits seins, mais il finissait le plus souvent entre ses cuisses. Il n'était pas facile de le garder, ce troisième oreiller ; les gosses se l'appropriaient pour leurs lits peu douillets, des lits de moine. Une façon de violer le sanctuaire, de nous dégrader subtilement. Ainsi les mains souillées de charbon se glissent-elles à travers les barreaux des grilles pour arracher les iris sur les pelouses des riches. « C'est moi qui l'ai payé, cet oreiller, de mon argent », gémissait Jade en patrouillant à travers la maison, vêtue d'un peignoir dont elle ne prenait pas la peine de serrer la ceinture. Son côté provocateur ne m'échappait pas, je ne m'en inquiétais guère : je l'avais encouragée en lui donnant le goût du bonheur. Changé son statut assez ambigu, dans la famille, en un affranchissement agressif.

Elle avait remarqué les deux oreillers, en se couchant. Et je m'en étais aperçu. Toute surprise se traduisait, chez elle, par une réaction physique : un geste de la tête, un cillement des paupières, un mouvement imperceptible. Et puis je m'étais dit qu'elle avait probablement mal interprété. Pensé que j'avais laissé là le deuxième oreiller parce que j'avais l'intention de la rejoindre, à un moment ou à un autre.

J'avais rabattu la couverture et lissé le bord du drap, pour qu'il ait l'air plus frais. La lampe au petit abat-jour couleur thé était tout près. L'interrupteur ressemblait à une vieille clef de ferme.

Elle était sortie de la salle de bains revêtue d'un peignoir vert clair, du ton de ses yeux. Elle était passée devant moi, très vite, sans s'arrêter, du pas de celui qui a une longue distance à parcourir. Les mains derrière la tête, je jouais des biceps, dans une posture avantageuse. J'essayais de ne pas trop ostensiblement la suivre des yeux. Ses pieds avaient pris une certaine rudesse, due aux bottes, aux skis, aux chaussures de tennis bon marché, qui les avaient compressés, rougis, écrasés, couverts de cals.

Je m'étais rendu compte, quand elle s'était glissée dans le lit, que j'avais beau être couché là comme un bon chien, mon angle de vue, sur son visage, était parfait. Tant qu'elle reposerait du côté de la lampe — ce qui était le cas.

Elle avait coincé le bord de l'oreiller entre le matelas et le bois du lit. À son habitude. Elle avait éteint. La pièce n'était pas très noire. Les lumières de la ville continuaient de l'éclairer, lui faisaient un ciel de lumière, renforcé par le désir. Jade avait déboutonné et retiré son peignoir. Elle portait un pyjama de style oriental. Le tissu avait l'air humide, il luisait dans la pénombre. Elle avait fini de se déshabiller dans le lit, dans l'obscurité, par pudeur, une pudeur bien inutile qui trahissait une certaine nervosité. Elle était consciente de ma présence.

Le peignoir était retombé à terre.

L'espoir m'étourdissait.

— Bon, bonne nuit, avait-elle fini par articuler.

Je ne voulais pas lui dire bonne nuit ; ça aurait été tirer le rideau sur la soirée.

— Dors bien.

J'étais étonné, déconcerté, de m'entendre prononcer ces deux mots. Dors bien ? Ils m'étaient aussi étrangers qu'ils étaient naturels. Et semblaient receler, sans que j'y aie pensé, une lascive et tortueuse intention. Dors bien, je te déshabillerai sans même que tu t'en aperçoives.

Je la sentais qui rêvassait, hésitait. J'avais cru l'entendre ouvrir les lèvres ; elle avait remué, comme si elle s'apprêtait à parler. Et puis, soudain, elle était partie, comme un chat qui file par la fenêtre. Elle dormait. L'air conditionné m'empêchait d'entendre sa respiration. Ma colonne vertébrale s'était quelque peu affaissée, je commençais à me détendre, à m'enfoncer dans une morne et pesante insomnie. Elle m'avait quitté si brusquement, j'aurais aimé la poursuivre dans son sommeil. Rien à faire, il ne me restait plus qu'à choisir : une parodie de sommeil, les yeux ouverts, ou une lourde et maladroite veille. Devais-je essayer d'en tirer le maximum, ou me traîner au bord du sommeil, aussi près que possible, dans l'espoir de finir par tomber dedans ?

Ma tête éclatait. Comme si le langage n'avait pas encore été inventé. Les émotions se bousculaient, j'étais incapable de les nommer, donc de les contrôler. Elles n'étaient plus que des couleurs, des spasmes, des voix incompréhensibles : à une autre époque, j'aurais pu me croire possédé ; j'aurais tenté de décoder les messages de mon sang, comme ces anciens guerriers qui collaient l'oreille à la berge des grands fleuves blancs pour capter leurs ordres.

Je m'étais assis, les bras autour des genoux. Ma respiration était difficile, comme si les voies ordinaires avaient été remplacées par des tubes d'aluminium tout neufs, parfaitement dégagés, mais un peu trop étroits. La pensée consciente m'était revenue sous la forme d'un complaisant apitoiement sur moi-même. Elle est là, me disais-je, au bout de tout ce temps, et je suis là, couché par terre. Cette nuit qu'allait bientôt chasser l'aube serait peut-être la seule, ma dernière chance. Que je n'avais pas saisie. Il m'aurait fallu oser, je ne l'avais pas compris. Foncer. Ou finasser. Flirter, déployer des tombereaux d'astuces. Parler de la mort. Le dernier rôle que je rêvais de tenir était celui du ténor blessé, debout au milieu d'un plateau désert et sombre, les doigts crispés sur le brocart de son antique costume.

Je voulais me lever, l'approcher, contempler le visage endormi de Jade. Mais si elle s'éveillait ? Hurlerait-elle de peur ? Ou m'attirerait-elle contre elle ?

Désir pesant, fiévreux. Je savais que l'instinct aurait le dessus, si je n'y prenais garde.

Les gens se moquent des catholiques, qui vont jusqu'à confesser toute pensée impure. Les miennes auraient valu le coup. J'aurais aimé pouvoir classer ainsi sous la rubrique « Péché » les fruits de mes passions exacerbées, les mettre en gerbe et les passer à un autre. Qui m'absoudrait. Un confesseur.

Je n'avais personne, bien sûr. Toute vie spirituelle s'était réduite, pour moi, au culte de ces passions qui me déchiraient, qui m'enfermaient comme peut vous enfermer la fièvre du corps.

Me confesser ? Le mot m'effrayait, comme un monstre, un fantôme, chassait toute autre pensée. Et puis, lentement, ce mot étrange, déconcertant, s'était affaissé. Un tas d'implications, d'associations, s'en étaient détachées, autant de pièges qui en faisaient un réflexe, une obligation, une *idée*. Et plus il prenait de significations familières, plus il s'imposait. Et moins je savais comment lui obéir. Je n'étais même pas sûr que cette brusque envie de me soumettre au rite aveugle de la confession puisse marquer un tournant, signifier que je voulais changer. Elle pouvait avoir une signification beaucoup plus naturelle — le besoin d'échapper à une intense pression morale, de me débarrasser par la parole de ce rocher que j'avais sur le cœur. La confession était une négociation ; elle prouvait votre bonne foi. Les communistes eux-mêmes en avaient leur version. L'autocritique. Vous évoquiez vos erreurs et promettiez à vos camarades de vous amender. Ils vous regardaient de travers mais vous pardonnaient, à moins que vous ne gâchiez tout, vraiment, auquel cas vous étiez excommuniés. Mon père m'avait dit qu'il n'avait jamais eu recours à l'autocritique. On discutait dans son dos de ses erreurs idéologiques, de toute façon. Rose, elle, était si vigilante que ses autocritiques détaillées, minutieuses, étaient au programme de toutes les réunions, et devenues une espèce de plaisanterie. (Elle s'accusait de racisme à rebours en racontant qu'elle avait cédé sa place, dans l'autobus, à une Noire qui était *plus jeune* qu'elle.)

Pourquoi mon père avait-il tellement insisté sur cette manie de ma mère ? Voulait-il m'avertir de ne pas me laisser abuser par ces manifestations de monolithisme intellectuel ? Pour que je me souvienne de ce qu'il y avait quelqu'un derrière ce petit visage buté aux rides tenaces et aux yeux blessés, qui n'avait pas perdu l'habitude de s'interroger et de douter de soi ? Qu'elle était encore plus dure pour elle-même que pour les autres, etc. ? Ou voulait-il me faire partager la vision ironique qu'il en avait ? Il semblait s'en amuser comme un enfant qui s'ennuie devant une émission de télé et joue avec les boutons de la couleur, les visages tournant au vermillon, au bleu ciel ou à l'orange.

Pas de prêtre, pas de rites. Mon père était le seul confesseur possible — mais quelle délivrance aurais-je pu attendre de ce robuste maniaque de la bonté ? Lui parler de moi aurait été comme tomber sur un énorme sac d'avoine, ni dur ni mou. Ses vues sur le monde passaient du cosmique au néant, du grandiose au stérile ; nous vivions dans la chaude caverne d'un univers de mystère et d'amour, ou n'étions qu'une combinaison d'eau et de protéines nous agitant un instant dans l'alambic du temps. Il était incapable du moindre jugement. Les Butterfield, eux, savaient apprécier et classer vos gestes, comme des cartes au jeu du solitaire ; c'était leur façon de vous *aider*. Arthur vous acceptait aveuglément. Homme de passion et de principes à la fois, il croyait en mon *destin*. Peu lui importaient les preuves et les détails.

Quel bon garçon ! Quel bon fils ! Quelle joie ! Et de scruter mon visage, régulièrement, pour voir si je ne commençais pas à lui ressembler. Je ne lui ressemblais pas ; il n'en éprouvait aucune jalousie. Je ne ressemblais pas davantage à Rose. « Il a l'air d'un Russe — d'un aristocrate russe », disait-il. Mieux valait, finalement, que je ne ressemble à personne. Il perdait toute majesté en essayant de me préserver de ses propres peurs, de sa propre médiocrité : cette boule dans sa gorge devant un jury méprisant ; les larmes qu'il avait versées sur les Rosenberg ; les parties de poker qu'il s'arrangeait pour perdre avec ses copains de l'armée, des travailleurs manuels. Il se considérait comme un être bizarre, brutal, inconscient qu'il était de ses motivations profondes, sous le poids desquelles il se contentait de trébucher. Il ne souhaitait pas que je le connaisse mieux. Je pouvais compter sur lui pour me nourrir, m'apprendre à parler, m'inculquer les premiers rudiments : l'idée de justice, la pitié. Pas question de l'approcher : il me protégeait de lui comme s'il était contaminé. On aurait dit un coq chargé d'apprendre à voler à un faucon.

Il voulait passer le flambeau, celui de l'amour et de la poésie, un flambeau qui, dans ses mains, ne s'était jamais allumé. Il me le reprenait honteusement dès qu'il s'enflammait. C'était lui qui le tenait maintenant, qui faisait le paon devant Barbara Sherwood, qui le brandissait sous le nez de Rose en lui reprochant d'en avoir peur. Comment aurais-je pu me confesser à lui ? Son amour aveugle avait renversé le processus : à ce stade tardif de sa vie, il s'était persuadé que nous étions du même bois, lui et moi. N'ayant jamais été moins capable de se juger lui-même, il ne pouvait avoir de moi que l'opinion la plus partisane. Maintenant que nous ne faisions plus qu'un, dans son esprit, celui qu'il avait toujours voulu être, je pouvais y aller, avec un chèque en blanc — ma signature était toujours *bonne.*

Quelqu'un klaxonnait, une vieille note familière, sur la 34e Rue. On se serait cru dans la rue principale d'une petite ville du Middle West, en plein été, quand les gosses sortent se payer une bière et admirer les étoiles, et sifflent le boute-en-train de la classe. Bip bip. Hé, Ed-diiii...

— David ? avait chuchoté Jade.

D'une voix calme, mais un peu engourdie par un bref sommeil. J'avais répondu par un grognement.

« Tu ne peux pas dormir ?

Elle avait tendu sa jambe, les orteils pointés vers le bas du lit. Poussé un petit gémissement, que j'avais entendu, en remontant à la surface. Je m'étais assis à nouveau pour la regarder. Sa tête était calée à demi contre l'oreiller. Le menton sur la poitrine, un collier de chair, celui d'un enfant plus que d'une vieille femme. Ses yeux s'étaient refermés, ils frissonnaient, livraient leurs aveugles errances à la curiosité de l'intelligence. S'ouvraient. Me regardaient.

— Je n'essaie pas.

— C'est trop dur ?

J'allais lui dire que non, je m'étais repris. Ce n'était pas ce que je voulais lui dire.

— Non, ça va bien, avais-je fait d'une voix polie, délibérément hésitante.

Timide protestation, qu'il était facile d'oublier. La petite révérence de bon ton avant l'extase et les sueurs d'une folle sarabande.

— C'est ridicule.

Son cou se gonflait, sa lèvre inférieure s'épaississait : elle étouffait un bâillement, pour que je ne m'aperçoive pas qu'elle dormait à moitié.

— On est un gentleman ou on ne l'est pas.

— Bon.

Elle aurait pu l'étudier pendant des années, devant un miroir, dans les bois, seule, à ses moments perdus : son silence n'aurait pu être plus pesant.

« Tu ferais aussi bien de grimper. Comme sous la tente. Le pauvre bout-de-chou a eu un cauchemar, il va se réchauffer une heure dans le lit de sa grande sœur.

Tu es sûre ? C'est ce que j'allais lui dire. Mais impossible de feindre une telle innocence.

— D'accord.

Je m'étais levé tant bien que mal. Une brise venue de je ne savais où traversait la pièce, une onde incertaine, électrique. Mon pénis était en érection, plus dur qu'aucune autre partie de mon corps — que mes dents, que mon crâne. Le bout de ma verge pointait sous le caleçon ; je me sentais si maladroit, comique, apeuré, un machiniste égaré du mauvais côté du rideau.

Elle avait jeté le second oreiller sur le côté du lit qui allait être le mien, l'oreiller qu'elle avait étreint, qu'elle avait consacré. Les boutons du haut de sa veste de pyjama étaient défaits ; j'aurais pu voir ses seins. Comme Stu Neihardt. J'étais monté avec précaution. Elle était tout au bord, de son côté. Je m'étais allongé au bord, moi aussi. Sur le dos, les yeux rivés au plafond, je les clignais nerveusement pour qu'elle remarque bien que j'étais éveillé. Elle me tournait le dos, les bras autour de l'oreiller, la jambe gauche tendue, la droite repliée. Couverte par le drap jusqu'à l'épaule, mais la couverture rabattue jusqu'à la ceinture.

— Bon, on y est.

Il y avait là une touche d'humour qui m'avait déconcerté, mis sur mes gardes. J'avais préféré ne pas répondre.

« Par terre, c'était ridicule, vraiment, avait-elle dit au bout d'un moment.

Nous nous taisions, mais nous étions déjà engagés dans un si intime échange de toutes nos cellules que nous faisions déjà l'amour, en un sens. Je l'écoutais respirer, attentif au moindre de ses mouvements. J'aurais voulu me vider la cervelle pour mieux me pénétrer des pensées de Jade : je n'étais pas sûr de croire à la télépathie, mais je voulais être totalement réceptif à tout message. À toute demande silencieuse que je pourrais décoder, et qui pourrait m'encourager : « David, touche-moi... » Je n'avais rien entendu, dans le silence de ma tête ; ça ne serait pas si commode. Mais du moins m'étais-je débarrassé de mon incessant et fiévreux bavardage intérieur. Plus de ces frivolités. J'écoutais s'emplir les poumons de Jade, je sentais le ballon d'oxygène peser sur les parois roses et humides, et ressortir sur un saut d'acrobate. J'avais prudemment tâté mon membre en érection. Cette érection plongeait ses racines dans tout mon corps, des glandes aux cuisses, au revers des jambes, elle s'accrochait à la plante des pieds pour remonter jusqu'au ventre, puis droit à la gorge. Une mouche s'ébrouait doucement sur un rideau, ou un abat-jour, un bruit de papier froissé. Jade avait légèrement changé de position. Elle se frottait le talon contre le drap — signe de nervosité ? Démangeaison ? Ou pour me signaler qu'elle était éveillée, elle aussi ?

De dos — ses mèches recouvraient le col de satin de son pyjama —, son corps, dans la pénombre, paraissait massif.

Je me concentrais sur sa nuque. Un truc de potache. Pour obliger quelqu'un à se retourner. On fait rougir Arlene Davenport en fixant le revers de ses oreilles. On amène Ira Millman à se gratter en épinglant deux gros yeux ronds sur ses soyeux cheveux noirs. Et ça marche.

— Il fait bougrement chaud, avait murmuré Jade.

Comme si elle se parlait toute seule ? Pas sûr. Elle s'agitait sous la couverture, remuait le bras. Pour se découvrir. Non.

« On se croirait au mois d'août.

La chaleur. Voulait-elle dire que j'étais trop près ? Que je lui imposais la chaleur de mon corps, de mon sang ?

Je pensais à son sang, à elle. J'aurais voulu, dans un confus mélange d'excitation et d'épuisement, *être* le sang de Jade, me fondre dans ce fluide qui ne cessait de circuler à travers ses moindres fibres.

Le sang de ses règles.

Le cordon du Tampax s'enroulant dans les poils du pubis.

Son vagin. Dont les lèvres frémissaient, se mouillaient, s'ouvraient sous ma caresse. Regarder à l'intérieur. Être à l'intérieur de son corps. Inséparable.

La tache brune à l'intérieur de sa cuisse.

Couvrir ce ventre de baisers, la bouche sur le nombril, la langue enfoncée dans ses replis, tandis que se soulevait, plus bas, la double orbite du désir.

Sa main sur mon crâne. Qui me poussait. Doucement. Plus bas, oh, juste un peu plus bas.

Elle avait roulé sur le dos. Genoux pliés, les pieds à plat sur le matelas, les mains jointes sur le ventre, encore masqué par le drap. Elle me regardait du coin de l'œil.

« À quoi penses-tu ?

Genre de question qu'elle *détestait*. Qui empêchait les gens de communiquer, de se dire la vérité, d'après elle. Qui violait à la fois votre espace et votre intimité.

Comme elle avait *changé*.

J'avais haussé les épaules.

— Je ne sais pas.

Elle avait secoué la tête. Soupiré.

— Question stupide. Désolée.

Elle avait détourné un instant la tête avant de reporter son regard sur le plafond.

Son profil. Le long nez étroit. (« Les jeunes filles juives me détestent, à cause de mon nez. ») Le sillon du menton. Le grand front en U qui paraissait toujours si délicat, un vitrail.

« Je ne sais pas, David, avait-elle chuchoté — si soudainement que j'avais l'impression d'être aspiré dans une alcôve. L'un de nous deux devra peut-être quand même coucher par terre.

Je lui avais touché l'épaule. Elle n'avait pas réagi. Tout en moi était si confus que j'avais failli retirer ma main. J'avais insisté.

Elle avait tourné la tête. Nous étions face à face.

« C'est si étrange, n'est-ce pas ?

J'avais hoché la tête, mais pas pour acquiescer. Pour lui dire que j'avais entendu. Un oui plus large, qui englobait tout. Un oui enivré...

Nous nous taisions. Nos silences étaient devenus plus amples, plus riches, plus familiers : que de temps morts. Je la sentais nager vers moi dans le silence. Nous en étions au point où ne plus faire aucun effort nous rapprochait.

Ma main était plus pesante. Je n'avais pas bougé, mais le poids de mon corps s'était déplacé, rien que d'y penser.

« Je voulais que tu me touches, comme ça.

Elle avait esquissé un geste pour s'écarter, mais n'avait pas bougé.

— Je n'en étais pas sûr.

Le son de ma voix m'avait surpris ; elle était rauque, instable, gonflée.

— Arrêtons, ça vaudra mieux. Je me sens si nerveuse. C'est le sexe. L'envie. Le désespoir. On finit par en dépendre. On veut jouir, se *soulager*, bon Dieu, pour être parfaitement sincère. Tu pourrais être n'importe qui, en un sens, David. Je crois que ce ne serait pas bien, vraiment.

Elle avait sorti son bras de dessous le drap et avait posé la main sur ma poitrine. Elle avait dû entendre battre mon cœur, à distance. Elle avait voulu vérifier. Ou étouffer les battements.

Je savais, obscurément, que j'aurais pu être blessé par sa remarque. Jade l'avait peut-être souhaité. Les mots avaient glissé. Dérisoire ambiguïté. Pure spéculation intellectuelle... Comment la comparer à la douce et sèche chaleur de cette main sur ma poitrine ?

J'avais plié les doigts, les avais rouverts, ils avaient avancé, touché la clavicule. La main de Jade s'était raidie, puis détendue. Nos jambes s'étaient rapprochées. J'avais senti le froissement du satin frais. Un fugitif instant.

J'avais roulé contre Jade. Mes mains sur ses épaules. Sans l'étreindre, mais l'intention était claire.

Mon visage s'était rapproché du sien. Une tache indistincte, que son souffle déchirait.

Son genou avait touché le mien. S'en était écarté. L'avait touché à nouveau.

Elle avait retiré sa main de ma poitrine, l'avait reposée sur ma joue. Comme pour un adieu. Je l'avais agrippée. Le front de Jade contre le mien. L'arête de son nez. Nos lèvres s'arrêtaient au bord du baiser.

Il était venu : léger, timide, furtif. Le baigneur qui plonge un orteil dans l'océan. Nous nous étions reculés. Il était si difficile d'y voir et, je pense, de le vouloir. Notre intimité ne bloquait pas seulement le peu de lumière de la pièce, elle nous poussait à la refuser. Nous pouvions être aveugles, maintenant. Comme des pèlerins qui ont traversé d'innombrables antichambres et enduré les plus déconcertantes épreuves, nous nous retrouvions dans le sanctuaire de la chair, la vérité elle-même ne comptait plus guère. Elle pouvait attendre. Nous nous étions embrassés à nouveau. Nos lèvres étaient brûlantes et mouillées ; nos dents s'accrochaient. J'essayais, d'une main, de baisser mon caleçon. Instinctivement. Je m'étais arrêté pour reprendre Jade dans mes bras, m'écraser contre elle.

— David, David.

Une incantation. Pour se prouver que c'était *moi*. S'obliger à l'*admettre*.

Un soupir. Elle ou moi ? Cette note d'impatience me disait que c'était elle. Que les choses soient franches.

— J'avais tellement envie de toi, avais-je dit. Tout le temps.

— Je ne peux plus dormir.

— Aucune importance.

Je la serrais toujours, en regardant s'agiter le rideau gris.

— Je veux faire l'amour, avait-elle lâché.

Mon étreinte s'était desserrée. Je voulais la regarder. Elle s'était aussitôt raccrochée.

« Non. Je ne veux pas. Je ne veux pas. Nous ne pouvons pas, ce n'est pas ça. Je veux jouir. Je veux...

J'avais glissé ma jambe entre les siennes.

« Tu vas m'aider ? avait-elle chuchoté. Comme tu en avais l'habitude ? Moi d'abord, et puis toi. C'est ça.

Elle était descendue de quelques centimètres, mon genou lui rentrait dedans. Elle s'était frottée à deux reprises, puis de façon plus précise, un mouvement de rotation.

« Je veux jouir. Je t'en prie. Aide-moi.

Il y avait quelque chose de sauvage et d'un peu cruel dans sa voix, un prisonnier évadé qui vous demande de l'eau.

Mon genou était remonté, avait poussé, elle s'était décollée, s'était rabattue. Un son rauque dans la gorge, celui d'un ballon qui dégringole un escalier.

J'avais rejeté le drap et la couverture, d'un seul geste. Ils avaient vacillé au bord du lit avant de tomber au sol. Les orteils de Jade étaient raides, son pied était tendu et cambré comme celui d'une danseuse. J'avais glissé la main dans son pyjama, sur ses seins. La peau autour des tétons était ridée comme quand on a trempé le bout de ses doigts dans l'eau chaude. Les tétons s'étaient épanouis, les seins étaient restés adolescents. Elle avait honte de ses seins, jadis, ça frisait l'hystérie : il avait fallu attendre que mes doigts aient déjà exploré le vagin à plusieurs reprises pour qu'elle me dévoile ses seins, et les artifices du soutien-gorge. « Des aiguillons d'abeille, hein ? » disait-elle en se croisant les bras sur la poitrine. Et voici qu'elle me les offrait librement et se renversait pour que je puisse mieux les prendre et les presser.

Sa veste de pyjama était déboutonnée, ses pans s'enroulaient autour du buste. Jade était à plat sur le dos, j'étais allongé près d'elle, sur elle, appuyé sur un coude. J'avais effleuré le ventre, glissé la main sous la ceinture élastique. Mon cœur devait battre ; ma bouche devait être sèche.

— Je te l'avais dit, avait-elle murmuré dès que j'avais touché le slip rembourré par un énorme paquet de coton.

Décontenancé, confus, j'avais retiré ma main. L'avais reposée, avais appuyé, avec hésitation. Elle s'était soulevée, avait respiré, à fond, pour me signifier que ce contact, même indirect, lui suffirait.

Je l'avais massée. Mon bras droit était devenu insensible — c'était celui sur lequel j'étais calé —, mais je n'y pensais plus. Je continuais de la masser, lentement, régulièrement, au même rythme. Elle n'attendait de moi aucune surprise. Simple. Direct. Un bien-être renforcé par la régularité du mouvement. Pas la moindre espièglerie, un romantisme contrôlé. Le tampon de coton s'était détaché, ballottait maladroitement. Jade l'avait prestement repêché pour le jeter par-dessus bord. J'avais refermé les pouces sur la ceinture du pantalon, l'avais rabaissé. Elle avait soulevé les fesses, les jambes réunies, pour me faciliter la tâche. J'avais jeté le pantalon sur une chaise, elle avait, dans l'intervalle, retiré son slip.

« Viens, avait-elle dit en me serrant contre elle et en plaquant ma main sur son pubis ; elle lui imprimait un premier mouvement de va-et-vient, avant de fermer les yeux et de retenir son souffle.

Les poils étaient plus épais que jadis. Secs. La serviette et le Tampax avaient tout absorbé.

Elle m'avait effleuré l'épaule. Sans tourner la tête ni ramener son regard vers moi. Elle chuchotait quelques mots que je ne pouvais comprendre. Je m'étais penché, ce qui avait brisé le rythme de ma main ; ses jambes avaient eu un mouvement d'impatience. J'avais repris ma position initiale, ses jambes s'étaient encore écartées. Elle avait poussé un petit grognement pour m'encourager. Chuchoté, plus fort cette fois :

« Vas-y.

Je m'étais empoigné à mon tour et étreignais mom membre raidi avec une force imbécile. Une goutte de sperme perlait, tremblait au bout du gland comme une perle de cire chaude. Vagues de chaud et de froid. Une impression de phosphorescence. De rayons X. Je frottais le sexe de Jade, dont les lèvres, sous la pression, s'entrouvraient à peine. Ses jambes étaient incroyablement écartées. Son abandon, son appétit m'effrayaient. *Elle* me terrifiait.

« Vas-y.

Elle avait renversé la tête contre le bois du lit, son menton pointait.

J'avais enroulé le cordon du Tampax autour de mon doigt et tirais dessus.

« Non, avait-elle murmuré en me saisissant la main. Impossible. trop de sang.

J'avais hoché la tête en signe d'assentiment et continué de la masser. J'aurais voulu lui caresser tout le corps, mais n'osais ôter la main de son sexe, et mon autre bras supportait tout mon poids. Je m'étais couché sur elle, lui avais embrassé les seins.

Ses dents claquaient. J'avais frissonné. Une image de grande ville, vue d'en haut, qui s'éclairait de mille lumières. L'obscurité retombait. Chaude et dense. Sa respiration était devenue plus rapide, rauque. Les genoux levés, elle se balançait. Sa moiteur se mêlait à la sueur. Les poils du pubis collaient. Rien de comparable, pourtant, à certains de mes souvenirs.

Elle avait levé les bras. Les poils de ses aisselles avaient poussé. Longs. Frisés à la base comme la pointe d'une pantoufle turque.

Elle m'avait laissé la raser, la dernière fois. Il m'avait fallu au moins une heure. Je m'étais attaqué à cette fauve végétation avec un soin mêlé de sensualité. « À partir de maintenant, lui avais-je dit, c'est mon boulot. »

« C'est ça.

Elle serrait les poings. Sa bouche se tordait : amère, elle n'avait plus cet air surpris et dégagé. Elle m'avait pris la main, appuyait, en s'arquant contre moi, dans un mouvement de scie. Avec un « mmmmm » de plus en plus aigu.

Muscles raidis, elle retenait son souffle. Sa cage thoracique s'était scindée en deux rails parallèles, des rails de montagne russe. Sa croupe tremblait. On n'est pas censé retenir son souffle quand on a un orgasme. Elle l'avait lu quelque part et me l'avait dit : « On revit, on ne meurt pas. »

Elle était restée figée, avant de s'écrouler. Sa peau était uniformément moite ; les seins s'étaient reformés, lentement, pesamment. Elle fermait les yeux.

Elle avait roulé sur le côté, s'était rappelé que j'étais là, s'était mise sur le dos.

« Ça m'a prise à l'improviste. Je ne m'y attendais pas si tôt.

Je m'étais abattu sur le matelas sans remonter jusqu'à l'oreiller. Mes yeux étaient au niveau de son ventre, qui s'agitait encore. Elle avait gardé les jambes écartées, elle les resserrait doucement. Les poils de son pubis étaient beaucoup plus rudes que jadis. Le triangle s'était agrandi, renflé.

Vision de Warren Hawkes, me poursuivant de ses élucubrations, à Rockville : « Ah ! oui, mon frère, la douce écume d'un vrai con de jeune fille. Nous ne connaissons plus les vrais plaisirs. Quand le soleil passe à travers les poils. On tentera le coup, quand on sortira, même si on doit se faire arrêter, il faudra retâter de ces doux cons de jeunes filles. Doux, doux, doux cons de jeunes filles... »

Jade avait posé la main sur ma tête. Je croyais que c'était pour me guider à nouveau. Elle s'était contentée de me caresser les cheveux, d'un mouvement qui, pour être énigmatique, n'en était pas moins apaisant. Et m'incitait à remonter.

« Je t'ai forcé, hein ?

J'étais à sa hauteur.

— Forcé ? Mais non.

— Si. Je ne sais pourquoi. Ça semblait normal, logique, comme toujours, n'est-ce pas ? Quand on veut quelque chose. Le plaisir. Ou n'importe quoi, je suppose. Maintenant, je me sens un peu...

— Je t'aime.

Je lui caressais la joue.

— Je me sens tellement mieux. Je dois le reconnaître.

Elle s'était assise, et tapotait le drap.

— Qu'est-ce qui ne va pas ?

— Ce sang. Je me sens vidée, littéralement. Je n'ai pas envie d'inonder les draps. Bon, pour le moment, ça va. Merde. Il va falloir que je me lève, de toute façon, et que je me remmaillote. J'ai des règles épouvantables, comme *personne*.

Elle s'était pesamment rabattue sur le côté, nos nez se frôlaient presque.

« Ne t'inquiète pas. Je ne t'oublie pas.

Elle avait posé la main sur mon estomac. M'avait embrassé la poitrine. Puis, d'une touche faussement légère, avec une délicatesse terriblement exagérée, avait effleuré mon sexe rigide.

— Non, pas comme ça.

— Mais si. Ça ira très bien.

— Dans toi.

— Non. C'est impossible. Ne t'inquiète pas. Ne t'inquiète pas.

Elle me serrait. Lissait le membre de son pouce et de son index. Le coinçait à la base et remontait.

« On dirait qu'il est plus grand, chuchotait-elle.

— Non.

— Si, je crois. Mais c'est peut-être simplement que je...

Elle allait sans doute ajouter que ça faisait un moment qu'elle n'avait pas couché avec un homme.

Je me sentais triste, ennuyé, jaloux.

Elle y allait doucement, à mon rythme. J'essayais de ne pas jouir, d'avoir le courage d'insister pour qu'elle me permette de la prendre. Elle m'avait embrassé sur la joue — légèrement, comme une inconnue qui a le béguin —, tout avait cédé. J'avais joui, sans aucun plaisir réel. Déchargé un long ruban de sperme brûlant. Qui retombait je ne savais où. Jade avait rabattu mon pénis dans ma direction, j'avais senti le sperme sur mon ventre, mes bras, ma clavicule.

Le plaisir finissait par m'inonder, le miel s'écoulait de la jarre brisée.

— Mon Dieu, j'en ai partout.

Elle avait l'air vaguement heureuse. Elle ne m'avait pas lâché.

— Mais tu bandes toujours.

— Oui.

J'étais sur le dos. Un patient qui se réveillait au milieu d'une opération.

— C'est toujours comme ça ? avait-elle demandé, en me lâchant.

— Je ne sais pas. Je suis avec toi, c'est tout.

Elle s'était enfoncée dans l'oreiller, avait poussé un soupir, l'avait tiré sur elle comme un rideau. Puis elle avait plié l'oreiller sous sa nuque et relevé les genoux.

— Il faut dormir. Je suis si fatiguée que je ne peux plus penser. Vraiment.

Mais elle s'était glissée hors du lit, avait ramassé son slip et son pyjama, pris son sac de voyage et était partie dans la salle de bains. Je me demandais si je ne devais pas me débarrasser de tout ce sperme que j'avais sur moi, avais sauté sur mes pieds et m'étais retrouvé la main sur la poignée de la porte.

Je l'avais tournée. Elle n'était pas fermée. J'avais poussé, d'un coup.

Jade avait sa veste de pyjama ramassée sur les épaules. Une serviette hygiénique et son slip à la main. Les cuisses serrées, ses poils ressortaient en longues boucles de fougère.

— Alors c'est tout ? avais-je murmuré.

En touchant la porte, pour lui montrer que je n'avais pas voulu faire tant de bruit.

— Quoi ?

— C'est impossible. J'aurais dû rester par terre. Non. Tu aurais dû rester en bas, ou attraper ton car. On ne peut pas se retrouver comme ça. Se branler mutuellement ? Je ne peux pas.

Elle se cachait derrière sa culotte de pyjama. Orange, dans la lueur glauque de la salle de bains.

— Nous ne faisions que nous aider réciproquement, David. Comme de vieux amis.

— Aider à quoi ? À dormir ?

— Oui.

— Je ne veux pas dormir. Je veux être avec toi. Ça fait un moment, hein ? Ça a été bougrement long.

— Je ne pouvais pas dormir, j'en ai *besoin*. Pense un peu à moi, pour changer.

— Je pense à toi, tout le temps.

— Je me demande.

— Mais non. Tu le sais.

— Il faut que cette journée se termine, David. Je veux tirer la chasse.

— Nous sommes nus, tous les deux.

Je m'étais avancé, bras tendu. Sexe rigide. Je m'étais rappelé que mon ventre était couvert de sperme. Tant pis. Je lui avais saisi la main, le poignet. Le geste était beaucoup trop agressif. Il aurait fallu, pour l'effacer, qu'elle s'avance à son tour, qu'elle me jette les bras autour du cou.

« Je t'en prie. Reviens te coucher. Ne te rhabille pas. Ne dors pas. Reste avec moi.

— Tu ne comprends pas.

Je l'avais prise dans mes bras, lui avais embrassé les cheveux, le front, les joues. Baisers frelatés : je ne cherchais qu'à réveiller son désir. Je me pressais contre elle, lointain vestige des danses de l'accouplement. Le mâle se présentait.

« Va te coucher, avait-elle dit, tandis que j'essayais de l'embrasser sur la bouche.

Elle m'avait effleuré les lèvres.

« Tu forces les événements. Je veux réfléchir.

— Viens.

— Dans une minute. Tout est en désordre.

— Aucune importance.

Mes genoux frémissaient d'impatience.

— Dans une minute. Laisse-moi réfléchir. Décider. D'accord ?

Elle s'était dégagée, avait reculé d'un pas.

J'étais retourné me coucher, avais allumé la lampe. Je l'avais attendue, je ne sais combien de temps. Un bon moment, mais j'étais mauvais juge. Pas plus de trente secondes, peut-être. Un temps à part, hors du nôtre, celui des rêves. Je m'étais retrouvé à la porte de la salle de bains, après avoir rejeté ces instants de conscience que j'aurais pu moi-même utiliser pour réfléchir. J'avais ouvert, prudemment. Jade était assise, nue, au bord de la minuscule baignoire, elle pleurait, la tête dans les mains.

« Je ne sais plus que faire. J'ai peur de toi. Je suis trop bouleversée. Je ne peux pas aller trop loin.

Elle m'avait regardé. Il y avait des empreintes blanches sur son visage, des empreintes de doigts.

Je pensais : nous sommes complètement *fous*. Nous ne nous sommes pas vus depuis des années. Nus dans une salle de bains d'hôtel, à pleurer et à trembler comme ça. Et moi, à bander.

— Tout va bien, dis-je. Allons dormir.

Je m'étais avancé, main tendue. Elle l'avait prise, l'avait portée à son visage moite et rougi.

— J'ai cette voix en moi, une toute petite voix, toute simple. Elle n'arrête pas de me répéter : « Mon papa est mort. » Elle ne me ressemble même pas. Je ne l'appelais jamais papa.

Sa voix s'était brisée, comme le sourire qu'elle avait ébauché.

« Et je n'arrête pas de penser à Keith, à Sammy, ce qu'ils doivent endurer. Et à Ann aussi, bon sang. Ils sont tous là, avec moi, je ne sais plus. J'ai tout fait pour m'en sortir. Plus je me fais petite, plus je suis coincée.

Elle s'était interrompue, couvert les yeux.

« Je voudrais que mon père soit encore en vie, avait-elle dit en sanglotant.

Je l'avais ramenée au lit, dans mes bras. Elle s'efforçait de retenir ses larmes. Je la sentais excédée, épuisée par sa propre douleur. Elle s'était vite calmée.

« Je me demande quelle heure il est, avait-elle dit, au moment où moi je me demandais, avec une certaine crainte, si elle ne s'était pas endormie.

— Je ne sais pas. Tard, je suppose.

Mon bras, sous son épaule, s'était endormi, mais pour rien au monde je n'aurais voulu le retirer.

— Tout le monde est au courant, tu sais.

— Qui ?

— Tous les gens que je connais. Je parle de toi à tout le monde. Ce qu'on a vécu. Des histoires, tu sais, sur la maison, sur Chicago, sur nous, comme on était.

— Je ne connais pas tellement de monde.

— Tout le monde te connaît, à Stoughton. Je parie — bon, tu as un peu changé, mais pas tellement — je parie qu'un tas de gens te reconnaîtraient si tu t'amenais sur le campus, tout seul.

— Vraiment ?

— Et je n'ai pas de photos ni rien. Que ma langue. Pur portrait oral. Je parle de toi, je me souviens, et je revis ce que j'ai vécu avec toi, quand je le veux. Mon Dieu, David, je n'arrive pas à y croire. Cela semblait impensable. Même dans l'ascenseur, en montant, je ne m'attendais pas à te voir, vraiment. Tu comprends ce que je veux dire ?

— Mais nous nous sommes vus hier.

— Un rêve. Si vite, et puis pouf ! Ça ne comptait pas. Il me paraissait impossible de me retrouver avec toi, toute seule. Ce n'était pas bien.

— Mais si. C'est très bien. Je ne comprends pas pourquoi ça a été si dur. Tout était tellement faussé, sur toute la ligne. Mais c'est fini. Absolument. J'en suis sûr. Nous devons franchir tous les obstacles.

— Tout a tellement changé.

Je ne savais que répondre. Jade se taisait, le silence s'installait. Elle avait soulevé la lampe de chevet, l'avait posée sur le sol, toujours allumée. Elle s'était renversée, et de longues ombres plates s'étalaient comme des voies de chemin de fer.

Un peu plus tard, elle s'était assise, avait tiré son Tampax, l'avait jeté sous le lit. J'étais resté du côté qui était désormais le mien. Elle s'était rapprochée, frottée à ma hanche, en me serrant la poitrine, comme si j'avais des seins. J'avais essayé de me dresser sur mes coudes, je ne sais pourquoi. Elle m'avait appuyé sur l'épaule, pour que je m'étende à nouveau. Elle avait l'air de me regarder d'une invraisemblable hauteur.

« Je le veux, avait-elle chuchoté. Mais pas...

Sa voix s'était perdue.

— Ça prendra le sens que ça prendra, avais-je fait, en lui tendant les bras.

— Ou ça n'en aura aucun. Mais ce soir. Après tout ce qui s'est passé. Il ne faut pas que nous nous fassions du mal, David.

Je ne m'en souciais guère. Nulle peine ne pouvait éclipser le vide de la séparation, nulle agonie surpasser l'irréalité de l'absence. Mais je ne voulais pas l'effrayer. J'avais hoché la tête.

Nous nous étions embrassés et caressés un moment. Jade était à cheval sur moi, j'avais essayé de la pénétrer, je n'avais pas réussi. Elle m'avait empoigné, m'avait guidé. Elle était à la fois sèche et épaisse, visqueuse — le sang des règles mélangé aux autres sécrétions. Elle avait tressailli quand je l'avais pénétrée — horribles, ces petits frémissements de douleur. Elle s'était légèrement soulevée, j'étais brusquement ressorti. Elle était redescendue, les saillants de nos hanches s'étaient touchés, la pointe de ma verge s'enfonçait dans le coussin de son sexe. À présent, ses hanches étaient vissées aux miennes, les poils de son pubis me caressaient le ventre, aussi doux qu'un souffle. Je l'avais attirée, écrasant sa poitrine contre la mienne.

J'avais prononcé son nom, dans un chuchotement. Elle n'avait eu aucune réaction. J'avais eu une seconde de panique.

J'avais pris son visage dans mes mains, l'avais embrassée sur la bouche. Sa langue était aussi énorme que soyeuse, insupportable, vivante. Je respirais son souffle. C'était notre premier véritable baiser de la nuit. Précis, gigantesque.

Elle était à genoux. Ses petits seins dansaient un peu. La lumière de la lampe, au sol, illuminait toutes les dunes. J'avais inséré ma main entre ses cuisses, l'avais refermée sur son vagin. Jade s'était ouverte, offerte à mes doigts. Brûlante.

Et puis, soudain, je l'avais pénétrée. J'aurais voulu m'arrêter, éterniser l'instant. À califourchon, les mains contre mes tempes, elle pressait son front sur le mien. Elle s'enfonçait lentement, les yeux hermétiquement clos, absorbant mon pénis sur toute sa longueur. Elle se balançait, avec une telle force que j'avais envie de crier. Pas de douleur, bien sûr. Elle ne pensait qu'au plaisir sexuel, à l'extase. Tout réflexe sensoriel normal en était, d'avance, étouffé. L'intensité qu'elle y mettait éclipsait toute autre sensation. J'en étais arrivé à mieux ressentir dans le sien que dans le mien le mouvement de nos deux sexes.

Elle avait calé une main dans le creux des muscles au-dessus de mon épaule, pour garder l'équilibre. Le plaisir m'enveloppait comme une membrane, un immense cocon, incandescent, brillant, opaque, aux contours diaphanes, par endroits. Et j'apercevais par intermittence, à travers ces décolorations, les ombres sur le mur, qu'accompagnaient le grincement d'un ressort ou le grincheux frottement d'un bouton du matelas. Le carrousel tournait, le dôme du plaisir recouvrait tout, je m'engloutissais à nouveau.

J'étais couvert de sueur ; j'avais les muscles noués, soudain, comme par la fièvre. Quelqu'un, dans une chambre de l'hôtel, avait tiré sur la chaîne des W.-C.

Jade n'avait pas cessé de se balancer. Mais elle n'était pas totalement là. L'amour, pour moi, n'avait jamais été, ne pouvait être quelque chose d'aussi *exclusif*. Réduit au seul besoin.

Elle se maintenait toujours d'une main, mais avait ramené l'autre sur son ventre. Je l'avais remarqué en me demandant si elle ne souffrait pas. Ses règles, peut-être. La main était redescendue, l'index pointé, droit sur le clitoris ; il s'était glissé entre nous. Elle l'agitait, d'un mouvement rapide et circulaire, tout en continuant, sur moi, son mouvement vertical. Avec un art inouï. Je le vois décrit dans un livre, avec les figures, ou discuté dans un colloque. Amusant, sans doute. Ça ne l'était pas, sur le vif. Le pompage était régulier mais incomplet : elle s'était contentée de calculer la cadence qui convenait le mieux à ses spirales solitaires.

Trop experte pour m'oublier. Elle avait rivé ses yeux sur les miens, les avait fermés, comme si elle défaillait. Elle s'était courbée pour toucher mon visage de ses lèvres — aussi sèches que si nous étions perdus dans le désert des sens et que si je n'étais qu'un mirage. Elle m'avait embrassé pourtant, et s'était abandonnée quand mes lèvres avaient rattrapé les siennes, avait pompé l'air de mes poumons, ressoufflé en moi l'âcre combinaison de nos effluves : ce mélange de vin rouge, d'attente, de fièvre et de nuit.

Le voile était toujours aussi opaque, mais plus ample : une tente protectrice plus qu'une couverture. L'orgasme montait en moi, hésitait, repiquait comme un poisson qui file se cacher dans un récif de corail.

Elle avait fini par jouir, brusquement, accidentellement, et s'était mise à trembler, dans un gémissement de détresse. Puis elle s'était immobilisée, tel un animal pris dans les phares aveuglants d'un bolide. Sa bouche était restée ouverte. Pas un son. Elle l'avait refermée, le menton levé, avant de souffler si fort que son ventre se gonflait comme celui d'une femme enceinte.

On ne se fatigue jamais, bien sûr, du plaisir de l'être aimé, de son plaisir sexuel, surtout. Ce voyeurisme, de toutes les perversions, était celle à laquelle j'aurais succombé le plus aisément, tant qu'il s'agissait de Jade. Tout ce qui exprimait la jouissance sexuelle, chez elle, me bouleversait. Quand nous apprenions les rudiments de l'amour et que j'avais encore du mal à me contrôler, elle s'efforçait d'être aussi silencieuse que possible. Il aurait suffi d'une respiration un peu plus lourde, sans parler de gémissements, pour que j'éjacule immédiatement. Par la suite, quand nous faisions l'amour trois, quatre et cinq fois par nuit (les prouesses stimulent la passion), il lui arrivait de s'impatienter — mes orgasmes, c'était naturel, étaient plus lents que les siens — et, pour que nous puissions enfin dormir tranquillement, de simuler des grognements de plaisir, la bouche contre mon oreille, ou de répéter mon nom, en gémissant. Il ne m'en fallait pas plus.

De même cette nuit-là. Dès qu'elle s'était mise à sauter et à trembler, je m'étais senti bouleversé, comme par un chœur qui s'élève brusquement, ou comme lorsque quelqu'un qu'on aime, dressé sur la pointe des pieds, vous embrasse, par-derrière. Jade, en jouissant, avait poussé un long hurlement, et le sperme affluait, se précipitait en moi comme deux torrents qui se rejoignent, un virage aigu, sans ralentir. Je l'avais empoignée par le dos, instinctivement, de peur qu'elle ne s'échappe, m'étais cambré. Je jouissais presque sans rien éprouver et essayais de me concentrer. Un effort de perception, comme quand on essaie de discerner l'arc d'argent d'une étoile filante qu'on vient d'apercevoir dans le ciel, du coin de l'œil. Jade, avertie par une onde de chaleur, s'était soulevée et redressée avant de se laisser lentement, savamment, redescendre. Le sperme que j'avais pu décharger sous la caresse de ses doigts n'avait pas épuisé mes étonnantes réserves — à la limite du *supportable*. Mon scrotum, mes pieds, mes mains étaient glacés ; ma bouche, gorgée de désirs quelques secondes plus tôt, était sèche comme un buvard. Mes muscles s'effondraient, mes poumons se ratatinaient comme des ballons crevés. Je jouissais toujours.

Jade m'avait regardé. Souri. Ses yeux étaient embués, indistincts, comme submergés de fumée. Dans une chambre en flammes. Elle allait dire quelque chose, mais s'était retenue. Elle s'était penchée, s'était dégagée et étendue près de moi. Elle respirait largement, aisément, comme moi, j'imagine, mais le silence, entre nous, était inquiétant, menaçant. Un silence tapi comme un chat endormi, charmant, mais qui peut vous griffer si on le caresse un peu maladroitement. Jade voulait dire quelque chose. Elle pesait le pour et le contre. Sa jambe avait frôlé la mienne, s'était retirée. Elle avait soupiré, avec un soupir détendu, satisfait.

Je sombrais dans l'épaisseur et l'immobilité du sommeil, en trébuchant, comme quelqu'un qui vient de tomber dans un fossé. Je m'étais enfoncé les ongles dans la paume des mains, pour me reprendre.

Jade avait tendu le bras, éteint la lampe, par terre.

Elle avait enfin rompu le silence.

— J'ai les os comme du plomb.

Je n'avais pas répondu. J'avais tant bien que mal recouvré mes esprits et me sentais gêné, furieux.

— C'est la première fois que je fais l'amour depuis, depuis *toi,* tu sais, avais-je murmuré.

— Incroyable, avait-elle dit, un peu rapidement.

— Pourquoi ? Parce que c'est ridicule ? Parce que toi, tu as fait l'amour des milliers de fois, depuis ?

— Parce que tu es si *gentil.*

Elle s'était étirée, frotté les yeux, du dos de la main. Pour m'inciter à dormir. M'habituer à l'idée, par tous les biais. Comme mes parents, quand ils me mettaient au lit. Arthur regardait l'heure : huit heures. Avec des bâillements ridicules, tous les deux...

— Gentil ?

— Oui.

Elle paraissait regretter d'avoir prononcé le mot.

— C'est drôle. Je n'avais pas l'impression d'y être pour grand-chose. Où est-ce que tu as appris ce truc ?

— Quel truc ?

Sa voix était un peu coupante.

— Ce truc, avec ton doigt. Tu prenais ton plaisir toute seule, hein ?

— Oh ! Seigneur, David.

Sur un ton de grande sœur.

— Comment, ce n'est pas vrai ?

Ma voix me faisait horreur. Le phare de la lucidité tournoyait, s'appesantissait çà et là, aux franges du cerveau, sur les pans de nuit qui menaçaient d'avaler le faisceau, de l'éteindre. Je chancelais entre ces vagues d'images folles qui, comme les anneaux de Saturne, enveloppent l'inconscient. Je me contrôlais mal. Pour Jade, ce devait être bien pis : nous n'étions pas loin de hurler, tous les deux.

« Ce n'est pas avec moi que tu faisais l'amour. Tu te masturbais, nom de Dieu !

— Oh ! tais-toi, David. Tu n'y connais rien.

Elle avait ouvert les yeux pour contempler le plafond, les avait refermés. Je devinais ses pensées : « Pourquoi suis-je venue ? » Mais je ne savais si elle le pensait vraiment, ou ne songeait qu'à ce qu'elle pourrait bien me dire. Elle avait besoin de me remettre à ma place, c'était sûr. J'aurais préféré qu'on en vienne aux mains plutôt que de nous voir filer, chacun de son côté, sombrer dans le sommeil en nous raccrochant chacun à ces expédients de la chair. Ces écœurantes pacotilles.

— Jade...

— Laisse-moi tranquille. *Il faut que je dorme.*

Je me taisais. J'avais posé les mains sur son corps.

« À cause de toi, je me sens *stupide,* avait-elle ajouté, d'un ton accusateur. J'ai été *stupide* de venir, et *stupide* de faire l'amour avec toi. C'est évident, sur toute la ligne, prouvé, mais tu m'en donnes la preuve, comme personne, David. Combien je suis stupide. Absolument.

Elle s'était soulevée sur ses coudes, en me regardant.

Elle avait poussé un soupir, comme si elle se rendait compte qu'elle essayait de raisonner avec un fou. Elle était retombée sur son oreiller.

« Oh ! pour l'amour de Dieu !

Avant de se rasseoir.

« Je saigne.

Et d'ajouter, dans le noir :

« J'avais presque oublié.

Elle tapotait le matelas, entre ses jambes.

« Oh ! mon Dieu. Je l'ai salopé.

Elle avait bondi hors du lit, s'était penchée, avait allumé. Le faisceau de la lampe renversée frappait directement la fenêtre, les cinq centimètres de vitre noire entre les rideaux tirés à la hâte. Elle avait replié la couverture pour examiner les dégâts. Un ovale de sang, poisseux, brillant, plutôt marron que rouge, une pomme blette.

« Charmant, avait-elle dit en secouant la tête.

Des petites traînées de sang tout autour, mais la tache avait absorbé le plus gros — un ovale de la taille d'une savonnette.

Je m'étais regardé. Mon sexe était tout luisant, rouge de sang. J'avais un peu de sang sur le ventre, et pas mal sur les cuisses.

Jade secouait la tête.

— Superbe, avais-je murmuré.

Je m'étais frotté les jambes du bout des doigts. J'en avais ramené un peu, et l'examinais de près, à mon tour.

— Nous ferions mieux de tout enlever.

Les jambes serrées, elle se croisait lentement les bras sur la poitrine : elle avait honte de son sang.

— Non. On n'est pas obligés.

J'aurais voulu ajouter que je préférais le sang, et de loin, à cet orgasme qu'elle s'était donné toute seule pendant qu'elle faisait l'amour avec moi.

— Bon, eh bien, *moi,* je ne vais pas dormir dans cette saloperie.

— Moi, si, avais-je dit en me propulsant vers elle.

Je l'avais prise par la taille. Les poils du pubis étaient noirs de sang. Je l'avais attirée à moi pour y déposer un baiser. J'étais penché hors du lit dans une position bizarre, assez inconfortable, avec une érection qui me rentrait dans le ventre. Jade avait appuyé les mains sur mon crâne. Je croyais qu'elle voulait me repousser. Elle m'avait trituré le cuir chevelu, avant de s'avancer insensiblement, discrètement, mais sans ambiguïté aucune, pour s'offrir à mes lèvres.

Je l'avais attirée. Je voulais la pénétrer, tout de suite, mais j'avais peur, et elle avait peur, je le sentais. Ce n'était pas une question d'inhibition, de timidité ou d'hésitation. Toute résistance de nos corps avait déjà cédé. Ils n'étaient plus étrangers l'un à l'autre. De me voir lécher son sang avait dissipé toute gêne chez Jade. La seule peur que nous éprouvions était celle qu'on découvre lorsque la vie ne s'oppose plus à aucun de vos désirs. La grande peur que les premiers pilotes devaient avoir ressentie lorsque les premiers avions avaient lentement décollé, la fièvre qui étreint et aveugle le chasseur de trésors dont les mains touchent en tremblant un coffre à peine déterré et plein d'or. J'effleurais le corps de Jade, elle tremblait : ce n'était pas tout à fait le frisson du plaisir. Elle s'étirait, se cabrait, mais presque involontairement. Elle se taisait ; son souffle était resté silencieux. J'étais cependant certain de l'atteindre enfin, de toucher ce qui, en elle, n'avait cessé de m'attendre.

Je l'avais embrassée. Le brouillard se dissipait. Je la comprenais maintenant, profondément. L'horizon se découvrait, une échappée de dix kilomètres sur la campagne. On recule, on recule, au cœur de l'Illinois ; on suit les sillons, un ciel transparent, presque sans air ; la vue s'arrête ; c'est simplement qu'il n'y a plus rien à voir. Une artère battait sur son front ; les veines des bras se durcissaient, on aurait dit de délicats petits os. Nos bouches bâillaient comme si nous voulions nous avaler réciproquement. Le baiser cannibale, me disais-je, en m'efforçant de prendre du recul. Bizarre, cette manie de théoriser, cette fascination du sang, par exemple. Quand on vient de se couper accidentellement, on se concentre sur le liquide qui jaillit et brille, on oublie la douleur. Il ne s'agissait pas ici de douleur, ni de rien de comparable ; c'était à tout autre chose que je voulais échapper, à des sensations plus douces, plus douces et plus vastes. Pour la douleur, la catastrophe, pas besoin d'effort. Ce que je ressentais, dans ce lit, avec Jade, était le commencement de quelque chose qui n'avait plus de limites, une plongée dans les sphères inconnues du corps et de l'esprit. Hors de la prison des sens ! La prise d'assaut des barricades ! Littéralement : *la prise d'assaut des barricades !* Un voyage dans les espaces inexplorés : pas vers la Lune, Vénus ou Saturne, au-delà, vers les limites mêmes de l'Univers, sur la courbe du temps.

— David, s'était-elle écriée, lorsque j'avais glissé mon doigt en elle.

Comme si c'était la première fois que je la touchais.

Les bras autour de mon cou, elle me serrait avec la force inattendue de celui qui est en train de couler. Elle serrait mon visage contre le sien, pas pour un baiser — nos bouches glissaient, à des centimètres l'une de l'autre —, mais dans une étreinte aveugle, où nous nous écrasions. Mon front s'écrasait sur sa pommette, un cran de plus et je la brisais.

J'avais un goût de sang dans la bouche. Celui de Jade et le mien : je m'étais déchiré l'intérieur de la lèvre.

Elle appuyait, plus bas, pour que je la pénètre. Elle avait émis un petit cri quand je l'avais manquée. J'étais retombé.

Nous nous étions retournés pour nous regarder. Nos corps s'agitaient. Des oiseaux pris dans le conduit d'une cheminée glaciale. Je jouais des reins, ma verge contre son ventre. Nous étions si trempés que tout mouvement semblait n'être que prélude. L'odeur de nos corps confondus s'élevait, battait au-dessus du matelas comme un drap mouillé. Les ressorts grinçaient, sifflaient, gazouillaient, grognaient. Nous pataugions dans toute cette humidité avec des bruits de pas dans l'herbe, écrasant les bulles d'air de la rosée.

Appuyé sur mes genoux, entre ses jambes, les mains sur ses cuisses, je la léchais. Comme un chien davantage que comme un amant. Je promenais une interminable langue couleur lilas sur ses cuisses, le bas de la culotte de chair, les poils du pubis, l'ourlet du vagin, le ventre. Elle étendait et repliait les jambes comme si elle marchait dans l'eau. Quelque chose s'était collé à ma langue. Je l'avais détaché. Un caillot de sang de la grosseur d'un caillou.

Elle poussait un long gémissement aigu. Distant. Comme sorti d'une boîte au fond de la gorge. De plus en plus fort, présent. Les poils de son pubis étaient si mouillés que la peau en était dénudée, vulnérable ; la fente dilatée, comme pour un accouchement prématuré. Je l'avais embrassée comme on embrasse une bouche. Les cuisses de Jade s'étaient raidies, elles tremblaient. Le corps entier se soulevait vers moi. Les jambes se tendaient à la verticale. Je rampais sur mes genoux, pour ne pas me détacher de Jade. À genoux, englouti dans son sang. Sa respiration était plus rapide, ponctuée de sifflements comprimés. Ses doigts s'accrochaient au matelas ; j'avais senti, bien que mon sexe ne perçât, entre nous, qu'un coussin vide, une énorme résistance. Entendu le drap se déchirer sous les ongles de Jade.

— David, dit-elle, d'une voix fiévreuse, chavirée.

Elle ne voulait pas que je m'arrête. La fente était de plus en plus large, parcourue par une sorte de ressac, de déchirement. Je prenais garde de ne pas trop appuyer mes lèvres aux endroits les plus tendres, mais j'avais imperceptiblement accentué ma pression. Quelque chose me coulait sur le menton ; je ne savais si c'était son sang ou ma salive, ou un mélange des deux. J'avais ouvert encore plus grand la bouche, pour reprendre mon souffle. Elle s'était arquée au même instant. Mes dents avaient accidentellement cogné ses chairs humides. La sueur me coulait dans les yeux, je pensais que c'étaient les larmes. Elle avait resserré les jambes, ses cuisses contre mes oreilles. Une plainte distante, irréelle. Aiguë à nouveau. Elle allait jouir. Ma bouche demeurait plaquée sur son sexe. Je ne bougeais plus, les mouvements de Jade s'étaient précipités, j'avais mis les mains sur ses hanches, pour l'immobiliser, et m'étais écarté.

Elle s'était apaisée, mais ses poumons explosaient. Un vacarme inouï, à paniquer. Elle battait des jambes, maintenant ; je contemplais les taches de sang sur ses cuisses, visibles à présent avec les premières lueurs grises de l'aube. J'avais posé fermement ma main sur elle. Elle avait rabattu la sienne dessus, refermé les jambes, et se soulevait en cadence, calmement.

— Si près, David.

— De moi.

Nous étions étendus côte à côte, mon bras autour de ses épaules. Elle avait replié les genoux pour rouler contre moi.

— Viens en moi.

— Non, je veux te tenir dans mes bras.

Pour la dernière fois peut-être, me disais-je. Tragique pensée, qui s'envola comme charriée par une tempête. Pensées, images — tout s'envolait, comme si on avait bourré un canon de tout le contenu de ma cervelle, et tiré. Le Dr. Ecrest me disant qu'il n'avait aucune intention de lire le dossier qu'on lui avait envoyé de Rockville, et le jetant au panier, devant moi. Le sourire triste et inquiet d'Arthur pendant que je bavardais avec Barbara Sherwood, dans sa chambre d'hôpital. Le ballon, un gros ballon souple, aussi souple qu'une galette, qui roulait sur la pelouse de Rockville, qui roulait, roulait, roulait, avant de s'arrêter devant la grille du Dehors, où deux petits garçons de la ville me regardaient, s'accrochaient à la grille, reculaient comme s'ils avaient peur que je les attrape par la boucle vide de leur ceinture...

— David.

Elle m'avait touché le visage. L'avait ramené vers elle, avait posé ses lèvres sur les miennes.

Je la serrais de toutes mes forces ; son sexe se pressait et se frottait contre mon genou.

« C'est trop. Effrayant.

— Je sais. Moi aussi, je suis très effrayé.

— Rien qu'avec toi.

Elle me caressait le visage. J'avais avalé au passage un de ses doigts, le suçais aveuglément. Il avait un goût de sel.

« Rien qu'avec toi, David. C'est si étrange.

J'avais roulé sur elle. Elle avait ouvert les jambes ; elle agrippait mon dos gluant, m'écrasait contre elle.

« Tout de suite. Pénètre-moi. Que je te sente en moi.

— Je voudrais que ça n'ait plus de fin.

— En moi.

Je l'avais pénétrée si facilement. Je n'avais senti sa chair qu'en arrivant au fond. Là où elle était si étroite.

J'avais joui immédiatement. Elle était si mouillée, mon orgasme avait été totalement mécanique ; un accident de parcours. J'étais toujours en érection. Jade ne s'était quasiment aperçue de rien. Je m'étais reposé un moment. Elle avait eu un regard interrogateur. Je m'étais remis à lui faire l'amour. Maladroitement, tant j'étais surpris par les limites de la chair. Les nerfs, l'imagination, le désir ne connaissaient pas de limites ; les corps demeuraient soumis au joug de la pesanteur, à la morne férule des tendons et des articulations. Nos corps étaient si proches que je calculais mal mes mouvements et que les peaux claquaient, souvent, avec un grand bruit humide et creux.

Le contrôle des événements commençait à m'échapper. Jade avait les bras en croix, les jambes écartées. Elle roulait, se soulevait, et nous n'arrêtions pas de glisser. Je m'accrochais à elle, elle m'agrippait de temps en temps. Nous roulions ensemble et manquions de tomber. Nous devions faire un boucan de tous les diables. Je n'aurais pas été surpris que la réception ait reçu quelques appels. Et j'aurais pardonné aux clients esseulés qui auraient collé l'oreille au mur, la main sur le bas-ventre. Nous pivotions en faisant l'amour, comme l'aiguille d'une pendule faisant lentement le tour du cadran. Les ressorts étaient l'indiscrétion même, le bois du lit s'était mis à cogner contre le mur. Jade avait repris sa complainte aiguë, teintée de tristesse, tel le son d'un diapason, érotique à la limite du supportable. Un nouvel orgasme montait en moi, qui se localisait non pas tant dans mon sexe que dans mon ventre et le revers de mes jambes. J'avais ralenti le rythme. Cette fois, Jade n'avait pas protesté. Elle avait remué la tête en répétant mon nom. J'avais prononcé le sien.

Je m'étais retiré d'un coup. Elle avait eu un geignement de surprise et, instinctivement, avait porté la main à son sexe, qu'elle avait pressé.

Une main que j'avais repoussée, après l'avoir embrassée, avant d'embrasser les poils du pubis et le ventre. J'étais à califourchon sur elle. Je la regardais, de mes yeux vitreux et fous, qui ressemblaient aux siens. Elle haletait, frissonnait, ne cessait de gigoter, comme si nos corps étaient encore unis.

— Je t'aime, avais-je murmuré. Tellement, tellement, que je ne sais quoi dire. Rien n'a changé. Je me souviens de tout, même de ce qui a pu changer. Je t'aime, Jade. Je t'aime.

— Viens.

Elle s'était hissée, les bras autour de mon cou, et m'avait embrassé. Puis m'avait pris le pénis.

« Je veux nous sentir.

J'avais glissé à son niveau, plongé en elle, le plus loin possible. La voix de Jade n'était plus qu'un long hurlement étouffé. Je la contemplais, de mon mieux. Étranges contorsions ; elles auraient été horribles, en d'autres circonstances. Ces lèvres béantes sur ce cri silencieux. Ces yeux qui se fermaient, s'ouvraient, me fixaient, désarmés, dans un mélange de désir et d'étonnement. La paume de sa main s'était rabattue sur ma poitrine ; on aurait dit qu'elle voulait me repousser. Mais non. Elle remontait, une longue lévitation, en s'aidant de ses mains habiles et robustes. Elle allait jouir. Je m'étais presque immobilisé, je voulais que ça dure, éternellement. C'était ainsi, après tout, que nous nous étions mutuellement appris à faire l'amour, en retenant nos orgasmes : le péché des Adamites. Mon sperme n'en était que plus puissant, chaque fois que je m'arrêtais. Notre rage ne nous en rapprochait que davantage, après chaque interlude. Mais elle avait accéléré le mouvement, son étreinte s'était faite plus violente, avec un avant-goût de furie. Je m'attendais à recevoir un coup de poing dans les dents si je n'allais pas jusqu'au bout. J'avais glissé les mains sous ses reins pour éviter que nos corps se décollent, et pour rester enfoncé en elle, quoi que nous fassions. Sa plainte n'était plus qu'un bruit indistinct, la note la plus sonore d'un bâillement qui n'en finirait jamais. Son dos était inondé de sueur ; de nouveaux filets de sang coulaient, qui s'amassaient entre mes doigts. J'étais trempé. La coupure s'était rouverte, dans ma bouche ; j'avais un torrent dans la gueule, rose sombre. Jade écarquillait les yeux pour me fixer d'un regard qui, avec cette lèvre pleurnicharde, pendante, paraissait presque accusateur. Elle tremblait de partout, pas seulement des pieds et des jambes, des courants partis du vagin lui secouaient le ventre, la poitrine. J'avais fini par réaliser que j'étais responsable d'une bonne moitié du vacarme : je gémissais comme un géant assommé, un petit son battu, ivre. Nous nous agitions comme des déments. Je sentais dans les moindres détails les parois intérieures de son sexe. Terrifiant, comme si mon membre était cinquante fois plus gros. Nous avions joui, Jade d'abord, puis moi, bien après, sans nous lâcher, nos voix confondues dans un cri sauvage, insupportablement solitaire.

J'ai oublié le reste de la nuit. Je me rappelle un petit silence presque embarrassé qui n'avait duré que de courts moments. Jade disait que son sang lui paraissait phosphorescent. J'avais fondu en larmes, je ne sais trop quand, puis je m'étais arrêté. Une conversation, je ne sais plus sur quoi. Nous parlions, c'était tout. J'allais m'endormir, elle avait dit quelque chose. Je ne sais plus quoi. Il avait suffi du son de cette voix pour que je roule sur Jade et que nous fassions l'amour, à nouveau, interminablement. « Non, repos, repos. » Elle m'avait rabattu sur le dos, elle était dessus désormais. Elle serrait ma tête dans ses mains, me maintenait la bouche ouverte, de ses lèvres, dans un long baiser, et me faisait l'amour, très lentement, jusqu'à ce que nous jouissions, tous les deux. Une autre conversation. Des fenêtres gris pâle. L'impression de glisser dans le sommeil comme on glisse du bord d'une falaise. Jade sur le ventre, une jambe à moitié hors du lit, les reins soulevés, plats, soyeux. Je la pénétrais par-derrière et, refermant mes mains en coupe sur ses seins, comprenais qu'elle était endormie.

Une femme de chambre avait ouvert la porte, quelques heures plus tard. Pour autant que la chaîne le lui permettait. Le claquement du métal nous avait brusquement réveillés. Nous nous étions assis dans le lit. Une ouverture de quatre ou cinq centimètres. Nous apercevions la manche vert sorbet d'une blouse de service.

— On dort encore, avais-je crié.

Jade s'était renfoncée dans le lit. La pièce était éclairée d'une lumière blanchâtre. J'avais regardé nos deux corps. Nous étions couverts de sang séché. Les draps en étaient tout raides. Si nous n'avions pas mis la chaîne, la pauvre femme de chambre nous aurait découverts dans cet état. Elle se serait peut-être évanouie. Immobiles, on aurait pu nous prendre pour les victimes d'un crime affreux. Nous avions du sang sur les jambes, les cuisses, les bras, les doigts. Nous en avions sur les cheveux et aux coins des lèvres. Nos lèvres elles-mêmes en étaient couvertes.

15

Plus besoin de discuter. J'avais accompagné Jade à la gare routière et pris le car de Stoughton, avec elle. Son sac de voyage était bourré comme le ventre d'un poisson malade : nous avions volé les draps tachés de sang de l'hôtel, plutôt que de les laisser dans cet état. Par courtoisie, en vérité ; cette petite perte, pour eux, valait mieux que le spectacle de ces draps amidonnés et maculés de rouge et de brun, pour la femme de chambre. Nos intentions avaient beau être louables, le moment avait été délicat, lorsque nous les avions fourrés dans le sac. « Voler les draps de cet hôtel miteux », s'était écriée Jade, en secouant la tête, comme si ce crime allait nous poursuivre, comme si nous ne pensions qu'à commettre des crimes grands et petits à la fois, comme si le sort voulait que nous volions toujours les règles.

Nous avions failli avoir d'autres problèmes, naturellement. Je n'avais plus assez d'argent pour mon billet de car, après avoir payé l'hôtel. Je voulais me faire rembourser mon billet de retour pour Chicago —dans les quarante-cinq dollars —, mais Jade avait insisté pour payer le trajet. Son geste n'était pas de pure générosité, me semblait-il. Ce billet pour Chicago la rassurait, et j'en étais blessé. Un tas de trucs comme ça. Tout était au point, et puis tout se gâtait : tout nous rappelait, constamment, combien la situation restait délicate. Le car était presque plein, ce qui m'avait étonné. Je regardais autour de nous en secouant la tête :

— On a eu de la chance de trouver deux places ensemble. Je n'aurais pas cru qu'il y aurait tant de monde, pour *Stoughton*. C'est incroyable.

Jade avait froncé les sourcils, retiré sa main.

— Ce car dessert un tas d'autres endroits, David Albany, par exemple. Mon Dieu. Ça te ressemble bien : tu t'imagines que parce que tu vas à Stoughton, *toi*, tout le monde doit y aller *aussi*.

J'avais souri. J'aimais cette façon qu'elle avait de me critiquer, de m'analyser à l'improviste, de m'ouvrir les yeux sur moi-même. Ça faisait partie de nous. Je lui aurais souri, longuement, avant de comprendre qu'elle n'avait voulu exprimer que son irritation. Mêlée de méfiance.

Une journée ensoleillée, monotone. Le car semblait avoir des ennuis du côté de l'échappement, une plaque trouée par la rouille peut-être. On baignait dans une légère odeur de gaz. Jade me tenait la main en regardant par la vitre. Je me renversais sur mon siège et regardais son image sur le verre teinté, par-dessus son épaule. Elle avait posé sa tête sur mon épaule et s'était endormie. Je lui embrassais les cheveux de temps en temps, le plus doucement possible, pour ne pas la réveiller. Je n'étais pas certain qu'elle dorme ; elle respirait profondément, son visage était immobile, mais sa pression sur ma main ne se relâchait pas.

Je vivais dans une totale illégalité. Plus question de retourner discrètement à Chicago, de reprendre la routine. J'avais violé mes engagements, on ne me ferait plus jamais confiance. Toute la tyrannie de la liberté conditionnelle est dans cette illusion de confiance, une confiance que j'avais trahie avec toute la fougue de mes impulsions les plus authentiques. Si on me mettait la main dessus et me ramenait devant lui, le tribunal se montrerait plus sévère pour cette parole violée que pour une maison incendiée et la vie de cinq personnes cruellement compromise. Mon geste m'avait valu trois ans d'internement et un régime de semi-liberté pour une période indéfinie. Ma fuite serait sûrement sanctionnée par une sentence beaucoup, beaucoup plus lourde. Le chemin sur lequel je m'étais engagé était infiniment périlleux. Mais la vérité était que je ne m'en inquiétais guère.

Ces quatre dernières années étaient derrière moi, et il était encore trop tôt pour les souvenirs et les regrets. Je fuyais une époque de ma vie sans trop savoir ce qui m'attendait, mais je la fuyais résolument. J'en étais fier, enivré, pas le moindre doute. Ma seule nostalgie se ramenait à Ann, et encore était-elle estompée par l'espoir. Ce n'était pas demander grand-chose au destin, me disais-je, que d'espérer qu'elle ferait partie de l'univers que nous allions nous créer, Jade et moi.

J'étais donc monté à Stoughton, dans le Vermont, et m'étais installé de mon mieux chez Jade. Ses amis étaient devenus les miens ; je m'étais adapté à ses horaires et efforcé, puisqu'elle le voulait, de m'intégrer à cette petite communauté, de me trouver, au-delà de mon amour, une raison d'être là.

La maison ressemblait à celle de Dorchester, à Chicago, en plus imposant, une monstruosité de l'époque victorienne, mais de proportions gigantesques. On aurait pu donner des concerts sur la véranda ; la boule d'acajou au bas de la rampe d'escalier était aussi grosse qu'un crâne d'enfant. Les étudiants y vivaient en communauté depuis dix ans au moins ; la maison avait sa réputation, ses légendes, un nom même :

Gertrude. Les gens disaient : « Je vais peut-être habiter chez Gertrude, l'année prochaine », on les comprenait. Elle était bourrée de meubles. On ne reprenait pas ce qu'on y avait apporté, ça ne se faisait pas. Le living-room était plein de sofas, de divans, de fauteuils à bascule, de plantes, à vous rendre claustrophobe. La cuisine débordait de gadgets abandonnés par les gourmets qui avaient succombé au charme de la maison. Des brosses à dents électriques à revendre. J'avais même trouvé, plus tard, une collection de vibro-masseurs laissés là par des femmes qui, sans doute, étaient parties vivre ailleurs une vie sexuelle plus gratifiante. Une légende voulait que, telle une gigantesque ruche, l'endroit ait jadis retenti, tous les dimanches matins, du bourdonnement collectif d'une demi-douzaine de ces appareils.

Jade avait une des plus mauvaises chambres de la maison, minuscule, parfaitement carrée, couleur lavande, avec un petit lit trop mou et, par une unique fenêtre, une morne vue sur la rue. Son seul avantage : la proximité des W.-C. du premier. « Bon, au moins, je suis près des W.-C. », disait Jade ; une autre pensionnaire, Colleen MacKay, me l'avait répété, un jour, tandis que nous parlions de la maison : « Bon, la chambre de Jade est près des chiottes, au moins. » Petite consolation probablement soulignée dans les mêmes termes depuis les premiers occupants de la communauté. Peut-être même le fils cadet, que la prolifique et prospère famille qui avait dû jadis occuper la maison avait relégué dans cette pièce, avait-il profité de cet argument spécieux. Peu m'importait, bien sûr. J'aurais été ravi de dormir dans la baignoire, ou dehors, suspendu par les pouces à n'importe quoi. Mais on m'avait expliqué qu'on avait attribué cette chambre à Jade parce qu'elle était rarement là, de toute façon ; je n'en avais pas moins éprouvé un profond sentiment de joie et de revanche, et avais dû me mordre la lèvre, littéralement, pour m'empêcher de fondre en larmes, lorsqu'on avait officiellement reconnu et avalisé notre statut matrimonial en nous transférant dans le grenier, qui était à la fois plus vaste et plus intime. Que c'était gentil à eux, m'étais-je dit, de se mettre ainsi en quatre pour nous. Colleen MacKay nous avait avertis, en déménageant : « Ne me remerciez pas. Attendez l'hiver, quand vous vous gèlerez le cul, là-haut. Ce sera le *moment* de me remercier. » La remarque était censée diminuer la portée du geste. Elle ne m'en avait ému que davantage. Attendez l'hiver ? Les gens nous traitaient déjà comme si, visiblement, l'avenir était à nous.

La vie, dans la maison, était difficile, spéciale ; elle se ressentait de la confusion de ces gens dont le destin avait été plus rapide que leur imagination. Certains silences exprimaient bien, soudain, la fragilité de l'entreprise, certains heurts, nos divergences sur le plan pratique. Je paniquais en voyant Jade engagée jusqu'au cou dans un univers étranger, les amis, les ennemis, les couples, les échéances, les plaisanteries pour initiés, les rivalités, les dettes. Mais, pour l'essentiel, je m'émerveillais de ce que nous puissions être si heureux. Nous faisions l'amour sur l'herbe fraîche des pelouses, la nuit. Nous nous savonnions tour à tour, dans le bain, et nous nous fredonnions à l'oreille. Je lui préparais ma demi-douzaine de spécialités culinaires et devenais tout rouge de plaisir quand elle paraissait contente que je m'entende avec ses amis. Nous empruntions une voiture pour nous balader, jouions au tennis sur le court d'un professeur de musicologie, et Jade me retrouvait pour le déjeuner, tous les jours, dans le magasin de vêtements pour hommes où j'avais déniché un boulot : des sandwichs au thon et du thé glacé, sur la pelouse d'une immense église presbytérienne, bâtiment néo-gothique aux dimensions si dingues qu'on aurait pu y baptiser en même temps tous les gosses du Vermont.

Au début, quand j'avais connu Jade, j'avais un tas d'amis et étais friand de ces hors-d'œuvre sociaux dont se contentent les adolescents. J'avais des copains, des confidents, des compagnons de jeux, de loyaux camarades dans les clubs auxquels j'appartenais — la petite revue littéraire de l'école, l'Union des étudiants pour la paix. Nul ne se doutait — peut-être le savaient-ils, mais ils s'en moquaient — que cette grégarité, cette bonne humeur un peu acide n'étaient que les manifestations sociales d'un tempérament essentiellement solitaire. Dans « le secret de ma chambre », expression typique de l'adolescent que j'étais (comme si j'étais constamment surveillé), j'écrivais de longs poèmes informes, dans un style vaguement inspiré d'Allen Ginsberg, sur ma solitude, le « moi secret » que nul ne connaissait et dans lequel je m'enfermais comme dans un brouillard glacial. Ma solitude était alors d'ordre exclusivement social, à l'époque. La première chose que j'avais faite, après m'être retrouvé en Jade, avait été de couper d'abord mes liens avec mes pairs, puis avec ma famille. Ces six mois passés avec Jade m'avaient laissé virtuellement sans amis. Peut-être voulais-je imiter ainsi sa propre aliénation. Mon univers se réduisait à Jade et à sa famille. En m'inscrivant à l'université, je savais que je ne poursuivrais pas mes études. Le monde devrait se contenter de mes mensonges, de mes tours de passe-passe psychologiques. Il était à la fois trop simple et trop cruel pour exiger mon allégeance, ou pour qu'on le prenne au sérieux. Ce en quoi, en un sens, je trahissais Jade : elle avait vu en moi une façon d'échapper au cocon familial. J'avais sauté dedans, au lieu de l'aider. J'étais devenu, dans mes aspirations du moins, aussi « butterfieldien », militant que Keith.

Mon séjour à Stoughton, avec Jade, avait eu l'effet opposé. Après cinq ans d'isolement complet, pendant lesquels j'avais revendiqué mon chagrin comme un piquet de grève qui se promène avec sa pancarte — « Ne gaspillez pas votre intérêt et votre sympathie. J'en suis *indigne* » —, je finissais par réintégrer le monde. Et plutôt que de singer l'isolement de Jade, j'adoptais ses amis : compagnons, camarades de classe, commerçants, professeurs, pratiquement tous étaient entrés dans ma vie.

Elle ne me l'avait jamais dit, mais je savais qu'elle souhaitait que je me fonde dans leur univers. Elle employait, pour décrire ce qu'elle voulait éviter, avec moi, l'expression de « schémas névrotiques », au premier rang desquels celui de l'isolement. Elle savait que j'aurais été plus qu'heureux de ne voir qu'elle, de passer tout mon temps dans notre grenier, au lit, dans ses bras, sans la moindre intrusion, et mon adoration était assez séduisante pour qu'elle ait peur d'y succomber. « Avec toi, oui, mais pas comme avant. Pas moins, mais différemment. » Comment aurais-je pu discuter ? Autant discuter de la dimension des lieux, du moelleux de notre lit. Je n'avais pas le courage de m'inquiéter des détails ; que nous soyons ensemble, finalement, éclipsait toute autre considération. Il m'arrivait d'éprouver certains frémissements devant de « légers changements » — impossible, même au paradis, de ne pas se rappeler, de temps à autre, qu'on apprécie les brises un peu fortes et qu'on n'a jamais beaucoup aimé les glycines.

Je ne me souciais guère des amis de Jade. Je ne m'étais pas attaché au décor humain, en pensant au jour où nous nous retrouverions. Je nous voyais vivre notre part d'éternité dans une austère version de la communauté dans laquelle vivait mon grand-père, en Floride : une fenêtre, un lit, un réfrigérateur, une étagère de livres. Lorsqu'il devint clair que je ne pouvais vivre avec Jade sans partager ses amis, mon zèle me surprit. Étourdissant combien je pouvais me lier, et vite, avec de parfaits étrangers ! Elle m'avait emmené chez le vieux Pr. Asbury — je l'appelais « Carlyle » au bout de dix minutes, « Corky » après avoir vidé un premier verre —, qui était alité depuis bientôt un an pour s'être abîmé le dos en jouant au tennis dans sa misérable et humide petite arrière-cour. Maigre, les cheveux blancs, élégant, Asbury était la coqueluche du campus, des étudiants qui ne s'intéressaient nullement à la musique suivaient ses cours, rien que pour le plaisir. J'avais la perverse tentation de résister à son charme, mais n'avais pu m'empêcher, en quittant sa petite villa couleur pain d'épice, de serrer la main de Jade et de m'écrier : « Dieu, qu'il est *merveilleux !* » en manquant d'éclater en sanglots, sans trop savoir si j'étais bouleversé par le personnage ou par mes propres réactions.

Elle m'avait également emmené dîner chez ses amis Marcia et Trig. Leur appartement ressemblait à un repaire de hors-la-loi, avec des planchers en pente recouverts de linoléum, et, par-dessus un toit de papier goudronné, l'arrière d'un garage en ruine. Nous nous étions assis par terre. Marcia et Trig n'étaient pas des hippies ; ils nous avaient donné des coussins recouverts de tissu imprimé indien. Ils étaient totalement indifférents à leur confort personnel et à celui de leurs invités. Mais le repas qu'ils nous avaient préparé était raffiné, succulent. Du poisson à la pistache. Des légumes frais dans un rouleau de pâte à la japonaise. Qu'ils aient fait tant d'efforts, pensé un tant soit peu à *mon* humble plaisir me touchait comme une caresse. Je mangeais le plus lentement possible, en les regardant d'un œil reconnaissant et chaviré, tandis qu'ils parlaient d'une boutique de produits diététiques que des voyous sans doute payés par les épiceries locales avaient mise hors circuit.

Nous nous réunissions tous les mercredis soirs. Maintenant que j'étais de la maison, j'étais convié à m'asseoir avec tout le monde autour de la table de la cuisine, pliante, en Formica, et, comme tout le monde, à fumer des Camel en buvant de l'almadén. Les Camel et les bonbonnes de vin entraient dans le cérémonial. On parlait des corvées, des frais, des invités (je n'en étais pas un !), je les dévisageais tour à tour : Jade, Oliver Jones, Colleen MacKay, Nina Sternberg, Miriam Kay, Boris Hyde, Anemone Grommers — en me répétant : ils sont vraiment merveilleux, y a pas mieux. J'étais fier de Gertrude et de ses locataires, comme si j'étais membre d'une bande, d'une secte ou d'une élite révolutionnaire. Rien de si compliqué ou de si grandiose, bien sûr. Nous n'étions qu'une poignée d'êtres humains qui partageaient le toit et la nourriture, mais le moindre geste d'amitié — non, même pas d'amitié, de simple *camaraderie* — stimulait mon enthousiasme et mon imagination. J'étais, dans ce monde courtois, comme un touriste, un *mourant*, à qui l'on offre un dernier voyage en Europe. Chaque coucher de soleil, chaque flèche d'église, chaque chemin pavé, chaque vestibule, chaque verre de bière lui paraît monumental, tragique, incomparable.

J'avais fini par apprendre que Jade, un peu plus d'une année auparavant, avait vécu là avec un étudiant nommé Jon Widman. Jon, chauve à vingt ans, immense, anémique, était un artiste. Il jouait d'une douzaine d'instruments et composait de la musique, depuis le blues jusqu'au quatuor à cordes. J'avais également appris qu'elle avait eu une liaison avec un professeur d'anglais. Cette dernière information m'avait été donnée, non sans une certaine méchanceté, par un de nos compagnons, qui voulait me prouver qu'il était inévitable, à Stoughton, de coucher avec l'un ou l'autre de ses professeurs.

C'était Jade elle-même qui m'avait parlé de sa liaison avec Susan. Il y avait des endroits où nous ne pouvions pas aller, des films que nous ne pouvions pas voir, des concerts auxquels nous ne pouvions pas assister de peur d'y rencontrer Susan.

— C'est de ma faute, disait Jade. Et tellement ridicule. Je n'ai pas rompu de la bonne façon. Je ne l'ai pas appelée, à mon retour.

— Mais je pensais, tu m'avais donné l'impression, je veux dire, que c'était plutôt de *sa* faute, à elle.

— Les torts sont réciproques, jusqu'à un certain point. Ça n'a plus d'importance.

Un jour, nous traversions la Grand-Rue pour acheter un carnet à la papeterie ; elle m'avait saisi le bras, m'avait fait pivoter et prestement entraîné dans un petit bazar qui sentait le parquet ciré et le sucre d'orge.

— Qu'est-ce qui se passe ?

Je le savais très bien.

— Stupide. Incroyable. Susan. Je l'ai aperçue sur l'autre trottoir, je n'ai pas le courage. Ça ne peut pas continuer. Il faut que je l'appelle.

Dans ce magasin, on se serait cru à une autre époque : des femmes âgées en pulls délavés, avec leurs lunettes qui leur pendaient sur la poitrine, attachées à des chaînes d'argent ; des baquets pleins de chocolats, de bonbons assortis, de cacahuètes ; un étrange silence de boutique démodée ; des étalages de sous-vêtements bon marché et de chaussettes bleu pâle, transparentes ; des albums à colorier et des pistolets à eau. Jade et moi nous promenions distraitement entre les rayons. Les mains dans les poches, elle baissait les yeux. Avançait vite, devant moi. Je lui avais pris le bras. Elle s'était arrêtée, je l'avais enserrée de mes bras.

— Tout était si naturel quand nous étions ensemble. Ne crois pas que je ne la traiterais pas comme ça si c'était un homme. Mais c'est une femme, et je l'ai aimée.

La difficulté de vivre avec une autre femme, ces remords après la rupture, tout concourait à rendre cette période de sa vie plus précieuse, plus enviable que toutes celles que je n'avais pas vécues avec elle. Je la tenais dans mes bras, en regardant circuler paresseusement les quelques clients de cet antique bazar : les petites filles de dix ans qui choisissaient des rubans pour une surboum, un vieil homme qui examinait un cactus. Et je songeais à l'intensité que pouvait prendre une telle passion. Quel mélange de courage et de désir pouvait-il exister pour que Jade dépasse de la sorte les limites de sa propre sexualité ?

Nous avions fait le tour du magasin. Jade avait failli me prendre la main ; elle n'avait fait que m'effleurer les doigts, avant de s'écarter.

« Susan est forte. La personne la plus forte que j'aie jamais connue. Elle se barricade dans sa sensibilité comme une reine dans son château. Je l'admire. Et je l'envie, je suppose. Elle pourrait se prendre au sérieux ; elle est toujours si intelligente, si ouverte. Je l'admirais tellement, Seigneur, il m'a fallu des mois pour comprendre qu'il y avait autre chose. Que je...

— Je ne vois pas où est ma place là-dedans. Je crois qu'il vaut mieux ne pas insister. Pour le moment.

Elle avait hoché la tête. Nous étions devant un casier de disques.

« Je voudrais savoir, mais j'ai besoin de m'y retrouver. Je sais que c'est important pour toi, j'imagine que ce n'était pas facile, que c'était peut-être même un peu effrayant. Mais je me sens un peu jaloux. Je sais que je n'ai pas le droit de...

— Pas effrayant du tout. Il n'y a qu'avec toi qu'il m'est arrivé d'avoir peur. Rien d'effrayant, avec Susan. Pas du tout.

— Ça donne l'impression d'avoir été très intense.

— Et puis après ? Je ne suis pas du genre indifférent.

— Je sais, avais-je répondu d'une voix étouffée.

— On n'est pas obligés d'en parler.

— Non. Ce n'est pas ce que je veux dire. Je dois simplement m'y habituer, peu à peu. C'est stupide. Je n'ai pas le droit de dire ça. Ne fais pas attention. Continue. Dis-moi tout.

— Pas la peine. Ça ne regarde que moi.

Nous avions cessé de parler de Susan Henry. Le silence planait sur nous comme un oiseau de proie. Je voulais qu'elle me parle de leurs amours — je l'en avais empêchée, pour un temps du moins. Nous avions dîné à la table commune. Jade n'avait pas dit un mot, même aux sept autres. Elle était montée avant moi. Je l'avais rejointe, un quart d'heure plus tard. Elle était déjà couchée, dans le noir. Je m'étais déshabillé, étendu près d'elle, et, au bout d'un moment, lui avais posé les mains sur les seins. Elle respirait profondément, sans remuer ; je savais pourtant qu'elle ne dormait pas.

Le lendemain matin, nous nous étions retrouvés un peu désemparés. C'était notre tour de faire les provisions de la semaine, au supermarché, pour toute la maison. Un immense magasin, le Price Chopper [1]. Il n'était guère étonnant que nous soyons à nouveau tombés sur Susan Henry au beau milieu de nos fébriles achats.

Pas moyen de se défiler, cette fois, pour Jade, Susan était au bout du rayon. Grande, bronzée, élancée, toute en dents. Ses cheveux raides étaient presque blancs ; elle portait une robe bleu clair, assez lâche, et de petites sandales. De longs bras nus, ornés de bracelets turquoise et argent. Le regard restait mystérieux, derrière des lunettes de soleil noisette.

— Bip bip, avait-elle fait, en imprimant à notre chariot une légère secousse.

— Salut, Susan, avait dit Jade, d'une voix qui semblait comme enrouée par des nuits passées à boire et à fumer.

— Salut, avait dit Susan.

1. Le Magasin qui écrase les prix *(NdT)*.

D'une voix enjouée, un brin trop aimable. L'effort me la rendait sympathique.

Jade examinait le contenu de son chariot.

— On achète toujours ces saloperies ?

— Exactement !

Jade avait haussé les épaules. Puis avait fait les présentations, en nous désignant alternativement du doigt.

— Susan Henry. David Axelrod.

Je lui avais tendu la main. Ce geste de vainqueur romantique me revenait. Susan m'avait regardé comme s'il s'agissait de quelque salut archaïque, avait hoché la tête, comme si elle se rappelait, avait pris ma main et l'avait serrée avec une certaine ironie.

— Salut, David.

Avait-elle jamais entendu parler de moi ?

— Salut.

Mon sourire se voulait assuré. Jade devait me dire, plus tard, qu'il avait l'air plutôt sournois.

Susan ne s'occupait plus que de Jade. Elle lui parlait d'une amie commune, Dina, qui venait de partir pour Cologne où elle devait suivre les cours de philosophie d'un disciple de Wittgenstein. Sur un ton mêlant l'admiration et l'ironie. Elle lui décrivait le dîner d'adieu. Dina s'était saoulée et avait parlé allemand tout le reste de la soirée. Le Pr. Asbury avait fait une apparition. Il évoluait gracieusement en s'appuyant sur sa béquille d'aluminium. Etc. Je me demandais si ces anecdotes n'avaient pas pour but d'embarrasser Jade, qui n'avait pas été invitée. Mais elle ne semblait nullement gênée.

J'avais été tiré de ma rêverie par un brusque silence. Susan avait baissé les yeux. Elle paraissait inquiète, sur les nerfs, comme quand on a peur d'être mal compris.

— On ne pourrait pas avoir une petite conversation, un de ces jours ? avait-elle demandé à Jade.

Celle-ci n'avait pas répondu tout de suite, non par indécision, mais pour signifier qu'elle appréciait l'invitation, et ce qu'il en avait coûté à Susan de la faire.

— Oui, on devrait.

— Je pars à Boston, ce soir. Pour cinq jours.

Jade avait hoché la tête.

— Chez Paula ?

— Oui.

— Dis-lui bonjour, d'accord ?

— J'aimerais qu'on puisse bavarder avant.

Susan s'enhardissait ; elle savait aussi bien que moi qu'elle avait gagné.

Jade avait esquissé un mouvement pour se tourner vers moi, quêter mon approbation. Elle s'était reprise.

— D'accord, avait-elle dit, sur un ton brave et réfléchi qui frisait le ridicule.

La situation était assez intolérable, mais je m'en étais tiré de mon mieux.

J'avais passé le bras autour de la taille de Jade et l'avais brièvement serrée contre moi.

— Pourquoi est-ce que je ne continuerais pas tout seul ? C'est moi qui me débrouille le mieux, pour les achats.

— Parfait, avait dit Jade.

Elle paraissait indécise, et affectait la politesse. Le regard de Susan s'était perdu dans l'allée. Elle me fuyait. Je m'étais lancé dans une discussion assez oiseuse : Anemone aimait-elle le beurre de cacahuète onctueux ou solide ? Comment s'appelaient ces céréales qu'Oliver nous avait préparées, hier, au petit déjeuner ?

Susan avait retourné son chariot. Elle allait terminer ses emplettes et retrouverait Jade devant le magasin dans quelques minutes.

« Eh bien, voilà, c'est Susan Henry, avait fait Jade.

— Très bien. Ça devait arriver. On devait tomber dessus.

— Elle avait l'air si nerveuse. Ça ne lui ressemble pas. Elle est toujours si sûre d'elle, *tout* le temps. C'est un peu effrayant.

— Bon, les gens changent.

J'essayais de jouer les indifférents, sans parvenir à masquer mon dépit.

— Ça t'ennuie que je prenne le café avec elle ?

— Tant que ça s'arrête là.

Sur un ton que je croyais enjoué. Avec un sourire forcé.

— Tu disais que tu me laisserais toujours libre.

— Je te laisse libre. Tu vas la rejoindre, non ?

Il nous fallait dégager le passage. Nous étions devant le rayon des huiles pour salade. Une jeune mère, des bigoudis roses dans les cheveux et un bébé endormi se balançant sur son dos, dans un sac de toile, casait une bouteille géante dans un chariot qui débordait presque. La voix du gérant avait remplacé la musique d'ambiance sur le circuit intérieur ; il vantait les mérites des articles en vente — le blanc de poulet, les tampons à récurer Brillo, le café Folger, la lessive Duz...

« Je te retrouve à la maison, avais-je ajouté, en m'emparant du chariot.

Elle avait hoché la tête. Elle allait s'éloigner, comme si rien de particulièrement étrange ou pénible ne s'était passé. Elle tenait encore, de temps en temps, à prétendre ainsi que nous étions fondamentalement indépendants, comme tout le monde. Mais elle s'était arrêtée pour préciser :

— Je ne serai pas longue.

— Tu sais ce que je pense ? Je pense que si la fin du monde devait sonner, à cet instant, je serais particulièrement heureux d'avoir pu passer autant de temps avec toi. Je ne suis pas très moderne ni très malin, mais je veux que tu fasses ce qui te plaît, ce que tu crois devoir faire, vraiment. Parce que c'est toujours quand tu es le plus fidèle à toi-même que c'est le plus extraordinaire.

Je m'étais arrangé pour être dans le fond du magasin lorsque Jade et Susan étaient sorties. Jade m'avait donné les clefs de la Saab de Colleen MacKay. J'avais un peu peur, je savais conduire, mais je n'avais pas mon permis. Quelqu'un pouvait me rentrer dedans, par accident. La police se pointerait. Pas de permis ? On téléphonerait au commissariat. On découvrirait le pot aux roses. On me bouclerait. Me renverrait dans l'Illinois. Sans même que je puisse appeler Jade.

Ils étaient presque tous dans la cuisine quand j'avais déballé mes provisions. On était un samedi, encore tôt, mais il faisait déjà très chaud. Anemone avait avalé une cuiller de beurre de cacahuète. Nina Sternberg avait préparé une omelette de douze œufs. La cuisine était inondée de soleil, assez tranquille, quand on pense que nous étions six. Tout le monde avait dû remarquer que je n'étais pas rentré avec Jade. Surprenant : je n'aurais pas cru qu'on prêtait attention à ce genre de choses, dans la maison.

— Nous avons rencontré Susan Henry, au supermarché, avais-je déclaré à la cantonade.

Debout sur une chaise en métal, j'étais en train de ranger des boîtes de haricots et de consommé au poulet sur la planche supérieure du garde-manger.

— Est-ce que je peux dire quelque chose, à propos de Mlle Henry ? avait demandé Nina Sternberg. Mlle Esprit-Large m'a emprunté quatorze dollars, au mois de *mars*, et elle se planque derrière les arbres quand elle me voit, sur le campus.

— Vraiment ? s'était exclamée Anemone, le palais englué par tout ce beurre de cacahuète. Elle me doit de l'argent, à moi aussi. Dix dollars.

— Susan est assez je-m'en-foutiste pour les affaires des autres, avait dit Colleen. Je lui ai prêté ma voiture, un jour ; le réservoir était vide quand elle me l'a ramenée.

Je me sentais seul, et assez faible. D'autant plus reconnaissant quand Colleen MacKay m'avait invité à partager sur la véranda, avec Oliver Jones et elle, les sandwichs qu'elle était en train de nous préparer. Elle avait étalé une nappe de lin sur la vieille table d'osier et l'avait décorée d'une bouteille de bière pleine d'iris. Je l'avais félicitée de l'élégance de la table. Des sandwichs au fromage et au concombre, c'était la première fois que j'en mangeais. Je m'étais assis sur un petit fauteuil à bascule ; Oliver et Colleen se partageaient une banquette d'osier.

Colleen était petite, trapue, avec des jambes de nageuse et des yeux marron foncé toujours un peu irrités, comme si elle sortait d'une piscine saturée de chlore. Elle portait toujours des salopettes et des chemises à carreaux, et apparaissait, à l'occasion, dans une robe si cérémonieuse que le plus parfait étranger aurait tout de suite deviné qu'elle ne l'avait pas choisie elle-même. Oliver était arrivé trois ans auparavant, quand il était amoureux d'une étudiante nommée Sara Richards. Il avait déjà dans les vingt-cinq ans, à l'époque, et avait quitté l'université depuis longtemps, expulsé d'Exeter dès la première année, il avait tout laissé tomber, ce qui ne l'empêchait pas, régulièrement, de présenter sa candidature à Stanford ou à Harvard, pour les langues orientales, et d'attendre vainement leur lettre d'admission, accompagnée d'une bourse, avant de décider que son « in-formation », comme il disait, n'était pas encore complète. Sara Richards s'était tuée dans un accident de remonte-pente moins de six mois après l'arrivée d'Oliver, dont le séjour prolongé traduisait bien son goût combiné du théâtre et de la paresse. Il avait eu des aventures, dont aucune n'avait duré, avec la plupart des femmes qui étaient passées par là. Et ses aventures débutaient généralement lors d'une de ses nombreuses journées anniversaires : celle de la mort de Mahler, celle de la découverte d'Uranus [1]. (Une de ses plaisanteries favorites : un astronome homosexuel découvre une planète et lui donne le nom du trou du cul de son amant. « Tu sais ce que j'ai trouvé dans le ciel, adorable petit monstre ? Ton anus. ») Le soir où Oliver et Jade avaient couché ensemble marquait l'anniversaire de la mort de Sara. C'était un soir de tempête, en février. Toutes les fenêtres de la maison étaient blanches, opaques comme des pierres tombales. Ils étaient restés amants une semaine, jusqu'à ce qu'Oliver se lève dans le noir, une nuit, en se plaignant d'avoir mal aux dents. Il était descendu se préparer un lait chaud et n'était jamais remonté dans le lit de Jade...

Assis sur la véranda, tous les trois, nous mangions nos sandwichs et buvions du thé glacé, comme on le faisait dans les années vingt, en humant le parfum des fleurs dans la brise et en regardant les geais qui tournaient inlassablement autour de nous avec des cris rauques. Le ciel était d'un bleu profond et tendre, aussi soyeux que l'intérieur d'une coquille, à l'exception d'un petit nuage ratatiné. Je m'efforçais de ne pas penser à Jade et à Susan, et à ce qu'elles pouvaient faire. Je souffrais, mais quelle douce souffrance — comparée à celle du passé, tellement plus cruelle et sans limites. J'étais là à savourer ces chrétiennes gourmandises sous les ombrages d'une véranda du Vermont. Le ciel était bleu. Les gens étaient bleus. Et bleus les

1. Prononcer *Your anus*, ce qui est homonyme, en anglais, de « ton anus » *(NdT)*.

yeux fuyants d'Oliver, à qui Colleen demandait s'il aimait le kayak.

— David ? Tu es là ?

Elle faisait semblant de frapper à la porte.

Elle s'était penchée pour poser sur mon genou sa petite main potelée.

« Si tu t'inquiètes au sujet de Susan Henry, je peux te dire qu'il n'y a aucune raison. O.K. ?

— Il y a toujours de quoi s'inquiéter, avec une Susan Henry, avait interrompu Oliver. C'est comme avec la grippe ou, voyons, avec la direction d'une voiture.

— Elle ne me paraît pas très dangereuse, avais-je dit. Je la trouve même assez bien.

— Assez bien ?

Oliver avait haussé les épaules, comme si l'expression était vraiment trop éculée.

— Physiquement. Et aussi vulnérable qu'une autre.

— Plus d'importance, avait dit Colleen.

Elle contemplait sa main sur mon genou et souriait, comme si elle était agréablement surprise de la trouver là.

« Il n'y a plus que toi qui comptes, pour Jade.

— Je sais.

— Je me demande, parfois.

Elle regardait Oliver, se concentrait sur lui.

« Les hommes sont aveugles, pour ce genre de choses. Pour ce que les femmes peuvent ressentir. Les hommes ? Je devrais dire : les gens.

Une Volkswagen orange décapotable, au toit noir, venait de s'arrêter devant la maison. J'avais aperçu la tête de Jade, à l'avant, à droite, ses cheveux au ras du col blanc. Je ne voyais qu'elle, mais je savais qu'elle était en train de discuter avec Susan, et que la conversation ne devait pas être facile. Le moteur ronronnait, Susan avait dû appuyer par mégarde sur l'accélérateur, il s'était emballé. On aurait dit une tondeuse à gazon.

« Tiens. Il ne leur a pas fallu longtemps, s'était écriée Colleen.

Elle avait esquissé le geste de se lever pour débarrasser la table, mais s'était ravisée et avait reposé les mains sur le bras de la banquette. Puis elle avait croisé les jambes et louché du côté de la voiture, comme une mère qui attend son enfant depuis des heures, longtemps après le couvre-feu.

— C'est la voiture de Susan ? avait fait Oliver, d'un ton rêveur. Elle a l'air toute neuve. Et une plaque du New Jersey. Je me demande...

J'étais pris de panique. Incroyable qu'elles puissent être là, toutes les deux, si près. Il faisait très chaud, mais les vitres de la voiture étaient relevées : j'apercevais la pelure blanche d'un autocollant mal arraché et la confuse image, à l'envers, d'un arbre qui se balançait. J'avais refoulé ma jalousie depuis le supermarché. Elle me retombait dessus maintenant, comme des valises qui dégringolent du filet quand le train stoppe trop vite. J'avais la gorge serrée, mes doigts étaient glacés, rosis. Je regardais cette voiture, ma vue s'était brouillée. Oliver continuait de jacasser, comme quoi ce ne pouvait être la voiture de Susan, elle avait dû l'emprunter, mais à qui ? Impossible de le suivre, mais j'étais content qu'il parle.

La portière avait fini par se rabattre, Jade était descendue, au bout d'un moment interminable. La sueur avait laissé des traînées brunes sur sa chemise, aux endroits qui avaient frotté contre le dossier brûlant. Sa ceinture de toile marron était tout entortillée, dans le dos. Je m'étais demandé, non sans obscénité, si elle était comme ça depuis la matinée. Jade avait refermé la portière. Susan avait démarré, non pas dans un vrombissement, comme je m'y attendais, mais tranquillement, hésitante, avant de filer en tenant le milieu de la rue, car il n'y avait pas d'autres voitures. Je la regardais s'éloigner. La banquette arrière était couverte de paquets. C'était rassurant : elles n'étaient pas restées chez Susan.

Jade s'était retournée. Aucune expression. Une photo de passeport. Un souvenir. Elle portait des jeans, des sabots suédois, une chemise bleue et blanche à col blanc. Le soleil, perché sur la cheminée de la maison, lui tombait directement dans les yeux. Elle louchait du côté de la véranda, où elle venait de nous apercevoir.

Colleen avait agité un bras.

Jade s'avançait. Le trottoir était étroit, rétréci par les buissons ventrus ; elle en raclait de la main la sombre draperie. Sa chaînette d'or avait disparu. Cadeau de Noël de Susan. J'avais secoué la glace au fond de mon verre vide, siroté une dernière gorgée de liquide poisseux.

— On déjeune sur la véranda ? s'était exclamée Jade en montant les marches.

— C'est la journée idéale, avait dit Colleen.

Jade avait hoché la tête. Elle avait l'air triste, abattu, épuisé d'une infirmière aux armées :

— Et je ferais mieux de me mêler de mes affaires !

— *There's no — business like Jade's — business,* avait chantonné Oliver [1].

Jade avait ébauché dans sa direction un sourire contraint avant de passer devant nous et de rentrer, en claquant derrière elle la porte grillagée.

1. Se mêler de ses affaires : *To mind one's own business.* Rappel de l'air célèbre : *There's no — business like show — business (NdT).*

Nous nous étions tus deux minutes. Les abeilles bourdonnaient. Je faisais tinter la glace au fond de mon verre.

— Elle a le don de vous filer des complexes. On se prend pour un trou du cul, avait dit Colleen, en hochant la tête dans la direction d'Oliver, pour le réconforter.

— Un don que seules ses victimes peuvent lui reconnaître, avait-il répliqué en croisant ses grandes jambes.

Je m'étais levé et rapproché nonchalamment de la porte, sans lâcher mon verre. La main sur la petite poignée cylindrique, j'hésitais. Je contemplais les ombres fraîches de l'intérieur, à travers le grillage bombé, la rampe d'acajou de l'escalier, le portemanteau avec son miroir, le lustre en forme de lanterne, le tout hachuré comme sur un croquis.

— Je vais la voir, avais-je dit en ouvrant la porte.

Je pouvais entendre ses pas sur les marches montant au grenier, ses sabots faisaient un boucan du diable. Le premier étage était confiné dans une poche d'air humide et chaud, comme ces petites galaxies de chaleur qu'on rencontre sur les ondes fraîches d'un lac. Quelqu'un prenait une douche, dans un doux gargouillis d'écume, de bulles vert pâle que le soleil allumait sur la vitre en demi-cercle donnant sur le palier — Jade disait que le monde est un « souvenir à travers une vieille vitre ». L'escalier n'était pas d'un seul tenant, j'avais longé le couloir sur une bonne moitié de la largeur de la maison pour monter les marches étroites, raides, dont le bois nu était presque noir — sauf pour la troisième, réparée par du contre-plaqué clair — qui menaient au grenier.

Jade était debout devant l'immense fenêtre taillée comme un diamant dans le mur le plus bas et qui donnait sur le jardin de derrière — avec ses érables et ses chenils improvisés. Elle se penchait, les mains sur le cadre de la fenêtre, touchant presque le plafond. Elle ne s'était pas retournée lorsque j'avais fermé la porte et n'avait même pas bougé. N'avais-je pas eu tort de la suivre ainsi ? J'avais traversé la moitié du grenier avant de m'arrêter, mal à l'aise, anxieux. Puis m'étais obligé à avancer, comme j'aurais voulu que Jade le fasse si je m'étais trouvé à sa place, le front contre la vitre ; elle s'était retournée, dès que j'avais mis les mains sur ses épaules, et m'avait étreint avec une telle violence que j'en avais eu le souffle coupé, brisé comme un fétu de paille.

Nous étions serrés l'un contre l'autre. J'avais entendu claquer la porte d'en bas. Un geai avait heurté la fenêtre au passage, puis un autre, et encore deux autres. Mes mains descendaient le long du dos de Jade, mais c'était tout. Elle ne bougeait absolument pas, me serrait de toutes ses forces sans flancher. Nous nous étions jetés sur le lit et avions fait l'amour, très longtemps. Nous n'avions pas parlé de Susan, ni de rien. J'écrasais ma bouche contre son sexe, lèvres retournées, langue retroussée, du côté le plus doux, en me disant, pendant qu'elle jouissait, que je devais lui avoir fait l'amour comme elle en avait l'habitude avec Susan. J'avais vite chassé cette pensée. Je savais que Jade était avec moi. L'amour n'est pas aveugle. J'avais senti, lorsque j'avais déchargé en elle, combien elle me désirait. N'étions-nous pas merveilleux ? Bien plus qu'au début, à Chicago. Mais nous n'étions plus si heureux. Il y avait un mort entre nous, quatre années de séparation, d'autres amours, des tribunaux, des hôpitaux, un tas de lettres non postées, des milliers d'heures d'angoisse et de doute. Nous n'en étions pas moins nous-mêmes, mais nous étions moins heureux, c'était tout. Et peut-être même pas. C'était autre chose. Peut-être l'éclairage était-il différent et notre bonheur en était-il non point diminué mais moins éclatant ; il projetait une ombre à son tour, l'ombre effrayante du bonheur.

Nous nous étions endormis. Il faisait encore jour quand nous nous étions réveillés. Les chiens qu'étudiait Jade, pour sa thèse, aboyaient au-dehors. Les feuilles des arbres se reflétaient sur le plancher, on aurait dit de l'eau fraîche qui coulait, très vite.

— Tu as eu peur. Désolée.

— J'ai eu peur. Mais pas trop.

— C'est drôle, je me disais, au supermarché, que de tout ce que ton retour signifie pour moi, faire nos achats ensemble est la chose que je préfère. C'est si normal, si quotidien, et quand je suis avec toi, bon, tu sais, j'en deviens complètement dingue, de nous voir, toi et moi. Quelle superbe imposture. On pousse son chariot, l'air de rien, en sachant très bien que, une heure plus tard, on peut être ici, complètement nus, en train d'y aller comme de vrais sauvages.

Elle m'avait caressé la poitrine.

« C'est ce que j'aime, avec toi.

— Moi aussi.

— Quoi ? avait-elle insisté, au bout d'un moment.

— Tout.

— Non. Tu sais ce que je veux dire. Les choses que tu aimes, plus spécifiquement.

— J'aime te regarder t'habiller, le matin surtout, quand tu viens de prendre ta douche et que tu te prépares. J'aime la façon dont tu boutonnes ta chemise devant la glace, en regardant tes doigts. Et puis tu la rentres dans le pantalon. Tu te caresses gentiment avant de sortir. Et si tu as les cheveux mouillés, tant mieux. Tu les étires, par petites mèches, tu les secoues, pour qu'ils sèchent je suppose, avec des gestes vifs, des gestes de professionnelle de la coiffure. Le tout avec tant d'énergie. Tu es tellement prête à embrayer.

Nous étions allés dîner en ville, ce soir-là, à mes frais. Je gagnais quatre-vingt-dix dollars par semaine, à vendre, entre autres articles, ces pantalons Redman que j'avais boycottés devant d'autres magasins. J'en avais quelque remords, mais je ne pouvais vivre aux frais de Jade et de nos amis, et les boulots, comme d'habitude, étaient rares. Je faisais de mon mieux pour dissuader les clients d'acheter des Redman. J'étais pour la victoire du syndicat, mais ça ne me turlupinait pas beaucoup. Je leur avais envoyé dix dollars, un jour, avec une note non signée, pour leur souhaiter le succès et leur demander de verser ce billet au fonds de secours, ou au fonds d'aide aux grévistes. Sur quoi j'avais paniqué. On ferait le rapport entre cet argent et le petit employé qui avait disparu. Le cachet de la poste permettrait de remonter la filière. La police s'en mêlerait... Improbable, je le savais, à la limite de l'impossible, mais la menace imaginaire d'un tel désastre n'en était pas moins insupportable. Quoi qu'il en soit, nous étions allés dîner, Jade et moi, chez Rustler's, un des nombreux restaurants à la périphérie de la ville : tables massives, tapis épais, hamburgers, steaks, côtes de porc et immense buffet de hors-d'œuvre. Une roue de wagon en guise de lustre ; des verres vieil or ; un menu en forme de wagon. Restaurant pour touristes. Dès que les gens sortent de leur patelin, ils se prennent pour des cow-boys. L'endroit nous plaisait, on y rencontrait tous les amis de Jade. Nous prenions les plats les moins chers, les hors-d'œuvre étaient à volonté, nous pouvions avaler toutes les betteraves, les petits oignons et les pois chiches dont nous rêvions.

— On peut se payer le dessert ? avait demandé Jade, à la fin du repas.

Ce *on* me touchait toujours, prononcé sur un ton si détaché, surtout.

« J'aimerais bien cette tarte aux pommes et au fromage blanc.

— O.K. Moi aussi. Un café ?

— Non. Du lait. Un verre de lait froid. J'ai envie de jouer les petites filles.

J'avais souri. Une petite fille. Une vierge (« techniquement » du moins) qui se faisait de l'argent de poche en dansant nue pour les nombreux copains de Keith. Fardée entre les jambes. Second prix, patronné par le *Tribune*, au concours de peinture de tous les enfants de la ville, elle avait éclaté en sanglots lors de la cérémonie. Pincée à voler *Fanny Hill* chez Kroch's et Brentano's. Et moi, où étais-je, à l'époque ? J'aurais pu être avec elle ; nous aurions même pu être amants. Aucun mal à ça. J'avais besoin d'elle, pas comme maintenant, mais j'en avais besoin. Je vivais dans le silence familial. Elle avait douze ans. On avait surpris Keith dans le lit de Jade, en sous-vêtements tous les deux. Hugh l'avait sorti de la chambre en le tirant par les cheveux. Jade criait, Hugh beuglait. Le visage de Keith évoquait celui d'une victime inanimée sur une photo d'agence.

La serveuse était déguisée en cow-girl. J'avais commandé les desserts. Les femmes de l'ascenseur, celui qu'avait pris Jade pour monter chez moi, à l'hôtel McAlpin, étaient des cow-girls, elles aussi.

— J'aime bien ce restaurant, avais-je dit.

— Moi aussi. Même si toutes les serveuses flirtent avec toi.

— Mais non.

— Oh ! toi, pauvre, pauvre, pauvre, pauvre, pauvre, pauvre petit naïf. Même quand celle de ce soir se penchait sur toi.

— Défense de se pencher… ?

— Je ne plaisante pas. Son sein te frôlait presque. C'est toujours comme ça.

— Je le voudrais bien.

— Facile. Tout le monde le sait.

— Sait quoi ?

— Que c'est bien, que tu es bien, que tu n'es qu'une machine à baiser.

La serveuse était revenue avec les tartes, le café et le lait froid. Elle ne m'avait nullement frôlé lorsqu'elle avait disposé devant nous tasses et assiettes.

« Tu vois ? avait fait Jade, après son départ.

— Je vois quoi ?

— Oh ! toujours à discuter. Tu ne vois pas tout ce que je vois. Tant mieux. J'aime les hommes qui ne sont pas trop égocentriques. Ils sont rares, tu sais.

— Je ne suis pas… je suis égocentrique.

— Mais non.

— Mais si. Il peut se passer n'importe quoi, on peut dire n'importe quoi, je ne pense qu'à toi, à être avec toi.

— Ce n'est pas de l'égocentrisme.

— Justement. J'estime que je te mérite. Moi, et personne d'autre.

— Tu vas me faire pleurer.

— Pourquoi ?

— Tu touches toujours la corde sensible.

Il faisait sombre. La nuit était sans étoiles, quand nous étions sortis du restaurant. Le parking était au bord de la route. Il fallait être très prudent ; tout le monde filait à quatre-vingts ou cent kilomètres à l'heure, et il n'y avait ni feux ni panneaux. Surprenant qu'un endroit aussi organisé, aussi officiel qu'un parking de restaurant soit si dangereux ; la vie est une partie de poker, au fond. On a beau prendre ses précautions, il y a des limites, les voitures fonçaient avec des crissements d'insectes. On respirait une odeur d'herbe et de goudron frais. Les Beach Boys à la radio. Jade au volant. Elle attendait un moment d'accalmie pour gagner la route. Le regard éteint par la bière — elle supportait mal la boisson. Les phares lui zébraient le visage de traînées blanches. Elle avait appuyé sur l'accélérateur. Je m'attendais au pire. Nos pneus avaient grincé, nous étions maintenant dans une file.

Sept ou huit kilomètres pour rentrer. La radio jouait un vieil air de Bobby Hebb, *Sunny ;* j'allais demander à Jade si elle se le rappelait. Bien sûr que oui. Je songeais à Susan Henry. J'étais moins obsédé maintenant. Peu importait ce qui avait pu se passer, aucune différence, mais ça ne m'empêchait pas de me poser des questions. J'avais voulu demander à Jade, au restaurant, si elle y était déjà venue, avec Susan. Ridicule. Lassant, à la longue, et sans importance. Mais la question me hantait, me torturait comme un éternuement qu'on retient.

La radio faisait de la publicité pour l'armée. Engagez-vous. Jade avait tourné le bouton.

— À propos, je te remercie, avait-elle dit. Je n'avais pas envie de parler de Susan, tu l'as senti.

— Ça a été dur ?

Elle avait hoché la tête.

— Très.

Mon estomac se nouait.

Nous avions quitté la route nº 2, étions passés devant une fabrique de papier abandonnée et avions pris la direction de la maison. Jade conduisait beaucoup trop vite pour ces rues étroites. Ce n'était guère son habitude. Elle était très attentive aux consignes de la sécurité routière ; elle ne mettait pas le contact avant qu'on ait bouclé sa ceinture. Je revoyais sa nuque, dans la voiture de Susan, je revoyais Susan nous accostant, au supermarché, l'image se précisait, vaguement sexuelle — des mains qui se touchaient, une étreinte. Elle se dissipait. Jade fonçait toujours, la mâchoire en avant, imperturbable, les bras tendus, rigides. Je ne voulais pas la regarder, je ne voulais pas qu'elle sache à quoi je pensais. J'avais passé ma main par la vitre, refermé à demi les doigts. L'air tiède de la nuit se faisait plus violent, agressif, vivant.

« Elle m'effraie, avait-elle dit, brusquement, en touchant du bout des doigts le briquet, sur le tableau de bord, avant de ressaisir le volant.

— Comment ça ?

— Ce qu'elle pense. De nous. De moi. C'est si difficile avec Susan ; elle est toujours tellement sûre d'avoir raison. Et elle a souvent raison, naturellement. Elle est très intuitive. Mais il lui arrive de ne pas savoir du tout de quoi elle parle. Sauf qu'on ne s'en rend pas compte. Elle a toujours le même air convaincu. Elle vise, elle fonce, vous essayez de lui résister, elle met le paquet. Comme Keith, d'une certaine façon. Elle se souvient de tout, je veux dire. Et elle s'en sert. Pas Keith. Keith se rebiffe s'il pense que vous essayez de lui faire mal, mais il n'essaie pas de vous dominer. Pas lui, mais Susan, si.

— Qu'est-ce qu'elle t'a dit ?

— Un tas de choses. Mais ce qui m'a... Je ne sais pas. Elle dit que je me sers de toi, voilà.

— Pourquoi ?

— C'est compliqué. Non. Ça ne l'est pas. Mais c'est difficile à dire. Des trucs sur la famille, tous des dingues, et sur mes liens avec eux. Elle pense que je me sers de toi contre ma famille. D'une façon vraiment affreuse. Pour les détruire. Elle dit que tu n'étais que mon intermédiaire, quand tu as mis le feu. Elle dit que c'était moi.

— Non. C'était moi.

— Je sais. Mais tu agissais pour moi. Tu lisais dans mes pensées. On a toujours fait comme ça. On se connaît si bien. Je voulais que quelque chose arrive, tu te débrouillais. J'aurais dû m'en apercevoir, dès le départ. La manière dont tu t'emballais pour n'importe quoi, avant de te déchaîner. Le fait que tu étais virtuellement membre de la famille, même ça, tu vois, j'en étais malade, si tu veux savoir. Il y avait toujours de la place pour quelqu'un d'autre, dans l'intervalle on était perdant. Ils t'avaient tout de suite adopté, Ann surtout. Elle ne t'a pas renié. Mais il n'y avait pas de place. J'aurais pu avoir un amant, mais pas de place pour un nouveau Butterfield. Et c'est ce que tu étais en train de devenir. Et je le savais, et je savais que ça finirait par exploser tôt ou tard.

— Je ne le crois pas. Tu veux absolument t'accuser.

— Je pense que si. Et je le voulais. Même après, ça m'a fait tout drôle. Le chagrin et tout, mais d'une façon mitigée. J'étais contente, je pense, que la famille se soit dispersée. Je ne savais pas que ce serait la *fin*. J'aurais dû m'en douter, pourtant. Je le vois bien, maintenant. Mais je crois que je m'en suis trouvé vraiment soulagée, un moment. Comme quand on dit les choses les plus horribles qu'on peut avoir sur le cœur, ou comme quand on finit par perdre sa bague préférée. Le pire était arrivé. Le pire.

— C'est l'opinion de Susan, ou la tienne ? Tu as l'air d'en être persuadée.

— Je n'en suis pas persuadée. La tête me tourne. Et que tu te sois trouvé à New York quand Hugh a été tué ne facilite pas les choses, c'est évident. Comme si, à nouveau, tu avais pu servir d'instrument à mes instincts meurtriers.

Je regardais par la vitre. Nous venions de passer devant la maison. Toutes les lumières étaient allumées, sauf dans le grenier. J'avais tourné le rétroviseur pour continuer de la voir, de plus en plus petite, derrière nous. Quelques centaines de mètres plus loin, le bitume était remplacé par le gravier ; nous filions vers les dernières vraies fermes de la région. Les pneus projetaient contre la carrosserie de la voiture de Colleen des jets de cailloux.

— Attention, avais-je dit.

J'avais envie de dire toute la vérité à Jade sur la mort de Hugh, je ne pensais qu'à ça. J'étais quasiment obnubilé par le besoin de me confesser, comparable à l'envie de sauter qui peut vous prendre, lorsque vous vous trouvez sur le balcon d'un très grand immeuble. Sauf que le désastre n'était pas inévitable, et qu'il n'aurait pas fallu un miracle contraire à toutes les lois de la nature pour m'en tirer. Dire la vérité, me semblait-il, nous rapprocherait, mettrait fin à cette atmosphère de plus en plus ambiguë entre nous. Oui, c'était ce que je pouvais faire de mieux, pour nous deux.

Un champ de blé dressait sa masse indistincte dans la nuit. Une petite ferme, avec de la lumière derrière ses rideaux de guingan. Le gazouillis perçant, angoissant, des criquets. Les dernières lucioles, dont les éclats phosphorescents saignaient sur un rideau noir et humide. Plus de gravier, une route sablonneuse, avec des arêtes et des trous. Jade roulait à quatre-vingts à l'heure, la vieille Saab sautait comme un plateau chargé de porcelaine. Nous étions parvenus à une fourche, Jade avait obliqué à droite. Quelques centaines de mètres encore sur une route de plus en plus rude, et elle avait freiné. La voiture s'était arrêtée, dans une embardée. Un champ de maïs d'un côté, un vaste champ labouré de l'autre, qui s'étendait paisiblement jusqu'à une ferme, au loin, dont les minuscules fenêtres pétillaient de lueurs d'or. Jade avait accidentellement soulevé son pied, la voiture avait fait quelques embardées avant de s'immobiliser à nouveau.

— Je ne sais plus où je vais, avait dit Jade.

Elle avait posé le front sur le volant.

— Pas d'importance.

Nous nous taisions, la nuit s'appesantissait sur nous. Puis Jade avait repris :

— Il m'arrive de penser que la fatalité est sur nous. Les amoureux, parfois, se tendent des pièges, nous nous aimons trop pour ça, nous ne faisons plus qu'un, le piège dans lequel nous tomberons nous dépassera, toi ou moi. C'est le malheur de l'amour, quand il est partagé, et ça me fout drôlement les foies.

Je suppose que j'aurais dû dire quelque chose dans le sens contraire, pour la rassurer. Nous nous estimions assez responsables pour faire face à n'importe quelle situation, n'importe quelle mort, n'importe quelle fatalité. Je hochais la tête, lentement, mais j'avais un nœud dans la gorge, comme si le médecin venait de prononcer quelque fatal diagnostic.

— Non, je ne le crois pas. Et en attendant...

— En attendant ?

— Eh bien, oui, en attendant, on est ensemble, et on peut se promettre tout l'avenir qu'on veut.

— Susan me fait vraiment peur.

— Les gens comme nous s'effraient facilement. Nous planons trop.

Je m'étais rapproché un peu, mais nous étions prisonniers de nos sièges, la boîte de vitesse entre nous. Jade avait reposé son front sur le volant, une larme était tombée de ses yeux sur le dos de ma main, quand je l'avais posée sur son genou. Une larme unique et chaude.

Je savais que je ne lui parlerais pas de Hugh, et que je ne méritais plus d'être avec elle, s'il y avait une justice dans ce monde. Le droit que j'avais de l'aimer n'était plus un droit naturel, imprescriptible, mais quelque chose, désormais, qu'il me faudrait resquiller. Et si l'amour était un pont reliant le temps à l'éternité, je ne pouvais plus m'y engager qu'avec un masque.

Que pouvait-elle ressentir — exactement ? Quelque chose de similaire, sans doute. Elle m'avait pris la main et l'avait serrée contre elle, très fort.

— Je veux faire l'amour. Maintenant. Ici. On peut, non ? Pas dans la voiture. Dans ce champ. Je veux te sentir en moi. Je veux délirer encore. David ?

— Moi aussi.

Mon cœur se brisait.

16

Jade allait entamer sa dernière année d'études. Elle terminerait sa thèse en décembre, après avoir rattrapé les trois cours qu'elle avait ratés pendant les deux années précédentes. J'ignorais dans quelles conditions elle recevrait son diplôme quelques jours plus tard, sans cérémonie, par la poste, sans doute, à une adresse où elle n'habitait plus. Personne ne savait ce qu'elle ferait après, nous n'en parlions jamais vraiment, si ce n'était pour divaguer un peu.

L'échéance avait beau être proche, elle parlait souvent de quitter l'école et de partir avec moi quelque part — où nous serions seuls, une baraque dans le Maine, dans le Sud-Ouest, dans une autre ville, en Europe. J'aurais dû lui dire non tout de suite, l'aider à tenir le coup pour ces derniers mois. Mais je rêvais, moi aussi, de quitter Stoughton avec elle, et d'aller vivre avec elle dans un monde à part, un monde à nous. Je l'approuvais parfois de la tête, et ma voix, quand j'essayais de la raisonner, trahissait mon désir véritable et, paradoxalement, irresponsable d'être seul avec elle dans une existence plus adulte. Je ne voulais plus vivre dans cette maison avec tous ces gens, même s'ils m'étaient sympathiques. Je n'aimais pas le calme de ce campus. J'étais furieux que Jade soit forcée de s'asseoir six heures par jour devant ces professeurs qui lui formaient l'esprit. J'aurais pu être jaloux, purement et simplement, de l'emprise que cette université avait sur elle, des horizons qu'elle lui ouvrait. Je ne crois pas, néanmoins, que c'était la cause de mon angoisse.

Je nous voyais suivre des cours, ensemble. L'université de Berkeley, en Californie, m'avait accepté. J'aurais voulu que nous y allions, tous les deux, pour pouvoir étudier ensemble, chez nous côte à côte. Jade pourrait terminer ses études d'éthologie et je pourrais même prendre des cours d'astronomie. J'avais perdu l'énergie et les espoirs de mes débuts, mais je croyais pouvoir repartir, un jour, dans la voie que j'avais eu l'ambition de suivre.

En attendant, la vie continuait, le bref été du Vermont — l'aube, en juillet, était déjà quelque peu automnale — et la thèse de Jade.

Je lui servais d'assistant de laboratoire, avant de partir pour mon magasin de vêtements, puis dans la soirée. Je m'occupais aussi des chiens dans les chenils de fortune que Jade leur avait construits, derrière la maison. Ce jardin n'était qu'un petit quadrilatère de soixante-dix mètres carrés, envahi par tant d'érables géants que l'herbe était rare. Des pissenlits, de la poussière et, partout où elles pouvaient pousser, des herbes folles que personne n'avait le cœur de couper. Jade avait fabriqué ses chenils avec des planches, du grillage, du papier goudronné et du foin. Tous attendaient avec impatience le moment où, ses observations terminées, on pourrait se débarrasser de cette petite cité canine. Jade ne permettait à personne de cajoler les chiots, ni même de leur faire la conversation, car elle voulait étudier les différences de comportement entre ceux qui avaient été élevés par une chienne aveugle et ceux qui l'avaient été par une mère normale. Elle craignait que d'excessives marques d'affection ne faussent ses conclusions. Elle se munissait d'un chronomètre, pendant ses visites, et prenait soin de ne pas passer avec chacun un instant de plus (ou de moins) que les trente secondes réglementaires. Elle me laissait jouer avec les chiots, mais me surveillait avec son chrono et m'arrêtait, « Au prochain », d'une voix sèche et distante dès que les trente secondes étaient écoulées.

Il avait paru évident, dès les premiers temps, que l'expérience ne donnerait pas de résultats très probants, sans parler de rigueur scientifique. Le professeur de Jade, qui avait approuvé son projet, l'avait laissée s'engager dans une impasse, semblait-il. Mais peut-être était-ce là, justement, son intention. Jade avait été très peinée, et honteuse, lorsqu'elle avait fini par se rendre compte qu'elle n'en tirerait rien de significatif. Elle n'avait jamais été aussi tentée de tout laisser tomber et de recommencer une nouvelle vie, avec moi. Je ne le lui avais pas permis. Il ne lui avait pas fallu longtemps pour avoir une autre idée :

passer en revue toutes les erreurs qu'elle avait pu commettre et tirer une thèse de cette anatomie d'un échec — comme ces reporters qu'on envoie interviewer une vedette peu sociable et qui vous écrivent tout un article sur leur interview *ratée*.

Elle avait encore changé d'idée. Et s'était enfin attelée à une étude intitulée « Les chiens et moi », qui était peut-être la première confession de cet ordre, en éthologie. Ayant abandonné tout espoir de pouvoir spéculer sur des données sérieuses, Jade en était revenue à la source même de son inspiration et avait enregistré ses propres réactions devant les différentes portées. « C'est comme ça que Hugh s'y serait pris », avait-elle dit, le soir où elle avait résolu son problème. Vers minuit.

« Les chiens, avait-elle écrit, sont des miroirs qui vous en révèlent davantage que l'eau ou le verre. De grands miroirs clairs qui nous renvoient les images narcissiques dans lesquelles nous nous complaisons, et les effrayantes prémices de ce qui nous attend. Les chiens nous dévoilent ce que nous sentons, nos véritables rapports avec la vie, et avec notre propre passé. Les animaux témoignent de notre enfance. Un chien qui hurle à la lune est le véritable visage de l'humanité... » Nous observions ces chiens, elle et moi, nous les soignions, nous les adorions, et renoncions à toute rigueur expérimentale pour intervenir directement, à la moindre menace. Une bouteille de lait ou d'eau minérale, du Tiny Tears ou de l'Ohio Blue Tip. Comme nous les aimions, ces chiens et ces chiots, et quel soulagement de pouvoir ainsi continuer de nous aimer à travers des êtres différents. Ces chiots étaient notre métaphore. Nous nous regardions en les berçant ; nous nous émerveillions de nous-mêmes à travers eux. Et, chaque soir, pendant que Jade écrivait longuement dans son journal, je la regardais, étendu sur le lit — elle se balançait comme si elle étudiait le Talmud — et je songeais à mon enfance, moi aussi, à mes premiers, lents mouvements de tortue, à toutes ces années tristes comme du fumier froid. Aucune autre enfance ne me paraissait avoir été aussi uniformément morne que la mienne. Mais je suivais l'exemple de Jade et m'efforçais d'y penser avec honnêteté, en retrouvant tous les détails que j'avais pu confier aux psychiatres.

« Queenie, la mère aveugle, écrivait Jade. Elle y voit sans rien voir. L'intuition sans le regard. Étonnante suprématie de l'instinct. La mère aveugle mange le placenta. Vorace. J'ai failli lui crier d'arrêter. Elle risquait de manger tout cru son premier chiot (Vladimir). Autocannibalisme. Nous sommes la chair de notre mère, mais elle reprend ce qu'elle veut, elle détruit ce dont elle ne veut pas, nous ne survivons que par la lutte. La première : pour sortir de notre mère. La seconde (celle qui va durer) : rester au-dehors, résister à la récupération... »

— C'est vraiment ce que je veux faire, m'avait dit Jade, un soir. Nous allions rentrer, après avoir pesé tous les chiots.

« Je le sais, maintenant. J'en suis sûre. Je veux étudier les animaux.

— Je l'ai toujours pensé, que c'était ce que tu voulais faire.

— Non. Je le voulais sans le vouloir. Je n'y arrivais pas. Toutes ces méthodes scientifiques se mettaient en travers. Elles étaient pour les autres. Pas pour moi. Je ressemble à Hugh, à cet égard. C'est pourquoi il était devenu le médecin qu'il était. L'homéopathie est affaire d'intuition, elle est plus personnelle.

Elle m'avait pris la main et forcé à m'immobiliser. Puis m'avait attiré vers elle.

« C'est exactement ce que je veux. Je veux regarder le monde ; voir des phénomènes que la plupart des gens ne remarquent pas. Je voudrais me promener dans les bois pendant des mois, et ne rien faire d'autre que de regarder le monde. Écouter les hiboux, observer le cerf se saoulant de pommes blettes. Voir les choses comme elles sont et essayer de me voir comme je suis. Je suivrai des cours et apprendrai ce qu'il faut pour que les gens me prennent au sérieux, et peut-être même pour qu'ils me paient. Mais ce qui m'intéresse vraiment, c'est l'impression que ça vous fait d'avoir des affinités avec une sauterelle.

Elle souriait, en me serrant le bras. Nous étions montés dans notre chambre avec une bouteille de vin blanc.

Jade s'était mise à écrire, j'avais bu un peu et ouvert un recueil de nouvelles d'Isaac Babel. Elle m'avait rejoint, sur le lit, et m'avait aidé à finir la bouteille. Le vin exige qu'on le finisse, avait dit l'un de nous, je ne sais plus qui.

« Tu resteras mon assistant ?

— Tu me paieras ?

— Une moitié de salaire.

— Tope-là.

— Et mon mari ?

— Il faudra le payer aussi, celui-là.

Elle avait souri, s'était étendue, les mains sous la nuque, son tee-shirt tendu contre sa poitrine. Elle attendait.

« Je serais très heureux de t'épouser.

C'était la première fois depuis des années que nous en parlions.

— Aucune différence. Le mariage porte malheur, la plupart du temps. Ce n'est pas à ça que je pense. Je pense à autre chose : élever des chiots, avec toi. Être tout près des sources de la vie, avec toi. Tu ferais un père extraordinaire.

— J'aimerais avoir des enfants qui te ressemblent, avais-je dit, presque dans un chuchotement.

— Nous n'avons qu'à... Aucun problème, je veux dire, et le tour serait joué. Quoi qu'il arrive, nous aurions ça. Un enfant. Mon Dieu, c'est dingue, mais je voudrais vraiment un enfant. Tant qu'on n'est pas une mère, on reste une fille, c'est ridicule, une fille.

— C'est vrai. Je ne me suis jamais senti très à l'aise dans mon rôle de fille.

— Que c'est drôle. Je t'offre une occasion de changer le monde, et tu plaisantes.

— C'est nerveux.

— Ce n'est pas une excuse.

— Écoute, tu veux un bébé, on va le faire.

— Non. Il faut que ce soit le mien. Celui que je veux, *moi.* Il faut que ce soit réciproque, tu sais.

— Mais ça l'est. J'aimerais tant être un bébé, dans ton ventre. Ce serait bien mieux que d'être mariés.

— Alors comme ça c'est la prochaine étape. On peut baiser à en crever, mais au bout d'un moment ça commence à vous lasser, hein ?

— Pas moi.

— Je ne veux pas dire que ça nous lasse *déjà.* Mais ça viendra. Je ne sais que penser des couples qui n'ont pas d'enfants, exactement. On dirait qu'ils trichent.

— Que rien ne change, et je serai comblé, plus que je ne le mérite.

— Je crois que c'est le côté naturel du processus qui m'excite. Comme c'est simple, pratique, direct. Je n'ai qu'à ne pas mettre mon diaphragme, et puis on continue tous les deux comme avant, et, un beau jour, le monde change, c'est aussi simple que ça. Ça m'excite vraiment, tu sais, David. Comme quand on va baiser pour la première fois, quand on n'a que les on-dit, une photo porno, et son imagination.

Les âmes à naître, comme aurait dit Ann, avaient plané sur nous, cette nuit-là. Jade était venue se coucher sans son diaphragme. Nous avions fait l'amour avec une gravité, une plénitude que nous n'avions jamais connues. Comme si nous étions nés pour le faire, comme si nous le faisions pour la première fois, sans que ça suffise à exprimer ce qu'on peut ressentir. Une longue et plaintive musique de tout le corps, toutes les variations, pour arracher un embryon de vie à ce vaste et invisible mélange de chimie et de destin. Un vocabulaire de l'instinct totalement nouveau ; j'éjaculais au plus profond de Jade, comme jamais auparavant. Le sexe ne nous arrachait plus au temps, dans cet univers de hasard et d'effort, il nous balayait, inlassablement, depuis nos propres limbes jusqu'à celles d'un être encore inconnu.

— Je me sens comme une chienne, avait dit Jade, après que nous eûmes joui. Jamais je ne me suis laissée aller comme ça...

Ce n'était plus le plaisir, c'était le destin. Nous nous étions regardés fixement, en faisant l'amour en silence. Les amants de jadis s'imaginaient que leur âme les quittait. Nous nous accrochions l'un à l'autre comme si nous étions en danger, véritablement. Je ne sais combien de fois nous avions recommencé, mais nous avions continué pendant des heures. Nous retrouvions l'énergie, l'obsession des premiers mois, à Chicago, quand Jade se promenait avec des bleus dans le dos et que la tête me tournait, toute la journée. Nous voulions arracher une famille à l'univers. En vain. Nous avions agi avec trop d'impulsivité, impossible de tenir le coup longtemps. Nous en étions revenus à nos vieilles habitudes dès le lendemain. Nous avions attendu tout le reste du mois pour voir si notre essai avait réussi. J'en étais convaincu, mais je me trompais. Jade, dix jours plus tard, avait ressenti à nouveau ces douleurs dans les reins qui annonçaient ses règles.

— Tant mieux, avait-elle dit. Nous avons encore trop de décisions à prendre avant d'avoir un bébé. Il faut que tu arranges tes histoires avec les flics. Ma famille ne sait même pas que nous sommes ensemble. Il faut que je présente ma thèse et que je m'occupe de l'avenir. Toi aussi. Tu ne vas pas vendre des pantalons toute ta vie, j'espère.

Nous déjeunions sur la pelouse de l'église presbytérienne quand elle avait senti venir ses règles. « Il faut que j'aille aux W.-C. », avait-elle dit en posant par terre son sandwich aux œufs durs. Nous nous étions regardés, en haussant les épaules. Je m'étais levé, lui avais pris la main, l'avais aidée à se lever. Nous nous étions enlacés. « Je n'étais pas sûre », avait-elle chuchoté. Je ne savais si elle voulait dire qu'elle n'était pas sûre d'avoir ses règles ou d'être enceinte. Je ne lui avais rien demandé. Je voulais ce bébé, sans savoir pourquoi exactement. Mon désir ne suffisait pas à réfuter toutes les objections qui se présentaient à mon esprit, mais n'en était pas moindre pour autant. Je ne savais que dire. Mon cœur battait deux fois plus vite qu'à l'ordinaire : je tenais Jade dans mes bras, c'était tout.

Le 12 août 1973 marquait le sixième anniversaire de l'incendie ; les Butterfield, chaque année, se réunissaient chez l'un ou l'autre d'entre eux. Ils étaient attendus chez Keith, cette année-là, à cent cinquante kilomètres de Stoughton. Jade, jusqu'au douze, avait décidé de ne pas y aller. Elle avait caché à Ann, à Sammy et à Keith que nous vivions à nouveau ensemble — j'étais certain, pourtant, qu'Ann le savait. Elle allait être obligée de le leur avouer. Et cet anniversaire était la pire des occasions pour leur révéler cette vérité. Mais elle ne voulait pas passer toute une journée dans une situation aussi fausse avec ce qui restait de sa famille.

— Je n'ai vraiment pas envie d'aller chez Keith. Dommage qu'il habite si près. Tous ces efforts qu'il fait pour tenir le coup. Je déteste toutes ces photos qu'il conserve, tous ces petits bouts de souvenirs. Il nous prend pour les Romanov. Et je déteste l'endroit, autant que lui. Il nous fait faire le tour, à chaque fois, pour nous montrer tout ce qui cloche. Les briques de la cheminée qui se détachent, les taches d'humidité sur les murs, les planchers qui pourrissent. Ce type vit dans une maison construite en 1825, et il voudrait qu'on le plaigne de ce qu'elle n'est pas en parfait état.

Le douze au matin, le réveil m'avait sorti du lit. Jade était en train de fourrer des vêtements de rechange dans son sac de nylon noir.

— Je rentrerai sans doute ce soir, mais on ne sait jamais, avec cette famille.

J'étais arrivé en retard au travail, car j'avais voulu l'accompagner à l'arrêt des cars. Nous étions nerveux. Notre première séparation depuis le printemps. Le car de Boston était presque vide. Le chauffeur était un grand type aux cheveux argentés. On aurait dit un pilote de ligne ; je me demandais si un handicap secret n'avait pas contrarié sa vocation. Jade s'était arrêtée, sur la marche du car, et m'avait serré la tête contre sa poitrine.

« Je ne sais pas ce que je ferai s'ils se mettent à parler de toi. J'ai envie de tuer quand ça se produit. Je leur apprendrai tout de suite que nous sommes à nouveau ensemble. Ils diront ce qu'ils voudront.

La maison était déserte quand j'étais rentré du travail. Colleen avait emmené Oliver à Fishkill, effectuer des travaux de menuiserie pour sa mère, qui voulait transformer son vieux garage en logement pour les invités. Anemone Grommers était en Grèce. Nina Sternberg à Los Angeles. Les autres étaient ailleurs, tout simplement. J'avais nourri les chiens. Dans quelques jours, ils seraient assez vieux pour quitter leurs mères, on réaménagerait les chenils. Je m'étais assis dehors pour les regarder jouer : ces chiots avaient bien failli nous amener à fonder une nouvelle famille. Dingue de se laisser influencer comme ça, mais j'en étais ravi.

Je ne m'en étais pas rendu compte tout de suite, toutes mes pensées y concouraient : j'avais inconsciemment décidé de téléphoner à mes parents. J'avais envoyé de courtes lettres à Rose et à Arthur, deux jours après m'être installé à Stoughton, pour leur dire que tout allait bien. J'avais demandé à Miriam Kay de les poster, elle allait voir sa sœur à Toronto, je ne voulais pas être trahi par le cachet de la poste américaine. On devient imbu de sa personne, quand on vit dans l'illégalité. J'étais resté assis dans la cuisine, la main sur le téléphone, à me demander si on ne pourrait pas identifier le numéro d'où partait l'appel : tel un héros de film de gangsters au grand cœur, je risquais d'être pris — je risquais ma vie ! — pour appeler la mama. Les lois de la raison avaient eu le dessus. Le misogyne lui-même n'échappe pas au désir, c'est la loi de la nature ; le hors-la-loi n'échappe pas au remords, il finit par faire ce qu'il faut, le plus difficile. J'avais composé le numéro d'Ellis Avenue, Rose avait décroché à la cinquième sonnerie. Elle devait sortir d'une sieste tardive ; on était toujours près de l'appareil, dans cet appartement. Sa voix était fluette, prudente, comme celle d'une petite fille à qui on a recommandé de ne pas répondre au téléphone.

— C'est moi, avais-je dit.

Elle se taisait. Avait prononcé la première syllabe d'un mot. Puis avait raccroché, violemment.

Je tremblais un peu, mais n'étais pas surpris. Je l'imaginais se couvrant le visage de ses petites mains. Puis reprenant l'écouteur pour voir si je n'étais pas encore au bout de la ligne. Raccrochant à nouveau, violemment. Espérant que je la rappellerais. C'était bien d'elle : se sentir plus insultée qu'inquiète ; le son de ma voix, si serein, si normal, après tout ce mystère, l'enrageait. Je l'avais reniée, j'étais insensible à toute sa délicate affection. Elle voulait que je puisse m'améliorer, en toute loyauté, et j'avais pris sa réserve pour de la froideur. Je préférais les écœurantes effusions de mon père, les étreintes débordantes à cette main assurée qui voulait me guider.

J'avais repris l'appareil et recomposé le numéro. C'était Arthur, cette fois, qui m'avait répondu. J'en étais resté coi quand j'avais entendu sa voix.

— Allô ? avait-il fait, à deux ou trois reprises.

— C'est moi.

— David. Oh ! mon Dieu. Je ne peux... *Où* es-tu ? Non. D'accord. Tu n'as pas à...

— Je vais bien. Mieux que ça. Parfaitement.

— Tu es près d'ici ?

— Non. Pas vraiment. Tout le monde me recherche ?

— Nous ne savions pas où te chercher. Ton grand-père voulait s'adresser à une agence de détectives... Nous avons mis des annonces dans certains journaux, les journaux underground, tu vois.

— Est-ce que la police et tout le saint-frusquin me recherchent, je veux dire ?

— Ça peut s'arranger. Tu rentres ?

— Qu'est-ce qui s'est passé ? Comment se fait-il que tu sois chez maman ?

— J'ai quitté mon appartement. Mon appartement ! Mon trou, je devrais dire.

— Et Barbara, où est-elle ?

Je l'avais deviné, en posant la question.

— Morte, avait dit Arthur, après une pause. Quelques jours après ton départ. À trois heures du matin. Pendant son sommeil.

J'avais voulu me lever, mes jambes me l'avaient interdit. Quelqu'un d'autre avait repris le récepteur. Rose, dans la chambre à coucher, assise sur le bord du lit, près de l'air conditionné. C'était sa voix rauque et lasse.

— Où es-tu ?

— Je vais bien. Je voulais juste te dire...

— Tu vas bien ? Bon, j'en suis heureuse. Mais il ne t'est pas venu à l'idée que nous n'allions peut-être pas si bien, *nous ?* Non. Ce serait trop te demander.

— Rose, avait protesté Arthur.

— Tu ferais mieux de rentrer, et vite. Il n'est peut-être pas trop tard. Il est peut-être encore temps.

— Temps pour quoi ?

— Pour réparer tous les dégâts que tu as causés. Pour nous aider un peu. Pour être un fils, pour une fois. Où es-tu, exactement ? Tu es avec cette petite...

Elle laissait l'épithète à mon imagination.

— Pour une fois, je suis heureux. Comme avant. Je revis.

— Si tu t'intéresses tant à la vie, tu ferais mieux de rentrer. Tu vois ce que je veux dire.

— Rose, je t'en prie, avait interrompu Arthur. David ? Tu n'es pas obligé de rentrer. Mais tu peux nous dire où tu es ? C'est terrible de ne pas savoir. On ne t'appellera pas, on ne t'embêtera pas. Tu es assez grand pour prendre tes décisions tout seul, nous respectons ta liberté...

— Merde, avait dit Rose.

— ... mais ça nous fait mal de ne pas savoir où tu es, de savoir qu'il peut se passer n'importe quoi. On ne peut pas te joindre.

— Il s'en fiche, s'était écriée Rose. Il lui suffit de savoir où nous sommes, *nous,* il n'a qu'à nous appeler, s'il veut quoi que ce soit, on accourt.

— Ça coûte très cher, avais-je dit, et je suis un peu fauché.

— Pas assez fauché pour quitter la ville et plaquer ton boulot, avait-elle répliqué.

— D'accord. Je vais vous le dire. Prenez note et planquez l'adresse, je n'ai pas besoin de vous expliquer pourquoi. Je suis à Stoughton, dans le Vermont.

Je leur avais donné le numéro de téléphone.

— Tu vas bien, tout est O.K. ? avait demandé Arthur.

— Tu ne fais que compliquer les choses en ne rentrant pas, avait dit Rose.

Sa voix s'était adoucie ; elle ne s'attendait pas à ce que je cède ainsi, à moitié.

Nous nous étions vite dit au revoir. J'avais promis de rappeler, ils n'avaient pas exigé de savoir quand. J'étais sorti jouer avec Cora et Queenie, dans le jardin. Elles étaient redevenues elles-mêmes maintenant que les chiots n'en avaient plus besoin. Un des petits de Queenie avait attrapé froid, il avait un dépôt blanc au coin de ses minuscules yeux bleus. Je l'avais essuyé et l'avais pris dans mes bras ; j'étais inquiet, je savais que les chiots se portaient à merveille, mais le moindre bobo me faisait trembler. « Pauvre Chetwin », ne cessais-je de répéter. Il me grignotait le pouce de ses dents aiguës, ce qui commençait à me faire mal. Je l'avais rendu à sa mère, qui d'un long coup de langue l'avait roulé sur son dos potelé.

Le téléphone sonnait. J'avais couru. Ce qui m'était inhabituel. Il ne s'était guère passé plus d'une heure depuis mon appel téléphonique, mais je n'avais pas été surpris d'entendre la voix de Rose :

— David, ton père a eu une crise cardiaque.

J'avais attendu huit heures pour appeler Jade, chez Keith. À contrecœur. C'était Keith qui m'avait répondu. Il savait que c'était moi, mais n'avait eu aucune réaction particulière. « Une minute », avait-il dit, avec un soupir, comme si le téléphone sonnait pour elle toute la journée. Je l'avais mise au courant, pour Arthur. Elle avait promis de me rappeller aussitôt. Quelques minutes plus tard, elle m'avait dit que le prochain car pour Stoughton ne partait que le lendemain matin à dix heures quarante-cinq. J'avais déjà réservé ma place sur l'avion de neuf heures pour Chicago, qui partait d'Albany. Elle m'avait donné quelques adresses, dans l'espoir que je pourrais emprunter une voiture et venir la chercher chez Keith. Impossible d'y songer sérieusement. Je voulais me coucher tôt et être prêt à six heures — Albany n'était qu'à une heure de Stoughton, mais je serais obligé de faire de l'auto-stop. Nous nous étions quittés. Je serais de retour dans moins d'une semaine. Au cas où je devrais rester plus longtemps, elle pourrait me rejoindre à Chicago. Nous nous étions dit au revoir ; elle m'avait dit qu'elle m'aimait, dans un chuchotement. La famille était là.

J'avais préparé une petite valise. La plupart de mes vêtements étaient neufs, presque rien ne m'allait, pour une raison ou pour une autre. J'avais cherché, et retrouvé, mon vieux billet de retour pour Chicago. Il me restait une trentaine de dollars. Avant de me coucher, j'avais rappelé la maison, pour dire que j'arrivais par avion. C'était Millicent Bell, l'amie de ma mère, qui avait décroché ; elle prenait les messages pour Rose, qui était à l'hôpital, avec Arthur.

Il m'avait fallu un bon moment pour m'endormir. Je me demandais si Jade n'allait pas faire une bêtise. Si elle n'allait pas essayer de rentrer tout de suite, en auto-stop, pour me voir avant mon départ. Je ne pouvais m'empêcher de l'attendre. Je m'étais endormi avec la sensation qu'elle me réveillait d'un baiser sur les lèvres. Mais non.

17

Rose m'attendait à l'aéroport, elle portait des escarpins bleu foncé à talons hauts, des bas nylon sombres, et était maquillée, comme si on était automne. Elle m'avait brièvement serré contre elle, le visage légèrement détourné.

— Il faut qu'on se dépêche. Ma voiture est mal garée, je n'ai pas envie de décrocher une contravention.

Ses talons claquaient si fort sur la pierre grise que certaines personnes, étonnées de ce bruit, en avaient cherché des yeux l'origine.

J'avais dû faire un effort pour la suivre.

— Comment va-t-il ?

— Il t'attend. Il est à l'hôpital de Jackson Park. Un endroit épouvantable. Mais...

Elle m'avait regardé : c'était là que Barbara était morte.

— Comment est-il ?

— Il n'est plus très jeune. Il a dû travailler double pour entretenir les enfants de cette femme. Et *toi* aussi, pour t'entretenir. Pas seulement depuis quelques mois, depuis des *années*. Cette femme l'a pris pour une poire, et voilà le résultat. Sans parler...

Nous avions franchi les grandes portes vitrées. Frappés par la chaleur, chargée de poussière et d'essence. Des coups de klaxon de tous côtés. On réparait une partie de la route menant à l'aéroport, ça puait le goudron. Le soleil palpitait derrière un banc de nuages assez bas. Le parking était loin. Rose avait laissé sa voiture juste en face de la sortie, à un endroit réservé aux cars. Un flic, sur sa petite Vespa bleue et blanche, s'était arrêté et avait entrepris de rédiger sa contravention.

— Monsieur l'agent ! Monsieur l'agent ! avait crié Rose, en se précipitant. Je vous en prie !

Le flic avait levé le visage, impassible. Il avait des sourcils blonds et des taches de rousseur. Rose levait les bras au ciel.

« C'est ma voiture. Je vous en prie, ne me mettez pas de contravention.

Elle avait foncé à travers le flot des voitures et l'avait rejoint.

— Trop tard. (Le flic lui montrait son bloc.) Vous voyez ? J'ai déjà marqué le numéro. Je ne peux plus rien faire.

— Mais vous ne comprenez pas ! hurlait Rose. Mon fils vient d'arriver de la côte est. Son père vient d'avoir une très grave crise cardiaque. Nous filons à l'hôpital.

Elle avait ouvert son sac et en avait tiré un trousseau d'au moins vingt clefs. Elle en pointait une.

« Tenez. Nous allions repartir.

— Désolé, avait dit le flic. Stationnement interdit. J'ai déjà inscrit votre numéro.

Il avait regardé le bout de son stylo avant de se remettre à écrire.

— Mais vous êtes sourd ! Le père de ce garçon est à l'hôpital.

Elle s'était retournée, en virevoltant, pour me regarder. J'étais à quelques pas derrière, avec ma valise, en nage. J'avais peur que le flic ne me reconnaisse — avaient-ils sur eux les photos des services du contrôle judiciaire ? Il ne m'avait même pas regardé, s'était dépêché de remplir le formulaire et l'avait rendu à Rose avec un salut bref et courtois. Rose avait contemplé la feuille, l'avait retournée.

« Cinq dollars. J'aurais pu avoir un parking grand luxe, pour ce prix.

J'avais ouvert la portière et jeté ma valise sur la banquette arrière. Elle était retombée au sol. Rose étudiait toujours sa contravention. Elle paraissait vérifier le numéro minéralogique de la plaque, dans l'espoir qu'une erreur pourrait invalider le constat. Une voiture s'était rangée près d'elle. Son chauffeur lui demandait, en hurlant, si elle partait.

« Ne vous garez pas ici. La police vous dresse des contraventions à la pelle.

L'homme l'avait saluée d'un geste et s'était éloigné. Rose l'avait regardé filer avant d'en revenir à son papier.

— On ferait mieux d'y aller, avais-je dit.

Elle avait plié la feuille en trois et l'avait glissée dans son sac. Des perles de sueur couvraient son front, d'exquises petites gouttes, aussi délicates que de la dentelle. Je m'étais assis à l'avant. Rose avait pris le volant. Son siège était trop reculé, elle n'atteignait l'accélérateur et le frein que du bout des orteils.

— Il fallait que tu appelles le *douze* du mois, avait-elle dit en démarrant. Tu croyais qu'on ne se rappellerait pas que c'est le jour de l'incendie ? J'ai lutté toute ma vie pour une existence décente, et il t'a suffi d'une allumette pour tout gâcher.

Elle avait rejoint, dans une embardée, le flot de la circulation.

— Je t'en prie. Tu vas me le dire, maintenant ? C'est grave ?

— Je t'ai dit que ça allait.

Elle secouait la tête, comme si mon inquiétude lui paraissait suspecte. En était-elle jalouse ? Se disait-elle que je m'inquiéterais moins, au cas où *elle* serait à l'hôpital ?

Nous avions gardé le silence jusqu'à l'autoroute.

« Je ne devrais pas te le dire, mais tu parais en forme.

Elle conduisait en regardant droit devant elle, avec un petit coup d'œil, toutes les deux minutes, dans le rétroviseur.

« Meilleure mine que jamais. Ta nouvelle vie te réussit, visiblement.

— Ce n'est pas une nouvelle vie, avais-je protesté, non sans véhémence.

Elle avait haussé les épaules.

— Et tu es avec...

— Oui.

Je me sentais un peu inquiet. Je n'aurais peut-être pas dû lui dire la vérité. Le moment de panique passé, j'en avais éprouvé une intense tristesse. J'aimais ma mère, je le savais, je le sentais, de bien des façons, mais n'avais plus les moyens de l'exprimer. Tout s'effondrait, tout s'évanouissait. Mon dévouement, mon affection n'étaient plus en moi que de vieilles idoles tapies dans le silence d'une jungle tropicale. On peut les apercevoir, d'en haut ; impossible de les réanimer.

— Nous le savions. Nous avons cherché à joindre la famille, nous n'avons pas pu les retrouver, personne. Ton père et moi avons fouillé ton appartement — tu as été expulsé, à propos, si ça t'intéresse —, pas un indice. Tu n'étais plus en rapport avec aucun d'entre eux ?

— Quelques lettres, je les avais emportées.

— Tu savais que tu ne reviendrais pas.

— Non. Je les avais emportées, c'est tout. Sans réfléchir.

— On aurait peut-être pu en dénicher un, en insistant, mais nous devions être prudents.

— Je sais, et je suis heureux que vous ayez été prudents. Je vous en suis reconnaissant.

— Bon, qu'est-ce que tu crois ? Tu es mon fils. Je n'allais pas t'envoyer en prison.

Nous nous taisions à nouveau. Elle conduisait lentement. Camions et voitures nous dépassaient en rugissant, des deux côtés. J'avais regardé le compteur, nous roulions à soixante à l'heure exactement. Je voulais en entendre davantage sur Arthur, mais Rose avait repris :

« J'ai fait ma petite fredaine — ça t'intéressera peut-être. Pour vous imiter, toi et Arthur. Tu sais qui j'ai recherché ?

— Non.

— Devine. Tâche de deviner.

— Carl Courtney.

— Et je l'ai retrouvé. À Cherry Hill. Un beau faubourg de Philadelphie, même si le nom fait plutôt penser à un quartier réservé. Il a épousé une fille de Chicago. Ils vivent dans un appartement de six pièces, tout neuf. Un des ces immeubles avec une laverie automatique à chaque étage et — bon, on dirait un hôtel. Vous appelez quelqu'un qui n'est pas là, la réception répond et prend le message. Quelqu'un vient changer les draps deux fois par semaine. Un personnel médical attaché à la maison. Réservé aux personnes âgées, comme on dit.

— Comme chez grand-père, en Floride.

Elle avait secoué la tête avant de répondre.

— Pas vraiment. Chez Carl, c'est différent, je pense.

Elle avait regardé dans le rétroviseur.

« Qui sait ? La raison pour laquelle on les a acceptés, c'est que la femme de Carl a plus de soixante-cinq ans. Carl, lui, n'en a que soixante. Il ne lâche plus les jupes de sa femme. C'est une ardente sioniste. Ils envisageaient de s'installer en Israël. Ils ont pris ce logement à Cherry Hill, à la place.

— Alors, quel effet ça t'a fait de lui parler, au bout de tant d'années ?

Elle avait mis un certain temps à répondre.

— Tout s'est très bien passé.

Le ton était péremptoire.

« Il était un peu remué, au début. Je l'avais appelé assez tard. J'avais oublié le décalage horaire : une heure plus tard sur la côte est. Je l'avais réveillé. Tu sais comment sont certains quand ils se réveillent, assez désorientés. Il n'a pas tout de suite compris qui c'était. Ou peut-être jouait-il la comédie, si sa femme et lui dorment dans la même chambre, et si elle était tout près, peut-être jouait-il la comédie, pour éviter une scène. « Tu ne vas pas t'évanouir. Je t'appelle pour te dire bonjour. » Voilà ce que je lui ait dit.

— Tu devais être plutôt nerveuse. Il t'a fallu du courage pour l'appeler.

— Pas vraiment. Ton père et toi m'aviez servi d'exemples. Il faut toujours faire ce qu'on veut, c'est parfait, tant que c'est au nom de… l'*amour*. Je ne pensais pas que la vie était si simple.

— Tu vas le revoir ?

— Carl ? À quoi bon ? Je l'aimais pour sa *beauté*, il ne doit plus en rester grand-chose.

Elle riait ; la voiture déviait vers la file de droite, un chauffeur de camion nous avait lancé un long et terrifiant coup de klaxon.

« Et que ton père et moi nous vivions à nouveau sous le même toit, tu ne m'en parles pas. Je pensais que tu en aurais *pas mal* à me dire là-dessus.

— Pour être honnête, je suis assez surpris.
— Je le savais ! Je sais ce que tu penses de ta mère.
— Mais non.
— Tu es surpris que ton père soit rentré ?
— Non, je suis surpris que tu sois d'accord.
— La femme est morte. Les gosses sont chez la sœur, il était seul. Il m'a appelée, il y a cinq semaines, sous prétexte qu'il voulait me parler de toi. Nous avons dîné ensemble. Il m'a demandé s'il pouvait revenir. Je lui ai dit que je ne voyais pas d'inconvénient. Je n'avais aucune raison d'être dure ou de finasser. Je me fous de ce que les gens peuvent dire. J'ai toujours été comme ça : indépendante. Quand le type des services sociaux venait chez ma mère, je lui crachais droit sur ses belles chaussures marron. Ma mère avait peur qu'ils nous coupent les vivres, je m'en fichais. Personne ne peut m'enlever ma dignité, ou mon amour-propre. Personne. Ni les services sociaux, ni les flics, ou le FBI, ou les gens du ministère de l'Éducation, ou ton père, ou toi. Personne !

Elle s'était interrompue.

« J'aime bien être avec Arthur. C'est mon meilleur ami. Mon *mari*. Tu sais combien il m'aimait. Me révérait ! Il me *révérait*, vraiment. Il me suivait dans tout l'appartement, les mains en avant, comme un somnambule. Mais les choses se sont embrouillées. Gâtées. Ce n'était plus comme ça aurait dû être. On commençait à s'en vouloir. C'est assez courant. Il se servait de toi contre moi, c'était encore pire. Ça arrive, ça aussi. Crois-moi, les Axelrod ne sont pas la seule petite famille qui a connu quelques échecs. Nous nous sommes mieux débrouillés que la plupart, ton père et moi. Du moins, nous sommes restés fidèles à nos idéaux. Et j'en suis fière.

— Tu en as le droit. Il n'est pas facile d'être socialiste, dans ce pays.

— Tu parles ! s'était-elle écriée. Et personne ne vous dit merci. Et les enfants de cette femme ? Le garçon va faire son service, mais il veut aller à la fac un an ou deux, pour pouvoir être officier. Il veut aller en Asie, brûler les Jaunes. La fille veut devenir mannequin dans la couture. Voilà ce qu'ils vous réservent, les Noirs. Je ne sais pas ce que leur mère *pensait*, elle ne devait pas trop croire à la justice ou au progrès.

Nous avions rejoint l'autoroute et traversé le ghetto. Certaines rues étaient en ruine, des planches clouées sur les fenêtres, depuis l'assassinat de Martin Luther King. La plupart ne seraient jamais reconstruites ; toute une archéologie, entre le passé et l'avenir, nous en étions tous prisonniers.

« Regarde-moi ça. Le pays le plus riche du monde. Tu as une serrure de sûreté ? La pauvreté...

Sa voix s'éteignait ; elle avait accéléré pour éviter un feu rouge.

« Les gens se prennent tellement au sérieux. Pas moi. Ils dramatisent, j'essaie de ne pas le faire. Je connais Arthur depuis trente ans. Il me revient avec des larmes dans les yeux, il me demande s'il peut rentrer, bon, j'aurais pu dire oui, j'aurais pu dire non, j'ai dit oui. Et ça a marché. De mieux en mieux. Comme si on était tombés amoureux. À nouveau, je veux dire. Mais quand tu as appelé... Je ne te reproche rien, David. Je suis heureuse que tu nous aies fait signe. J'aurais souhaité que tu le fasses plus tôt. Tu nous as appelés, enfin, et Arthur a une attaque. Je ne te reproche rien. J'espère que tu ne te reproches rien non plus, peut-être n'attendait-il que ça, avant de s'effondrer. Il tenait le coup, en attendant. Il aurait peut-être tenu jusqu'au bout, si tu n'avais pas appelé. Comment savoir ? Je suis heureuse que tu aies appelé. Tu aurais dû le faire plus tôt, mais tu as appelé. Et il s'en tire, comme je te l'ai dit. Pas de séquelles au cerveau. Il a toutes ses facultés. Rien qu'une toute petite lésion, au cœur. Il a bonne mine. Meilleure qu'avant. Il a suffi d'une nuit de sommeil, suivie de repos forcé. C'est extraordinaire. J'avais si peur, cette nuit. Quel soulagement de le revoir, ce matin. Je suis passée à l'hôpital, avant de venir. Mais l'angoisse me reprend. C'est pourquoi je conduis si lentement et m'égare un peu. Je connais un raccourci, on aurait pu gagner un bon quart d'heure, mais j'ai un peu peur de t'emmener au chevet de ton père. J'ai comme un terrible pressentiment que ça pourrait aggraver son état, qu'il risque d'avoir une autre attaque. Tu me promets une chose, au moins ? S'il a l'air de flancher, ou si je te fais signe, si je m'aperçois de quelque chose qui t'échappe, tu te lèves et tu sors, sans poser de questions, bon Dieu ? Tu me le promets ?

— Tu vois, je vais parfaitement bien. Solide comme un cheval, avait dit Arthur, tandis que nous approchions nos chaises de son lit.

Il était assis contre les oreillers, le *Sun Times* sur le plateau du déjeuner. Ses cheveux gris étaient ébouriffés, ses yeux étonnamment brillants. Il avait l'air gai, provocant, légèrement saoul. La chemise d'hôpital, trop grande, était ouverte sur sa poitrine, dont les poils luisaient ; personne n'avait nettoyé la pommade, après le dernier électrocardiogramme. Il me serrait la main, maladroitement, mais avec force. Le bracelet qu'on lui avait donné portait son nom en lettres violettes, toutes barbouillées.

« Le Dr. Pokorny menace de me foutre dehors à moins que j'accepte de jouer un peu mieux le jeu. Il dit que c'est mauvais pour leur image de marque.

Il souriait, franchement cette fois, d'un sourire qui découvrait la noire cavité de la bouche. On lui avait retiré son dentier.

— Tu souffres ? avais-je demandé.

— N-non !

— Tu n'as pas besoin de jouer les braves, avait dit Rose. Il te pose la question : dis-lui.

— Rien du tout. L'impression de s'être fait bouler par un sabot de mule, au départ — quand je pense à ce que certains souffrent... ça n'est *rien*, vraiment.

Il avait respiré à fond, fermé les yeux et gesticulé en direction du second lit, entouré d'un rideau blanc, de l'autre côté de la chambre. Puis secoué la tête, lentement, tristement.

On n'avait pas évoqué ma disparition, ni applaudi à mon retour. Nous parlions comme si la pièce était pleine de micros, comme si la police avait appris l'accident d'Arthur et s'attendait à ce que je tombe dans le filet. Arthur m'écrasait la main, de temps en temps, et chuchotait mon nom, mais jamais à voix haute. Délibérément, nous n'avions pas parlé de ce que j'avais pu faire pendant ces derniers mois. Ni lui ni Rose n'avaient exprimé la moindre inquiétude quant à mon avenir. Nous nous étions contentés de commenter la santé d'Arthur — elle avait toujours été si bonne — et du temps — pas de soleil, mais quelle chaleur.

Nous faisions de notre mieux pour parler et ne rien dire. Nous étions tendus, réservés, sur nos gardes. On n'avait pas nettoyé par terre. Ma mère n'arrêtait pas de se racler la gorge. Mon père m'avait demandé de relever la tête de son lit, pour qu'il puisse s'asseoir plus commodément. Le mécanisme était faussé, je n'avais réussi qu'à la rabaisser de quelques centimètres.

Sous prétexte d'aller aux W.-C., j'étais sorti voir le Dr. Pokorny, un ancien camarade du Parti ; c'était lui qui s'occupait d'Arthur. Je n'avais pu trouver que l'infirmière-chef. Elle m'avait dit qu'il était à l'hôpital Michael Reese — sa femme lui avait involontairement claqué la portière de leur voiture sur les doigts, le matin même, il se les faisait soigner. « Et qui est-ce qui va s'occuper de mon père ? » avais-je demandé. Ça me paraissait scandaleux ; je n'arrivais pas à comprendre comment cet incident avait pu se produire.

— Le Dr. Lonnigan le remplace. Aucune raison de vous inquiéter. Votre père s'en sort très bien ; il se repose, surtout, vous savez, il se repose.

Quand j'étais revenu auprès d'Arthur, Rose était partie. Elle avait glissé son sac sous le drap d'Arthur, pour qu'on ne le lui vole pas pendant son absence. Mon père le tapotait, on aurait dit qu'il jouait avec une poupée malade.

— Où est maman ?

J'avais déjà décidé de ne pas lui parler de l'accident de Pokorny ; il serait vite de retour à son chevet, la main sur une éclisse ; ils pourraient en rire gentiment, tous les deux, en vieux camarades.

— Elle appelle la maison. Nous avons une femme de ménage maintenant, Rose veut savoir s'il n'y a pas de messages. Elle ne s'habitue pas à l'idée d'avoir quelqu'un chez elle.

— Elle a toujours été contre.

Il avait haussé les épaules.

— Elle est là depuis mon retour. Ça nous aide énormément. Mais je n'aime pas beaucoup avoir toujours quelqu'un dans mon dos. Et Rose la surveille comme un oiseau de proie, cette pauvre femme. Tu sais comme elle est difficile. Pas de la tarte de travailler chez elle. Mais on la paye deux fois plus cher que les autres, alors tout va bien.

— Papa, tu sais…

Je m'étais interrompu ; il m'avait pris la main, cette soudaine pression m'avait ému.

— Tu vas bien ? avait-il murmuré. Tu es heureux ?

J'avais hoché la tête.

« Je veux que tu ailles la retrouver. Aujourd'hui. Demain. Vite. C'est un peu risqué pour toi, jusqu'à ce que nous arrangions les choses avec le tribunal. Je ne dis pas que ça ne peut pas se régler, mais, jusque-là, il faut être prudent. Tu prends un grand risque en venant, j'espère que tu t'en rends compte.

— Il le fallait.

J'avais posé la main sur sa joue.

« Une peur bleue, de te savoir malade. Je t'aime, tu sais. Je t'aime beaucoup.

Son regard s'était détourné, fixé sur le plafond blanc. Je m'étais redressé, à ce signal. Une infirmière entrait avec un verre d'eau et un gobelet de carton, sur un plateau. Elle avait les cheveux teints, en blond, et des lunettes noires ; elle ressemblait davantage à une serveuse de relais routier qu'à une infirmière.

— Mon médicament, s'était écrié Arthur.

Il avait avidement saisi le gobelet et compté trois pilules sur sa paume. L'air d'un enfant déçu par son cadeau d'anniversaire.

« Trois ? Et la petite orange ? Le… le… je ne me rappelle plus le nom.

— Ordre du docteur, avait dit l'infirmière.

— Qu'est-ce que ça veut dire ?

Il me montrait les pilules en fronçant les sourcils pour me prendre à témoin.

— C'était un sédatif.

— Bon, j'en ai besoin, avait-il gémi. Je ne suis pas si calme.

Il contemplait tristement ces pilules dans sa main, comme quelqu'un qui a été sous-payé.

L'infirmière lui avait tendu le verre d'eau.

— Avalez-moi ça.

La déception, sur le visage de mon père, faisait place à l'appréhension. Il avait retourné les pilules dans sa main, en secouant la tête. De derrière le rideau, autour du second lit, montait un son étouffé, angoissant, râpeux, une sorte de gargouillis, comme celui de quelqu'un qui aspire les dernières gouttes d'un *milkshake* avec une paille.

— Mademoiselle ? avait fait une voix.

Les rideaux s'étaient écartés sur un grand bonhomme de Nègre.

« Ça fait encore ce bruit. Vous voulez vérifier ?

— C'est le drain, avait répondu l'infirmière, excédée.

L'homme avait hoché la tête avant de disparaître derrière le rideau.

« Sa mère. Pauvre homme, avait-elle murmuré. Il est assis là depuis onze jours, elle ne se rend même pas compte qu'il...

Ses yeux s'étaient posés sur le sac de Rose, qu'Arthur avait caché sous le drap ; elle avait eu un petit mouvement de la tête, mais avait préféré ne rien dire.

Elle était repartie. Rose était revenue peu après.

— Tout va bien ? s'était enquis Arthur.

— Oui. Parfait. Tout va bien.

Elle avait repris son sac et l'avait glissé sous son bras. Elle nous regardait d'un œil méfiant ; elle était sûre que nous avions parlé d'elle. Puis elle s'était retournée pour s'assurer que nous étions seuls et avait dit :

« Ton tuteur, Eddie Watanabe, a appelé, il y a une heure.

— Oh ! mon Dieu, avait fait Arthur, doucement.

— Dinah lui a dit que nous étions ici.

Je m'étais levé, dirigé vers la fenêtre. M'attendant peut-être à voir arriver une voiture de police, mais la fenêtre d'Arthur ne donnait que sur d'autres fenêtres d'hôpital, également sinistres et opaques. Le genre de vue qu'on peut avoir d'un hôtel à bon marché, d'un hôtel de misère.

— Elle a dit quelque chose d'autre ? avais-je demandé.

— Qui sait ? avait dit Rose.

— Tu lui as dit quelque chose ? avait demandé Arthur. Elle sait qu'il est là ?

— Je ne sais pas, c'est possible.

— Tu ne sais pas ?

— Je crois que je ferais mieux de partir, avais-je dit.

— Où vas-tu ? avait chuchoté Arthur.

— Tu repars ? avait demandé Rose.

— Je ne sais pas. J'ai peur.

Je savais que je repartais. Sans avoir parlé au médecin d'Arthur, sans en avoir appris davantage sur la difficile réconciliation de mes parents. Je repartais aussitôt me mettre à l'abri.

Des pas dans le couloir. Décidés, officiels. Ma vie se balançait comme un œuf au bord d'une table. Mais les pas s'étaient éloignés — un chirurgien, en blouse verte.

« Je ferais mieux de partir tout de suite, avais-je dit à Rose.

— Je t'appellerai.

— Merci.

— Ne t'excite pas. Ne réagis pas avant la catastrophe. Tu me comprends ? Tu ne ferais que t'épuiser d'avance, pour rien.

J'avais hoché la tête. Elle me bloque, me disais-je ; elle veut que je sois pris.

« Tu n'es qu'un tout petit poisson dans une grande mare. Je sais comment ces gens-là travaillent. Assis sur leur cul, dans leurs bureaux, à donner des coups de téléphone.

Arthur tapotait le lit.

— Viens ici une minute. Assieds-toi.

J'avais perdu le contrôle de moi-même.

— Non ! avais-je crié, de toute la force de mes poumons.

Le monde claquait au vent devant moi comme un drapeau.

« Je veux partir, tout de suite !

Les murs de la pièce m'avaient renvoyé mon écho. Le fils exemplaire avait passé la tête à travers les rideaux. Des pas précipités dans le couloir.

« Je crois qu'il faut que je parte, avais-je répété, en m'efforçant de me dominer.

Mes parents me regardaient, avec une immense lueur de désapprobation dans les yeux. Je me conduisais comme un fou, je les humiliais.

J'avais quitté la chambre de mon père, en courant, au moment même où l'infirmière aux lunettes noires entrait. Je l'avais bousculée, mais ne m'étais pas retourné. Je me dirigeais vers la sortie, je l'espérais en tout cas. J'avais entendu quelqu'un qui courait derrière moi, je m'étais retourné, imprudemment. C'était Rose, qui s'accrochait à son sac comme à un ballon de football, et fonçait avec une étonnante élégance. Je m'étais arrêté. Nous étions sortis de l'hôpital en silence, un silence que nous avions gardé jusqu'à ce qu'elle mette le moteur de sa voiture en marche.

— Tu as encore perdu la tête ? avait-elle dit, en lançant un coup d'œil dans le rétroviseur.

— Oui. Complètement. Et maintenant, je t'en prie, conduis-moi à l'aéroport. Et il va falloir que tu me prêtes l'argent du billet. Je suis fauché.

— Tu crois que j'ai tant d'argent sur moi ?

— Sers-toi d'une carte de crédit.

— À qui est-ce que tu parles ? Je n'ai pas de carte de crédit.

— Paie par chèque. Ça m'est égal.

— Je ne sais pas combien j'ai sur mon compte.

Je lui avais saisi la nuque et l'avais serrée du bout des doigts. Elle avait poussé un cri et écrasé le frein sous son pied. Nous avions été projetés en avant, mais je ne l'avais pas lâchée ; je ne savais plus très bien ce que je faisais.

— Conduis-moi à la gare routière, alors.

— Tu me fais mal, avait-elle dit, dans un petit cri.

Elle m'avait enfoncé ses ongles dans la main.

Je l'avais lâchée. Je tremblais comme un fou. J'avais tiré ma valise de la banquette. Nous étions arrêtés, au beau milieu de Stony Island Boulevard. Les voitures klaxonnaient, derrière nous. *C'est comme ça que je me suis fait prendre,* me disais-je, mais cette terreur elle-même semblait lointaine, désincarnée. Rose se frottait la nuque en me regardant. Un regard de peur ? de haine ? Je ne savais pas. Ça aurait pu être de la pitié.

— Si je t'ai fait mal, je suis désolé. Je t'en prie, si tu pouvais me conduire à...

Deux voitures avaient réussi à nous contourner. Les autres — impossible de les dénombrer — continuaient de klaxonner.

J'avais fermé les yeux, m'étais couvert le visage de mes mains. Je me voyais l'attraper par les épaules, la secouer, dans tous les sens, lui écraser... J'avais brusquement ouvert la portière et avais filé ; ma valise me cognait les jambes comme un autre moi.

L'itinéraire que suivait le car, de Chicago à Stoughton, était assez compliqué. Il partait du terminus de Randolph Street à quatre heures de l'après-midi. J'avais trois heures et demie d'attente devant moi. C'était trop risqué. Rose savait où j'étais ; elle était capable de se convaincre que j'étais en pleine crise de démence et qu'elle me rendrait service, me sauverait en me livrant à la police. Je ne pouvais plus supporter ces gens qui faisaient la queue de tous les côtés. Les clochards eux-mêmes paraissaient dangereux — des flics déguisés, des oiseaux de mauvais augure en tout cas. L'écrasante lumière verdâtre, la lumière d'eau de cet endroit ; ces écœurantes odeurs de nourriture bon marché, de désinfectant, de vieux journaux. J'avais assez d'argent pour retourner à New York. Je ne savais pas très bien ce que je pourrais y faire, mais le car partait dans une quinzaine de minutes.

J'avais appelé Jade. C'est elle qui m'avait répondu, après avoir accepté la communication.

— Je rentre, tout de suite, lui avais-je dit.

— Qu'est-ce qui ne va pas ? Dis-moi ce qui s'est passé !

— Tout va bien. Je suis pressé. Le car de New York part dans deux minutes, je ne veux pas le rater.

— Est-ce que…

Elle s'était interrompue. Elle savait que j'avais des ennuis.

« Bon, vas-y, je suis contente que tu rentres. Une nuit sans toi, c'est déjà trop. Tu me manques terriblement.

— Je rentre au plus vite.

— J'ai appelé ton boulot, pour leur dire que tu ne reviendrais pas avant une semaine. Les chiots partent ce soir. On pourra s'enfermer dans la chambre en se contentant de manger un peu de temps en temps.

— J'arrive. Il faut que je me dépêche.

— Bon, dépêche-toi.

— Et toi, tout va bien ?

— Tu me manques.

— Comment ça s'est passé, à Bellows Falls ?

— Épuisant. Horrible. Je te raconterai.

— Mon Dieu.

— Je sais. L'amie de Hugh, Ingrid Ochester, m'a appelée. Elle dit qu'elle veut me parler. Elle arrive avec sa fourgonnette. Je prends mon petit déjeuner avec elle demain.

— Qu'est-ce qu'elle veut ?

— Je ne sais pas. Elle a l'air très décidée en tout cas. Complètement perdue, après la mort de Hugh. Trois fois par semaine chez le psychothérapeute, tout le tremblement. Je crois qu'elle a découvert quelque chose qu'elle veut me dire. Si elle savait comme tout ça… Vraiment.

J'étais incapable d'articuler un mot.

« David ?

— Il faut que je te quitte. Je ne veux pas…

Ma voix s'était éteinte.

— D'accord. Ne rate pas ton car. Je t'attends. Nous pleurerons dans les bras l'un de l'autre. Ce sera merveilleux.

Je n'avais pas répondu.

« David ?

— Il faut que je te quitte.

— Je vais voir si je ne peux pas emprunter la voiture de Colleen et venir te chercher à New York. À quelle heure arrives-tu ?

— Je ne sais pas. C'est inutile. Je prendrai un autre car. Il faut que j'y aille.

J'avais failli raccrocher, mais avais pressé le récepteur contre mes lèvres.

« Je t'aime. Je t'aimerai toujours.

— Ne rate pas ton car, David.

— Non, je ne le raterai pas.

J'avais attendu un moment avant de raccrocher.

Je n'avais cessé de me raidir dans mon fauteuil, au cours de ce long trajet, à pleins gaz, sur les routes de l'Est : en ce moment même, Ingrid devait être en train de raconter à Jade que c'était après moi que courait Hugh lorsqu'il avait été renversé. Je n'avais plus sur moi qu'un dollar soixante-quinze, pas assez pour me payer quoi que ce soit à manger. La faim avait fini par éclipser toute autre obsession. Rien à lire, impossible de dormir, j'avais dû attendre que le car ait dépassé Cleveland et qu'il fasse déjà nuit depuis longtemps pour trouver un fauteuil près de la vitre.

J'aurais pu éviter la catastrophe. Demander à Jade de me retrouver à New York. Elle n'aurait pas pu prendre son petit déjeuner avec Ingrid Ochester. Ça n'aurait guère été qu'un petit répit, mais appréciable. Générateur d'espoir. Rien n'est inévitable. Il suffit parfois de retarder un événement pour qu'il ne se produise plus. Ingrid aurait pu repartir quelque part, très loin, oublier à nouveau, comme elle avait oublié pendant quelques mois, ou être mortellement piquée par une abeille.

C'est dingue de *ne pas* se précipiter au-devant des événements, dingue de se persuader qu'on n'échappe pas au destin, alors à quoi bon lutter contre lui. On peut parfaitement finir victime d'un simple regard, d'un coup de téléphone, d'un message confié à la mauvaise personne.

J'étais arrivé à New York vers dix heures du matin. Je me sentais sale, épuisé, vidé, toute pensée remisée dans un minuscule petit coin de la cervelle, comme une carpette sur laquelle le chat s'est fait les griffes et qu'on a mise au rebut. J'étais allé me changer dans les toilettes de la gare routière. Le regard des autres, quand je m'étais déshabillé au milieu de la vaste salle carrelée, m'avait suffi pour comprendre que ça ne se faisait pas.

Je ne savais sur quelle route me poster pour gagner Stoughton en auto-stop. New York est une ville qui se referme sur vous comme une épaisse forêt druidique ; je ne voyais absolument pas comment en sortir. J'avais demandé à quelques personnes, au hasard. La seule qui semblait pouvoir me donner une indication était trop pressée. Le type s'était retourné pour me crier quelque chose : « ... Henry Hudson. » Il y avait plein de flics dans les parages, mais je ne pouvais rien leur demander. L'auto-stop était interdit. Leurs collègues de Chicago, par ailleurs, avaient fort bien pu me signaler à leur attention. Je savais que ces angoisses de mégalomane étaient absurdes, elles ne m'en assaillaient pas moins. J'avais demandé à un guichet le prix d'un billet pour Stoughton — cinq ou six dollars de trop pour moi, mais... Je ne sais pas : je m'attendais peut-être à des soldes après inventaire.

Je n'avais rien à vendre, et pas le courage de mendier. J'avais donc fait la seule chose qui était encore dans mes possibilités : j'avais appelé Ann.

— Je suis fauché, lui avais-je dit, dès qu'elle avait répondu. J'ai besoin de six dollars pour prendre un car.

— Six dollars, pour où ?

— Pour Stoughton.

— Elle t'a viré ?

— Non. Pourquoi ? Pourquoi est-ce que tu me demandes ça ?

— Une question que je me posais, c'est tout. Tu as l'air d'être assez près d'ici.

— À la gare routière.

— Je me demande ce que tu peux bien chercher ici, sans argent. Mais il se passe bien d'autres choses dans ce bas monde qui ne sont pas mes oignons. Viens. Je te donnerai de l'argent. Tu ne peux pas rester. J'ai un rendez-vous galant pour le déjeuner, et je suis nerveuse comme une chatte.

Je m'étais trompé deux fois, dans le métro, et avais dû faire un bon bout de chemin à pied avant d'arriver chez Ann. Elle m'attendait devant sa porte et m'avait mis un billet de dix dollars dans la main.

— Tu es en retard, m'avait-elle dit, et tu me mets en retard. Je ne demanderais pas mieux que tu restes. Tu es exactement la personne à qui j'aimerais pouvoir tout raconter.

Elle s'était touché le front.

« J'ai la tête pleine d'anecdotes, comme si j'en étais enceinte.

Je regardais cet argent dans ma main. Mes yeux se remplissaient de larmes.

« Ce n'est qu'un prêt, rappelle-toi. Mes finances sont en piteux état.

— Je te rembourserai. J'ai de l'argent... à Stoughton.

— Ne sois pas si timide. Je suis *ravie*. Je sais que ce n'est pas à moi de... de dire quoi que ce soit. Mais je suis ravie. Vous faites un couple parfait, tous les deux.

J'avais secoué la tête.

« Et je ne veux pas te perdre.

— Oui ! avais-je crié. Garde-moi ta confiance. Essaie de comprendre. Quoi qu'il arrive.

Elle avait hoché la tête à son tour. Elle ne savait pas de quoi je voulais parler, visiblement ; elle devait se sentir quelque peu embarrassée devant cette délirante protestation, mais n'avait pas relevé. C'était tout aussi bien.

— D'accord. Tu files. Je vais être en retard, et mon « homme mystère », pour autant que je sache, est aussi ponctuel que la mort.

Elle avait eu un sourire un peu incertain, comme si elle craignait d'avoir dit exactement ce qu'il ne fallait pas.

J'avais empoché le billet de dix dollars et fait passer ma valise de ma main droite à ma main gauche.

« Pourquoi es-tu revenu à New York ?

— Il a fallu que j'aille à Chicago, et je n'avais plus assez d'argent. Est-ce que Jade... ?

— Non. Bien sûr que non. Notre armistice est à cette seule condition. Elle veut se limiter aux rapports classiques, les liens du sang et aucune communication : ce qu'elle appelle le respect mutuel. Et je crois qu'elle a raison ; ça ne pourra jamais marcher que comme ça entre nous. Tu lui as parlé de la nuit que tu as passée ici ?

— Non. Aucune raison. Aucune importance. Ça ne ferait que...

— Tout à fait d'accord. On n'y pensera plus.

Un bruit de cloches sonnant le quart passait par les fenêtres ouvertes du living.

« O.K. Dehors. File.

— Laisse-moi entrer. Il faut que je te dise quelque chose. Je n'en avais pas l'intention, mais il le faut. Maintenant. Tu l'apprendras vite, de toute façon, mais je veux que ce soit de ma bouche.

— Non. Je suis en retard. Et je ne suis pas sûre que je veuille savoir. Je déteste les confessions. Elles me rappellent trop que je devrais me battre la coulpe, moi aussi. Aucune envie de commencer.

— Mais il le faut. Je suis sûr que tu veux savoir.

— Tu te *trompes*. Je ne le veux pas. Pas aujourd'hui, du moins.

Elle m'avait touché le visage et avait promené sa paume sur mes joues.

« Tu es drôle, comme ça, pas rasé. Ça ne te va pas. Tu ne te laisses pas pousser la barbe, j'espère ?

— Non. C'est simplement que je ne me suis pas rasé.

— Bon. Tu vas prendre ton car, remonter à Stoughton. Espérons que Jade ne sera pas encore rentrée, tu auras le temps de te raser et de prendre un bain.

— Ann, je voudrais...

— Non, avait-elle dit en reculant pour fermer la porte. Pas maintenant. Si tu veux me dire quelque chose, écris-moi. J'espère que d'avoir retrouvé ma fille ne va pas interrompre nos rapports épistolaires. J'aime tes lettres, et j'adore t'écrire. Confesse-toi par lettre. Et maintenant, va-t'en.

Elle avait refermé la porte, j'avais entendu ses pas s'éloigner dans le fond de l'appartement. « C'est moi qui ai tué Hugh », avais-je chuchoté, tout contre la porte. J'avais envie de le crier, ça aurait été stupide, et cruel. Et — cette pensée m'était venue, distinctement — qu'en savais-je, au fond ? Ingrid voulait peut-être parler à Jade de tout autre chose. N'aurait-il pas été ridicule de me dénoncer moi-même avant qu'Ingrid ne me dénonce, alors que je ne risquais rien ?

J'étais arrivé à Stoughton vers huit heures du soir. Un ciel d'encre, les éclairs éclataient derrière les nuages boursouflés, avec une lueur blafarde, aussi incongrue qu'un artifice de théâtre. Il m'aurait été facile de remonter en auto-stop, du car à chez nous. J'avais préféré marcher — la boutique de la Grand-Rue, l'église sur la pelouse de laquelle nous déjeunions, Jade et moi, la boutique de matériel pour artistes où j'avais versé dix dollars d'arrhes pour une boîte de plumes spéciales pour Jade, et le Dunkin Donut où j'avais calmé ma faim en infligeant à mon estomac un autre genre de torture : cinq beignets et trois tasses de café. J'avais du sucre en poudre sur la cuisse, mes mains tremblaient. Ma valise avait disparu — non, elle était de l'autre côté du tabouret. Je l'avais empoignée et m'étais dirigé vers la cabine téléphonique. Ne pas rentrer avant d'avoir parlé à Jade.

Le téléphone avait sonné au moins une douzaine de fois, j'avais raccroché. Étrange soulagement, vite balayé par une nouvelle vague de panique. Une pensée m'avait inconsciemment hanté toute la journée : Ingrid lui disait la vérité sur la mort de Hugh, Jade, saisie de douleur et de terreur, voulait en finir avec la vie. J'avais plaqué mes deux derniers dollars sur le comptoir, et j'étais sorti en courant. Une course d'au moins cinq kilomètres, j'étais cruellement à bout de souffle en moins d'une minute. Impossible de garder cette valise. Je l'avais planquée en chemin ; je reviendrais la prendre plus tard. Le monde dansait la gigue, je me raccrochais à tous mes sens, comme s'ils risquaient de sauter avec lui et de m'abandonner pour toujours. Je courais aussi vite que je le pouvais. Je devais la sauver. J'aurais dû savoir, pourtant, que je me mentais doublement, puisque je cherchais déjà à me rassurer en me répétant que je lui expliquerais, qu'elle me comprendrait : la seule menace que je voulais conjurer était celle de la voir ressasser son horrible découverte sans que je sois là pour faire la part des choses.

La maison était dans le noir, porte et fenêtres bouclées. J'avais frappé, appuyé sur la sonnerie une centaine de fois. Recommencé à la porte de derrière. J'étais allé dans le fond du jardin, d'où je pouvais voir la petite fenêtre du grenier. Pas de lumière. J'avais appelé Jade, lancé des petits cailloux, plus de cailloux, cherché une petite pierre, en vain. Je m'étais rabattu sur mes chaussures. La première avait atterri quelque part sur le côté de la maison ; la seconde avait touché la fenêtre, dans un bruit sourd, sans casser le carreau. J'avais attendu, le grenier s'était éclairé. Je ne sais au bout de combien de temps une ombre avait fini par s'approcher de la fenêtre. Elle était là, nue, qui me regardait. Je l'avais appelée, en agitant les mains — elles étaient terriblement lourdes. Jade avait essayé de pousser la fenêtre, s'était rendu compte qu'elle était fermée, l'avait ouverte.

— Va-t'en. Il faut que tu t'en ailles.

Elle me regardait. Je pouvais voir ses yeux, malgré l'obscurité. Sa poitrine se soulevait.

« Je sais *tout*.

La fenêtre avait claqué.

J'avais couru à la porte de derrière, l'avais frappée de mes paumes. Mon univers, le seul que j'avais, le seul que je voulais, était en train de s'écrouler. Plus rien ne subsistait. Je pouvais faire *n'importe quoi* désormais. Je frappais, j'appelais Jade. Je m'étais élancé, l'épaule en avant, contre la porte, dans l'espoir de l'enfoncer. Elle n'avait pas bougé. J'avais déplié mon bras, en reculant, par-dessus la balustrade de bois tendre de la véranda et, sans une hésitation, avais enfoncé mon poing dans la fenêtre de la cuisine, à travers la vitre et le fragile grillage. J'avais reculé à nouveau, extrait d'un de mes doigts un morceau de verre, essayé de voir, dans le noir, si je ne saignais pas. Je ne voyais rien, mais pouvais sentir le liquide visqueux s'insinuer entre les jointures.

J'avais escaladé la balustrade et m'étais hissé sur l'étroit rebord de la fenêtre, recouvert de peinture écaillée. Je m'agrippais au châssis, en m'efforçant de garder l'équilibre ; debout contre la vitre, en chaussettes, je pesais de tout mon poids pour ne pas tomber à la renverse, tout en essayant, du genou, de me frayer un passage assez large pour ramper à l'intérieur. Je n'avais pas pensé à passer la main, par le trou que j'avais déjà pratiqué, pour tirer le loquet. La fenêtre s'était écroulée à ma troisième tentative, en deux énormes pans déchiquetés. J'avais crevé le grillage, tandis que s'allumait dans la cuisine une lumière flageolante. Je m'étais courbé pour entrer, j'avais reçu sur les tibias un coup d'une violence infinie. La douleur me lancinait, de partout. On n'arrêtait pas de me frapper. Je me raccrochais au châssis de la fenêtre, planté d'éclats de verre, comme de minuscules chaînes de montagne, les trois quarts du corps à l'intérieur, la tête dehors, hurlant dans la nuit. Un autre coup — sur les genoux, cette fois —, j'avais tout lâché et m'étais écroulé sur le sol de la cuisine.

Jade était devant moi, les mains refermées sur un balai, du côté de la paille. Dans l'attitude du joueur de base-ball, elle en brandissait le manche rouge. Je m'étais avancé en titubant. Elle avait abattu son balai, m'avait raté, mais contraint à m'arrêter.

— Je t'en prie.

Mes doigts, en se refermant, m'avaient enfoncé une écharde de verre dans la paume.

Elle était presque nue, en slip. Elle haletait et tremblait en même temps, comme si elle courait sous une pluie glaciale. Un côté du visage tout fripé, les cheveux aplatis — elle avait dû essayer de dormir. Elle continuait d'agiter le manche de son balai, sans paraître me regarder. Elle penchait la tête, de gauche à droite, de droite à gauche, en avalant sa salive avec peine. Elle avait fait un pas, jeté le balai par terre, s'était avancée, de plus en plus près, j'aurais pu la toucher. Elle était demeurée là, silencieuse et immobile. Je l'avais prise dans mes bras, avais serré contre le mien ce corps insensible.

— Il faut que nous parlions. Je sais ce qu'Ingrid t'a dit, et c'est vrai. Mais ce n'est pas tout. Jade. Jade ?

Lentement, elle avait levé les mains, les avait collées contre ma poitrine, m'avait repoussé.

— Si tu restes, si tu restes ici, non, il faut que tu partes, je ne veux plus te voir. Si tu restes dans cette maison, je me tuerai, David !

Elle avait inspiré, puis éclaté en sanglots. Les mains sur les yeux, ses doigts d'un blanc de glace sur son visage écarlate.

« Va-t'en, avait-elle crié entre deux sanglots. Va-t'en.

Je m'étais retourné, avais déverrouillé la porte. J'étais sorti. J'espérais, dans mon absolue détresse, que Jade me rattraperait, m'arrêterait, ou m'appellerait. Au lieu de quoi, dès que je l'avais refermée, elle s'était précipitée vers la porte pour la verrouiller de nouveau derrière moi. J'étais sur la véranda, à contempler la fenêtre grande ouverte. Je n'avais plus le courage de regrimper. J'avais attendu que la lumière s'éteigne, tendu l'oreille pour entendre s'éloigner les pas de Jade. Pas un bruit. Disparue comme un fantôme.

Ici, un petit trou dans mes souvenirs. Je ne savais où aller. Il y avait de la lumière chez nos voisins, les Goldman. J'avais eu peur. Je ne savais de quoi je pouvais avoir l'air : un homme sans chaussures, le poing ensanglanté, pas rasé, hagard, haletant. J'avais erré, en essayant de reprendre mes esprits. Ma chemise était toute mouillée ; il pleuvait. Ne plus penser qu'à se réfugier quelque part. On dirait qu'un léger courant électrique me traverse lentement le crâne, sous le cuir chevelu, quand je suis à bout de force. Je l'avais signalé, à Rockville. Ce n'était rien, apparemment, du point de vue médical, vraiment rien. J'étais revenu dans le jardin, je contemplais la maison inanimée. Aucune rupture entre la masse du toit et le ciel. Le même éclat noir. Pas question de me réintroduire dans la maison, mais il fallait que je dorme quelque part.

J'avais échoué dans un des chenils. Elle attendait sans doute que je l'aide à les démantibuler. Du foin par terre, des planches et du papier goudronné pour me protéger. Rassurant, ça sentait le chien, le poil, la merde, l'haleine de chien, le lait, la réalité. Je m'étais glissé à l'intérieur, heureux d'avoir trouvé un si proche et si parfait refuge. Je m'étais allongé de façon à pouvoir surveiller la maison et m'étais préparé au réveil. Jade me découvrirait là, nous pourrions commencer à discuter, à redonner un sens à tout ce que nous savions. J'avais repensé à notre nuit d'amour de l'hôtel McAlpin. L'évocation de cette nuit, dans ses moindres détails, pourrait m'aider, mais à peine avais-je repensé à Jade me demandant de la rejoindre dans ce lit que je m'étais endormi.

J'avais dormi jusqu'à l'aube. J'étais en pleine lumière. Jade s'était levée, avait regardé par la fenêtre et m'avait aperçu, endormi dans le chenil. Ce spectacle avait dû la terrifier : plus possible de discuter avec moi. J'ignore dans quel ordre s'était déroulée la suite des événements. Elle s'était habillée — avant ou après avoir téléphoné ? Une paire de pantalons kaki, une chemise de coton bleu, dont elle avait roulé les manches jusqu'aux coudes. Des espadrilles bleues. Et elle avait téléphoné. Je ne pense pas qu'elle soit restée nue pour appeler la police. Elle espérait sans doute que, le temps qu'elle s'habille, je me serais miraculeusement éveillé. Elle regarderait à nouveau, le chenil serait vide, je n'aurais laissé sur la paille que l'empreinte de mon corps. Mais je dormais toujours — non, je commençais à m'étirer. Je me rappelle que j'avais ouvert les yeux avant l'arrivée de la police, je me rappelle la pâleur du ciel, l'odeur du foin, je me rappelle avoir touché les coupures que je m'étais faites à la main et m'être rendormi, plus profondément cette fois, m'être englouti dans le sommeil comme si je ne devais plus dormir avant très, très longtemps, dans ma misérable liberté. « Il y a quelqu'un qui... », expliquait Jade aux policiers. Qui quoi ? Qui me menace ? Qui a tué mon père ? Qui s'est introduit chez moi par effraction ? Qui est complètement fou ?

Je ne sais en quels termes elle m'avait décrit à la police de Stoughton. Elle n'avait pas dit qu'on me recherchait, à Chicago. Ils ne l'avaient appris qu'au commissariat, des heures plus tard. Elle s'était sans doute contentée de leur dire de venir m'enlever de là, sans se soucier d'autres explications. Et elle les avait accompagnés jusque dans le jardin pour que je la voie. Un des flics m'avait donné un coup de pied à l'épaule, je m'étais réveillé parfaitement conscient de la situation. « Lève-toi », avait dit un autre flic, d'une voix féroce, comme s'ils s'attendaient au pire. J'avais hésité un moment, j'essayais de réfléchir à ce que je pouvais bien faire pour arranger les choses. Un nouveau coup de pied, Jade avait crié : « Vous n'avez pas besoin de lui donner des coups de pied ! » Un flic lui avait alors dit quelque chose, je m'étais levé. Ils m'avaient empoigné par les bras, comme si j'étais vraiment dangereux. Ils m'avaient serré, secoué dans tous les sens, toutes ces mesquineries qui peuvent vous briser un homme. Ce n'était pour eux qu'une petite opération matinale, de routine. Tout aurait dû se passer dans le calme, très simplement ; je ne sais quel dégoût secret j'avais pu provoquer chez eux, en me laissant arrêter couché dans un chenil. Oh ! je suis sûr que j'avais l'air d'une teigne, mais j'étais à peine réveillé, je ne devais pas être bien dangereux. Je crois que c'est parce que j'étais si désarmé, si peu disposé à me défendre, justement. Ils m'avaient emmené, je n'avais pas voulu me laisser traîner, je les suivais. J'essayais de me retourner, pour voir Jade. Ils m'avaient tiré, plus violemment, et j'avais connu ma première crise de terreur de la matinée : ces gars me haïssaient vraiment. Ils m'avaient poussé sur la banquette arrière de leur voiture. Je pouvais voir la maison, mais Jade n'était plus là. Elle était restée dans le jardin à regarder les chenils, à penser aux chiens, comment nous les avions élevés ensemble, comment ils avaient failli nous amener à fonder une petite famille, à notre tour. Elle devait trembler un peu, probablement, et commencer à se demander si elle avait bien fait d'appeler la police. La voiture fonçait. J'avais les menottes, mais pas de grillage entre les flics et moi, comme les voitures de patrouille en ont dans les villes. J'avais toujours entendu dire que les menottes vous faisaient mal, aucune surprise de ce côté, mais je ne m'attendais pas à ce que la douleur me tourne l'estomac à ce point. J'étais en sueur ; j'avais peur de vomir sur mes jambes, une peur immense et glaciale de me souiller.

18

Je ne pouvais penser aux conséquences de ma fuite qu'en me voyant renvoyé à Rockville, arpentant les pelouses sous le ciel clair de l'Illinois, tandis que des enfants blonds agrippés aux barreaux noirs de la vieille grille victorienne nous observaient. Vision d'exil, de rage et, bien entendu, à nouveau, de séparation forcée. Il m'était arrivé d'avoir si peur d'être repris qu'il m'était presque impossible, quelle que soit la torture, de ne pas m'imaginer, en détail, ce que pourrait être ce retour. J'y parvenais cependant, en général. Je parvenais à maintenir toute ma petite troupe, mes petits vampires, bien ficelés et bien bâillonnés contre leurs dossiers imaginaires. C'était tant mieux, car ce qui m'attendait en réalité, après qu'on m'eut remis entre les mains de la police locale, dépassait de loin toute imagination ; toutes ces visions ne m'auraient préparé à rien, absolument rien. Ils devaient me traiter plus durement pour leur avoir faussé compagnie que pour avoir mis le feu à une baraque et manqué d'anéantir toute une famille. La première fois, je n'avais que violé la loi naturelle du monde ; je venais de violer l'*ordre policier*. On punissait plus sévèrement ce genre de transgression.

Après une série de délais, de prolongations, d'appels, de tergiversations bureaucratiques, d'interrogatoires, de tests, de transferts de prison en prison, à n'en plus finir, le tribunal décida de m'expédier dans un établissement pénitentiaire de taille moyenne à Volkshill, petite ville de l'Illinois, à mi-chemin entre Chicago et Wyon. J'étais en cellule avec un nommé Tommy Rita, un type dans les quarante ans qui finissait de purger une peine de huit ans pour contrebande de cigarettes. Énergique, le teint basané, il faisait deux heures de gymnastique dans la cellule, tous les après-midi, pour maintenir en forme son petit corps trapu. Le soir, il adorait m'expliquer, à voix basse, que d'avoir été bouclé pour fraude fiscale sur le tabac ne prouvait qu'une chose : que la loi était stupide. Il avait, disait-il, mis des gens en bouillie, jeté une bombe incendiaire dans un restaurant, commis d'innombrables cambriolages, épousé une femme à Hegwisch, une autre à Michigan City, ils n'avaient pu l'épingler que pour cette « misérable connerie d'histoire de cigarettes ». La liste de ses crimes m'avait toujours laissé sceptique.

Rien de spécial à raconter sur la vie à Volkshill. Nous vivions dans une constante terreur : les pires moments d'ennui, nos pires accès de cynisme, plus ou moins forcé, étaient marqués par la peur. Un écrasant anonymat : on pouvait vous battre à mort, vous pouviez vous étouffer en avalant un morceau de porc, votre cervelle pouvait exploser, ils s'en moquaient. Qui sait si quelqu'un s'en serait même aperçu ?

Je pensais sortir de prison avant six mois. Je ne serais pas entièrement libre, bien sûr, mais soumis à un régime différent, moins sévère, dans un autre genre d'institution. Ceci aurait dû me rendre la situation beaucoup plus supportable. Je n'avais pas réagi. J'avais beau être persuadé que chaque jour qui passait me rapprochait d'un statut plus clément, les journées n'en étaient pas moins interminables, intolérables. Le courant m'avait entraîné ; chaque vague qui roulait vers le rivage ne faisait que m'en éloigner.

Je voyais tout à travers un voile, aussi réel, aussi déconcertant qu'une épaisse brume matinale. Et mon corps m'échappait, le monde extérieur perdant avec lui de sa réalité. Mes rêves en étaient d'autant plus vivants, je n'y pensais presque jamais. Je n'aurais pas eu le moindre réflexe de surprise, au cours de ces journées lentes et mesquines, si quelqu'un m'avait secoué l'épaule pour me réveiller. Je perdais l'appétit ; il arrivait que la seule odeur de nourriture, pour ne pas parler de sa *vue*, provoquât en moi un violent dégoût. Je m'étais mis à boiter ; j'entendais de moins en moins bien. Je parlais tout seul — au début pour rester organisé, pour me rappeler une chose ou une autre, et puis c'était devenu une habitude. Quelqu'un se penchait sur moi, dans mon brouillard, et me criait : « Tu vas pas la fermer, ta sale gueule ? » et j'étais tout penaud, ou n'avais aucune idée de ce dont ils pouvaient bien se plaindre. D'où un fantastique complexe de persécution. Tout s'effondrait. Il suffit que l'orbite du monde soit décalée d'un centimètre et tout périt. J'étais incapable de m'adapter, de compenser ; les choses ne faisaient qu'empirer. De temps à autre, dans un sursaut de lucidité vague, je me disais que toute cette folie, tous ces symptômes physiques, toute cette irréalité n'étaient que le résultat de ma démission, que je pouvais encore, si je le voulais vraiment, reprendre les rênes de ma vie. Vaine consolation. Je me disais que je *voulais* sombrer dans la folie, et ne pouvais, même au plus fort de ce délire d'auto-accusation, envisager ou imaginer une autre attitude.

Rose et Arthur étaient venus me voir au parloir, une salle beaucoup moins austère, beaucoup plus humaine : du papier peint satiné avec des dessins géométriques, des sièges en plastique moulé orange, des tables de Formica autour desquelles les familles pouvaient se grouper, une radio portative branchée sur un poste local qui diffusait de la pop musique, pour l'ambiance. Je ne sais ce que je leur avais dit ni comment je m'étais comporté, mais il était clair que je me détériorais. Ils avaient redoublé d'efforts pour que je sois transféré dans un hôpital. Ils avaient engagé des frais, qu'ils ne pouvaient se permettre, pour harceler les autorités, et on m'avait brusquement transféré à l'infirmerie, en observation psychiatrique. J'avais subi les tests habituels et avais été interrogé par deux psychiatres de l'administration pénitentiaire — un certain Dr. Hillman, qui ressemblait à un bon gros animal de livre d'enfant, et le Dr. Morris, un jeune médecin noir coiffé à l'afro, qui portait un énorme croc en sautoir. Je leur avais dit tout ce qui m'était passé par la tête, avec une objectivité de joueur qui se contente d'annoncer la couleur. Je ne me sentais nullement obligé de répondre à leurs questions ou de suivre leurs instructions. Ils s'étaient accordés pour reconnaître que j'étais dans un état critique, du point de vue psychologique, et avaient recommandé qu'on m'envoie dans une institution publique appropriée, où j'aurais fini si je n'avais pas eu des parents résolus à lutter et à payer pour une meilleure solution.

J'étais revenu à Wyon, Illinois, pour être réadmis à Rockville le 15 janvier 1974. J'avais voyagé dans une voiture de la police, sur la banquette arrière, en compagnie d'un fonctionnaire de l'administration qui n'avait pas prononcé un mot pendant tout le trajet. Nous avions essuyé une tempête de neige et dû nous arrêter pour faire remplacer le caoutchouc des essuie-glaces. Un froid de canard, on gelait ; je me réchauffais les doigts au creux des bras. Les champs de maïs ressemblaient à un monde en ruine.

Un soulagement, après Volkshill, de réintégrer l'hôpital. Mes symptômes avaient progressivement disparu, mais je craignais toujours leur retour. Il m'arrivait de me réveiller en pleine nuit, sans raison apparente et sans savoir où j'étais exactement. J'en éprouvais une telle frayeur que je m'attendais à ce que tout s'écroule à nouveau. Parfois, quand je parlais au Dr. Clark — à cœur ouvert, maintenant, tant j'étais persuadé d'avoir besoin de son aide —, j'éclatais en sanglots qui n'avaient rien à voir avec le sujet de la conversation ; ces crises de larmes me renvoyaient, toutes amarres rompues, aux pires moments de Volkshill. Le Dr. Clark avait commencé par m'encourager à me laisser aller, mais j'en sortais si détaché, si renfermé qu'il avait vite fait de son mieux pour m'en empêcher. Il désapprouvait l'usage des drogues, mais m'avait quand même prescrit du Lithium. J'en conservais toujours un goût désagréable dans la bouche, et j'avais pris l'habitude d'une petite sieste de deux heures chaque après-midi. Puis je m'étais calmé, et j'en étais heureux.

Mon premier séjour avait été assez anonyme, mais à présent tout le monde me connaissait par mon nom. Je n'avais pas une âme de chef, personne ne songeait à se servir de moi dans l'incessante guerre que se livraient les patients et le personnel, et à laquelle, naturellement, les meilleurs établissements ne pouvaient échapper. On m'appréciait parce que j'étais plus âgé, que je connaissais les ficelles. Et on me confiait plus de responsabilités. C'était moi qui faisais faire le tour du propriétaire aux nouveaux, le lendemain de leur admission. J'étais l'officier de carrière raté, compatissant et édenté, qui vous racontait une ou deux histoires et sur l'épaule duquel on pouvait pleurer. Mais, je ne pouvais manquer de le remarquer : dès que quelqu'un était en bisbille avec le personnel, il se retournait contre moi.

J'avais appris à me servir d'une caméra super-8 et du matériel élémentaire. J'étais très vite devenu l'instructeur officieux de l'établissement, en matière de cinéma. Nous faisions les choses habituelles : des gens qui sautaient, des zooms, des ralentis, des parodies de la Keystone. J'avais écrit en collaboration le scénario d'un film de vingt minutes, intitulé *La mémé géante attaque*, où l'on voyait une patiente nommée Sally Walsh, prise de dessous une petite table de verre sur laquelle elle se dressait, entourée d'arbres et de vaches miniatures. Nul doute que tout ceci ait été terriblement efficace, sur le plan thérapeutique. À mon crédit également : c'était contre moi, lorsqu'elle s'était éclatée avec du LSD que son sinistre frangin avait réussi à lui passer, que Mitzi Pappas s'était blottie ; moi qui, lorsque Myron Friedman avait manqué se suicider (ou, plus probablement, se fracturer quelques os) en se jetant par une fenêtre du troisième étage, l'avais fait redescendre en lui criant : « Myron, je t'en supplie, à quatre pattes, tes jolies petites fesses de guimauve à l'intérieur ! » ; et, lorsque Michaël Massey n'était pas revenu avec son petit groupe d'une promenade en ville, moi que le Dr. Clark avait chargé, avec quatre autres patients, de le débusquer, quoiqu'on m'ait strictement interdit de sortir de Rockville, et moi qui l'avais trouvé, hébété, dans l'arrière-cour d'une maison promise à la démolition.

Le 2 juin 1974, je reçus une lettre de Jade. Le Dr. Clark me la tendit à la fin d'une conversation dans son bureau : « Je ne vais pas vous mentir, elle est arrivée hier, et je l'ai lue. Je me suis accordé ce délai pour décider si je devais ou non vous la communiquer. La voici. »

Cher David,
Je suis toujours à Stoughton, mais je ne suis plus de cours et je ne vis plus dans la baraque. Je n'y suis plus retournée depuis cette fameuse journée, sauf pour déménager mes affaires. J'habite au premier étage d'une jolie petite maison blanche et verte, près de la poste, au nord de la ville. Le logement est un peu trop grand pour une personne seule, mais je suis chez moi. Tu vas froncer les sourcils, je me suis lancée dans certains exercices de méditation. Keith les tient d'un type avec qui il travaille, nous nous sommes repassés le même mantra, les paroles qu'on prononce mentalement au début de la méditation. Merveilleux comment il suffit de rester assis en tailleur à respirer pendant quinze ou vingt minutes pour se sentir revivre. Maintenant que j'ai mon diplôme, je peux recueillir les fruits de cette coûteuse éducation en travaillant comme vendeuse dans un magasin de poteries. Un boulot épatant,

en un sens, ils ont des articles merveilleux — j'ai assez de « second choix » pour un service de quarante-huit pièces — mais c'est éreintant de rester debout toute la journée et de supporter les clients, qui me traitent souvent comme si j'étais leur bonniche.

Je vais souvent à Boston quand j'ai du temps de libre. Je me suis inscrite à un cours de psychodrame, ce qui, pour moi, est assez inattendu ! Une vingtaine de personnes, totalement étrangères les unes aux autres, qui s'expriment du plus profond de leur être, dans cet ancien entrepôt tout délabré, près des quais. Ou qui essaient, du moins. Je m'intéresse depuis longtemps au théâtre et aux nouvelles méthodes de psychothérapie, sans jamais avoir eu la possibilité d'aller, dans ces deux directions, aussi loin que j'aurais voulu. Je dois dire que j'ai retiré plus de satisfaction du côté théâtre que du côté thérapie, mais Ira Woods (le professeur de psychodrame) dit que c'est parce que j'ai peur de tout ce que ça implique, peur de découvrir mon « moi profond ». Je le fuis peut-être, mais je me suis inscrite à deux cours de théâtre, l'un sur le décor, ici, à Stoughton, qu'on me laisse suivre gratuitement (et sans bénéfice universitaire), l'autre de formation de l'acteur, à Boston, sous la direction de ce merveilleux fou qu'est Rudyards Lewis.

Une très bonne chose pour moi que d'émigrer un peu à Boston. Ce n'est pas New York, mais c'est plus « vivant » que Stoughton. J'y ai surtout rencontré un tas de gens épatants et me suis fait quelques *amis* authentiques et à toute épreuve. Des gens de théâtre pour la plupart, ce qui sans doute me limite un peu, car ils sont tous assez fous, mais j'ai aussi rencontré un tas de gens qui n'ont rien à voir avec le théâtre. Depuis une fantastique et superbe Sénégalaise qui travaille dans une boutique de produits diététiques jusqu'à un avocat d'affaires de cinquante-trois ans qui vit tout seul dans un hangar extraordinaire, étudie votre thème astrologique et sait tout ce qu'il faut savoir sur la Comédie-Française.

À propos, il y a eu des réactions fantastiques à ma thèse. Je voudrais t'en remercier, tu y as largement contribué. Certains de ceux qui l'ont lue me poussent à la faire publier. Je préfère laisser ce genre de célébrité à Ann. Je ne vois pas qui la publierait, de toute façon, mais cette pommade vous réconforte quand même.

Ann commence à avoir du succès. Le *New Yorker* lui a acheté trois nouvelles, d'un coup. Je ne sais quand elles seront publiées, je ne les lirai pas. Je le lui ai dit tout récemment : « J'aimerais pouvoir découvrir ton vrai visage avant d'étudier tes masques. » Et un éditeur au moins lui a écrit pour lui demander si elle ne travaillait pas à un roman. Il n'avait même pas encore *lu* ses nouvelles. Il en avait entendu parler par un rédacteur du *New Yorker*. Je suis sûre qu'elle va devenir célèbre. J'ignore l'effet que ça pourra avoir sur elle. Elle voyait le monde à ses pieds, quand elle était jeune fille, à New York ; puis ses études, la découverte que son père s'était enrichi au détriment des United States Foundling Homes, son mariage avec un aussi étrange bonhomme que Hugh, les obligations familiales, tout ça, combiné, lui avait fait oublier ses rêves d'adolescente. J'ai l'impression que le succès va la rajeunir. Elle semble avoir un début de relation assez sérieuse avec un type qui vend du papier aux imprimeurs. J'étais assez choquée, comme d'habitude, quand elle m'en a parlé. Ils se sont rencontrés par le biais d'une de ces petites annonces « personnelles » qu'on peut trouver dans les dernières pages de certains magazines. C'est assez dégradant, et dangereux, *a priori*, mais les choses les plus étranges semblent toujours finir à son avantage. Elle a du cran, je dois l'admettre. À moi, ça me ferait peur, ne serait-ce que de le rencontrer, sur un simple numéro de boîte postale et trois phrases soulignant sa solitude et toutes ses qualités. Ann en a l'habitude. Elle a l'air assez heureuse avec ce type. Ils vont se rendre en Europe par bateau, il a la frousse de l'avion. Je ne l'ai pas encore vu ; dans six mois peut-être, s'il dure jusque-là.

Keith est éternellement semblable à lui-même. Tout au long de cette année, il s'est avéré pour moi solide comme un roc. Toujours *là* quand j'en ai besoin. Nous sommes en train de retaper sa vieille ferme — avec l'argent de l'assurance sur la vie de papy. Il l'a achetée aux gens qui la lui louaient jusqu'ici. J'ai passé dix jours à quatre pattes, rien que pour gratter les vieux parquets. Tu parles d'une thérapie ! Complètement vidée, avant de découvrir que ce noyer foncé n'était que du sapin clair. Keith est un gentil frère et un bon ami. C'était formidable de le redécouvrir. Il est intelligent, drôle, sage comme un vieux hibou, et le plus loyal des hommes. Sammy poursuit son ascension vers la présidence des États-Unis. Il vient d'entrer à Harvard, il doit être la coqueluche du campus. Il est tellement beau. Un prêtre orthodoxe grec est tombé amoureux de lui ! Difficile de savoir à quoi il peut bien croire. Trop cultivé pour croire à l'Éternelle Justice, il parle de Chance Décente pour une Vie Décente, ce qui est très bien mais a des accents un peu politicards. Il obtient des résultats fantastiques à l'université, pose pour des photos de mode à ses heures perdues, au joli tarif de trente-cinq dollars l'heure ! J'ai vu une photo de lui, la semaine dernière, dans le *Globe* de Boston. Il était en costume de velours côtelé noir, avec un sourire des plus ingénu. Sammy est le seul Butterfield qui doive se débattre avec ses tentations. Les autres peuvent se contenter de ce qu'ils sont. Nos choix ne sont pas seulement étroits, ils sont assez particuliers. Pas d'alternatives, pas de décisions cruciales à prendre. Sammy peut faire n'importe quoi. Il peut être un révolutionnaire, un démocrate libéral, un étudiant, un moine, un escroc. Quoi qu'il fasse, on l'applaudit. Je reconnais que je l'*envie*. Mais sa vie n'a été qu'une constante série de choix. Je ne sais pas si je pourrais supporter ça. Trop d'options, comme dirait Ann.

Sur mon bureau, dans mon sac, sur la table de la cuisine, cette

lettre, depuis une semaine, me suit partout. Je ne sais à quel point elle est personnelle. Te connaissant, et prête comme je l'étais à n'importe quoi, quand nous étions ensemble, tout ce que nous pouvons nous dire prend un caractère assez intime. Je sais que je penserai toujours à toi. J'ai essayé de t'oublier, j'y ai renoncé. Tu es mon passé. Je me suis rendu compte qu'il vaut mieux en avoir un comme le mien, effrayant, obsédant, et passablement malheureux, que de ne pas en avoir du tout. C'est idiot, n'est-ce pas ? Tout le monde en a un. Les amnésiques eux-mêmes peuvent être fascinés par un tableau qui leur rappelle quelque chose. S'il n'y avait que le chagrin, ce serait plus facile. J'aimerais pouvoir porter le deuil de notre amour, simplement, proprement. Mais quand je pense que tu es bouclé, quoique ce ne soit plus en prison, que tu es retourné dans ce bel hôpital et que c'est moi qui ai appelé la police. Tout est si compliqué, tous mes sentiments sont si partagés. C'est comme retrouver les pions blancs et les pions noirs en vrac, dans un jeu ; le temps de les trier, vous n'avez plus envie de jouer.
Tu te souviens du soir où nous sommes allés dîner ensemble ? J'avais passé la journée avec Susan Henry. Je t'ai raconté ce qu'elle m'avait dit, comme quoi je me servais de toi contre ma famille. Maintenant que Hugh est parti, que je sais que c'est à cause de toi qu'il s'est élancé sur la chaussée, quand il se promenait avec sa petite amie, je ne peux m'empêcher de penser que je l'ai peut-être souhaité, dans un sens. Très dur, parfois, de ne pas me considérer comme le pire des monstres. Et difficile d'être près des gens, vraiment. Sauf Keith, qui, chez moi, accepte tout et n'importe quoi. Au beau milieu d'une occupation, il m'arrive de te revoir entraîné par la police, ce matin-là, et je me dis que ça aurait dû être *moi*. De même que j'étais une partie de toi quand nous faisions l'amour, j'étais une partie de toi chaque fois que tu faisais du mal à ma famille. La séduction, en amour, était réciproque. Et j'ai bien peur, pour ce qui est de frapper les miens, que ce soit moi qui t'aie embobiné. Je ne veux pas t'égarer, ou te faire de la peine. De savoir ce que je ressens t'aidera peut-être à voir plus clair en toi-même et à réintégrer le monde, où je crois sincèrement que tu as ta place.
Nous ne nous verrons plus jamais. Notre amour était en dehors de toutes les lois, je ne peux plus vivre ainsi. J'ai perdu une bonne partie de mon énergie. C'est trop dur, trop envahissant : plus rien n'existe. Nous n'aurions jamais pu mener une vie normale. Ça peut paraître bizarre, mais je crois toujours en notre amour, et je t'aime toujours. Mais j'y ai renoncé, pour de bon, pour toujours, je ne te reverrai plus.

Plus d'autre lettre de Jade. En guise de réponse, je ne lui avais adressé qu'une carte, pour la remercier de m'avoir écrit. Je n'avais pas écrit à Ann non plus. J'avais essayé de ne plus penser à aucun d'entre eux, toute la journée, à ne plus penser à eux. Les seules visites que je recevais étaient celles d'Arthur et de Rose, mais elles n'étaient plus aussi régulières qu'avant. Je leur avais demandé de ne venir qu'une fois par mois, ce qui était infiniment préférable pour tous.

Je prenais toujours du Lithium. Pas question de me laisser sortir mais j'allais mieux. Il m'arrivait de me dire que je n'avais fait que m'adapter à la situation. L'attente, le désarroi m'étaient devenus si familiers que je n'en souffrais plus de la même façon. À d'autres moments, j'étais certain de la guérison. Je ne sais ce que j'entendais par là exactement. Mes ambitions étaient modestes : que la journée se passe sans histoire. C'était bizarre ; je m'adaptais, graduellement, à mon existence de fou.

Et puis, un jour, le fond — ou ce qui en restait — était remonté à la surface. C'était le 1er février 1976. Mes parents avaient bravé une tempête de neige pour venir me voir. Arthur portait un chapska de fourrure noire ; il l'avait enlevé et secoué ; presque plus de cheveux au milieu du crâne, et ses longues mèches, sur les côtés, avaient pris le ton de l'argent terni : propre et distingué, on aurait dit un délégué à quelque conférence syndicale internationale. Il avait perdu du poids : ses pommettes saillaient ; sa chemise de laine écossaise, dont le col était boutonné, bâillait. Rose était absolument ravissante. Le froid lui avait ravivé les joues d'un rose sombre ; sa nervosité lui agrandissait les yeux. Elle portait d'élégantes bottes de cuir, une jupe grise et un pull à col roulé ; elle avait un fume-cigarette et rejetait dans le soleil de longues et délicates bouffées.

— Je parie que tu croyais qu'on n'y arriverait pas, avait dit Arthur en m'étreignant.

Rose regardait au-dehors, par la fenêtre. Elle se demandait sans doute si la tempête n'allait pas la forcer à rester toute la nuit dans cet asile.

Dès qu'un des deux disait quelque chose, l'autre prenait un air distrait, ne semblait pas écouter, comme ceux devant qui on parle une langue étrangère.

— Vous savez à quoi j'ai pensé, aujourd'hui ? avais-je commencé, une fois que nous nous étions assis. À mon premier jour de classe à Hyde Park. Vous m'aviez emmené faire des achats chez Polk la semaine d'avant. Je voulais des pantalons rouges. On aurait dit des jeans, mais pas vraiment. Comme des treillis, mais en rouge. Personne ne portait des pantalons rouges, je n'en avais jamais vu. Je me disais que vous étiez bien compréhensifs, tous les deux, de me laisser choisir. Aucun de vous deux n'avait bronché quand je les avais enfilés, pour le premier jour de classe — j'étais un peu inquiet, je m'en souviens, j'avais peur que vous ne m'en empêchiez. Mon Dieu, ce que j'ai pu souffrir, ce jour-là !

J'avais ri. Rose et Arthur paraissaient gênés, deux personnes souffrant de claustrophobie, coincées dans un ascenseur. Ils étaient venus me parler d'autre chose et devaient se dire que cette évocation était de mauvais augure.

« Je m'étais fait une réputation qui n'allait plus me quitter de toute l'année. Le type aux pantalons rouges. Même si je ne les avais plus jamais portés, ces putains de pantalons. Et je pensais à la façon dont un petit truc comme ça peut vous marquer pour toute la vie, fausser l'opinion des gens, jusqu'à l'image que vous avez de vous-même, et influencer votre comportement. Étonnant que vous m'ayez laissé partir avec ces pantalons. Vous vous imaginiez peut-être qu'ils étaient à la mode, pour les garçons de mon âge ? C'était ça ?

Je regardais Rose.

— Aucune idée. Je ne me souviens *absolument pas* de ce que tu portais.

— Eh bien, moi, si, avais-je dit avec un petit sourire de dépit. Des pantalons rouges. Plus rouges qu'une pomme. Beaucoup, beaucoup plus rouges que du sang.

— Nous avons eu des nouvelles de Jade Butterfield, avait dit Rose.

— Quelles nouvelles ?

Mon angoisse avait été immédiate et totale. J'étais assis, les jambes légèrement écartées, les mains sur les genoux, penché en avant. J'entendais le vent, au-dehors, et une radio, quelque part : les Kinks qui chantaient *Lola*.

— Tu dois comprendre que ça vaut mieux, je suis sûr que tu le comprends, avait dit Arthur.

Croyait-il que ma mère m'avait déjà tout raconté ? Ou préférait-il aller droit aux condoléances ? Je ne m'étais jamais senti si perdu ; quelques mots seulement me séparaient d'un désastre : elle a eu un accident. Elle est mourante. Elle est morte. Et ce serait ma mort.

— Qu'est-ce qui lui est arrivé ?

— Rien, avait dit Rose. Sauf qu'elle s'est trouvé un mari.

— Nous avons reçu le carton par la poste, avait dit Arthur. J'ignore qui nous l'a envoyé. Pas un mot.

— Vous l'avez ? Donnez-le-moi.

— Je l'ai oublié à la maison, avait dit Rose. Pas de détails. Elle épouse un Français. Difficile de savoir si c'est un Français ou un Américain.

— Où l'as-tu mis ?

— Je te l'ai dit. À la maison. Un carton tout simple. Jamais vu de carton aussi bon marché, pour un mariage. Aucune de ces jolies lettres imprimées à l'ancienne que choisissent la plupart des gens.

J'étais un peu soulagé que rien ne soit arrivé à Jade, mais ce soulagement relatif avait été de courte durée.

« Tout ce qu'il disait, continuait Rose, était que M. et Mme Denis Edelman bla bla bla le mariage de leur fils François avec Jade Butterfield. Et le nom d'une synagogue, à Paris, France.

— Quand ?

— Il y a un mois, avait dit Arthur. Le 4 janvier.

— Et vous le saviez...

— Nous ne l'avons reçu qu'il y a quelques jours.

— Je ne sais même pas qui a pu nous l'envoyer, avait interrompu Rose. J'ai pensé que nous devions te le dire.

Je m'étais levé. La tête me tournait au moindre mouvement. Je regardais mes parents ; mon père se tenait très droit ; ma mère tapotait du pied en fixant sa chaussure. J'aurais voulu tomber dans leurs bras, trouver miraculeusement en eux une famille, un réconfort. Je me sentais si faible, si laid.

— Il faut m'aider, avais-je dit en baissant la tête.

Mes jambes fléchissaient, je m'étais ressaisi.

— T'aider ? avait dit Rose. Je ne comprends pas, David. Je ne vois pas. Qu'est-ce que je peux faire ?

Elle lançait à Arthur un regard à la fois effrayé et ennuyé.

— Le passé est le passé, avait murmuré Arthur. Pas moyen de le ressusciter. Pardonne-moi, David, mais je n'espère qu'une chose : qu'elle est heureuse.

— Qu'est-ce que je peux faire pour t'aider ? s'écriait Rose. Je te le demande. Je ne sais jamais. Dis-moi. Tu me demandes de t'aider, et je ne sais que faire. Tu parles de tes pantalons rouges d'il y a douze ans, tu es blanc comme un linge, et je ne sais pas ce que je dois faire. Je ne l'ai jamais su, pour être honnête.

Je regrettais ce moment de faiblesse. Je m'étais ressaisi et m'efforçais de paraître dominer la situation. Je m'étais éclairci la gorge et avais respiré longuement, profondément. J'étais allé à la fenêtre. Un garçon nommé Howard Kerr, toujours habillé de noir, raccompagnait ses parents à leur voiture, au parking des visiteurs. Les Kerr le suivaient, enlacés, Howard avançait, tête baissée, sans manteau, ramassé sur lui-même, ses longs cheveux au vent.

— Ça vaut mieux comme ça, avais-je dit.

Je regardais les Kerr monter dans leur voiture.

Avec son avant-bras, Howard avait essuyé la neige qui recouvrait le pare-brise.

« C'est un soulagement, je veux dire. Plus de question. Je me sens soulagé d'un poids, je le sens déjà.

Je les entendais respirer, derrière moi ; mes muscles étaient si tendus que les jambes me faisaient mal. M. Kerr avait rabaissé sa vitre, Howard avait reculé, plié le genou pour lui parler. Les gaz de la voiture ternissaient la neige. De la cendre. Les ongles rouges de Mme Kerr avaient jailli par la vitre ouverte pour un dernier geste d'adieu. Ils avaient démarré, Howard avait regardé les feux arrière disparaître dans le brouillard.

« Vous feriez mieux de partir.

Il faisait assez sombre pour que je puisse les voir, sur le miroir de la vitre, dressés dans leurs fauteuils comme deux cartes bizarrement tenues par des doigts invisibles.

« Les gens partent déjà, vous avez une longue route. Avec cette neige. Ce n'est pas de la tarte, vous savez.

Arthur s'étirait. Les mains crispées sur les bras de son fauteuil, il respirait profondément ; il s'était retrouvé près de moi, m'avait étreint. Je m'étais vite dégagé.

« La meilleure chose, la meilleure, pour l'instant, je veux dire, encore un peu étrange, difficile à digérer. Je crois que vous devriez partir.

— Nous pourrions parler, David, avait dit Arthur.

J'avais secoué la tête.

— Je sais. Ça fait cinq ans que je parle, et ça n'a... Je suis vidé, je veux dire. Nous parlerons peut-être une autre fois.

Rose et Arthur étaient sortis, non sans protester encore un peu. Je les avais regardés se diriger vers le parking ; pas un geste, mais ils avaient l'air de discuter. Arthur s'était retourné en ouvrant la portière, il avait levé le bras en direction de ma fenêtre, j'avais reculé, m'étais collé contre le mur, comme pour éviter un tir de mitrailleuse. Je m'étais assis dans un des fauteuils, en me demandant, sans raison, maladivement, pourquoi j'avais choisi celui de Rose plutôt que celui d'Arthur. La radio de mes voisins hurlait de plus en plus fort. Le son me grimpait sur le dos comme un singe.

Les poings serrés, je m'étais levé, j'avais foncé dans le couloir. Certaines portes étaient ouvertes. Des familles en visite. Je devais me rappeler que le monde ne se réduisait pas à cet hôpital, à ces petites chambres et à ces petits lits, à ces visites du dimanche. J'avais fini par dénicher cette radio, à l'étage au-dessus. Dans la chambre de Bruno Tesi. Il la tenait sur ses genoux, un grand transistor dont l'antenne était déployée, frémissante. Bruno était avec son frère aîné, assis dans son trench-coat, ses longues jambes croisées, en train de fumer une cigarette papier maïs. Bruno, toujours si mou, si informe, à la peau flasque comme du flan, m'avait souri. La radio jouait un air de Steve

Miller, monotone, crispant. Il avait baissé le volume. Il se rendait compte, même lui, qu'on ne pouvait rien entendre. Et je lui avais dit, d'une voix juste assez audible : « Si tu ne baisses pas ta radio, et pour de bon, je vais te faire très mal, et je vais te tuer ! »

J'avais commis une grave erreur en le menaçant ainsi. Son frère et lui l'avaient signalé, désormais on me surveillait de près. J'avais perdu ma position privilégiée, aussi facilement que je l'avais acquise.

Tant pis. Je n'avais plus beaucoup d'énergie, je me sentais couler, m'abandonner aux pires renoncements. Une dernière pensée rationnelle avant de lâcher prise : Jade n'était peut-être partie à Paris que pour faciliter ma libération.

C'était un secret de polichinelle, à Rockville : les rapports sexuels entre patients étaient discrètement tolérés. Si discrètement que, pendant toutes mes années passées dans l'établissement, je n'avais connu que deux ou trois couples plus ou moins officiels. Au cours de mon premier séjour, le Dr. Clark m'avait dit que, si j'avais une aventure avec une patiente, il importait que je n'en aie pas honte, que je lui en parle, « qu'on en parle ensemble ». Typique de la politique de la maison : plutôt que d'interdire quelque chose, en faire un élément positif du traitement. Nous étions tous là pour nous aider mutuellement, après tout. Ce qui impliquait de véritables contacts humains — et comment avoir de véritables contacts humains si tout rapport sexuel est strictement interdit ?

En avril, deux mois après avoir appris le mariage de Jade, je m'étais lié avec une étudiante de seize ans, Rochelle Davis. Une beauté lourde, malsaine. Lèvres fardées, ongles écarlates, vêtue de noir, elle n'arrêtait pas de fumer des Camel et se vantait d'être une autorité en matière de suicide. Elle avait établi des catégories : le suicide vengeance, le suicide accidentel, le suicide culturel, et bien d'autres dont on percevait encore moins le sens particulier, tels que le suicide lavande, le suicide fromage et le suicide astral. Pas d'amis, à l'extérieur comme à l'intérieur de l'hôpital. Trop agressivement étrange pour la société. La plupart des patients de Rockville se sentaient trop vulnérables pour se lier avec quelqu'un fasciné à ce point par l'autodestruction. Maigre, les yeux verts, ses cheveux châtains coiffés à la Elvis Presley, Rochelle avait l'air de se moquer de ce qu'on pouvait penser d'elle, mais paraissait vouloir à tout prix me connaître. Mon état de plus en plus instable l'expliquait pour une bonne part, évidemment, mais ça n'était pas si simple, ça ne l'est jamais.

La première fois que nous avions fait l'amour, c'était dans la salle de bains du rez-de-chaussée, réservée aux infirmières. Petite pièce biscornue, méticuleusement tenue, aux murs roses, au carrelage terne, avec un fauteuil et une coiffeuse sur laquelle on trouvait du talc pour bébés, de la filoselle pour les dents, du déodorant et un vaporisateur d'eau de Cologne. Nous avions fait l'amour dans le fauteuil, trois ou quatre fois de suite — non par passion mais parce que nous nous y prenions mal et que la relative satisfaction que nous en tirions ne faisait qu'exacerber nos désirs si longtemps refoulés. Nous n'avions pas osé nous déshabiller, au départ — comme s'il valait mieux se faire pincer culottes baissées que complètement nus. Rochelle s'était assise sur mes genoux, ses pieds osseux et bleuâtres contre le dossier, la tête pendante entre mes jambes. La culotte bleu marine tremblotait sur ses cuisses, tandis qu'elle resserrait et agitait les jambes avec une passion maladroite et fiévreuse. Nous nous étions réciproquement aidés à jouir avant de refaire l'amour sur le carrelage glacé — nus cette fois, mais il était trop tard ; nous avions déjà perdu toute curiosité, tous nos efforts étaient vains.

Ce qui ne m'avait pas empêché d'y penser de façon assez obsédante. Et je m'étais précipité dans sa chambre, le même soir, dès que mon sexe s'était soulevé : l'infirmière de service, Mlle Seropian, s'était endormie à son poste. Ses énormes paupières mauves tremblotaient, mais on pouvait compter sur la pesanteur de son sommeil, elle était connue pour ça. Je m'étais glissé dans le lit de Rochelle et l'avais pénétrée dès qu'elle s'était endormie à son tour. Elle avait ouvert les yeux, n'avait pas semblé protester et s'était rendormie. Ça avait duré des semaines ; nous faisions l'amour comme on se cogne la tête contre le mur. Je m'étonnais, parfois, qu'elle soit si dépourvue d'illusions romantiques, à seize ans, mais ça ne m'affectait guère. Je n'avais pas parlé de cette liaison au Dr. Clark — pour ne pas le gêner —, mais j'en avais tiré, à la longue, une discrète réputation, en matière d'endurance sexuelle et de disponibilité.

Je m'étais trouvé une deuxième petite amie, une fille de Chicago, Pat Eliot, qui avait des cheveux blonds, tout bouclés, des lèvres avides, des seins extraordinaires, et qui réussissait à prononcer son prénom comme s'il avait deux syllabes. Pat avait un peu plus de vingt ans et était actrice. Elle avait eu du succès : elle avait joué dans de nombreuses pièces au Goodman Theater et avait eu un rôle assez important dans un film qui n'avait pas encore été distribué. Elle faisait merveilleusement l'amour, avec tendresse et vigueur à la fois, sans la moindre trace d'exhibitionnisme sportif. Ses seins me fascinaient, ils étaient si volumineux que j'en étais pantois, ce qui ne lui déplaisait pas : les gens, sans doute, ne lui en parlaient que trop. J'avais ainsi deux liaisons simultanées — jusqu'à l'arrivée de Stephanie.

Stephanie n'avait que vingt ans. Elle était déjà diplômée de l'université de Chicago. De violents cauchemars, elle était noctambule. J'ignorais son nom de famille. Je m'étais mis en tête de coucher avec elle. Quoiqu'elle ne s'intéressait guère à moi, et moins encore à coucher avec moi. Mais je m'étais montré buté, et obstiné. Comme tout joueur qui perd, je ne pensais plus qu'à ça. Je la regardais fixement, je la suivais, je rêvais d'elle, je pensais à elle quand j'étais avec Rochelle ou avec Pat, je lui écrivais des billets, et je l'avais finalement attirée dans ma chambre, où je m'étais jeté sur elle avec un odieux appétit. Elle s'était enfuie, en criant presque : « Pour l'amour de Dieu ! » d'une voix si forte, si excitée que je m'étais retrouvé, moins d'une heure plus tard, dans le petit bureau ensoleillé du Dr. Clark, où il m'attendait, derrière la table sur le bois ciré de laquelle il pianotait, et qui, à l'exception d'un dossier, le mien, était totalement nue.

Nous avions parlé un bon moment. Je lui avais expliqué que j'étais « sexuellement actif ». Il savait à quoi s'en tenir. Il ne résulterait rien de fâcheux pour moi de ma liaison avec Pat, mais Rochelle était une « fille à la pathologie obscure ». Quant à Stephanie, je me conduisais avec elle comme une brute et un agité. Ces réprimandes, assez bizarrement, ne s'étaient même pas terminées sur un avertissement ; tous ces actes n'étaient pas formellement proscrits.

En dépit de mon échec et des paroles de Clark, je n'avais pas cessé de poursuivre Stephanie de mes avances. Je ne me rappelle même pas ce qui en elle pouvait bien m'attirer, ni ce que je voulais : l'attirance, quand je l'analysais, me semblait purement magnétique. Elle me suffisait pour sacrifier tout souvenir et toute arrière-pensée à une pulsion qui n'était pourtant pas si aveugle que je l'aurais souhaité. Je me sentais capable des gestes les plus bas. Je me voyais la violenter, l'attraper par-derrière, me glisser dans son lit, la nuit. Je prenais ces vulgaires signes de frustration pour des signes de vitalité. Ils me détruisaient mais j'en étais heureux. Le tout, bien sûr, était pour moi de ne plus penser à Jade, et tout m'était prétexte : j'aurais pu tomber aussi bien dans la paralysie hystérique que dans l'érotomanie. J'avais fini, un jour, par persuader Stephanie de venir dans ma chambre ; mon obstination commençait à payer, ajoutée à son désarroi et à son vide intérieur, à mesure que les jours s'écoulaient, de plus en plus monotones. J'avais amené la conversation sur les prix Nobel ; nous devions vérifier dans un almanach le nombre des Américains qui avaient reçu le prix Nobel de littérature. Rochelle nous avait vus partir ensemble. Quelques minutes plus tard, elle était allée dans sa chambre, avait pris la réserve de comprimés de Librium qu'elle avait amassée depuis deux mois et tenté de commettre ce qu'elle appelait un suicide vengeance.

On l'avait sauvée, mais le Dr. Clark, le lendemain — alors que tout l'hôpital était frappé de stupeur —, m'avait annoncé qu'il allait recommander mon « départ » de Rockville. Inquiétante nouvelle. Voulait-il parler d'une libération sous surveillance médicale ? Allais-je pouvoir retourner à Chicago ?

— Vous savez très bien ce que ça veut dire.

— Je suis un peu surpris, docteur, que vous vous serviez de ce prétexte...

— Bon, tant pis. La réponse est non. Nous n'avons obéi qu'à une seule considération : nous ne pensons pas pouvoir vous soigner, ici, avec beaucoup de chances de succès. Votre présence est devenue un facteur de désagrégation pour toute cette communauté. J'ai peur qu'on doive poursuivre le traitement dans un cadre où le facteur communautaire est moins important. Qui sait ? C'est peut-être le changement dont vous avez besoin.

D'accord...

Mon grand-père ne contribuait plus aux frais de l'hospitalisation ; ma fuite et la liaison d'Arthur avec une Noire l'avaient poussé à rompre et à se débarrasser de nos interminables problèmes. Mes parents avaient pu obtenir une réduction, mais le tarif était toujours beaucoup trop cher pour eux. On avait bien essayé de dénicher une institution similaire dans l'Illinois, lorsqu'il était apparu que je ne pouvais bénéficier plus longtemps de ce régime libéral ; rien de satisfaisant ne s'était présenté. La vérité était que mes parents n'avaient plus les moyens de payer une institution privée. Sur décision du tribunal, mon dossier psychiatrique, mon corps et mon destin s'étaient donc vu transférer dans un hôpital de l'État de l'Illinois, le Fox Run, à Highland Park, un faubourg de Chicago. Arthur, en m'apprenant la nouvelle, avait essayé de me réconforter.

— Je crois que c'est le genre d'endroit par lequel le tribunal veut que tu passes avant qu'on te relâche. L'ennui, avec un endroit comme Rockville, c'est sa réputation. On se dit que ce n'est pas une punition, et que ça ne sert pas à grand-chose, du point de vue thérapeutique.

— Alors, pourquoi m'y avoir mis ?

— C'était ce que tu voulais. Tu nous l'avais dit.

— Et maintenant vous me mettez à Fox Run ? J'en ai entendu parler, tu sais. Il y a des gens ici qui y sont allés. Un putain de trou, voilà ce que c'est. Mon Dieu, tu ne comprends rien ? Je suis perdu. Fox Run est le genre d'endroit où on disparaît. On vous bat à mort, on vous drogue à mort, ou on vous oublie. Parfait. Je m'en moque, plus un mot. Mais regardez-moi bien, tous les deux. Si vous trouvez que je ne suis pas en très bon état maintenant, la prochaine fois que vous me rendrez visite, vous ne me reconnaîtrez même plus. C'est la fin, je vous le jure.

Eddie Watanabe et un employé de Fox Run, aux allures de rabbin, étaient venus me chercher le 1er juillet 1976 pour m'emmener en voiture, une Ford, à mes nouveaux quartiers. Le Dr. Clark, en guise de cadeau d'adieu, m'avait donné une bonne dose de Stelazine, qui recouvrait d'une brume douce et opaque les éclats de néon de l'angoisse. J'étais assis sur la banquette arrière, ahuri, silencieux, avec ma valise et un sac en papier. Je regardais défiler les champs de blé, les faubourgs, le ciel tourner du bleu roi au bleu délavé, puis à un vague reflet de fumée. Eddie et le type de Fox Run parlaient du maire, du gouverneur, du budget fédéral, de ce à quoi ils croyaient quand ils étaient plus jeunes. Ils étaient tous deux des « survivants des années soixante », disait Watanabe avec une sorte d'orgueil résigné, et le type de Fox Run l'approuvait par des hochements de tête.

Le plus drôle, à Fox Run, était que nous étions les renards, et que les médecins et infirmiers étaient les chiens de chasse. Ils espéraient nous gagner à leur cause en nous informant sans cesse des tentatives du voisinage pour obtenir la fermeture de l'hôpital ; le personnel montait en première ligne tous les trois jours, semblait-il, et se battait partout pour la survie de l'institution, devant un groupe de citoyens ou un comité officiel. Il la défendait contre toutes les accusations, des milliers de plaintes. Les patients étaient âgés de dix-huit à quatre-vingt-treize ans ; nombre d'entre eux étaient sans famille, d'aucuns sans passé dont ils puissent se souvenir. Des Orientaux, des Appalachiens, des Européens de l'Est, des Mexicains, des Noirs —, la plupart termineraient leur vie dans cet hôpital, ou dans un autre.

Les habitants de la région critiquaient les mesures de sécurité, trop lâches à leurs yeux : on prétendait que les patients se baladaient comme ils le voulaient, regardaient par les fenêtres, faisaient leurs besoins dans les buissons et fixaient d'un œil sinistre les petits enfants. J'avais résolu de m'évader et en avais vite eu l'occasion. J'étais en train de balayer un étage quand j'avais entendu un surveillant dire à un garçon de salle qu'une des portes de secours était coincée, qu'elle ne pouvait ni s'ouvrir ni se refermer correctement, et qu'il fallait la réparer. J'avais sillonné les couloirs à la recherche de cette porte. Je l'avais rapidement trouvée et m'étais planté devant, tout haletant et déconcerté par cette idée de la liberté si proche — du lumineux et vaste monde qui s'étendait derrière cette porte.

J'avais attendu que tout soit tranquille ; la lumière passait sous la porte, un rayon irisé. ISSUE DE SECOURS, en grosses lettres rouges, imprimées. C'était bien de secours qu'il s'agissait, j'avais appuyé sur le levier et poussé. La porte s'était ouverte, pivotant maladroitement sur ses gonds brisés ; le monde était devant moi. Et puis, tout aussi brusquement, on m'avait attrapé par-derrière et traîné dans une petite pièce réservée, disait-on, aux châtiments physiques, où on m'avait giflé, secoué, battu jusqu'à ce que j'en perde connaissance. Le surveillant et les deux garçons de salle qui m'avaient tabassé ne signalèrent jamais ma tentative de fuite, moi non plus je ne les avais pas dénoncés. Personne ne m'avait posé de questions sur les entailles, les bosses et les bleus dont j'étais couvert. Il m'avait fallu un mois pour que les douleurs disparaissent, et davantage encore pour les migraines et la claudication. Rien de très extraordinaire, pas la peine d'insister. Il faut être passé par là pour en parler, même un génie ne saurait le décrire, et ceux qui en ont fait l'expérience ne s'en souviennent que trop.

Ann était venue, un dimanche d'octobre. Un infirmier m'avait trouvé dans la salle de télévision du quatrième étage, réservée aux hommes, en train de regarder le match entre les Bears et les Oakland Raiders. « Visite », m'avait-il dit en me touchant vicieusement l'épaule de son index. Je m'étais senti déprimé toute la semaine. Je lui avais demandé si c'étaient mes parents, ce qui me surprenait : nous nous étions violemment disputés la semaine précédente. Je leur avais dit que je ne voulais plus les voir pour un moment. « Non, c'est votre tante. » Il m'avait montré la fiche blanche qu'il avait à la main. Date, heure, nom du patient. Nom du visiteur : Ann Axelrod. Lien de parenté : tante.

Elle m'attendait dans la salle des visites, assise dans un fauteuil bas, de couleur verte ; elle étudiait les affiches sur les murs : des photos diaphanes de couples qui se promenaient, main dans la main, des cygnes sur une pièce d'eau, une chute d'eau, un immense ballon avec des rayures rouges et blanches et, en grosses lettres, ce slogan : « De plus en plus haut. » Une vingtaine d'autres visiteurs et autant de patients, surveillés par cinq infirmiers assis un peu partout.

J'avais vu Ann avant qu'elle ne m'aperçoive. Je me donnais le temps de réagir. J'étais nerveux, embarrassé, je n'avais pas très bonne mine et on n'est jamais à l'aise quand on est enfermé. Et je me sentais paralysé, incapable d'exprimer mes sentiments. Elle avait pris un peu de poids, mais ça lui allait bien. Ses cheveux étaient presque uniformément gris — l'âge ne pouvait être seul responsable de cette métamorphose. Elle portait une jupe marron et un élégant chemisier blanc. Elle était si distinguée ; j'avais jeté un coup d'œil alentour pour voir si on la remarquait, mais non, personne.

— Quelle surprise, avais-je dit en me laissant tomber dans un autre fauteuil, près d'elle.

— David.

Sa voix s'était évanouie, disparue comme une pièce de monnaie dans la main d'un magicien. Allait-elle me la retirer de l'oreille ? Elle s'était raclé la gorge ; son visage s'empourprait.

« Je leur ai dit que j'étais ta tante.

— Je sais.

— Je me débrouille toujours si mal. J'étais sûre que j'allais m'empêtrer dans mon… (elle avait regardé autour d'elle) mensonge. Mais je vois que j'ai réussi.

Avec un sourire. De connivence. De triomphe.

J'étais bouleversé. Je lui avais pris la main, l'avais serrée, l'avais lentement portée à mes lèvres et en avais baisé la peau fraîche, hâlée. Le nez écrasé contre cette peau qui sentait vaguement le concombre, je m'étais enfin arrêté. Elle avait laissé retomber sa main sur sa cuisse, tout humide ; je la regardais, j'espérais qu'elle l'essuierait, et le redoutais en même temps.

« Je suis en ville à la demande de mon éditeur, avait-elle dit, calmement. Pour la promotion de mon livre.

— Alors, comme ça, tu as fini par écrire un livre.

Elle avait hésité, hoché la tête. Elle croyait que je le savais. Avait-elle légèrement surestimé sa célébrité ? Comment *pouvait*-elle penser que je savais quoi que ce soit ?

« Je ne suis pas au courant de grand-chose.

— Naturellement. Et tu n'es pas le seul. Dix mille personnes tout au plus, dans le monde entier, connaissent mon nom. C'est un tout petit monde, le monde des livres.

— Il était temps que tu l'écrives. Tu penses : un vrai livre.

— Tu as l'air en forme, David. Vraiment.

Elle jetait des coups d'œil autour d'elle comme pour dire : plus que les autres, en tout cas. Quelqu'un, un patient, avait eu une quinte de toux. Ses parents lui tapaient dans le dos.

— Je me suis vu dans un miroir, hier. Et je me suis dit : Eh bien, mon garçon, tu as bien l'air d'un dingue.

— Tu as bonne mine. Ta voix est plus grave.

— À cause des drogues. Ça me détend le visage, ça me vieillit aussi. Ils vous donnent un tas de drogues. Tu te souviens comme on en raffolait ? Pas la même chose, ici. C'est du sérieux. Ils sont forcés, pour qu'on ne bousille pas la baraque. Qu'on n'y foute pas le feu. Voilà pourquoi ma voix est si basse. Les drogues. Heureux que tu l'aies remarqué. Je n'en étais pas sûr, et je ne savais à qui le demander.

Nous nous taisions. Le type toussait toujours. Un infirmier, debout, massif, les bras croisés, regardait ses parents lui taper dans le dos.

— Qu'est-ce que tu fais, quand tu es ici ?

— Ici ? Mais j'y suis toujours !

Elle avait regardé autour d'elle et haussé les épaules.

— Qu'est-ce que tu fais ?

— Écoute. Je vais te demander un service. Maintenant que tu es célèbre. Pourquoi est-ce que tu n'écrirais pas un livre sur moi ? Pas une histoire. La vérité. Ce qui m'est arrivé. Désolé. J'oublie que je ne suis pas censé en parler. Mais je suis là, et depuis bien longtemps, tu ne crois pas ? Mon dossier est au-dessous d'une pile, sur je ne sais quel bureau. Tu ne penses pas qu'un peu de publicité pourrait m'aider ? Si tu écrivais mon histoire, pour raconter au monde ce qui m'est arrivé, à moi et à d'autres peut-être. Il faut absolument que je sorte d'ici, c'est tout. Même si j'ai l'air vieilli, différent, je suis encore vivant. Je suis toujours le même. C'est moi, Ann. C'est moi. Je tiens le coup. Au jour le jour. Mais je ne sais pas, je ne peux pas dire combien de temps je pourrais tenir. Ils veulent qu'on change. C'est leur dada. Je me laisserais faire si j'étais sûr qu'ils me relâcheraient, après. Mais je suis édifié, je pourrais n'être plus qu'un tas de merde, ils me garderaient.

J'avais voulu lui reprendre la main, mais l'avais abandonnée quand j'avais vu ses yeux s'emplir de larmes.

— Je ne crois pas que tu sois à ta place, ici, David, avait-elle chuchoté. Je ne l'ai jamais pensé. C'est un scandale, tu as raison de t'emporter.

— Je ne m'emporte pas. Je suis en train de mourir. Et je veux sortir.

— Je n'ai jamais pensé que tu méritais ça. C'est pourquoi je suis venue, pour te le dire. Mon avion part à trois heures, j'ai pris le risque de le rater pour te le dire, et pour te voir. S'il y a quelque chose…

Elle avait réprimé un sanglot et s'était couvert les yeux.

« Ça peut sonner si faux. Désolée. Mais c'est vrai. S'il y a quelque chose que je peux faire, quelque chose pour t'aider, je le ferai. Plus question de famille. C'est une question de justice, il n'est pas juste que tu sois puni plus longtemps.

Elle allait se lever, je l'avais rattrapée par le bras.

— Comment as-tu su que j'étais ici ?

— Ton père me l'a dit. Je l'ai appelé, il y a quelques semaines.

— Ça devait être drôle. Ça s'est bien passé ?

— Ta mère s'en est mêlée. Elle s'est mise à hurler. Ton père a raccroché, moi aussi. C'était *drôle*, oui. Il faut que je m'en aille. Prends bien soin de toi. Tu…

— Est-ce que Jade a déjà un bébé ? Elle va bien ?

— Très bien. Son mari a été transféré à Bruxelles. Ça lui est égal, à elle. Non, ils n'ont pas d'enfants.

— Pas encore.

— Je ne crois pas qu'elle y tienne. Je l'ai guérie de la maternité.

— Ton livre parle de quoi ?

— De Hugh. Je t'enverrai un exemplaire.

— De Hugh ?

— Et de toi, aussi. Mais pas en tant que toi. Ce n'est pas ce que tu penses. Je ne parle que d'avant. Quand j'étais amoureuse de lui. Les débuts.

Elle s'était levée.

— C'est très gentil à toi...

La tête me tournait. Je m'étais couvert les yeux. J'avais eu peur de retirer ma main et de constater qu'elle était déjà partie. Et puis j'avais senti sa main sur mon épaule. Je m'étais levé.

— Ne désespère pas de toi-même, David.

Nous étions très près ; je sentais son parfum. J'avais inspiré profondément pour m'en pénétrer.

— Je n'ai plus d'espoir.

— Mais si. Il faut seulement que tu t'en rendes compte. Pas étonnant, dans un endroit pareil. Il faut que tu sortes. Ta place n'est pas ici.

Elle m'avait touché le visage, en me regardant ; j'aurais voulu la serrer dans mes bras, quelque chose m'avait retenu. Les larmes coulaient sur mes joues. Ann avait reculé d'un pas, m'avait contemplé comme on le fait quand on veut se souvenir de quelqu'un, et m'avait tourné le dos.

Je l'avais suivie des yeux, elle s'était dirigée vers la porte de verre, les épaules redressées, elle essayait de ne pas marcher trop vite. Dans un instant elle serait partie.

— Merci, lui avais-je crié, les mains en porte-voix, comme un marin.

Elle avait fait un geste, sans se retourner. Un au revoir des doigts. Elle les avait rabaissés un à un, comme pour un compte à rebours. Cinq, quatre, trois, deux, un.

Au mois de septembre, mon père était mort, à la maison, pendant son sommeil. Une crise cardiaque. Il ne lui en fallait pas tant pour tout lâcher. Il avait tout de suite été clair pour moi qu'il s'était préparé à sa mort depuis celle de Barbara Sherwood. Rose était venue m'apprendre la nouvelle à Fox Run. Nous étions seuls dans la salle des visites, un mercredi. Elle était blanche, cadavérique, comme en état de choc : il y a des fenêtres dans le mur entre la vie et la mort ; on regarde par l'une d'elles et on en est transformé. J'avais su que quelque chose n'allait pas dès que je m'étais assis près d'elle et qu'elle avait posé sur mon poignet sa petite main glacée. J'étais prêt au pire. Il était mort depuis trois jours : à onze heures trente, le dimanche soir ; son corps, pour respecter ses volontés, était déjà à la faculté de médecine de l'université de Chicago : il en avait fait « don à la science ». Je me sentais trop abandonné, trop dépassé par les événements pour pleurer. Je n'éprouvais, au fond de moi, qu'une profonde détresse, comme quand on est victime d'une grave maladie.

Un mois plus tard, j'avais subi une série de tests psychologiques. Rien de nouveau. Des colonnes de chiffres à additionner. Le nom du premier président des États-Unis ? Qu'est-ce que le soleil ? Pour voir si le cerveau était intact, s'il fonctionnait normalement, logiquement. Les taches d'encre, les histoires à compléter, des tests de la perception, des exercices de mémorisation, et une sorte d'examen oral, pour terminer, devant trois psychiatres, aux questions de qui j'avais répondu et à qui j'avais parlé de moi. Si vous cherchiez un boulot, qu'est-ce que ce serait ? Si vous étiez amoureux d'une fille qui ne vous aime pas, qu'est-ce que vous feriez ? J'étais épuisé par mes efforts pour paraître normal. Je m'étais même contraint à manifester une acuité intellectuelle telle qu'elle risquait d'être trop ostentatoire, ou trop complète, et de me nuire. Il était important que je reste à un niveau raisonnable, qu'ils puissent apprécier. Une confiance en soi et une détermination trop grandes risquaient d'être interprétées comme un symptôme de dissociation.

Deux semaines encore, et le Dr. Donner, mon psychiatre en titre, que je ne voyais qu'une heure et demie par semaine, m'avait déclaré que je paraissais apte à « me débrouiller » à nouveau dans le vaste monde. Il m'avait donné quelques conseils, dont celui de « penser sérieusement » à voir un psychiatre, quand je serais libre, et de « ne pas hésiter » à l'appeler si j'avais un problème ; il espérait que j'avais appris à mieux me connaître et à mieux m'en sortir, à Fox Run. « On se sent heureux, quand on est constamment attaqué par une communauté intolérante et par des démagogues avides d'économie, comme nous le sommes dans cet hôpital, de pouvoir renvoyer les gens chez eux en se disant qu'on leur a fait du bien. »

J'avais donc été libéré. J'avais quitté Fox Run et m'étais avancé sur ce pont qui s'ouvrait devant moi avec la mort d'Arthur et ton mariage. J'étais retourné dans le vieil appartement d'Ellis Avenue pour récupérer et m'adapter à ma liberté. Pour la seconde fois. Mais la différence était que je n'avais plus la moindre illusion quant à de miraculeuses retrouvailles qui pourraient tout changer. Je n'espérais plus te revoir, de ma fenêtre, en me levant de ce lit où je t'avais attendue. Je ne m'attendais plus à entendre ta voix quand le téléphone sonnait. Je ne *rêvais* même plus de rien en apercevant le facteur, avec son grand sac de cuir plein de lettres et de cartes postales. Rose avait recueilli le petit héritage d'Arthur, elle l'avait partagé avec moi. J'étais solvable, pour la première fois de ma vie. Je pouvais déménager, quand je serais prêt, mais je ne l'étais pas. J'avais besoin de Rose, et Rose avait besoin de moi.

Jade. Je ne voudrais pas te le dire, vraiment...

Il m'avait été difficile de dénicher un emploi. J'avais un casier, et l'hôpital était pire que la prison, aux yeux des gens. Très peu de références universitaires et pas beaucoup de certificats de mes employeurs. J'avais près de vingt-huit ans. Je voulais travailler dans une grosse boîte, être en contact avec le plus de gens possible. Des amis de ma famille avaient essayé de m'aider, personne n'avait rien pour moi ; ils étaient tous à la retraite ou trop vieux pour avoir beaucoup d'influence. Je vivais sur mon petit héritage et suivais des cours à la Roosevelt University. Peu importe lesquels, pas d'astronomie en tout cas. J'avais besoin de quelque chose qui m'assure un débouché. Tout le monde me disait que c'était très dur pour les astronomes.

Je me faisais l'impression, dans les meilleurs jours, d'un naufragé guettant les premiers signes d'un rivage proche, mais encore invisible : un parfum dans le vent, une lumière plus douce, un vol de mouettes.

J'espère que tu vas bien. Tu n'es pas obligée de me lire, pas un mot, tu sais. Je ne veux pas ennuyer ton mari, ou t'embarrasser, ou te rappeler des souvenirs que tu voudrais oublier. Je suis arrivé au bout. Pas de l'amour. Mais de la parole. Je n'ai plus besoin de rien. Les choses prennent forme. Je vis avec une femme, nous nous marierons peut-être un jour. J'en doute. Elle peint, à propos. Encore plus de talent que toi. Elle est professeur à l'université, elle mesure un centimètre de plus que toi. Inutile de te dire où j'habite ; il est préférable pour toi de ne pas le savoir.

Je ne voudrais pas te le dire, vraiment, mais si tu as pu me lire jusqu'ici, je suppose que c'est évident : l'amour qui s'est allumé en moi continue de brûler. Peu importe, pour toi, maintenant, et c'est tant mieux.

Tout est en ordre. Le passé sommeille, il respire doucement dans la pénombre. Je n'en suis plus prisonnier ; je dois me retourner pour le toucher. C'est la nuit, je suis seul, et il me reste encore un peu de temps, encore un moment : entouré d'un cercle de lumière sur une grande scène noire, la lumière de mon amour, qui persiste. J'ai échappé à l'éternité — ou j'en ai été chassé —, j'ai réintégré le temps. Mais j'en sors pour chanter cette aria, pour cette confession, ce testament qui n'en finit plus. Mes bras s'ouvrent tout grands, non pour t'étreindre, mais pour étreindre le monde, le mystère qui nous emprisonne. Pas d'orchestre, pas de public ; rien qu'un théâtre vide, au milieu de la nuit, et j'entends tictaquer toutes les pendules du monde. Et maintenant, pour la dernière fois, Jade, peu importe si c'est de la folie, je ne me le demande même pas : je te vois, je vois ton visage, je te vois, toi ; assise dans chaque fauteuil, je te vois.

ACHEVÉ D'IMPRIMER LE 4 JUILLET 1983
SUR LES PRESSES DE L'IMPRIMERIE HÉRISSEY
POUR LE COMPTE DE FRANCE LOISIRS
123, BOULEVARD DE GRENELLE, PARIS

Imprimé en France
Dépôt légal : Juillet 1983
N° d'éditeur : 8213 — N° d'imprimeur : 32548